PRELUDIUM

Poszła w tany, 20 stycznia 1980

– To jest Clash, kurwa jego mać! – zielonowłosa dziewczyna wykrzyczała w twarz bramkarzowi o zmrużonych oczach, a ten wcisnął ją na powrót w fotel.

– A to jest jebane kino – odpowiedział jej.

To było rzeczywiście kino Odeon i pracownicy ochrony postanowili za wszelką cenę powstrzymać wszystkie ekscesy. Ale po zejściu ze sceny miejscowego zespołu Józef K. pojawiła się gwiazda wieczoru i dała ognia z obu rur, grając *Clash City Rockers*, na co tłum momentalnie ruszył pod scenę. Dziewczyna o zielonych włosach rozejrzała się za ochroniarzem, który miał teraz inne zmartwienia, i skoczyła na równe nogi z fotela. Przez chwilę ochrona starała się walczyć z nawałnicą, ale w końcu skapitulowała w połowie seta pomiędzy *I Fought The Law* i *(White Man) in the Hammersmith Palais*.

Tłum zatracił się w ogłuszającym harmidrze; pogowali rytmicznie pod sceną, a ci z tyłu wchodzili na fotele i skakali po nich. Dziewczyna o zielonych włosach – teraz tuż pod sceną – zdawała się wyskakiwać wyżej niż inni, być może tak się zdawało, bo jej włosy omiatane stroboskopowym światłem wyglądały jak szmaragdowy płomień strzelający z głowy. Tylko kilka osób, naprawdę niewiele, pluło na zespół, a ona wydzierała się na nich, żeby przestali, bo on – jej bohater – właśnie wyleczył się z żółtaczki.

Poprzednio była w Odeonie tylko kilka razy, ostatnio na *Czasie Apokalipsy,* ale nigdy tak nie było i mogła przysiąc, że po raz pierwszy tak tu jest. Jej przyjaciółka Trina skakała kilka metrów dalej i była drugą dziewczyną tak daleko z przodu, że mogła prawie poczuć zespół.

Wzięła ostatni łyk z plastikowej butelki po irn bru, którą napełniła korbolem, zgniotła ją i upuściła od niechcenia na klejącą się wykładzinę na podłodze. Mózg jej buzował od alkoholowego szmerku i amfetaminy, którą wcześniej wzięła. Z każdym skokiem skandowała ochrypłym głosem słowa kolejnych kawałków, przedzierając się przez rozszalały, arogancki tłum, szukając miejsca, w którym mogłaby zapomnieć słowa, które usłyszała dziś po południu. Najpierw kochali się i potem nagle stał się tak odległy i obcy – jego szczupła, żylasta sylwetka zatrzęsła się na materacu.

– Co jest, Donnie? Co jest? – spytała.

– To wszystko chuja warte – odpowiedział beznamiętnie.

Powiedziała mu, żeby nie gadał głupot, że jest wspaniale i dziś jest koncert Clash, na który tak długo czekali. Wtedy odwrócił się do niej z wilgotnymi oczami i twarzą dziecka. To właśnie wtedy jej pierwszy i jedyny facet powiedział, że właśnie kogoś wydymał – o, tutaj, na materacu, który dzielili co noc, w miejscu, w którym się właśnie kochali.

To nic takiego, ot wpadka – zapewnił gorączkowo, bo na skutek widocznej zmiany w jej zachowaniu zaczął odczuwać panikę. Był młody i uczył się, do czego może się posunąć w doborze słów, tylko że uczył się zbyt wolno. Chciał jej tylko powiedzieć – chciał być wobec niej uczciwy.

Kiedy wstała z materaca i zbierała swoje ciuchy, widziała, jak porusza ustami, ale nie słyszała nic z jego tłumaczeń. Następnie wyjęła z kieszeni jego bilet na koncert i na jego oczach podarła go na drobne kawałeczki. Po czym poszła do Southern Baru, by spotkać się, tak jak było umówione, z całą paczką, a potem do Odeonu, by zobaczyć koncert, bo największy rockandrollowy zespół wszech czasów grał w mieście i pójdzie go zobaczyć, nie przegapi tego i przynajmniej raz sprawiedliwości stanie się zadość.

Jakiś wysoki brunet ubrany w skórzaną kurtkę, dżinsy i moherowy sweter, który tańczył koło niej pogo, nagle, kiedy zespół wszedł w *Complete Control*, zaczął jej coś krzyczeć do ucha. Nie zrozumiała ani słowa, ale nie było to ważne, bo w jednej chwili wpiła się w niego objęta przyjemnym uściskiem ramion.

Drugi bis zaczął się od stosunkowo rzadko wykonywanego na koncertach *Revolution Rock* i zakończył olśniewającą, żywiołową wersją *London's Burning* zmienioną na *Edinburg's Burning*. I ona też topiła się jak wosk po wyjściu z sali, bo speed pulsował w jej mózgu w mroźnym wieczornym powietrzu. Chłopak wybierał się na

sekrety sypialni mistrzów kuchni

ine
Welsh

Sekrety sypialni mistrzów kuchni

Tłumaczenie:
Jarosław Rybski

vis-à-vis
etiuda
Kraków 2007

Dla Elizabeth

imprezę w dzielnicy Canongate i poprosił, żeby poszła razem z nim. Zgodziła się – nie chciała wracać do domu. Co więcej, pragnęła go. I pragnęła pokazać komuś, że nie tylko on potrafi się bawić.

Kiedy tak szli w zimną noc, a on gadał jak najęty, najwyraźniej zafascynowany zieloną szopą na jej głowie, powiedział jej, że ta dzielnica miasta była kiedyś nazywana Małą Irlandią. Wyjaśnił jej, że to dlatego, że osiedlali się tu imigranci z Irlandii, i że to tutaj na tych ulicach Burke i Hare mordowali biedaków i prostytutki, by dostarczać zwłoki do akademii medycznej. Spojrzała na jego twarz; niewiele było widać, ale dostrzegła, że ma wrażliwe, niemal kobiece oczy. Wskazał jej St Mary's Church i powiedział, że wiele lat zanim w Glasgow powstał Celtic, edynburscy Irlandczycy założyli właśnie w tych pomieszczeniach Hibernian Football Club. Bardzo się ożywił, opowiadając, że na tej właśnie ulicy urodził się i mieszkał jeden z najzagorzalszych kibiców Hibernian, James Connolly – późniejszy przywódca Powstania Wielkanocnego, które w konsekwencji doprowadziło do wyzwolenia Irlandii spod władzy brytyjskich imperialistów.

Zdaje się, iż było to dla niego ważne, że Connolly był socjalistą, a nie irlandzkim nacjonalistą.

– W tym mieście niczego nie wiemy o naszej prawdziwej tożsamości – zapewnił żarliwie – wszystko nam narzucają.

Ale ona myślała o wszystkim, tylko nie o historii, i tego wieczoru został jej drugim kochankiem, chociaż do rana zaliczyła trzech.

PRZEPISY

1. Sekrety sypialni, 16 grudnia 2003

Danny Skinner wstał, nie mógł zasnąć. Martwiło go to trochę, ponieważ zwykle zapadał w głęboki sen, po tym jak się z kimś kochał. Się kochał – pomyślał i uśmiechnął się, po czym znów się nad tym zastanowił. Poszedł do łóżka. Spojrzał na rozkosznie drzemiącą Kay Ballantyne, na te długie, czarne włosy rozsypane na poduszce, na usta, na których wciąż błąkały się ślady rozkoszy, jaką jej dał. Gdzieś w głębi pojawiły się oznaki czułości.

– Się kochał – powiedział miękko, całując uważnie jej czoło, jakby chciał uniknąć podrapania dziewczyny zarostem na pociągłej, szpiczastej brodzie.

Zawijając się zielonym, odświętnym tartanem, namacał palcami pozłacaną fibulę na piersi. Był to symbol harfy z datą 1875. Kay kupiła ją Skinnerowi na zeszłe Boże Narodzenie. Nie chodzili wtedy z sobą długo i taki prezent wiele mówił. Ale co on jej wtedy podarował? Nie pamięta: pewnie jakiś trykot.

Skinner wszedł do kuchni i z lodówki wyjął puszkę stelli artois. Otworzył ją z trzaskiem, poszedł do gościnnego i wydobył pilota z zakamarków wielkiej sofy, po czym odnalazł program *Sekrety szefów kuchni*. Była to kolejna edycja tej popularnej audycji. Prowadzącym był znany kuchmistrz, który podróżował po całych Wyspach Brytyjskich i zbierał informacje wśród miejscowych kucharzy, po czym prezentował owoce ich tajemnych przepisów znanym osobom i krytykom kulinarnym, którzy wydawali wyrok.

Ale wynik ostateczny należał do znanego kuchmistrza Alana De Fretaisa. Ten słynny kucharz ostatnio wzbudził niezwykłą kontrowersję, publikując książkę zatytułowaną *Sekrety sypialni mistrzów kuchni*. Na kartach tej książki poświęconej zastosowaniu afrodyzjaków w kuchni uznani międzynarodowi eksperci sztuki kulinarnej umieszczali swoje przepisy, opowiadając, w jaki sposób udało im się kogoś uwieść czy też jak wpłynęło to na sam akt płciowy. Książka stała się wydarzeniem wydawniczym i pozostawała przez wiele tygodni na listach książkowych bestsellerów.

Dzisiaj De Fretais i jego ekipa zawędrowali do wielkiego hotelu w Royal Deeside. Telewizyjny kuchmistrz był potężnym mężczyzną o hałaśliwym, natrętnym sposobie bycia, a miejscowy kucharz – poważny młodzieniec – najwyraźniej czuł się tym przytłoczony w swojej własnej kuchni.

Pociągając piwo z puszki, Danny Skinner obserwował nerwowe mruganie powiek i obronne gesty niedoświadczonego kucharza, rozmyślając z dumą, jak on sam wziął bezczelnego tyrana w obroty, trwając przy swoim, podczas kilku wspólnych spotkań. Teraz musi tylko poczekać na wyniki raportu, jaki sporządził.

– Kuchnia musi być nieskazitelna, nieskazitelna, nieskazitelna – grzmiał De Fretais, dla podkreślenia swoich słów wymachując nieskazitelnie białymi mankietami za głową młodego kucharza.

Skinner obserwował, jak młody, zastraszony kucharz bezradnie przyjmuje połajanki tamtego, zaszczuty kamerami i obecnością wielkiego kuchmistrza, który go prześladował, sprowadzając do roli żałosnego głupka. Ze mną by mu to nie uszło na sucho – pomyślał, unosząc puszkę stelli do ust. Była już pusta, ale w lodówce jeszcze kilka zostało.

2. Sekrety Kuchni

Kuchnia De Fretaisa to był istny chlew, tak właśnie. Bladolicy młodzieniec nie dawał za wygraną. Jego ubiór, szykowna mieszanka wysokogatunkowych ubrań od projektanta już nie tyle sugerowała, lecz wręcz krzyczała, oznajmiając wszem i wobec, że jego strój nijak się ma do statusu czy też zarobków. Mierzący ponad metr dziewięćdziesiąt Danny Skinner zawsze wydawał się wyższy, jego posturę uwydatniały czujne ciemnobrązowe oczy i krzaczaste brwi. Kruczoczarne włosy rozdzielone przedziałkiem nadawały mu zachwycający, niemal arogancki wygląd; do tego dochodziła kanciasta twarz i wiecznie skrzywione cienkie usta, sugerujące beztroskę nawet w chwilach, gdy był śmiertelnie poważny.

Na wprost niego stał zwalisty mężczyzna pod pięćdziesiątkę. Miał rumianą naznaczoną plamami wątrobowymi twarz, nad którą widać było zaczesaną na żel szopę bursztynowych włosów przyprószonych siwizną na skroniach. Nikt tak nie zwracał się do Boba Foya. Uniósł brew z niedowierzaniem, jednak w jego ruchach i w kamiennym wyrazie twarzy, jaki przybrał, można było wyczytać nieme zdziwienie, czy też nawet nieznaczną fascynację, co pozwoliło Danny'emu Skinnerowi kontynuować.

– Ja tylko wykonuję swoją pracę. Ta kuchnia to istny dramat – zakończył.

Danny Skinner był urzędnikiem Wydziału Zdrowia w Urzędzie Miejskim w Edynburgu od trzech lat, skąd przeniósł się z działu szkolenia kadr w tym samym urzędzie. Dla Foya był to okres stanowczo za krótki.

– Mówimy tu, synku, o kuchni Alana De Fretaisa – parsknął jego szef.

Rozmowa ta miała miejsce w wielkim jak stodoła biurze podzielonym na małe urzędnicze klitki. Przez wielkie okna na jednej ścianie docierało tu światło i chociaż miały podwójne szyby, z zewnątrz wciąż dał się słyszeć miejski harmider dobiegający z Royal Mile. Przy grubych ścianach stały metalowe szafy – przestarzałe zrzuty z innych wydziałów całego urzędu – i kopiarka, przy której częściej pracowała obsługa techniczna niż urzędnicy. Wiecznie brudna umywalka zajmowała róg pomieszczenia obok lodówki i stołu z odklejającą się ceratą, na którym stał czajnik, imbryk do herbaty i pojemnik z kawą. Z tyłu pomieszczenia klatka schodowa prowadziła do sali konferencyjnej wydziału i kolejnej sekcji, ale wcześniej mijało się antresolę z dwoma samodzielnymi pomieszczeniami biurowymi ukrytymi w głębi.

Danny Skinner spojrzał na smętne oblicza wokół siebie, kiedy Foy ciężko i z rozmysłem upuścił raport na biurko, które odgradzało dwóch mężczyzn. Widział swoich kolegów z biura: Oswalda Aitkena i Colina McGhee, którzy patrzyli na wszystko z wyjątkiem niego i Foya. McGhee, mały, krępy glazgolczyk o brązowych włosach, w szarym, nieco przyciasnym garniturze udawał, że szuka czegoś w stosie papierów na biurku. Aitken, wysoki, wyglądający na suchotnika, z przerzedzającymi się piaskowymi włosami, o zaznaczonej ledwo, niemal przepełnionej bólem twarzy rzucił Skinnerowi pobieżne, pełne niesmaku spojrzenie. Zobaczył bezczelnego młodzika, którego niepokojąco rozbiegane oczy wskazywały, że wciąż uparcie idzie pod prąd w życiu. Tacy młodzieńcy zawsze sprawiali kłopoty Aitkenowi, który – odliczając dni do emerytury – sobie tego nie życzył.

Kiedy Skinner zdał sobie sprawę, że nikt go nie wesprze, postanowił, że trzeba co nieco wyjaśnić samemu.

– Nie mówię, że ta kuchnia to śmietnik, ale nie dość że znalazłem łososia w pułapce na myszy, to jeszcze ten skurczybyk ma astmę! Już miałem dzwonić na pogotowie!

Aitken wydął wargi, jakby ktoś pierdnął mu pod nosem w kościele, w którym należał do starszyzny. McGhee zdławił chichot, ale Foy pozostał nieodgadniony. Następnie odwrócił wzrok od Skinnera i skierował go na klapę nieskazitelnej marynarki, skąd strzepnął łupież, zastanawiając się gorączkowo nad tym, czy przypadkiem nie ma go też na ramionach. Musi pamiętać, żeby Amelia zmieniła szampon.

Następnie Foy ponownie przeniósł wzrok na Skinnera, znów spoglądając mu badawczo w oczy. Było to czujne spojrzenie, doskonale znane Skinnerowi, nie tylko w wykonaniu szefa. Było to spojrzenie kogoś, kto stara się zobaczyć coś ponad to, co mu się podało na tacy, spojrzenie, dzięki któremu ktoś stara się odczytać twoje intencje. Skinner spojrzał mu twardo w oczy, a Foy odwrócił wzrok i kiwnął w stronę Aitkena i McGhee, którzy z wdzięcznością przyjęli nieme polecenie opuszczenia pomieszczenia. Następnie ponownie mściwie wlepił wzrok w ofiarę.

– Czyś ty się, kurwa mać, najebał czy co?

Skinner najeżył się, instynktownie przyjmując, że atak jest najlepszą formą obrony. W oku pojawił się błysk wściekłości.

– Co mi pan tu, kurwa, pierdoli? – wypalił.

Foy, przyzwyczajony do szacunku, jaki okazywali mu jego pracownicy, był nieco zaskoczony.

– Przepraszam, ja, ee, nie chciałem sugerować… – zaczął, przybierając pojednawczy ton. – Czy piłeś coś podczas lunchu? No bo jest piątek po południu!

Jako szef działu Foy zwykle sam pił w piątkowe popołudnia, przeważnie nie było go już w biurze od południa, a w ten piątek wyjątkowo wszedł ostentacyjnie do sali, upewniając się, czy wszyscy przełożeni i podwładni widzą, iż jest bardzo zajęty i do tego trzeźwy. Skinner jednak poczuł się na tyle pewnie, że wyjawił:

– Dwie pinty jasnego do lunchu, to wszystko.

Foy odkaszlnął i wysunął śmiałą tezę:

– Mam nadzieję, że nie robiłeś kontroli u De Fretaisa, śmierdząc piwskiem, nieważne, jak mocnym. Jest znany z tego, że wyczuwa to u swoich pracowników. Tak jak jego kucharze.

– Kontrolę przeprowadziłem we wtorek rano, Bob – powiedział Skinner i podkreślił: – Wiesz, że nigdy nie chodzę do pracy na bani. Miałem trochę roboty papierkowej do nadgonienia z tym typem, więc pozwoliłem sobie na dwie pinty jasnego – Skinner ziewnął – i muszę przyznać, że nie powinienem pić drugiego. Ale machnę rozpuszczalną kawę i będzie dobrze.

Podnosząc chudą teczkę zawierającą raport Skinnera, Foy powiedział:

– Cóż, wiesz, że De Fretais jest miejscową gwiazdą, a Le Petit Jardin jest jego flagową restauracją. Ma dwie gwiazdki w przewodniku Michelina, synku. Jakie jeszcze restauracje na Wyspach mogą się tym poszczycić?

Skinner zastanowił się przez chwilę nad tym, po czym postanowił, że nic o tym nie wie i nic go to nie obchodzi.

Jestem inspektorem żywieniowym, a nie groupie jakiegoś jebanego kucharza.

Ale ugryzł się w język. Foy wstał z krzesła i objął Skinnera po ojcowsku. Chociaż był niższy od swego młodego podwładnego, wielki był z niego byk, a potężne ciało dopiero niedawno zaczęło się chylić ku upadkowi, i Skinner poczuł siłę jego ramienia.

– Wpadnę do niego i zamienię dwa słowa. Musi trochę u siebie ogarnąć.

Danny Skinner poczuł, jak dolna warga zaczyna mu się wydymać, jak zwykle w sytuacjach, kiedy ktoś go do czegoś zmusza i zostaje sam na placu boju. Wykonał tylko to, co do niego należało. Napisał prawdę w raporcie. Jednak Skinner nie był pierwszym naiwnym, znał realia tej sytuacji: niektórzy wciąż byli równiejsi niż pozostali. Ale wiedział też, że jeśli emigrant z Bangladeszu z czynną do późna knajpką z curry miałby taki syf w kuchni jak De Fretais, to pewnie nie pozwoliliby mu ugotować nawet jednego jajka w tym mieście.

– Jasne – odparł żałośnie.

Ale może też trochę przegiął. Nie lubił De Fretaisa, pomimo że uważał go za postać dziwnie intrygującą. Egzemplarz *Sekretów sypialni mistrzów kuchni*, kupiony z poczuciem winy, leżał schowany w jego teczce. Przypomniał sobie pierwsze akapity wstępu, które czytał z takim niesmakiem:

> Najmędrsi spośród nas od dawna wiedzą, że najprostsze pytania niosą z sobą najwięcej treści. Każdemu adeptowi sztuki kulinarnej, z którym mam do czynienia, zadaję jedno ważne pytanie na początku naszej znajomości: kim jest kuchmistrz? Odpowiedzi są dla mnie zawsze źródłem nieustającej inspiracji i zainteresowania w mym boju o kulinarną doskonałość, gdyż sam wiecznie je sobie zadaję.
> Z pewnością nasz kuchmistrz musi być artystą, mistrzem swego fachu, który zawsze czerpie z niego dumę, dumę z wykonywania drobiazgowych, często prozaicznych czynności swego *maître*. Z całą pewnością kuchmistrz jest również naukowcem. Ale nie jest wyłącznie chemikiem, jest alchemikiem, magiem, artystą, ponieważ jego wywary nie służą leczeniu przypadłości ciała czy umysłu, lecz mają za zadanie dokonać o wiele wznioślejszego czynu – podniesienia ludzkiej duszy na duchu. Środkiem w naszym działaniu w tym zakresie jest po prostu pożywienie, lecz ta podróż ma nas poprowadzić prostą drogą przez szlak ludzkich zmysłów. Więc jak często mówię moim zdeprymowanym uczniom, a teraz Tobie, Szanowny Czytelniku, że najlepszy kuchmistrz musi zawsze i wszędzie być całkowitym hedonistą.

To tylko jebany garkotłuk, wszyscy oni unoszą się dwa centymetry nad ziemią, pierdolone chuje.

I to ma być przewodnik po zmysłowym żarciu! Głupi, gruby kutas! To chyba jakiś żart, wiele wody w rzekach upłynęło, kiedy ta beka mogła zobaczyć swego małego bez pomocy lustra! A te wszystkie zdechlaki, bezpłciowe japiszony, tego nie widzą i kupują tego gniota tysiącami, by ten tłusty, bogaty i zepsuty chuj mógł jeszcze przytyć, zarobić więcej i jeszcze mocniej się nadymać. A do tego jeszcze ja sam kupiłem tę cholerną cegłę!

Obserwując, jak Skinner poczerwieniał na twarzy, Foy poczuł się nagle niepewnie i zabrał rękę.

– Danny, nie możemy robić o tej porze roku zadym, więc nie rozpowiadamy o tym, jak źle się dzieje w kuchni naszego przyjaciela De Fretaisa, dobra?

– Nie musiał pan tego dodawać – odparł Skinner, starając się nie zdradzić przed szefem, że wypapla o tym dziś w pubie każdemu, kto będzie chciał tego posłuchać.

– I o to chodzi, Danny! Jesteś dobrym kontrolerem, a takich przecież potrzebujemy. W wydziale mamy tylko pięciu. – Foy potrząsnął głową z oburzeniem, po czym od razu się rozpromienił. – Ale wiesz, że od jutra zaczyna pracować nowy chłopak, taki jeden z Fife.

– Naprawdę? – Skinner uniósł pytająco brwi, odruchowo naśladując gest szefa.

– Tak… Brian Kibby. To fajny młodzieniec.

– Dobra… – powiedział rozkojarzony Skinner, bo myślami już był gdzie indziej. Walnie sobie dzisiaj kilka browarów. Te cztery pinty podczas lunchu wzmogły tylko znane pragnienie. A potem, pomijając piłkę w niedzielę, resztę weekendu spędzi z Kay.

Każdy miał swój pogląd na to, gdzie kończył się Edynburg, a zaczynało Leith. Oficjalnie mówiono, że miejscem granicznym jest stary Boundary Pub w Pilrig albo miejsce w którym zaczynały się adresy z kodem pocztowym EH6. Jednak dla Skinnera idącego po Walk Leith miejsce to zaczynało się dopiero, kiedy chodnik opadał pod stopami w dół, co było wspaniałym doznaniem – jakby jego ciało zmieniało się w statek kosmiczny lądujący po długiej wyprawie na niegościnne planety. Dla niego granica przebiegała w miejscu, gdzie stał bar Balfour.

Po drodze do domu Skinner postanowił wpaść do matki, która mieszkała przy ulicy naprzeciwko zakładu fryzjerskiego, w którym pracowała, na niewielkiej wyłożonej kocimi łbami alejce odchodzącej od Junction Street. To tutaj dorastał, zanim wyprowadził się z domu zeszłego lata. Zawsze chciał mieć swój kąt, ale teraz, kiedy miał, tęsknił za starymi śmieciami bardziej, niż mógłby przypuszczać.

Staruszka skończyła zmianę i jechało od niej płynem do trwałej. Zapomniałem, jak to strasznie daje, jak się *trwale utrwala*. Wciąż miała zrobioną atramentem dziarę na przedramieniu z napisem BEV i wcale nie starała się jej ukryć, nawet podczas obsługiwania klientek. Wprawdzie nie mieszkała tu klientela kręcąca nosami; tacy, co mieli wieczne pretensje, znajdowali się o milion mil stąd – ot choćby w restauracji u tego grubasa De Fretaisa.

Dorastałem w sąsiedztwie tego zakładu, gdzie każda stara raszpla, która go odwiedzała, była substytutem ciotki czy babci. Byłem wcierany jak drogocenna maść w ich mięsiste bufety. Mały chłopiec bez tatusia, którego wszyscy żałowali, rozpieszczali, nawet kochali. Dobre, stare słoneczne Leith: żadne miejsce nie kocha tak swych bękartów, jak każdy port na świecie.

Elektryczny grzejnik z atrapą żarzących się węgli trochę grzeje, ale jej wielki, błękitny tłusty pers leży rozwalony na chodniku przed grzejnikiem, przechwytując całe ciepło, samolubny gnojek! Kominek w stylu *art déco* stojący obok zwykle znajduje się w centralnym punkcie pokoju, ale teraz ledwo go widać z powodu wielkiej, za dużej choinki bożonarodzeniowej, górującej z rogu nad całym pomieszczeniem. Na ścianie nad kominkiem wisi oprawiony egzemplarz płyty Clash *London Calling*. Na okładce widać nabazgrany markerem napis:

Dla Bev, pierwszej pankówy Edynburga
Od serca, Joe S xxx
20.01.80

Staruszka bardzo się chełpi tym, że potrafi studiować naturę ludzką. Jest przekonana, że ponieważ jest fryzjerką, potrafi czytać w kimś jak w egzemplarzu *Hello!* Kiedy przychodzą do niej babki i mówią, że chcą zrobić to czy tamto, ona spogląda na ich wysuszone, spękane, chude czy przetłuszczone loki i patrząc im w oczy, pyta: „Na pewno chcesz to zrobić?". A one patrzą na nią nerwowo i podsuwają inne możliwości, na co ona kiwa głową z aprobatą i mówi: „No właśnie o to chodzi". Po czym z radością dokonuje zmian, mówiąc: „Jest bardzo pięknie" albo „Naprawdę ci w niej dobrze". A one wracają. Staruszka chwali się często: „Wiem o nich więcej, niż one wiedzą o sobie".

Jednak tego rodzaju przekonanie doprowadza do szału jej jedynego, nieślubnego potomka. Siada w fotelu, a ja zapadam się na kanapie i włączam wiadomości *Scotland Today*.

– Ta forsa z odszkodowania – zaczyna, mrużąc oczy za wielkimi okularami – już zdaje się poszła z dymem, co?

Staruszka zaczyna się nakręcać. Zawsze była chudzielcem, ale teraz jej twarz nabrała krągłości. Ponieważ zawsze lubiła pojeść, teraz, w średnim wieku, nie wysycha na wiór.

– To bardzo niesprawiedliwe posądzenie – mówię, a na ekranie pojawiają się wiadomości sportowe i Riordan posyła kolejną piłkę do siatki – bo wielu bukmacherów dostało swoją działkę.

Ale wiem, że się nabija. Wie, ile trzeba, by zapłacić za to mieszkanie.

– Dostałem piętnaście patyków z odszkodowania za wypadek, a nie sto piętnaście!

– Więc wszystko przepuściłeś? – pyta, przeczesując czerwone włosy.

Nie dam się w to wciągnąć.

– Parafrazując pewnego znanego piłkarza: Większość wydałem na piwo, kobiety i konie. Resztę przepuściłem.

– Już dobrze – parska staruszka, wstając i biorąc się pod boki, nieświadomie naśladuje pozę, jaką przybrał Jean-Jaques Burnel ze Stranglersów na plakacie wiszącym za jej plecami. – Chciałbyś pewnie coś przekąsić?

W nielicznych wypadkach stosuje groźby kulinarne.

– A co masz?

– Kiełbaski.

Aż mnie zatkało.

– Wołowe czy wieprzowe?

Staruszka ściąga gwałtownym ruchem okulary z nosa, na którym po obu stronach pozostają ciemniejsze ślady. Stara się dostosować wzrok, jakby dopiero się obudziła. Wyciera szkła o bluzę.

– To jesteś głodny czy nie?

– No… dobra.

– Nie rób mi łaski, Danny – mówi w zamyśleniu, chuchając na szkła i wycierając je ponownie. Następnie zakłada je na nos i idzie do wnęki kuchennej, gdzie otwiera lodówkę.

Wstaję i podchodzę do wnęki kuchennej, omijając stół.

– Może powinienem był zainwestować pieniądze w coś praktycznego. W coś popularnego i trwałego – wyciągam dłoń i dotykam tatuażu na ramieniu – na przykład w atrament.

Odskakuje i patrzy na mnie groźnie spod okularów.

– Nie zaczynaj, synu. I nie myśl, że będziesz wiecznie na mnie jechał. Masz dobrą pracę: możesz sobie wszystko kupić i płacić rachunki z kart kredytowych w banku.

Za każdym razem, kiedy tu przychodzę, przypomina mi o tych pieprzonych rachunkach. Moja staruszka wciąż uważa się za pankówę, ale jest do szpiku kości bizneswoman, choć na małą skalę.

3. Życie w terenie

Paprocie przerzedzały się wraz z rosnącą stromizną zbocza górki. Brian Kibby miał na sobie za duży sweter z Aran, łopoczącą na wietrze przeciwdeszczową kurtkę i czapkę bejsbolową tak mocno wciśniętą na głowę, że aż bolało. Otarł pot z brwi, wziął głęboki wdech, czując, jak chłodne, górskie powietrze oczyszcza mu płuca. Kiedy życie wróciło do jego żylastego ciała, zatrzymał się w dogodnym miejscu, by odwrócić się i spojrzeć na wielki łańcuch gór Munro i rozciągającą się pod nim dolinę.

Kiedy tak cieszył się poczuciem samotności w świecie, dopadło go słuszne spostrzeżenie: to było najlepsze, co zrobił w życiu – wstąpił do klubu łazików górskich wraz z Ianem Buchanem, jedynym przyjacielem z lat szkolnych, który pozostał jego druhem do dziś. Poznali się dzięki wspólnej pasji – miłości do gier wideo, i od tamtej pory starali się przekonać jeden drugiego do swej drugiej pasji życiowej. Ian był jednym z niewielu ludzi, którym dane było postawić stopę na poddaszu Briana Kibby'ego pokrytym w całości makietami, po których jeździły kolejki elektryczne, mimo że wiedział, iż Iana to tak naprawdę nie interesuje. I pomimo tego, że on z kolei ledwo tolerował obsesję Iana do *Star Trek*. Jednak jego oddanie sprawie wycieczek górskich było prawdziwe.

Brian uwielbiał te weekendy z tryskającą zdrowiem, krzepką wiarą, która tworzyła grupę zwaną Górołazy. Bardzo cieszyło to jego niedomagającego ojca – chłopak robił wypady w góry i miał kolegę, nawet jeśli Keith Kibby był podejrzliwy wobec nieco zaborczej natury przyjaźni jego syna z Ianem Buchanem, żeby już nie wspominać o obsesji na punkcie *Star Trek*. Nawet w odludnych górskich rejonach Brian Kibby rzadko zapominał o stanie swego ojca. Teraz jego tato poważnie zachorował i podczas wczorajszej wizyty w szpitalu wydawał się taki słaby i kruchy.

Brian Kibby zlizał sól, która osiadła na jego wargach, i po forsownym podejściu ścieżką zboczem góry uniósł butelkę wody evian do ust. Patrząc z niejaką trwogą na dolinę w kierunku największej chmary muszek, jaką widział w życiu, poczuł, jak woda mineralna koi jego wysuszone gardło.

Sycąc się tym doznaniem, spoglądał w zachwycie na głęboki wąwóz wiodący do surowych, rozciągających się nad nim wzgórz. Scenerii tej towarzyszyły dźwięki albumu Coldplay *Parachutes*, który odtwarzał ze swego iPoda. Wyłączył jednak sprzęt i wyciągnął słuchawki z uszu, pozwalając zabrzmieć naturalnej ciszy, przerywanej jedynie przez rezonujący w powietrzu, ledwo słyszalny skrzek jakiegoś ptaka. Nagle chrzęst żwiru pod stopami zasygnalizował czyjąś obecność. Myśląc, że to Ian, powiedział, nie odwracając się:

– Popatrz na to, aż człowiekowi chce się żyć!

– Jest pięknie – zgodził się kobiecy głos, a Kibby doświadczył uczucia paniki i euforii, które wzbierając w piersi, walczyły o prymat. Kiedy się odwrócił, poczuł, jak policzki mu płoną i wilgotnieją oczy. To była Lucy Moore z tymi swoimi błękitnymi oczami i ciemnoblond lokami rozwiewanymi niesfornie na ostrym wietrze – i mówiła do *niego*.

– No... tak... – zdołał wykrztusić, spoglądając na jej szkarłatne usta.

Lucy zdawała się nie zauważać zmieszania Kibby'ego. Jej opanowane, acz badawcze oczy przebiegły po górach za doliną, po szczytach przyprószonych śnieżnym puchem, po czym odnalazły najwyższy punkt.

– Chciałabym bardzo spróbować się tam wspiąć – powiedziała, rzucając mu konspiracyjne spojrzenie.

– Eee... nie... mnie wystarczy chodzenie po górach – odpowiedział słabo Kibby i od razu tego pożałował, ponieważ poczuł, że jej zainteresowanie jego osobą stanowczo zmalało. Co gorsze, zastąpiła je aura nieuchwytnej lekkiej pogardy, jaką zwykle wzbudzał u wielu przedstawicielek płci przeciwnej. – Chociaż to kuszące, można by spróbować... – dodał, walcząc zawzięcie o odzyskanie poprzedniej pozycji.

– Ja bardzo bym chciała – powtórzyła Lucy, znów, chociaż ostrożnie zmieniając front. Kibby nie wiedział, co ma powiedzieć, więc chlapnął:

– O tak, byłoby bardzo fajnie, bardzo.

Następnie zaległa cisza przepełniona takim rozpaczliwym zakłopotaniem, że Brian Kibby, młodzieniec, który przetrwał okres dorastania i dożył dwudziestu kilku lat, nie całując nawet dziewczyny, zamieniłby ją bez wahania na całe życie w stanie dziewiczym, byleby tylko nie musiał znosić tych mąk. Krew napłynęła mu do twarzy, pod mrugające nerwowo powieki napłynęły łzy, z nosa pociekł mu klasyczny gil, a w gardle zaschło mu tak bardzo, że wiedział – jak się odezwie głos mu się załamie jak suche gałązki pod stopami.

Impas minął, kiedy Lucy zapytała znużona:

– Która godzina?

Kibby tak uradował się zdjęciem z pala męczarni, że w pośpiechu zaczepił rękawem elastycznego skafandra o pasek od zegarka i rozdarł nieznacznie materiał.

– Pra… wie druga – wyjąkał.

– No to chyba będziemy musieli wrócić do schroniska na obiad – powiedziała zamyślona Lucy, patrząc zagadkowo na Kibby'ego.

– Jasne – Kibby zaćwierkał nieco za wysoko – bo nam te żarłoki wszystko zjedzą!

I coś w nim pękło, kiedy spostrzegł lekko smutny uśmiech, jaki ta uwaga w niej wywołała. Bo znał to spojrzenie od siostry, jej koleżanek i dziewczyn z biura, widział je u każdej napotkanej kobiety. Zdjął czerwoną bejsbolówkę, wepchnął ją sobie do kieszeni i poczuł ulgę w skroniach.

Kamienne ściany kamieniołomu były strome i posępne, tak surowe jak rząd nagrobków na cmentarzu. Po drugiej stronie, z brzegu sztucznego jeziora, Danny Skinner patrzył na powykręcane drzewa pnące się do góry, starające się odnaleźć odrobinę światła w złowieszczym cieniu rzucanym przez wielkie głazy. Padało przez cały dzień. Teraz przestało, ale wieczorne niebo zapowiadało wilgotną, chłodną noc.

Zimno osiadło mu już na piersiach, wspomagane kokainowym śluzem, który ściekał po tylnej ściance gardła. Odwrócił głowę i spojrzał na trzech mężczyzn obok niego, ubranych nieodpowiednio do okoliczności. Jak drapieżcy wpatrywali się w dwóch innych łowiących ryby w kamieniołomie, którzy mieli na sobie ubrania o wiele bardziej pasujące do surowej pogody. Wielki Rab McKenzie, dwumetrowy olbrzym z nadwagą, był jego najlepszym kumplem jeszcze z czasów szkolnych, i wciąż jest najlepszym kumplem od kielicha. Garetha nie znał za dobrze, poznali się kilka tygodni temu, ale Skinner lubił go za famę, jaka szła za nim, nawet jeszcze go nie znając.

To Dempsey wywoływał u niego niepokój. Pomimo stosunkowo młodego wieku i tego, że był psycholem, poznał kilku naprawdę twardych facetów. Zauważył jednak, że kiedy tacy osiągną właściwy stopień rozwoju, to głównie pływają tylko z innymi rekinami. Ale Dempsey miał w sobie coś wszechogarniającego i niepokojącego. Było to oczywiście bardzo przydatne w pewnych sytuacjach ulicznych, ale tutaj nie pasowało. Czy też raczej, zauważył Skinner, to on tutaj nie pasował.

Wszyscy byli kumplami od piłki, a przez ciągłe ulewy odwołano wszelkie imprezy sportowe w kraju. Ale zawsze to robili – spotykali się w soboty i oddawali nieszkodliwym sportom; czasami się z kimś potłukli, zwykle tylko na niby. Ale, Skinner znów zadał sobie to pytanie, co robi w kamieniołomie w West Lothian w sobotni, grudniowy wieczór, kiedy leje jak z cebra?

Oczywiście chodziło o kokainę. Wcześniej w pubie, w mieście, kiedy towarzystwo stopniało tylko do nich czterech, Dempsey siekał ścieżkę za ścieżką. Potem zaproponował wyprawę na łono natury. Wtedy brzmiało to nieźle – plan powstał w przytulnym, ciepłym pubie i był podsycany hajem po prochach. A teraz, tutaj, zmienił się z ekscytującej wyprawy najpierw w wątpliwą przyjemność aż do zwykłej nudy. Skinner bardzo chciał znaleźć się teraz w domu z Kay.

Powiedział jej, że ponieważ nie ma meczu, to pójdzie na ryby z chłopakami. Było to niespotykane, lecz niemal odpowiadające prawdzie. Ale wiedział, że teraz powinien być z nią, więc niepokój w nim rósł. Czepiał się tylko myśli o wspominanej przez nią jakiejś próbie tańca. To może potrwać. Ale wciąż był niespokojny, chociaż nie tak bardzo jak dwaj wędkarze.

– Pełno tu szczupaków, no, w tym kamieniołomie – Skinner starał się wprowadzić beztroski nastrój na potrzeby dwóch chłopaków z wędkami. – Kiedyś były tu okonie. Więc wpuścili parkę szczupaków, chlup – szczup, szczup – chlup – ciągnął, nie czekając na odzew, ale zauważając wykrzywioną w paskudnym uśmiechu twarz Dempseya – no i te skurczybyki szczupaki pożarły prawie wszystkie okonie. Zdziesiątkowały je. Tak się mało tego okonia tu zrobiło, że miejscowi zaczęli wrzucać tu drewniane pręty z klatek swoich papużek, żeby oddzielić skurczybyków i podnieść ich liczbę! – Na ustach Skinnera odruchowo pojawił się trumienny uśmiech, kiedy poczuł strach bijący od wędkujących chłopaków. Wyczuł, że wzięli jego wypowiedź za pieprzenie kretyna, i momentalnie zrobiło mu się głupio.

Słońce nijakiego koloru przykryła kolejna fala buntowniczych czarnych chmur, tak że rzucały plugawy cień na jezioro, a jeden z wędkarzy, rudowłosy chłopak, aż się zatrząsł. McKenzie, chcąc jakby podsycić gęstniejącą atmosferę, kopnął w pudełko wypełnione sprzętem wędkarskim i przynętą. Czerwie zaczęły wić się w błocie.

– Ale ze mnie niezdara, no nie?

Skinner zgrzytnął zębami i wymienił porozumiewawcze spojrzenie z Garethem, które mówiło: „Na pewno McKenzie dalej będzie nam robił siarę swoimi wieśniackimi tekstami, podanymi w równie inteligentny sposób".

– No jak tam, kibicujecie swoim, chłopaki? – zapytał Dempsey. – Nie ciągacie się ze swoimi ziomkami? – dopytywał się zdeprymowanych chłopaków, po czym podniósł głos i zwrócił się do jednego z nich: – Ty, rudy fiutku! Pytałem grzecznie, jakiej drużynie kibicujecie.

– Nie interesuję się piłką... – zaczął chłopak.

Dempsey zdawał się rozważać to zdanie przez chwilę lub dwie, kiwając głową z uznaniem jak nadęty pacan z wyższych sfer oceniający wino na podniebieniu.

– Szczupaki to straszne łajdaki – zaśmiał się Skinner. – Słodkowodne rekiny. Mają naturę bestii.

– A znasz Dixiego z Bathgate? – rzucił Dempsey rudemu, nie zwracając uwagi na Skinnera, który poczuł, że stawka z wolna rośnie.

Rudzielec potrząsnął przecząco głową, drugi przytaknął. Obydwaj unikali kontaktu wzrokowego.

– Tylko o nim słyszałem – powiedział drugi.

– Jak zobaczycie tego chuja, to powiedzcie mu, że Dempsey go szuka – powiedział Dempsey, podkreślając swoje nazwisko, po czym z odrazą zauważył, że wiekopomny fakt, iż to on jest właśnie Dempsey, nie zrobił na wędkarzach najmniejszego wrażenia.

Rozdrażniony Skinner kopnął kamyk wierzchem buta i patrzył z zadowoleniem, jak leci długo nad lustrem wody, by zniknąć z głuchym pluśnięciem w toni. Wypili wcześniej kilka browarów i wciągnęli trochę koki, po czym wyruszyli do West Lothian szlakiem wendetty o niejasnych początkach, o powodach której Dempsey i jego stary kolega już dawno zapomnieli. Nie można było odnaleźć chłopaka i dlatego się tak wałęsali. Zaczęli jechać po tych młodych z wędkami, bo ich frustracja nie znalazła ujścia gdzie indziej. Ale było w tym coś jeszcze – chodziło o starcie starej gwardii z nowym narybkiem. Skinner już wcześniej postanowił – pokaz siły w wykonaniu McKenziego i Dempseya wobec wędkarzy osiągnął punkt krytyczny.

– Przepraszamy za kłopot, co złego, to nie my. Taaakiej ryby! – Skinner wesoło zakończył próbę sił i skinął na Garetha, po czym razem poszli drogą ku cywilizacji. McKenzie i Dempsey ociągali się i zostali w tyle, co nie wróżyło niczego dobrego.

Gareth skrzywił się.

– Chyba powinni wyjechać na wczasy, zamieszkać w maleńkim pensjonacie i oddać się greckiej miłości, aż głupie myśli wywietrzeją im z głowy.

Skinner lubił Garetha, ale uśmiechnął się powściągliwie i dodał:

– Mężczyzna powinien moczyć swego korzenia w pokoju. To podstawowe prawo człowieka. – Uwaga była naprawdę idiotyczna.

Usłyszeli jakieś krzyki i wrzaski, ale szli dalej, jak gdyby nigdy nic, kierując się szybkim krokiem do samochodu. Kilka chwil później zobaczyli we wstecznym lusterku, jak McKenzie i Dempsey pędzą w ich kierunku.

– Daliśmy kutasom popalić – wysapał podenerwowany Dempsey, tarabaniąc się do samochodu. Miał opuchnięte, podbite oko. McKenzie uśmiechał się jak żarłacz olbrzymi.

– Mieli komórę? – zapytał rozdrażniony Gareth. – Bo jak mieli, to zaraz będziemy mieli psy na głowie.

– Mogą tu nie złapać sygnału – powiedział pokornie Dempsey – w kamieniołomie nie ma zasięgu.

Gareth włączył silnik i wystrzelił z polnego traktu w kierunku głównej drogi, kierując się na Kincardine Bridge.

– Pojedziemy szlakiem widokowym. Wy, chuje, wsiądziecie w Stirling w pociąg – skinął Dempseyowi i McKenziemu. Skinner zastanawiał się, czy rozzłościł Dempseya, siadając obok kierowcy. Szczególnie że ten musiał się teraz gnieździć obok Wielkiego Raba McKenziego.

– Masz, kurwa, nie po kolei! – jęknął Dempsey.

– Odpierdol się, Demps. Nie przyjechałem na to zadupie, żeby patrzeć, jak flekujesz miejscowych – warknął Gareth.

– No tak, ale... – zaczął Dempsey.

– Żadne ale. Myślałem, że chcesz znaleźć Andy'ego Dicksona. Jak idiota zgodziłem ci się pomóc w tym kretyństwie, bo nawaliłem się jak stodoła, a w ogóle to gówno mnie obchodzi jakiś tam wiejski kretyn. Ale czy któryś z tych chłopaków nazywał się Andy Dickson? Nie? Tak myślałem!

– Zaczynali się, kurwa, stawiać – wysyczał Dempsey.

– Łowili ryby – odciął się Gareth.

Skinner zauważył we wstecznym lusterku, że Dempsey stara się przewiercić rozpalonym wzrokiem potylicę Garetha, ale kierowca zdawał się nie zwracać na to najmniejszej uwagi. Tymczasem McKenzie rozpamiętywał z entuzjazmem, jak to załatwili wędkarzy. Kiedy zdali sobie sprawę, co się kroi, jeden z nich walnął pierwszy Dempseya niezłym prawym sierpowym.

– Ten ryży szczyl – wyjaśnił ze złośliwą satysfakcją. Następnie McKenzie opowiedział, jak to położył jego kumpla jednym ciosem, i obserwował z rozbawieniem, jak rozwścieczony Dempsey niemal sparaliżowany furią i złością w końcu dał sobie radę z napastnikiem i zbutował go do gruntu.

Dempsey siedział na tylnym siedzeniu sztywno jak ściśnięta sprężyna, zmuszony do wysłuchiwania relacji McKenziego. Teraz mógłby zabić tego wędkarza, bo wiedział, że nie będzie w stanie wymazać z pamięci McKenziego tego pierwszego ciosu zadanego z zaskoczenia przez rudego, pomimo że gnojek w końcu musiał wypić piwo, którego nawarzył. Ale opowieść będzie w mieście nosiła tytuł: „Jak Dempsey dostał wpierdol od rudzielca w kamieniołomie". Jego cios urośnie do takich rozmiarów, że w konsekwencji ucierpi na tym reputacja Dempseya. To będzie opowieść o wędkarzu, że ja nie mogę. Promienny uśmiech McKenziego świadczył o tym aż nadto dobitnie.

W samochodzie Gareth, być może poruszony upokorzeniem Dempseya, które będzie się za nim jeszcze długo ciągnęło, postanowił odwieźć jednak wszystkich do miasta. Kiedy domy z przedmieścia zmieniły się w czynszówki w centrum, Skinner pomyślał, że powinien teraz wrócić do Kay, ale McKenzie zaproponował wypad na jednego. Może i warto byłoby wychylić szklaneczkę przed pójściem do domu.

4. Skegness

Zamglone spojrzenie Joyce Kibby uciekło z patelni z jajecznicą ku zdjęciu – trwało to w jej zmąconej świadomości raptem sekundę lub dwie. Nieświadomie osiadło na półce zdobionej kuchni w stylu Tudorów, którą jej mąż zrobił własnoręcznie.

Było to zdjęcie jej, Keitha i dzieci w Skegness. Mógł być jakiś 1989 r. i padało wtedy przez dwa tygodnie. Zdjęcie zrobił szatniarz w Crazy Golf. Barry, przypomniała sobie. Większość gości w domu Kibbych widziała w tym wyłącznie nieistotną rodzinną fotkę, szczególnie że pełno ich było w całym domu. Jednak dla Joyce miało ono magiczną, transcendentalną wartość.

Według niej to jedno zdjęcie oddawało esencję tego, co było na wszystkich innych: Keitha z jego wymuszonym rozbawieniem; Caroline z jej prowokacyjną, drapieżną radością, którą miała od dziecka, a która nigdy jej nie opuściła. Widać też było szczęście na twarzy Briana – zawsze była w nim nuta niepewności, jakby ostentacyjne afiszowanie się ze szczęściem miało zaraz wywołać pojawienie się ciemnych mocy mających rozwiać radość tę w okamgnieniu. Mówiąc krótko – skonstatowała zmartwiona – był taki sam jak ona.

Swąd spalenizny uderzył ją w nozdrza.

– Niech to – wymamrotała Joyce, ściągając patelnię z palnika i odrywając jajka za pomocą drewnianej łyżki, by nie przywarły na dobre. Te tabletki od doktora Craigmyre'a, które miały jej pomóc uporać się z chorobą Keitha, spowalniały ją i otępiały.

Gdzie jest Caroline?

Szczupła kobieta pod pięćdziesiątkę z dużymi, rozbieganymi oczami i pokaźnym nosem, Joyce Kibby ruszyła po popękanych kafelkach. Wystawiła głowę na korytarz i krzyknęła w kierunku schodów:

– Caroline! No chodź tu zaraz!

W pokoju na piętrze Caroline Kibby z wolna podniosła się na łokciach, odgarniając blond włosy z twarzy. Z wielkiego plakatu na ścianie na wprost Robbie Williams pozdrowił ją szczerym uśmiechem. Zawsze uważała, że właśnie to jego zdjęcie jest najbardziej wzruszające i słodkie. Dzisiaj jednak Robbie się nie popisał, wyglądał nawet dziwnie pospolicie. Spuszczając nogi z łóżka, spojrzała tylko pobieżnie na swoją gęsią skórkę, bo wrzask Joyce ponownie odbił się echem na drewnianej klatce schodowej.

– Carooolliiiine!

– Idę, idę, już idę – wymamrotała ze złością w kierunku wielkiego plakatu.

Caroline wstała i poczuła chłód, po czym podeszła kilka kroków do drzwi, zdjęła z wieszaka niebieski szlafrok i owinęła się nim. Wychodząc na korytarz, instynktownie szczelnie zakryła piersi i od razu zobaczyła, jak brat szykuje się do wyjścia – drzwi łazienki były otwarte, by uleciała z niej para spod prysznica. Na lustrze widać było ociekającą kroplami wody gwiazdę Dawida. Brian już się przebrał w nowy, granatowy garnitur, który za nakazem ojca kupił do nowej pracy. Dobrze na nim leżał – krój sprawił, że wyglądał na elegancko szczupłego, zamiast, jak zwykle, na straszliwie wychudzonego. Dodaje mu szyku – stwierdziła – Brian jest stworzony do garniturów.

– Bardzo pięknie – Caroline uśmiechnęła się.

Brian wyszczerzył wielkie białe zęby. Ma ładne, zdrowe zęby ten mój brat – pomyślała.

Dziś był jego wielki dzień. Otrzymał posadę w większym inspektoracie niż Fife. Praca ta zapewniała pensję o kilka półek wyższą. Ponadto miał dogodny dojazd i odpadały refundowane koszty. Jednak był to wielki krok ku większej – pod wieloma względami – odpowiedzialności i gdzieś w zmęczonych oczach brata Caroline dostrzegła, że wiąże się z tym również większa presja.

– Denerwujesz się? – zapytała.

– Nie – powiedział Brian, ale po sekundzie wyjawił: – No może troszeczkę.

– Caroline! – wysoki, nosowy głos Joyce dobiegł ponownie z dołu. – Śniadanie ci wystygnie!

Caroline przechyliła się przez barierkę na schodach.

– Tak! Słyszę! Już idę – odkrzyknęła, a Brian zauważył, jak ścięgno napięło się na szyi siostry.

Joyce od razu przestała szurać pantoflami i niepewna cisza jak strumień gorącej pary zaczęła unosić się z kuchni. Wyglądało to tak, jakby snajper w dżungli odstrzelił właśnie głowę jej towarzyszowi broni kuchennych okopów.

Brian Kibby spojrzał na siostrę z niepokojem, ale Caroline tylko zrobiła minę i wzruszyła ramionami.

– Daj spokój, Caz... – poprosił błagalnie.

– Działa mi na nerwy.

– To chyba z powodu taty – powiedział Brian i dodał: – To ją wykańcza.

Dostrzegła nieznaczny protekcjonalny ton w słowach brata i zabolało ją to.

– Wszystkich nas to wykańcza – rzuciła szybko.

Briana zaskoczył nieco ton, jakim to powiedziała. Do tej pory nie okazywała zbyt wielu szczerych oznak zatroskania chorobą ojca. Ale w końcu na pewno się martwiła, była przecież jego ukochaną córeczką – pomyślał z żalem. W zwykły dla siebie sposób Kibby potraktował ulgowo zachowanie siostry, składając je na karb jej młodości i sposobu bycia. I chyba ona też się denerwuje moim pierwszym dniem w pracy i w ogóle... – kombinował dalej, dodając: – Postaraj się z nią nie pokłócić, Caz...

Kiedy rodzeństwo Kibbych schodziło do kuchni, Caroline wzruszyła niewiążąco ramionami. Na dole Brian aż uniósł brwi, kiedy zobaczył wieki półmisek jajecznicy, bekonu, grillowanych pomidorów i grzybów. Jego matka martwiła się, że jest taki chudy, ale on mógł jeść wszystko, nie martwiąc się, że przytyje, ponieważ dzielił z nią los osoby o doskonałym metabolizmie.

– Będziesz mi jeszcze dziękował – powiedziała Joyce, wyprzedzając pytanie, kiedy już usiadł do stołu. – Nie wiesz, jakie marne jedzenie dają w tych stołówkach. Zawsze mówiłeś, że w stołówce w Kirkcaldy nie karmią najlepiej – dodała, odwracając się w kierunku Caroline, która nakładała jajko na tosta, odsuwając bekon na bok.

Joyce skrzywiła się, co Caroline zauważyła od razu.

– Mówiłam ci, że nie jem mięsa – powiedziała Caroline. – Dlaczego ciągle mi je nakładasz, skoro wiesz, że go nie jem?

– To tylko kawałek bekonu – powiedziała błagalnie Joyce.

– Przepraszam, czy ty w ogóle słyszysz, co ja do ciebie mówię? – zapytała Caroline, patrząc matce w oczy. – Jak myślisz, co oznacza zdanie: „Nie jem mięsa”?

– Ale powinnaś. Tylko jeden kawałek. – Joyce wywróciła oczami i spojrzała na Briana, który był pochłonięty smarowaniem masła na toście.

– Ja. Nie jem. Mięsa – oświadczyła Caroline po raz trzeci, teraz już innym tonem, niemal śmiejąc się z matki.

– To jeszcze nic nie znaczy – najeżyła się Joyce. – Wciąż jesteś dorastającą panną.

– Dorastającą w bardzo niezdrowy sposób, dzięki tobie.

– Jesteś anorektyczką, w tym cała rzecz – orzekła Joyce. – Czytałam o tych fanaberiach, jakie teraz w głowie mają młode dziewczyny, co myślą, że za dużo ważą i wiesz…

– Nie możesz tak o mnie mówić! – Caroline zadrżała z oburzenia. – Tak określa się osoby z chorobą psychiczną!

Joyce spojrzała rozżalona na córkę. Co ta pyskata smarkula może wiedzieć o chorobach?

– Twój tato walczy o życie w szpitalu, ma kroplówki, i całe życie ciężko pracował, żebyś mogła zjeść coś porządnego…

Caroline nadziała plaster bekonu na widelec i wycelowała nim oskarżycielsko w Joyce.

– No to mu to zanieś! – po czym skoczyła na równe nogi jak oparzona i pobiegła po schodach do swego pokoju.

Joyce zaczęła chlipać urywanym szlochem.

– A to mała… och… – i nagle przestała, jakby dopiero co spostrzegła obecność Briana. – Przepraszam, synku, że pierwszego dnia na nowej posadzie… Ja już jej nie poznaję – powiedziała, spoglądając w sufit. – Gdyby tato był w domu, nigdy by tak nie pyskowała…

– Nic się nie stało, pójdę i porozmawiam z nią. Ona też jest zdenerwowana, mamo. Martwi się o tatę. Taka już jest – przekonywał Brian.

Joyce wzięła głęboki wdech.

– Nie, synku, dokończ śniadanie, bo pierwszego dnia spóźnisz się do pracy. Twojej nowej pracy. To nie w porządku, nie w porządku – powtarzała, potrząsając głową, a on zastanawiał się, jakąż to nieprawość ma na myśli.

Brian Kibby chciał już za wszelką cenę wyjść z domu. Choć miał jeszcze dużo czasu, pochłonął szybko śniadanie i wcisnął czerwoną bejsbolówkę na czoło. W uniesieniu i podnieceniu pognał z Featherhall Road na St John's Road, gdzie dostrzegł nadjeżdżający autobus numer 12. Popędził co sił na przystanek i udało mu się zająć miejsce siedzące, z którego przez pokrytą parą wodną szybę mógł obserwować zimne miasto przemokłe do szpiku kości. W sznurze pojazdów minęli zoo, potem Western Corner, Roseburn, Haymarket i wzdłuż Princess Street dotarli do Waverly Station, gdzie wysiadł i poszedł w górę Cockburn Street na Royal Mile. Zdjął bejsbolówkę z przyszytym logo drużyny piłkarskiej, bo nie pasowała do garnituru, i wsadził ją do torby.

Ucieczka z domu rozgrzała go, lecz po opuszczeniu autobusu poranny, wilgotny chłód zaczął dawać znać o sobie. Kiedy poczuł pył mżawki, który z wolna skraplał się na ubraniu, wpadła mu do głowy myśl, że wyjście na dwór w Szkocji przypominało odwiedziny w lodowej saunie. Dla zabicia czasu pochodził trochę po Royal Mile. W kiosku kupił miesięcznik *Game Informer* i wsadził go sobie do torby. Następnie poszedł na skróty boczną uliczką i poczuł nagłe podniecenie, bo oto dostrzegł jeden ze swych ulubionych sklepów, nad którym widniał staroświecki szyld:

A.T. Wilson, sklep dla hobbystów i kolekcjonerów

Brian pamiętał, jaką radość sprawiało tacie droczenie się z nim, kiedy Brian opowiadał mu o tym, co ostatnio sobie kupił w tym sklepie.

– Wciąż chodzisz do tego sklepu z zabawkami, synku? Nie jesteś już trochę za duży na to? – Keith Kibby śmiał się, ale w jego docinkach często pobrzmiewała szydercza kpina, pod którą jego syn aż się kulił, dlatego Brian w końcu przestał chwalić się nowymi zakupami.

Najwspanialszy model na poddaszu Kibby'ego naprawdę robił wrażenie na każdym, pomimo tego, że Brian nie miał wielu znajomych i niewielu ludzi dostąpiło zaszczytu zobaczenia tego cuda. Jako maszynista, Keith Kibby początkowo sądził, że jego syn podzielał pasję ojca dotyczącą lokomotyw parowych, ale wkrótce się rozczarował, widząc, że jego pasja ograniczała się jedynie do modeli pociągów. Niestety chciał dobrze, a wyszło inaczej – chcąc pogłębić jego kolejarskie zainteresowania, ojciec – majsterkowicz-entuzjasta – położył podłogę na poddaszu, po czym ustawił tam aluminiowe rusztowania i założył światło.

Brian Kibby odziedziczył umiejętności pracy w drewnie po ojcu. Warsztat Keitha znajdował się w drugim skrzydle poddasza, aż do dnia, w którym choroba nie pozwoliła mu na ciągłe wspinanie się po schodkach w górę i w dół. Od tego dnia poprzestał na pracy w ogrodzie. Tym samym cała powierzchnia poddasza przypadła Brianowi – jego kolei i makietom, pomijając kilka starych szaf, w których składowano stare zabawki i książki oraz mnóstwo archiwalnych numerów czasopism poświęconych grom, które kolekcjonował Brian.

Niezwykle rzadko ktoś wchodził na górę i dlatego poddasze stało się niepodzielnym królestwem i samotnią Briana w czasach, kiedy prześladowali go w szkole silniejsi koledzy, czy też kiedy miał do przemyślenia jakieś sprawy lub chciał powzdychać do znajomych dziewczyn. W tym zaciszu spędzał wieczory pełne poczucia winy zajęty masturbacją w samotności, kiedy to jego rozgorączkowany umysł przywoływał wizje roznegliżowanych lub skąpo odzianych dziewczyn z sąsiedztwa czy też ze szkoły, na które z powodu swej nieśmiałości nie był w stanie patrzeć, a co dopiero się do którejś odezwać.

Ale jego największą pasją były modele kolejek. Z tego powodu również miał poczucie winy; było to tak odmienne od tego, co zajmowało jego rówieśników, czy też przynajmniej od tego, co twierdzili, że ich zajmuje. Przyjemność, jaką z tego czerpał, była tak cudownie, rozkosznie nacechowana poczuciem winy, że dawała się jedynie porównać z radością, jakich dostarczały mu napady onanizmu. Pod wpływem tych doznań stawał się coraz bardziej powściągliwy i ostrożny wobec rówieśników, bo czuł się jedynie prawdziwie wolny na swoim poddaszu, czuł się panem sytuacji i władcą miejsca, które sobie stworzył.

Rodzinne dowcipy Keitha na temat tego, że został „wyrugowany" z poddasza, wiązały się z poważniejszymi obawami niż te dotyczące pogarszającego się stanu zdrowia. Martwił się, że pod względem psychologicznym zamurował syna na strychu – zachęcając chłopca do rozwijania swych zainteresowań, dał synowi możliwość całkowitej izolacji od świata.

Kiedy Brian wszedł w wiek, w którym, jak sądził Keith, chłopak był za duży, by jeździć wspólnie z rodziną na wakacje, zapytał go, dokąd planuje wyjechać.

– Do Hamburga – odpowiedział rezolutnie Brian.

Keith od razu z troską pomyślał o atrakcjach, jakie czekają na turystów w Reeperbahn, ale przypominając sobie własne nastoletnie ekscesy w dzielnicy czerwonych latarni w Amsterdamie, z ulgą doszedł do wniosku, że może to być rytuał przejścia, który jego syn powinien mieć już dawno za sobą. Jednak coś w nim aż drgnęło ze złości, kiedy chłopak dodał:

– Mają tam największy model kolejki na świecie!

Ale Keith wiedział, że to on sam jest sprawcą rozwinięcia się tej obsesji. To on pomógł synowi w zrobieniu wielkich wzgórz z *papier-mâché*, przez które przejeżdżała kolej w tunelach, to on pomagał mu w tworzeniu szczegółów i rozmaitych instalacji na modelu. Dumą Briana był budynek stacji i hotel skonstruowany na wzór St Pancras w Londynie. Zbudował go na zajęcia praktyczno-techniczne do szkoły, gdzie model przetrzymał zmasowany atak Andy'ego McGrillena, osiłka z sąsiedztwa, który czerpał szczególną radość z dręczenia Briana. Jednak udało mu się szczęśliwie donieść go do domu i już nic nie mogło powstrzymać Briana Kibby'ego przed rozbudową konstrukcji, której dokonał z wielkim uczuciem.

Teraz Kibbytown, jak często o nim mówił, miało też stadion piłkarski, wybudowany koło nasypu. Tory biegły górą, co przypominało okolice Brockville czy też Starks Park. Jego ostatni projekt zakładał wybudowanie skomplikowanej konstrukcji, która utworzy pomost nad torami na podobieństwo Landsdowne Road Stadium w Dublinie. Brian nawet poskromił swą antypatię do sportu i poszedł na kilka meczy w Tynecastle i Murrayfield, by przyjrzeć się elementom konstrukcyjnym stadionów.

Keith był zawsze dziwnie zaniepokojony, kiedy rozpoczynała się nowa faza przebudowy. Martwił się, że syn zrówna z ziemią wzgórza z *papier-mâché*, które niezmiennie stanowiły obiekt jego troski, lecz Brian zawsze budował wokół nich. I budował ten chłopak: czynszówki, wieżowce, bungalowy, wszystko, co mu przyszło do głowy, w miarę rozrostu miasta na poddaszu, co było odzwierciedleniem rozwoju okolic na zachód od Edynburga, gdzie dorastał.

Teraz, w porannym deszczu, na ulicy przed witryną sklepu Wilsona Kibby stał jak zahipnotyzowany. Nie mógł uwierzyć własnym oczom, ale naprawdę tam stała! Elegancka, czarno-kasztanowa lokomotywa lśniła na wystawie, a on wodził wzrokiem po trawionej złotoczarnej plakietce na boku: CITY OF NOTTINGHAM. To był model lokomotywy R2383 BR Princess Class, City of Nottingham. Na skutek wielkiego popytu od dawna nie było go w sprzedaży i dlatego stał się prawdziwą rzadkością.

Ile to już lat szukam tej lokomotywy?

Serce zaczęło mu walić jak wściekłe, kiedy spojrzał na zegarek. Sklep otwierają o dziewiątej, już za pięć minut, ale musi się zgłosić do pana Foya o 9:15. Lokomotywa kosztowała 105 funtów i jeśli ją tu zostawi, to ktoś sprzątnie mu ją sprzed nosa, zanim przyjdzie podczas przerwy na lunch. Brian Kibby pognał na drugą stronę ulicy do bankomatu i wyciągnął pieniądze, drżąc z podniecenia i strachu, że jakiś inny miłośnik kolejek wśliźnie się przed niego i zgarnie wymarzony model.

Pędząc na powrót do sklepu, Kibby zobaczył Artura, starego właściciela przybytku, który utykając podszedł do drzwi i przekręcił klucz w zamku. Rzucił się za nim, nie potrafiąc ukryć emocji, ale stanął nagle w miejscu, gdyż staruszek niespodziewanie pochylił się, by podnieść z podłogi wieczorną pocztę. Kibby'emu zdawało się, że trwa to całą wieczność. Kiedy Artur w końcu zebrał listy, odezwał się tonem wszechwiedzącego mędrca:

– O tak, Brian, synku, chyba wiem, po co przyszedłeś.

Rzucając pobieżne spojrzenie na zegarek, Kibby zaczął się teraz martwić, że się spóźni. Nie wolno mu się spóźnić, nie może pierwszego dnia wywrzeć tak niekorzystnego wrażenia. Rozpoczęcie pracy z czystą kartą było najważniejszą sprawą. Jego tato zawsze niezwykle cenił sobie punktualność i ta cecha przeszła na Briana Kibby'ego. To chyba wiązało się z tradycją pracy na kolei – tak podejrzewał Brian.

Stary Artur był nieco urażony, kiedy młody chłopak wyskoczył od razu ze sklepu po zakupie lokomotywy i nie zatrzymał się, by jak zwykle uciąć z nim krótką pogawędkę. Ci młodzi zawsze dokądś pędzą – pomyślał rozgoryczony, ponieważ od dawna uważał, że Brian jest inny.

Kibby rzucił się do biegu z pudełkiem pod pachą. Nie, nie może się spóźnić – powtarzał sobie raz za razem, jakby mamrotał pod nosem jakąś nerwową mantrę. Dziś wieczorem wybierał się do szpitala i musiał być gotowy spojrzeć ojcu w oczy i opowiedzieć mu wszystko o tym, jak mu poszło pierwszego dnia w pracy. Zegar na Tronie wskazywał jeszcze wczesną godzinę, dlatego odprężył się nieco i odzyskał oddech.

Przed Urzędem Miejskim prowadzono jakieś poważne roboty drogowe. Zawsze co chwila rozkopują kocie łby na Royal Mile – stwierdził Kibby. I wtedy rozpoznał jednego z robotników. To był McGrillen, jego dawny prześladowca ze szkoły. Miał na sobie kamizelkę odblaskową, a w rękach trzymał wielki młot pneumatyczny, którego wibracje uwypuklały jeszcze jego potężne, muskularne ramiona. Kibby spojrzał na swe własne, rachityczne kończyny i przypomniał sobie idiotyczne rady swego ojca. „Jeśli ktoś cię ruszy w szkole, daj mu do powąchania to!". Ojciec wymachiwał swą własną pięścią jak bochen chleba przed nosem syna dla zilustrowania, co ma wtedy zrobić.

Brian Kibby mocniej ścisnął pudełko.

Kiedy McGrillen spojrzał na niego i zaczęło mu coś świtać, Kibby poczuł w żołądku dobrze znany, pojawiający się w obecności groźnego adwersarza, kłębek strachu. Jednak teraz, obserwując McGrillena, pojawiło się również inne, mniej znane uczucie. We wzroku jego dawnego kata wciąż widać było pogardę, ale tym razem on w stroju roboczym stał na wprost Kibby'ego w garniturze i tkwiące głęboko w McGrillenie tłamszone burżuazyjne ciągoty wzięły górę. I Kibby to dostrzegł, zobaczył, że McGrillen widzi przed sobą własne, długie życie kopacza rowów, tymczasem on, Brian Kibby, miał garnitur i krawat, był szanowanym człowiekiem związanym z biznesem, był inspektorem miejskim!

I Kibby nie był w stanie powstrzymać nieznacznego pogardliwego uśmieszku, który pojawił mu się na ustach, bo dzięki niemu, po tych wszystkich upokorzeniach na boisku szkolnym i latach przemykania się obok piekarni czy baru z frytkami, teraz wreszcie mógł poznać smak zemsty, smak sprawiedliwości dziejowej. Ten nieznaczny, pełen samozadowolenia uśmieszek z pewnością pali czarne serce McGrillena jak rozżarzony węgiel! – pomyślał, niemal pląsem wchodząc na podjazd, po czym momentalnie odwrócił wzrok i poszedł dalej wystudiowanym krokiem zatopionego we własnych myślach biznesmena, któremu wydawało się, że znał kogoś takiego jak McGrillen, ale przecież z pewnością się pomylił!

Wewnątrz imponującego holu Kibby wspiął się po wykładanych mahoniowymi panelami schodach ku windom. Wsiadł do jednej z nich i zobaczył faceta w jego wieku, może nieco starszego – w garniturze. Kibby pomyślał, że wygląda na równego gościa, a jego garnitur tani też nie był. Facet skinął mu głową i uśmiechnął się – do niego, do Briana Kibby'ego! No bo niby czemu nie? Teraz był kimś, urzędnikiem miejskim, a nie jakimś niewykwalifikowanym robolem jak McGrillen.

Tacy, jak ten tutaj, nawet nie wiedzą, że istnieją McGrillenowie!

I nagle zdał sobie sprawę, że ten chłopak był z dziewczyną; cóż, Kibby poczuł, jak mu hormony buzują, wtedy ona również się do niego uśmiechnęła, po czym zaczęła rozmawiać z tym młodym. Niech mnie – pomyślał Kibby, podziwiając jej jasnobrązowe włosy, żywe, brązowe oczy i pełne usta. Ale towar – westchnął w myślach, tak bardzo opanowany niezwykłym rozgorączkowaniem, że na kilka chwil zapomniał o pudełku trzymanym pod pachą.

Na kolejnym piętrze do windy weszło dwóch mężczyzn w kombinezonach i kabinę, w której stłoczyli się wszyscy, wypełnił zdrowy, rześki, gorący odór. Ktoś puścił bąka. To było straszne – facet w garniturze przechwycił spojrzenie Kibby'ego, spojrzał na chłopaków w kombinezonach i skrzywił się z odrazą. Robotnicy wysiedli na kolejnym piętrze. Młody człowiek w garniturze powiedział głośno:

– Ale obora!

Kilku się uśmiechnęło, a młoda panna parsknęła śmiechem.

– Danny – cmoknęła.

– Nie żartuję, Shannon – Kibby słyszał, co ten mówi. – Trzeba mieć odrobinę kultury. Na każdym piętrze jest toaleta.

Shannon – pomyślał Kibby – zbyt podekscytowany i zdenerwowany, by się odwrócić i sprawdzić, czy idą w tę samą stronę. Tak – pomyślał – to moja wielka szansa. Nie znali go, nie będzie dla nich zahukanym uczniakiem ani biurowym popychadłem, który tylko parzy herbatę starym zrzędom jak w poprzedniej pracy. Tutaj będzie dojrzałym, świadomym swej wartości, otwartym i szanowanym mężczyzną. Nabrał głęboko powietrza w płuca, odwrócił się do Danny'ego i panny Shannon.

– Przepraszam... czy mogą mi państwo powiedzieć, gdzie znajduje się Wydział Ochrony Zdrowia? Jestem umówiony na spotkanie z panem Robertem Foyem.

– Ty pewnie jesteś Brian – dziewczyna o imieniu Shannon uśmiechnęła się podobnie jak ten chłopak Danny, co Kibby zauważył z satysfakcją.

– Chodź z nami – powiedział.

Ledwo wszedłem, a już zakolegowałem się z naprawdę miłymi ludźmi!

5. Odszkodowanie

Budzik nieustępliwie dzwonił, wyciągając Danny'ego Skinnera z jednego piekła i wtrącając w drugie. Skinner sięgnął ręką i walnął na odlew w wyłącznik, lecz hałas jeszcze przez chwilę pulsował mu w mózgu. Męczące, trawiące go koszmary rozpływały się, lecz w ich miejsce pojawiła się surowa, chłodna rzeczywistość poniedziałkowego poranka. Ociężała głowa zaczęła kojarzyć, co się dzieje, a cienie świtu wpełzły do pokoju. Spiętrzona fala paniki eksplodowała mu w piersiach, gdy instynktownie sięgnął nogą na drugą, chłodną stronę łóżka.

Nie.

Kay nie wróciła do domu, nie została na noc. Przecież większość weekendów spędzała u niego. Może poszła na jednego ze swoją przyjaciółką Kelly; dwie normalne dziewczyny, dwie tancerki ruszyły w miasto. Czepił się tej myśli. Wtedy do nosa wwiercił mu się natrętnie gorzki odór. W rogu pokoju zobaczył kałużę wymiocin. Dziękował w duchu, że zostawił je na sosnowej podłodze, a nie na orientalnym dywanie z wyhaftowanymi na nim kilkoma pozycjami Kamasutry. Zapłacił za ten dywan pół miesięcznej wypłaty w jednym ze sklepów z antykami na Grassmarket.

Skinner włączył radio i przez nieznośnie długie chwile wsłuchiwał się w – jak zwykle – natarczywie radosne paplanie DJ-a, zanim mógł z radością powitać znaną melodię, która nieco ukoiła jego boleść. Z wolna podniósł się z łóżka i spojrzał na ubrania porozrzucane po podłodze i wiszące na mosiężnym stelażu łóżka z desperacją rozbitka siedzącego na tratwie pośrodku morza. Następnie powiódł chorym spojrzeniem po pustych butelkach po piwie i niedopałkach w przepełnionej popielniczce obok. Niemrawe poranne słońce przedzierało się przez powycierane zasłony, ukazując w pełnej krasie tę wstrętną kompozycję. Chłodny wiatr wył w nieszczelnych, stukających framugach, boleśnie kąsając go w ciało.

Zeszłej nocy znów się stoczyłem. Przez cały weekend. Nic dziwnego, że Kay wolała wrócić do domu. Pierdolony dynksiarz Skinner... pierdolony cholerny gnój... zachowuję się jak kretyn...

Zdał sobie sprawę, że nigdy zimno mu nie przeszkadzało. Teraz poczuł, że wysysa jego życiową moc. Mam dwadzieścia trzy lata –

powiedział z nerwowym zacięciem podrasowanym kacem gigantem. Podniósł dłoń do skroni, by rozetrzeć bolesne kłucie, które jak sądził, mogło być zapowiedzią ustawicznego bólu zdolnego przenieść go w męczarniach na tamten świat.

Jak tu, kurwa, zimno. Zimno i ciemno. Tu nigdy nie będzie Australii ani Kalifornii. Nic a nic się nie polepszy.

Czasami rozmyślał o ojcu, którego nigdy nie poznał. Jego obraz łączył mu się z jakimś ciepłym miejscem, może z tym, które nazywają „Nowym Światem". Oczyma wyobraźni widział zdrowego, opalonego mężczyznę, być może z włosami przyprószonymi siwizną i opaloną rodzinką, młodą rodziną blondasów. A on zostanie jej członkiem w ramach aktu pojednania, pojednania, które nada sens jego życiu.

Jak możesz tęsknić za czymś, czego nigdy nie miałeś?

Zeszłej zimy był spłukany i starał się uspokoić, starał się odstawić picie. Zaczął słuchać Leonarda Cohena, czytać prace filozoficzne Schopenhauera oraz różnych poetów skandynawskich, którzy według niego byli, na skutek męczarni, jakich musieli doświadczać w długie zimowe noce, opętani kliniczną depresją. Sigbjørn Obstfelder, norweski modernista, który tworzył pod koniec dziewiętnastego wieku, był szczególnie biegły w chorobliwej dekadencji i Skinner szczególnie go sobie upodobał:

Dzień, co śmiech niesie i zabawy moc
Śmierci nasienie rozsiewa przez noc
Śmierci nasienie rozsiewa

Czasami myślał, że widzi to na twarzach weteranów z Leith: każda pinta, każdy łyk sprawia, że Posępny Żniwiarz zbliża się o krok, gdy oni mamią się złudzeniami o nieśmiertelności.

Ale jakie to piękne złudzenia!

I przypomniał sobie, jak wyciągnął swoją dziewczynę do pubu w niedzielne popołudnie, kiedy ona chciała tylko poleżeć sobie z nim i pogapić się w telewizor.

Skinner jednak musiał zapić pozostałości piątkowego wieczoru i sobotniego kaca i wystawił ją za drzwi, po czym zaciągnął ją do Robbiego na Leith Walk, gdzie piło kilku jego kumpli. A jednak pomimo to Kay siedziała w środku, jedyna kobieta, uśmiechnięta i pogodna, na przemian nagabywana i ignorowana przez tych dziwnych i wspaniałych facetów, którzy tylko pili i pili. Wyglądało to, jakby niektórzy z nich nigdy w życiu nie widzieli kobiety swymi przekrwionymi ślepiami, a inni widzieli o jedną za dużo. Kay nie przejmowała się tym zbytnio – była szczęśliwa, że jest ze swoim ukochanym, dokądkolwiek by nie poszli. Nie mogła jednak robić tego co oni. Musiała pilnować wagi, żeby tańczyć, musiała zachować sprawność. Mawiał zwykle: – Ależ ty jesteś sprawna, słonko.

Ale z każdym drinkiem Skinner stawał się coraz bardziej hałaśliwy i drobiazgowy. Spierał się ze swym kumplem, Garym Traynorem, żylastym młodzieńcem z jeżem na głowie i twardą lecz przebiegłą twarzą.

– Nie mają już tylu typa. No bo ilu oni mogą skrzyknąć?

Traynor wzruszył ramionami, nieznaczny uśmieszek błąkał mu się na twarzy. Pociągnął zdrowy łyk piwa. Alex Shevlane, weteran siłowni, który wyglądał, jakby przedawkował ciężary, dumnie wyprężył biceps w lustrze na ścianie i podniósł butelkę z piwem do ust.

– Ostatnim razem, jak żeśmy tam pojechali ekipą, to te fajfusy się nawet nie pokazały. Strata czasu, kurwa ich mać – zasyczał.

– Zawsze o tym gadasz – Traynor uśmiechnął się, jak drapieżnik waląc serdecznie Shelvana w szerokie plecy. – Odpuść. Co, chcesz pozwać kutasów o odszkodowanie za straty moralne? Straty moralne, bo zepsuli ci weekend – zaśmiał się i wskazał głową na dobrze ubranego, szykownego młodzieńca, który samotnie pił przy barze. – Chcesz, to masz! Jak biega o odszkodowania, to czep się Dessiego Kinghorna!

Skinner odwrócił się w kierunku Desa Kinghorna, który napotkał jego wzrok i odwzajemnił się twardym, badawczym spojrzeniem. Skinner wstał i podszedł do niego, a twarz Traynora rozjaśniła się radośnie.

– Dessie, jak leci, kolego?

Kinghorn spojrzał na niego, zobaczył kurtkę Aquascutum i nowe buty Nike. Posłał mu wolne, badawcze skinienie.

– W porządku – powiedział szorstko. – Nowi kumple?

Trzy lata mijają, a ten kutas wciąż trzyma dupę wyżej głowy – pomyślał Skinner.

– Tak… chlapniemy sobie, kolego? – Wskazał głową na bar.

– Nie, odpuszczam, muszę lecieć – powiedział Kinghorn, dopił piwo, skinął sztywno głową i skierował się do wyjścia.

Kiedy wyszedł na ulicę, Traynor spojrzał na Skinnera, wydął wargi i wywrócił oczami. Uśmiech Shelvana dokładnie odzwierciedlał reki-ni motyw na bluzie w biało-czarne pasy. Skinner wzruszył ramionami i rozłożył ręce w błagalnym geście. Kay widziała całą scenę i starała się zrozumieć, co się stało i dlaczego ten facet pogardził towarzystwem jej chłopaka.

– Kto to był, Danny? – zapytała.

– Taki stary znajomy, Dessie Kinghorn – powiedział. Ta odpowiedź nie zadowoliła nikogo przy stole, a już bynajmniej Kay, dlatego musiał przypomnieć całą historię. – Pamiętasz, jak ci mówiłem, że latem, zanim cię poznałem, przejechał mnie motocykl? Miałem złamaną nogę, rękę, dwa żebra, pękniętą czaszkę?

– Tak... – przytaknęła. Nawet nie lubiła myśleć o tego typu urazach. Nie tylko o jego urazach, ale w ogóle. Była tuż przed bardzo ważnym konkursem. Kto byłby w stanie podnieść się po takim wypadku i znów tańczyć? Jak długo by to trwało? Nawet teraz czasami wydawało się jej, że jej chłopak ma nierówny chód, co być może stanowiło pokłosie tamtego wypadku.

– No i złożyłem wniosek o odszkodowanie. Dessie pracuje w ubezpieczeniach i pomógł mi, znaczy pomógł wypełnić formularze i takie tam, skontaktował mnie z fotografem.

Kay kiwnęła głową.

– Żeby zrobił zdjęcia twoich obrażeń?

– No tak. Znaczy ja byłem mu wdzięczny i powiedziałem, że to opijemy. Cóż, dostałem piętnaście patyków, z których byłem bardzo zadowolony, nie zrozum mnie źle, ale miałem pół roku zwolnienia w pracy, ciągiem – tłumaczył pokornie Skinner. – I kiedy forsa przyszła, poszedłem do niego, żeby mu dać pięć stów. Znaczy chciałem odwdzięczyć się za to, co dla mnie zrobił, ale kiedy wszyscy mi gadali o tym, żebym upomniał się o odszkodowanie, to ja po prostu zrobiłem to przez firmę, w której pracował Dessie. Uważałem, że dobrze się postarał, i chciałem mu dać coś na boku za fatygę. Gnojek nie przyjął. „Daj sobie spokój”, powiedział. Nadął się i taki już został. – Skinner łyknął głośno piwa, jakby chciał zapić gorycz. – Pierdolony bezczel zaczął rozpowiadać, że należała mu się połowa.

– Skinner odwrócił się do Traynora, potem do Shelvana, potem do Kay, a potem do pozostałych, szukając poparcia. – Powiedziałem temu złamasowi u McPhersona: „Jak chcesz połowę, to dam ci połowę... jak dasz mi złamać sobie nogę, rękę, żebra i rozwalić czerep bejsbolową pałą". Gnojek od tamtej pory poszedł w pizdu, bo myślał, że mu grożę. – Wskazał na siebie, a oczy rozwarły mu się w bezsilnej złości. – Ja. Groziłem tej cipie. Jeszcze czego. Ja tylko chciałem pokazać, o co mi kurwa chodzi.

Kay skinęła ostrożnie głową.

– To straszne, kiedy koledzy kłócą się o pieniądze.

Traynor mrugnął do Kay i walnął Skinnera w plecy.

– Baba i forsa to jedyne, o co się można pokłócić, no nie, chłopaki? – Zarechotał głośno.

Dwaj mężczyźni, którzy siedzieli wraz z młodym chłopakiem w zielonym futbolowym szaliku Carlsberga, spojrzeli w ich stronę. Mężczyźni pili lufy z piwem, a mały coca-colę. Skinner posłał im długie, chłodne, pojedyncze spojrzenie i odwrócili wzrok.

Cukier zmienia się w alkohol.

Kay dostrzegła ohydę zawartą w tym spojrzeniu, widziała nadchodzące symptomy. Ten facet przy barze zepsuł mu nastrój. Wyszeptała zmysłowo prosto w jego ucho:

– Wracajmy do domu, poleżymy sobie razem w wannie.

– A co ty, kurwa, myślisz, że co ja jestem? Ja tylko piję jak ryba! Po-le-ży-my sobie razem w wannie, mówi mi! – Skinner perorował pełnym głosem ku uciesze kompanów, ale zamiast stać się dowcipnym, żartobliwym i filuternym młodzieńcem, jak zamierzał, za sprawą alkoholowej maski jego wypowiedź zmieniła się w szorstką reprymendę, którą Kay odebrała jako popisy przed chłopakami, jakby chciał pokazać, kto tu nosi portki. Upokorzenie zabolało jak nóż w piersi. Wstała.

– Danny... – powiedziała na koniec błagalnie.

Skinner walczył z ociężałym pijackim otępieniem i dodał pojednawczym tonem:

– Ty idź, a ja pójdę, jak dopiję to. – Potrząsnął szklanką wypełnioną do połowy jasnym piwem.

Kay odwróciła się na pięcie, wyszła z baru i poszła w dół Leith Walk. Marnowała tylko czas. Mogła pójść do studia, popracować przy drążku, przygotować ciało i umysł na nadchodzący sprawdzian.

– Te panny – rzucił kumplom Skinner. Kilku z nich przytaknęło ze zrozumieniem. Wielu uśmiechnęło się znacząco. Większość należała do młodszej, miejscowej ekipy, która oddawała się modnej fali stadionowej przemocy. Na większości duże wrażenie robiły opowieści Skinnera i Wielkiego Raba McKenzie o tym, jak to się bujali ze starą gwardią chłopaków z CCS. Tak bardzo chcieli usłyszeć opowieść z wyprawy do West Lothian ze stadionowymi wygami Garethem i Dempseyem, jak Skinner chciał im o tym opowiedzieć bez udziału Kay. Chciał również dostać pornola, który przyniósł mu Traynor – *Drugie Dojście Chrystusa* – i schować go przed jej wzrokiem.

Miał zamiar pójść do domu po tym jednym piwie, ale do pubu wszedł Rab McKenzie i tak snuto nowe opowieści, i znów polało się piwo. Nie, piwa i pacierza nie odmawia.

Aż przyszedł poranek.

Poranek w którym nie było Kay.

Skinner wolno podniósł się z łóżka, wziął prysznic i ubrał się. Co za ironia losu – był schludnym pedantycznym mężczyzną, który całe godziny obowiązkowo spędzał na sprzątaniu mieszkania i poświęcał higienie osobistej, by następnie, z regularnością, która wielu wydawała się niepojęta, dokonywać całkowitej destrukcji jednego i drugiego. Spojrzał na niemal zdewastowane mieszkanie i na widok wypalonej papierosem dziury w kanapie zaklął szpetnie w pogardzie dla samego siebie. Będzie musiał przewrócić ten segment na drugą stronę, ale nie – na drugiej stronie było jeszcze gorzej, bo ktoś przepalił ją żarem z fifki.

Pierdolony pet na kanapie! Wystarczająco dobry powód, żeby przestać na zawsze palić. I wystarczająco dobry powód, żeby dać kopa w dupę każdemu zawszonemu złamasowi, który nawet lekko podjeżdża fajkami u mnie w chacie!

Pilota pokrywały kleiste plamy po piwie. Miał gumowaną obudowę i po jakimś czasie udało się wdusić przycisk i przywrócić go do życia. Na ekranie pojawił się spiker telewizyjny, zapowiadając poranny program. Spoglądając znów na budzik, Skinner walczył z sobą, by wbić się w ciuchy i ruszyć do pracy. Kiedy zawiązał błękitny krawat i spojrzał na swe odbicie w lustrze, z wolna rosła jego pewność siebie konieczna w starciu z nadchodzącym tygodniem.

Wyglądam jak jakiś cholerny bandzior z niemego filmu. Jak zapuszczę wąsa, to będę mógł grać Robcia Łotrowskiego.

Danny Skinner wiedział, że mimo iż był stosunkowo młodym pracownikiem w swoim wydziale, to szanowano go i obawiano się jego ciętego języka. Bali się nawet starsi pracownicy i przełożeni, którzy w kilku wypadkach widzieli, jak potrafił się nim bezlitośnie posługiwać. Co więcej, był dobry w tym, co robił: lubiany, ceniony i znany. A jednak powoli wyczuwał rosnącą dezaprobatę wśród starszych kolegów z powodu picia i swojego zwyczajowego, obcesowego, bezczelnego zachowania.

Ale tak wielu z nich to skorumpowane gnoje, jak Foy.

Wskoczył do autobusu numer 16 i wysiadł na wschodnim krańcu miasta. Na Cockburn Street spotkał swoją ulubioną koleżankę, Shannon McDowall, która wchodziła do Urzędu tylnym wejściem. I pojechali windą na piąte piętro. Była jedyną osobą w pracy, z którą Skinner rozmawiał na tematy niezwiązane z biurem i często przekomarzali się zalotnie. Nie wierzył własnym oczom, kiedy zobaczył, jak Shannon wspaniale wygląda w długiej, brązowej sukience, żółtej bluzce i jasnobrązowym kardiganie. Nosiła upięte włosy. Jedynie skrzywiony, wymuszony uśmiech wskazywał na niedawny, szampański, dziewczyński wypad weekendowy w miasto.

– Jak tam, Dan? Dobrze było?

– Obowiązkowo, Shan, obowiązkowo. Nic nie pamiętam – powiedział Skinner. – A u ciebie?

– Taa, byliśmy z Kevinem w Joy. Wspaniały wieczór – odparła sprytnie Shannon.

– No to dobrze. Byłaś niegrzeczna?

Głos Shannon zmienił się w szept, rozejrzała się wokół odgarniając kosmyk włosów z twarzy.

– Wzięłam tylko jednego procha, ale na nogach byłam całą noc.

A jebać procha – pomyślał Skinner, spoglądając na nią z boku. – Shannon też jebać. Ale i tak nigdy nie mógłby zdradzić Kay. Shannon miała chłopaka, Kevina, pizdę z wieśniacką fryzurą, co zadziera nosa. Nie, nigdy nie byłby w stanie oszukać Kay, ale fajnie by było wydymać Shannon tylko po to, by ten okurwieniec Kevin się wkurwił – pomyślał Skinner, po czym opadła go fala wstydu.

Shannon jest wporzo, jako kumpela. Nie można tak myśleć o kumpeli. To przez tę wódę: pozostawia ślad ohydy, brudu w umyśle człowieka. Jak się ją miesza z kokainą w dużych ilościach przez dłuższy czas, to człowiek zmienia się w niezłe bydlę. Muszę, kurwa...

Przypomniał sobie dzień, w którym byli z Kay w klubie na West Endzie i spotkali Shannon z Kevinem. To mógł być początek pięknej przyjaźni, ale on i Kevin nie podpasowali sobie, jak też, o czym wiedział, Shannon i Kay również nie. Nie było to tak ewidentne i natychmiastowe z obu stron, ponieważ bawili się względnie dobrze, ale wzajemna antypatia była aż nadto widoczna.

To zupełnie różne dziewczyny. Kay była najmłodsza z całej rodziny i miała dwóch dużo starszych braci – rozpuszczona księżniczka. Kiedy Shannon miała naście lat i jeszcze chodziła do szkoły, niespodziewanie zmarła jej matka, a po jakimś czasie ojciec się stoczył. Oznaczało to, że musi skutecznie zająć się młodszym bratem i siostrą. Skinner spojrzał na jej zaokrąglony profil, zobaczył to zdecydowanie i siłę. Złapała go na tym, jak się jej z lubością przyglądał, i posłała mu rozbrajający uśmiech, jakby słońce wyszło nagle zza chmur.

Na pierwszym piętrze chudy gość w granatowym garniturze z C&A nerwowo wpadł do windy. Pewna nieporadność chłopaka sprawiła, że Skinner poczuł dla niego przypływ współczucia i uśmiechnął się do niego, zanim zauważył, że Shannon również posłała mu uśmiech.

Rewolucję w brzuchu Skinnera wywołało piwo i curry spożywane w hurtowych ilościach i tak mimowolnie, tuż po tym jak winda zatrzymała się i wsiedli do niej dwaj w kombinezonach, posłał wredną, kolącą w oczy zabójczą bździnę, aż sam krzywił się jak wzgardzony kochanek. Wszyscy cierpieli w milczeniu. Kiedy robotnicy wysiedli na następnym piętrze, Skinner dostrzegł swoją szansę i głośno powiedział:

– Ale obora! – patrząc w ślad za robotnikami. Wiedział, że jeżeli chodzi o pierdzenie, to każdy jest niewinny jak sędziowie Starego Sądu Najwyższego w Eton. Facetów podejrzewa się częściej niż kobiety, a robotników w kombinezonach częściej niż facetów w garniturach. Takie były ogólnie przyjęte zasady.

Danny Skinner i Shannon McDowall wchodzili do biura, kiedy chudy w garniturze zatrzymał ich i poprosił o wskazanie biura Foya.

To naprawdę pocieszny młody – pomyślał Skinner – sama skóra i kości. Z przodu wyglądał, jakby go walec przejechał, a z boku prezentował się jak zapałka z nieco przydużą główką. Ale miał dość otwartą twarz naznaczoną piegami i jasnobrązowe włosy.

– Chodź z nami – Skinner znów się uśmiechnął i dokonał prezentacji.

Zabrali nowego, nazywał się Brian Kibby, do dużego biura. Foy się spóźniał, więc zaparzyli mu kawy i przedstawili wszystkim pracownikom.

– Nie będziemy cię oprowadzać, poczekamy na Boba, Brian – wyjaśniła Shannon – ponieważ on ma własny schemat wprowadzań. No to jak ci minął weekend?

Brian Kibby zaczął entuzjastycznie opowiadać o swoim weekendzie. Po chwili Skinner wyłączył się, bo dopadł go kac. Zauważył egzemplarz *Game Informer*, który nowy wyjął z torby i podniósł go. Nie wariował na tle gier komputerowych, ale jego kumpel Gary Traynor miał ich całe tony i często wymuszał na nim wspólne granie. Zobaczył recenzję jednej gry, o której opowiadał mu Traynor, *Midnight Club 3: Dub Edition*.

– Grałeś w to kiedy? – zapytał Kibby'ego.

– Jest wspaniała! – Kibby niemal zakrzyknął. – Chyba nie grałem w lepszą grę, jeśli chodzi o wrażenie poczucia szybkości. I to nie tylko wyścigówka, ważne jest też dostosowanie ciśnienia w kołach, więc spędzasz dużo czasu, dmuchając w wentyl!

– Wrrruuum! – wykrzyknął Skinner – to moje ulubione zajęcie – jak ktoś mi obrabia wentyl!

Kibby poczerwieniał gwałtownie.

– To nie chodzi o... to nie jest...

Wtrąciła się Shannon:

– Danny tylko żartował, Brian. To nasz biurowy trefniś – uśmiechnęła się.

Brian Kibby wrócił do swojej gry. Rosnący brak zainteresowania tym, co mówił, przerodził się w łagodną pogardę, kiedy przyciśnięty do muru przez Shannon zawstydzony Kibby wyciągnął z pudełka model lokomotywy. Miał również, co zauważył McGhee, czapkę Manchesteru United.

– A więc jesteś fanem Man U, Brian? – zapytał Kibby'ego.

– Nie, nawet nie lubię piłki, ale lubię Manchester United, bo są największą drużyną na świecie, więc trzeba im kibicować – wyskrzeczał entuzjastycznie Kibby, przypominając sobie rodzinne wakacje w Skegness, gdzie w 1999 roku w hotelu wraz z ojcem oglądali finał Pucharu Europy. To właśnie tam kupił tę czapkę, z którą od choroby Keitha był emocjonalnie związany.

O mój Boże – pomyślał Skinner, niech Shannon z nim gada. Przeprosił i opadł na fotel przy swoim biurku pod oknem.

To miejsce wypełniają same irytujące, prostoduszne kutafony, które tylko by pierdoliły o swoim domku, ogrodzie i golfie. Ten świętojebliwy stary kutas Aitken zaraz też się pewnie pojawi...

...a teraz jeszcze ten nowy, prosty jak konstrukcja cepa...

Skinner przyznał się w duchu, że jest rozczarowany, bo w tajemnicy nawet przed sobą wolałby, żeby nowy stał się współtowarzyszem pijackich ekscesów. Spojrzał na Kibby'ego.

Porządny, kurwa, jak organista w poście. I do tego ten głosik...

Te wielkie, cielęce ślepia tryskające radością, ale Skinner przysiągłby, że dostrzegł w nich, przez jedną, krótką chwilę, podstępną przebiegłość, co mogło świadczyć o istnieniu mniej przaśnej strony natury pana Kibby'ego.

Kiedy Aitken, a potem Des Moir, wiecznie rozradowany facet w średnim wieku, przemoczeni i ociekający wodą weszli do biura, zaparzyli sobie kawy i przywitali się z Kibbym, to Skinner doszedł do wniosku, że wyłącznie on dostrzegł dwulicową aurę w charakterze nowego.

Już ja się, kurwa, dobrze przyjrzę temu fiutkowi.

Seria kulek gradu zaterkotała natarczywie o wielkie okna, które mimo swych rozmiarów tylko w pewnych porach dnia wpuszczały do środka światło dnia. Wiązało się to z bliskością wyższych budynków po drugiej stronie Royal Mile, wąskiej arterii, która biegła od Zamku do Pałacu, miejsca, w którym niegdyś zasiadali władcy, a teraz stanowiło tylko jedno wielkie muzeum na planie otwartym.

Skinner wstał i spojrzał przez okno na przechodniów szukających schronienia. Jakiś przemoczony do suchej nitki mężczyzna w poczerniałym od deszczu na ramionach i plecach szarym garniturze, z twarzą czerwoną od drobinek gradu, czmychnął w zaułek przykryty łukiem, spoglądając z bezradną wściekłością w twarz nawałnicy. Dopiero kiedy zdobył się na odwagę i rzucił się w kierunku podjazdu budynku, można było wyraźniej zobaczyć jego twarz i Skinner rozpoznał w nim Boba Foya.

Uradowany losem szefa Skinner zapadł ponownie w fotel. Z powodu statusu jego posady (stanowiska?) fotel nie miał oparć na ramiona. Na jego biurku stał oprawny w skórę kufel do piwa z czarno-białym herbem fanklubu Notts County, w którym trzymał długopisy i ołówki. Kiedy świetlista smuga błyskawicy przecięła niebo i oświetliła papiery na biurku, on też poczuł, jakby głowa chciała mu eksplodować, i zamarzył tylko, żeby ten kufel nagle napełnił się ożywczym jasnym piwem.

Tylko jeden, kurwa, kufelek i będzie dobrze. Tylko o to proszę.

Pomyślał, że musi dotrwać do przerwy na lunch, bo być może Dougie Winchester na pięterku ma podobne pragnienie. Winchester, dla którego nie znaleziono żadnego normalnego zajęcia, został wciśnięty w swą mansardę, w stary biurowy kantor na szczycie starej klatki schodowej. Był za to urzędowym mistrzem w chlaniu.

To stare drzewo, które tylko patrzyć, jak zetnie jakiś młody ciulek na tyle bezwzględny, by wziąć zamach. I wkrótce taki się trafi, kolego, nie ma co do tego najmniejszych wątpliwości.

Oczyma wyobraźni zobaczył pobladłą twarz Winchestera, teraz niemal pozbawionego szyi, i jego martwe, zapadnięte oczy, z kępką włosów zaczesanych na łysej czaszce, co było oznaką tak absurdalnej próżności, że można ją było rozważać wyłącznie w kategoriach klinicznych. Skinner przypomniał sobie pewną posępną rozmowę, jaką z nim odbył w pewien piątek, w pubie po pracy.

– Oczywiście, że jak się starzejesz, to tracisz nieco zainteresowanie seksem – skonstatował Winchester.

Skinner spojrzał na jego błyszczący garnitur, dochodząc do wniosku, że mówi rzeczy oczywiste.

– No nie, sam seks wciąż ci się podoba, ale staje się zbyt pracochłonny. Jest niewygodnie, pocisz się, Danny, synku. Zwalić sobie konika, albo jak ci mała, apetyczna kurewka loda zrobi, tak, to jest frajda. Ale widzisz, nie musisz zadowolić kobiety; za dużo z tym zachodu, za dużo wymaga to starań. Moja druga żona nigdy nie miała dosyć. Obtarcia na wahaczu, w kroku i na udach. Na nic to. Nie ma z tego żadnego pożytku.

Na swym twardym biurowym fotelu Skinner aż się wił przerażony tą myślą i starał się sobie przypomnieć, ile razy kochali się z Kay przez ten weekend. Tylko raz, spleceni w zwykłym, niwelującym kaca pierdoleniu. W sobotę rano. Był to akt całkowicie wyzuty z wszelkiej zmysłowości. Nie, był jeszcze raz, po pijaku w sobotę wieczór, który z ledwością pamiętał.

Ona powinna się kochać z atletą, a nie z jebanym menelem...

Podniósł się na fotelu, kiedy Foy wchodził do biura, i zauważył, że gdy szef zobaczył Kibby'ego, na jego wzburzonej twarzy ponownie pojawił się dobrotliwy, ojcowski uśmiech. Mrugnął, zatarł zmarznięte dłonie i zaprowadził chłopaka do swego biura na półpiętrze.

Kolejny pierdolony klon, kolejny lizodup na usługach Foya. Ktoś nowy, kto będzie sprzyjał takim pierdolonym chujom jak ten gruby bufon. Szef De Fretais!

6. Mała Francja

Zeszłej nocy padał śnieg. Na miasto wyjechała kilka wozów z piaskiem, ale to na nic, bo wszystko zmienia się w breję. Przy takiej pogodnie zawsze zastanawiam się, jak ciężka musi być praca na gospodarstwie. Można się dowiedzieć z *Harvest Moon*. Po prostu jedna wielka kupa ziemi, przy której, zanim się spostrzeżesz, musisz znów pracować, bo właśnie wstał nowy dzień. Dobija mnie, kiedy pokazują rolników w telewizji, zawsze stoją w wianuszku, łażą jak muchy w smole albo piją w gospodach wiejskich. Kiedyś powiedziałem tacie: – Oni nie mają na to czasu – a on się ze mną zgodził. Takie życie jest w stanie wykończyć większość ludzi. Tacy jak my, miastowi, nawet nie zdajemy sobie sprawy z własnego szczęścia.

Nie, ja tam na pewno bym nie chciał tak żyć. Siedzimy w samochodzie taty i ja prowadzę. Jedziemy do nowego szpitala w Małej Francji obwodnicą miejską. Po drodze prawie nic nie mówimy. Mama się tylko denerwuje i wspomina coś o tym, że śnieg leży na wzgórzach w Pentlands, ale Caroline tylko siedzi z tyłu i czyta książkę.

– Ciekawe, czy znów będzie padać – mama pyta, najwyraźniej drążąc temat. – Według mnie to śnieżne chmury.

Po czym zwraca się do mnie i mówi:

– Przepraszam, synku, nie powinnam cię rozpraszać, kiedy prowadzisz. Caroline, jakbyś się od czasu do czasu odezwała, to nic by ci się nie stało.

Caroline wzdycha głośno i kładzie książkę na kolanach.

– Muszę przeczytać tę książkę na zajęcia, mamo, a może powinnam rzucić uniwerek z powodu nieprzeczytanej lektury?

– Nie... – mówi pośpiesznie mama i robi jej się bardzo przykro, bo wie, jak bardzo tato chce, żeby jej dobrze szło na studiach.

Na święta powinno być dobrze, tak jak zawsze, to zawsze wspaniały okres. Jednak nie w tym roku.

Muszę bardzo uważnie wybrać sobie żonę. W tej sprawie nie można się spieszyć. Zacieśniłem listę do pięciu kandydatek:

Ann
Karen
Muffy

Elli
Celia

Ann jest słodka i odpowiedzialna, ale lubię Karen, bo jest naprawdę miła. Muffy też lubię na swój sposób, ale co do niej, nie jestem pewien. To chyba jest dziewczyna, o której tato powiedziałby „latawica". Elli jest miła na zabój i chociaż nie chciałem wykreślać Celii, to obawiam się, że może wypaść z listy.

Stajemy na parkingu i chowamy się z mamą pod jedną parasolką, bo znów zaczęło lać. Caroline też mogłaby się zmieścić, gdyby chciała, ale ona zakłada tylko kaptur czerwonej bluzy, wkłada ręce w rękawy i szybko idzie po asfalcie w kierunku zadaszenia nad wejściem.

Kiedy wchodzimy na oddział i podchodzimy do łóżka taty, robię się nerwowy. Kiedy go widzę, czuję, że zbiera we mnie jakaś straszliwa siła, wydaje mi się, że przechodzi od linoleum przez gumowe podeszwy skórzanych butów i przez chwilę myślę, że zemdleję. Biorę głęboki wdech i to jest wszystko, co mogę zrobić, by dojść do siebie i spojrzeć na jego wymizerowaną, zmęczoną twarz. Coś ciężkiego wisi we mnie, gdzieś tam w środku. Muszę pogodzić się z czymś, czego wcześniej nie chciałem zaakceptować: tato niknie w oczach. Została z niego skóra i kości i widzę teraz, że wszyscy się oszukiwaliśmy – ja, mama, nawet Caz, każde w inny sposób – że wszystko będzie dobrze.

Jestem tak poruszony postępem choroby, że dopiero po chwili dostrzegam jakiegoś faceta, który stoi koło łóżka taty. Nigdy go wcześniej nie widziałem. Jest dużym mężczyzną i wygląda na zabijakę, chociaż tato zawsze powtarzał, żeby nie kierować się czyimś wyglądem, i to prawda. Nie przedstawia się i tato go też nie przedstawia, nie podaje dłoni – skinął tylko głową i szybko się zmył. Sądzę, że był zawstydzony, że pojawił się wtedy kiedy rodzina, ale to w sumie dobrze, że przyszedł.

– Kim był ten facet, tato? – pyta Caroline. Widzę, że mama wygląda na zaniepokojoną, bo ona oczywiście też nie wie, kto to był.

– Stary przyjaciel – zaświstał ojciec.

– Kolega z kolei, na pewno – zagruchała mama. – Z kolei, prawda, Keith?

– Z kolei… – mówi tato, jakby myślał o czymś innym.

– Widzicie, z kolei – mówi już uspokojona mama.

– A jak się nazywa? – pyta Caroline, strosząc brew.

Tato nie odpowiada, ale widać, że czuje się niezręcznie. Mama przerywa to milczenie, chwyta go za rękę i mówi do Caz:

– Nie męcz ojca, Caroline – następnie zwraca się do taty: – Jesteś zmęczony?

To niezwykłe, ponieważ mój ojciec nie ma za wielu przyjaciół, zawsze bardziej trzymał się rodziny. Ale tak, to miło, że ten człowiek zechciał przyjść.

Kiedy się odzywam, staram się usilnie zadowolić tatę, jakbym chciał go przekonać, że u mnie wszystko w porządku... tak jak zanim poszedł do szpitala. Ale nie jest w porządku, tyle wiem. W pracy jest świetnie, wszyscy są dla mnie mili, cóż, większość z nich, chociaż nie chciałbym narazić się Bobowi Foyowi.

Osobą, z którą niespecjalnie mi się układa, jest ten Danny Skinner. To dziwne, bo na początku był dla mnie bardzo miły, uśmiechał się do mnie w windzie i przedstawił mnie wszystkim. Ale od tamtej pory dziwnie się zmienił i jest nieco uszczypliwy. Pewnie dlatego, że dobrze mi się układa z Shannon, a ona pewnie mu się podoba. Słyszałem, że ma dziewczynę, ale słyszałem, że są takie typy, którym to nic nie zmienia i które wykorzystują dziewczyny.

Czyta się w gazetach, o, choćby o takich jak ten David Beckham. I są dziewczyny, które mówią, że oni się z nimi umawiają, a ich własne żony są w ciąży. Kiedyś lubiłem Davida Beckhama, więc mam nadzieję, że to nieprawda i że te dziewczyny chcą tylko wyłudzić forsę.

Ciekawe, czy podobam się Shannon! Pewnie nie, bo jest ode mnie dwa i pół roku starsza, ale to nic nie znaczy. Wiem, że mnie lubi!

Spoglądam na Caroline. W oczach ma takie straszne napięcie. Wiem, że jest strasznie, ale powinna się postarać i uśmiechnąć dla taty czy nawet dla mamy. Martwię się, żeby Caroline nie wpadła w złe towarzystwo. Tak jej dobrze poszło na egzaminach na uniwersytet edynburski, ale widziałem ją kiedyś po drodze z tą Angelą Henderson, z tą, co teraz pracuje w piekarni. Ta Angela to dokładnie taka dziewczyna, która mogłaby fałszywie oskarżyć Davida Beckhama, jeśli widziałaby w tym zarobek. Nie pozwolę, żeby takie jak ona ściągnęły Caroline na dno.

Oddech taty staje się płytszy i ciężki, kiedy mówi o kolei. Wydaje się rozkojarzony i zdezorientowany. Prawdopodobnie to przez te wszystkie prochy, które mu dają, ale mamę to bardzo smuci. Trochę pomstuje i widzę w jego oczach podniecenie, jakby za wszelką cenę chciał nam coś powiedzieć.

Daje znak, bym się zbliżył, i ściska moją dłoń z taką siłą, że trudno uwierzyć, że jest chory.

– Nie popełniaj tych samych błędów co ja, synku...

Słyszy to moja mama, zaczyna szlochać i mówi:

– Ty nigdy nie popełniłeś żadnych błędów, Keith. Nigdy! Następnie zwraca się do Caroline i do mnie i zmusza się do dziwacznego uśmiechu: – Jakich błędów? Co za głuptas!

Jednak tato nie puszcza mej ręki.

– Bądź uczciwy, synu... – świszczy na mnie... – i żyj w zgodzie z samym sobą...

– Dobra, tato – mówię, siadam koło niego, aż uścisk słabnie i tato zapada w niebyt. Przychodzi pielęgniarka i mówi, żebyśmy dali mu chwilę odpocząć. Ja nie chcę, chcę tu zostać – bo czuję, że jak pójdę, to nie zobaczę go już żywego.

Ale pielęgniarka jest stanowcza, mówi, że dobrze będzie, jak trochę odpocznie. One chyba wiedzą najlepiej.

W drodze powrotnej jesteśmy jeszcze bardziej cisi. Kiedy docieramy na miejsce, idę w kierunku włazu na poddasze, biorę haczyk na kiju, ciągnę za zasuwkę, uwalniając aluminiową drabinę. Z wiekiem wiem, że tatę bolało, że tak często tam siedzę. Słyszał, jak zjeżdża drabina, jak trzaska aluminium i skrzypi pod naciskiem moich stóp, kiedy wspinam się na górę. Wiem, że go to złościło, mimo że rzadko mówił coś na ten temat. Czasami potrząsał gniewnie głową i wtedy robiłem się bardzo malutki. Czułem się tak jak na dworze czy w szkole. Ale tam na górze byłem z dala od nich wszystkich, od McGrillena i całej bandy. Uwzięli się na mnie, bo nie byłem taki jak oni. Nie zawsze wiedziałem, jak mam się odezwać, nie interesowałem się piłką ani zespołami, których oni słuchali, ani rave'ami, ani prochami, i dlatego, że byłem nieśmiały w stosunku do dziewczyn. A dziewczyny były jeszcze gorsze: Susan Harclow, Dionne McInnes, ta cała Angela Henderson... cały ten zwierzyniec. Potrafię wyczuć podłą zdzirę na kilometr. Prawie umarłem, kiedy zobaczyłem Caroline z tą ohydną wywłoką Henderson. Wiem, że to nie wina dziewczyn, tu winić trzeba ich rodziny za wychowanie takiej.

Ale moja siostra to co innego.

Ale tu na górze, w mieście, które wybudowaliśmy z tatą, w moim miejscu, byłem bezpieczny. Nawet kiedy tato był niezadowolony, bo nie mógł już wchodzić na górę. To zawsze było moje miejsce, mój świat, i czuję, że teraz potrzebuję go bardziej niż kiedykolwiek.

7. Boże Narodzenie

Nieco przed Bożym Narodzeniem obecność kilku zaledwie promieni słonecznych na zasnutym niebie, ustawicznie tłamszonych przez mętny mrok, świadczyła o tym, że jest dzień. Śniegu się nie spodziewano, ale mroźny pył lśnił na ulicach godzinami i noc zapadała, zanim dzienne światło zdołało usunąć ostrze chłodu z powietrza.

Był to dzień, w którym organizowano biurowy opłatek, i Briana Kibby'ego również opanował szczególnie świąteczny nastrój. Ojciec miał stosunkowo spokojną noc w szpitalu i zdawał się nawet żwawy i bardziej *compos mentis* niż podczas poprzedniej wizyty. Ogarnęła go aura spokoju i przepraszał za swoje uprzednie zachowanie, mówiąc, że ma najlepszą żonę i rodzinę, o jakich można sobie zamarzyć.

Częściowo wpłynęło to na odrodzenie się optymizmu Briana. Może jego tato wyzdrowieje, może znów odzyska siły. Może już się nachorował. On sam musi uzbroić się w siłę i popracować nad kilkoma takimi, ot choćby jak Danny Skinner. Sam Skinner spoglądał na niego z ledwo skrywaną wrogością, jakby znał jego tajemne plany i wszystko o nim wiedział.

Nie zna mnie. Nic o mnie nie wie. Pokażę mu, jaki jestem; tak twardy jak on i jak inni! Wiem wszystko o muzyce. Słucha się tego i owego.

Kiedy tak uniesiony i wyluzowany Brian Kibby wchodził dziarsko do biura, jego wąskie biodra zatańczyły zręcznie koło biurka Shannon McDowall. Skinął jej głową na powitanie. Ona tylko uśmiechnęła się pobłażliwie. Przez cały czas Kibby z każdym krokiem rytmicznie wydmuchiwał powietrze przez zaciśnięte usta, dodając im dźwiękową oprawę. Danny Skinner stał przy oknie, obserwując wejście do biura. Raper od siedmiu boleści. A to miernota – pomyślał, tłamsząc w sobie dziką pogardę.

Kibby poczuł na sobie spojrzenie Skinnera. Odwrócił się i posłał mu blady uśmiech, na co otrzymał jedynie szorstkie skinienie głową. Co ja takiego zrobiłem? – zastanawiał się przytłoczony tym niechętnym gestem Brian Kibby. A Danny Skinner zastanawiał się dokładnie nad tym samym, tak jak Kibby zszokowany swoją rosnącą wrogością wobec nowego.

Czemu tak bardzo nienawidzę Kibby'ego? Pewnie dlatego, że jest żałosnym maminsynkiem, który obrobi dupę każdemu, byle tylko dostać swoje.

Dupa... jakie to piękne słowo. O wiele lepsze niż tyłek. Tyłek brzmi jak przyrząd do srania, ale w dupie jest coś bardzo sexy. Amerykańce wiedzą, co dobre. Pewnego dnia wybiorę się do Ameryki.

Dupa Kay... twarda jak skała, ale jednocześnie aksamitnie miękka. Jeśli człowiek nie dotykał takiej dupy w życiu, to nie może powiedzieć, że żył...

Pokacowa erekcja pojawiła się nagle, wypychając materiał spodni. Skinner westchnął, czując się lekko skrępowanym, następnie spojrzał na wchodzącego do biura Foya. Myśli krążące wokół świąt i te wywołujące erekcję opuściły go (ku jego uldze) tak szybko, jak się pojawiły.

Kiedy tylko flota taksówek zajechała pod restaurację Ciro na South Side, Bob Foy momentalnie rzucił się do wyboru win do świątecznego lunchu. Mimo że gdzieniegdzie odzywały się ciche głosy protestu, to generalnie pracownicy nie mieli nic przeciwko temu dziwactwu. Po biurze krążył dowcip mówiący o tym, że jedyną zaletą Foya, kwalifikującą go do pracy w urzędzie, była umiejętność odpowiedniego doboru win. Wiele restauracji w mieście, które, jak się mówiło, korzystały z jego wybiórczej tolerancji przy egzekwowaniu przepisów sanitarnych, nad wyraz chętnie przekazywały mu dowody swojej wdzięczność.

Foy usiadł na krześle i uważnie przeglądał listę. Jego usta przybrały jako żywo kształt znany z hollywoodzkich filmów o cesarzach rzymskich, którzy podczas igrzysk w Koloseum zastanawiają się z wystudiowanym, myślącym wyrazem twarzy, co ich bawi, a co nie.

– Chyba weźmiemy kilka butelek cabernet sauvignon, postanowił w końcu z zadowoleniem w głosie. – To kalifornijskie czerwone jest całkiem znośne.

Aitken kiwnął, aprobując wybór – choć wyglądał, jakby cierpiał wszystkie męki piekielne. McGhee przytaknął jak rozbrykany szczeniak. Nikt inny ani drgnął. Zaległa ogłuszająca cisza ucięta jak nożem przez Danny'ego Skinnera.

– Nie sądzę – powiedział stanowczo, potrząsając z wolna głową.

Przy stole zaległa trupia cisza, a twarz Boba Foya z wściekłości i upokorzenia z wolna zaczęła przybierać buraczany kolor i wyglądało na to, że patrząc na tego bezczelnego szczeniaka, zaraz trafi go apopleksja.

Dajcie mi tylko pięć minut z nim sam na sam, cholera jasna! To pierwszy i ostatni raz, kiedy ten bezczelny gnojek pojawia się na firmowym obiedzie! Kim on w ogóle jest, do diabła!

Bob Foy wziął się w garść i zmusił mięśnie twarzy do pracy, ponownie przybierając ojcowski uśmiech.

– Mamy tu taką małą świecką tradycję przed świętami... – Foy zawahał się na chwilę, po czym zwrócił się do Skinnera po imieniu: – ...Danny, gromadzimy się tu na opłatku, a kierownik działu wybiera wino – wyjaśnił, ukazując rząd zębów z koronkami, i od niechcenia wygładził jeden z rękawów tweedowej marynarki od Harrisa, strząsając nieistniejący pyłek.

Ta „tradycja" była zarówno wymyślona, jak i regularnie wymuszana przez Foya, ale nikt przy stole pod jego badawczym spojrzeniem nie śmiał oponować.

Oprócz Danny'ego Skinnera. Skinner wcale nie był speszony, przeciwnie, był w swoim żywiole.

– Rozumiem, Bob – powiedział, imitując tę samą hrabiowską manierę, z jaką wystartował Foy. – Ale to spotkanie ma być towarzyskie z założenia i nie ma nic wspólnego z pozycją czy stanowiskiem. Powiedz, jeśli się mylę, ale złożyliśmy się wszyscy na to spotkanie, tym samym oznacza to, że wszyscy tu mają równe prawa. Jestem gotowy skłonić się przed twym profesjonalizmem, jeśli chodzi o wybór wina, ale ja nie piję czerwonego. Nie lubię go. Piję białe wino. Po prostu. – Danny Skinner przerwał na moment, bo zobaczył, że Foy zmierza po równi pochyłej do napadu apopleksji. Następnie zwrócił się do wszystkich przy stole i na jego ustach pojawił się zimny uśmiech: – I niech mnie chuj strzeli, jeśli zapłacę za czyjeś czerwone wino, a ja sam będę tu siedział o suchym pysku!

Przy stole widać było tylko brwi uniesione w zaskoczeniu i dało się słyszeć, jak w celu uzyskania dyplomatycznego milczenia wielu zasysa powietrze przez zęby. Bob Foy spanikował. Po raz pierwszy ktoś mu się tak postawił. Co więcej, Skinner był znany ze swych umiejętności parodystycznych i Foy, wodząc po wszystkich oczyma jak spodki, wiedział, że zauważyli w zachowaniu młodego człowieka odzwierciedlenie, odartej z szacunku, parodii samego siebie. Tym razem odezwał się głośniej i ostrzej waląc dłonią w stół:

– Dobra. No to głosujmy – zaskrzeczał, kończąc zdanie na wysokich tonach. – Czy ktoś ma coś przeciw cabernet sauvignon?

Nikt się nie poruszył.

McGhee kiwał ponuro głową, szczupła twarz Aitkena skrzywiła się w zniesmaczonym uśmiechu, a Des Moir oglądał skrupulatnie swój opłatek. Shannon patrzyła gdzieś w przestrzeń, w kierunku innych klientów, najwyraźniej członków szkockiego parlamentu, którzy właśnie się pojawili i usiedli przy stoliku obok. Skinner skierował spojrzenie na sufit w geście drwiny z kulących ogony pod siebie tchórzliwych kolegów. Foy przymknął jedno oko, zbierał siły i przygotowywał się do chwili triumfu.

Zanim to nastąpiło, gdzieś z boku dało się słyszeć ochrypły głosik:

– Zgadzam się z Dannym. Wszyscy się złożyli – Brian Kibby powiedział to niemal szeptem z załzawionymi oczami. – No... znaczy tak jest uczciwie.

– Mnie też odpowiada białe wino – Shannon McDowall dołączyła do chóru straceńców.

– Może kilka butelek białego, kilka czerwonego i będzie dobrze – zaproponowała, patrząc na Boba Foya.

Foy całkowicie zignorował zarówno ją, jak i Skinnera. Odwrócił się jak kobra w stronę Kibby'ego, walnął ponownie w stół i podskoczył na równe nogi.

– A róbcie sobie, kurwa, jak chcecie! – ni to zaśpiewał, ni to warknął z nienagannie szerokim i promiennym uśmiechem na twarzy. Następnie zniknął w toalecie, gdzie zerwał podajnik papieru toaletowego ze ściany.

TEN PIERDOLONY CHUJ SKINNER I TEN JEBANY MAŁY ROBAL KIBBY!

Bob Foy podniósł papierowy ręcznik ze sterty na podłodze, zmoczył go i przyłożył do karku. Kiedy ponownie pojawił się wśród podenerwowanych pracowników, nawet okiem nie mrugnął na widok kilku butelek białego wina na stole.

Kibby był przerażony ledwo skrywaną agresją Foya.

Co ja takiego zrobiłem? Bob Foy... myślałem, że jest w porządku. Będę musiał jakoś to z nim załagodzić...

Foy nigdy nie przepadał za Skinnerem, a dzisiejsze starcie bynajmniej nie wpłynęło na poprawę ich stosunków. Podczas narad ze swym szefem Johnem Cooperem oraz z członkami rady urzędu często starał się podkopywać pozycję młodzieńca, określając go jako nic nie wartego pracownika. Od tej pory te wysiłki wejdą w nową fazę.

Jako zatwardziały członek klubu sensualistów, bardzo długo sądziłem, że jedyną przyjemnością zdolną do rywalizacji z miłością fizyczną jest spożywanie dobrych posiłków. Tym samym bliźniacze areny działalności prawdziwego hedonisty to sypialnia i kuchnia, na których to adept tej sztuki musi za wszelką cenę dążyć do mistrzostwa. I tak – sztuka kulinarna i ars amandi muszą polegać na ćwiczeniu cierpliwości, właściwego wyczucia czasu oraz znacznej wiedzy z tych dziedzin.

Danny Skinner rzucił książką Alana De Fretaisa *Sekrety sypialni mistrzów kuchni*. Uważał, że był to największy stek bzdur na świecie, choć wiele przepisów wyglądało całkiem obiecująco. Postanowił wypróbować niektóre z nich, ponieważ czuł, że powinien zdrowiej się odżywiać.

Stał teraz w kuchni i próbował przygotować śniadanie dla Kay. Wkrótce zaczął desperować, bo zeskrobując przypalone jajka z patelni i tym samym rozwalając żółtko, doszedł do wniosku, że jego śniadanie miało za zadanie raczej przezwyciężyć kaca niż pomóc mu uwieść kogokolwiek. Walnął jajkami o zimny talerz, na którym płyn o dziwnej konsystencji pochodzący z kiełbasek, kaszanki, bekonu i smażonego pomidora zaczął już przypominać rozlany, zastygły wosk i poczuł, jak od unoszących się w powietrzu oparów zwierzęcego tłuszczu zamykają mu się wszystkie pory na skórze. Kay leżała na łóżku pogrążona w głębokim śnie, radząc sobie ze swoim niewielkim kacem w taki sposób, w jaki on nigdy nie potrafił. Nie był w stanie go przespać; tylko skręcał się z bólu, pocił i wiercił, aż w końcu kac zmuszał go do podniesienia się z łóżka.

Była to mroźna, lecz zaskakująco słoneczna wigilia, a jutro mieli pojechać do jego matki na świąteczny obiad. Matka lubiła Kay, ale Skinner nigdy nie przepadał za świętami.

Dzisiaj jednak Hibs mieli dokopać Rangersom. Na pewno będą jakieś zadymy, a jeśli nie będzie, to postanowił, że się o nie postara. Odgłosy z sypialni, a później z łazienki, wskazywały na to, że Kay wstała. Przygotowane śniadanie nie zrobiło na niej wrażenia. Wcisnęła się na stołek w jego wnęce kuchennej i smarując zimną grzankę masłem, zastanawiała się, dlaczego nie mógł zrobić tego tak, żeby wszystko było gorące. Jakby żuła szkło.

– Nie mogę przełknąć tego czegoś, Danny, jestem tancerką. – Skrzywiła twarz. – Nikt, kto je kaszanki, kiełbaski i bekon, nie ma szans na rolę w *Cats*.

Skinner wzruszył ramionami, rozdrapując masło na grzance.

– Ten cały Lloyd Weber jest przereklamowany.

– Taki mam zawód – wymamrotała posępnie na wdechu, wbijając prosto w niego ostre, jasne spojrzenie. Wstała najwyraźniej lewą nogą i nie była zachwycona, że idzie na mecz. – Są święta, Danny. Idź na mecz, jeśli chcesz, ale nie wracaj pijany, bo nie pójdę jutro z tobą do mamy.

– Jest wigilia, do kurwy nędzy, Kay! Chyba mogę się napić w święta? – Rzucił Skinner w złości, bo kac sprawił, że stał się drażliwy.

Kay, spoglądając na niego chłodno zza stołu, gestem, który miał mu wynagrodzić jego starania kulinarne, przekłuła ostrą krawędzią tosta żółtko na talerzu.

– Właśnie o to chodzi. Tobie się wydaje, że codziennie masz prawo się napić.

– No to idź sobie do swojej mamusi – rzucił Skinner.

– A pewnie – odparła Kay, szybko wstała i kontynuując blef, poszła do sypialni, gdzie zaczęła wrzucać swoje rzeczy do plecaka. Skinner poczuł, że coś mu stanęło w piersi, ale zmógł to, podobnie jak kaszankę w ustach, i dopiero kiedy trzasnęły drzwi, chciał za nią ruszyć. Zimna puszka stelli z lodówki stłamsiła w nim ten odruch. Zadzwonił na jej komórkę, ale usłyszał tylko automatyczną sekretarkę. Spojrzał na jej rozbabrane śniadanie i wrzucił je do kosza na śmieci.

Skinner postanowił, że zadzwoni do niej później, kiedy Kay już się uspokoi i sama dojdzie do wniosku, że była bardzo uszczypliwa. Teraz jednak poszedł do lodówki po następną puszkę stelli artois. Następnie wziął komórkę i wybrał numer Raba McKenziego.

– Roberto, gdzie my się widzimy, kolego?

Mecz był transmitowany przez telewizję, i to plus wszechobecna świąteczna atmosfera wpłynęło na zanik chuligańskich emocji po obu stronach. Ekipy przez cały dzień przeczesywały speluny na Tolcross w poszukiwaniu fanów Rangersów, jednak po całym dniu wypatrywania szalikowców zdołali tylko znaleźć kilku obszczymurów o obwisłych pyskach, którzy śpiewali jakieś sekciarskie pieśni i różne wersje starych numerów Tiny Turner. Po serdecznym oklepaniu kilku bigotów – żeby się nie nudzili – skierowali się do Leith, żeby zobaczyć mecz, ale Skinner, McKenzie i kilku innych nie wytrzymali nerwowo i po dwudziestu minutach zmyli się i poszli do pubu, który był ich przed- i pomeczową bazą.

W barze Skinner zapalił papierosa. Miał rzucić palenie w zeszłym tygodniu, ale zanim się zorientował, wypalił dwa b&h.

– No i chuj – powiedział, zgrzytając zębami i czując w piersiach pierwsze ostre uderzenie pogardy dla samego siebie.

Piwo lało się strumieniami i Skinner był zadowolony, że pije równo z McKenziem. Później Gary Traynor i jego najnowszy narybek, mocno zbudowany koleś, którego Skinner ledwo sobie przypominał z jakiejś młodzieńczej burdy, Andy McGrillen, zaproponowali pójście do pubu w centrum. Skinner miał zadzwonić do Kay ale kokaina i alkohol stanęły mu na drodze, zakłócając poczucie czasu, sprężając godziny do piętnastominutowych okresów.

– Jaki jest najbardziej tajemniczy bohater z kreskówek? – Zapytał Traynor Skinnera, przeciągając ręką po łysej czaszce.

Skinner zastanowił się przez chwilę. Żaden mu nie przyszedł do głowy, wzruszył więc tylko ramionami.

– Podoba mi się ten słodki kaczorek z *Toma i Jerry'ego*. – powiedział McKenzie.

Skinner posłał Traynorowi znaczące spojrzenie. Obaj byli poruszeni faktem, że wielkolud może być tak sentymentalny. McGrillen, by podkreślić swój podziw dla McKenziego, milczał w wystudiowany sposób. Traynor, żeby nie wybuchnąć szyderczym śmiechem, zaproponował:

– Nieee, spierdalaj, to będzie ten, no... Piłozęby z *Wacky Races*.

– Piłozęby? A kto to kurwa jest? Nie widziałem takiego palanta w *Wacky Races*. – McKenzie miał wątpliwości.

– Dlatego, że ten palant jest tajemniczy – wyjaśnił Traynor. – To pomocnik Rufusa Rympała, no wiesz, taki w drewnianym samochodzie, co ma okrągłe piły zamiast kół. Każdy wymienia Robcia Łobuzerskiego i Milczka, Penelopę Pyskatą, Dioklecjana Doskonałego, Profesora Pata Pierdzipoducha albo Mrowiska Morowego, ale nikt nie pamięta o Rufusie Rympale i Piłozębym.

– No tak! Jasne! Rufus Rympał był wielkim drwalem, a Piłozęby był wiewiórą, co z nim jechał tym wozem. Już pamiętam – ucieszył się McKenzie.

– Nie, nie i jeszcze raz nie! Piłozęby nie był żadną pierdoloną wiewiórą – Traynor potrząsnął głową. – Tylko jebanym bobrem, no, Skinner, powiedz im!

– Najlepszym bobrem w amerykańskim kinie po Pameli Anderson – zaśmiał się Skinner.

Później, kiedy wychodzili z baru, Skinner zobaczył, jak McGrillen popchnął jakiegoś chłopaka i zaczął się z nim regularnie okładać. McKenzie i Traynor przyłączyli się, ale coś kazało Skinnerowi trzymać się w cieniu i patrzyć, jak trójka kolegów bije się z pięcioma. Nie potrzebowali pomocy, ale Skinner też nie zamierzał im jej udzielać, nie McGrillenowi.

Później starał się jakoś wyłgać, mówiąc, że bił się z takim jednym w drzwiach, ale zdał sobie sprawę, kiedy patrzyli na niego z niemym wyrzutem, że wiedzieli, tak samo jak on, że odpuścił. Ten jeden moment strachu, wahania, mógł kosztować go utratę wiarygodności, pomyślał pełen obrzydzenia dla samego siebie. Ale dlaczego tak postąpił? W tym było coś więcej niż to, że McGrillen zaczął rozróbę i że go nie lubił, i nie uważał za jednego z nich.

Przez mgnienie oka zobaczyłem Kay, moją matkę, moją pracę, Boże Narodzenie i całe swoje pierdolone życie, jak wszystko się bezpowrotnie kończy. Dopuściłem do siebie te wszystkie myśli o prawdziwym życiu, które najpierw sobie układamy, by następnie od niego uciec. Kim ja jestem, do kurwy nędzy...

W domu nie było ani śladu po Kay. Skinner usiadł i pił przez cały wieczór, po czym zapadł w niespokojny sen na kanapie. Wyprawa do toalety pozwoliła mu złapać właściwy kierunek i obrać kurs na łóżko. Po przebudzeniu w ubraniu, jak mu się zdawało piętnaście minut później, czuł się cały połamany i próbował zadzwonić do Kay na komórkę, ale ponownie usłyszał głos automatu. Wystukał esemesa, zastanawiając się, czy się gdzieś nie machnął w pisowni.

K, zadzwoń do mnie. Dx

Wziął prysznic i ubrał się, po czym wyszedł na Duke Street i dalej w dół Junction Street.

– Wesołych Świąt, synku – powiedziała przysadzista, siwa kobieta, mijając go. Rozpoznał, że to pani Carruthers, sąsiadka matki.

Pomimo że czuł się jak z grilla zdjęty, Skinner zdołał wykrztusić serdeczne:

– A tak, i dla pani również.

Przed czynszowym domem matki natknął się na wychodzącego z klatki Busby'ego, starego agenta ubezpieczeniowego, którego nienawidził z całego serca.

Ta obmierzła kreatura z krzywymi kulasami i z tym mdlącym uśmieszkiem prawiczka wychodzi z klatki mojej matki! Na klatce jest sześć mieszkań, ale ja wiem, które odwiedził Busby. Czego chce tym razem ten odrażający pierdziel?...

Skinner nienawidził Busby'ego z powodów, których sam nie znał. Rozmyślając o tym, usiadł w przytulnym salonie połączonym z kuchnią i zaczął się śmiać do siebie, kiedy zobaczył dwa półmiski pełne indyka i dodatków postawione na wysuwanym z wnęki stole, który został przybrany specjalnie na tę okazję.

Matka była nieźle już napruta i przygotowała również miejsce dla Kay. Danny Skinner patrzył na jej spuchnięte dłonie, na jej palce jak surowe serdelki, jak wali talerzami o stół. Beverly Skinner do czterdziestki nie była dużą kobietą, ale potem bardzo spuchła. Uważała, że to na skutek wycięcia macicy, ale Skinner przypisywał to raczej pochłanianej przez nią pizzy i obiadom na telefon. Zawsze mówiła, że dla jednej osoby nie będzie gotować.

Beverly miała kłopoty z jedzeniem i, co Skinner zauważył, musiała kupić nową sukienkę, która, podobnie jak wszystkie inne, była czarna. W pokoju aż emanowało niezadowoleniem z powodu niepojawienia się Kay, ale czegokolwiek jej syn by nie powiedział, ona i tak wiedziała, kto jest temu winien.

Podeszła do piekarnika i wyłączyła go, po czym wskazała na kota leżącego przed kominkiem.

– Nie pozwól Kuskusowi wskakiwać na kanapę, leni się.

Kiedy tylko znalazła się we wnęce, błękitny pers wstał i przeciągnął się, wyginając grzbiet w kabłąk. Następnie wskoczył na kanapę obok Skinnera. Przeszedł mu po kolanach, zawrócił i ponowił atak. Skinner wyjął zapalniczkę z kieszeni i podpalił futro na brzuchu bestii. Zasyczało i rozszedł się swąd spalenizny, a kot skoczył w róg pokoju. Skinner wstał i przewrócił zapaloną świecę stojącą na ławie, rozlewając wosk.

Beverly wyłoniła się z wnęki kuchennej z półmiskiem pełnym brukselki. Zmarszczyła nos, czując spaleniznę.

– Co tu było?

– Kot. – Skinner wskazał na ławę. – Głupi gnojek przewrócił świeczkę.

– Niegrzeczny Kuskus, nie wolno… – kładąc brukselkę na stół, łajała kota.

Matka i syn przeszli skomplikowany rytuał składania życzeń i zakładania papierowych kapeluszy na głowę. Pusta, tandetna wymowa tych głupich czynności wyglądała żałośnie, ponieważ dzisiejszy dzień i tak był pełnym napięcia rozczarowaniem.

Skinner przeżuwał obiad, starając się oglądać film z Bondem w telewizji, jednocześnie spodziewając się nieuchronnej napaści słownej. Atak z początku wyglądał niewinnie.

– Znów śmierdzisz piwskiem. Nic dziwnego, że ta dziewczyna puściła cię w trąbę – zawyrokowała spostrzegawczo Beverly, unosząc brwi i nalewając sobie kolejny kieliszek chardonnay.

– Nie puściła mnie w trąbę – zaprotestował Skinner, ponieważ od dawna ćwiczył to kłamstwo. – Mówiłem ci, jej matka ma się nie najlepiej, więc pojechała do niej, żeby pomóc przy świętach. Poza tym nie może się napychać tylko dlatego, że są święta – na początku roku ma bardzo ważny przegląd. Do *Nędzników*. A podjeżdżam trochę po wczorajszym. Wypiłem dzisiaj tylko jedno piwo, to wszystko. Jest Boże Narodzenie! Pracowałem ciężko przez cały rok!

Ale Beverly dolewała oliwy do ognia.

– Dla ciebie nieważne jest, czy to święta, czy nie, to po prostu kolejny przechlapany weekend – rzuciła.

Skinner nie odezwał się, ale wyczuł, że matka jest w nastroju do kłótni i nie spocznie, póki jej nie wywoła.

– Ty… i ta drobna dziewczynka… nie mogę jej winić, że nie chciała spędzać świąt z ochlaptusem!

Ziarno gniewu zazgrzytało w piersi Skinnera.

– To pewnie cecha dziedziczna – uśmiechnął się z okrucieństwem w oczach.

Matka spojrzała mu w oczy z zaczepnym błyskiem, tak chłodnym, że Skinner zaczął żałować swoich słów. Przez tego kaca człowiek robi się wyrywny. Nienawidził przychodzić do niej na kacu. Nie można sobie wtedy poradzić z ludźmi, którzy nie mają kaca. To wrogie plemię; demoniczni drapieżcy, którzy czyhają tylko, by wydrzeć ci duszę z korzeniami. Wyczuwają w tobie słabość, wyczuwają brudny osad, odmienność. A jego matka była w tym mistrzynią.

– Co to miało znaczyć? – Słowa Beverly z wolna wwiercały się w mózg Skinnera.

Choć wiedział, że powinien się wycofać, Skinner z niewytłumaczalnych przyczyn brnął dalej.

– Chodzi o tatusia. Nie zagrzał miejsca na dłużej, prawda?

Twarz Beverly poczerwieniała, tworząc olbrzymi kontrast z zielonym kapelusikiem z *papier-mâché* na jej głowie. Wyglądało to tak, jakby starała się kontrolować oddech, mimo że nagle w małym pokoju zabrakło tlenu.

– Ile ci, kurwa, razy powtarzałam, żebyś nie wspominał o…

– Mam chyba, kurwa, prawo wiedzieć! – rzucił ostro Skinner. – Ty przynajmniej wiesz, kim jest Kay!

Beverly spojrzała na syna z miną, która mogła wyrażać jedynie odrazę. Kiedy się odezwała, jej głos przypominał cichy syk.

– Więc chcesz się dowiedzieć, kto był twoim ojcem! Tak?

Danny Skinner spojrzał na matkę. Przekrzywiła głowę na bok. Zdał sobie sprawę, że po tylu latach, obojętnie kim był jego ojciec, szczerze go nienawidziła – całkowicie, bezgranicznie – i to uczucie nigdy nie zanikło. Co gorsze, to spojrzenie uświadomiło mu, że jeśli będzie dalej tak gadał, to ta nienawiść może również dotknąć jego. Chciał powiedzieć: „W porządku, zajmijmy się jedzeniem", ale ani słowo nie padło z jego ust.

– Ja, Beverly – wskazała energicznie na siebie. – Ja jestem twoim ojcem i twoją matką. Zarabiałam na jedzenie i je gotowałam. Zabierałam cię na mecze, kiedy chodziłeś do szkoły, i kopałam z tobą piłkę w ogrodzie. Cerowałam ci szalik i chodziłam na stadion. Ja chodziłam do szkoły na wywiadówki i dowiadywałam się, jak się zachowujesz. Ja założyłam zakład fryzjerski, żebyś miał co włożyć na grzbiet i co zjeść. Ja podcinałam ci włosy tak jak wszystkie inne skołtunione czupryny w Leith, żebyś mógł pójść do szkoły i zdobył wykształcenie, żeby dostać dobrą pracę. Zabierałam cię co roku na wakacje do Hiszpanii. Ja wykupiłam cię z aresztu, kiedyś wplątał się w tę cholerną, idiotyczną złodziejską aferę w sklepie na High Street, i to ja zapłaciłam kolegium! Ja! Ja to wszystko robiłam! Nikt inny!

Skinner usilnie starał się nie odezwać. Ale to była prawda. I spojrzał na tę twardą, zgorzkniałą, kochającą i wspaniałą kobietę, która poświęciła życie dla jego dobra. Przypomniał sobie, jak dorastał w otoczeniu jej koleżanek, Triny i Val, przyszywanych punkrockowych ciotek. Które opiekowały się nim, nigdy go nie lekceważyły, ceniły jego zdanie i traktowały go jak dorosłego, mimo że był gówniarzem. Jedyna wada tego wychowania polegała na natrętnej indoktrynacji muzycznej. W kółko gadały o takich kapelach jak Rezillos, The Skids i The Old Boys. Ale to było nieważne, bo sedno sprawy polegało na tym, że dzięki matce miał nie tylko równe szanse, by wyjść na ludzi jak rówieśnicy, ale o wiele większe niż większość dzieci, które miały dwoje rodziców. Spojrzał na obiad, który przygotowała dla niego Beverly, zamknął się i zaczął jeść.

8. Świętowanie

Dougie Winchester podczas moich pierwszych świąt na nowej posadzie udzielił mi pewnej bardzo ważnej rady. Powiedział mi, że najgorszy okres dla pijaka to tydzień pomiędzy świętami i nowym rokiem. A to dlatego, że jest to jedno wielkie chlanie i nikt przy zdrowych zmysłach nawet nie myśli o pracy. W pracy zostają tylko pijacy; większość ojców rodzin zostaje w domu i są to przeważnie szefowie lub łajzy gardzące piwkiem w czasie pracy, więc w biurze aż się prosi, żeby się nawalić.

Nastrój tych dni przypomina ostatni dzień w szkole: poczucie, że zaraz zdarzy się coś cudownego. W tamtych latach wszyscy czekaliśmy na to w pobliżu zakładu mojej mamy. Ja, McKenzie, Kinghorn i Traynor. I tylko czekaliśmy. Oczywiście rzadko zdarzało się coś wartego uwagi, ale samo oczekiwanie było wspaniałe.

Kiedy o wpół do jedenastej wlazłem do biura, rozjebany cholernymi świętami, też czekałem, aż stanie się coś cudownego. Ledwo widzę na oczy i czuję, jakbym w gębie miał podłogę klatki dla ptaków zamiast języka. Shannon poszła na jakieś spotkanie, ale po lunchu idzie do Wydziału Gospodarki Mieszkaniowej na imprezę, myślę jednak, że powinienem sobie łyknąć przed przerwą. W głowie mam jedno – browar, browar, browar! Ciekawe, czy Winchester jest w pracy albo czy Rab McKenzie jest w mieście. Jedyny problem polega na tym, że ten mały, chuderlawy gnojek Kibby branzluje się przy swoim biurku. Nie wiem, co on tu, kurwa, robi. Prawdopodobnie ma kapować Baxterowi czy Foyowi!

Na szczęście długie świetlówki na suficie są wyłączone i widać jak na dłoni siedzącego przy biurku Kibby'ego, który wygląda jak postać z Dickensa przy lampie naftowej. Nagle przyszło mi coś do głowy – biorę z biurka szarą teczkę i idę prosto do niego. Kiedy staję przy jego biurku, dostrzegam ze zdziwieniem, że Kibby wygląda, jakby ktoś mu przypierdolił, jakby lada chwila miał wybuchnąć płaczem. Wślizguję się na wolne krzesło na wprost niego.

– W porządku, Brian?

– Taa... – mówi niepewnie, plecy mu sztywnieją i przyklepuje sobie włosy.

Oczy zwężają mi się pod ostrym światłem lampy na jego biurku.

– Nie masz wolnego w tym tygodniu?

– Nie, mój tato źle się czuje i musiałem zawiesić święta – mówi i marszczy nos, prawdopodobnie przez smród starego piwska, co zionie mi z paszczy.

– To niedobrze, szefie – mamroczę, opierając się wygodnie i myśląc, że gnojek przynajmniej ma jakiegoś ojca, po czym przyjmuję pozę profesjonalisty. – Posłuchaj, Bri, w przyszłym tygodniu nie będzie mnie kilka dni w pracy i słyszałem, że masz pociągnąć niektóre moje sprawy.

Kibby potakuje z wyszukaną pokorą, a ja podsuwam mu teczkę.

– Pomyślałem, że możemy szybko przez to przebrnąć. – Moje pismo wygląda jak pajęczyna Spidermana. Zginam nadgarstek, wystrzeliwując sieć w kierunku sufitu. Kibby patrzy niewidzącym wzrokiem, więc kontynuuję: – Piszę jak kura pazurem.

– Dobra – Kibby mówi to w taki sposób i tak się przegina na krześle, że czuję, jak zaraz będę darł pazurami o tablicę. Chciałbym wiedzieć, dlaczego ten cholerny typ tak mnie przeraża.

– To bardzo proste – wyjaśniam i wyciągam z teczki dokumenty i kładę je przed nim.

Otwiera je i wodzi po nich tymi szczurzymi ślepkami. Do tego jeszcze ma piegi, pierdolony debil.

– A co z tym? – wskazuje na Le Petit Jardin.

– De Fretais. Pierdolony chlew w kuchni – wyjaśniam.

Rozbiegane oczka kutafona spoglądają na mnie niepewnie. Jak tam pójdzie, to ta gruba ciota De Fretais pewnie będzie chciał go rozpłaszczyć na ścianie. To on będzie miał kontrolę, kontrolę tyłka. Wątpię, że ten mały chuderlawy okurwieniec ma jaja, by postawić się De Fretaisowi, mimo że gnojek wygląda na skrupulatnego upierdliwca.

– Ale on jest, no… sławny. – Kibby patrzy na mnie boleśnie.

– Wiem, Bri, ale musisz napisać to, co widzisz. Jesteśmy zawodowcami i jesteśmy w służbie publicznej, i nie będziemy służyć jakiemuś egoistycznemu garkotłukowi. Poza tym i tak wszystko wraca do Foya i to on decyduje, co należy robić.

– Ale jeśli mój raport będzie zbyt krytyczny, to wszystko tu zostanie, czarno na białym… – Kibby beczy jak młode jagnię. Ja cięż nie pierdolę, De Fretais go ugotuje i poda w sosie miętowym.

– Dlatego właśnie sumienność jest najlepszą metodą postępowania. Jeśli jakiś gnojek podaje zatrute jedzenie, co w tym wypadku jest wysoce prawdopodobne, biorąc pod uwagę stan, w jakim znajduje się jego kuchnia, i ktoś go poda do sądu, a pamiętaj, że żyjemy w państwie prawa – kontynuuję wykład, zastanawiając się nad możliwościami – to władze zechcą z pewnością zobaczyć raport inspektora żywienia. Jeśli jeden raport będzie różnił się od drugiego, to będzie oznaczać, że albo ktoś z nas kłamie, a mój raport został kontrasygnowany przez Aitkena, albo też w trzy miesiące De Fretais włożył w swoją kuchnię główną wygraną z totolotka.

Widzę, że Kibby załapuje; z bólem, wolno, ale załapuje.

– Mówię ci, Bri, prawie się posrałem, jak spojrzałem na wielki, tłusty gar. Bałem się, że wylezie z niego jakiś potwór z czarnej laguny. Biorę sobie na stronę tego kuchcika i pytam: Co tam jest? A chłopak na to: Ach, to zupa fasolowa. A ja do niego: Wiem, że tu kiedyś była zupa, ty kutasie, ale co tu jest, kurwa, teraz?

Na pełnej powątpiewania facjacie Kibby'ego pojawia się blady uśmiech. Ćwok nie może załapać nawet najprostszego dowcipu. Wstaję, klepiąc się teczką po tyłku.

– Weź to, weź to, mój chłopie – mówię z filuternym mrugnięciem i rzucam mu teczkę na biurko.

Jest w nim coś takiego… teraz trochę mi go żal, bo biedny gnojek wygląda tak ciapowato. Dostrzegam egzemplarz *Game Informera* na jego biurku. Biorę go i kartkuję.

– Co sądzisz o *Psychonauts*? – pytam. – Miała być nowatorska. Wiesz, nie takie badziewie, że zaraz wchodzisz, dajesz terrorystom po nerach i ratujesz piękną księżniczkę.

– Nie grałem w to – mówi ostrożnie Kibby, po czym otwiera się. – Ale ma ją mój kumpel Ian. W recenzji dostała 8,75 – zachwyca się.

– No… tak – wkraczam na grząski grunt. – Słuchaj… idę do Wydziału Lokalowego na drinka, zrobili tam takie przyjątko. Są tam Shannon i De Moir. Idziesz?

– Nie, muszę dalej cisnąć z kontrolami – pociąga nosem.

Pierdolony nadęty gnojek. O tej porze roku w restauracjach przywitają go chlebem i solą.

Kiedy chcę wrócić do biurka, by zadzwonić do McKenziego pyta mnie:

– Naprawdę sądzisz, że powinienem… u De Fretaisa…?
– Sumienność przede wszystkim – uśmiecham się szeroko, opadając na krzesło i podnosząc słuchawkę. – Wiesz, jak to mówią: żyj w zgodzie z samym sobą.

Kiedy Brian Kibby sunie przez Royal Mile pod zasnutym niebem tworzącym wraz z kamiennymi kamienicami po obu stronach ciemny baldachim, słowa rzucone przez Danny'ego Skinnera wciąż dźwięczą mu w uszach i mają większą moc, niż podstępny Skinner mógłby sobie wyobrazić.

Danny ma rację... nieważne, że to jedna z najlepszych restauracji na Wyspach i jeden z najznakomitszych kuchmistrzów, zasady obowiązują wszystkich!

Dotarł do Le Petit Jardin jeszcze przed południem i trafił na przygotowania do lunchu. Na zewnątrz zebrała się spora grupa garniturowców, a czarne niebo w końcu zaczęło się przecierać.

Kibby od razu poznał, że jest to ekskluzywna restauracja, ponieważ właściciel nawet nie wysilał się, żeby podkreślić świąteczny charakter. Jedynie jedno skromne drzewko świadczyło o tym, że był okres świąteczny. Wkraczając do oświetlonego delikatnym światłem wnętrza w tonacji kremowo-biało-mahoniowej, Kibby nieco się uspokoił, kiedy jego stopy natrafiły na puszysty brązowy dywan. Sala restauracyjna była nieskazitelna, więc doszedł do wniosku, że to absolutnie wykluczone, żeby kuchnia była w tak złym stanie, jak to opisał Skinner. Tura poglądowa po restauracjach w mieście, jaką odbył z Foyem na początku pracy, potwierdziła to, czego się wcześniej nauczył jako nieopierzony kontroler w Fife: jeśli restaurator pieczołowicie dba o salę jadalną, to zwykle kuchnia spełnia najwyższe standardy higieny.

Ale zwykle od każdej reguły istnieje wyjątek.

Kibby wylegitymował się zupełnie niewzruszonemu maître d', który wydął tylko wargi i głową wskazał na wahadłowe drzwi. Kiedy przez nie przeszedł, serce w nim zamarło. Przygotował się wcześniej na powiew gorącego powietrza, ale tu aż zwiądł pod siłą jego impetu, a pierwszą osobą, którą zobaczył, był sam De Fretais, opierający się w niedbałej pozie o blat kuchenny.

Rozmaite zapachy pieczonego, smażonego i grillowanego pożywienia zatańczyły mu w nozdrzach, mózg aż ugiął się pod naporem doznań, kiedy starał się rozpoznać miriady woni. Wielki kucharz obserwował klęczącą dziewczynę w fartuchu, która wyciągała coś ze stosu pudełek ułożonych na dolnej półce wózka przy ścianie.

Kibby usłyszał, jak ucina sobie z kimś pogawędkę, dudniąc swym tubalnym, znanym z telewizji głosem, i dostrzegł też w ciemnych oczach i zaciśniętych ustach zacięte zadufanie w sobie. Przez chwilę uderzyła go niedająca się zdefiniować familiarność tej postury, tych dowcipów, plugawego języka...

Brian Kibby zbliżył się do grubego kucharza z wyraźnym niepokojem. Kuchnia nie wyglądała dobrze. De Fretais był jeszcze mniej zachwycony wtargnięciem i posłał Kibby'emu rozkojarzone spojrzenie.

– Ach, to ty jesteś tym nowym miejskim narybkiem? Jak się ma mój stary kumpel Foy?

– Dobrze... – zaskrzeczał niepewnie Kibby, rozmyślając zarówno o furii Foya, jak i o słowach Skinnera. Ale w kuchni panował brud, a brudna kuchnia to niebezpieczna kuchnia. Zasada numer jeden. Nie można tego zlekceważyć.

Oj, była brudna. Może nie aż tak, jak to opisał Skinner w swoim raporcie, ale całe fragmenty podłogi i powierzchnie blatów nie nadawały się już do czyszczenia, lecz wyłącznie do wymiany. Dodatkowo pojemniki i puszki z produktami były ułożone piętrowo, co zagradzało do nich dostęp, drzwi przeciwpożarowe były otwarte na oścież, a większość pracowników całkowicie nonszalancko odnosiła się do swego wyglądu. Sam De Fretais wyglądał na brudnego niechluja, jakby właśnie wstał z barłogu lub wyszedł z pubu.

To chyba przez te święta... tak czy inaczej, przecież to restauracja!

De Fretais był wielki i duży, a Kibby chudy i cherlawy. Kuchmistrz podszedł bardzo blisko do młodzieńca, jakby chciał go przytłoczyć masą.

– Urząd, co? Przypominam sobie pewną atrakcyjną panią inspektor... ee, przepraszam, pracownicę wydziału inspekcji sanitarnej – powiedział grubas i Kibby, patrząc na czarne włoski wystające z nozdrzy, poczuł jego nieświeży oddech. Było tak gorąco, że kark płonął mu żywym ogniem, jakby znalazł się na plaży w tropikach. – Jak ona się nazywała?...– zastanawiał się De Fretais. – Sharon... nie,

Shannon. Tak właśnie, Shannon. Czy urocza Shannon wciąż tam pracuje?

– Tak... – wyskrzeczał speszony Kibby.

– Już jej do mnie nie posyłają... szkoda. Wielka szkoda. Spotyka się z kimś? Ciekawe.

– Bo ja wiem... – skłamał Kibby wytrącony z równowagi bliskością tego człowieka. W oczach Kibby'ego kuchmistrz miał posturę cyrkowego błazna, a jeszcze starał się być sztucznie radosny, co jedynie podkreślało jego zadufaną w sobie arogancką pewność siebie. Kibby wiedział, że Shannon ma chłopaka, ale nikomu o tym nie mówił, bo to jej prywatna sprawa, a już na pewno nie sprawa De Fretaisa.

– Nieważne, proszę przejść do kontroli, kiedy panu wygodnie – powiedział pospiesznie kuchmistrz. – Czy też raczej powinienem powiedzieć, kiedy nam będzie wygodnie – dodał, spoglądając na dwóch pomywaczy stojących przy wózku. – BO TAK OTO WŁAŚNIE WYGLĄDA NASZA PIERDOLONA WYGÓDKA! PANOWIE! PROSZĘ!

Dwóch pomagierów rzuciło się do działania, a Kibby skrupulatnie szedł według listy. Zapisał pełne kosze na śmieci, pudła ułożone w przejściach. W kuchni było teraz gorąco jak w piekle – duszny, nasycony żar buchający z pieców. Nieważne, ile razy się go poczuło w życiu, za każdym razem zmuszał nieprzygotowanego gościa do refleksji nad temperaturą i rozgardiaszem panującymi w każdej dużej, restauracyjnej kuchni. To właśnie przez ten okropny żar praca w kuchni należała do najcięższych. I ci ludzie, anonimowi w swych fartuchach, krzątający się jak mrówki, wydający krzykiem polecenia jeden drugiemu. Pojawiły się pierwsze zamówienia od grupy osób, które widział na zewnątrz – prawdopodobnie są to pracownicy szkockiego parlamentu znajdującego się nieopodal.

Nagle Kibby poczuł, jak czyjeś silne palce chwytają go w szokującej poufałości. De Fretais objął młodego inspektora w pasie. Zaczął go ciągnąć po wszystkich kątach i przez wszystkie przejścia w oszalałym, gwałtownym pląsie, a kucharze przygotowywali produkty, przechodzący kelnerzy odbierali gotowe dania; ciągnął go po całej kuchni z siłą zdolną zabić wołu, dając marnie udawany pokaz dobrej woli.

I w trakcie wszystkich tych tortur Brian Kibby starał się zauważyć wszystko, starał się wykonywać swoje obowiązki.

Żyj w zgodzie z samym sobą.

9. Nowy Rok

Wygłupiłem się na przyjęciu w Wydziale Lokalowym. Było jak zwykle na takich imprezach: gadanie o niczym, spłaty czynszu, mieszkania socjalne i tym podobne, alkohol lejący się strumieniami, rzyganie pijaków-amatorów, ludzie znikający za przepierzeniami w porywach bestialskiej żądzy, której wybuchów wkrótce będą żałować.

Rozmawiałem z Shannon, nieco zbyt użalając się nad życiem, podobnie jak ona, ja o Kay, ona o Kevinie. A potem jakaś napruta panna wystawiła jemiołę nad naszymi głowami. Buziak zmienił się w pieszczoty, które trwały cały wieczór, i byliśmy wczepieni w siebie jak dwie małe małpki, wokół których wali się cały świat. Na pewno mój się walił, i wyglądało na to, że ona jest na tym samym Titanicu.

Następnego dnia poszedłem do sklepu Samuel's w St James Centre i kupiłem pierścionek zaręczynowy z brylantem. Kosztował prawie czterysta funciaków. Zabrałem Kay na mecz w ramach derbów w Tynecastle i zajrzeliśmy też na chwilę do jej matki. Postanowiłem, że nie tutaj – w domu nie było jak. Wszędzie wisiały zdjęcia Kay; małej dziewczynki w białej spódniczce tancerki, wymachującej nogami nastolatki w amatorskiej produkcji *Guys and Dolls*, podczas pierwszej prawdziwej pracy w jakiejś eksperymentalnej trupie tanecznej. Dostrzegłem w ciemnych barwach jej młodość, bo przy tych wszystkich wiecznie zatroskanych ciotkach, wujkach i babciach, przy tym, jak jej wszystko łatwo przychodziło, wszystkie koleżanki ze szkoły musiały jej skrycie nienawidzić. Szczupłe, zgrabne ciało, lśniące włosy i śnieżnobiałe zęby, bezgranicznie szczery uśmiech i pogodne usposobienie; kochałem ją za to wszystko, ponieważ postanowiła mi to ofiarować. I ożenię się z tą dziewczyną.

Nie dałem jej jednak pierścionka. Postanowiłem, że kiedy padnę przed nią na kolana, musimy być tylko ona i ja, sami, i ja całkowicie, absolutnie trzeźwy.

W pracy jak zwykle. Nie ma żadnych oznak niedawnych świąt, bo niektóre gnojki w biurze zachowywały się tak, jakby w ogóle nie było żadnych świąt ani nowego roku. Już słyszę, jak ten stary kutafon Aitken nawija, jak to nie znosi świąt i jak to wspaniale móc znów wrócić do pracy.

Praca.

Foy skierował mój raport do ponownej kontroli, oczekując, że Aitken lub jakiś inny z jego dupowłazów potwierdzi to, co napisałem. Dzięki tej procedurze nie pojawiała się faza druga, czyli że nie będzie potrzeby kierowania go wyżej – do humorzastego fiuta Coopera na piętrze wyżej.

Pulchny Foy wyłania się właśnie ze swego biura, oszalały ze wściekłości, i nie dość że ma zamiar rozedrzeć na kawałki tego bufona Kibby'ego, to jeszcze chce to zrobić dla przykładu na oczach wszystkich. To tylko dobra wiadomość! Wspaniała wiadomość polega na tym, że jestem poza ringiem!

Rzuca raport Kibby'ego na jego biurko i zanim wypowiada pierwsze słowo, ten smutny palant Kibby już jest cały w nerwach. Foy prawie warczy.

– Co to za gówno? Czy zdajesz sobie sprawę, że to już jest faza druga i że raport idzie wyżej? – syczy, dźgając kciukiem w kierunku sufitu.

– Ale ta kuchnia jest naprawdę zapuszczona – odzywa się ten mały frajer Kibby i widać, że Foy zaraz dostanie zawału serca, bo stary wór nie wie, jak załatwi to z De Fretaisem. Koniec ze zniżkami w Le Petit Jardin, koniec uwijania się kelnerów przy najlepszych stolikach!

– To nie jakaś zasmolona jadłodajnia w Kirkcaldy, ty głupi szczeniaku – Foy ryczy do zapadającego się w fotel Kibby'ego głosem zdolnym oskórować człowieka lepiej niż piranie. Określenie „głupi szczeniak" w ustach Foya brzmi o wiele dobitniej niż jakiekolwiek przekleństwo, które słyszałem w życiu. – To kuchnia Alana De Fretais! – grzmi Foy, a Kibby wstaje, starając się odzyskać siły, ale trzęsie się tylko z poczerwieniałą twarzą i ze łzami napływającymi do oczu. Foy robi krok naprzód z oczami jak jastrząb wypatrujący ofiary – i zgadnijcie, kim jest ta ofiara. Grubemu skurwielowi najwyraźniej podoba się ta zabawa. Po chwili pyta prawie szeptem: – Czy masz w domu telewizor?

Dziwnie się, kurwa, z tym czuję. Foy to brutal, arogancki, apodyktyczny gnój, któremu zupełnie odbiło. Więc dlaczego to co robi, tak mi się *podoba*?

– Czy czasami włączasz rzeczony telewizor? – dudni. Niemal widzę liście laurowe na jego skroni.

– NO… no… tak.

Foy mówi jeszcze ciszej:

– Czy kiedykolwiek oglądałeś *Sekrety sypialni mistrzów kuchni*? W Telewizji Szkockiej, zaraz po wiadomościach?

– Tak…

– Więc widziałeś pewnie pana De Fretaisa z Le Petit Jardin prowadzącego ten program – mówi cierpliwie Foy.

– Tak…

– I wiesz – Foy mówi coraz wolniej – wiesz, że jest ważnym człowiekiem – ciągnie z wystudiowaną emfazą, łudząc kojąco Kibby'ego, który zaczyna potakiwać słowom szefa. I nagle jak nie huknie mu prosto w twarz: – Z KTÓRYM NIE MOŻNA ZADZIERAĆ, KURWA JEGO MAĆ!

Kibby'ego aż odrzuciło i skurczył się jeszcze bardziej, i jestem pewien, że blada dupa gnojka trzęsie się jak meduza Elvisa. Po chwili podnosi się nieco i w żałosny sposób próbuje się bronić.

– Ale… ale… ale… pan powiedział… pan powiedział…

I muszę przyznać, że coś we mnie wtedy pękło. Jestem wściekły nie na Foya za jego wrzaski, ale na Kibby'ego za godzenie się na ten opierdol.

Zachęcam go w myślach: oddaj mu, Kibby, nie masz, kurwa, jaj? Postaw się, ty mała, durna cipo. No dalej, Brian…

– Co? – kpi Foy. – Co takiego powiedziałem? I teraz przeszywa mnie tak radosny ból, bo zdaję sobie sprawę, że nienawidzę tego ćwoka Kibby'ego i chcę, żeby cierpiał. Nienawidzę go, naprawdę, kurwa, nienawidzę. Foy to bufon, żart natury, ale Kibby, jest w nim coś podstępnego, coś nieszczerego; głupiego i żałosnego, tak, ale wygląda to tak, jakby drwił sobie w duchu ze wszystkich. I teraz wiem, że chcę, żeby Foy przeczołgał go tak, żeby aż ciarki po plecach chodziły…

NIENAWIDZĘ, NIENAWIDZĘ, NIENAWIDZĘ, NIENAWIDZĘ, NIENAWIDZĘ, NIENAWIDZĘ.

Nawet nie wiem, co teraz mówią, bo widzę tylko ich twarze. Kibby wygląda jak kretyński muppet z tymi rozwartymi oczami; ryj Foya jest czerwony jak burak i wygląda jak żarząca się kulka haszyszu, która zaraz rozejdzie się po ciele i przepali przez tweedową marynarkę Marks & Sparks…

Pierdolony ćwok. Odjebało mu czy co?

Zabawa kończy się z wejściem tego chuja Coopera, ważniaka, jego obecność jest sygnałem dla Foya, że trzeba wziąć się w garść. Zjechany równo Kibby idzie do toalety, niewątpliwie wypłakiwać oczki. Kusi mnie, by pójść za nim, by być świadkiem, jak ten pedałek ryczy jak oklepana zdzira, ale nie, najpierw ochłonę, potem zaparzę kawę. Nie potrafię wyjaśnić złości, jaką mam do niego, impulsu, który każe mi wywoływać i smakować jego klęski, i moja lepsza strona jest tym okropnie zażenowana, tym żałosnym spektaklem i czystą, rozdzierającą, wręcz plugawą przyjemnością, jaką sprawia mi ta nienawiść.

10. Seks i Śmierć

Na początku nowego roku zadymione, czarne niebo w Edynburgu wisiało nad miastem jak sterta cegieł podtrzymywanych jedynie cienką siatką rozpiętą nad głowami mieszkańców. Obywatele Edynburga co raz spoglądali na nie z obawą, jakby miało zaraz spuścić na nich swój ciężar. Jednak większość dziewczyn i chłopaków z Burga, nie zważając na to, wciąż dziarsko się zalewała; już zwalczyli kaca i mogli złamać noworoczne postanowienia, radując się falą optymizmu, jaką sprowadzał nowy rok.

Jedyny wyjątek stanowił skołowany i wyschnięty na wiór Danny Skinner, który pisał swój raport nieopodal pogodnego Briana Kibby'ego, który już otrząsnął się po rzeźniczej krytyce Foya i teraz opowiadał z entuzjazmem Shannon McDowall o swoich ostatnich przygodach.

– W ten weekend – mówił Kibby swym niemal dziewczęcym nosowym dyszkantem – weszliśmy na Glenshee. – Shannon tylko pobłażliwie potakiwała, popijając drobnymi łykami kawę ze swego kubka z Pet Shop Boys.

Bardziej rozgarnięta osoba niż Kibby zaczęłaby podejrzewać, że Shannon jest znudzona i tylko się z niego w duchu naśmiewa, ale czujność mu nieco spadła z powodu młodzieńczego uczucia, jakie do niej żywił. W swym trudnym życiu musiał się zmagać ze wszystkim – z chorobą ojca i napięciami w rodzinie – a Shannon, gry wideo – szczególnie Harvest Moon – modele kolejki i Górołazy były dla niego wytchnieniem. Szczególnie Shannon i Górołazy.

– ...poszliśmy całą paczką, ja, Kenny, to szef naszego klubu, zabawny, że boki zrywać, ale też zdrowo kopnięty – chichotał Brian Kibby – i Gerald, który naprawdę chce za nami nadążyć – skrzywił się w lekko pobłażliwym uśmiechu – ale nazywamy go Osobowym Sypialnym, i jeszcze Lucy... – Kibby już miał rozwinąć główny temat dotyczący obiektu swych pragnień, ale szorstko mu przerwano.

– Na tych wyprawach, na które jeździsz, Brian, na tych wypadach w teren – ciągnął Skinner oskarżycielskim tonem prokuratora, który przejął od Foya – czy są tam jakieś tartaczne niewiasty?

Głównym celem ataku Skinnera było wywołanie rumieńca na twarzy Kibby'ego i nie zawiódł się. Shannon przewróciła oczami i cmoknęła z naganą, po czym wróciła do swoich papierów.

– Dziewczyny też łażą po górach... – zaczął niepewnie Kibby, patrząc w kierunku Shannon, która zignorowała go pochylona nad papierami.

– A jak się zmęczą to się kładą, założę się – przerwał mu Skinner.

Kibby zaczął się jąkać, czuł się, jakby zdradził Lucy w jakiś niesprecyzowany, choć dobitny sposób.

– No... nie wiem... nie sądzę...

Twarz Skinnera stężała, a według Kibby'ego przybrała nienaturalną barwę.

– Założę się, że są tam niezłe towary, co?

Shannon McDowall spojrzała najpierw na Kibby'ego, potem na Skinnera. Było to lekceważące spojrzenie. Skinner spostrzegł to i niemo zaprotestował.

– Tak, są tam fajne dziewczyny – odpowiedział nieco asertywnie Brian Kibby i od razu, przez chwilę, przez kilka cennych sekund poczuł, że obronił wysokie standardy moralne tej rozmowy.

Skinner przybrał kamienny, poważny wyraz twarzy.

– Przerżnąłeś którąś?

Brian Kibby z odrazą odwrócił wzrok, ale Skinner już wiedział, że ta próba przybrania dorosłej miny miała ukryć upokorzenie prawiczka. Shannon McDowell znów zacmokała, potrząsnęła głową, wstała i pomaszerowała do szaf z aktami. Colin McGhee wyszczerzył zęby w uśmiechu i uniósł brwi, po cichu przyłączając się do publiczności, której Skinner potrzebował po odejściu Shannon.

– No, nie wstydź się, Bri? – zapytał rzeczowo Skinner. – Proste pytanie: czy puknąłeś jakąś pannę w tym swoim klubie turystycznym?

– Nie twoja sprawa! – wyrzucił z siebie Kibby i pognał w kierunku toalet, mijając wracającą do biurka Shannon.

Skinner zwrócił się do Shannon McDowall:

– Wygląda na to, że dotknąłem czułego miejsca!

– Przestań być taki wredny, Danny – powiedziała Shannon. – Brian Kibby jest w porządku, może jest tylko nieco niewinny.

Skinner mrugnął porozumiewawczo do Shannon, co spowodowało, że ogarnęła ją fala żądzy, czego zupełnie nie pragnęła. Powodem było pijackie obściskiwanie w Wydziale Lokalowym. To było jedno z takich zdarzeń, wygłupów, do którego żadne z nich nie wracało, chociaż za każdym razem kiedy tak na nią patrzył, przypominał jej o tamtym wieczorze. Skinner też to zrozumiał i zrobiło mu się głupio. Wygłupił się wtedy. Kochał Kay, choć ostatnio, po tym jak się zachował w święta, nie układało się między nimi najlepiej. Kibby jednak nie miał nikogo, pomyślał mściwie Skinner przepełniony zdradziecką chełpliwością.

– Nie palą na stosie za bycie prawiczkiem w wieku dwudziestu jeden lat. Przynajmniej nie wszystkich – osądził tonem eksperta.

Skinnerowi już nie wystarczało dręczenie Briana Kibby'ego w biurze. Tortury były przedstawiane przez prześladowcę w innym świetle – jako kilka niewinnych żartów mających swe podłoże w szczerej, nieco oczywiście protekcjonalnej, przyjaźni, a nie jako działanie z niskich pobudek. Jednak podczas kursu zawodowego w ramach pracy, który kończył się uzyskaniem Certyfikatu Zarządzania Wydziału Zdrowia, jego zjadliwość sięgnęła wyżyn. Otoczony wianuszkiem rówieśników rozbawiony Danny Skinner był bezwzględny: zakrzykiwał, maltretował i upokarzał społecznie nieobytego i niepotrafiącego się wysłowić Briana Kibby'ego przy każdej okazji. Doszło do tego, że w pewnych miejscach, głównie w jadalni koledżu podczas przerw na kawę, Kibby dosłownie bał się otworzyć usta, żeby tylko Skinner nie zwrócił na niego uwagi. Pozostali uczestnicy kursu albo ochoczo przyłączali się do tego dręczenia, albo grali głupków, ale większość z nich poddawała się temu bez słowa sprzeciwu, by nie narazić się na konfrontację z ciętym językiem Danny'ego Skinnera.

Język ten jednak potrafił być bardzo sprawny i wręcz kojący, czego Kibby bardzo zazdrościł Skinnerowi – równie mocno jak nienawidził jego drugiego, brutalnego wcielenia. Większość urzędniczek, czy też częściej uczestniczek kursu, nie potrafiła się oprzeć werbalnemu czarowi Skinnera. Danny Skinner nie potrafił przejść obok dziewczyny bez uśmiechu, mrugnięcia okiem czy jakiejś uwagi.

Odraza, jaką odczuwał Skinner wobec Briana Kibby'ego, była tak głęboka, że czasami aż martwił się o siebie, pełen obrzydzenia do swojej osoby. Odraza rosła stopniowo przez kilka miesięcy znajomości. Doszła do takiego poziomu, że osiągnęła apogeum, jak sądził. Ale jedno zdarzenie sprawiło, że weszła na jeszcze wyższy poziom.

Pierścionek zaręczynowy przeznaczony dla Kay Ballantyne wypalał dziurę w kieszeni Danny'ego Skinnera. Była to kolejna przenikliwie chłodna sobota, kiedy wicher wiał ze zdwojoną siłą od Morza Północnego, choć ludzie nic sobie z tego nie robili i kupowali wszystko jak najęci, korzystając ze styczniowych wyprzedaży.

– Przejdźmy się po parku – zaproponował Skinner swojej dziewczynie. Kiedy schodzili po schodach przy kwiatowym zegarze, teraz pustym z powodu pory roku, gdzieś obok zadudniła basem tuba. Coś się działo na Ross Bandstand. Usłyszeli urywane zbliżające się głosy i spostrzegli grupę świeżo wypucowanych ludzi odzianych w wyszczotkowane ubrania, co oznaczało, że gra tam jakiś gospel rockowy zespół.

– Zobaczmy, co się dzieje – zaproponowała Kay.

– Nie, usiądźmy tu na chwilę. – Skinner wskazał na pustą ławkę.

– Jest za zimno, żeby siadać na dworze, Danny – zaprotestowała Kay, tupiąc nogą i odgarniając niesforny, miotany wiatrem kosmyk z oczu.

– Tylko na chwilę, muszę ci coś powiedzieć – prosił błagalnie.

Zaintrygowana Kay poszła za nim i usiedli razem na ławce. Skinner spojrzał na nią ze smutkiem.

– Byłem idiotą, kompletnym gnojem. W święta…

– Słuchaj, już to przerabialiśmy, nie chcę o tym mówić. – Kay potrząsnęła głową. – Po prostu zapomnijmy o tym. Jest sobota i…

– Proszę, aniołku, posłuchaj mnie przez chwilę – nalegał, wyławiając niewielkie pudełeczko z kieszeni. – Kocham cię, Kay, i chcę zawsze być z tobą.

Kiedy gwałtownie otworzył pudełko i brylant zalśnił pysznie, aż zabrakło jej tchu.

Skinner zsunął się z ławki i klęknął przed nią.

– Kay, chcę cię pojąć za żonę. Wyjdziesz za mnie?

W Kay Ballantyne jakby piorun strzelił. Była przekonana, że jest nią znudzony i że chce skończyć ten związek, stąd to jego picie.

– Danny… nie wiem, co mam powiedzieć…

Skinner spojrzał na nią z napięciem. Na szczęście była to jedna z odpowiedzi, jaką założył w nieskończonych przygotowaniach do tych oświadczyn.

– Wystarczy powiedzieć „tak".

– Tak! Oczywiście! – wykrzyknęła radośnie Kay, pochylając się i całując go w usta, po czym włożyła sobie pierścionek na palec.

Brian Kibby szedł z Ianem Buchananem po Princess Street i miał na głowie swoją ulubioną bejsbolówkę. Nagle gwałtowny podmuch wichru zdarł mu ją z głowy i cisnął przez ogrodzenie do parku.

– Moja czapka! – Kibby rzucił się w pogoń, przeleciał przez furtkę i pobiegł w dół po wykładanej kocimi łbami krzywiźnie.

Z początku nie zobaczył jej, ale potem spostrzegł, że wiatr zawiał ją pod jedną z ławek u podstawy wzgórza, na której siedziała samotnie jakaś dziewczyna w białej kurtce. Brian Kibby podszedł do niej wolno od tyłu i schylił się, by podnieść czapkę. Kiedy miał ją już w ręku, ku obopólnemu zaskoczeniu, stanął oko w oko z klęczącym przed ławką Dannym Skinnerem, który patrzył na niego przez szczeble ławki.

Obydwaj byli w szoku, ponieważ stanęli ze sobą praktycznie twarzą w twarz w niezwykłych okolicznościach. Nastąpiła krótka chwila czyśćca, zanim Kibby zdecydował się odezwać.

– Ee, cześć, Danny – powiedział miękko. – Wiatr mi zwiał czapkę z głowy – wyjaśnił pospiesznie, kiedy Kay odwróciła się na ławce. Kibby usilnie starał się nie zauważyć, że Skinner klęczy przed niezwykle piękną dziewczyną. Biała skórzana kurtka, którą miała na sobie, była wykończona futerkiem, futrzana czapka z nausznikami dopełniała obrazu. Jej uroczy nosek marszczył się od zimna, rozszerzyły się jej oczy, jakby kompensując mrużące się ślepia Danny'ego Skinnera, który groteskowo starał się nie zauważać Briana Kibby'ego. Gra się skończyła, kiedy Kay posłała mu kuksańca i wskazała na kolegę, który już wstał, przyciskając do piersi czapkę – sprawcę całego zajścia.

– O, cześć, Brian... – powiedział Skinner najbardziej obojętnie, jak potrafił.

Kay wstała, tym samym zmuszając do wstania Skinnera, i złożyła koniuszki palców razem. Z przekrzywioną na bok głową spojrzała na Skinnera z niecierpliwym, ponaglającym uśmiechem, a następnie zwróciła się do Kibby'ego, który wpatrywał się z zachwytem w jej zniewalający uśmiech i targane wiatrem lśniące włosy spadające kaskadą na ramiona spod czapki i nauszników.

Pomimo wrażenia, że słowa stają mu w gardle, Skinner zdołał wykszusić:

– Eee, to Brian. Pracuje razem ze mną w urzędzie. – Następnie dodał szybko: – A to Kay.

Kay uśmiechnęła się szeroko do Kibby'ego, który omal nie zemdlał.

Jest urocza i jest ze Skinnerem, i prawdopodobnie się kochają, nie ma sprawiedliwości na tym świecie... dziewczyna taka jak ona chodzi z takim typem... ma śnieżnobiałe zęby, gładką skórę i piękne włosy...

– Siemasz, Brian – powiedziała Kay i skinęła też jego koledze, Ianowi, który pojawił się obok nich. Następnie dała kuksańca Skinnerowi, który według Kibby'ego był spięty do granic wytrzymałości. Powiedziała: – Nic na to nie poradzę, Danny! Chcę powiedzieć całemu światu!

Skinner zgrzytnął zębami, ale Kay tego nie zauważyła. Wyciągnęła dłoń, by pokazać Kibby'emu pierścionek; pierścionek z brylantem, który ledwo kilka sekund temu wręczył jej w niezwykle intymnej atmosferze, która teraz pękła jak bańka mydlana.

I to on! Ten pierdolony, lizusowski wyskrobek jest pierwszą osobą, która się dowiedziała, że się kurwa mać zaręczyłem! Klęczałem w jego obecności... i jeszcze przyprowadził jakąś cipę...

– Właśnie się zaręczyliśmy! – zaćwierkała Kay, a obok muzyka gospel przybrała na sile.

Skinner pochwycił pogardliwe spojrzenie przyjaciela Briana Kibby'ego. Zobaczył tylko parę sterczących uszu i wystające jabłko Adama.

Kolejny pierdolony gluś!

Brian Kibby zdał sobie sprawę, że niechcący zepsuł drogocenną chwilę. Był to jeden z takich momentów, których choć sam nigdy nie doświadczył, to wielokrotnie z zazdrością obserwował ich magiczny wpływ na zakochanych; i z lodowcowego, opętanego spojrzenia Skinnera wyczytał, że sromotnie zapłaci za to wtargnięcie.

– Moje gratulacje – powiedział Kibby tak ciepło, jak tylko mógł, starając się jednocześnie przypochlebić Kay oraz wybłagać za wszelką cenę pojednanie ze swym wrogiem. Ian kiwnął głową z pełnym zakłopotania uśmiechem, a Skinner wydusił z siebie „dźźźkujeee", niemal dławiąc się zduszoną wściekłością.

I ten kutas dowiedział się jako pierwszy...

Najpiękniejsza i najważniejsza rzecz w moim życiu, a właśnie ON dowiaduje się o tym jako pierwszy!

Kibby.

Kiedy już poszli, aż się skrzywił niemal zniesławiony życzliwością Kay i jej poczuciem jedności ze światem, gdy ponownie spojrzała na błyskotkę na palcu ze słowami: – Sympatyczny ten twój kolega.

Skinner patrzył w ślad za oddalającym się Kibbym, który szedł wyłożoną kocimi łbami ścieżką ze swoim kumplem w kierunku Princess Street, trzymając, ściskając trwożliwie czapkę, by nie porwał jej wiatr.

Zabiję chuja.

Skinner się nie odezwał. Kiedy spojrzała na niego pytająco, otwierając szeroko oczy, wyrzucił z siebie z nieskrywaną odrazą:

– Tak, w porządku jest. – I w spojrzeniu Kay dostrzegł, że zauważyła w nim coś paskudnego, czego nie widziała wcześniej, nawet w najgorszych chwilach pijackiego zachowania, i to coś wyciągnął na światło dzienne właśnie Kibby. Starając się opanować emocje i zażegnać kłopotliwą sytuację, zaproponował pójście na Rose Street, by uczcić zaręczyny.

Jeden drink zmienił się w kilkanaście, co Kay wystarczyło z nawiązką, ale najwyraźniej Skinnerowi nie. Teraz wypadła kolej Kay, by przejąć wodze, i tak zaczęła głośno snuć plany na przyszłość, gdzie będą mieszkać i jaki będzie miał wystrój ich przyszły dom.

Starając się zachować przyjazne nastawienie, Skinner zaczął się irytować, jak zwykle w chwilach, w których poruszano temat dzieci. Według niego posiadanie dzieci wiązało się z całkowitym zniewoleniem, było gwoździem do trumny życia towarzyskiego. Ale pojawiała się jeszcze głębsza obawa: za wszelką cenę pragnął się dowiedzieć czegoś o swoim ojcu, zanim przyjdzie mu samemu zostać ojcem. Zaczęli się kłócić, Kay już miała łzy w oczach, bo jej wielki dzień z wolna rozmywał się w morzu piwa i jacka danielsa.

– Czemu musisz tak dużo pić? – pytała go błagalnie. – Twoja mama tyle nie pije. Twój tato tyle… no powiedz sam?

Skinner poczuł mroźne ukłucie w okolicy żołądka, jakby jakiś wielki owad zatapiał szczęki w jego piersi. Po prostu nie wiedział.

– Nie – odparł głęboko zażenowany swoją niewiedzą. – Był normalnym facetem, nie pił ani kropli – ciągnął, zmyślając. Teraz jego wściekłość zmieniła azymut, kierując się w stronę matki. Był jedynakiem chowanym bez ojca, żyli tylko we dwójkę z Beverly, a jednak nie chciała mu niczego powiedzieć o jego pochodzeniu. Trzymała wszystkie karty w ręku i za każdym razem kiedy poruszał tę kwestię, nie chciała puścić pary z gęby.

Czy już, kurwa, nie można nawet zapytać? Czy był jakimś jebanym gwałcicielem, cholernym zboczeńcem czy co? Co on jej takiego odpierdolił?

– W takim razie dlaczego – dopraszała się Kay, patrząc na jego szklankę.

Słyszał kiedyś od Beverly, że jej ojciec, którego Skinner znał tylko jako mały chłopiec, zanim zmarł po wylewie, nieźle sobie popijał.

– Mój dziadek był alkoholikiem – powiedział usprawiedliwiająco – przeskoczyło jedno pokolenie.

Kay patrzyła na niego z otwartymi ustami i głęboko wciągnęła powietrze.

– Mój Boże, nie wierzę! Ty się tym *przechwalasz*!

– Bardzo żałuję, że nie znałem mojego ojca – powiedział nagle Skinner niezwykle smutnym głosem. Jego słowa zaskoczyły go nie mniej niż Kay. Nigdy wcześniej nikomu tego nie mówił, poza własną matką.

Ścisnęła jego dłoń i założyła kosmyk włosów za ucho, przytulając się do niego.

– Czy mama mówiła kiedykolwiek, kim był?

– Niby żartem mówiła, że to był Joe Strummer z The Clash – Skinner zaśmiał się smutno. – Ma podpisaną przez niego płytę, to jej skarb. Lali mnie kiedyś w szkole za to, że opowiadałem wszystkim, jak to mój tato grał w The Clash – uśmiechnął się żałośnie na wspomnienie o tym. – Potem mówiła, że to Billy Idol, Jean-Jaques Burnel, Dave Vinian; mówiła tak o każdym punku, który kiedykolwiek grał w Edynburgu czy w Glasgow. Doszło do tego, że zacząłem przeglądać stare pisma muzyczne, szukając podobieństwa. Tak było, kiedy byłem mały, a ona sobie tylko robiła jaja. Jako gówniarz miałem taką obsesję, że przyglądałem się każdemu staremu prykowi, który się do mnie uśmiechał na ulicy, zastanawiając się, czy to przypadkiem nie on. To cud, że nie zostałem porwany przez jakiegoś zboka – powiedział posępnie. – A teraz już w ogóle o nim nie mówi. – Skinner uniósł szklankę i wziął wielki łyk. Kay patrzyła, jak pęcznieje mu chrząstka przy tarczycy wraz z pochłanianym alkoholem. – Co kilka lat pytam ją ponownie, ona dostaje szału i wybucha kolejna wielka kłótnia.

Kay ponownie nerwowo odgarnęła włosy, spojrzała na swojego drinka, postanawiając nie kończyć tematu.

– Musi go naprawdę nienawidzić.

– Ale taka nienawiść do kogoś jest zupełnie irracjonalna... – Skinner zamilkł w pół zadania, ponieważ przed oczami stanęła mu twarz prawiczka Kibby'ego z cielęcymi ślepiami... – No bo minęło już tyle lat – wymamrotał zmieszany.

Nienawidzę Kibby'ego. Jestem taki jak ona. Dlaczego właśnie Kibby'ego? Co on mi zrobił?

Gdyby tylko Kibby mógł zniknąć, odejść z mego życia, wrócić do Fife czy co.

Ściany były koloru jasnożółtego. Błękitne jak niebo zasłony zwisały z sufitu, zasłaniając długie okna. Ale w niewielkim pokoju kojący nerwy wystrój nie był w stanie zagłuszyć dominacji aluminiowego szpitalnego łóżka. Ekran telewizyjny zawieszony na hydraulicznym ramieniu przymocowanym do ściany nad łóżkiem został odsunięty na bok. Umeblowanie uzupełniły jeszcze szafka na kółkach, dwa krzesła i niewielka umywalka w nogach łóżka.

Keith Kibby, leżąc na łóżku jak dziurawa opona, czuł jak wolno i stopniowo uchodzi z niego życie. Sól fizjologiczna kapała w zbiorniczku kroplówki, przedostając się do zwiędłej kończyny kropla za kroplą, w rytm ledwo słyszalnego sekundnika zegara. Na dworze widział gołe drzewa, suche patyki, jak jego ręka – pomyślał – aż niepodobna, żeby wiosna mogła jeszcze rozbudzić w nich życie. Zeszłe lato było piękne, przypomniał sobie Keith przez mgiełkę, jaką wywoływały w jego umyśle wszystkie leki, i jakby oczekując potwierdzenia własnych myśli powiedział świszczącym głosem:

– Piękne lato... – Ale po tym pojawiła się inna, bezlitosna, surowa refleksja i zwracając swą łysą czaszkę w oskarżycielskim geście ku sufitowi, dodał: – …ale dane mi było zobaczyć ich tylko czterdzieści dziewięć…

Francesca Ryan, jedna z pielęgniarek na oddziale, weszła do sali Keitha, by zbadać mu puls i ciśnienie krwi. Kiedy zabrała się do pracy, zawijając elastyczną opaskę wokół wychudzonego ramienia pacjenta, Keith dostrzegł włoski pod jej dolną wargą. Przyszła mu do głowy myśl, że nie wyglądałaby źle, gdyby się ich pozbyła.

Elektroliza. No i jeszcze utrata kilku kilogramów. Tak, wtedy będzie z niej babka na medal.

Ryan nie mogła doczekać się, kiedy wyjdzie z sali Keitha Kibby'ego. To nie jego choroba przyprawiała ją o mdłości, przywykła do nieuleczalnie chorych pacjentów, ale było w nim coś takiego, jakieś takie wygłodniałe tchnienie rozpadu, które wytrącało ją z równowagi. Wolała już tego starego Daviego Rodgersa, w sali obok, pomimo tego, że jej dokuczał, bo pochodziła z miasta Limerick.

– Nie pozwólcie tej pannie wchodzić na salę operacyjną, bo tam są ostre noże i zaraz będziemy mieli tu niezłą jatkę!

Stary Davie może i był wrednym dziadem, ale przy nim wszystko przynajmniej było jasne. Kiedy odwróciła się od Keitha Kibby'ego, poczuła, że na nią patrzy.

Tak więc Francesca była zadowolona z przybycia żony pana Kibby'ego, jego syna i córki. Widziała kochającą rodzinę, która była naprawdę całkowicie przytłoczona jego chorobą. Ona nie znajdowała w nim nic, za co można by go było pokochać, ale w końcu ten świat jest taki dziwny.

Widziała, jak nastoletnia córka całuje ojca w czoło. Francesca słyszała, że jest studentką pierwszego roku na Uniwersytecie Edynburskim i że studiuje anglistykę. Czasami chodziła na imprezy organizowane przez studentów i dlatego przypatrywała się teraz jej twarzy, jak stwierdziła Francesca z zawiścią, konwencjonalnie ładnej, ale nie potrafiła jej nigdzie umiejscowić. Caroline spostrzegła, że pielęgniarka się jej przygląda i posłała jej blady uśmiech. Nieco zmieszana siostra Ryan wyszła z oddziału.

Caroline rozważała, czy pójść na imprezę klubową na Teviot Row, potańcówkę organizowaną przez jedno ze stowarzyszeń, gdzie miał grać jakiś miejscowy DJ. Ale kiedy spojrzała na wyczerpaną twarz ojca, zachciało jej. się płakać. Dopiero kiedy zauważyła, że matka również zaraz wybuchnie płaczem, poczuła wściekły, perwersyjny przypływ mocy i zmusiła się, by nie płakać.

Nie jestem taka jak ona. Będę silna.

Zauważyła, że jej brat, chociaż nic nie mówił, to zasysał policzki. Doskonale znała tę minę. Następnie zaczął coś mówić do ojca; wypowiadać słowa, które brzmiały: – Słuchaj, jak stąd wyjdziesz, to...

Ale Brian Kibby nie dokończył zdania, ponieważ jego ojca dopadł gwałtowny atak choroby. Cała rodzina krzyczała, wołając personel medyczny. Zareagowali szybko, najszybciej Francesca Ryan, ale nic nie byli w stanie zrobić, bo Keith Kibby na ich oczach rzucał się w konwulsjach. Zmagając się ze śmiercią, czepiał się pazurami każdego skrawka życia, kopiąc w łóżko z niemal nadludzką siłą, i wodził wokół niewidzącymi oczami, a udręczona rodzina Kibbych modliła się skrycie, by się poddał, by opuścił ziemski padół w pokoju. W Caroline to gwałtowne, anormalne konanie wywołało niewyobrażalną grozę. Była przekonana, że odejdzie w spokoju, jakby ktoś przekręcił płynnie fazowy wyłącznik światła, jaki mieli zamontowany w domu, że będzie to wolne, niemal niezauważalne wygaśnięcie – aż do całkowitej ciemności. Ale widząc, jak się rzuca, mogła niemal dostrzec jak życie, które teraz zdawało się obcą siłą miotającą się w jego ciele, stara się wyrwać z klatki.

Czas jakby stanął w miejscu, sekundy rozciągnęły się do godzin, i Keith skonał w objęciach rodziny. Brian stał najbliżej, obejmował kościstą powłokę, jakby chciał zatamować każde pęknięcie, każdą rysę, przez którą mogłaby ujść życiowa esencja ojca. Ale kiedy było po wszystkim, wyglądało to tak, jakby Keith wyszarpnął cząstkę życia z każdego Kibby'ego, który znajdował się w sali. Zaległa długotrwała cisza, w której Brian Kibby, chudy młodzieniec z długimi rzęsami, przytulił do siebie matkę i siostrę.

Caroline poczuła smród potu matki, ohydny i cuchnący, dziwnie przypominający zapach ciała ojca, a następnie doszedł do jej nozdrzy ostry zapach wody kolońskiej brata. Po chwili to Brian odezwał się pierwszy, a Caroline spojrzała na niego, dostrzegając łzy cieknące mu po brzoskwiniowym puchu na twarzy.

– Zaznał spokoju – stwierdził.

Joyce spojrzała na niego, z początku spojrzeniem pełnym cielęcego zaskoczenia, następnie twardo i błagalnie.

– Spokoju – powtórzył Brian, jeszcze mocniej ściskając matkę.

– Zaznał spokoju – powtórzyła Joyce, pogrążona w otępiającym żalu.

– Zaznał spokoju – ponownie oświadczył Brian, patrząc na Caroline. Kiwnęła głową i zastanowiła się, czy pójdzie dziś na tę imprezę; następnie usłyszała, jak matka zaintonowała modlitwę cichym, lecz dziwnie wyzywającym tonem.

> Bóg jest mym pasterzem
> Złożył mnie na wieczny odpoczynek
> Na zielonych pastwiskach, powiedzie mnie
> Przez spokojne wody

Kiedy usłyszała, jak jej brat dołączył w miejscu „A moja dusza żyć będzie wiecznie", wiedziała, że nie zostanie dziś – że nie może zostać – razem z nimi w domu.

11. Pogrzeby

Swego czasu stary pijus był niezłym zawodnikiem. Od wielu lat widziałem, jak się kolebał przez życie, a nawet jak w niektórych wypadkach napierdalał obszczymurów, kiedy który z nich robił się zanadto zadziorny. Tak, przez jakiś czas był z niego groźny skurwiel, w ostatnim wściekłym przypływie siły w męskiej menopauzie, zanim fizyczne i psychiczne starcze osłabienie dało o sobie znać. Wtedy zaszurał do jakiegoś młokosa i ten go nieźle pojechał, a teraz w oczach kutafona widać przygasłe żółte światło. Może to nic takiego, ale według mnie to rozpierdolona wątroba. Sammy, tak na niego mówili.

Teraz według starego Busby'ego zmienił się we wrak, który bredził coś po pijaku. Zawsze tu przesiadywali, w obskurnej spelunce na Duke Street. Tylko Busby'ego dzisiaj nie ma, bo pewnie, kurwa jego mać, posuwa moją starą...

Zapijaczony fajfus; wytarta marynara, łapy jak szufle, sznyty, mózg otępiały od wódy, ale i tak trzymasz się od takiego z daleka, bo cios starego boksera jest ostatnią rzeczą, jaką chcesz poczuć na szczęce. Co gorsze, robi to w mgnieniu oka i wtedy w skołowanych łbach słyszą najdziwniejsze dzwony w życiu!

Rozmyślam o moim staruszku, tak jak zawsze go sobie wyobrażałem: jest opalony, ma kwadratową szczękę, gęste włosy, u boku doskonale trzymającej się, nienagannie zadbanej żony, gdzieś w Nowej Południowej Walii lub na przedmieściach miasta w południowej Kalifornii i zdaję sobie sprawę, że przez cały czas się oszukiwałem. Najprawdopodobniej jest jakimś zapuszczonym menelem i pewnie przesiaduje w tej knajpie. Najpewniej dlatego starsza go tak nienawidzi; prawdopodobnie wpada na niego co jakiś czas, kiedy chwiejnym krokiem lezie po Junction Street w kierunku Walk i może za każdym razem stara się naciągnąć ją na kilka funciaków. Być może chce mi oszczędzić druzgocącej prawdy, bo mój ojciec, pomijając faje i wódę, jest tylko zepsutym powietrzem.

Wszyscy ostatnio rozmawiają o zakazie palenia w pubach. Po wprowadzeniu zakazu palenia w tej norze można równie dobrze oblać ją benzyną i podpalić, bo jak się tego nie zrobi, to na bank podpali ją właściciel, by dostać odszkodowanie, bo i tak nie będzie miał ani jednego klienta. Fajki określają charakter tej speluny w o wiele większym stopniu niż whisky czy piwo, od poplamionych nikotyną ścian do suchotniczego charkania i urywanego kaszlu stałych bywalców. Nie siedzi ich tu teraz za wielu – tylko dwa bezzębne kutafony przy dominie w rogu i ja ze starym bokserem przy barze.

– Czego? – warknął na mnie. Tak, to cały stary Sammy.

– Pokój, bracie. Nie wkurwiamy się, szefie? Spoko?

Stary dinozaur wzrusza ramionami z gestem „ja to znam na pamięć", a ja sobie myślę „aż tak jest źle, co?", ale proponuję mu piwo. Żebyś się, kurwa mać, szybciej zestarzał, ty stary chuju.

Nieważne problemy z kartą kredytową, człowiek zarabiający musi robić, co do niego należy. Przyjmuje poczęstunek z gniewnym jeszcze naburmuszeniem na twarzy. Następnie spogląda na mnie, mrużąc oczy, starając się przypatrzeć mi się uważnie.

– Bev Skinner, fryzjerka; ty jesteś jej synem, tak?

– Tak.

– Skinnerowie... tak... Tennant Street, dawno temu... Jimmy Skinner... to chyba twój dziadek... ze strony mamy. Twój tato był kucharzem, prawda to?

Przeszedł mnie dreszcz, spoglądam staremu ciulowi w oczy.

– Co?

Stary poczuł, że wszedł na grząski grunt, wie, że chlapnął coś, czego nie powinien. Słyszałem już tę gadkę. Pamiętam, jak nasza sąsiadka, pani Bryson, zanim zupełnie odjechała, mówiła mi, że mój tato był kucharzem. Prawie o tym zapomniałem. Pytałem zarówno Triny, jak i Val, ale staruszka kazała im milczeć, więc zasłaniały się niepamięcią. Weteran jednak postanowił zeznawać.

– Twój stary. Nie był przypadkiem kucharzem? – powtarza ostrożnie.

– A znałeś go?

W głowie pojawiają mu się jakieś szczegóły i wywraca ślepiami jak rolkami w jednorękim bandycie. Ale nie będzie głównej wygranej, bo Sammy dodaje półgębkiem, żeby nie powiedzieć za dużo:

– Może z kimś mi się pomyliło.

– A o kim sobie pomyślałeś? – pytam wyzywająco.

Stary ochlaj unosi brwi i pojawia się przede mną stary zbir, o którym myślałem, że dawno jest na emeryturze, zbir, który wpatruje się we mnie tymi swoimi ślepiami.

– O kimś, kogo nie znasz.

Widzę, do czego to wszystko zmierza, więc dopijam piwo. Niech mnie chuj strzeli, jeśli będę się napierdalał z dziadem w tym sraczu. Wygrałbym, przegrał czy byłby remis i tak doświadczyłbym upokorzenia, będąc na tyle głupi, żeby się z nim trzaskać.

– Jasne, no to na razie – mówię staremu kutasowi i wychodząc czuję jego wzrok na potylicy, aż staję w deszczu na początku Leith Walk.

Zatrzymuję się w kilku knajpach po drodze, pochłaniając sześć guinessów i trzy podwójne jacki danielsy w olimpijskim tempie, a impet z wprowadzonego do organizmu alkoholu wali mnie jak piącha między oczy. Kiedy pojawiam się w mieszkaniu, zastaję w nim Kay, całą we łzach, która mówi coś o tańcu, o karierze, o swoich ambicjach i jak to ja ich nie potrafię uszanować, jak niewiele dla mnie znaczą, po czym wychodzi. Wszystko zdaje się być wyciszone, wytłumione wokół mnie jak podczas samochodowej kraksy i chcę jej coś powiedzieć, ale patrzy, jakbym był powietrzem, a ja natomiast widzę wszystko przez denko butelki. Nie jesteśmy blisko ze sobą, mimo że stanowimy tandem brnący przez nasze nieuporządkowane życie.

Poszła w tany...

Nie jestem w stanie poczuć jej obecności, ale dobitnie czuję jej brak. Nie mogę zostać tu sam, więc wychodzę, mijam spelunkę na Duke Street i spoglądam do środka, widząc, jak stary olbrzym chwieje się pod naporem nieobecnego wichru, a mały Busby siedzi przy barze i przygląda mu się z wielką dezaprobatą.

Chcę wejść tam do środka i…

Ruszaj lepiej, kurwa, w drogę...

Nie pamiętam drogi do mieszkania mojej matki, nie pamiętam, jak otworzyła mi drzwi i wpuściła do środka, pamiętam tylko, jak mówię do niej: – Więc był kucharzem… mój tato był okurwiałym kucharzem… okurwiałym kucharzem…

Krzyczymy na siebie, a ja drę się jej prosto w twarz… kucharzem, kucharzem, kucharzem…

Wtedy dostrzegam coś w jej spojrzeniu – nie jest to gniew ale jakaś taka twarda kpina i milknę, a ona mówi: – Tak, synu, a ile on ci, kurwa, w życiu nagotował, co?

Wypadam z mieszkania, postanawiając, że już nigdy nie odezwę się do tej zgorzkniałej, upartej szmaty, dopóki nie powie mi prawdy…

Kiedy docieram do siebie, idąc schodami na górę, dostrzegam coś na parapecie i cały zamieram.

To pierścionek. Pierścionek, który ofiarowałem Kay.

Nie spodziewałem się tego. Czy można się w ogóle na to przygotować?

Mój ojciec, mój biedny staruszek. Nikomu nie zrobił krzywdy, był taki dobry. Dlaczego tak się stało? Dlaczego? I jeszcze rozpacz mamy, rozpacz o niezwykłej, niespotykanej sile; tak samo wstrząsająca jak śmierć taty. Na nic nie byłem przygotowany, po prostu się stało i nic nie mogłem na to poradzić. Nie wiem, co robić, a Caz nawet się nie odzywa, nie mówi ani słowa.

Czekamy przed kaplicą w drobnym deszczu. Rozglądam się i nie widzę prawie nikogo. Mój tato był człowiekiem rodzinnym, a rodzinę miał nieliczną. Nie miał żyjących, starszych krewnych. Więc oprócz nas i kilku parafian jest tylko paru sąsiadów i byłych kolegów z kolei.

Jest to przygnębiające i rośnie we mnie złość, że taki dobry człowiek jest tak chowany w obecności tak niewielu osób, a tacy pyskacze z telewizji, jak ten De Fretais, zebraliby tysiące na swym pogrzebie i wszyscy by rozpaczali, że oto odszedł wielki człowiek. Ale byłyby to krokodyle łzy, nie prawdziwa rozpacz, jak na pogrzebie taty: straszna, cicha żałość, która paraliżuje i rozdziera ludzi do głębi.

Koledzy taty z kolei mówią o nim jednym głosem. Był porządnym, solidnym człowiekiem, ciepłym i przyjacielskim, który jednak miał swoją, nieprzekraczalną sferę prywatności. Kolejarze, którzy pracowali jako dróżnicy, ze starego węzła kolejowego z Thorton w Fife opowiedzieli mi o ojcu, jakiego nie znałem, o człowieku, który całymi godzinami czytał i pisał, zapełniając całe notesy swymi bazgrołami. Była to jego wielka pasja, zupełnie nieznana rodzinie. Ale naprawdę odnalazł swoje powołanie, kiedy został maszynistą. Siedział w samotności na rozgrzanym zydlu, prowadził pociąg trakcją West Highlands.

Pewien emerytowany funkcjonariusz kolejowy, niejaki pan Garriock, podszedł do mnie i mamy ze słowami: – Teraz już nie robią takich jak Keith. Powinniście być z niego dumni. – Jego również porwało wszechobecne uczucie żalu.

Pogrzeb był bardzo ładny. Powtarzam sobie, że nie będę płakał, ale nie mogę nic na to poradzić, kiedy pan Godfrey, pastor, mówi o moim tacie. Jak to dobrze go znał, jak uczestniczył w życiu parafii, jakim był dobrym człowiekiem i jak pomagał parafialnym emerytom.

Czekam przed bramą kościoła, przyjmując kondolencje żałobników. Ian ściska mi dłoń, ale nie zostaje do końca ani nie idzie na stypę. Patrzy na mnie dziwnie, ale chyba tak działa na ludzi żal, nie wiedzą, jak mają zareagować. Kąśliwy, ostry wiatr owiewa mi głowę, co przypomina ból zęba po zjedzeniu loda, i z ulgą wsiadam do samochodu, po czym jedziemy na stypę w hotelu przy Ferry Road.

Na stypie nie ma zbyt wielu ludzi i oszacowane przez mamę zapasy whisky, sherry, bułeczek z kiełbaskami, tych z pastą z jajek i rzeżuchy, herbaty i ciasta były nieco przesadzone. W związku z tym mama postanawia zanieść niewykorzystaną żywność do przyparafialnego klubu emerytów. Nasz sąsiad, Phil Stewart, podnosi szklankę z whisky.

– Za nieobecnych przyjaciół – wznosi toast.

Kiedy kilku kolejarzy dołącza się ochoczo do toastu, mama uśmiecha się blado, odstawia filiżankę z herbatą i unosi szklaneczkę z whisky, z której nie ma zamiaru pić. Tato by zrozumiał, sam nie pił.

Unoszę szklankę z sokiem pomarańczowym. Kolejarze by pewnie tego nie zaaprobowali, gdybym zrobił to kiedy indziej, ale teraz pewnie myślą: „jaki ojciec, taki syn". Aż się zatrząsłem ze wstydu, widząc, jak Caroline wypija jednym haustem szklankę whisky i sięga po następną.

Co, do diabła, odbiło jej...

Mam rewolucję w brzuchu, a będzie jeszcze gorzej. Idę do toalety, siadam w kabinie i walczę z zaparciem. Strasznie trudno jest rozruszać moje kiszki. Ken Radden z Górołazów zawsze mówi, że należy dbać o perystaltykę jelit dla własnego zdrowia.

Rozmyślam o dwóch kurczakach, które wylęgły mi się wczoraj podczas gry w *Harvest Moon*. To wspaniała gra, w której trzeba budować, a nie tylko strzelać cały czas i rozwalać. Ludzie z firmy Rockstar North, z Edynburga i z Dundee, ci, którzy piszą takie gry jak *Grand Theft Auto,* są bardzo zdolni, ale piszą gry destrukcyjne. A w *Game Informer* dostała 10 punktów. Czemu muszą w ten sposób marnować swój talent? Jak oni mogą spojrzeć rano w lustro? Jakbym potrafił, to pisałbym takie gry jak *Harvest Moon*. Jednak tylko Japończycy mogli napisać taką grę; bardzo różnią się od nas. Fajnie byłoby pojechać kiedyś do Japonii. Niektóre dziewczyny są naprawdę piękne, i mówią, że są też bardzo miłe, czyste i że to doskonały materiał na żony. I zdaje się, że lubią facetów z Zachodu.

To mój problem – znaleźć żonę! Wykluczyłem już z listy Celię, ale wciąż nie mogę się zdecydować pomiędzy Ann, Muffy, Karen i Elli.

Muffy...

Zza ścianki przepierzenia słyszę, jak dwóch mężczyzn z ulgą zaczyna sikać. Ich siki bębnią o stalowe urynały.

– Przykra sprawa, fajny był chłop.

– Tak, aż przykro patrzeć, jak przybita jest jego rodzina.

– Ta mała blondyneczka to córka Keitha.

– A tak, fajny kocurek.

– A jak to świeci tymi cycuszkami.

– Jeszcze chwila i ja jej też czymś przyświecę!

– Ej, zachowuj się! Przypomnij sobie, gdzie jesteś!

– Mówiłem tylko...

– Już ja cię znam, weź się lepiej za kogoś w twoim wieku, Romeo!

Kiedy usłyszałem obleśny rechot dwóch facetów, to aż mi ciarki po plecach przeszły. Siedziałem tam na chłodnej desce klozetowej, miotany straszną, bezsilną wściekłością. Ci faceci na pewno nie byli przyjaciółmi mego taty! Ale jest ich tak wielu, takich facetów, że są praktycznie wszędzie. Bydlaki takie jak McGrillen w mojej starej szkole. Obleśnie wieprze jak Danny Skinner, który chodzi z tą cudowną dziewczyną. I Shannon też go lubi, przecież widać. Ktoś nawet coś mówił, że obściskiwali się na opłatku w urzędzie, ale to pewnie tylko plotki! Jak mogli... jak dziewczyny mogą być tak głupie?... Gdyby wiedziały naprawdę, jaki jestem, to chciałyby być tylko ze mną... wiem, że tak jest...

12. Tawerna pod Archaniołem

Rozdygotany Danny Skinner spojrzał na szklankę piwa przed sobą. To ukoi jego ból, męczarnię. Ale nie, oparł się, jest to winien Kay. Udowodni, że jest silny i po prostu wyjdzie z pubu.

I to teraz.

I tak Skinner wstał i stanowczym krokiem wyszedł z baru. Na Junction Street samochody i autobusy skrzypiały, warczały i trąbiły na siebie, a wózki dziecięce i fotele inwalidzkie, pchane przez automatyczne, otępiałe prozakiem matki, skrobały mu marchewki, co groziło przecięciem ścięgna Achillesa. Czuł na sobie twardy wzrok obserwujący go z zakładów sportowych, barów i przystanków autobusowych. Stare kobiety – wiedźmy zmierzające na sabaty bingo – zdawały się w złości rzucać na niego uroki, kiedy mijał je na przejściu dla pieszych.

Pierdolone skurwysyny... nie dam się złamać... ni chuja...

Panika eksplodowała mu w piersi, jakby za uderzeniem pioruna. Zatrzymał się w miejscu. Jego szklanka pewnie tam wciąż stała.

Pinta złotego nektaru. W pubie, gdzie na ciepłym hokerze wciąż widać moje odciśnięte półdupki.

Świat zmienił się nie do poznania, kiedy wyłonił się z pubu ponownie. Zniknęły ostre krawędzie. W Leith już nie mieszkali brutalni, okrutni, nienawidzący go psychopaci. Zniknęli, a w ich miejsce pojawiła się życzliwa społeczność żwawych osobników stanowiących sól tej ziemi.

Teraz jestem gotów spotkać się z Kay. By wyjaśnić jej, co poszło nie tak. Nawet by ją uwieść. To dobrze, że zgodziła się na spotkanie, by porozmawiać. Tak, wynagrodzę jej to. Odrobina czerwonego wina, uwielbia czerwone wino. Czerwone, czerwone wino...

Skinner wszedł do Threshers i mając w pamięci Boba Foya, kupił tam najdroższą butelkę pinot noir.

Wciąż miał trochę czasu do zabicia przed przyjazdem Kay. Oglądał kolejne nieistotne powtórki żałosnych strzałów ze Scottish Premier League w meczu między milionerami sponsorowanymi przez Carling, opasłymi skarbonkami otępiałymi przez lata religijnego sekciarstwa, i ich zubożałymi, nieutytułowanymi przeciwnikami.

Napisy na naklejce na butelce wina wyglądają bardzo ciekawie. Jest treściwe. Ma pełny bukiet. Owocowy smak. Wygląda na dobre wino, mimo że nie przepadam za czerwonym. Ale na pewno jedna lampka mi nie zaszkodzi, tylko jeden łyk, żebym mógł poczuć smak na podniebieniu. Wtedy, jak już przyjdzie, poślę jej szeroki uśmiech Danny'ego Skinnera, człowieka wytwornego. – Ach, panna Ballantyne, moja śliczna narzeczona! Zechcesz spocząć i wychylić ze mną kieliszek wspaniałego wina, kochanie?

Kay pośle mi to swoje spojrzenie, które będzie mówiło: „Ty niepoprawny, kochany łobuzie, jak mogłabym ci się oprzeć?". Tak, i może nawet sama dojdzie do wniosku, że to ona wszystko psuje, że jest taka strasznie sztywna. W końcu młodym jest się raz w życiu.

Ale kiedy Kay weszła do mieszkania, była tak oschła i zdecydowana jak nigdy. Gdzieś w jego piersi sztylet obrócił się dwa razy, bo zanim otworzyła usta, wiedział, że już jest po wszystkim.

I jakby na potwierdzenie jego myśli padły sakramentalne słowa:

– To koniec, Danny. – Była w nich surowa, nie podlegająca negocjacjom moc rzeczy ostatecznych.

Te słowa załamały Skinnera. Bronił się przed tym, ale nie mógł nic na to poradzić. Poczuł, jak coś prawdziwego, coś niezwykle istotnego kona w nim; poczuł, jak opuszcza jego ciało. Była to intensywna, gęsta energia witalna stanowiąca podstawowy składnik jego ja. Zdruzgotany gorączkowo zastanawiał się, czy kiedykolwiek ją odzyska oraz jak odtąd miało wyglądać jego życie: pasmo stopniowego rozpadu po którym nastąpi już tylko pojedyncze tąpnięcie. Był stanowczo za młody, by tak to odczuwać. Agonalny stłumiony okrzyk był głęboki, niepokojący i pierwotny i zaszokował zarówno jego, jak i Kay.

– Coooo?

Kay wysiliła każdą cząstkę odzyskanej na nowo mocy i determinacji, by do niego nie podejść, nie objąć go za szyję, tak jak robią to zwykle ludzie, kiedy widzą, że ich ukochana osoba bardzo cierpi.

Skinner przez całe życie myślał, że w podobnej sytuacji nie będzie nikogo o nic błagał. I mylił się, bo teraz tracił wszystko. Życie uciekało z niego szerokim strumieniem, uchodziło z niego. Nie przetrzyma tego.

– Proszę, kochanie... proszę, Kay. Możemy jakoś z tego wyjść.

– A z czego mamy wychodzić? – zapytała Kay wciąż z nieruchomą twarzą i z nerwami znieczulonymi jego bezustannymi wyskokami. – Jesteś alkoholikiem i wiesz co? Uwielbiasz ten stan. W twoim życiu jest miejsce tylko na jedną miłość, Danny. Ja dla ciebie nic nie znaczę. Jestem tylko ślicznotką, z którą dobrze jest się pokazać. – Lękliwie zagryzła dolną wargę. – Nie interesuję cię ani ja, ani moja kariera, ani to, czego pragnę. Nie lubię pić, Danny. Nie tego chcę. Sądzę, że już nawet nie lubisz się ze mną kochać, bo chcesz się tylko napić. Jesteś alkoholikiem.

Te słowa głęboko zapadły mu w jaźń. Czy był alkoholikiem? O to chodziło? Kimś, kto pije przez cały czas? Który nie potrafi odmówić sobie drinka? Kto pije do lustra? Kimś, kto mając jeszcze przed sobą piwo, nie może doczekać się następnego?

– Ale... ja... ja... potrzebuję cię, Kay... – powiedział, lecz nie potrafił wyartykułować dlaczego. Nie był w stanie powiedzieć: „Potrzebuję cię, by pokonać chorobę", bo czuł, że jest młodzieńcem, który zawsze pił o wiele za dużo, ale nie zawsze tak będzie. Nie czuł się chory, czuł jedynie pustkę i brak spójności w sobie.

– Nie potrzebujesz mnie. Sądzę, że nie potrzebujesz niczego innego poza tym. – Wskazała głową na pusty kieliszek i pustą butelkę po winie.

Skinner nawet nie zanotował wcześniej, że opróżnił butelkę. Chciał tylko napić się lampki treściwego, aromatycznego czerwonego...

...było treściwe? Aromatyczne?

Zatrute.

Jak mogłem do tego dopuścić?

Kay zostawiła go w mieszkaniu. Nie miał już siły, by ponownie próbować ją powstrzymać. Nawet nie słyszał, jak zamykają się za nią drzwi; jakby już stała się dla niego widziadłem.

Może zmieni zdanie i wróci. A może nie.

Skinner zdławił łzy. Opanowała go żałość, poczuł się mały jak dziecko, prześladowany. Chciał swojej matki, nie dzisiejszej Beverly, ale jakiejś młodszej, wyidealizowanej, abstrakcyjnej matki, do której mógłby się zwrócić i która mogłaby go pocieszyć. Ale ona również już dawno odeszła z jego życia, musiałby wrócić na jej zasadach i grać obowiązkowego syna.

Ta stara uparta krowa nie da za wygraną...

Ale potrzebował jej.

Musiał się też napić, ale nie mógł opuścić mieszkania w tym stanie. Słyszał już opowieści alkoholików; o wypadkach zdrady, aktach niesprawiedliwości, jakich doznawali bohaterowie tych historii ze strony matek, ojców, kochanek i przyjaciół. Wszystkie wyglądały bardzo podobnie: były gorzkim peanem za utraconą miłością, przyjaźnią, pieniędzmi. I pojawiały się w nich też plany, utopijne opowieści o świetlanej przyszłości, która jest w zasięgu ręki, oczywiście po kolejnej szklance.

Dzień, co śmiech niesie i zabawy moc...

Po chwili ochlaptus zmieniał się już tylko w wielką szklanicę z whisky i opowiadał, opowiadał te same smutne historie raz za razem. Alkohol przemawiał tym samym głosem. Bez względu na to, kogo opętał, pozwalał im tylko przemawiać w różny sposób, ale nawet to zmieniało się w zbiorczy pijacki bełkot. I ta szklanka nie musiała brać za nic odpowiedzialności, wystarczyło ją tylko napełnić.

Staję się jednym z nich. Jestem jednym z nich. Muszę coś zrobić. Muszę działać...

Pamiętam, kiedy kochaliśmy się po raz pierwszy, jakie to było cholernie zmysłowe uczucie, kiedy całe moje ciało pachniało jej zapachem, jak całowałem jej oczy, całowałem ją całą, całkowicie w niej zagubiony.

Tak, jasne.

Były też chwile, kiedy odpychałem ją w łóżku i burczałem coś do niej ze złością, spocony, ociężały i skołowany od pijaństwa, bo musiałem odespać, a nigdy nie mogłem tego zrobić.

Kim jestem? Pijakiem o towarzyskim zacięciu? Tak, ale nie tylko. Miłośnikiem chlania na umór? Na pewno, w chwilach w których nie piję dla towarzystwa ani nie myślę o piciu, jestem pierdolonym alkoholikiem. Tak, to cały ja.

Jestem nałogiem. Już nie wytrzymuję na trzeźwo – znam tylko dwa stany: upicie się i kac. Kac nie oznacza, że jest się trzeźwym. Kac to piekło.

W skołatanym umyśle Skinner robił rozrachunek z życiem i dochodził do pewnych podstawowych wniosków, które od jakiegoś już czasu dobijały się do jego świadomości. Po pierwsze, nie znał swego ojca. Jego matka nie chciała o nim mówić. Posiadał tylko ograniczone, choć równie natrętne informacje, które przy wsparciu intuicji podpowiadały mu, że jego ojciec mógł być kucharzem.

Czy można tęsknić za czymś, czego się nigdy nie miało?

Tak, tak, można. Spięty, poważny Ros Kinghorn ze swoim małym Dessiem. „Ile padnie bramek, synku? Ile?". Bobby Traynor ze swym szczerbatym Garym; podobnie jak syn, straszny kawalarz. Moja staruszka robiła, co mogła, stojąc tam pomiędzy tą zgrają, paląc jednego od drugiego i udając zainteresowanie meczem. Ale czegoś brakowało. Nawet Wielki Rab wiedział, gdzie jest jego stary, pomimo że przeważnie było to Więzienie Jej Królewskiej Mości w Saughton.

Z powodu braku ojca Skinner uważał, że brakuje mu podstawowych informacji o samym sobie. Od kogo pochodził? Jakie było jego genetyczne i kulturalne dziedzictwo? Czy alkoholizm był na stałe wpisany w jego DNA? Czy jego depresja wynika wyłącznie z braku więzi synowskich i czy zakończy się, kiedy pozna swego ojca?

Gdybym odnalazł swego starego, jebanego kucharza, to czy on również byłby pijakiem, czy było to jego dziedziczne obciążenie?

Pierdolić matkę. Sam go znajdę! Pokażę jej... wszystkim im pokażę!

Staruszka była przez jakiś czas kelnerką, dawno temu – tak mi mówiła. Gdzie ona tam, kurwa, tyrała?...

Z wolna dopadło to Skinnera, jak zimna fala unosząca się gdzieś z wnętrza. Spojrzał na błyszczącą okładkę książki leżącej na ławie: *Sekrety sypialni mistrzów kuchni* autorstwa Alana De Fretaisa. Z bijącym sercem podniósł ją i przeczytał wybrany fragment.

> Gregory William Tomlin jest nie tylko jednym z moich ulubionych kuchmistrzów, spieszę dodać, że jest również moim osobistym przyjacielem. Grega poznałem w 1978 roku, nie gdzie indziej, tylko w niesławnej Tawernie pod Archaniołem w Edynburgu. Jak to się stało, że amerykański kuchmistrz i jeden z pionierów kalifornijskiej rewolucji kulinarnej wylądował w takim miejscu?
>
> Tawerna pod Archaniołem jest wciąż słynną spelunką i jadłodajnią Edynburga. W tamtych czasach szefem kuchni był legendarny *bon vivant* Sandy Cunningham-Blyth. Stary Sandy miał słabość do żarliwych młodych kucharzy. Zatrudnił nie tylko piszącego te słowa, ale również młodego amerykańskiego studenta, który z plecakiem „zaliczał Europę" i którego *en route* do Francji w szczycie punkrockowej eksplozji brak gotówki zaniósł do Edynburga.

Greg i ja mieliśmy podobną filozofię życiową i stopniowo zaczęliśmy się wymieniać kasetami, drinkami, kochankami, a nawet w nielicznych wypadkach, przepisami!

Skinner, odkładając książkę na ławę, poczuł, jak z każdym uderzeniem serca pot wypływa z niego wszystkimi porami.

Greg Tomlin, Sandy Cunningham-Blyth. Alan Kutafon De Fretais.

Tawerna pod Archaniołem.

Dougie Winchester siedział przy komputerze ze zbolałą miną, która zmieniła się w neutralny wyraz twarzy, kiedy Skinner wychylił głowę zza drzwi. Czasami drzwi jego biura były zamknięte na klucz i kiedy przepytywano Winchestera dlaczego, mamrotał coś o tym, że tylko w ten sposób może się skoncentrować nad ważnym projektem, nad którym pracował.

Winchester zajmował stanowisko Specjalisty ds. Projektów Specjalnych (w Wydziale Ochrony Środowiska), mimo że wydział nie realizował ostatnio żadnych specjalnych projektów. W zwykły dla miejscowej władzy sposób wymyślano jakiś projekt, jakby za drogo miało kosztować zwolnienie Winchestera. W poprzednim wydziale udało mu się wywalczyć pięcioletni kontrakt i teraz pozostało mu już do końca tylko półtora roku. Winchester krążył wokół różnych wydziałów – człowiek, którego czas się kończył i który nie był zainteresowany w ogóle pracą.

Dougie Winchester i Danny Skinner byli dziwną parą. Jeden pozornie u progu swego zawodowego życia, a drugi, mimo że miał dopiero czterdzieści kilka lat, prawdopodobnie nigdy nie dostanie pracy po odejściu z urzędu. Byli, jak to ujął Winchester, „braćmi od kielicha". Skinner sądził, że kiedyś z pewnością musiał używać tego terminu ironicznie, a nie w czysto pogardliwym znaczeniu.

Teraz Winchester mógł się przydać do czego innego i Skinner chciał zasięgnąć u niego języka odnośnie spraw miejscowych. Starszy mężczyzna był zaskoczony, kiedy Skinner zaproponował lunch przy piwku u Archanioła. Pomimo że nie było to obecnie najczęściej odwiedzane przez nich miejsce, swego czasu Winchester wielokrotnie odwiedzał tę dobrze znaną gospodę edynburską.

Tawerna pod Archaniołem znajdowała się przy bocznym wyjściu ze stacji Waverly, była więc częściej odwiedzana przez dojeżdżających do pracy niż przez turystów. Tak naprawdę były to dwa lokale, a nie jeden. Duży bar – McTaggart's – był spartańskim pubem, który miał swój klimat, ceniony przez odwiedzającą go wesołą klientelę, szczególnie w weekendy. Wejście obok, mimo że oba lokale były połączone przejściem i łącznikiem z toaletami, prowadziło do samej Tawerny pod Archaniołem. Był tam mniejszy bar przyciągający artystyczną bohemę i restauracja na piętrze od dawna słynąca z dobrej kuchni. Skinner nigdy nie przychodził tu na posiłki, ale kiedyś kontrolował ich nieskazitelnie czystą kuchnię.

Bar był mniejszy, niż Skinner oczekiwał, wywołało to sprzeciw Winchestera.

– Nie wchodzę tu – powiedział, potrząsając głową. – Pełno tu czatujących pedryli. Przynajmniej kiedyś tak było.

– Teraz jest inaczej, szczególnie podczas lunchu – zapewnił go Skinner. – Sprawdźmy, a jak będzie do dupy, to pójdziemy obok.

Winchester bardziej udawał, niż był naprawdę przejęty. Martwił się tak naprawdę o pojemność szklanek, bo lubił wypijać cztery pinty podczas lunchu. Pierwszą pochłaniał w trzech olbrzymich łykach, drugą i trzecią pił spokojnie, delektując się smakiem piwa, a czwartą pochłaniał zwykle tak jak pierwszą. Po południu drzwi do biura Specjalisty ds. Projektów Specjalnych (w Wydziale Ochrony Środowiska) były zwykle zamknięte.

Klientami niewielkiego baru była mała grupa gospodyń domowych z Fife z torbami pełnymi zakupów oraz kilka osób z plecakami, a mimo to bar wydawał się zatłoczony. Przysadzisty barman miał na sobie replikę bluzy futbolowej od St Johnstone'a reklamującą whisky Famous Grouse. Zaczesywał blond włosy do tyłu. Ale koleś – pomyślał Skinner – miał niegdyś w sobie coś naprawdę dziewczęcego, przed epidemią otyłości. Zamówił dwie szklanki piwa i spojrzał na Winchestera, który postąpił ze swoją pierwszą jak zwykle.

– Czyli kiedyś tu przesiadywałeś, tak? – zapytał gulgoczącego towarzysza od szklanki.

– Tak – odparł Winchester – kiedyś wszyscy tu przyłazili. Każda dziwka i śpiewak z kabaretu. Była tu świetna atmosfera.

– To było w erze punka?

Winchester potrząsnął gwałtownie głową, a na jego twarzy pojawiła się wyraźna odraza.

– Nienawidzę tego gówna. To była śmierć muzyki. Led Zeppelin, The Doors – to były kapele – rozmarzył się. – The Lizard King!

W uniesieniu Winchestera Skinner po raz pierwszy dostrzegł skrywaną do tej pory inną twarz wspólnika. Zaskakująco odmłodniał, oko mu zabłysło jak w dawnych czasach, zanim przytłaczające moce wieku i alkoholu dokonały spustoszenia.

– Pamiętasz kapelę z Edynburga z tamtych czasów, nazywali się The Old Boys? – zapytał Winchestera. – Moja mama była ich fanką. Zdaje się, że wciąż o nich pamięta.

– Nieee... – Winchester potrząsnął głową. – Nie interesowało mnie to gówno. Punk to tylko hałas – powtórzył.

Skinner stracił zainteresowanie swoim kolegą. Zwrócił się do barmana:

– Słyszałem, że ten pub jest znany w okolicy.

– Zawsze był znany – przytaknął.

– Tak – Skinner kiwnął głową i przysunął się bliżej baru, kując żelazo póki gorące. – Czytałem książkę tego De Fretaisa, znasz tego kucharza z telewizora?

– Tak, ten facet sam siebie nie lubi – dodał sarkastycznie.

Skinner kiwnął głową i uśmiechnął się.

– Ani trochę. Napisał tę książkę o łóżkowej kuchni. *Sekrety sypialni mistrzów kuchni.* Pisze w niej, jak zaciągnąć pannę do wyra, gotując jej coś wystawnego.

– Wydaję wystarczająco dużo na drinki, żeby zaciągnąć je do wyra – zaśmiał się barman – i niech mnie chuj strzeli, jakbym miał im jeszcze gotować.

Skinner zarechotał porozumiewawczo.

– Nie wiedziałem, że tu zaczynał. Wymienia nazwisko dawnego szefa tutejszej kuchni. Zdaje się, że wszystkiego go nauczył. Nigdy nie słyszałem o tym kolesiu, ale wydaje się, że to wporzo facet.

Barman wywrócił oczami, widząc, jak Winchester opróżnia szklankę, a Skinner sparodiował ten gest. „Jeszcze jedno?", zapytał barman bez słów, na co Winchester zareagował twierdząco, następnie zwrócił się do Skinnera:

– Sandy Cunningham-Blyth. Ten stary pierdziel to klątwa mego życia – powiedział żałośnie.

Skinner nie mógł uwierzyć własnym uszom.

– Wciąż tu pracuje?

– Żałuję, że nie. Przynajmniej siedziałby w kuchni. Jest o wiele gorzej, kurwa jego mać – on tu pije! – Barman potrząsnął głową.

– Widzisz, gdyby to zależało ode mnie, to już wiele lat temu zakazałbym wstępu tej zapijaczonej łajzie, ale według kierownictwa nie robi nic złego i jest „Instytucją Archanioła", jak mówi o nim szef. Moim zdaniem nim samym powinna się zająć jakaś jebana instytucja – powiedział barman, a Skinner zrozumiał, że jest to od dawna powtarzana przemowa.

– Więc stary Sandy wciąż tu przesiaduje?

– Będzie tu wieczorem, to pewne, chyba że stary dziad wpadnie pod autobus albo co. Można tylko pomarzyć – ciągnął dalej barman, zupełnie nieporuszony tym, że jedna z gospodyń z Fife podeszła do baru, by zamówić kolejkę ginu.

– Jak on wygląda?

– Jego ryj wygląda, jakby mu granat pierdolnął, a potem ślepa szwaczka na kwasie zeszyła kawałki do kupy. Nie przejmuj się, usłyszysz go, zanim go zobaczysz – powiedział ponuro barman.

Po przyjęciu obowiązkowych czterech pint Skinner i Winchester poszli spacerkiem do biura, dopełniając rytuału. Winchester zawsze zatrzymywał się przy kiosku i zostawał nieco w tyle za Skinnerem, by kupić *Evening News*. Następnie pojawiał się w biurze kilka minut później. Mieli nadzieję, że w ten sposób nikt nie będzie ich kojarzył jako kumpli od kieliszka.

Jednak większość krążących po wydziale plotek nie dotyczyła picia, lecz koncentrowała się na stratach, jakie ponieśli Kibby i Skinner. Koledzy jednak o wiele bardziej współczuli pierwszemu niż drugiemu i to wybiórcze traktowanie nie uszło uwagi Skinnera.

Po odejściu Kay Skinner nie czekał długo, by zaangażować się w zapoczątkowany wcześniej dorywczy romans z Shannon McDowall. Shannon także spotkał zawód, bo natknęła się na Kevina, który posuwał w najlepsze jej bliską koleżankę. Nowa przygoda kolegów z pracy polegała na delikatnym zalewaniu się po pracy i wściekłych pieszczotach przez resztę nocy. Pomimo tego, że zawsze zatrzymywali się na pewnym etapie, nie uszło to uwadze osób trzecich i stało się tematem sprośnych biurowych plotek.

Tego popołudnia Skinner był nieco nie w sosie po czterech piwach z Winchesterem, dlatego po wcześniejszym wyjściu z pracy poszli razem z Shannon do baru Waterloo.

– Przykro mi z powodu śmierci taty Briana. – Shannon potrząsnęła głową. – Bardzo źle to znosi.

Skinner aż warknął na nią ze złością.

– Przynajmniej pierdolony gluś znał swego ojca – aż cofnęła się przed tak jadowitym atakiem.

Skinner świadomy własnej wrogości przepraszająco wzruszył ramionami i powiedział do swej *chere amie*:

– Przepraszam... moim ojcem może być każdy w tym pubie. – Rozejrzał się po rozgadanych grupkach pijących, wyraźnie pobudzonych po pracy. – Moja mama unika tego tematu i nie chce mi niczego powiedzieć na temat tego okurwieńca. Ten mały gnojek, Kibby, zachowuje się tak, jakby był jedyną osobą na świecie, która doznała bólu, a wszyscy zaraz: Ooo...biedny, mały Braaaajan!...

Wiedział, że Shannon starała się tłumić jego wrogość wobec Kibby'ego, i zdawał sobie sprawę z tego, że okazywanie nienawiści nie zjednuje mu sympatii. Był jednak zaszokowany innym potężnym uczuciem, jakie z niej emanowało – uczuciem empatii.

– Wiesz, że moja mama zmarła, kiedy byłam młodsza – zapytała go.

Skinner pomyślał o swojej matce, jak on by się czuł, gdyby coś się jej stało.

– Nie potrafię sobie nawet tego wyobrazić – potrząsnął głową i przyszedł mu na myśl Kibby. Przez co musi teraz przechodzić ten biedny gnojek? – zastanawiał się.

– Mówiąc krótko: czułam się strasznie chujowo – powiedziała szczerze Shannon. – Tato sobie nie radził. Załamał się. – Wzięła solidnego macha. Obserwując rozpalający się żar, Skinner chciał jedynie powstrzymać głód nikotynowy. – Musiałam opiekować się młodszym bratem i siostrą. Więc uniwerek odpadł, musiałam znaleźć pracę. Tu płacili stosunkowo dobrze i wysyłali na kurs, na którym można było dostać certyfikat. Nie mogę powiedzieć, że zawsze marzyłam o takim życiu, żeby łazić po jakichś zapyziałych kuchniach, ale ta praca ma sens, a ja staram się, jak mogę. Ale dlatego właśnie teraz jestem całym sercem z Brianem. Wiem, jak to jest stracić kogoś bliskiego.

– Wybacz... współczuję Brianowi – powiedział Skinner i w przedziwny sposób zapragnął, żeby Kibby znalazł się tu wraz z nimi, chciał go pocieszyć, *podtrzymać* go na duchu i ten nagły impuls przeraził go. – Chodzi o to, że wciąż cierpię po stracie Kay – powiedział pospiesznie, po czym zaczął grać na zwłokę, bo zdał sobie sprawę, że przypadkowo, przez przeoczenie, właśnie określił ich wspólne relacje, które uporczywie wymykały się wszelkim klasyfikacjom. – Nie ma to żadnego związku z tobą, jesteś wspaniała, ale...

Ich dłonie powędrowały po blacie stołu i splotły się z sobą. Skinner już wielokrotnie przekonywał się, że czasami same pieszczoty mogą wprowadzać bardziej intymny nastrój niż stosunek. A teraz, w tych okolicznościach, trzymanie się za ręce mogło prowadzić do jeszcze bardziej melodramatycznych scen. Spojrzał na pierścionki na jej palcach, a potem w duże brązowe oczy i zobaczył w nich smutek, i poczuł, jak coś w środku aż rwie się do niej.

– Dzięki za wysiłek, Danny, ale nie musisz tego robić. Jesteśmy obydwoje kochankami z odzysku i pomagamy sobie nawzajem otrząsnąć się z tego, śmiejemy się razem i staramy się odzyskać nieźle poharatany szacunek dla własnej osoby. Po prostu poprzestańmy teraz na tym, a jak coś ma się wydarzyć, to się wydarzy. Dobrze?

– Dobrze – zgodził się Skinner, być może zbyt ochoczo, jak podejrzewał, co potwierdził sardoniczny, suchy uśmiech na ustach Shannon. Tak, gdzieś w głębi wciąż czekał na telefon od Kay, choć tkwiący w nim realista wiedział, że nigdy nie zadzwoni. – Tak, odzysk zawsze był ryzykowny i w ogóle. Może rzeczywiście nie powinniśmy niczego robić na siłę – powiedział i świadomy pojawienia się nieprzyjemnego impasu zapytał: – Trochę już łaziłaś z Kevinem, co?

– Trzy lata.

– Pewnie za nim tęsknisz – stwierdził, myśląc o Kay.

– Tęsknię, ale od jakiegoś czasu nie było dobrze. Obydwoje o tym wiedzieliśmy. Nie mogliśmy nic zmienić, ale też nie mogliśmy z tym skończyć. Na swój sposób przyniosło mi to ulgę. Bo od kilku miesięcy już wiedziałam, że go tracę. Szczerze mówiąc, bardziej brak mi Ruth. – Twarz jej się zaczerwieniła i zmrużyła oczy. – Tej słabej, zdradzieckiej, pojechanej suki z popierdolonym życiem, która była moją przyjaciółką.

Straciła obydwoje za jednym zamachem. Za jednym rżnięciem. Ja straciłem Kay. Kochałem ją, ale nie byłem w stanie kochać jej po ludzku. Dopóki się nie pozbieram, nie będę w stanie nikogo pokochać. Nie pozbieram się, póki się nie poznam, a nie poznam się, póki nie poznam swego starego. Muszę odnaleźć tego okurwiałego kucharza i nie obchodzi mnie, jaki jest ten stary kutas, dobrze, że to on, a nie ten De Fre...

Uśmiechnęli się do siebie i Skinner zaproponował pójście do Tawerny pod Archaniołem.

– Ale w tym lokalu na początku Walk mają koktajle za połowę ceny podczas happy hours – zaprotestowała Shannon. Odkąd zerwała z Kevinem, szukała zapomnienia w kieliszku, co w oczach Skinnera również było jej wielką zaletą.

– Poczekaj, aż zobaczysz, jak tam jest, Shan, wspaniała atmosfera i prawdziwi ludzie – zachwalał żarliwie Skinner, podsycany perspektywą spotkania pewnego emerytowanego kuchmistrza.

– No to spróbujmy – powiedziała z entuzjazmem, który aż go wzruszył, bo chciałby, żeby był udziałem Kay. A potem ponuro skonstatował, że na początku tak było.

Poszli w kierunku stacji, przechodząc przez wiadukt. Skinner zastanawiał się, czy powinien ją wziąć za rękę, czy też objąć. Nie, ponieważ razem pracowali, tego rodzaju postępowanie wydawało się dziwaczne. Intymność z pubu wyparowała w chłodnym, nocnym powietrzu, jak w musicalu z Hollywood, gdzie bohaterowie najpierw wykonują skomplikowaną scenę ze śpiewem i tańcem, która kończy się zmysłowym uściskiem, po czym odskakują od siebie, w chwili w której muzyka przestaje grać.

Kiedy przeszli po kładce i znaleźli się na Market Street, Danny Skinner z rosnącym oczekiwaniem rozmyślał o spotkaniu z Cunninghamem-Blythem. Pchnął drzwi z mlecznego szkła i gestem zaprosił Shannon do środka.

Zapijaczony stary skurwysyn. Jabłko niedaleko pada od jabłoni...

Pomimo że Skinner nigdy nie widział Cunninghama-Blytha na oczy, od razu wiedział, gdzie go szukać. To, jak sądził, nie miało nic wspólnego z żadnym synowskim piątym zmysłem, ani nawet z opisem, jaki podał mu barman, mimo że ten był bardzo akuratny. W małym, zatłoczonym barze siedział samotnie pewien starzec, a jedyne wolne miejsca znajdowały się koło niego. Mruczał coś do siebie, a pijacy po obu stronach strefy zakazanej siedzieli odwróceni do niego plecami w pozie ostentacyjnej negacji jego osoby.

Skinner przywitał się ze znajomym barmanem, który teraz nosił koszulkę w szachownicę, podszedł i zamówił dla siebie pintę jasnego oraz wódkę z kolą.

– Ja poproszę dużą whisky i lemoniadę. – Shannon wskazała na dozownik. – Teacher's będzie w sam raz.

– Musisz uważać. Ta hara potrafi zmasakrować gruczoł prostaty.

– Danny, ja nie mam żadnego gruczołu prostaty.

– W takim razie poddaję się – Skinner uśmiechnął się serdecznie, kiedy przechodzili w kierunku pustych miejsc.

Sandy Cunningham-Blyth posłał nowo przybyłym szczery uśmiech, jak gospodarz na wsi na widok dawno oczekiwanych gości. Był przysadzistym, przygarbionym, brodatym mężczyzną o szerokich barach z przerzedzającymi się na czubku głowy srebrnymi włosami, które opadając cienkimi, tłustymi strąkami, łączyły się w absurdalny koński ogon. Miał ledwo kilka pożółkłych zębów i podjeżdżał starą wódą i tytoniem. Miał na sobie pomiętą koszulę, płaszcz w jodełkę za kolana, ziemistobure sztruksowe spodnie wpuszczone w wysokie buty i był człowiekiem, którego własne dobre samopoczucie było odwrotnie proporcjonalne do występowania dobrego samopoczucia u wszystkich wokół. Ale co najważniejsze, i tu barman miał całkowitą rację, skonstatował Skinner, mężczyzna ten miał twarz człowieka, które całe życie spędził na rozpuście. Obrzucił wzrokiem Shannon siadającą na krześle.

– Chodź do mnie, śliczna pani – powiedział, łypiąc na nią łakomie na powitanie. Shannon odwróciła się, ostentacyjnie udając, że nic nie słyszała, a Skinner zaśmiał się w nerwowym rozbawieniu.

– A na imię masz? – Sandy nie dawał za wygraną, delikatnie klepiąc Shannon po ramieniu. Dziewczyna posłała Skinnerowi spojrzenie pod tytułem „usiądźmy gdzieś indziej", po czym odwróciła się do samozwańczego gospodarza.

– Shannon – powiedziała grzecznie i zwięźle, a Skinner postawił swe krzesło z drugiej strony, tworząc okrąg i zmuszając dziewczynę, by zwróciła się w drugą stronę.

– Majestatyczna rzeka starego Erinu – zaczął marzycielsko Cunningham-Blyth z cieknącą po brodzie strużką śliny i zaczął recytować: – „Już nie usłyszy krzyku mew, tam gdzie nurt Shannonu słychać śpiew”… Czy twoja rodzina pochodzi ze Szmaragdowej Wyspy?

– Nie, dali mi imię po Delu Shannonie. Mój tato był jego wielkim fanem i grał w zespole rockabilly – wyjaśniła z mściwą satysfakcją.

Sandy Cunningham-Blyth wydawał się nieco przytłoczony tą wiadomością i widać było, jak jego potężne ramiona oklapły nieco. Nagle twarz mu pojaśniała i zapytał:

– Więc gdzie mieszkasz, moja mała uciekinierko?

– W Meadowbank – odparła Shannon nieco serdeczniej. W końcu był tylko nieszkodliwym, starym pijakiem.

Przez cały ten czas Skinner przyglądał się uważnie Cunninghamowi-Blythowi.

To ruina, ale pewnie nie ma jeszcze sześćdziesiątki, jest na tyle młody, że był w stanie dwadzieścia cztery lata temu poderwać moją starą i dobrać się jej do dupy. Zdeklarowany pijus i wciąż się trzyma. Jeśli jest moim starym, to mam nadzieję, że odziedziczyłem po nim żelazne zdrowie!

– Nazywam się Danny – powiedział Skinner i wyciągnąwszy rękę na powitanie, poczuł nad wyraz mocny uścisk. Zastanawiał się, czy to on jest tak silny, czy też piwo daje mu taką moc.

– Fajny ten pub, nie? – powiedział, rozglądając się wokół.

– Kiedyś był fajny – Cunningham-Blyth uderzył w ponure tony. – Było to miejsce, w którym ludzie opętani żądzą życia jedli, pili, dyskutowali na poważne tematy – ciągnął, spoglądając z odrazą na obecną klientelę. – Teraz to tylko kolejna speluna.

– Od dawna tu przesiadujesz? – zapytał Skinner.

– Tak, od dawna – powiedział z dumą Sandy Cunningham-Blyth, po czym wytrzeszczył oczy. – Kiedyś nawet tu pracowałem.

– Za barem?

– Boże, nie – zaśmiał się stary kuchmistrz.

– W restauracji?

– Cieplej – powiedział przekornie Cunningham-Blyth.

– Wyglądasz mi na rozgarniętego faceta… takiego, co to ma iskrę w sobie… na pewno byłeś kucharzem.

Cunningham-Blyth był wniebowzięty.

– Rzeczywiście byłem, przenikliwy młody przyjacielu – powiedział i teraz przyszła kolej na Skinnera, by wzruszyć się pochlebstwem starszego mężczyzny. Dla Cunninghama-Blytha jego uśmiech był doskonałym pretekstem do rozpoczęcia swojej historii. – Nie kończyłem żadnych szkół, po prostu uwielbiałem gotować, uwielbiałem cieszyć się życiem. Najpierw próbowałem swoich sił jako adwokat i zacząłem pracę w innym przybytku – stary kuchmistrz lekceważąco machnął w kierunku High Street. – I nienawidziłem tego z całego serca. Doszedłem do wniosku, że Edynburgowi nie jest potrzebny kolejny mierny adwokacina, ale w tamtych czasach z pewnością przyda mu się porządny, cholerny kucharz!

– Zabawne, moja matka pracowała tu jako kelnerka, pod koniec lat siedemdziesiątych – powiedział Skinner, zapuszczając sondę i zauważając, że Shannon wciągnęła rozmowa z siedzącą obok parą.

– No to jesteśmy w domu! W tamtych czasach to było dopiero miejsce! Jak się nazywała?

– Beverly. Beverly Skinner.

Sandy Cunningham-Blyth zmarszczył brew, starając się coś sobie przypomnieć, ale zdaje się, że naprawdę nie pamiętał żadnej Beverly. Potrząsnął głową i westchnął.

– Tak wiele się tu ich przewijało.

– Miała zielone włosy, co wtedy było dość niezwykłe. Była tak jakby pankówą. No nie tak jakby – była pankówą.

– A tak! Wspaniała dziewczyna, jak pamiętam! – zaśpiewał stary kuchmistrz. – Choć pewnie teraz już nie dziewczyna!

– Nie – zgodził się Skinner, co Cunningham-Blyth wziął za zachętę kontynuowania opowieści o restauracji za swoich czasów. Były to same ogólniki, ale Skinner był zadowolony z rozwoju spraw i znajomości z byłym szefem i stawiał mu chętnie.

Wtedy to Cunningham-Blyth zaczął się sypać. Po kilku pijackich zejściach i powrotach świadomości, kiedy ogłoszono ostatnie zamówienia, zaniemógł na dobre. Shannon zwróciła się do Skinnera:

– Wracam do domu. Sama – dodała w przeświadczeniu, że powinna to powiedzieć jak zwykle, kiedy chciała ostudzić jego awanse o tej porze dnia.

– Dobra, jak chcesz – odparł Skinner. – Ja wsadzę tego wesołego staruszka do taryfy.

Shannon była nieco zawiedziona, że nie musiała się zbytnio opędzać przed Skinnerem, chociaż urósł w jej oczach, bo okazywał staremu pijakowi tyle serca.

Skinnerowi udało się obudzić Cunninghama-Blytha, odstawić zaimprowizowaną farsę, która polegała na przeprowadzeniu go przez ulicę, wejściu na stację i do taksówki, gdzie znów odpadł. Była to pantomima, która charakteryzowała się na przemian nakłanianiem, prośbami, błaganiem i groźbami. Zanim dopadła go śpiączka alkoholowa, zdołał wydukać adres na Dublin Street. Najgorsza faza polegała na wydostaniu go z taksówki i zaprowadzeniu po schodach na górę. Następnie nastąpiło dramatyczne przeszukiwanie kieszeni weterana w poszukiwaniu kluczy, ale Skinner postanowił być twardy. Schody były prawdziwym koszmarem; Cunningham-Blyth był zwalisty, co więcej, jego waga zmieniała się w chwilach prób odzyskania kontroli nad ciałem, by powrócić do poprzedniej, gdy znów zapadał w pijacki niebyt. W pewnej chwili Skinner przestraszył się, że zwalą się obydwaj ze schodów lub co gorsza runą w dół szybu klatki schodowej.

Po ciężkiej próbie dostarczenia go do mieszkania i położenia na łóżku Skinner postanowił przejrzeć mieszkanie Cunninghama-Blytha. Było przestronne, z dużym, ładnie umeblowanym salonem i imponującą kuchnią z blatem pośrodku. Jednak pokój nie był często używany; walały się tu otwarte konserwy, pudełka po żywności na wynos i puste puszki po piwie świadczące o tym, że imprezy Sandy'ego nie były już takie jak kiedyś.

To mieszkanie jedzie na kilometr.

Skinner szykował się do wyjścia, ale usłyszał jakieś trzaski, poszedł więc to zbadać. Rozległ się odgłos zbliżających się torsji. Zobaczył Cunninghama-Blytha, jak rzyga do muszli w toalecie po drugiej stronie korytarza ze spodniami opuszczonymi do kostek.

– Nic ci nie jest, kolego?

– Nic…

Cunningham-Blyth odwrócił się wolno i oparł plecami o kibel. Skinner nie wierzył własnym oczom. Stary kuchmistrz podskakiwał jak pajacyk, i to nie był koniec podobieństw, bo nie miał genitaliów;

tam gdzie powinny sobie zwisać, zobaczył tylko paskudną czerwono-żółtą bliznę. Kiedy przyjrzał się uważniej, dostrzegł coś na podobieństwo moszny, w której może i mogło nawet coś być, ale nie było śladu penisa. Z tej wściekłej bezpostaciowości wystawała rurka zakończona plastikowym workiem przytwierdzonym do pasa. Na oczach Skinnera plastikowy worek wypełniał się żółtą cieczą.

W pijanym widzie weteran kucharstwa dostrzegł grozę w oczach Skinnera i momentalnie zrozumiał, co ją wywołało. Dźgnął palcem worek i zarechotał.

– Ileż to razy musiałem opróżniać dzisiaj ten cholerny wór... a jednak pamiętałem o tym. Czasami zapominam i pęka. Niedawno miałem taki bardzo nieprzyjemny przypadek...

Skinner był przerażony.

– Co ci się stało...?

Cunningham-Blyth, jakby trzeźwiejąc, wstydliwie podciągnął spodnie i usiadł na krawędzi muszli, z trudem utrzymując równowagę. Na sekundę lub dwie zaległa głucha cisza. Kiedy odezwał się ponownie, dało się słyszeć urywane, obojętne słowa:

– Jako młodzieniec w latach sześćdziesiątych zacząłem interesować się polityką. Szczególnie kwestiami narodowymi. Nie mogłem się pogodzić z tym, ze większość Irlandii była wolna, a Szkocja była wciąż podległa Koronie. Spoglądałem na New Town, którego ulice nazwano od imion angielskich władców za sprawą tego padalca Scotta, a wielki i wspaniały edynburczyk i socjalista, James Connolly, miał tylko niewielką tabliczkę na ścianie w podcieniach mostu... hmmm, naprawdę chcesz tego słuchać?

Skinner przytaknął, przynaglając go, by mówił dalej.

– Zawsze byłem dobry w recepturach... byłem dobrym w pichceniu, jak ktoś może powiedzieć. Na znak swego sprzeciwu postanowiłem zrobić w domu bombę i wysadzić w powietrze jeden z symboli brytyjskiego imperializmu, które zaśmiecają nasze miasto. Za cel obrałem pomnik księcia Wellingtona na wschodniej stronie. Więc zrobiłem bombę w tulejce. Niestety, kiedy pakowałem do niej materiał wybuchowy, trzymałem ją między nogami. Nastąpił przedwczesny wybuch. Straciłem penisa i jedno jądro – powiedział teraz niemal radośnie, co zauważył Skinner. – Pewnie nawet nie byłoby rysy na Żelaznym Księciu. – Cunningham-Blyth potrząsnął głową i uśmiechnął się zrezygnowany. – Miałem osiemnaście lat i byłem tylko z jedną kobietą, chudą zdzirą, która prowadziła nauczanie początkowe w Aberfeldy. Miała dziób jak kwit na węgiel, ale nie ma takiego dnia, którego bym jej czule nie wspominał i tak, nie czuł wyimaginowanej erekcji, twardej i grubej jak pała blacharza. Dbaj o swego wacka, synku – powiedział żałośnie stary kuchmistrz – bo to kurwa twój najlepszy przyjaciel w życiu, i nie pozwól, żeby ktoś mówił ci, że jest inaczej.

Skinner stał przez chwilę jak sparaliżowany, następnie grzecznie skinął głową i wyszedł z mieszkania. W głowie mu huczało, kiedy przemykał się brukowanymi uliczkami New Town w kierunku czarnych, oleistych wód zatoki Firth of Forth.

Odkrywam sekrety sypialni mistrzów kuchni, ale nie te, które naprawdę chcę odkryć.

13. Wiosna

Wiosna ostrożnie wkroczyła do Edynburga, tak niepewna swego jak nigdy. Niemniej jednak mieszkańcy świadomi jej corocznych kaprysów przyjmowali to z optymizmem. Urzędnicy wydziału Ochrony Środowiska nie stanowili wyjątku pod tym względem. Podobno były jakieś dobre wieści odnośnie nowego budżetu i wszyscy zgromadzili się w sali konferencyjnej, gdzie John Cooper przekazał im, iż został zwiększony, tak naprawdę, po raz pierwszy od pięciu lat. Oznaczało to reorganizację, która zaowocuje pojawieniem się nowego kierownika. Innymi słowy, ktoś dostanie awans.

W biurze często żartowano, że awans u Coopera to jak redukcja etatów, mimo to dobre wieści zostały przyjęte z entuzjazmem przez większość pracowników. Skinner spojrzał na Boba Foya i zobaczył, jak drga mu mięsień na twarzy. Ciekawe, czy ktoś jeszcze to spostrzegł. Obejrzał się i zobaczył przechodzącego na emeryturę obojętnego Aitkena, a potem na McGhee, który już wcześniej oświadczył, że chce wracać do rodzinnego Glasgow. Następnie dostrzegł skupionego i poważnego Kibby'ego. Ostatnio robił, co mógł, żeby zaskarbić sobie łaski Foya, i miał w tej materii pewne osiągnięcia. Jego własny awans był o wiele mniej prawdopodobny. Nie przestał pić na umór, choć z pewnością przystopował nieco, bo znajomość z Shannon rozwijała się nadal.

I tak jednego z prawdziwie pierwszych łagodnych wieczorów w roku wszyscy z wydziału wybrali się do Cafe Royal. Bob Foy, jako kierownik, zaproponował piwo po pracy, by uczcić dobre wieści. Jedno piwo oczywiście przeszło w kilka i wkrótce w przepychu wykładanego dębem i marmurem lokalu wszyscy zaczęli się upijać z radości. Brian Kibby był jedynym wyjątkiem. Jak zwykle pił wodę z sokiem z limonek przez większość wieczoru.

Cynizm Skinnera wzrastał proporcjonalnie do jednostek alkoholu wprowadzanych do organizmu. Przyglądał się uważnie twarzom kolegów – jasnym, uśmiechniętym, rozpromienionym – i miał coraz czarniejsze myśli. Wszyscy byli ożywieni, szczególnie Brian Kibby, pomyślał Danny Skinner.

O tak, Kibby jest zawsze chętny. Jeśli można by go opisać jednym słowem, to jest to (właśnie) to. Wszyscy to mówią, nawet starsi: „O tak, on jest chętny, ten chłopak".

I Skinner poczuł, że Kibby z całą tą swoją chęcią, będzie jego bezpośrednim rywalem w drodze do awansu.

Skinner robił to, co zwykle starał się robić w takich okolicznościach: zawstydzał Briana Kibby'ego, namawiając go do picia.

– Woda i limonka... hmmm! Podejzane! – wyseplenił do Briana na oczach Shannon, do której najwyraźniej Kibby wciąż czuł miętę. Po sporej ilości napojów bezalkoholowych Kibby w końcu poddał się namowom Skinnera i wypił najwyżej dwa piwa. Nie zahamowało to drwin kolegi, ale przynajmniej mniej się wyróżniał ze szklanką piwa w dłoni.

Spadaj, Skinner.

By uciec przed prześladowaniami, Brian Kibby podszedł do szafy grającej i dokonał wyboru. Miał nadzieję zrobić na Shannon wrażenie, bo z oficjalnej strony zespołu wiedział, że większość dziewczyn lubiła Coldplay.

Jest tam list z komputerowym portretem naprawdę ładnej dziewczyny, ale może ona za bardzo się uwielbia, umieszczając tam takie zdjęcie. Ale i tak nie jest tak dobra jak Lucy czy Shannon.

Kibby posłał ukradkowe spojrzenie Shannon McDowall, która śmiała się z jakiegoś pikantnego dowcipu Skinnera, po czym zabrzmiała muzyka.

Spójrz w gwiazdy
Spójrz, jak dla ciebie lśnią
I wszystko, co robisz
Pokrywa się ich złotą skrą

– A co za pojeb włączył to gówno? – Skinner skrzywił się, rozglądając się wokół. Kiedy zobaczył poczerwieniałego Kibby'ego, przewrócił oczami w złości i zwrócił się do Dougiego Winchestera przy barze, krzycząc o więcej piwa.

– Nie są aż tacy źli – zawyrokował Winchester.

– Jakiej muzyki słuchasz? – zapytał Kibby Shannon.

– Każdej, Brian. Moim ulubionym zespołem jest chyba New Order. Lubisz ich?

– No... chyba ich nie znam. A co sądzisz o Coldplay? – zapytał z nadzieją w głosie.

– Są w porządku... – powiedziała krzywiąc się – ale to taka... muzyka tła. No wiesz, muzyka do windy, do supermarketu. Jest nieco mdła i bezbarwna – powiedziała nieco nieobecnym głosem, bo Skinner podawał jej szklankę.

Pewnie to samo myśli o mnie, że jestem mdły i bezbarwny... w sam raz jako tło... nie to co Skinner...

Kiedy na szczęście dla niego zaczęło się robić późno, Brian Kibby pożegnał się ze wszystkimi i wyszedł z lokalu. Po przyjściu do domu wypił dwie szklanki wody, a potem horlicksa z matką.

Kiedy położył się spać, w żołądku miał twardy węzeł, w głowie mu huczało i nie mógł zasnąć. Mógł tylko myśleć o posadzie kierownika i człowieku, który będzie jego głównym konkurentem do tego stanowiska.

Danny Skinner.

Na początku dobrze się nam układało, ale Danny uważa się za złotego chłopca. O tak, nie miał nic przeciwko temu, kiedy dawałem sobie wchodzić na głowę, ale kiedy zaczynam do czegoś dochodzić, ooo, to już mu nie w smak. Ani trochę. I już przechodzi miarę w tych dowcipasach w pracy i na kursie, stara się mnie za wszelką cenę pognębić tymi prostackimi żartami. Wszyscy wiedzą, że pije i że nad tym nie panuje. I pomyśleć, że Shannon z nim poszła, ze Skinnerem. Odbiło jej. Wydawało mi się, że to mądra dziewczyna, ale jest głupia i łatwo ją oszukać, tak jak większość z nich.

Mimo że Danny Skinner zdawał sobie sprawę z zagrożenia, jakie stanowi Brian Kibby, nie mógł nic na to poradzić. Pewnego wieczoru w środku tygodnia w pubie na High Street zrezygnowanym głosem zgodził się w poczuciu porażki przyjąć kolejne piwo od Raba McKenziego.

Powinienem odmówić.

Jutro czekała go prezentacja, jedna z nowych procedur, nazywana przez wielu pracowników wydziału pierwszym nieoficjalnym sprawdzianem, a Brian Kibby miał swoją następnego dnia. Tak – pomyślał – powinienem teraz przystopować i wrócić do domu; wyspać się dobrze, żeby być jutro w szczytowej formie. Jednak odkąd Kay odeszła z jego życia, zdrowy, głęboki sen stał się prawdziwą rzadkością. Trudno było zasnąć w pustym łóżku. Z Shannon spali ze sobą tylko dwa razy. Za każdym razem po mało spektakularnej pijackiej randce jechała do domu taksówką.

Nie tylko brakowało mu Kay, ale jeszcze nie miał kontaktu z Beverly. Pewnego popołudnia przechodził koło zakładu i rzucił okiem na jej korpulentne ciało i szkarłatną czupryne, kiedy zakładała suszarkę na głowę klientki. Ale nie, niech poczeka. Kiedy następnym razem się do niej odezwie, sprawdzi jej reakcję na dwa słowa: imię i nazwisko ojca.

Znów przyszła mu do głowy książka – *Sekrety sypialni mistrzów kuchni.*

De Fretais i Tomlin, ten Amerykanin, byli jedynymi znanymi młodymi kucharzami pod Archaniołem. Cunninghama-Blytha trzeba zdecydowanie wykreślić. Na pewno nie mógłby to być ten grubas De Fre...

Nie, nie ma mowy.

Patrząc posępnie na opróżnioną do połowy szklankę, Skinner widział się w myślach, jak trzęsie się i poci w światłach jarzeniówek, jak kuli się przed wzrokiem Coopera i Foya. *Nie bardziej niż Kibby* – rzucił w myślach, obserwując jak McKenzie przy barze zamawia kolejne piwo.

Kolejne jebane piwsko.

Tak, nawet najniewinniejsze pytanie zostanie wyolbrzymione i zdeformowane; przetworzone przez rozgorączkowany, otępiały mózg w początek ostrego przesłuchania, które ma na celu udowodnienie mu, że jest zapijaczonym, nieodpowiednim na to stanowisko symulantem.

Problem i, co dziwniejsze, rozwiązanie problemu natrętnej świadomości grozy dnia następnego tkwiło w piciu dalej. Świadomość nadchodzącej zagłady mogła zaowocować jedynie pochłonięciem kolejnego piwa. Następnie pójdą chwiejnym krokiem do jakiegoś klubu czy do niego, do McKenziego, lub kogoś innego, kogo spotkają po drodze z pospiesznie zakupionym piwem na wynos. Wszelkie obawy pójdą w niepamięć, aż powrócą ze wściekłą intensywnością następnego dnia rano, kiedy dźwięk budzika wyrwie go z błogiej nieświadomości.

I będzie tam Kibby, przed czasem na odprawie; świeży, wypoczęty i ponad wszystko chętny.

Zwrócił się do McKenziego, patrząc żałośnie na pełną szklankę, którą przyjaciel postawił przed nim:

– Czy to warto, Rab, co?

– Nieważne, tak czy nie, ale co się robi, no nie? – oświadczył jak zwykle ze stoickim spokojem zupełnie niezbity z tropu McKenzie. Wrażliwość i Rab McKenzie tak pasowali do siebie jak cukier do ryby.

Tak więc McKenzie i Skinner pili ze zwykłym zaangażowaniem, aż Danny Skinner poczuł rozkoszne wyzwolenie, wkraczając do strefy z dużym napisem „a chuj z tym" nad bramą. Tak, za kilka godzin zacznie pracę, ale równie dobrze mogłaby się zacząć za kilka lat świetlnych. Jakie to ma znaczenie? On, Danny Skinner, może wodzić za nos tych wszystkich konioklepów z przeceny. Tak, i pokaże temu lizusowi Kibby'emu. Miał gotową prezentację, no, w zarysach, i wszystkim aż kopara opadnie!

Kontynuowali walkę szlakiem orlich gniazd, nasyconą pijackim koleżeństwem wobec kumpli i szyderczą agresją wobec nieprzyjaciół. Następnie po pełnej zamętu bezczasowej podróży, wyprawie przez różne krainy i stany świadomości rozgorączkowanego umysłu, w końcu osiągnął cel: dotarł do nicości i zapomnienia. Zwykle w takim stanie Skinnerowi zbierało się na refleksje i kiedy zaczął z wolna zapadać w drzemkę, pomyślał: Czy tak wygląda śmierć? Jest podobna do snu alkoholika?

Stary Perce niegdyś pięknie powiedział:

> *Jakże piękna jest Śmierć,*
> *Śmierć i jej brat Sen!*

Wtedy nagle rozdzwonił się budzik, a Danny Skinner miał wrażenie, że zaraz pęknie mu czaszka. Obudził się w skarpetkach. Kiedy zaczerpnął w płuca łyk ożywczego powietrza, poczuł przypływ ulgi, bo zdał sobie sprawę, że przynajmniej znajduje się we własnym łóżku.

Następnie zobaczył swój najlepszy granatowy garnitur od Armaniego zmięty na podłodze, spodnie i marynarkę. Skinner poderwał się szybko z łóżka i poczuł tak gwałtowny odruch wymiotny, że rzucił się do łazienki. Pośliznął się na cienkim dywaniku na sosnowej podłodze i dosłownie pojechał na nim w kierunku dużego białego telefonu, przy którym opadł na kolana. Seria konwulsyjnych, osłabiających torsji, które niemal wyrwały mu duszę, zakończyła się jedynie suchym spazmem.

Spłukując pozostałości ekscesów poprzedniego wieczoru do kanalizacji miejskiej, starał się wziąć w garść. Stojąc przed niebieskimi kafelkami, odnalazł na nich nowy, bardziej intymny wzór, starając się jednocześnie opanować oddech. Po chwili wstał, drżąc jak nowonarodzone cielę, i otworzył niewielkie, pokryte szronem okienko prowadzące na klatkę schodową. Co się działo wczoraj wieczorem? – pytał sam siebie, patrząc w lusterko i spoglądając w czerwone, kaprawe oczy.

NIE.

To słowo pojawiło się w głowie nagle, kiedy patrząc w lustro, szukał topora, który ewidentnie musiał w niej tkwić.

NIE NIE NIE.

Czasami mówimy nie, kiedy mamy *nadzieję*, że nie.

McKenzie. Szybkie piwko po pracy. Potem włóczęga po pubach. Potem spotykamy Gary'ego Traynora. Dziękuję mu za pornola Drugie Dojście Chrystusa. *Mówi, że ma dla mnie kolejnego i że go podrzuci. Opowiadał mi i śmialiśmy się do rozpuku... jaki on miał tytuł...* Mojżesz i gorejący krzak*! Tak, tak właśnie. Jak dotąd idzie dobrze. Potem panna. Chyba w porządku. Czy zrobiłem z siebie idiotę? Nie... ale nie, zrobiłem, i co kurwa, i tak jej już nie spotkam. Ale nie...*

O NIE...

...potem... NIE, NIE, NIE, nie ma takiego numeru. NIE MA TAKIEGO NUMERU, KURWA...

NIE.

NIE.

Cooper.

Był wczoraj w pubie na Mili. Po spotkaniu całego zarządu miasta.

NIE.

Z dwoma innymi ławnikami. Bairdem i Fultonem.

NIE.

Podszedłem do nich, zbliżyłem się do tych kutasów...

NIE.

Śpiewałem im.

NIE.

Ja...

NIE NIE NIE.

...Ucałowałem Coopera! W usta! Był to pogardliwy, kpiący gest, który mówił „Nazywam się Danny Skinner i nie szanuję pacanów takich jak ty czy innych na wysokich stanowiskach, w tym całym zajebanym urzędzie!”.

Cooper. Mogło być gorzej, mogłem sprzedać plombę tej cipie.

NIE.

O kurwa, proszę, tylko nie to.

Teraz Cooper wiedział, w chwili szaleństwa potwierdził wszelkie pogłoski na swój temat. Każda plota szeptana szefowi do ucha przez skorumpowaną ciotę Foya została z całą dobitnością potwierdzona w tych kilku chwilach szaleństwa. Kierownictwo i zarząd miasta wiedzieli teraz z całą pewnością, że Danny Skinner był pijusem, ochlajem, słabym, skłonnym do zabaw młodzieńcem, któremu na skutek braku zaufania nie można powierzyć odpowiedzialnego stanowiska. Tak, udowodnił Cooperowi, że złośliwe domysły miały istotnie pokrycie w rzeczywistości. Przekreślił swoją karierę, swoje życie. Studia, koledż, szkołę. Na dodatek na pewno załatwił sobie odroczenie podwyżki (a nikomu myśl o odroczonej podwyżce nie była bardziej wstrętna niż Danny'emu Skinnerowi).

NIE.

Skinner chwytał się brzytwy. Może Cooper też był zalany, może niczego nie pamięta.

NIE.

Czasami mówimy „nie”, kiedy mamy nadzieję, że „tak”.

Ale nie.

Cooper pił rzadko, a już nigdy na umór.

Jeszcze bardziej niż Foy, był przebiegły jak lis, coś w typie tego Kibby'ego.

John Cooper zapamięta każdy szczegół tego spotkania z drobiazgową dokładnością. Zostanie dokładnie zapisane, w jego pamiętniku, albo co gorsza w aktach osobowych Skinnera. Bo teraz będą mogli go zbyć. Zmarginalizować, w najlepszym wypadku wrzucić go w otchłań niepamięci, gdzie będzie służył nowym pracownikom za żałosny przykład, jak *nie* należy rozwijać swojej kariery. Pomyślał o Dougiem Winchesterze i wielu podobnych do niego, o tych, którym przypięto łatkę biurowego alkoholika; jak mijała im młodość, a wraz z nią zniewalająca, powszechna życzliwość; jak zmieniają się w ślamazarnych, żenujących urzędasów będących obiektem pogardy i drwin. Wtłoczeni w machinę, zajmujący się niewdzięcznymi, niskopłatnymi pracami, którzy pracują ciężko, nie oczekując cudów, i wpatrujący się w sekundnik zegara, który obwieści porę na kolejnego drinka.

Zostanę jebanym pariasem.

Jedyny ratunek w okazaniu skruchy.

Uwielbiają to. Dlaczego nie miałbym pójść do Coopera i się pokajać?

W umyśle ta scena przypominała słuchowisko radiowe:

Skinner: Przepraszam, John... wiem, że mam z tym problem. Od jakiegoś czasu było to widoczne, ale wczoraj naprawdę przegiąłem. Kiedy okazuje się brak szacunku, nie, kiedy obraża się kogoś, z kim się pracuje... cóż, postanowiłem z tym skończyć. Dziś rano skontaktowałem się z Anonimowymi Alkoholikami i idę na pierwsze spotkanie w czwartek.

Cooper: Przykro mi to słyszeć, Danny, ale nie przejmuj się tym, co się stało wczoraj. To tylko żarty, takie niewinne wygłupy po piwku. Nie ma w tym nic złego. Każdy czasami daje w palnik. To było nawet zabawne, uśmialiśmy się wszyscy. Niezły z ciebie numer, Danny!

Nie.

Odegrał swoją rolę znakomicie; w końcu to tylko gra, a oszustwo i podstęp były uważane za uznane narzędzia w biznesie, ale odpowiedź była nieprzekonująca. Czy Cooper ma właściwą rangę i skłonności, by grać taką wspaniałomyślną, zabawną rolę?

Niemożliwe.

Cooper utrzymywał chłodny dystans wobec maluczkich i chociaż tak naprawdę Skinner nie był pewien, jak zareaguje, to z pewnością nie zrzuci maski obojętności.

Już prędzej:

Cooper: Wszyscy byliśmy zażenowani. Cieszę się, że zdajesz sobie sprawę ze swej przypadłości. Porozumiem się z podwładnymi i zapewnimy ci wszelką dostępną pomoc. Ta deklaracja była aktem odwagi z twojej strony et cetera, et cetera.

Nie.

Czasami mówisz nie, bo myślisz nie.

Czegokolwiek Cooper by nie powiedział, Skinner wiedział, że on sam nigdy się tak nie poniży.

To byłoby kłamstwo; to byłoby rajfurzenie wszystkimi tymi pierdołami, tymi syfiastymi bzdetami, które wciąż święcą triumf w tym zakłamanym gównianym kraiku. Byłaby w tym cała próżna, egoistyczna, nieszczera samokrytyka. Obwiniając siebie, odbieramy innym prawo do krytykowania nas.

Jako stary ministrant, Skinner pamiętał, że to spowiedź, a nie ksiądz, była podstawą rozgrzeszenia. Pamiętał o tym lepiej niż wszyscy rozgoryczeni księża, których poznał w życiu.

Skinner zaczął płomienną przemowę do chłonnej jednoosobowej publiki w lustrze.

– Nadchodzi nowy faszyzm. I nie objawia się w pochodzie skinheadów maszerujących po ulicach centrum miast i wznoszących dłonie w hitlerowskim pozdrowieniu, nie, ów faszyzm rodzi się w kawiarniach i restauracjach Islington i Notting Hill.

Nie.

Sama myśl, że sok pomidorowy pity podczas wieczoru w knajpie wywołuje uśmiech pełen aprobaty, a pijacki chwiejny krok w kierunku baru prowokuje nienawistne spojrzenia pełne fałszywego smutku albo porozumiewawcze szydercze „a nie mówiłem?" wywołuje we mnie kurewską odrazę.

W sypialni sprawdził stan marynarki. Na klapach widać było ślady wymiocin, które wplatały się w doskonały splot tkaniny Armaniego i odkształcały go. Nie można było tego usunąć wilgotną gąbką. Nic poza praniem chemicznym (jeśli będzie miał szczęście) nie było w stanie przywrócić jego uprzedniej świetności. Musi założyć inny garnitur. Ale drugi, który posiadał, był brzydki, tani i był jedynie namiastką garnituru. Nie, zostanie przy marynarce i spodniach. Przyjrzał się dokładnie swej twarzy w lustrze. Obraz nędzy i rozpaczy, kilka zaschniętych, nabrzmiałych krwią strupów zdobiło jeden policzek, jakby otarł się nim o ścianę.

Prezentacja, musi przejrzeć swoją prezentację.

NIE NIE NIE.

Teczka. Zniknęła. Gdzie ją zostawił? W którym pubie. Pivo, The Black Bull, The Abbotsford, The Guildford, The Cafe Royal. The Waterloo... Obraz pubów cofnął się nieco, a na pierwszym planie pojawiły się twarze z tła: Rab McKenzie, Gary Traynor... Coop... a jebać to, lećmy dalej... dziewczyna z lnianymi włosami i wielkimi, koślawymi zębami, która pięknaiała z każdym wypitym piwem. Znalazł w kieszeniach kilogram monet, mnóstwo jednofuntówek. Ledwo kilka banknotów, za to trzydzieści siedem funtów w drobnych.

Ale stara, skórzana aktówka... prezentacja, zniknęła. Jeden z chłopaków w pubie pewnie wstawił ją za bar, żeby nie zginęła. Na pewno. Większość z nich otwierają po jedenastej, kiedy miał już być na miejscu. Musi zadzwonić i powiedzieć, że jest chory. Może się spóźnię – zastanawiał się Skinner – dokonując w myślach przeglądu często używanego arsenału wyświechtanych szkolnych wymówek typu „pies mi zeżarł wypracowanie".

Następnie zadzwonił do Raba na komórkę, przybierając beztroski ton.

– Roberto, mój kolego, jak leci?

McKenzie przejrzał jego udawaną nonszalancję tak szybko, jakby siedział tuż obok.

– Aleś się wczoraj nabzdryngolił, a przecież jesteś waga kogucia. Chciałeś mnie prześcignąć w piciu absyntu. Lepiej daj sobie spokój, kolego.

Oczywiście, szalone, gorączkowe halucynacje we śnie – absynt.

Panika pochwyciła Skinnera żelazną rękawicą i potrząsnęła nim jak szmacianą lalką.

– Rab, moja teczka. Ta aktówka, co ją miałem wczoraj. Widziałeś ją?

– Oooch, bo jaaaa wieeeem – drażnił się z nim McKenzie, przeciągając głoski, co wywołało u Skinnera równocześnie strach i uniesienie.

– Masz ją?

– Może i tak – powiedział obojętnie McKenzie, najwyraźniej świetnie się bawiąc.

– A więc wylądowaliśmy wczoraj u ciebie?
– Tak.
– Przynieś mi ją, potrzebuję jej, Rab.
– No wiesz chyba gdzie będę za pół godziny – McKenzie rzucił wyzwanie.
– Jasne... – powiedział Skinner i odłożył słuchawkę.
I owładnęła nim perwersyjna, przewrotna myśl, pomysł, który w obecnych okolicznościach mógł wypalić.
Skinner zdjął skarpetki i powlókł się pod prysznic. Tak, można jeszcze wszystko odkręcić, ale będzie to wymagało niesamowitej siły woli, prawdziwej desperacji.
Kiedy zdrapał z siebie ostatnie fragmenty skorupy z poprzedniego wieczoru, poczuł, jak w ciało wstępuje nowy duch, jak działa, pracuje, wydalając wszystkie toksyny, którymi będzie podjeżdżać cały dzień Cooperowi pod nosem. Tak, będzie to rzadka okazja dla szefa, który będzie smakował konsekwencje wczorajszego upokorzenia z zimną, systematyczną skrupulatnością, który zemści się na Danielu Skinnerze.
McKenzie, elektryk budowlany, pracował dopiero po południu, więc o ósmej trzydzieści zjawi się w Centralnym u podnóża Leith Walk. Prezentacja miała zostać przedstawiona o jedenastej i Skinner musiał wyrobić się do dziesiątej, by zmieścić się w czasie. Był przekonany, że zdąży na czas. Kiedy dotarł do Centralnego, od razu zobaczył McKenziego, trzymającego teczkę za rączkę i potrząsającego nią. Wielki Mac już wlewał w siebie guinnessa.
Skinner spojrzał z obezwładniającą zawiścią na oszronioną szklankę czarnego eliksiru sterczącą kusząco przed McKenziem na świeżo wypolerowanym, odnowionym barze. Jak bardzo chciał wziąć w dłonie znajomy kształt, poczuć gorzkawy smak na języku, wlać w siebie całą objętość szklanki. The Central Bar wraz z jego przytulnymi przepierzeniami, domową atmosferą i buraczanym przepychem przywoływał na myśl dawną atmosferę dostatku, która podkreślała jedynie obecną bezpretensjonalność pozbawioną fajerwerków i niezwykłości. Tak bardzo uwielbiał ten bar, z którego został wyrwany jak dziecko z łona matki i zamknięty na szczycie edynburskiej Royal Mile, w miejscu sztuczności, oszustwa i szpanu... oczywiście, że sobie łyknie. Tylko jedno piwo, by ukoić ból. Klin kli-

nem. Jasne, dzięki temu poczuje się lepiej – tym samym było to odpowiedzialne zachowanie.

Przy drugim guinnessie Skinner poczuł, jak cały alkohol z poprzedniego dnia znów pulsuje w jego organizmie. Wymamrotał poważnie zaniepokojony (była to troska, a nie panika, ponieważ drink zakłócił proporcje).

– Mam dziś tę prezentację i znów jestem w głębokiej dupie…

Jak to się dzieje zwykle wśród pijaków, kiedy jednemu z nich jest wszystko jedno, to jego towarzysz, drugorzędna postać rozgrywającego się dramatu, bierze na siebie brzemię odpowiedzialności za kolegę. I tak Wielki Rab McKenzie wciska Danny'emu Skinnerowi zawiniątko z działką koki.

– Prostownik – uśmiecha się.

– Dzięki, Rab – mówi Skinner szczerze wzruszony. – Drobny niuch zaraz postawi mnie na nogi.

14. Prezentacja

Znalazła je tuż po śmierci męża, wtedy, kiedy miotała się po domu, jakby szukając w nim Keitha. Nawet poszła na poddasze, wspinając się ostrożnie ciężkim krokiem po metalowych szczeblach, niemal oszalała ze strachu z powodu lęku wysokości.

Czynność ta, wiążąca się z poczuciem winy z powodu wkroczenia na teren prywatny syna, skłoniła ją do wizyty w ogrodowej szopie. Podobało jej się tutaj, lubiła zapach nafty i parafiny, które przywodziły na myśl męża. Uporała się z pająkami i ich sieciami oraz ze ślimakami zostawiającymi ścieżki śluzu, bo chociaż na ich widok dostawała mdłości, to nie mogła pozwolić, żeby profanowały samotnię Keitha. Ciesząc się panującym tu spokojem, Joyce szybko przekonała się, dlaczego tak lubił tu siedzieć z książką. Czasami zabierała ze sobą imbryk z herbatą i włączała olejowy grzejnik, dzięki czemu w szopie robiło się ciepło i przytulnie. Centralne ogrzewanie w domu nie było w stanie wytworzyć takiej atmosfery.

To właśnie w szopie natknęła się na pamiętniki, wielką stertę notesów w szufladzie pod ławką poplamioną brunatnymi krążkami od kubka z kawą. Była to grzeszna przyjemność; trzymała je dla siebie, czuła się jak zachłanny skarbnik stojący na straży precjozów, którymi miał się podzielić.

Joyce czytała je po znalezieniu wielokrotnie, ale wciąż ogarniało ją uczucie chorobliwego wyczekiwania, za każdym razem kiedy brała je do ręki. I zawsze zacinała się, czytając słowa napisane jego ręką; zastanawiała się nad nimi i interpretowała na swój sposób te najbardziej niewinne, aż kręciło się jej w głowie i narracja stawała się nieczytelna. Pamiętniki rozpoczynały się w 1981 roku i kończyły w 1998, gdzie dziwne, poplątane litery wyglądały, jakby pisał je ktoś inny. Z trudem mogła je odcyfrować i nawet kupiła szkło powiększające, zagłuszając jednocześnie niesmak powstały w wyniku poczucia, że znów wtrąca się w nie swoje sprawy. Jednak z tych kart pełnych prozaicznych opisów dnia codziennego wyłaniała się wielka miłość, która podnosiła ją na duchu, przynosząc ostatecznie wielką ulgę.

Zwykle ślęczała nad tymi pamiętnikami całymi godzinami. Tym razem cmoknęła do siebie, z wyrzutem spoglądając na stary, zardzewiały budzik, następnie odłożyła pamiętniki na miejsce i poszła do domu. Na górze zapakowała brudną odzież do kosza. Do jej nozdrzy dotarł nieprzyjemny zapaszek, wzięła więc parę majtek i uniosła je do światła. Zmarszczyła się z odrazą i włożyła je na powrót do kosza i nie patrząc na nie, wcisnęła je do pralki.

Dla Briana Kibby'ego był to dobry weekend. Pilnie pracując nad ofertą na czwartek, był zadowolony, bo oto powstała zgrabna, dobrze ugruntowana prezentacja. Poza tym mógł wspiąć się na Nethy Bridge z Górołazami, a w drodze powrotnej siedział obok Lucy Moore w autobusie. Jakby nie dość tego, trzy z jego kur w *Harvest Moon* złożyły jajka. Ale kiedy wrócił do domu, zastał płaczącą matkę z kilkoma notesami na kolanach.

Kibby głośno przełknął ślinę. W przedziwny sposób te zeszyty oprawne w czarne okładki miały coś w sobie złowieszczego.

– Co jest, mamo?

Matka spojrzała na niego z ewangelickim błyskiem w oku. Od śmierci męża zagłębiała się w okopy wiary, odkrywając na nowo Wolny Kościół, znany jej z dzieciństwa, ku zgrozie pana Godfreya, pastora miejscowej parafii Kościoła Szkockiego. Jej obsesja dotycząca spraw duchowych przy jednoczesnej redukcji podstawowych składników wiary powodowała, że stawała się coraz bardziej eklektyczna. Ostatnio w mieście podczas zakupów wdała się w rozmowę z grupą buddystów i nawet zaczęła spotykać się regularnie z młodymi misjonarzami z Teksasu. Ci krótko ostrzyżeni młodzi ludzie w okularach i garniturach z Nowego Kościoła Apostołów Chrystusa pojawiali się w domu z ulotkami, które Joyce studiowała z zapamiętaniem. Zawsze spieszyli z duchową pomocą, która jednak była niewielka w porównaniu z tą, którą czerpała z lektury notesów.

– Przeczytaj to, Brian. To pamiętniki twojego taty. Znalazłam je w komodzie w ogrodowej szopie. Nigdy tam nie chodziłam... nie chciałam... to zawsze było jego miejsce. Po prostu kiedyś usłyszałam głos, jakby tam wciąż był, i wiem, że to głupie, ale poszłam...

Mimo iż widział, że matka śmieje się przez łzy, Brian Kibby opierał się przed tym.

– Mamo, ja nie chcę. To prywatne zapiski taty... – powiedział, czując że otwierają łomem trumnę ojca.

Jednak Joyce była uparta, upojona energią i entuzjazmem, jakich od dawna u niej nie dostrzegał.

– Przeczytaj to, synu, wszystko w porządku, sam zobaczysz. Odtąd – pokazała, zmuszając, by zaczął czytać z coraz szerzej otwartymi oczami.

Kiedyś bałem się o Briana, martwiłem się, że jego zainteresowania, te wszystkie modele kolejek, odciągają go od kolegów ze szkoły, izolują od otoczenia. Ale wolę patrzeć na niego, jak puszcza w ruch te swoje kolejki, niż miałby, tak jak jego stary za młodu, obstawiać zakłady. To wspaniale, że wraz z innymi porządnymi młodymi ludźmi wspina się po górach, na świeżym powietrzu.

Nasz Brian to pracuś. On na pewno nie zginie, bo osiągnie wszystko ciężką pracą.

Caroline jest podobna do mnie, choć jest dużo mądrzejsza niż ja w jej wieku. Mam tylko nadzieję, że wykorzysta to na uniwerku. Mam tylko nadzieję, że potrafi okiełznać ten próżniaczy, arogancki rys charakteru, który nieomal mnie wykończył, bo jest moją dumą i radością, ta dziewczyna.

Brian Kibby czytał to ze łzami napływającymi do oczu.

– Widzisz, synku, jak on cię bardzo kochał! – zaskrzeczała Joyce urywanym głosem, gotowa na wszystko, byleby tylko jej syn zinterpretował słowa jej zmarłego męża tak samo, jak ona to zrobiła.

Ale były dostatecznie jednoznaczne. To prawda – wszystko tu było czarno na białym.

– Tak… tak… to wspaniałe móc to przeczytać – wydukał potwierdzająco.

– Powinniśmy je pokazać Caroline… – ciągnęła Joyce.

Kula niepokoju zagrzechotała w piersi Briana Kibby'ego.

– Nie, mamo, ona ma teraz dostatecznie ciężki okres.

– Ale w nich może znaleźć pocieszenie…

– Jednak musi teraz skupić się na studiach, mamo, a nie marnować czas, czytając stare pamiętniki. Poczekajmy, aż okrzepnie trochę i zaliczy sesję. Tato by tego właśnie chciał!

Joyce Kibby dostrzegła zapał w oczach syna i ochoczo potwierdziła:

– Tak… to było dla niego najważniejsze – zgodziła się.

Kibby zacisnął zęby, nie mogąc nacieszyć się swoim zdecydowaniem. Pokaże im wszystkim, szczególnie temu bandycie Skinnerowi, pokaże im, jaki jest naprawdę.

Serce Danny'ego Skinnera waliło w szaleńczym rytmie jak patyk przeciągany przez dziecko po szczeblach balustrady, kiedy wjeżdżał windą do wydziałowej sali konferencyjnej. Kokaina była wspaniałym rozwiązaniem; dzięki niej oczyścił umysł i wróciła mu pewność siebie.

To, co się stało z Cooperem, było po godzinach pracy i ni chuja nie ma nic wspólnego z pracą.

Kiedy wejdzie do sali konferencyjnej spojrzy Cooperowi prosto w oczy, a jeśli będzie chciał coś powiedzieć, to proszę bardzo.

Albo załatwimy to drogą służbową, Cooper, ty chuju, albo załatwimy to na zewnątrz jak mężczyźni. No to jak będzie, Cooper? Co? Jak? Nie dosłyszałem. Chyba nie skumałem, o co ci, kurwa, biega, koleś, no to co ty na to, ty męska pizdo. Co? Nie? A więc teraz jest „nie", co? Tak myślałem.

Drzwi otwarły się na oścież i Danny Skinner przemaszerował sztywno przez korytarz i wkroczył do sali konferencyjnej. Na wejściu aż się cofnął, bo światło padające ze świetlówek zatańczyło diabelską sarabandę i odbijając się od kremowych ścian, wpadło do umęczonej głowy, wywołując wizję – co zanotował – białego, przedśmiertelnego pokoju, ale po chwili wszystko się uspokoiło, bo miał po swojej stronie moc białego proszku.

A jebać ich.

Większość pracowników stała wokół wózka z kawą, czekając, by napełnić swoje kubki. Przydałaby mu się kawa, ale spóźnił się, a to, że wielu z nich jeszcze stało, pozwoliło mu przejąć inicjatywę. Tak więc Danny Skinner posłał łobuzerski uśmiech Cooperowi, który skinął mu głową wolno i bez wyrazu. Skinner pomyślał, że w tej ciszy można by zawiesić nie tylko siekierę, ale dzieła zebrane Tołstoja.

– Cześć, ludziska – rzucił ciepło Danny Skinner, torując sobie drogę do postawionego na podwyższeniu projektora. Włączył go kciukiem i otworzył z trzaskiem aktówkę. Nie był przygotowany nawet w połowie, ale tak zabajeruje, że będzie dobrze.

Kątem oka dostrzegł, że Foy spogląda na zegarek.

Cooper wstał.

– Proszę zająć miejsca – powiedział, dyscyplinując stado, po czym zapytał szorstko: – Danny, jesteś gotowy?

– Silny i zwarty – Skinner uśmiechnął się, wciąż stojąc, kiedy ostatnia osoba już usiadła. Usłyszał stłumiony śmiech i zobaczył, jak Kibby podskakuje na krześle jak kukiełka, krzywiąc się idiotycznie na jakąś uwagę Foya.

Oni kurwa gadają o mnie.

Skinner poczuł, jak otwierają mu się pory na skórze i zaczyna krwawić jak ofiara psychopatycznego mordercy. Pomimo dręczącego podejrzenia, że wszyscy obecni gapią się na niego jak na Kubę Rozpruwacza w Wielki Piątek, zaczął autorytatywnie:

– Reputacja naszego miasta jako centrum turystycznego w dużej mierze spoczywa na jakości usług świadczonych przez restauracje i kawiarnie. Te z kolei opierają się na rygorze i czujności tego wydziału, a konkretnie na jakości przeprowadzanych kontroli i zespołów nadzorujących...

Wyjął pierwszy slajd i włożył go do projektora. Spojrzał na zaskoczone twarze zebranych i odwrócił się, by zobaczyć:

CCS PANY

Wypisane wielkimi zielonymi literami na ekranie. McKenzie – zaklął, następnie uśmiechnął się, szybko wyjął slajd i włożył prawidłowy, który pokazywał schemat aktualnych procedur kontrolnych.

– Mamy tu jakichś sabotażystów – uśmiechnął się na widok w większości roześmianych twarzy. Zadowolony, że zapanował nad sobą po próbie zbicia go z pantałyku przez przyjaciela, ciągnął dalej: – Jak wiemy, nasz zespół spełnia najwyższe standardy. Nie można jednak tego samego powiedzieć o anachronicznych procedurach, którymi się posługujemy. Szczególnie należałoby zmienić procedury raportowania. Nie tylko nie spełniają one wymagań mojej komórki, ale też całego wydziału – dodał poważnie, zakreślając rękami krąg, wspaniałomyślnie rozszerzając swoją propozycję na dwie inne komórki.

Czas dodać do pieca.

– Zupełnie nie spełniają wymogów naszej pracy – szczeknął Skinner niemal groźnie, obserwując, jak twarz Foya przybiera barwę mostu Forth. Wszyscy wiedzieli, że lata temu to Foy opracował te procedury i uparcie sprzeciwiał się wszelkim zmianom. – Obecny system odpowiedzialności inspektora za wyznaczone jednostki gastronomiczne, bez rotacji, przez tyle lat pozostających pod tym samym nadzorem, pozostawia zbyt wiele miejsca na zażyłość z restauratorami, która prowadzi do przymykania oczu i owocuje drobnymi aktami korupcji.

Foy starał się opanować drżenie, a Kibby nadąsał się wrogo. Skinner włączył kolejny slajd i nakreślił własną, alternatywną procedurę, zakładającą weryfikację i rotację pracowników. Jednak pod koniec swej przemowy zaczął się źle czuć. Zmęczył się i oklapnął. Mówił teraz tak cicho, że siedzący z tyłu ledwo go słyszeli.

– Danny, możesz mówić nieco głośniej? – poprosiła Shannon.

Ostra zdradziecka strzała zagłębiła się Skinnerowi w piersi. Starał się pozbierać, ale przytłoczyła go myśl, że Shannon też stara się o tę posadę.

Na pewno nie stara się mnie wykolegować, nie byłaby przecież taką pizdą, na pewno nie...

– Przepraszam... ee... jestem trochę przeziębiony – powiedział, mierząc ją lodowatym spojrzeniem, po czym znów zwrócił się do zebranych: – Eee... chyba straciłem wątek. Tak czy inaczej, oto proponowana przeze mnie procedura. Zarys procedury... są pytania? – wymamrotał, opadając na krzesło.

Kilka osób posłało sobie pytające spojrzenia, ale cisza była krótkotrwała.

– A ile będzie kosztować wprowadzenie nowej procedury? – zaskrzeczał głośno Kibby, wysuwając się do przodu na krześle, z wielkimi oczami wlepionymi w Skinnera.

Wystarczy tylko jeden, kurwa, strzał w ten przebrzydły pysk... wystarczy tylko walnąć raz...

– Nie robiłem szczegółowych wyliczeń – odparł Skinner tak pełen odrazy, że nawet nie spojrzał na Kibby'ego – ale nie przewiduję znacznego wzrostu kosztów.

Skinner zobaczył ułomność swej odpowiedzi w pełnych niedowierzania obliczach na sali.

Gdybym tylko zaszył się gdzieś na pół godziny z kalkulatorem! Tyle by wystarczyło na dęte oszczędnościowe dane, by nawinąć makaron na uszy wszystkim w tej sali. Jakbym wczoraj spierdolił do domu...

Foy miał jedną powiekę półprzymkniętą, a drugą otwartą jak żaluzja w biurze. Usta wygięły się w półksiężyc.

– Nie ma znacznego wzrostu kosztów? Przy dodatkowym nadzorze, kontrolach i weryfikacjach? – Foy smutno pokiwał głową w niemal szczerym geście. – To są jakieś gruszki na wierzbie – skomentował, wciąż potrząsając głową.

Kibby znów zaczął, zanim Skinner mógł odpowiedzieć na zarzuty.

– Nie sądzę, żeby ktoś mógł, hmm, naprawdę, khhm, twierdzić, że nie będzie tu, khhm, znacznego wzrostu kosztów. Ale, hmm, Danny twierdzi, że dzięki temu zyskamy środki pozamaterialne w postaci wzrostu, khhm, ruchu turystycznego. Chodzi jednak o to, że nie sądzę, iż turyści postrzegają nasze restauracje jako zarzewia zarazy, dżumy i cholery. Uważam również, khhm, że nie ma powodów, by wierzyć, iż pracownicy tego, hmmm, wydziału nie wykonują swoich obowiązków, khhm, sumiennie i uczciwie. Jeśli mamy zmienić, khhm, system z powodu, khmm, rzekomej korupcji w starym systemie, khhm, to musimy mieć dowody na to, że, khmmm, taki fakt rzeczywiście ma miejsce. Jeśli nie, to pomijając, khhm, stratę czasu i pieniędzy, również, hmmm, podkopiemy morale załogi. Więc Danny – Brian Kibby uśmiechnął się – czy wiesz, khhhm, coś, czego my nie wiemy?

Skinner spojrzał na Kibby'ego samą, skoncentrowaną, surową nienawiścią. Spojrzenie zmroziło nie tylko adresata, ale całą salę konferencyjną. I miał zamiar utrzymać ten stan. Siedział tam spokojny, chłodny; osądzał Briana Kibby'ego, zaglądał mu do duszy, patrzył, jak łzy napływają mu do oczu, aż Kibby zmienił się na twarzy i został zmuszony do odwrócenia wzroku i skierowania go na blat stołu. Skinner wciąż się wpatrywał i będzie się wpatrywał w nich tyle, ile będzie trzeba, dopóki ktoś czegoś nie powie. Jeśli chcą podnieść poprzeczkę i rozmawiać o korupcji i o braniu w łapę, to proszę bardzo. W myślach zobaczył, jak robaki wyślizgują się z zardzewiałej puszki.

Atmosfera w sali konferencyjnej stała się nie do zniesienia. Wtedy odezwał się Colin McGhee:

– Uważam, ze najpierw powinniśmy wyliczyć koszt wprowadzenia nowych procedur. Jeśli dysponujemy jakimiś konkretnymi dowodami na przejawy korupcji, to dalsze ustalenia powinny być podjęte w świetle tych dowodów. Ale nie możemy wprowadzać kosztownych procedur jedynie na podstawie głupich plotek i spekulacji.

Brian Kibby chciał przytaknąć zgodnie, ale nie był w stanie się ruszyć, wciąż czując na sobie drapieżne spojrzenie Skinnera. Czując, że spotkanie zmierza w niebezpiecznym kierunku, Cooper, wykorzystując impas, niecierpliwe zakończył dyskusję. Skinner pospiesznie zebrał swoje papiery. Kiedy szedł do drzwi, usłyszał, jak Foy woła za nim:

– Jakiej wody kolońskiej używasz, Danny?

Skinner odwrócił się w miejscu.

– Co?

– Nie, nic, podoba mi się – Foy uśmiechnął się gadzio. – Jest bardzo wyrazista. Bardzo mocna.

– Ja za... – zaczął Skinner, zamilknął i uśmiechnął się. – Wybacz mi, muszę przeprowadzić bardzo ważną rozmowę telefoniczną – powiedział, odwracając się na pięcie i kierując schodami w dół do dużego biura, a podeszwy na marmurowych stopniach wystukiwały nieprzyzwoity wyraz.

Przy swoim biurku Skinner poczuł, jak kokainowa gorączka zmniejsza się i alkohol całkowicie znika z organizmu, a wraz z nimi wycieka też jego własne poczucie wszechwiedzy. Obecność kogokolwiek traktował jako wtargnięcie, a każdy dzwonek telefonu jak zagrożenie. Dudniący śmiech Foya i płaczliwe tony Kibby'ego zdzierały mu płaty skóry z pleców. Taki słaby przeciwnik, taki rachityczny i żałosny, wydawał się czerpać skądś nieludzką, diabelską moc. Kiedy Skinner spojrzał mu w oczy, aż podskoczył, bo nie były to łagodne, cielęce ślepka, ale bezczelne, przebiegłe i zadowolone z siebie ślepia.

I tak Danny Skinner, nieprzyzwyczajony do ulegania komukolwiek, skupił się na pracy, kończąc nagromadzoną przez kilka tygodni papierkową robotę, starając się w jakiś sposób odzyskać równowagę, naprawiał błędy, starając się być niezastąpionym. Jednak nie miał do tego głowy; zabierał się za jedno, po chwili się męczył i zaczynał co innego ze skrajnym wyczerpaniem, tonąc w bagnie piętrzących się na biurku do połowy rozwikłanych spraw.

Kiedy biuro zaczęło się opróżniać koło piątej, Skinner mógł nieco odetchnąć i zagubić się w myślach, czując zbyt wielkie zmęczenie, by pójść do domu. Kiedy o szóstej zadzwonił telefon, podniósł słuchawkę. To pewnie rozmowa prywatna, bo wszyscy już dawno wyszli.

– Dużo tyrasz – powiedział oskarżycielsko McKenzie, po czym nastąpiło nieuniknione – zrobimy szybkie pyfo? – Było jak propozycja odkupienia.

– Tak... – powiedział Skinner, wahając się w poczuciu winy. Ale tak. Zrobi pyfko. Było ze sto powodów, dla których nie powinien go zrobić, ale wszystkie zbladły przy trzech argumentach za: skończył pracę, miał w kieszeni trzydzieści siedem monet jednofuntowych i aż się trząsł, żeby sobie walnąć.

W pubie Rab McKenzie zajmował centralne miejsce przy barze, co skojarzyło się Skinnerowi z kapitanem siedzącym na mostku swego statku. Kiedy zwrócił się do barmana z zamówieniem pinty löwenbrau dla Skinnera, wyglądało to tak, jakby wydawał sternikowi rozkaz: cała naprzód.

Piwo zniknęło szybko i po postawieniu kolejnej kolejki procesy myślowe Skinnera ruszyły pełną parą.

Nieważne, ilu tych skruszonych piździelskich pismaków będzie pisać w swoich szmatławcach, jak to trzeba być takim czy takim, że powinno się być odpowiedzialnym wobec żony, dzieci, pracodawcy, kraju, rządu, Boga, zrezygnować z tego czy owego, to nikt z nich nie przekona mnie, że Kibby nie jest pierdolonym gnojem, a ja nie jestem wykurwistym gościem. Czy nazwaliby sobie takiego Odpowiedzialnym Mężczyzną, Mężczyzną Nowej Generacji czy Facetem, Co Się Nie Pierdoli, to w prawdziwym życiu taki gość jest tak samo żałosnym fiutem jak Kibby.

Tak, wszyscy oni muszą kontrolować to, co robią, jebani pochlebcy, i każdy aż się pali, żeby ci powiedzieć, na czym polegają twoje obowiązki i jak być odpowiedzialnym w taki czy inny sposób. A Kibby jest niezwykle odpowiedzialny.

Skinner zatopił się w błogich marzeniach: czy nie byłoby wspaniale, gdyby Kibby zbierał jego wpadki i miał za niego kaca? Gdyby on, Danny Skinner, nurzał się w uciechach życia, we wszelkich bezeceństwach, a ten strzyżony-golony maminsynek z niewinną buzią, ten konioklep Kibby, musiałby za to beknąć!

Jakby to było wspaniale! Kibby, Boże, jak ja nim pogardzam. Jak ja go, kurwa, nienawidzę, jak ja go nie znoszę, tego jebanego gnojka z twarzą bachora. Nienawidzę go. NIENAWIDZĘ, NIENAWIDZĘ, NIENAWIDZĘ, NIENAWIDZĘ, NIENAWIDZĘ, NIENAWIDZĘ, NIENAWIDZĘ.

Siedząc przy piwie podpity Skinner zaczął snuć marzenia i jego wizje w okamgnieniu zmieniły się w żarliwą modlitwę, której gwałtowność wstrząsnęła nim do głębi.

KURWA, NIENAWIDZĘ, NIENAWIDZĘ, ***NIENAWIDZĘ TEGO CHUJKA KIBBY'EGO, NIECH SPIERDALA****.*

Niski barowy sufit zdawał się ociekać światłem padającym na jego głowę jak woda z rynny, jakby jego wygłodniała psyche albo jego neurony zasysały je z całej mocy. Nagle zobaczył przed sobą twarz Kibby'ego: otwartą, uśmiechniętą twarz „miłego chłopca", którego wszyscy lubią w pracy. Przez ułamek sekundy zmieniła się dla kontrastu w jego własne szelmowskie oblicze. I patrzył, jak zmienia się ponownie, na powrót w przebiegłego, podstępnego, paskudnego gnojka, który jak sądził, był *prawdziwym* Kibbym.

Ludzie uwielbiają, jak ich ktoś całuje w dupę, ale nie rozumieją....

Jego wizje wciąż się zmieniały i przed oczami wirował mu teraz kalejdoskop twarzy: Coopera, Foya...

O kurwa, chyba mam delirkę...

Po chwili w barze zapanowała ciemność i widać było jedynie nieliczne cienie poruszające się w zwolnionym tempie. Nie rozpoznawał nikogo, były to jedynie pulsujące, falujące cienie, aż dostrzegł zwalistą postać Raba McKenziego przedzierającą się przez tłum sylwetek z gracją baletnicy niosącej drinki i popitkę. I serce Skinnera ścisnął gwałtowny spazm, tak gwałtowny, że przez chwilę myślał, że ma jakiś napad.

JA PIERDO...

– Proszę bardzo, chudziaku, chlapnij sobie – zadudnił McKenzie, stawiając drinki na stole w tanecznym półobrocie.

Skinner pocił się i ciężko dyszał, aż pojawiło się znów światło i sala znów była taka jak przedtem. Zawał. Wylew. Coś się działo… nie mógł oddychać…

JA PIERDOLĘ… JA PIERDOLĘ.

– Wyglądasz jak z baby zdjęty, synku – zakpił McKenzie. – Co jest? Nie podoba ci się tutaj?

McKenzie klepnął go w plecy tak mocno, że Danny Skinner wciągnął spory haust powietrza w płuca. Skinner gestem dłoni powstrzymał zapędy przyjaciela. McKenzie spojrzał z troską na spoconą, czerwoną jak burak twarz przyjaciela, ale kiedy jego strach osiągnął szczyt, Skinner poczuł, jak coś w nim topnieje, i odzyskał oddech. Spojrzał w górę na sufit, po czym spuścił wzrok, by zobaczyć Wielkiego Raba.

– Czy tylko ja to widziałem, czy też naprawdę światło przygasło?

– Tak, to pewnie jakiś przybór mocy, kurwa jej mać. Nic ci nie jest?

– Nic…

Niezły przybór mocy.

Skinner spojrzał na Wielkiego Raba McKenzie, swego najlepszego kumpla, który miał być świadkiem na jego ślubie, na swego najlepszego kumpla od kielicha. Nieważne, jak będzie się przykładał, nigdy nie dorówna Wielkiemu Rabowi. Nigdy nie będzie w stanie pochłonąć tyle co on, nie potrafi w tak wyważony, stoicki sposób połykać hektolitrów piwa czy wciągać jego olbrzymich ścieżek koki, na widok których serce Skinnera tłukło się w piersi jak groszek w gwizdku nadgorliwego sędziego, za każdym razem kiedy szli do toalety.

Ale niewątpliwie działo się coś szaleńczego i niezwyczajnego, bo teraz Skinner miał przybór mocy, być może poczucie nieśmiertelności alkoholika, tę wiarę wykraczającą poza doczesną powłokę, że nic, naprawdę nic nie może mu się stać. Ale chociaż doświadczał już wielokrotnie tego uczucia, nigdy nie odbierał go z taką intensywnością. Będzie płynął na tej fali. Walnął na raz jacka danielsa.

– No już, McKenzie, ty wielka cioto, zobaczymy, kto zostanie na placu boju!

GOTOWANIE

15. Tajemniczy wirus

Tego dnia po raz pierwszy wypuścił kury na zewnątrz. Wcześniej padało, w wyniku czego przegniły sztachety w płocie i do środka dostały się dzikie psy. Teraz po kurach nie było ani śladu.

Nie mógł się skoncentrować. Miał zawroty głowy, czuł się chory i skołowany. Wielki, bijący jaskrawymi kolorami plakat na ścianie: *Star Trek. The Final Frontier*, który dostał od Iana, przedstawiał gwiezdny statek Enterprise, wyłaniający się z czarnej dziury, rezonował i tętnił własnym życiem, wywołując u niego pląsawicę neuronów.

Wstał niepewnie znad komputera i powlókł się w kierunku łóżka; pocił się i wiercił pod kołdrą, po chwili usłyszał wchodzącą po schodach matkę.

Joyce Kibby ciężko stąpała po schodach, niosąc wypolerowaną tacę na herbatę. Wydawało się, że jej szczupłe ramiona nie wytrzymają ciężaru dużego półmiska wypełnionego jajecznicą, bekonem, pomidorami i mniejszego z imponującą stertą grzanek oraz dzbankiem z herbatą. Niosła to wszystko do sypialni syna bardzo zaniepokojona jego stanem.

– Przyniosłam ci śniadanie, synku. Boże, Brian, nie wyglądasz za dobrze. Nieważne, wiesz, jak to mówią, nakarm przeziębienie, przegłódź gorączkę. A może w drugą stronę? Nieważne, to ci nie zaszkodzi – oznajmiła ostrożnie, kładąc tacę w nogach łóżka.

Brian Kibby zdobył się na zbolały, niechętny uśmiech.

– Dzięki, mamo. Nic mi nie będzie – powiedział, starając się przekonać samego siebie. Nie chciało mu się jeść. Czuł się koszmarnie, w głowie mu huczało, a wnętrzności zdawały się pęcznieć i wychodzić na zewnątrz. Zawsze grał przynajmniej trzy tury w *Harvest Moon* przed śniadaniem. Dzisiaj rano ledwo wyszły mu dwie i do tego jeszcze wszystkie kury przepadły.

Jak mogłem być tak głupi?

– To pewnie ten wirus, co to teraz krąży po mieście – zawyrokowała Joyce, kiedy Brian usiadł, poprawił i podniósł poduszki, po czym opadł na nie. Dyszał ciężko, nawet po tak niewielkim wysiłku. Czuł suchość w ustach i skurcze w nogach i ramionach.

– Okropnie się czuję. Jakby mi miała głowa zaraz wybuchnąć.

Ale Briana Kibby'ego również zżerało poczucie winy. Danny Skinner czuł się wczoraj fatalnie podczas prezentacji i chociaż napomknął coś o tym, że złapał jakiegoś wirusa, to wszyscy złożyli to na karb alkoholu wypitego poprzedniego dnia.

Dałem mu do wiwatu, kiedy źle się czuł, nie dopuściłem nawet do głosu cienia wątpliwości. A teraz mam za swoje, wytykał sobie Kibby.

Skinner sprzedał mi wirusa.

– Zadzwonię do pracy i powiem, że jesteś chory, synku – Joyce zgłosiła się na ochotnika, odsłaniając zasłony.

Ogarnięty paniką Kibby aż skoczył na łóżku jak dźgnięty nożem.

– Nie! Nie możesz! Dzisiaj mam prezentację! Muszę tam pójść!

Ale Joyce pokręciła uparcie głową.

– Nie nadajesz się w ogóle do pracy, synku. Spójrz na siebie: leżysz, pocisz się i telepiesz. Zrozumieją – nigdy nie brałeś zwolnienia. Kiedy to ostatni raz chorowałeś? Co ci z tego przyjdzie, Brian, co ci z tego przyjdzie?

Brian Kibby *nigdy* nie brał zwolnienia. I nie zamierzał. Zjadł tyle, ile mógł, następnie wziął ciepły prysznic i zdołał się jakoś ubrać. Kiedy zszedł na dół, Caroline siedziała przy kuchennym stole i na jego widok pospiesznie upychała książki do torby.

– Mama mówiła, że zostajesz dzisiaj w łóżku – powiedziała.

– Nie mogę. Mam prezen... – dopiero teraz zobaczył, co robi. – Wciąż ślęczysz nad tym wczorajszym esejem?

Odgarnęła sięgające do ramion blond włosy z twarzy.

– Musiałam tylko coś tam poprawić – powiedziała.

– Caroline... – Brian Kibby zaczął biadolić. – Miałaś go skończyć wczoraj wieczorem. Obiecałaś, że go dokończysz, zanim pójdziesz do tej całej Angeli!

Wymalowane paznokcie Caroline zdrapywały nalepkę Streetsa z torby. Spojrzała na niego i jej cienkie brwi wygięły się w łuk. –

Obiecałam, Brian? O ile pamiętam, to nikomu niczego nie obiecywałam. – Potrząsnęła głową i wolno powtórzyła: – Nie przypominam sobie, żebym cokolwiek obiecywała.

– Ale tu chodzi o twoje studia! – Kibby naskoczył na siostrę, czując przypływ złości. Zastanawiał się, dlaczego on może robić wszystko jak najlepiej w pracy, podczas gdy ona tylko marnuje czas i talent. – Ta Angela jest pozbawiona ambicji, Caroline. Uważaj, bo pociągnie cię za sobą. Widziałem już takie przypadki!

Caroline i Brian Kibby byli sobie bliscy i rzadko się kłócili. Coś tam czasami gadał, ale generalnie siostra to znosiła. Kiedy dopadał ją wybuch złości, to zawsze w rozmowie z matką, nigdy z bratem. Ale Caroline czuła wyraźnie drinki wypite w nocnym klubie Buster Brown zeszłego wieczoru i nowy, drakoński reżim, który własny brat próbował zaprowadzić w domu, pilnując jej postępów w nauce, zupełnie nie przypadł jej do gustu.

– Nie jesteś moim tatą, Brian. Zapamiętaj to sobie – powiedziała niemal z groźbą w głosie.

Brian Kibby popatrzył na siostrę, na jej szklane oczy i poczuł nowy przypływ żalu z powodu ich niedawnej straty. Zwykle nie przejawiali skłonności do wkraczania w prywatną sferę życia drugiego, a nadejście okresu dojrzewania spowodowało zanik fizycznych objawów ich miłości. Jednak teraz był tak poruszony, że objął ją drżącym, schorowanym ramieniem.

– Przepraszam... Nie chciałem...

– To ja przepraszam... – zawstydzona Caroline pociągnęła nosem. – Wiem, że chcesz dla mnie jak najlepiej...

– Tylko dlatego, że on też tego chciał – odkaszlnął Brian, walcząc z nawałnicą łez cisnących się do oczu, i opuścił ramię, które niezgrabnie zsunęło się z jej pleców – ale teraz jesteś kobietą i powinnaś sama decydować. Nie mam prawa... – przełknął ślinę. – Tato byłby z ciebie bardzo dumny, wiesz? – powiedział Brian w poczuciu winy i postanowił, że musi trzymać jak najdalej od Caroline odkryte przez Joyce dowody rzeczowe w postaci pamiętników ojca.

Caroline Kibby pocałowała brata w policzek. Wciąż miał na twarzy puch, jak brzoskwinia – pomyślała.

– Byłby z ciebie dumny, tak jak ja. Jesteś najlepszym bratem pod słońcem.

– A ty jesteś najlepszą siostrą – Kibby niemal wykrzyczał do niej, nieco psując w jej mniemaniu atmosferę chwili swą ckliwą czułostkowością, ale udało się jej zdławić tę niecną myśl i skrzywić w uśmiechu. Obydwoje walczyli usilnie, by nie dać się wciągnąć w obcy i krępujący wir uczuć, w jakim krążyli od śmierci ojca. Caroline i Brian opanowali się i pożegnali z Joyce, która zeszła na dół po posłaniu ich łóżek. Wyruszyli z domu – jedno do pracy, drugie na Uniwersytet Edynburski.

Brian Kibby został przywitany w biurze jak bohater, co z goryczą zanotował Danny Skinner.

– Brian wygląda strasznie, jakby miał grypę – zauważyła Shannon McDowall. Skinner przytaknął, walcząc z myślą, że kiedy on wczoraj wszedł do biura, powinno być: „Danny wygląda strasznie, jakby miał grypę albo co…”.

To sakramentalne „albo co”. I tego typu uwagi właśnie tworzą lub podkopują czyjąś reputację w życiu zawodowym. Jednak żeby podkopać reputację Kibby'ego, musiałoby być ich mnóstwo. Wątpliwości świadczą na jego korzyść.

Ale Danny Skinner był niewyobrażalnie zmęczony tym, że być może czas działa na jego korzyść. Czuł się zaskakująco dobrze, szczególnie po wczorajszym wieczorze. Może zmieniał się w drugiego Raba McKenzie – zastanawiał się nad tym – odpornym na działanie alkoholu i narkotyków.

Jestem, kurwa, gotów. No, dalej, Kibby, synku, zobaczmy, co tam masz!

Pracownicy urzędu poszli do sali konferencyjnej i usadowili się na krzesłach, by wysłuchać prezentacji Kibby'ego. Skinner zebrał swoje rzeczy, uśmiechnął się do niego i przechodząc obok, wyszeptał mu prosto w ucho:

– No to teraz będziesz miał przejebane, chuju.

Tylko jedna, dwie osoby zauważyły drżący spazm, w jaki wpadł na krótko Kibby.

Nic z tego, zafajdane okurwieńce!

Wszyscy czekali z niecierpliwością, by wysłuchać prezentacji Kibby'ego. Bob Foy poklepał go po plecach na zachętę i co z radością zauważył Skinner, Kibby niemal wyskoczył ze skóry pod tym klepnięciem. Kibby nigdy nie był pewnym siebie mówcą, ale miał koło ratunkowe w postaci szczegółowych i dokładnych przeźroczy, gdyby poszło coś nie tak. Czy też raczej miałby, gdyby drżąca dłoń nie rozlała na nie kawy, całkowicie je niszcząc. Próba wytarcia ich jeszcze pogorszyła sprawę. Oswald Aitken przyszedł Kibby'emu z pomocą, przejmując akcję ratowniczą i ponaglając go, by kontynuował.

Cios pierwszy!

Danny Skinner usiadł i obserwował z rozbawieniem, jak Brian Kibby kręci na siebie sznur.

– Przepraszam... ja... eee, nie czuję się dzisiaj zbyt... chyba złapałem jakiegoś wirusa...

– No tak – powiedział głośno Skinner. – Strasznie się ostatnio rozpleniły.

– Tak, sam ostatnio nie najlepiej się czuję. – Oswald Aitken chciał złagodzić ukąszenie Skinnera.

Kiedy Kibby przebrnął w bólach przez żenującą prezentację, zaczęto zadawać pytania z sali, w większości łagodne, poza tymi pochodzącymi z jednego jej rogu. Danny Skinner bawił się z Brianem Kibbym; jego pozornie niewinne pytania dotyczyły szczegółów, na które jego pospiesznie broniący się roztrzęsiony adwersarz nie był w stanie znaleźć odpowiedzi *ad hoc*. Skinner skrzywił usta w okrutnym grymasie, wydął wargi jak zepsuty arystokrata, którego źle obsłużono w restauracji, lecz który nie będzie robił sceny, by jeszcze bardziej nie zawstydzić obsługi. Dodatkowo rozdał wszystkim kartki z wyliczeniami dotyczącymi swojej prezentacji, które miały podkopać reputację Kibby'ego, zanim jeszcze zaczął mówić.

Bob Foy siedział w ciszy, gorzejąc nienawiścią, ale, co zauważył Skinner, jego gniew bardziej niż na niego był skierowany raczej na Kibby'ego, za to, że tak nieporadnie broni swojej pozycji.

To Skinner, tym razem pośrednio, zanegował stare procedury, atakując Kibby'ego broniącego starego systemu kontroli.

– Tak więc, Brian, nie oferujesz niczego nowego. Niech będzie po staremu – powiedział, naśladując gnuśny smutek Foya w sposób zahaczający o parodię, którą dostrzegli wszyscy oprócz szefa. W pewnym momencie Shannon, która wcześniej widziała już podobny pokaz w pubie, musiała zdusić chichot, bo Skinner znów zrobił *to coś* z oczami. – Wielu ludzi mogłoby odczuć, że ciągnięcie ich tu, by przekazać coś, co można wysłać na skrzynkę e-mailową, to niekoniecznie jest oznaką szacunku dla ich czasu – ciągnął Skinner z coraz większą arogancją – i tym samym dla zasobów urzędu, o których efektywne wykorzystanie zdajesz się tak bardzo troszczyć. – Uśmiechnął się chłodno, nie spuszczając wzroku z twarzy Kibby'ego.

Brian Kibby stał jak wryty. Nie mógł odparować. W głowie mu huczało i kolana miał jak z waty. Jak ofiara wypadku stojąca w świetle nadciągających reflektorów samochodowych rozglądał się po twarzach poirytowanych urzędników.

Cios drugi!

– Jeśli coś jest sprawne, to nie ma potrzeby tego naprawiać... – zaczął słabo.

Colin McGhee odwrócił się do Skinnera, nic nie rozumiejąc, po czym zwrócił się do Kibby'ego z tym samym zadziwionym wyrazem twarzy, który rozprzestrzenił się na twarzach przy stole jak pożar buszu.

– Przepraszam, Brian – Skinner wtrącił się szorstko. – Nie słyszę cię. Możesz mówić trochę głośniej?

– Jeśli coś jest sprawne... – Kibby wyseplenił krnąbrnie, ale nie był w stanie dokończyć zdania, bo nagle poczuł, że coś mu podchodzi do gardła. Starał się zakryć usta i odwracając się zdołał zwymiotować większość do kosza na śmieci. Jednak nieco spadło na biurko i na rękaw garnituru Coopera.

Cios trzeci i nokaut!

Shannon i Colin McGhee pospieszyli Kibby'emu z pomocą, a Foy tylko ciężko pokręcił głową.

– Wygląda na to, że tajemniczy wirus znów zaatakował – zauważył śmiertelnie poważny Skinner, kiedy Kibby haftował do kosza jajecznicą, bekonem i pomidorem. Cooper tylko się skrzywił i wytarł rękaw chusteczką.

Danny Skinner wstał i wyszedł z sali konferencyjnej jak uświęcony, zostawiając cierpiącego Kibby'ego i jego sprzeczających, miotających się kolegów. Starał się pomimo całego uniesienia i podniecenia dojść przyczyny całego zajścia.

Co się tam kurwa stało?

To jakiś obłęd. Kibby najwyraźniej miał grypę albo złapał jakiegoś wrednego wirusa, a ja nawaliłem się wczoraj jak stodoła i najwyraźniej mój organizm wzmocnił się jak nigdy. To mnie trochę martwi; może to być ostatni przebłysk w życiu alkoholika, jedna iskra wszechwiedzy, zanim nastanie całkowita ciemność.

Ale... Kibby był w głębokiej dupie! Całkowicie, do końca, na amen.

To były objawy kogoś, kto dał nieźle w szyję!

Nieee... już zupełnie mi odwala.

Popołudnie przeleciało jak z bicza strzelił i był zadziwiony, że pod koniec dnia nie znalazł na biurku ani jednego zaległego pisma. Całkowicie oczarowany zatrzymał się w drodze do domu w kilku zacnych przybytkach na Leith Walk: Old Salt, The Windsor, U Robbiego, The Lorne Bar i w Centralnym.

Tego wieczoru w swoim mieszkaniu siedział i oglądał na Czwórce *Dobrego, złego i brzydkiego,* rozcieńczając butelkę jacka danielsa litrową pepsi. Jednak coś w tym zadowoleniu nie dawało mu spokoju. Skinner musiał się upewnić. Zapalił papierosa i wahając się jedynie przez chwilę, zgasił go sobie na policzku. Wydał z siebie dziki okrzyk bólu. Łzy napłynęły mu do oczu. Pogarda dla samego siebie paliła mocniej niż żar z papierosa.

Co mnie, kurwa, popierdoliło? Teraz pewnie już za późno – będę miał bliznę na całe życie.

W głębokiej depresji obejrzał film do końca, co jakiś czas dotykając paskudnego oparzenia na policzku.

W końcu poszedł spać, spodziewając się kolejnej niespokojnej nocy, jaka czekała go za każdym razem, kiedy się napił. Ale spał głębokim, spokojnym snem i obudził się cały w skowronkach. W łazience spojrzał na swoje odbicie w lustrze. Coś było nie tak. Czegoś brakowało. Poczuł taki przypływ podniecenia, aż musiał usiąść na klozecie w obawie, że zemdleje, bo do głowy przychodziły mu niestworzone rzeczy.

Bolało jak cholera. Brian Kibby skrzywił się z bólu, kiedy Joyce nakładała maść na ropiejące oparzenie na policzku syna.

– Paskudnie to wygląda – zawyrokowała. – Musisz coś z tym zrobić. Wygląda jak poparzenie albo ukąszenie...

Ostry, przejmujący ból nie dawał mu spokoju, a najgorsze w tym było to, że nie pamiętał, jak to sobie zrobił. Wyglądało, że rana pojawiła się znikąd przez noc. Obudził go ostry ból i musiał zapalić światło. Następnie przez jakiś czas wymachiwał zrolowanym egzemplarzem *Which Computer*, szukając wszędzie – pod łóżkiem, w szafie, za zasłoną – wielonożnego, egzotycznego intruza. Niczego nie znalazł.

– Szkoda – zakwilił niepocieszony.

– Strasznie to wygląda, synku – powiedziała Joyce poważnie, potrząsając głową. – Na pewno coś ci się wykluwa. Powinieneś pójść do lekarza.

Brian Kibby musiał przyznać, że czuł się podle, ale nie chciał, żeby mama robiła z tego wielki problem, bo z doświadczenia wiedział, że tylko poczuje się gorzej. Rozpieszczanie syna było źródłem częstych napięć pomiędzy nią i jego ojcem. Teraz, kiedy zabrakło Keitha, to Brian był mężczyzną w domu i za wszelką cenę starał się przynajmniej zachowywać jak mężczyzna.

– Nic mi nie będzie, użarł mnie tylko jakiś wiosenny robal, bo się ciepło zrobiło. Zdarza się – powiedział pogodnie, ale czuł się słaby i chory, choć nie dawał tego po sobie poznać.

Ale tyle niezwykłych rzeczy czekało go w życiu, że czuł, iż nie może teraz dać się chorobie. W piątek spotykali się w gronie Górołazów w McDonaldzie w Meadowbank, w miejscu regularnych spotkań. Kibby od czasu do czasu pozwalał sobie na niecną przyjemność spożywania big maca, chociaż wiedział, że były bardzo szkodliwe, bo zawierały mnóstwo cukru, soli, tłuszczu i dodatków. Co lepsze: umówił się później z samą Lucy w ośrodku sportowym na badmintona.

Ale będą gadali w klubie!

Czuł się podle, ale w głowie i tak już mu huczało na samo wspomnienie, że oto właściwie już ze sobą chodzą. Może nawet zaprosi ją do pubu Golden Gates na drinka po meczu, mimo że sam będzie pił sok pomarańczowy czy lemoniadę.

Wczoraj wieczorem dzwonił Ian, żeby mu przypomnieć o konwencji *Star Trek* w Newcastle, na którą mieli się wybrać razem.

O tak, zapowiada się bardzo ciekawy weekend!

Pozostawał jedynie poważny problem jego małżeństwa. Postanowił poszukać porady na czacie *Harvest Moon*. Jak wielu podobnych mu graczy skłaniał się ku Ann. Musiał przyznać, że jej wersja 64 była lepsza od BTN, ale poza tym, że była piękna, była też lojalna i solidna.

Dobra żona to skarb.

Jednak nie mógł całkowicie wyrzucić Muffy z myśli. Z zadowoleniem spostrzegł, że Jenni Ninja jest w sieci. Ona (zakładał, że to ona) była naprawdę wrażliwa i poznała grę na wylot, osiągając bardzo wysokie wyniki.

07-03-2004, 7:58
Arcykapłan
Król Zabawy

Cześć, Jenni, malutka. Wciąż nie mogę podjąć decyzji o małżeństwie. To poważna sprawa. Wygląda na to, że zanosi się na bitwę prawdziwych ślicznotek, Ann kontra Muffy, chociaż Karen i Elli wciąż są w odwodzie. Możesz coś doradzić?

07-03-2004, 8:06
Jenni Ninja
Boska Bogini

Taa. Muszę przyznać, że głosowałam na Ann i Muffy, to moje prawdziwe faworytki. Kiedyś lubiłam Karen i Celię, ale już nie. Powodzenia, Arcykapłanie, mam nadzieję, że pomogłam.

Od razu odpisała. I zrozumiała. Ale kim jest Jenni Ninja? Wygląda na to, że jest wporzo i fajna z niej laska, ale może być lesbijką. No bo chce się żenić z innymi laskami i w ogóle. Ale to tylko gra! Powinienem odpisać i zapytać, skąd jest. Ale aż człowiekowi ciary po plecach chodzą.

07-03-2004, 8:21
Arcykapłan
Król Zabawy

Dzięki za radę, Jenni, malutka. Trudno mu to przyszło, ale Król Zabawy, tu w Pałacu Miłości, zanotował twe mądre słowa.

Uśmiecham się do siebie, choć na policzku czuję piekący ból. Kusi mnie, żeby poczekać na odpowiedź Jenni Ninja, ale muszę się zbierać, a czuję się okropnie. Wychodzę z sieci, następnie zamykam

Harvest Moon *i wyłączam ekran. Na pustym monitorze widzę ohydne znamię na policzku. Mam mętlik w głowie i czuję się chory, splugawiony, gdzieś wewnątrz. Coś jest nie tak.*

Brian Kibby niechętnie rusza do pracy. W biurze czuje się bardzo niepewnie. Danny Skinner pojawił się w biurze wcześniej, co zdarza się niezwykle rzadko, jeśli w ogóle. Co więcej, Skinner jest uniesiony jego widokiem, co niezwykle krępuje Kibby'ego, kiedy oczy Skinnera wpatrują się jak sroka w kość w ukąszenie.

– Paskudnie to wygląda, Bri, co to takiego?

– A co cię to? – rzuca niecodziennie zirytowany. To grypa wysuszyła mu usta, wywołała dudnienie w skroniach, zatruła wnętrzności i usmażyła na wolnym ogniu wszystkie neurony.

Skinner wyrzucił do góry ręce w kpiarskim geście poddania.

– Wybacz, że przemówiłem – odezwał się, wywołując współczujące skinienie Colina McGhee oraz Shannon, chociaż przegiął nieco, dodając: – Ktoś wstał dziś z łóżka lewą nogą!

Brian Kibby ruszył do pracy z kopyta, biorąc się za zaległe inspekcje. Po drodze do wytypowanych lokali przeczytał wszystko o urzędzie i zasad jego działania oraz sprawozdania z posiedzeń zarządu miasta i raporty dotyczące inicjatyw związanych z polityką zdrowia. Dobrze się przygotuje na nadchodzący sprawdzian.

Muszę dostać ten awans.

Przed włoską restauracją młoda dziewczyna w plastikowej kamizelce z napisem „Badania nad Rakiem" uśmiechnęła się do niego błagalnie. Nie powinien się zatrzymywać, ale jej złowróżbne spojrzenie zniewoliło go.

Wygląda na naprawdę miłą dziewczynę, na porządnego człowieka.

Sheryl Hamilton miała dość. Czuła się jak prostytutka przez cały dzień wabiąca facetów. Zatrzymywali się wyłącznie obmierźli biznesmeni albo fajtłapy, jak ten koleś. Nawet zaczynam myśleć jak kurwa – zaklęła w duchu, zaczynając zwyczajową gadkę. Kibby dowiedział się, że większość przypadków raka jest uleczalna i można im zapobiec, i tego typu osiągnięcia na polu medycyny zdarzają się codziennie. Ale – dodała posępnie Sheryl – na utrzymanie tendencji wzrostowej potrzebne są pilnie środki.

Kibby sumiennie podpisał się na wykropkowanej rubryce, uniesiony faktem, że robi coś dobrego i użytecznego. Zastanawiał się, czy nie zaprosić dziewczyny na kawę, gdyby miała ochotę, ale ona od razu zwróciła się ku drugiej osobie i piękna chwila minęła bezpowrotnie.

W połowie dnia zaczął się czuć nieco lepiej. Podczas popołudniowej przerwy na herbatę usiadł koło Shannon, podziwiając jej jaskrawy lakier do paznokci, który bardziej pasował do nocnego klubu niż do biura. Czytała magazyn o gwiazdach, a stojący obok Danny Skinner drażnił się z nią.

– To tylko takie czytadło dla zabicia czasu, Danny. Nie jest to publikacja mająca za zadanie zmianę świata.

– Już zmieniła świat. Na gorsze – powiedział Skinner, nieco zaniepokojony, że zaczyna mówić jak swoja matka.

Shannon zwinęła pismo i udawała, że chce walnąć nim Skinnera, po czym rzuciła je na biurko. Skinner poczuł się nieco niepewnie na ten publiczny pokaz zażyłości. Zauważył rakietę wystającą ze sportowej torby Kibby'ego.

– Kometka, co, Bri?

– Tak... – powiedział ostrożnie Kibby, następnie zapytał: – Też grasz?

– To zbyt forsowne dla mnie. Po nockach jestem strasznie wypluty – uśmiechnął się zjadliwie.

Jakby mnie to coś obchodziło – pomyślał Kibby, podnosząc magazyn Shannon.

Kibby zauważył na okładce amerykańskie bliźniaczki Olsenówny. Omawiały swój najnowszy film. Miał to być „kolejny krok", uczuciowe zwierzenia, w których łączyły się dziewczęta, kierownictwo i dziennikarze. Pomyślał, że dziewczyny wyglądają słodko i pięknie.

Piękne są te dziewczyny. Nie mogę się zdecydować, która jest lepsza. Naprawdę wyglądają identycznie.

Skinner dostrzegł poruszenie Kibby'ego.

– Od niepamiętnych czasów każdy zbok czekał tylko, aż zaczną dojrzewać – rzucił od niechcenia, na co skonfundowany Kibby przewrócił stronę. – W tym cały smaczek z bliźniaczkami. Chcesz je obie przelecieć, żeby przekonać się, że się różnią, mam rację, Bri?

– Spadaj – warknął Kibby, choć zaniepokoiło go to nieco.

– No daj spokój – powiedział Skinner, zauważając wzrost zainteresowania u Shannon – na pewno cię to ciekawi. Jednojajowe bliźniaczki, wychowane w tych samych warunkach, robiące to samo, występujące w jednym programie... czy mogą mieć odmienne preferencje seksualne?

– Nie będę brał udziału w tej rozmowie – odparł wyniośle Kibby.

– Shannon?

– Kto to wie? Czy jeden z męskich bliźniaków ma większego niż drugi? – powiedziała, podnosząc słuchawkę i wykręcając numer do koleżanki, nieświadoma, że jej rzucona od niechcenia uwaga, którą teraz Skinner rozważał, zmroziła krew w żyłach Briana Kibby'ego.

Przekabacił ją na swoją stronę. Zmienił ją. Nigdy nie pozwolę, żeby taki typ kręcił się koło Lucy, nigdy. To chory, zły gnój!

16. Wyprawa do gwiazd

Brian Kibby nie mógł zasnąć, przez całą noc pławiąc się w pocie. Gorączka ogarnęła całe jego umęczone ciało, a deliryczne wizje ogarnęły sterany umysł, wywołując lęk przed utratą zmysłów. Widział przed sobą tylko okrutną, kpiarską gębę tego psychopatycznego bandziora, Danny'ego Skinnera.

Dlaczego Danny Skinner tak mnie nienawidzi?

W szkole, do której uczęszczał, Kibby był na tyle wrażliwy, nieśmiały i niepewny, że przyciągał agresję takich typów jak Andrew McGrillen, którzy bezbłędnie wyczuwali zbliżającą się zwierzynę. A jednak nawet w szkole nie spotkał nikogo takiego jak Skinner. Tak bezwzględnego, tak bezgranicznie skupionego na kontrolowanej, manipulacyjnej nienawiści wobec niego. Ale jednocześnie jego nemezis posiadała inteligencję i osobowość, która mogłaby świadczyć, iż obce mu są tego typu zachowania. To właśnie dręczyło go najbardziej.

Czemu on się w ogóle mną zajmuje?

I tak w sobotni poranek Brian Kibby był w gorszym stanie niż poprzedniego dnia. Jęknął z bólu, zwlekając się niechętnie z łóżka, po czym wyszedł z domu na spotkanie Iana na Waverly Station. Ian był bardzo podniecony. Przyjaciele przybili piątkę, po czym Ian wyciągnął przekornie swego iPoda.

– Czy ten iPod szokuje? – zapytał Kibby jak zwykle, a Ian jak zwykle odpowiedział:

– Nie, stary, ten iPod zabija!!! Maroon 5, Coldplay, U2... – wykrzyknął entuzjastycznie.

– Dodaj jeszcze Keane i Travis i możemy ruszać na imprezę – dodał Kibby, potrząsając swoim urządzeniem. Nawet ten, zwykle radosny, rytuał wypadł blado i Kibby przeprosił za swego wirusa, ładując senne, spocone ciało do pociągu. Zwykle podróże pociągiem napełniały go niezwykłą radością, ale tym razem wcisnął się żałośnie w siedzenie i dysząc głośno, starał się skupić na lekturze gazety.

Tymczasem Ian cały czas entuzjastycznie gadał, rozprawiając o wadze Star Trek jako idealistycznej wizji przyszłości, świecie bez wojen między państwami, bez pieniędzy, bez rasizmu, gdzie wszyscy szanują wszelkie formy życia. Uwielbiał jeździć na konwenty i spotykać się z ludźmi, z gwiezdną bracią.

Kibby słuchał tego wszystkiego, nie odzywając się, jedynie od czasu do czasu przytakując z nikłym, bolesnym uśmiechem na twarzy. Jego uraza rosła, gdy stało się jasne, iż przyjaciel jest głuchy na jego cierpienie. Dwa nurofeny nieco pomogły, lecz wciąż czuł się okropnie. Pociąg zaterkotał w tunelu, wydając z siebie regularne dźwięki przypominające przelatujące mimo gwiezdne pociski. Kibby drżał cały i z radością powitał dworzec w Newcastle.

W hotelu konsola Play Station, którą zabrał ze sobą Ian, została od razu podłączona do hotelowego telewizora. Przyjaciel załadował *Brothers in Arms: Road to Hill 30*.

– Będziesz zachwycony Bri, w *Game Informer* dostała 8,5...

Kibby pokiwał głową, wychodząc z łazienki ze szklanką wody i łykając dwa paracetamole.

– 8,5. Nieźle – zaskrzeczał, siadając na łóżku.

– Ale sądzę, że powinna dostać przynajmniej 9, może nawet 9,5. Została oparta na prawdziwej, nieocenzurowanej historii o lądowaniu w Normandii, a ja już jestem na poziomie snajpera. Chcesz spróbować?

– Grafika wygląda na nieco rozmytą – powiedział Kibby, padając na łóżko.

– Dobra – Ian wstał. – Widzę, że chcesz od razu przejść do sedna. Idziemy na imprezę!

Kibby niechętnie pozbierał się i założył marynarkę.

W National Gene Centre wyraźnie czuć było podniecenie. Przygaszono światła, a z doskonałego sprzętu dobiegała rytmiczna muzyka elektroniczna. Nagle rozbłysły lasery, a stroboskopy dostroiły swój rytm do wypełniającego przestrzeń głosu aktora Williama Shantera:

> Kosmos, ostatnia granica. To właśnie podróż gwiezdnym statkiem Enterprise. Pięcioletnia misja polega na badaniu nowych galaktyk i poszukiwaniu nowych form życia i cywilizacji. By odważnie stanąć tam, gdzie nie stanął jeszcze żaden mężczyzna.

– To trochę seksistowskie – powiedział Ian, kiedy przepychali się przez salę. – Powinni dać intro Patricka Stewarta, w którym mówi: „By odważnie wyruszyć tam, gdzie nikt jeszcze nie dotarł”.

Mówiło się, że aktor DeForest Kelley, czyli Dr „Bones" McCoy, jest w kraju, i jeśli to była prawda, powinien się tu pojawić. Kiedy przedzierali się przez tłum, oglądając stoiska z wystawami, artykułami i klubami sci-fi, Ian powiedział do Kibby'ego:

– Wspaniale byłoby pogadać z Bonesem. Ciekawe, co on naprawdę myśli o Leonardzie Nimoyu jako *osobie*.

Zbliżali się do platformy z przodu hali, na której stał jeden z obcych, znany jako Borg, i witał wszystkich zebranych.

– Cieszcie się więc – zachęcał – i pamiętajcie – wszelki opór jest daremny!

Kibby był wystarczająco podenerwowany w tym tłumie, ale aż podskoczył, kiedy coś otarło się o jego pośladki.

Czyjaś ręka!

Odwrócił się gwałtownie i zobaczył obleśny uśmieszek. Widniał na twarzy faceta w średnim wieku z ciemnoblond włosami przyprószonymi na skroniach siwizną, który wyhodował sobie zapatowskie wąsiska. Miał pomarańczowawy odcień skóry klienta solarium i nosił koszulkę, która w świetle stroboskopów była kobaltowo biała, tak jak jego zęby. A na niej napis: PRZELEĆ MNIE.

Brian Kibby odwrócił się i usłyszał, jak Ian mówi:

– To jednak nie jest DeForest Kelley, to Chuck Fanon, który grał jednego z załogi Klingona w jednym z epizodów *Deep Space Nine!*

Znów!

Ale teraz dotyk zmienił się w nieskrywany uścisk. Coś w nim strzeliło jak guma. Mógłby teraz się odwrócić i walnąć typa albo powiedzieć mu, żeby spierdalał. Ale Brian Kibby nie lał ludzi, nie klął i nie robił scen. Z nieznanych sobie powodów był osobą, która znosiła złe traktowanie czy poniżenie w milczeniu. Zamiast tego syknął tylko i skierował się do hotelu.

Ian Buchan odwrócił się i zobaczył, jak Brian Kibby przeciska się przez tłum, wychodząc z sali w poczuciu porażki. Miał już ruszyć za nim, kiedy dostrzegł obleśnego faceta, tego, co zawsze pojawia się na konwentach, który był znanym zboczeńcem. Zawahał się, starając się dociec, o co tu chodzi.

Idący w grupie kolegów Danny Skinner z pochyloną głową i podniesionym kołnierzem na moście przy ostrym wietrze zapalił papierosa i spojrzał przed siebie w kierunku domów, które za chwilę osłonią go przed mroźną nawałnicą. Nad głowami kłębiły się ciężkie chmury, jak kibole wrogiej drużyny starający się zacząć zadymę. Nagle gwałtowny powiew wiatru cisnął mu kurz w oczy. Bluznął – kurwa! – zderzając się ze skwaszoną panną z nadwagą, która rzuciła coś z niecierpliwością. Pusta paczka po chrupkach zatańczyła przed nim, trzepocząc dramatycznie, a wirujące jarmarczne kolory zdawały się kpić z niego w żywe oczy.

Jedno słowo na billboardzie przyciągnęło uwagę załzawionych od pyłu oczu – czarny jak smoła napis na białym tle: KONTAKT.

– Będę szczęśliwy jak chuj, jak nam się uda wejść na stadion – jęknął do McKenziego, kiedy zbliżyli się do kołowrotu. Gdzieś czytał, że kołowroty na wyspach poszerzyli o jakąś stopę od lat pięćdziesiątych, ale że to i tak nie wystarcza, bo wielu kibiców słusznej postury i tak musi wchodzić bramkami dla niepełnosprawnych.

Wciąż chciał zajarać.

– Myślałem, że jebnąłeś fają, Skinny? – Gary Traynor wskazał głową papierosa.

– To nie ma większego sensu – uśmiechnął się. – Mam swoją teorię, że papierosy są zdrowe. To palenie pasywne zabija.

Z rozklekotanej wschodniej trybuny albo też „paki", tudzież „obory", jak precyzyjniej określali ją stali bywalcy, południowa trybuna gości wyglądała jak kolorowy kalejdoskop ledwo widocznych twarzy. Traynor żałował, że nie założył kontaktów. Dojrzeć jakąś twarz z Aberdeen z tej odległości graniczyło z cudem. Jak to zwykle bywa, nagle wstał jakiś gruby kutas i zaczął naparzać jednego rudego z glacą na środku głowy. Skandowanie „ty gruby chuju, ty gruby chuju" zostało skwitowane przez otyłego aberdyńczyka głębokim ukłonem, na co głupki zawyły, psychopaci wpatrywali się z wystudiowaną wrogością, a niezrzeszeni uśmiechali się z łagodnym przyzwoleniem.

Nagle wiatr zmienił kierunek, ciskając deszcz w twarze tłumu. Gdzieś zabrzmiała cicha melodyjka „The Boys Are Back In Town". Kiedy McKenzie odebrał telefon, Skinner – choć z pozoru nonszalancki – wiedział, że to jego dostawca koki, i w duchu zakrzyknął „tak!", po czym nastąpiła pełna wyczekiwania cisza.

Skinner rozejrzał się po kumplach, którzy zbili się teraz w dużą ekipę. Trochę typa dziś zeszło. Czuł narastającą gotowość do rozróby, jak już dawno nie. Po meczu mieli ustawkę na East London Street i ekipy miały się tam pojawić w małych grupkach.

Kiedy załoganci Hibs zaczęli wychodzić ze stadionu, na dziesięć minut przed gwizdkiem, kolesie z Aberdeen przypuścili niespodziewany atak. Zamiast iść przez most na Bothwell Street jakoś udało im się dostać na tyły południowej trybuny, gdzie zaatakowali resztę kibiców Hibs.

Większość załogi Hibs już opuściła oborę, kierując się na miejsce ustawki, ale zostało kilku maruderów, między innymi Skinner, którzy byli niezwykle zaskoczeni widokiem ekipy z Aberdeen przedzierającej się w ich kierunku przez przerażonych szalikowców w piłkarskich koszulkach.

Zaczyna się...

Skinner poczuł przypływ adrenaliny i puls mu skoczył momentalnie. Policji w ogóle nie było widać, kiedy ekipa z Aberdeen ruszyła. Zaraz się zacznie – pomyślał Skinner w podnieceniu – i to w stylu lat siedemdziesiątych, osiemdziesiątych. Wszystko wokół niego. Zadyma jak za dawnych, dobrych czasów, do której przygotowywali się latami, choć z powodu obostrzeń, systemu bezpieczeństwa i obstawy policyjnej rzadko kiedy zdarzała się na taką skalę, poza oczywiście tymi wymyślanymi przez gazety. Skinner nie tylko stał i czekał, on pobiegł na chłopaków z Aberdeen, waląc na oślep.

No dalej, owcojebcy, skurwiałe chuje...

Uchylając się przed ciosem wiejskiego byka w czarnej kurtce Stone Island, Skinner zaczął ochoczo naparzać się ze szczerbatym kościotrupem z podstępnymi ślepiami, odzianym w czerwoną kurtkę Paul & Shark. Skupił się i stanął w zaczepnej pozie, ale jego przeciwnik posłał pierwszy ciężkiego haka z prawej prosto w nos, który go ogłuszył, aż łzy napłynęły mu do oczu, i wkrótce Skinner zaczął się miotać, machając na oślep rękami jak jakiś amator.

Gnojek...

Skinner zebrał w oko i w brodę i zataczając się do tyłu, dostrzegł w jednej chwili, jak sodowa lampa uliczna zamigotała na tle mrocznego wieczornego nieba. Dopiero wtedy zauważył, że walnął o glebę. Kiedy zdał sobie sprawę, że nogi odmówiły mu posłuszeństwa i nie będzie mógł się podnieść, zwinął się w pozycji embrionalnej. Ale nie oznaczało to jego klęski, ponieważ kto inny to zbierze. Tak,

Kibby będzie cierpiał, ponieważ on, Danny Skinner, był teraz niezwyciężony. Było to niewątpliwe szaleństwo, ale to on był górą!

No dalej, Aberdeen, no napierdalaj, ale już!

Po kilku energicznych kujawiakach jakiś porządniś krzyknął:

– No, kurwa, zostaw go już, dostał za swoje!

Spierdalaj... głupi chuju...

Grad ciosów zmalał i zniknął, a w oddali rozbrzmiały syreny policyjne.

Kibby powinien postawić temu owcojebcy piwo i może też drugie chlubie okręgu Lothian w mundurze. Ale przydałby się jeszcze jeden zdrowy kop...

Przez chwilę wydawało mu się, że ktoś mu sprzedał kosę. Jedno z uderzeń było za ostre i bolesne, by mogło być zadane pięścią czy butem, ale kiedy sanitariusze podnosili go z chodnika, nie widział nigdzie śladu krwi. Zanim jednak zdążyli załadować go do karetki, dwóch policjantów wyrwało go z rąk protestujących sanitariuszy, skuło go i wpakowało do suki, przykuwając go do szyny we wnętrzu samochodu. Świr w bluzie Lacoste – dwoiło mu się trochę w oczach, siedział spokojnie w lodówie, znieczulająca adrenalina ulatniała się z organizmu. Coraz bardziej bolała go głowa i tętniły skopane boki. Obok niego siedział jego przeciwnik z Aberdeen.

– Sztama, co? – zapytał chłopak, patrząc niepewnie na poobijanego Skinnera i proponując mu papierosa.

Obolały, poobijany przeciwnik z radością przyjął fajkę pokoju.

– Ale daliście popis, chłopaki, trzeba przyznać – oświadczył.

– Ale przecież dostałeś nieźle wpierdol.

– No cóż, wypadek przy pracy, stary. Poza tym w Leith robią samych twardzieli – wyszczerzył zęby w słodkim bólu.

Mam nadzieję, dla czyjegoś dobra, że robią ich też w Featherhall.

Patrząc na kurtkę chłopaka, Skinner skomentował:

– Fajna katana. Czy to nowy Paul & Shark? – zapytał, celując palcem w pierś chłopaka.

– Tak, kupiłem se w Londynie, wiesz? – aberdyńczyk rozpromienił się cały. Skinner starał się oddać uśmiech, ale twarz go za bardzo bolała. Ale to nie potrwa długo – pomyślał radośnie.

Cóż, przynajmniej u mnie nie.

Ian Buchan zamartwiał się, kiedy Brian Kibby wrócił wcześniej do hotelu. Zastanawiał się, dlaczego Brian poszedł – może trzeba było iść z nim? Ale wyszedł z tym dziwnym typem. O co tu chodziło? Czy to możliwe, żeby Brian… był gejem? Oczywiście, że nie, zawsze wykazywał zainteresowanie dziewczynami, na przykład taką Lucy. I tą dziewczyną z pracy, o której mi opowiadał. Ale może… może chodziło o to, że za wszelką cenę starał się to ukryć.

Wracając do hotelu, Ian wyraźnie ociągał się z powrotem do pokoju. Brian był dorosły i to co robił, bądź to czego nie robił, było wyłącznie jego sprawą. Zatrzymał się przy oszklonym pasażu nad rzeką i patrzył, jak światło księżyca odbija się od nurtów Tyne, zauważając jednocześnie nowy tematyczny nadbrzeżny bar wyłaniający się z plątaniny chromu i szkła.

Ten typ wciąż może być u Briana!

Przesiedział w tym barze połowę nocy z innymi maniakami Star Trek, rozpamiętując niegdysiejsze konwenty. Kontynuowali imprezę w jednym z pokoi hotelowych i Ian obudził się w opakowaniu koło jednego z nich, prawie nieznanego.

W pokoju na wyższym piętrze wstawał świt, sącząc niemrawe światło przez zasłony. Brian Kibby chciał unieść poobijaną głowę z poduszki, ale jego ciało warknęło tylko coś groźnie w odpowiedzi. Przerażony zaczął przypominać sobie gorączkowo wczorajsze wydarzenia. Jak macał go ten typ. I tak czuł się okropnie, ale po tym napastowaniu i upokorzeniu musiał wrócić do hotelu, nie mówiąc nic Ianowi. A teraz łóżko Iana stało puste, nie nocował w pokoju.

Ten obleśny typ nawet próbował iść za nim i gadał jakieś ohydztwa o wspólnym seksie! Aż wzdrygnął się na wspomnienie słów zboczeńca: *Chcę ci przerżnąć tyłek. Aż będziesz piszczał.*

– ODWAL SIĘ ODE MNIE! – Brian Kibby wywrzeszczał mu prosto w twarz, po czym wybuchnął płaczem i uciekł od wszystkich wchodzących i wychodzących z hali, którzy spoglądali z niesmakiem na wąsatego zboczeńca ku jego zaskoczeniu i wstydzie.

Następnie Kibby wrócił roztrzęsiony do hotelu, zastanawiając się, co się z nim dzieje. Zwinął się w kłębek i nakrył kocem. Jednak nie zagłębił się w kojącą krainę snu – leżał tylko otępiały, czując się jak ofiara zderzenia z ciężarówką. Usta i gardło były wyschnięte na wiór, jakby przez cały wieczór łykał gorący piasek pustyni bez popitki.

Starał się wytworzyć odrobinę śliny, co zakończyło się jedynie przyklejeniem języka do podniebienia. Dławił się szorstkim żarem, który schodził mu teraz gardłem wprost do płuc… sięgnął po kubek na wodę stojący koło łóżka, ale wcześniej zapomniał go napełnić. Wycieńczony i obolały postanowił nie ulegać tak jawnemu prześladowaniu przez organizm, ale zakrztusił się suchym kaszlem, aż w oczach stanęły mu łzy, i zmuszony, chcąc nie chcąc, powlókł się do barku, by zaczerpnąć wody mineralnej, a nogi, plecy i głowa eksplodowały nową falą bólu.

Usta miał dziwnie odrętwiałe i opuchnięte; kiedy próbował napić się wody, pociekła mu po piersi i spodniach piżamy.

Wczesny poranek z wolna odchodził w niepamięć, tak jak noc minęła w bezsennej agonii. Kibby'ego bolały i swędziały zapuchnięte oczy pełne niewidzialnego plugastwa bezsenności. Wił się na przesiąkniętym potem łóżku jak ryba wyciągnięta z wody.

Kiedy usłyszał pukanie do drzwi, wygramolił się z łóżka z uczuciem, że oto orkiestra upiornych werblistów wybija pałami demoniczną sarabandę na jego nogach, plecach, głowie i ramionach. Ostrożnie otworzył drzwi i zobaczył twarz Iana wykrzywioną w niemym przerażeniu.

Danny'emu Skinnerowi upiekło się i nie postawiono mu zarzutu udziału w bijatyce po meczu z Aberdeen, bo był tak poobijany, że oficer dyżurny od razu skierował go do ambulatorium, surowo rugając funkcjonariuszy, którzy wyrwali go z rąk sanitariuszy. Zamierzali go tam zatrzymać na obserwację. Na oddziale rozmawiał z dziennikarzem *Sunday Mail*, który chciał spisać relację poranionych. Był to młody człowiek z już przerzedzającymi się włosami i straszliwie ospowatą cerą. Był tak niesłychanie poważny i nerwowy, że Skinner aż zaczął mu współczuć. Dziennikarz położył przed nim magnetofon i powiedział: – Mogę? – jakby miał zamiar zapalić papierosa.

Wersja Skinnera mówiła, że wychodził właśnie ze stadionu, kiedy opadły go zbiry z Aberdeen. Los się do niego uśmiechnął, ponieważ jedyne wiarygodne materiały wideo świadczące o jego udziale w zajściu pokazywały go w pozycji horyzontalnej, jak kopało go kilku typów. Opowiadał o tym otwarcie i szczegółowo, a dziennikarz słuchał z posępnym, choć nieco roztargnionym zainteresowaniem.

Tego wieczoru zaaplikowano mu środki przeciwbólowe, które zdawały się w ogóle nie działać na okropny ból w całym ciele. W pewnym momencie chciał pójść do toalety, ale nie mógł, bo tak go wszystko bolało. Leżał tylko bez ruchu i w końcu zapadł w płytki sen. Kiedy obudził się następnego dnia wczesnym rankiem, wyskoczył z łóżka i opróżnił pęcherz, i spojrzał na swe odbicie w lustrze.

Ani śladu!

Rozgoryczony z powodu swej marnej postawy podczas zadymy przyjął pozycję bokserską i przez chwilę ćwiczył walkę z cieniem. Następnie ubrał się i wyszedł z oddziału, wypisując się na własną prośbę, zawstydzony nieco brakiem śladów na twarzy.

– Pan doktor będzie musiał pana zobaczyć przed wyjściem – powiedziała zaskoczona pielęgniarka, spoglądając w papiery i starając się dociec, czy Skinner to ten sam człowiek, którego wczoraj przyjęli na oddział jej koledzy.

Poszła poszukać lekarza dyżurnego, ale kiedy wróciła, Skinnera już nie było.

Kiedy dotarł do domu w niedzielny poranek, usłyszał, jak telefon dzwoni trzy razy, ale przestał, bo włączyła się telefoniczna skrzynka odbiorcza. Wykręcił 1471, mając nadzieję, że dzwoni Kay, bo zamartwia się, czy nic mu nie jest, ale zamiast jej numeru usłyszał numer matki. Na pewno czytała o nim w *Mail*. Chciał do niej zadzwonić, ale duma zwyciężyła. Stwierdził, że skoro jej tak bardzo zależy, to jeszcze oddzwoni.

– No dalej, Osobowy – Ken Radden uśmiechnął się do poobijanego i posiniaczonego Briana Kibby'ego, który dysząc głośno i łapiąc powietrze, wlókł się w ogonie wyprawy do West Highland. – Jak nie dojdziemy do schroniska przed zmrokiem… – powiedział posępnie – to ty już wiesz, co może się stać.

Ken nigdy tak do niego nie mówił. Była to ich taka wewnątrzgrupowa połajanka, używana jako łagodna przygana wobec każdego, kto opóźniał marsz. I co gorsza, „Osobowy" było protekcjonalnym określeniem Górołazów na kogoś, kto odstawał od grupy.

Teraz Brian Kibby czuł się winny, kiedy przypominał sobie niecierpliwe westchnienia kierowane wobec Geralda, Grubego Geralda, który zawsze ich opóźniał. Jak zawsze chętnie, pozornie po przyjacielsku, zagrzewał Geralda do działania, kiedy Lucy była w pobliżu. „No dalej, Ged! Dasz radę! Już jest niedaleko!”.

A z Lucy wymieniali się tylko czekoladami. Tym razem miał yorkie, a ona gorzką bournville. Widział ją idącą z przodu. Stawała co chwilę, by na niego zaczekać, ale przegrywała tę walkę, bo niecierpliwość pchała ją dalej, w górę. Patrzył, jak jej pomarańczowy plecak znika mu z oczu. Jeden z młodych Górołazów, smagły Angus Heatherhill, z którym Kibby nigdy nie rozmawiał, szedł teraz koło niej. Heatherhill miał niesforną szopę czarnych włosów, spod których czasami wyłaniały się stalowociemne oczy.

Serce Kibby'ego zmieniło się w zapadającą się głęboko w piersi ołowianą kulę, stając się częścią brzemienia, które musiał nieść pod górę. Wszystko wywróciło się do góry nogami. Nie rozumiał tego. Budził się co rano w strasznym stanie. A teraz jeszcze…

I Ian nie dzwonił. Zachowywał się bardzo dziwnie podczas drogi powrotnej do domu, po tym jak Kibby obudził się cały posiniaczony, cierpiąc z powodu, jak twierdził cały w strachu, jakiejś dziwnej reakcji alergicznej lub, co było jeszcze mniej prawdopodobne, lunatykowania i upadku ze schodów. Jego matka, podobnie jak Ian, nie wierzyła w to. Sądziła, że został pobity. Nawet chciała mu zabronić wypraw z Górołazami!

Kiedy tak patrzył za oddalającą się Lucy i młodym Heatherhillem, idącym obok i gestykulującym gwałtownie, Kibby przywołał w myśli jej wyraźne, delikatne rysy pod złotymi oprawkami okularów, które nosiła czasami zamiast szkieł kontaktowych.

Często widział w myślach siebie jako chłopaka Lucy. W tego rodzaju wizjach wyobrażał ją sobie w zwykłych, codziennych sytuacjach, co dawało mu więcej satysfakcji i wiązało się z mniejszym poczuciem winy niż seanse masturbacyjne. Jego szczególnie ulubioną fantazją było wyobrażanie sobie, jak jadą razem na złamanie karku starym fordem capri jego taty, a Caroline i mama siedzą na tylnym siedzeniu.

Mama pokochałaby Lucy, a Caroline stałaby się jej prawdziwą przyjaciółką, ale nocą będziemy z Lucy tylko sami we własnym mieszkanku, będziemy się całować i... ale dość już tego!

Kibby otrząsnął się z tej wizji i spojrzał na ciemniejące niebo.

Boże, przepraszam, że się tam dotykam, bo wiem, że to jest złe. Gdybyś mógł mi dać dziewczynę, to traktowałbym ją dobrze i nie byłoby potrzeby, żeby...

Kibby znów wciągnął głęboko powietrze, widząc, jak ostatni członkowie grupy nikną w oddali. Ale ktoś się zatrzymał. Powlókł się do przodu na ostatnich nogach. To Lucy! Wydawało się, że widzi jej niemal niewidoczną twarz, otworzyła usta, jakby chciała coś krzyknąć, kiedy zbliżał się chwiejnym krokiem. Kiedy Kibby ruszył, zobaczył, jakby chmura niepokoju – a może było to tylko współczucie – przesłaniała jej nikły uśmiech. Z każdym krokiem jego nogi zdawały się krótsze lub też wydawało mu się, iż zapada się w bagno. Ale zanim przemoczona ziemia ruszyła mu z impetem na spotkanie, ostatnim obrazem, który zobaczył, były usta Lucy układające się w idealne „O".

Pełen werwy czekał na przystanku autobusowym na jeden z tych kasztanowych pojazdów linii Lothian, który miał go zawieźć na Leith Walk, i zabawiał rozmową znajomych w kolejce. Niedzielne gazety wspomniały tylko o niepokojach na Easter Road, natomiast w porannej poniedziałkowej prasie było mnóstwo relacji. Już przeczytał *Daily Record*, gdzie przedstawiono go jako Daniela Skinnera, Urzędnika Urzędu Miejskiego oraz niewinną ofiarę sobotniej przemocy.

Zajechał autobus numer 16 i zobaczył Mandy, uczennicę fryzjerstwa pracującą u jego matki, jak wysiada i patrzy na niego zaskoczona.

– Danny! Nic ci nie jest? No bo... w gazecie pisali, że zostałeś poważnie ranny w głowę!

– Jeśli chodzi o głowę, to zawsze byłem poważnie kopnięty – zaśmiał się i dodał: – Nie, dobrze się stało, że to tylko głowa. – Walnął się pięścią w czaszkę, całkiem mocno, zastanawiając się, czy Kibby to poczuł. – Gazety zawsze przesadzają, straszne bzdury tam wypisują.

W biurze zapunktował, przychodząc do pracy z jasnym umysłem, nie narzekając na odniesione rany i co dziwne, bez ran na twarzy. W nieco teatralny sposób starał się nieco kuleć, ale Dougie Winchester zauważył, że po kilku piwach podczas lunchu cudownie ozdrowiał.

Brian Kibby natomiast nie pojawił się. Zadzwonił, że jest chory. Było to zupełnie do niego niepodobne.

Sprawne palce Beverly Skinner układały odżywkę na szczeciniastych włosach Jessie Thomson. Napis na etykietce informował o obecności „olejków owocowych", opisując je jako „odżywcze" i co dziwne, po wmasowaniu substancji w głowę starszej pani następowało jej cudowne odmłodzenie. Oczy i usta Jessie poruszały się szybciej z każdą chwilą.

– Oczywiście, Geraldine miała skłonności rodzinne do cysty jajników. Jej siostra, Martina, je miała, wiesz? Ta, co ten jej syn się zabił, no wiesz, na motorze. To trumny na kółkach. Przykro, to był miły chłopak. Jak można przeżyć coś takiego? No bo z takimi ancymonkami nie można wytrzymać, ale jak im się co stanie…

Klientka na wiele sposobów testowała Beverly, starając się zmusić ją do skomentowania losu Danny'ego. Powinna zobaczyć, co z nim. Przez cały weekend rozmyślała o bijatyce po meczu.

Tyle razy mówiłam temu głupiemu gnojkowi, żeby dał sobie spokój z tymi kibolskimi zadymami...

Jest dla mnie wszystkim. Mój chłopiec. Nie jest zły. Jest tylko....

Do zakładu wpadła Mandy Stevenson z włosami przylepionymi do twarzy i w beżowym płaszczu pociemniałym od kropli gwałtownego porywu deszczu.

– Przepraszam, Bev, trochę się spóźniłam. Widziałam na Walk twojego Danny'ego.

– Co… jak wyglądał?

– Wsiadał do autobusu, jechał do pracy – uśmiechnęła się Mandy. – Wyglądał dobrze, znasz Danny'ego, straszny z niego numerant.

– O tak, znam go jak zły szeląg – zamruczała Beverly. Samolubny gnojek. My tu się zamartwiamy, a on sobie jedzie do pracy – pomyślała, nakładając więcej odżywki na łaknące substancji loki Jessie. – To naprawdę dla twego dobra, słonko – powiedziała groźnie do zamarłej w pełnym napięcia przerażeniu Jessie Thomson.

Brian Kibby od dawna miał wrodzone skłonności do hipochondrii. W szkole wciąż odwiedzał lekarzy; zwolnienie pozwalało mu na jakiś czas ujść prześladowaniom i było bezcenną od nich odskocznią. Ale od czasów szkolnych zaczął się wstydzić wizyt u lekarzy i nie opuszczał pracy. Każda potencjalna choroba była obecnie nieszkodliwym nawykiem pozwalającym mu na użalanie się nad sobą. Zdanie „Chyba coś złapałem" pozwalało mu zwrócić na siebie uwagę. Teraz, kiedy dolegliwość była prawdziwa i do tego nie znano jej przyczyn, zaczął podejrzewać, że traci zmysły.

Ale tego poniedziałkowego poranka Joyce, widząc sińce i cierpienia syna i nie komentując jego uwłaczającego upadku podczas wędrówki po górach, w końcu zapisała go na wizytę u doktora Phillipa Craigmyre'a, lekarza domowego w jego gabinecie w Corstorphine.

– Posłuchaj, synku... zaczęła niepewnie matka – pamiętaj, żeby założyć czystą bieliznę... pamiętaj, idziesz do lekarza.

– Co?... – Kibby zaczerwienił się po uszy. – Oczywiście, że założę czyste majtki... Zawsze...

– No bo coś zobaczyłam... chłopaki tak mają... na bieliźnie, kiedy robiłam pranie – powiedziała nerwowo Joyce. – no wiesz, takie plamy, jakie czasami robią chłopcy...

Policzki Kibby'ego płonęły i zwiesił głowę w poczuciu wielkiego wstydu. Kiedyś już mu to powiedziała, ale miał wtedy kilkanaście lat.

– Wiem, że ci trudno, Brian, ale to grzech i może bardzo osłabić organizm, tylko to powiem. Pamiętaj – spojrzała na sufit. – On widzi wszystko.

Kibby chciał coś powiedzieć, ale zmilczał. Był dostatecznie zażenowany, kiedy uparła się, że pojedzie z nim, i trzeba ją było przekonywać, żeby poczekała przed gabinetem lekarza pierwszego kontaktu, który dokładnie miał zbadać jej syna. Kibby ośmielony poufałością lekarza zdobył się na odwagę i zapytał:

– Panie doktorze, czy to możliwe, że, ee, to się dzieje, bo czasami, hkhmm, no... dotykam się?

Craigmyre, człowiek o jastrzębiej twarzy z krótkim, srebrnymi włosami, którego otaczała aura tętniącej żywotności, spojrzał znacząco na Kibby'ego.

– Mówisz o masturbacji?

– Tak... no bo moja mama mówi, że to osłabia organizm i...

Cragimyre odparł zwięźle, potrząsając przecząco głową:

– Sądzę, że mamy tu do czynienia z czymś poważniejszym niż z objawami zwykłego onanizmu. – Po czym zalecił pobranie krwi, próbek kału i moczu. Kibby był tak spięty, że ciało dopiero po jakimś czasie poddało się tym zabiegom.

Kiedy było po wszystkim, doktor Craigmyre zaprosił zatroskaną matkę Briana do gabinetu. Opisał szczegółowo symptomy, następnie zawyrokował poważnie:

– Mamy tu do czynienia ze skutkami jakiejś formy przemocy.

– Co pan ma na myśli? – zapytała Joyce.

– Niech pani spojrzy na syna, pani Kibby, jest cały w sińcach.

– Ale on się z nikim nie bił... on unika kłopotów – dodała błagalnym głosem.

– Ja nie wiem... nic nie wiem – Kibby zaszlochał.

Craigmyre był niewzruszony. Zdjął stetoskop i położył go na biurku.

– Mówiąc krótko, wszystko tu pasuje do pozostałości po pijackim weekendzie. – Potrząsnął głową. – Widuje się takie siniaki co tydzień na ostrym dyżurze. Są wynikiem pijackich burd – ciągnął, a Brian Kibby i jego matka nie mogli uwierzyć w to, co słyszą. – A ten ślad na policzku wygląda jak oparzenie od papierosa, które zwykle robią sobie młodzi ludzie w pijanym widzie, w depresji. Mówiłeś mi, że ostatnio zmarł twój ojciec...

– No tak, ale ja w ogóle nie piję... – zaprotestował Kibby.

– Pomimo iż pani syn twierdzi, że nie pije i że nie pił alkoholu w weekend – Craigmyre niemal zadrwił z osłupiałej Joyce. – Muszę powiedzieć, że jeśli Brian ma naprawdę problem alkoholowy, to jest on bardzo poważny i nie pomogą tu próby ukrywania tego przez niego ani przez kogokolwiek innego.

Mimo zaprzeczeń chłopak został naznaczony piętnem alkoholika, pomimo zarzekania się, że w ogóle nie pije! I to ma być lekarz?! – Joyce ogarniała rosnąca furia.

– Ale on w ogóle nie pije! W weekend był na konwencie fanów Star Trek, panie doktorze! – argumentowała, wpatrując się czujnie w oblicze syna, szukając na nim śladu kłamstwa. – Prawda?

– Tak! Właśnie tak! Byłem z Ianem! Byliśmy razem przez cały czas! On powie, że wcale nie piłem! Ani jednego! – Kibby wił się w poczuciu głębokiej niesprawiedliwości, twarz mu poczerwieniała i zaczął się pocić. – Wróciłem sam do hotelu, bo się źle poczułem… ale nawet nie tknąłem alkoholu!

– Chciałbym to zobaczyć – powiedział Craigmyre. Widział już zapewniania alkoholików. Niektóre z nich były niezwykle barwne i wiarygodne, a naprawdę miały tylko ukryć ich problemy z piciem.

– Dostarczę panu dowodów – warknęła Joyce. – Dziękuję panu – powiedziała oschle, kierując się do wyjścia. – Chodź, Brian – i Kibby podążył żałośnie za matką, dysząc i sapiąc.

Dopiero pod koniec tygodnia poczuł się na tyle dobrze, żeby wrócić do pracy, choć siniaki i opuchlizna były wciąż aż nadto widoczne. Ale im dłużej rozprawiał o swej tajemniczej przypadłości, tym bardziej rozczulał się nad sobą. Przynajmniej uniknął prześladowań Skinnera, który wziął dwa dni wolnego, by przygotować się na przesłuchanie w przyszłym tygodniu.

Kibby przez większą część weekendu siedział w domu, przygotowując swoje wystąpienie. Poza tym wykrzesał z siebie pokłady energii i wspiął się po metalowych schodach, by popatrzeć na swoją ukochaną kolejkę. Patrzył, jak *City of Nottingham* jeździ w koło, i wyobrażał sobie, kto mógłby siedzieć w środku. Oczyma duszy widział siebie i Lucy w luksusowej salonce. Lucy była ubrana w wiktoriańską suknię, której ciasny gorset uwidaczniał rowek między piersiami. W rzeczywistości jej biust przedstawiał się nad wyraz skromnie, ale Kibby powiększył go, by dodać smaczku swojej wizji. Teraz, kiedy pociąg jechał do West Highlands – a nie przemierzał Europę na podobieństwo Orient Ekspresu – Kibby zaciągnął story w oknach, uporał się z zapięciem sukni, by uwolnić te słodkie turkaweczki.

Zdaje się, że Craigmyre nie uważa tego za nic złego...

– Przestań, Brian… nie wolno nam… – Urywany oddech Lucy zdradzał rosnące podniecenie walczące skutecznie z obawą.

– Teraz nie możemy się już cofnąć, skarbie, i zdaje się, że ty też już tego nie chcesz…

Ale to jest złe... niedobre... muszę przestać...

Było za późno. Kibby, dysząc ciężko, wystrzelił cały ładunek w chustkę i leżał teraz na drewnianej podłodze wycieńczony wysiłkiem.

Boże, przepraszam, staram się być dobry, proszę, przestań mnie karać...

17. Rozmowa kwalifikacyjna

Bob Foy w swoim biurze na półpiętrze pochylił się w swym skórzanym fotelu, wstał i spojrzał na kalendarz Sasco na ścianie. Notatki były nienagannie prowadzone. System kolorowych symboli tkwiących zdecydowanie na swoich miejscach znamionował zorganizowany i nienaganny ład. Jednak podobnie jak większość tego typu przedmiotów odwzorowywał raczej pobożne życzenia właściciela niż rzeczywistość. Twarz Foya przybrała smętny wyraz. Sprawy wymykały mu się spod kontroli i wcale mu się to nie podobało. Wakujące stanowisko kierownika nie dawało mu spokoju, a na rozmowie kwalifikacyjnej będzie nie tylko on i Cooper, ale też wybrani członkowie zarządu Wydziału Ochrony Środowiska, chociaż Foy czuł, że żadne z kandydatów nie nadaje się na to stanowisko.

Chociaż…

Danny Skinner zachowywał się zupełnie jak nie ta sama osoba od czasu haniebnego występu Briana Kibby'ego. Poszedł po rozum do głowy i nie tylko wykazywał się niezwykłą bystrością, ale też pojawiał się w pracy wcześnie rano. Tymczasem Kibby, jego poprzedni idealny kandydat na to stanowisko, bardzo podupadł. Aitken przechodzi na emeryturę, McGhee w końcu dostał przeniesienie do rodzinnego Glasgow, więc rozgrywka dotyczyła Skinnera, Kibby'ego i „tej panny", jak zwykle Foy określał w myślach Shannon McDowall.

Shannon jako pierwsza miała stawić się na rozmowie kwalifikacyjnej. Wykazała się wiedzą i popisała się niezwykłą erudycją. Nie wiedziała jednak, że Foy i Cooper pracowicie fałszowali jej akta osobowe, by jej umiejętności stały się sprawą drugorzędną, i tworzyli listę argumentów, które miały wykluczyć ją z listy kandydatów na tę posadę.

Danny Skinner wywarł wrażenie na komisji. Dobrze wypadł, trzymał się tematu, wykazał się wiedzą, ale przede wszystkim zaszachował wszystkich swą inteligencją. I tak przedstawiał się jako sumienny pracownik, który jawił się idealnym prototypem urzędnika wyższej rangi nowej generacji.

O wiele gorsze wrażenie wywarł Brian Kibby, który miał tak naprawdę koszmarne wystąpienie. Cała komisja jak jeden mąż wzięła głęboki oddech, kiedy przed ich oczami pojawiła się jego posiniaczona, opuchnięta twarz. Pocił się i wiercił, a jego głos, w chwilach kiedy można było go usłyszeć, przypominał afektowany syk. Kibby wyszedł na miernotę czy też raczej zaniedbany, rozgorączkowany wrak ludzki targany problemami osobistymi.

Kiedy ich kolega znajdował się w krzyżowym ogniu pytań, Skinner i Shannon pili kawę w biurze.

– Oczywiście, że chcę dostać tę robotę, ale jeśli jej nie dostanę, to mam nadzieję, że tobie się uda – powiedział Skinner do Shannon. I był szczery.

– Dzięki, Danny, ja myślę to samo – odwzajemniła się Shannon, jednak nieco mniej szczerze. Obydwoje wiedzieli, że to ona powinna dostać awans.

Ma więcej doświadczenia niż my wszyscy razem wzięci. Jest zdolna i lubiana.

Ale kiedy zobaczył Foya i Coopera, jak wchodzą do biura, a za nim wyłaniającą się sylwetkę zdruzgotanego Kibby'ego, który podszedł do biurka i opadł na krzesło, to pomyślał – niemal ze smutkiem – że to szkoda, że jest kobietą.

Podjęcie decyzji o przyznaniu awansu trwało kilka dni. Według Foya Le Petit Jardin było odpowiednim miejscem, by uczcić to wydarzenie.

– Nie jestem seksistą, ale wiem, jacy potrafią być faceci – powiedział Danny'emu Skinnerowi. – Więc muszę chronić Shannon przed takimi postawami. Niektórzy z nich nie chcieliby w ogóle pracować z kobietą-kierownikiem. To byłoby nie w porządku pakować ją w podobną sytuację i nie chcę, żeby wydział mi się rozleciał. A jeśli chodzi o restauratorów… Wyobrażasz sobie kogoś takiego jak nasz przyjaciel De Fretais, który traktowałby serio kobietę? – Ściszył głos. – Wsadziłby jej łapę pod spódnicę i ściągnął majteczki, zanim zdążyłaby powiedzieć: „Inspektor Wydziału Zdrowia".

– Hmmm – mruknął Skinner, kiwając niezobowiązująco głową. Mimo iż upajał się sukcesem, to ubolewał nad tym, że może na tym ucierpieć znajomość z Shannon. Ich łóżkowe przygody zdarzały się coraz częściej, pomimo obopólnego przekonania o ich bezsensie. Skinner szedł na całość, czuł taki przypływ energii, był tak cholernie jurny, jak już dawno nie. Przynajmniej do teraz.

Shannon była bardzo negatywnie zaskoczona, kiedy dostał tę posadę, ale wymusiła na sobie niezwykle serdeczne gratulacje, które przy poczuciu wyrządzonej jej krzywdy wbiły go niemal w ziemię.

Foy nachylił się do Skinnera, ze zdziwieniem konstatując, jak często woda kolońska potrafi odzwierciedlać tożsamość niektórych mężczyzn.

– A wiesz, jakie są panny. Nie nadają się na inspektorów. Reagują na inne bodźce. „Och, jaki ma pan piękny obrus" albo „Jakie piękne zasłony" i takie tam pierdoły. Nieważny porządek w rozpierdolonej kuchni!

Skinner nagle poczuł, jak krew ścina mu się w żyłach, kiedy drzwi otworzyły się i do sali wpłynęła potężna, odziana w fartuch postać Alana De Fretaisa, po czym poszybowała w ich kierunku. Ogarnięty paniką Skinner podniósł się błyskawicznie i podał tyły, znikając w toalecie.

– Obowiązek przede wszystkim – uśmiechnął się do Foya pospiesznie i zniknął za drzwiami.

Oglądnął się jeszcze za siebie, obserwując kuchmistrza rozprawiającego z urzędnikiem miejskim. W toalecie Skinner delektował się długo chwilą ulgi, rozmyślając nad absurdami stosunków w urzędzie. Pierdolisz ją i kradniesz jej awans – lamentował w duchu, patrząc na swą twarz w lustrze. Następnie pomyślał o Kibbym i zapytał głośno:

– A jemu, co ja kurwa mać kradnę?

Co naprawdę czuję? Kim ja kurwa jestem? A co powiedziałby na to mój stary? Pochwaliłby mnie czy zganił?

De Fretais. On by pochwalił. Tego jestem pewien.

Ale jazda!

Stary Sandy był jego mentorem! Nic dziwnego, że stary kutafon opija się jak gęś gnojówką! Skreśliłem go z listy, ale De Fretais to jebaka, wszyscy to wiedzą. Może nie jest to ten szczupły, sprawny i opalony stary, o którym myślałem, ale jest pijakiem i ma doskonałe wyniki.

Wrócił do sali i zajął swoje miejsce. Z ulgą zauważył, że De Fretais zniknął z sali, zostawiając na stole butelkę szampana Cuvée Brut.

– A to prezent od naszego dobrego przyjaciela, by uczcić taką okazję. – Foy uniósł brew z wdzięcznością.

Skinner ochoczo łyknął eliksiru, przypominając sobie ustęp z *Sekretów sypialni mistrzów kuchni.*

Za chwilę wyjaśnię pewną kwestię, którą postanowiłem zbadać podczas lunchu z moim wydawcą. Świętowaliśmy przy kilku butelkach szampana Krug 2000 osiągnięcie przez moją książkę *Kulinarna wyprawa: Co wie mistrz kuchni* 200 000 nakładu w Wielkiej Brytanii. Moja powstała pod wpływem alkoholu hipoteza zakładała, że hedonista, zarówno za sprawą skłonności oraz tego, co można określić mianem treningu, posiada pewną wiedzę i odpowiedni stopień umiejętności, by poruszać się w tym otoczeniu. Większość kucharzy (czy też raczej kuchmistrzów, jak wolę nazywać kolegów z mej profesji) to z natury hedoniści. Gdyby interesowała nas miłość, seks i stosunki międzyludzkie (a kto z naszego grona powie, że nie jest tym zainteresowany?), to tym samym moi koledzy powinni być naturalnymi ekspertami w poszukiwaniu erotycznego oświecenia.

Kucharz wrócił na salę, tym razem niosąc butelkę przedniego burgunda. To oraz wpływ szampana stępiły nieco odrazę Skinnera.

– Doskonale, panie Skinner – powiedział De Fretais z namaszczeniem, a na jego ustach pojawił się szeroki uśmiech.

Skinner wpatrywał się w niego przez chwilę. Kiedy ich wzrok się spotkał, ogarnęła go mieszanina sprzecznych emocji; w obecności olbrzymiego mężczyzny jednocześnie pojawiło się zaciekawienie i odraza.

Ten tłusty frajer ma być moim starym? A spierdalaj. Nie ma takich zwierząt!

– Bardzo dziękuję – odpowiedział – jestem zobowiązany.

– To nic takiego – powiedział De Fretais wyniośle. – Cóż, muszę panów opuścić. Wyruszam do słonecznej Hiszpanii.

– Urlop? – zapytał Foy.

– Nie, niestety. Jedziemy na zdjęcia do kolejnej edycji programu. Ale wrócę koło dwudziestego ósmego, wydaję przyjęcie urodzinowe. Może panowie przyjdą?

Foy i Skinner obydwaj potwierdzili obecność skinieniem głowy, po czym kuchmistrz odszedł.

Czy młody De Fretais był taki jak ja – chudy jak pocięgiel, i tylko potem tak przytył? Nie wierzę w takie numery!

Chciał zapytać De Fretaisa o Tawernę pod Archaniołem, o Sandy'ego Cunninghama-Blytha i o amerykańskiego kucharza – tego Tomlina – tego, z którym się szkolił, ale przede wszystkim o Beverly.

Ale alkohol zaczynał już szumieć mu w głowie i chciał teraz przede wszystkim poświętować. A czemu by nie? Miał do tego prawo. I tak Kibby za to zapłaci!

To szaleństwo nie będzie trwać wiecznie – wkrótce wszystko będzie jak dawniej. Więc mogę chyba nacieszyć się tą chwilą. Niech ten oślizły szczurek ma za swoje!

Foy zwrócił się do Skinnera i trzymając butelkę w najwłaściwszy sposób, zakpił:

– Oczywiście, ty nie lubisz czerwonego, Danny, prawda?

Skinner przesunął swój kieliszek po lnianym obrusie.

– Może nadszedł czas, by zerwać z tym konserwatyzmem – wyszczerzył zęby w uśmiechu.

Następnego dnia, w sobotę rano Ken Radden zastukał do domostwa Kibbych. Otworzyła Joyce zaskoczona i podenerwowana, patrząc na stojący minibus za jego plecami i twarze wpatrujące się w nią zza szyby.

– Panie Radden… eee… Brian właśnie…

Brian Kibby stanął obok niej. Miał wciąż opuchniętą twarz i przekrwione oczy.

– Dobrze się bawiłeś wczoraj? – zapytał Radden, marszcząc nos pod wpływem zapachów środków czystości wydobywających się z domu.

– Nie… nie… siedziałem w domu… – zaprotestował podupadły na duchu na widok minibusa Kibby. – To jakiś wirus, byłem u lekarza…

Oczywiście… wyprawa do Glenshee… jak mogłem zapomnieć?

– Tak właśnie, jakiś wirus – dodała Joyce zbyt szybko i zbyt współczująco.

– To chyba jakaś grypa – powiedział żałośnie Kibby. – Nie dam rady z wami dziś pojechać – powiedział niezwykle przygnębiony widokiem tego natręta Angusa Heatherhilla siedzącego koło Lucy.

– No dobrze – powiedział szorstko Radden. – Zobaczymy się, jak poczujesz się lepiej.

Ale „lepiej" było bardzo odległym terminem. W ciągu kilku kolejnych tygodni Brian Kibby musiał znosić niezliczone wizyty u rozmaitych specjalistów i przechodzić nieskończone ilości testów. Pojawiło się mnóstwo hipotez medycznych. Dyskutowano z rosnącym zaniepokojeniem, czy Kibby aby nie ma jakichś zakaźnych wirusów, choroby Crohna, raka, jakichś wirusowych zaburzeń metabolicznych, schizofrenii, wszystkich plag i chorób świata. W rzeczywistości lekarze sami nie wiedzieli, co się dzieje.

Mimo że stan zdrowia Kibby'ego pogarszał się, on nie poddawał się swej tajemniczej przypadłości. Pomimo tego, że był skrajnie wyczerpany, chodził do miejscowego klubu odnowy, wyciskał ciężary, ile się dało, starając się odbudować swą siłę i wytrzymałość. I zmieniał się też on sam. Koledzy zauważyli, że po wyciskaniu ton żelastwa jego chuderlawe ciało nabierało masy. Zbolałemu człowiekowi z początku to się podobało, ale wkrótce stało się jasne, że to nie były mięśnie, że po prostu hodował bebech i puchnął w oczach.

Studiował notatki ojca równie pilnie jak jego matka, jednak nigdy otwarcie. Czasami ostrzegał też matkę, by nie zostawiała ich na widoku, żeby nie trafiły do rąk Caroline. Jego siostra zaczęła pić – ten stan wpędzał ją w ponury nastrój, podobnie jak trzeźwość pogrążała w rozpaczy jej brata. Przez chorobę stał się samolubny, tak uważał. Mógł dostrzec, co się dzieje z Caroline.

Ktoś zastukał do drzwi wejściowych. Poczłapał do przedpokoju i otworzył je, ale zobaczył tylko dwójkę uciekających chłopaków zanoszących się śmiechem.

Głupie gnojki...

Brian Kibby powrócił do ukradkowej przyjemności lektury inspirujących go dzienników ojca. Z jednej strony potwierdzały miłość Keitha Kibby'ego wobec rodziny, z drugiej zaś były pełne zapisków dotyczących rozmaitych książek, które czytał ojciec, ukazując Brianowi ojca, jakiego nie znał. Keith szczególnie upodobał sobie książki takie jak *Portret Doriana Greya* Oscara Wilde'a i Roberta Louisa Stevensona *Dziwny przypadek doktora Jekylla i pana Hyde'a*. Jednak Brian, który nigdy nie przepadał za lekturą, nie przypominał sobie, by ojciec cokolwiek czytał w domu poza gazetą. Z jakiegoś powodu literatura była jego ukrytą pasją.

Brian Kibby starał się zagłębić w te książki, ale dudniło mu w głowie i nie był w stanie się skoncentrować. Wydawały mu się suche i bezbarwne, dlatego odkładał lekturę i wracał do gier komputerowych. Przestał chodzić na siłownię; za dużo go to kosztowało wysiłku.

Pewnego wieczoru siedział w fotelu i głośno wciągał powietrze, oglądając wraz z matką *Coronation Street*. Każdy świszczący wdech szarpał nerwy Joyce. Spojrzała na syna z umęczonym współczuciem.

– Powiedziałbyś mi, gdybyś pił, Brian, prawda?

– Powiedziałem ci – Kibby jęknął z irytacją. – Ja nie piję! Kiedy miałbym pić? Cały dzień jestem w pracy, byłem robić testy w Królewskim... kiedy niby miałbym pić?

– Przepraszam, synku – powiedziała Joyce z troską, która narastała w niej od czasu, kiedy zauważyła, jak jej córka wróciła kilkakrotnie podchmielona do domu. – Chcę tylko ci powiedzieć, że mnie możesz zaufać...

– Wiem, mamo – powiedział Kibby z wdzięcznością, następnie dodał w zamyśleniu: – Znasz tych Amerykanów, którzy się tu kręcą? Tych misjonarzy?

– Starszy Clinton i Starszy Allen z Nowego Kościoła Apostołów Chrystusa z Teksasu... – Joyce uśmiechnęła się. – Mówię im, że mnie nie nawrócą, ale to takie miłe chłopaki.

– Nie wolno im pić ani... eee... chodzić z dziewczynami, prawda?

– Nie wolno im pić alkoholu, a to drugie dopiero po ślubie – potwierdziła Joyce. Uważała Księgę Współczesnego Testamentu za gniot, a jej autorów za heretyków i fałszywych proroków, ale była pod wrażeniem kodeksu moralnego uczniów Kościoła.

– To młodzi ludzie... oni, hmmm, muszą mieć jakieś pokusy.

– Na pewno mają – powiedziała Joyce. – Ale po to mamy wiarę, Brian. Pomogłoby ci, gdybyś więcej czasu spędzał w kościele.

Nie to chciał usłyszeć.

Nieco później siedział przy sałatce w stołówce urzędu, roztrząsając nowy dylemat. Stał się żarłoczny, szczególnie łakomy na słodkie i tłuste potrawy, ale starał się z tym walczyć, jako że brzuch wystawał mu już zza paska spodni.

– Nie mogę uwierzyć, że tak tyję – rozmyślał ogarnięty smutkiem. Shannon McDowall starała się go pocieszyć, mówiąc, że to kwestia wieku.

Kibby gapił się zawistnie na doskonałą figurę Danny'ego Skinnera, który dosłownie pochłaniał jedzenie. Jego stary rywal ostatnio odnosił się do niego dużo lepiej, przynajmniej w jego obecności.

– To nie fair, ty nie tyjesz, a jesz jak koń i pijesz jak smok.

– Dobry metabolizm – Skinner uśmiechnął się pogodnie, spoglądając w kierunku bufetu. – Chyba wezmę sobie jeszcze jedną porcję tego kleistego ciasta z toffi. Nie mogę się mu oprzeć!

18. U Ricka

Ann nie zrozumie… ale Muffy, w niej coś jest – pomyślał Kibby, ciężko dysząc, przeciągając ikonę do spichlerza. Kury potrzebowały więcej ziarna. Pomimo obolałych i łzawiących oczu tkwił przed ekranem swego laptopa, zagłębiając się w *Harvest Moon*, dzięki czemu niemal zapominał o bólu. Był tak ostry, że bał się, iż ktoś mu przerwie. Aż się cały skręcał na samą myśl, również z powodów praktycznych, ponieważ chciał zostać sam z Muffy…

Jednak muszę uważać, bo mama gości na dole tych Amerykanów, a ja jestem tuż obok na poddaszu…

Teraz, kiedy zebrał już spore stadko zwierząt i miał trochę odłożonego grosza w banku, mógł poświęcić się zagadnieniu małżeństwa. Wiele czasu spędził, gawędząc z Muffy, a na stronach poświęconych grze miała też wielu zagorzałych wielbicieli.

12-05-2004, 19:15
HM#1 Kochaś
Debeściak

Muffy jest debest. Jest tak milutka i wspaniała. Kiedy grałem po raz pierwszy, poślubiłem Ann, bo dała mi serce na tacy, ale teraz zacząłem z Muffy… stary, co za towar!

Ale pojawiły się również głosy krytyczne. Ludzi, którzy dostrzegali jej drugą naturę.

12-05-2004, 19:52
Mistrz Ninjitsu
Zarejestrowany Użytkownik

Nie lubię Muffy, bo z niej flirciara. No bo mówi, że ktoś jest sexy. To przegięcie.

Ten chłopak nie rozumie, że będzie wspaniała… taka dobra… ale to głupie… to tylko gra. Ale z niej laleczka, piękna japońska dziewczynka… wspaniale będzie całować się z nią, wypierdolić ją, pokazać jej, jak pierdolą biali Anglosasi… wyjebać jej ciasną japońską szparkę, jej słodką, włochatą dziurkę… bo kiedy raz posmakuje bia-

łego korzenia, to nigdy nie będzie chciała niczego innego... nie... nie... przestań... Boże, przepraszam...

Kibby zaczął się trząść jak osika i nagle aż podskoczył na krześle, gdyż rozległ się donośny odgłos dzwonka do drzwi. Ale w owym lęku tkwiło również urocze oczekiwanie.

Kto to może być? Z pewnością nie Lu...

Joyce otworzyła drzwi. Stał w nich Gruby Gerald, który dzwonił do Kibby'ego w zeszłym tygodniu, pozując na przyjaciela, który chce się dowiedzieć o stan zdrowia Briana. Joyce pomyślała, że to miło ze strony Górołazów, którzy tak troszczą się o jej syna. Zaprosiła go do gościnnego i przedstawiła wygarnirutowanym, krótko obciętym Teksańczykom z białymi zębiskami, którzy jak jeden mąż wlepili wzrok w nowo przybyłego. Następnie zaprowadziła go na górę, entuzjastycznie oznajmiając:

– Jest tu ktoś do ciebie z klubu turystycznego.

Kibby naprawdę miał nadzieję, a następnie, biorąc pod uwagę swój stan, zaczął się obawiać, że to będzie Lucy. Jak nie ona, to może chociaż Ian, ale kiedy w drzwiach za Joyce stanął Gruby Gerald, Brian Kibby musiał walczyć z sobą, by nie dać poznać po sobie, jak jest zawiedziony.

Tak czy inaczej górołaz z nadwagą opadł na wiklinowe krzesło na wprost, zanim zdążył zareagować.

– Cześć, Bri – powiedział Gerald z chłodną obojętnością.

Kibby dostrzegł skoncentrowane okrucieństwo w tych cielęcych ślepiach i już wiedział, że przyszedł tu zwabiony zapachem krwi.

– Cześć, Ged... – wymamrotał.

Joyce wyszła do kuchni i kiedy wróciła, przyniosła im dwie szklanki soku pomarańczowego – obecnie będącym stałym elementem domostwa Kibbych, ponieważ Starsi Allen i Clinton go lubili. Dodatkowo w pokoju pojawił się kopiasty półmisek czekoladowych ciasteczek McVitie i Jaffy. Dreptała po pokoju, jakby stąpała po polu minowym. Położyła tacę na łóżku Kibby'ego. Gerald nie spuszczał jej z oczu, dokonując w myślach remanentu zawartości tacy.

– Mam nadzieję, że wydobrzejesz, Bri – odezwał się Gerald, chwytając ciasto od Jaffy. – Przegapiłeś wiele, a było bardzo fajnie – rzekł chełpliwie, nawet nie kryjąc satysfakcji, i snuł dalej opowieść o tym, jak to było na dyskotece w Glenshee. Gerald, niemal

radośnie – jak pomyślał Kibby – opowiadał mu, jak to Angus Heatherhill obściskiwał się z Lucy w autobusie w jedną i drugą stronę.
– Ja ci mówię, że z tego coś będzie – powtarzał z mściwą satysfakcją, druzgocząc już i tak nadwątloną psyche Kibby'ego.

Ged... jest... okropnie... gruby...

Był jednak zbyt chory, by właściwe na to zareagować. Zdawało się, że ma już tak olbrzymie pokłady zmartwień, że z łatwością mogłyby wypełnić identyczny półmisek, jak ten, który jego kumpel górołaz metodycznie opróżniał z ciasteczek. Rozważając ponurą nieuchronność wszech rzeczy, siedział tylko na wprost Geralda z bladą, naznaczoną chorobą twarzą.

Gruby... gruby... gruby...

– Jedziesz na obóz do Nethy Bridge? – zapytał Gerald.

– Może i tak, jak się lepiej poczuję – odparł gniewnie Kibby.

Jesteś gruby i pewnego dnia zabiję cię... zrzucę twoje obłe cielsko z klifu i będę patrzył, jak lecisz na dół i roztrzaskujesz się na poszarpanych skałach... och, Boże, nie, co mi przychodzi do głowy, wybacz, Boże, wybacz mi. Nie czuję się najlepiej...

Gruby Gerald popatrzył na schorowaną postać, wpychając sobie kolejny kawałek ciasta do ust. Cukier uskrzydlił go i wyzwolił z depresji wywołanej długotrwałą dietą, radował się swym upadkiem w złośliwej pogardzie. Nadszedł czas zapłaty za lata nieznacznych, lecz wyraźnych antagonizmów między nim a Kibbym, które tliły się w nim od dawna. Gruby Gerald uważał, że Kibby wcale nie był ani taki fajny, ani mądry, nie, Bri był frajerem, który wreszcie dostaje za swoje.

W końcu Gerald wyszedł. Kibby usłyszał, że wraz z Amerykanami. I kiedy postanowił już wrócić do *Harvest Moon*, Joyce weszła do pokoju i podała mu ulotkę.

– To od Starszych Allena i Clintona... mówili, że im to bardzo pomogło.

Kibby spojrzał ze wściekłością, kiedy tak stała z ulotką w drżącej dłoni. Ulotka nosiła tytuł „Przezwyciężanie onanizmu" i była wydana przez Komitet Spraw Życiowych Nowego Kościoła Apostołów Chrystusa.

– Rozmawialiście o mnie... o mnie, jak się onanizuję... z obcymi... z obcymi Amerykanami?

– Nie! Oczywiście, że nie! Nie powiedziałam, że chodzi o ciebie! Powiedziałam tylko, że mój młody bratanek często się dotyka, gdzie nie trzeba. Przeczytaj to, synu – matka była nieugięta, a oczy jej płonęły. – Jest tu mnóstwo dobrych porad praktycznych.

Kibby upuścił ulotkę na biurko. Zaczekał, aż matka opuści pokój, po czym podniósł ją i zaczął czytać.

Wiemy, że nasze ciało jest świątynią Boga i musi być czyste, by Duch Święty mógł w nim zamieszkać. Onanizm to grzeszny nawyk. Chociaż, jeżeli nie jest praktykowany w sposób ekstremalny, nie jest szkodliwy pod względem fizycznym, to odziera człowieka z ducha i wywołuje stres emocjonalny. Jest samolubnym i szkodliwym nawykiem i w żaden sposób nie przyczynia się do właściwego wykorzystania mocy prokreacyjnej danej człowiekowi, by wypełnić jego misję na ziemi. Odgradza człowieka od Boga i niweczy Boży plan.

Pamiętaj, że możesz wyleczyć się z tego nałogu. Wielu to uczyniło, kobiet i mężczyzn, i ty także możesz tego dokonać, jeśli się postarasz. Szczera chęć to podstawa. Od tego zaczniesz. Musisz postanowić, że skończysz z tymi praktykami, a kiedy podejmiesz taką decyzję, od razu poczujesz wielką ulgę.

Ale musi to być coś więcej niż nadzieja czy życzenie, więcej niż przeświadczenie, że jest to decyzja podjęta z korzyścią dla Ciebie. To musi być prawdziwa i świadoma DECYZJA. Jeśli prawdziwie tego pragniesz, zostaniesz wyleczony i zyskasz siłę, by wyzbyć się wszelkich ku temu skłonności i pokus, które na Ciebie czatują. Po podjęciu decyzji przyjmij opisany sposób postępowania.

Podręcznik samokontroli:

1. Nie dotykaj nigdy intymnych obszarów swego ciała poza czynnościami higienicznymi.

2. Unikaj przebywania w samotności, jeżeli to możliwe. Znajdź dobre towarzystwo i trzymaj się go.

3. Jeśli znasz osobę, która ma ten sam problem, MUSISZ ZERWAĆ TĘ ZNAJOMOŚĆ. Nie oczekuj, że zerwiecie z tym razem, nigdy tak się nie stanie. Musisz zwalczyć ten problem tam, gdzie ma swój początek – w umyśle, i jest to niemożliwe przy osobie mającej tę samą słabość.

4. Podczas kąpieli nie podziwiaj swego odbicia w lustrze i nie leż w wannie dłużej niż pięć, sześć minut – tyle wystarczy, żeby się wykąpać. Potem wysusz się, ubierz, WYJDŹ Z ŁAZIENKI i pójdź do pokoju, w którym będzie jakiś członek twojej rodziny.

5. W łóżku ubierz się tak szczelnie, by przypadkowo nie dotykać swoich części intymnych.

6. Jeśli w nocy opadnie Cię przemożna pokusa, WYJDŹ Z ŁÓŻKA, IDŹ DO KUCHNI I COŚ ZJEDZ, nawet jeśli jest środek nocy i nie jesteś głodny. Nie martw się, że utyjesz, bo celem tego działania jest ZAJĘCIE TWEGO UMYSŁU CZYMŚ INNYM.

7. Nie czytaj materiałów o charakterze pornograficznym ani erotycznym.

8. Przez cały czas kontroluj swe myśli. Czytaj dobre książki, książki o tematyce religijnej, kazania Braci. Staraj się codziennie przeczytać jeden rozdział Pisma.

9. Módl się, ale nie o rozwiązanie twego problemu, bo w ten sposób będziesz o nim pamiętał cały czas. Módl się o przypływ wiary i zrozumienie, ale NIGDY NIE WSPOMINAJ O SWOIM PROBLEMIE W ROZMOWIE Z INNYMI, BO W TEN SPOSÓB CAŁY CZAS BĘDZIESZ O TYM ROZMYŚLAŁ.

10. Ćwicz intensywnie.

11. Jeśli pokusa jest bardzo silna, PRZERWIJ to, co robisz, i recytuj wybrane urywki z Pisma lub śpiewaj hymn, by odnaleźć inspirację.

12. Na niewielkiej kartce sporządź miesięczny kalendarz. Noś go zawsze ze sobą, ale nie pokazuj nikomu. Jeśli nie zapanowałeś nad sobą, zaznacz dany dzień na czarno. Stanie się on silnym środkiem dyscyplinującym, do którego możesz sięgnąć, jeśli istnieje zagrożenie dodania kolejnego czarnego dnia.

13. Spróbuj terapii awersji, skup się na myślach o rzeczach budzących odrazę, co pomoże ci wykluczyć te budzące pożądanie. Myśl na przykład o zanurzeniu w wannie pełnej robaków i może nawet o ich jedzeniu.

14. Dobrze jest czasami mieć pod ręką jakiś przedmiot, na przykład Biblię trzymaną mocno w łóżku w nocy.

15. W ciężkich przypadkach można również przywiązać rękę do framugi łóżka, by wykluczyć nawyk masturbacyjny w półśnie.

16. Myśl pozytywnie. Szatan nigdy się nie poddaje i ty też nie powinieneś. Możesz wygrać tę walkę!

Dwie młode dziewczyny z ciałami brązowymi od opalenizny w solarium, które uwidaczniały kuse, obcisłe letnie sukienki, wysiadały z taksówki przy zapalających się właśnie nikłym światłem latarniach na Lothian Road. Skinner, wyłaniający się ze swojej taksówki, po zapłaceniu kierowcy przed pubem Shakespeare, dostrzegł przez mgnienie oka białe majteczki jednej z nich, kiedy wysiadała z auta. Ich spojrzenia spotkały się i na jego łobuzerską minę odpowiedziała nieśmiałym uśmiechem.

Jebane Cipowo Górne. Powinienem ruszyć za tymi laseczkami... nieee... jadę do Zdzirowa Dolnego, a potem może na Rose Street. Skończę na George Street. Tam aż się od tego roi, od tego tałatajstwa.

Ale dziś wieczorem miał ważne spotkanie.

Bar „U Ricka" był knajpą w suterenie, która stała się słynna w całym kraju po artykule w *Condé Nast.*, w którym mianowano ją jednym z najmodniejszych i najbardziej wyluzowanych miejsc na całych Wyspach Brytyjskich. Lokal nigdy się nie podniósł po tym ciosie, ale wciąż cieszył się popularnością u miejscowych piłkarzy i dziewczyn, które szły ich śladem, podobnie jak i kilku szkockich typów medialnych, którzy szukali wszędzie sensacji.

Tego wieczoru Alan De Fretais zarezerwował cały lokal na popijawę, którą miano uczcić jego urodziny. Danny Skinner, zachwycony zaproszeniem, był jedynym przedstawicielem miasta, ponieważ Bob Foy wyleciał do Algrave na tydzień golfa.

Przez jakiś czas rozmyślał na temat De Fretaisa, oczekując jego powrotu z Hiszpanii.

Łączy nas jedna bardzo istotna rzecz: obydwaj instynktownie nie lubimy Kibby'ego. Czy to jednak świadczy o tym, że kuchmistrz jest moim starym?

Skinner poczuł, jak krew tężeje mu w żyłach, a serce chce wyskoczyć z piersi, kiedy De Fretais spojrzał na niego przy wejściu do lokalu i natychmiast zaprosił go gestem do środka. To na pewno ten stary chuj – pomyślał z dziwnie radosną odrazą, kierując się do baru, gdzie rozbili obóz solenizant i jego przydupasy.

– Pan Daniel Skinner, Urząd Miasta Edynburga – dramatycznie oznajmił kuchmistrz pełnej zachwytu grupie akolitów. Skinner lekko skinął głową i aż zamrugał oczami, rozpoznając niektóre zgromadzone garnitury i suknie.

– Cześć, Alan, dzięki za zaproszenie. Czytałem twoją książkę.

– Podobała się? – zapytał wyczekująco De Fretais.

– Bardzo... bardzo... A wiesz, to zabawne, ostatnio natknąłem się na tego faceta, o którym pisałeś, na starego Sandy'ego. Wciąż pije pod Archaniołem.

– Naprawdę? – odparł lodowato De Fretais, następnie stopniał nieco. – Wyśmienity kucharz i facet z jajami. Ten facet miał niesłychany dryg do gotowania. Mógł dojść do wielkich rzeczy, ale cóż, widziałeś, w jakim jest stanie – De Fretais omiótł pomieszczenie zaniepokojonym spojrzeniem. – Nie przyjdzie tu chyba, co?

– Nie. Nie sądzę.

– Dobrze. Wiele mu zawdzięczam, co zawsze mi ochoczo wypomina. Ale niestety, z alkoholikami jest tak, że trzeba się kiedyś od nich odciąć. Zawsze tak jest.

Skinner poczuł nagły przypływ niepokoju pod badawczym spojrzeniem kuchmistrza. Zastanawiał się, czy De Fretais zna jego pijackie nawyki. „Trzeba się kiedyś od nich odciąć". Zdaje się, że nie miał z tym najmniejszych problemów.

Wyczuwając zakłopotanie Skinnera, wyjaśnił:

– Niestety, to choroba zawodowa branży i kucharze są na nią bardzo podatni.

Skinner pokiwał głową do lampki wina w dłoni.

– Jednak ciebie nie powstrzymało przed piciem.

– Przez chwilę tak – zaprzeczył De Fretais, zmuszając się do skąpego uśmiechu. Był opalony. Skinner zastanawiał się, czy to hiszpańskie słońce, czy solarium. – Kiedyś miałem z tym kłopoty i przez lata byłem abstynentem. Potem zdałem sobie sprawę, że mogę bezpiecznie pić. To nie alkohol stanowi problem – powiedział z uśmiechem, popijając winem. – Jest nim obsesja na własnym punkcie. Alkohol stanowi antidotum na tę przypadłość.

– Ale oczywiście, że każdy na to cierpi – powiedział Skinner w nagłym przypływie paniki. – Znaczy wciąż jesteś… no, nie jesteś typem człowieka, któremu brakuje poczucia własnej wartości!

– Och, ale to nie ma nic wspólnego z szacunkiem do samego siebie. Nie o to chodzi w obsesji na własnym punkcie. – De Fretais potrząsnął głową. – Największy egoista zdaje się nie dostrzegać niczego, co go nie dotyczy, tymczasem najskromniejszy, cichy czy nawet zwykły głupkowaty miluś widzi wszystko – kontynuował, przebiegając wzrokiem po gościach w lokalu. – Możemy współczuć żałosnemu, gardzącemu sobą alkoholikowi bardziej niż napuszonemu facetowi, który uważa, że ma cały świat pod sobą, ale w gruncie rzeczy jest to to samo stworzenie.

Skinner pokiwał głową, po czym odzyskując pewność siebie, skonstatował:

– Muszę przyznać, że w książce najbardziej zainteresowały mnie fragmenty z dupczeniem.

Obserwował, jak De Fretais śmieje się serdecznie, następnie spogląda na niego z większym zainteresowaniem i unosi brew, chcąc, by Skinner rozwinął myśl.

– No wiesz, podobało mi się to, co pisałeś o Tawernie pod Archaniołem. To musiała być niezła knajpa w tamtych czasach. Anthony Bourdain pisał o tym, jak punkowe postawy wpłynęły na rozwój kuchni amerykańskiej, ale po raz pierwszy słyszę o czymś takim w Wielkiej Brytanii. Pamiętasz Bev, Skinner? Wtedy pracowała tam jako kelnerka. To moja matka – dodał.

De Fretais uśmiechnął się i pokiwał głową, ale nie zamierzał zdradzać żadnych szczegółów. Skinner pomyślał, że jeżeli kiedyś było cokolwiek między nim a jego matką, to dawno już wygasło. Nie było żadnych dowodów na jakąkolwiek sympatię czy też czułość między nimi.

– To imię pamiętam. Zwykle trzymała się z miejscowym zespołem The Old Boys. O ile pamiętam, byli nieźli, ale nigdy nie zyskali sławy, na którą zasługiwali.

– Taak... Wes Pilton, wokalista, miał niezły głos – skłamał Skinner. The Old Boys byli zespołem, którym prześladowała go od czasu do czasu jego własna matka.

– I co u twojej matki?

– Och, ma się dobrze. Wciąż słucha tego punka, jakby później nikt już niczego innego nie nagrał.

– Mnie po jakimś czasie znudził. To coś takiego, jak przechodzisz półroczną praktykę, ale jak nie masz jej dość, to stajesz się nudziarzem – powiedział, następnie spojrzał na Skinnera z wahaniem, jakby zdał sobie sprawę, że Bev Skinner może wciąż być wierną fanką punk rocka. – Ale przekaż mamie pozdrowienia. To były dobre czasy.

– Ona nie, eee, no wiesz... z tobą? – Skinner uśmiechnął się, starając się wypaść całkowicie niewinnie, mimo że węgle lęku z wolna tliły mu się w piersi.

– Co pan sugerujesz, panie Skinner? – zapytał De Fretais, wywracając zabawnie oczami.

– No, masz reputację... wiem z książki, i zastanawiałem się... – Skinner posłał mu chytry uśmieszek.

– Z ręką na sercu, nie – odparł De Fretais i wydawał się szczery, dodając: – Prawdopodobnie nie miałbym szans. Nawet pod tym koszmarnym makijażem i obskurnym strojem, jak pamiętam, twoja matka była niezłym towarem. Ale wodziła oczami za tym drugim. Jak pamiętam, z jakiegoś nieznanego powodu wszystko odbywało się w wielkiej tajemnicy, ale myślę, że chodziło o drugiego kucharza, nie wiem którego. Prawdopodobnie był to ten mój jankeski kumpel, Greg Tomlin. Przepłacany, przeruchany i przejazdem. – De Fretais zaśmiał się i obserwując Skinnera, ciągnął dalej: – Ale twoja matka była dziewczyną jednego faceta, oczarował ją. Tak, to z całą pewnością dziewczyna jednego faceta, ale ty masz zdaje się nieco bardziej awanturniczą naturę.

– Zawsze próbuję raz, a jak jest dobre, to więcej niż raz. – skwitował Skinner.

– Zuch chłopak – powiedział De Fretais, rozglądając się i zniżając głos. – Niektórzy z nas idą później do takiego małego prywatnego klubu. Impreza *in extrimis*, żadnych hamulców. Jesteś zainteresowany?

– Jasne, że tak, tylko powiedz słówko, kiedy mamy iść – odparł ochoczo Skinner.

Chuj wie, co z tego będzie, ale za to jakby co, to Kibby zgarnie całe gówno.

Miejska szarańcza wlatywała całymi chmarami do lokalu i wyżerała wszystko, co znalazło się w zasięgu jej wzroku. Jasne było, że niewielu zostanie, kiedy trzeba będzie już kupować sobie drinki. Mimo że szampan nie był najprzedniejszy, to był za darmo i zasmakował Skinnerowi.

W drzwiach pojawiła się kobieta w średnim wieku w sztucznym futrze. Wyrzuciła ramiona w kierunku sufitu.

– Alan! Kochanie, ta twoja książka jest boska. Wypróbowałam na starym Konradzie przepis ze szparagami i był lepszy niż viagra! Chciałam podziękować ci z głębi serca, ale myślę, że podziękowania zostawimy na nieco późniejszą porę.

– Zawszę służę pomocą, Eilidh – uśmiechnął się De Fretais, całując kobietę w oba policzki.

Skinnera męczyły wymiany uprzejmości tego typu. Towarzystwo De Fretaisa od razu się zorientowało i trzymało go wyłącznie na wyciągnięcie ręki. Jednak nerwy im puściły, podobnie jak jemu, gdy okazało się, że skończyły się darmowe drinki. Wkrótce De Fretais odszukał go spojrzeniem, kiedy towarzystwo zbierało się do wyjścia. Wspięli się po schodach na ulicę, gdzie czekały dwie taksówki. Skinner poszedł za De Fretaisem, dwoma innymi mężczyznami i kobietą do jednej z nich. Jeden z mężczyzn wyglądał na Araba, był niski, odziany w wyglądającą na drogą marynarkę z weluru. Kobieta, która według Skinnera mogła mieć trzydzieści pięć lat, była bardzo elegancko ubrana w – jak sądził – garsonkę od Prady.

Ten makijaż jest nieco przyciężki, ale wygląda wcale-wcale jak na swoje lata.

Coś mi tu jednak śmierdzi: czterech facetów i jedna babka. Chyba nie będziemy grać w marynarza do tej pudernicy!

Drugi mężczyzna wpatrywał się intensywnie w Skinnera. Miał ciemne włosy i wymizerowaną twarz z dziwacznie wybałuszonymi oczami. Napięte, kąśliwe, wykrzywione usta stawiały kropkę nad „i" nad aurą skandalu, jaka go otaczała. Wraz z De Fretaisem rozmawiali o jakichś kulinariach, a samochód toczył się po brukowanych ulicach Nowego Miasta.

– Jestem skłonny uznać twą wiedzę na tym polu, Alan, można by też się spierać, bo Francuzi…

– Wszystko wzięło się od Greków i Rzymian – zawyrokował De Fretais. – Trzymaj się trzech głównych tradycji kulinarnych: chińskiej, rzymskiej i greckiej. Grecy i Rzymianie zapoczątkowali kulturę kulinarną Zachodu, rytuał i święta oraz gry. Musiano zbadać każdy aspekt zmysłowej przyjemności – powiedział, zwracając się do Skinnera, który poczuł się teraz nieswojo.

De Fretais zadzwonił i ostro rzucił swe nazwisko do domofonu, po czym weszli do sutereny budynku. Powitał ich wysoki, opalony mężczyzna. Miał ostro spoglądające brązowe oczy i krótkie kędzierzawe włosy siwiejące na skroniach.

– Alan, Roger… przyprowadziliście znajomych… – zamruczał, obrzucając Skinnera spojrzeniem od stóp do głów.

– Graeme… dobrze cię widzieć – De Fretais rozpromienił się. – Poznałeś już Anwara.

Arab wyciągnął dłoń do mężczyzny o imieniu Graeme i uścisnął jego rękę na powitanie.

– To jest Clarissa, a to jest Danny.

Graeme uścisnął dłoń kobiety i ucałował ją w oba policzki, po czym zamknął rękę Skinnera w mocnym uścisku. W jego spojrzeniu było coś szorstkiego i drapieżnego, a Skinner poczuł dobrze moc jego uścisku. Pomimo średniego wieku wyglądało, że jest w doskonałej kondycji. Skinner poczuł się nieswojo i na wszelki wypadek zaczął myśleć o Kibbym.

De Fretais i Graeme zaprowadzili ich do dużego pomieszczenia. Miało pomalowane ściany na biało, wysoki sufit i było oszczędnie umeblowane. Widać było imponujące karnisze, marmurowy kominek i zdobiony mosiężno-kryształowy kandelabr. Stał tu długi dębowy stół udekorowany przeróżnymi półmiskami z jedzeniem: wędzonym łososiem, siekanym kurczakiem, ryżem, rozmaitymi sałatkami, pastami i innymi frykasami. Zaintrygowany Skinner dostrzegł ostrygi na srebrnych półmiskach ułożone w kruszonym lodzie, których jeszcze w życiu nie próbował. Jeszcze bardziej interesująco przedstawiał się widok olbrzymich ilości szampana, z którego kilka butelek już buzowało bąbelkami w długich kieliszkach. W pomieszczeniu znajdował się jeszcze tylko olbrzymi materac przykryty czerwonym suknem, udekorowany kilkoma poduszkami, przy którym stał barek na kółkach.

– Niestety, sami musimy się obsłużyć – zadudnił Graeme i nikt nie dał się dłużej prosić. Skinner po raz pierwszy w życiu wziął do ręki ostrygę i poinstruowany przez De Fretaisa pozwolił jej zsunąć się do ust.

– No... chyba mi smakuje – powiedział z wahaniem.

– Coś ci przypomina? – zamruczał De Fretais.

Skinner uśmiechnął się blado, po czym przypomniał mu się inny kuchmistrz, o którym wspomniał De Fretais w kontekście jego matki.

– Ten młody Amerykanin, który zamieścił u ciebie swój przepis, chyba jakiś deser czekoladowy, co tam u niego?

– Greg. Tak, jest drugim szefem i współwłaścicielem ekskluzywnej restauracji w San Francisco. Niestety, jest kolejnym z nas, który zaprzedał swą duszę wydawcom i telewizji.

Skinner, ośmielony wypitym szampanem, chciał jeszcze zapytać o Grega Tomlina, ale pojawił się Graeme z półmiskiem, który rzucił przed nim.

– *L'escargots*?

– Co do ślimaków, to nie jestem pewien – Skinner skrzywił się pełen wątpliwości.

– Może najwyższy czas spróbować – odparł chłodno Graeme.

Skinner wzruszył ramionami i wybrał jednego, zanurzając go w sosie czosnkowym przed zjedzeniem. Wygląda jak grzybek i powinien tak samo smakować – pomyślał. Przyjechała druga taksówka, a w niej dwóch facetów i trzy młode kobiety, których nie było na urodzinach i w których Skinner rozpoznał profesjonalistki.

– Co pan powie na temat naszej kwestii narodowej, panie Skinner – zapytał Roger, w którego głosie Skinner wyczuł ślady Szkota.

– Wydaje mi się, że my, Szkoci, radzimy sobie dobrze bez unii – powiedział, rozmyślając nad tym, że znajduje się na bezpiecznym gruncie w jakiejś pracowni w Nowym Mieście, jednak z pewnością w bastionie unionistów. – Wszystkim się żalimy o tym, jak to jesteśmy ostatnią kolonią Brytyjskiego Imperium, ale sami braliśmy w tym wszystkim udział i pomogliśmy stworzyć niewolnictwo, rasizm i Ku Klux Klan.

– Sądzę, że to jest nieco bardziej skomplikowane – powiedziała szyderczo Clarissa, odwracając się od niego.

Graeme, wciąż stojąc w pobliżu, posłał mu oszczędny uśmiech.

– Tak, nie są to zbyt popularne poglądy w tym towarzystwie.

Skinner nagle poczuł chęć zwrócenia się do jednej z dziewcząt, żeby poznać ich zdanie na ten temat, i starał się napotkać wzrok jednej w obcisłej niebieskiej bluzce, której nagie ramiona właśnie głaskał jeden z mężczyzn, ale Roger przysunął się do niego bliżej.

– Ile ma pan lat, panie Skinner?

– Dwadzieścia pięć – odparł Skinner – oczekując protekcjonalnej uwagi i postanawiając dodać sobie kilka lat, by jakoś osłabić natarcie.

– Hmmm – zamruczał Roger z powątpiewaniem.

Clarissa odwróciła się z powrotem do nich i zwróciła się do Rogera:

– Czytałeś tekst Gregora w ostatnim wydaniu *Modern Edina Bulletin*? Sądzę, że całkowicie obala niektóre z generalizacji prostaczków – i spojrzała na Skinnera, nieznacznie mrugając oczami. – Tak łatwo się nimi feruje.

– Cóż, mnie też tak mówiono – Skinner uśmiechnął się pogodnie, podchodząc tanecznym krokiem do stołu, gdzie napełnił swój kieliszek szampanem. Kto sieje wiatr, zbiera burzę – pomyślał z satysfakcją.

De Fretais nakłonił wszystkich, by spoczęli na poduszkach, a Graeme, ostrożnie odmierzając lekko niebieskawy płyn, wlał go do szampana Skinnera.

– Ponieważ jesteś tu po raz pierwszy, proponuję ci coś na rozluźnienie – uśmiechnął się, ale Skinner wciąż wyczuwał lodowiec za tym uśmiechem.

Wahał się tylko przez chwilę, po czym wypił szampana, który nie zmienił koloru, zapachu ani smaku po dodaniu płynu, a bąbelki wciąż pojawiały się na powierzchni.

Dzięki, kurwa, za Kibby'ego.

I rzeczywiście to go rozluźniło. Poczuł, jak mięśnie robią się ciężkie i Skinner z ochotą przystał na to, by Graeme z Rogerem pomogli ściągnąć mu marynarkę. Lekkie mdłości przerodziły się w przelotny napad głodu, po czym zanim stracił wszelką łączność z rzeczywistością i świadomością, poczuł, że pada, wali się na poduszki leżące na podłodze, jedynie częściowo zdając sobie sprawę, że został popchnięty przez Rogera.

Doznanie w piersi jest bardzo nieprzyjemne, jakby mi oddech zamarzł. Pamiętam, jak ktoś mi kiedyś powiedział, że jego dziadek miał ołowicę. Ja też czuję się, jakbym miał płuca z metalu. Powinienem być przerażony, panikować, ale jest w tym wszystkim coś niezwykle uspokajającego, mózg informuje mnie, że wszelki strach będzie bez sensu, co ma być to będzie... Sądzę, że dobrze byłoby w ten sposób umrzeć, odejść w niebyt...

Nie opierał się, chociaż kilkakrotnie miał wrażenie, że powinien, kiedy rozpięto mu pasek, spodnie i majtki ściągnięto do kostek, a następnie całkiem zerwano. Poczuł, jak ktoś rozchyla mu nogi jak połcie mięsa u rzeźnika. Gruby, włochaty dywan wciskał mu się w twarz, przez co oddychało mu się jeszcze trudniej.

Zamazany obraz na poziomie podłogi ujawnił szczeliny światła spod drzwi. Następnie poczuł na sobie spory ciężar, potem jakiś ruch, a następnie dźgnięcie w odbyt. Ktoś był na nim, co więcej – w nim. Zastanawiał się, czy to Graeme, ale równie dobrze mógł to być Roger. Słyszał, jak mężczyzna zgrzyta zębami prosto w ucho; jakby faceta bolało to, że w niego wszedł, z tego co Skinner wiedział, tak było. Następnie poczuł, jak wchodzi w niego naprawdę, nawet pomimo narkotyku, z niezwykłą siłą, która zdawała się rozdzierać go na pół. Usłyszał słowa, które w założeniu powinny być obrzydliwe.

– Ty jebany w dupę Brytolu z północy. Pierdolę cię w twoją śmierdzącą angielską żyć, ty głupkowaty mały tłumoku, ty męska dziwko... – Ale pod wpływem narkotyku brzmiały łagodnie, jak matczyna kołysanka.

Kiedy skończył, kolejny facet zajął jego miejsce. Ledwo dostrzegał, jak Anwar robi to samo komuś innemu, czy to był Roger, czy Graeme, czy ktoś jeszcze inny? De Fretais uniósł spódnicę Clarissy i głowa chodziła mu w górę i w dół pomiędzy jej nogami, a ona wpatrywała się intensywnie, lecz z pogardą w Skinnera. Dwie dziewczyny, które uznał za prostytutki, pieściły się wzajemnie, zachęcane męskimi głosami, które pojawiały się i znikały z jego świadomości jak stacje radiowe podczas długiej podróży samochodem.

Następnie zasnął, a kiedy się obudził, w pomieszczeniu nie było nikogo. Wciągnął majtki i spodnie, wsunął buty i popełzł w kierunku drzwi. Każdy krok był męczarnią, ponieważ rozrywający ból przeszywał go od krocza aż po wnętrzności. Skinner krzyknął ze wściekłością i załkał z bólu, po czym powlókł się do domu, a kiedy tam dotarł, sprawdził palcem odbyt i zobaczył krew na palcach.

Poczuł się głupio, zgwałcony i wykorzystany, aż pomyślał o swoim dziwnym śnie. Czy będzie się w stanie wyleczyć? Leżał w łóżku, trząsł się ze zgrozą, skręcał w paroksyzmach bólu, aż w końcu sen nadszedł i zabrał go ze sobą.

Po przebudzeniu poczuł się odświeżony. Dotknął odbytu palcem. Nie było ani śladu krwi, wilgoci czy brudu. Było tak, jakby to się w ogóle nie stało.

Było tak, jakby to stało się komuś innemu.

Z jej własnym zdrowiem nigdy nie było przesadnie dobrze. Była nerwową kobietą ze skłonnościami do zakażeń wirusowych, z niemal przejrzystą skórą, która często przybierała zielonkawy odcień. Była uczulona na pewne zapachy, a już szczególnie duszności dopadały ją w publicznych toaletach. I rzeczywiście jej fatalizm polegał na tym, że Joyce Kibby, jakby na znak solidarności najpierw z mężem, a później z synem, rozwijała w sobie te choroby. Nieważne, jak często myła włosy, wyglądało, że zmieniają się tylko z łamliwych w tłuste, z suchych w wątłe.

Wiedziała, że Keith, zanim ją poznał, był pijakiem. Dzięki Anonimowym Alkoholikom odnalazł Kościół, a dzięki Kościołowi ją. Kiedy jego choroba weszła w poważne stadium, Joyce doszła do przekonania, że to jego dawne picie uszkodziło mu organy wewnętrzne, ale przy tym co się teraz działo z Brianem, inaczej patrzyła na zgon męża.

Joyce kochała swoje dzieci na zabój, ale była świadoma, że one nie będą tak cierpliwie znosić jej utyskiwań. Wiedziała, iż jest winna przelewania własnych lęków na nie, i usilnie walczyła, żeby tego nie robić. Joyce szczególnie w Caroline widziała siłę swego zmarłego męża i nie chciała jej osłabiać, by dziewczyna nie zgorzkniała przez jej własną słabość. A jednak Caroline od czasu do czasu wracała zmęczona, zapuchnięta i podjeżdżająca alkoholem i kiedy Joyce to spostrzegła, nie była w stanie tego zrozumieć. Zanotowała sobie w myślach, żeby zająć się tą sprawą, ale tak jak wiele jej podobnych spraw odkładanych na później, ta również zaginęła w mgle rozpaczy.

Strach określał jej całe życie. Wychowywała się na wyspie Lewis w duchu Wolnego Kościoła Szkockiego, gdzie nauczono ją, jak być bogobojną w dosłownym znaczeniu tego słowa. Jej Stwórca miał szczególnie mściwą naturę i jeśli dopadał ją zły los, to przez cały czas zastanawiała się, co takiego zrobiła, że wzbudziło to jego niezadowolenie. Ponieważ nikogo nie można było winić za stan Briana, Joyce wzięła brzemię winy na siebie. Martwiła się, że go zepsuła, że w jakiś sposób jej rozpieszczanie uszkodziło jego system immunologiczny. Poza samooskarżaniem jedyna jej strategia polegała na słuchaniu rad specjalistów i modlitwie.

Lekarze, mimo że nie byli w stanie dociec ani choroby, ani lekarstwa na dolegliwości Briana, obserwując jego stan, doszli jednak do wspólnego wniosku. Ogólnie rzecz biorąc, wydawało się, że Brian gnije od środka. Mózg, gardło, płuca, serce, nerki, trzustka, pęcherz i wnętrzności rozpadały się, jakby poddawane nieustannym, wściekłym atakom, ale atakom czego, pozostawało tajemnicą.

Jej stosunki ze Starszymi Allenem i Clintonem (dziwnie się czuła, zwracając się w ten sposób do młodych ludzi) nieco się ochłodziły i już nie odwiedzali jej tak często, pomimo wyśmienitych posiłków, jakie dla nich przygotowywała, które zresztą bardzo im smakowały. Wprawiła ich w zakłopotanie, kiedy próbowała wcisnąć im ulotki Wolnego Kościoła Szkocji, w których pisano, że Księga Współczesnego Testamentu była diabelską herezją propagowaną przez fałszywych proroków. Jej zapał bardzo skonfundował młodych misjonarzy, którzy przecież przybyli tu, by nawracać, a nie żeby ktoś ich nawracał.

Na piętrze w swojej sypialni Brian Kibby starał się za wszelką cenę postępować zgodnie z zaleceniami zawartymi w ulotce antymasturbacyjnej. Ale kiedy starał się nie myśleć o Lucy i zaczął grać w *Harvest Moon*, spotkał Muffy w wiosce i aż zaschło mu w gardle.

To tylko postać z gry... tylko grafika komputerowa... tylko gra...

Joyce nie mogła zasnąć, zeszła więc do kuchni, by przygotować sobie jakąś przekąskę. Rozmyślając o sprawach ducha, przygotowywała sobie szkocki bulion. W tym czasie na piętrze Brian miał atak. Siedząc bez snu przy komputerze, oparł się czarowi Muffy i był w połowie gry, naprawiając ogrodzenie zwalone przez deszcz i ścinając pszenicę, kiedy dopadło go dziwne, drażniące uczucie. Nagle coś go w środku zakłuło i skręciło, aż spadł z krzesła i walnął o podłogę, krzycząc bezsilnie pod wpływem rozdzierającego, palącego bólu.

19. Książęta Hazardu

Wstał jasny, ciepły poranek pomimo świeżego i rześkiego wiatru wiejącego od Morza Północnego. Skinner podskakiwał, idąc po Leith Walk, kiwając wesoło każdemu, kto spojrzał mu w oczy, nieważne, znajomy czy obcy. Jego euforia osiągnęła szczyt, kiedy wszedł do biura i zobaczył Kibby'ego stojącego przy ścianie z niepewną miną.

Jego szanowna-niewymowna jest całkowicie przeje-banana!

– Brian – Skinner uśmiechnął się – musimy przejrzeć te twoje raporty pokontrolne – powiedział pogodnie, biorąc dwa twarde plastikowe krzesła stojące koło biurka Kibby'ego. – Klapnij sobie.

Kibby podszedł do niego, ale nie usiadł. Skinner wskazał gestem na krzesło.

– Co jest? Hemoroidy w tak młodym wieku?

– Nie, ja... słuchaj...

– Czy czasami ktoś ci się na poważnie nie dobrał do tyłka?

– Spadaj – zasyczał Kibby do Skinnera i pobiegł do toalety.

Skinner wywrócił oczami i wziął teczkę. W zamyśleniu odwrócił się do Shannon i zapytał:

– Myślisz, że Brian Kibby jest ciotą?

– Nie, jest tylko nieco zbyt nieśmiały. Przestań się na nim wyżywać, Danny – powiedziała. Bardziej niż Skinner zaczynała już odczuwać znużenie ich związkiem, który prowadził donikąd. Ostatnio pragnął tylko seksu i z tego co słyszała, nie tylko od niej.

– Uważam, że bycie prawiczkiem w Edynburgu to najbardziej żałosna rzecz pod słońcem. Ludzie tracą tu dziewictwo szybciej niż gdziekolwiek indziej w świecie zachodnim... poza San Francisco.

Shannon spojrzała na niego z powątpiewaniem.

– Czy ta teza ma oparcie w statystykach?

– Wszystko ma oparcie w statystykach – zauważył Skinner i przesunął paznokciem po szczelinie między zębami, żeby uwolnić resztki uwięzionego tam pożywienia. Widzi, co się z nią dzieje, wie, że pewnie będą się dzisiaj pieprzyć. Shannon też to wie i patrzy na niego, ponownie wpadając w rozpacz nad miałkością tego wszystkiego. Znajomość „przyjaciół, którzy idą do wyra", traci na wartości.

Jak on się na mnie gapi... Shannon aż się wzdrygnęła, po czym posłała mu twarde spojrzenie. *Ostatnio bardzo się zmienił.* Być może to z powodu awansu, ale wydaje się upojony władzą. I musiała przyznać, pomimo ohydy tego stanu, fascynowało ją to. Lecz mimo całej magii jego bliskość stała się dziwacznie wypaczona.

– No co? – zapytał Skinner i wzruszył ramionami, kiedy Shannon wstała i wyszła z biura.

Panny potrafią być takie dziwne.

Zajęty rozszerzaniem swojej władzy nad Kibbym Skinner dostrzegł po jakimś czasie, że jego własne życie stanęło w miejscu. W perwersyjny sposób wiele jego aspektów zależało teraz od jego nemezis. Ta dziwaczna klątwa powstrzymywała go, nie pozwalała mu dostrzec, dokąd zmierzało jego przeznaczenie.

Myślał o życiu w San Francisco, gdzie nigdy nie jest za zimno, gdzie wszystko jest wyważone – między piętnastoma a dwudziestoma pięcioma stopniami. Wciąż tętniły mu w uszach słowa De Fretaisa z *Sekretów sypialni mistrzów kuchni*. Greg Tomlin – Przepłacany, Przeruchany i Przejazdem. I Tomlin mieszkał w San Francisco. Czy amerykański kucharz może być jego ojcem? Skinner pomyślał o sympatii, jaką zawsze żywił dla USA. Kraj wolności, gdzie akcent jest nieważny. Ale wszyscy zdaje się kojarzyli go z filmami, telewizją, fast foodami – wszyscy na tym wyrastali. Na kulturalnym imperializmie. Jednak nic dziwnego, że wszyscy go nienawidzili: był głupi, samolubny i walił bez ogródek, dlatego nie dało się go lubić. Jaki był ten Greg Tomlin? Czy był wysoki, wysmukły, opalony, miał nową, młodą rodzinę, która przyhołubiłaby dawno utraconego syna na swym łonie?

Czy będę nim pogardzał? Czy będziemy żyć jak pies z kotem?

Danny Skinner beztrosko wszedł tanecznym krokiem do toalety i oddał mocz. Podczas mycia rąk wesoło nucił słowa piosenki R. Kelly'ego.

Jest w końcu weekend, mała
Zabawmy się, pójdziemy na całość
Daj mi trochę tego co i owszem
Daj mi to, co najbardziej lubią tygrysy

Wiedział, kto siedzi zamknięty w toaletowej pułapce. Brian Kibby siedział na kiblu w pełnej grozy ciszy z pośladkami rozłożonymi na desce, starał się bowiem zwalczyć okropny ból przenikający go do głębi. Zastanawiał się właśnie nad metodą, dzięki której przestałby dotykać swego penisa, kiedy nadszedł Skinner i w niezamierzony sposób pomógł mu swym śpiewem zdusić wszelkie zmysłowe myśli. Ale jednocześnie spotęgował jego ból, żal i upokorzenie.

Pomóż mi, Boże, daj mi siłę...

Skinner uśmiechnął się w kierunku zamkniętych drzwi. Nagle rozległo się bębnienie deszczu o mleczne szyby i od razu zapragnął znaleźć się w San Francisco.

Boże, jak ja bym chciał być teraz w Szkocji! Kiedy oglądałem, te zdjęcia wszystko wróciło. Edynburg, co za miasto! Przy tamtejszej pogodzie nie przeszkadzałoby mi tkwienie w kuchni czy barze. A nie w tym piecu; wiatr Santa Ana siały spustoszenie, a temperatura wzrosła do czterdziestu stopni. Jeszcze gorzej mają w południowej Kalifornii. Ciekawe, co myślą te prawicowe oszołomy, kiedy patrzą na swe płonące domy. Że oto nadszedł Dzień Sądu i Bóg karze ich za głosowanie na Arniego. Kiedy jest tak wielu chrześcijan i brak lwów, to trzeba sobie radzić ogniem.

Ale nie jest to kuchenna pogoda, nie, zupełnie nie. Wolałbym byczyć się na plaży niż tkwić w robocie. Cały dzień, codziennie. Wystarczyłoby, żebym się tylko odwrócił, a już jakiś kucharz renegat o wybujałej ambicji tylko czeka, żeby postawić wywrzeć swoje piętno na mym risotcie z owoców morza. I muszę teraz tkwić w tym kotle, bo za chwilę przyjdzie hydraulik, by odetkać jeden ze zlewów.

Znów na nie spoglądam, na fotografie, które niedawno znalazłem, czy też raczej Paul je znalazł, przeglądając stare rupiecie ze Szkocji. To mógł być rok 79 albo 80. Jej włosy, w takim idiotycznym kolorze – no ale wtedy to był szok – i jeszcze ten durny uśmiech. On sam kretyńsko wyglądał w fartuchu woźnego. I Alan – można by przysiąc, że gruby młodzian tak się nadyma, że zaraz wybuchnie – nawet wtedy, w tych starych czasach. Teraz powodzi mu się bardzo dobrze, jak zwykle szumowina zbiera się w garnku na powierzchni. Ciekawe, jak poszło w życiu innym.

Inne czasy. Stare zdjęcia przepełniają mnie melancholią. Wkładam je na powrót do koperty, którą kładę na stoliku przy drzwiach wejściowych. Wychodzę na zewnątrz, kilka stopni w dół, na ulicę wychodzącą na Castro. Postanawiam pójść do pracy piechotą.

Idę więc po Castro, dziwnym getcie, w którym osiedlili się wszyscy marynarze po demobilizacji po drugiej wojnie światowej. Kiedy tylko zasmakowali w męskich tyłkach, całkowicie odechciewało im się wracać do domu, by poślubić jakąś dojarkę i żyć w seksualnej frustracji na jakiejś farmie na jakiejś głuszy do końca swoich dni. Nie, to miejsce wysiadania i demobilizacji stało się miejscem załadunku i mobilizacji. Było to pierwsze prawdziwe Chłopcowo.

Kusi mnie stary bar, ale mijam go, przechodząc skrótem przez Fillmore i zmierzając do Haight. Zdaję sobie sprawę, że nawet po tylu latach wciąż jestem zauroczony tym wspaniałym miejscem z tradycjami, zbudowanym na złocie i żyjącym z mikrochipów. Zastanawiam się, dlaczego ominąłem bar szerokim łukiem. Lata temu zawsze wpadałem na szybkiego czy nawet po to, by wysłuchać najnowszych plotek.

Prawdopodobnie dlatego, że dzisiejsze Castro ze swymi hydraulikami-gejami, pralniami, zakładami rzeźniczymi i ciesielskimi – wszystko wydaje mi się zbędne; jest to kolejna obsesja piętnująca wszystko stygmatem seksualizmu. W ten oto sposób my, pedały, zmieniliśmy prosty świat na gorsze. Gdybyśmy tylko mogli zdać sobie sprawę, że przetkanie zlewu nie jest ani gejowskim, ani niegejowskim działaniem, lecz pracą pozbawioną całkowicie konotacji seksualnych. Bardzo aseksualną pracą.

Kiedy docieram do restauracji, widzę młodego hydraulika, który stanowi doskonałą ilustrację tego zjawiska. To przejęcie i afektacja właściwa konwencjonalnej kulturze gejowskiej są tak przemożne, że wygląda jak jeden z androidów z filmu *Ja, Robot*.

– A co dokładnie ścieka w tym zlewie, panie Tomlin – sepleni powalany gnijącym jedzeniem i brudną wodą.

– To kuchnia – mówię mu. I jest to kuchnia. Nie plaża, tylko brudna, cuchnąca, rozpalona do białości kuchnia.

Brian Kibby krąży, chybocząc się, pociągając nosem, bekając i popierdując, z notesem w dłoni po nieskazitelnej kuchni, starając się przejść męczarnie kontroli. Był tak całkowicie pogrążony w swym nieszczęściu, że stał się zupełnie nieświadomy wrażenia, jakie wywierał na innych. Maurice Le Grand, naczelny kuchmistrz w bistrze Rue St Lazare, był wściekły, obserwując to niechlujne, cuchnące stworzenie, które pojawiło się, by dokonać kontroli w *jego* restauracji. To jakiś ponury żart. Jak śmie obrażać go w taki sposób?

Le Grand od razu zadzwonił do Boba Foya, który od razu poprosił Skinnera o udział w rozmowie wyjaśniającej to zajście, z udziałem Kibby'ego.

Danny Skinner delektował się chwilą, w której zawstydzony Brian Kibby wpełzł do biura.

– Siadaj – rozkazał szorstko Foy, następnie podsunął mu pod nos jakieś pismo. Była to skarga. Drżała w ręku Kibby'ego, kiedy ją czytał.

– Co to ma znaczyć, Brian?

– Ja... ja... – zacinał się Kibby.

– To oficjalna skarga. Le Granda. Mówi, że jesteś ruiną człowieka. Hańbą – powiedział Foy, unosząc groźnie brew. – Czy powinniśmy się tym przejąć, Brian? – Z pogardą spoglądał na zaniedbaną postać Kibby'ego, po czym sam udzielił sobie odpowiedzi: – Chyba powinniśmy.

Kibby chciał się odezwać, ale coś mu mózg odmówił posłuszeństwa. Zdawało się, że po raz pierwszy dostrzegł plamy na koszuli i spodniach swego granatowego garnituru, który był teraz o wiele za mocno opięty na mim.

Co się ze mną dzieje?

– Słuchaj – Skinner zapytał cicho – czy coś się stało?

– To tylko przez moją chorobę... ja...

– Nie masz jakichś kłopotów w domu?

– Nie! Ja... nie czuję się za dobrze... ja... – Kibby zawahał się. Skinner i Foy pozbyli się już Winchestera, starego kumpla Skinnera od kielicha. Mogli mu bardzo skomplikować życie. – Przepraszam...

– Musisz się jakoś pozbierać – powiedział Foy, z trudem hamując złość. – Przez ciebie cały wydział wychodzi na idiotów, Brian, i nie dopuścimy, by to trwało dalej.

– Ja... ja...

– Czy wyrażam się dostatecznie jasno?

Gdzieś w głębi pojawiło się poczucie niesprawiedliwości, jakiej doznaje od nich, i Kibby zdobył się na odwagę, by spojrzeć Foyowi w oczy i powiedzieć:

– Całkowicie jasno.

Zawodzę kolegów. Ostatnio opuszczam się w pracy. Muszę zadbać o siebie. Tylko że tak źle się czuję...

– To dobrze – Foy uśmiechnął się lodowato.

Kibby spojrzał na Skinnera, który, co zauważył, obrzucił Foya lekko zniesmaczonym spojrzeniem.

– Słuchaj, Brian, potraktujmy to jako koleżeńską pogawędkę – powiedział. – Nieoficjalną, jak wolisz.

Łzy zalśniły w oczach Briana Kibby'ego i poczuł perwersyjny przypływ wdzięczności, który z jednej strony napawał go odrazą, a z drugiej strony nakazywał mu błagać Skinnera o pomoc.

– Dzięki – wykrztusił Kibby, po czym przeprosił i skierował się do swojej samotni w toalecie.

A co tam dziś u Kibby'ego? Do kurwy nędzy, ten chłopak to urodzona ofiara losu. Nie można winić się za obdarowywanie ofiar tym, czego najbardziej pragną w życiu: karą i, jeszcze hojniej, męczeństwem. Jak się tego nie zrobi, Los zrobi to za nas. Los rzadko się myli. Wyjątki można policzyć na palcach drwala*.

De Fretais i moja matka, mógłbym z tego stworzyć niezłą opowieść. Ale sądzę, że to Tomlina wskazuje mi Los. Przez całe życie wiedziałem, że moje przeznaczenie tkwi gdzieś indziej, teraz sądzę, że w Kalifornii.

Co mnie tu trzyma? Z Shannon też się pokręciło. Zeszłej nocy nie było to bzykanko, ale starcie w ringu. Całowaliśmy się na kanapie, napastliwie, brutalnie i rozebrała mnie, niemal nakazała mi się rozebrać. Następnie ssała moją kuśkę, ale przez cały czas ją podgryzała, gryzła, bolało jak jasna cholera i ona wiedziała, że boli. Chwyciłem ją za włosy – raczej żeby ją odciągnąć niż przyciągnąć. Miała zmrużone, okrutne oczy. Rozerwałem jej bluzkę, urywając dwa guziki. Sądziłem, że chce grać ostro, więc zacząłem ściskać jej cycki. Westchnęła, skrzywiła się i zagryzła mi dolną wargę, aż obydwoje poczuliśmy metaliczny smak krwi. Zdjąłem jej dżinsy i majtki i z całej siły dźgnąłem ją palcami w cipę. Chwyciła brutalnie mojego kutasa,

---

* Wchodzi drwal do baru. Wyciąga do barmana dwa palce, które mu zostały z pięciu, i mówi: „Pięć piw, proszę" (przyp. tł.).

wpijając się w niego ostrymi paznokciami. Zsuwała i nasuwała napletek z taką siłą, że zacząłem się bać, czy go nie rozerwie. W niemal obronnym geście chwyciłem ją za nadgarstek i unieruchomiłem ją na kanapie, wbijając się w nią zaognionym korzeniem. Przyciągała moją głowę tak mocno, że mój nos wciskał się w jej czoło, łzy mi ciekły i byłem przekonany, że zaraz go złamie. Pierdoliłem ją co sił, ile wlezie, bezwzględnie trzymając w żelaznym uścisku kciuka i palca wskazującego sutek. Nagle wpiła mi paznokcie w bok i brutalnie wyrwała się spode mnie. Kazała mi przewrócić się na plecy, po czym siadła na mnie, krzycząc: „JESTEM, KURWA MAĆ, NA TOBIE, SKINNER, TY CHUJU", i pierdoliła mnie, czy też raczej nadziewała się na siebie, by osiągnąć gorzką satysfakcję. Kiedy doszła, odkleiła się ode mnie jak rzep i musiałem sobie zwalić konia. Nasienie wystrzeliło na kanapę, a trochę na jej udo. Ze wstrętem starła je poduszką. A najgorszą rzeczą było to, że potraktowała to jak najbardziej naturalną rzecz pod słońcem – bez pośpiechu ubrała się i wyszła. Na drugi dzień rano spotkaliśmy się w zajebanym biurze jakby nigdy nic!

Wciąż spoglądałem na Kibby'ego w poszukiwaniu zadrapań, ugryzień i sińców – i wiedziałem, że je zobaczę.

Ale się popierdoliło między mną a Shannon, nie jesteśmy już kumplami! Za każdym razem, kiedy wchodzi, nucę sobie kawałek Dandy Warhols.

Dawno temu łączyła nas przyjaźń
Lecz teraz myśli nie biegną już ku tobie
I jeśli kiedyś kartkę ci wyślę
Krótka i słodka będzie jak ta chwila
A... ach, a... ach, a... ach...

Siedzi teraz nabzdyczona w podupadającym superpubie w Leith o nazwie the Grapes. Zaprojektowano go jak bar na lotnisku, lecz dla klientów niezbyt wysokich lotów, ze stołami z twardego drewna oraz mnóstwo szkła i aluminium. Krzesła i podłoga wyglądają, jakby przeżyły atak termitów-mutantów, a powietrze jest aż błękitne od gęstego dymu. Niewyszukany, delikatnie mówiąc, styl ubioru klientów rodem z Junction Street mówi od razu wszystko, podobnie jak ceny wymalowane na tablicach, jakby zostały wypisane kredą, reklamujące podłe jasne za 1,49 funta za pintę, a stellę za 1,90. Stoję przy barze pijąc blumers i jacka danielsa, a Shannon pije whisky bushmills. By ją rozbawić, zgłaszam się do karaoke. Dostrzegam znajomą postać zbliżającą się do baru i niech mnie chuj strzeli, jeśli to nie mój stary kolega Dessie Kinghorn. Kiwam kutasowi głową na powitanie, a on odkłania mi się od niechcenia ostrożnym skinieniem.

– Dessie! – krzyczę do niego przez cały bar. – Jak leci? – Kieruję Shannon w jego stronę.

– Nieźle – odpowiada i spoglądają z Shannon na siebie z zakłopotaniem.

Zwracam się do Shannon:

– To jest Dessie Kinghorn, stary kumpel. Shannon... koleżanka. – Śmieję się, a ona posyła mi kwaśne spojrzenie. – Dessiego chyba też mogę nazwać starym kolegą. Reprezentuje dobrze poinformowaną, zadbaną frakcję – mówię, spoglądając od góry do dołu na jego niechlujne dżinsy, zasyfioną koszulkę, która wygląda, jakby nosił ją o jeden dzień za długo w rozpalonym, spotniałym portowym miasteczku w Ameryce Południowej. Marny to pokaz mody.

– Spierdalaj, Skinner – warczy.

– No nie bądź taki, Desmondo, walnij se piwo. – Zwracam się do barmanki: – Pintę najlepszego jasnego, jakie macie, dla mojego starego kumpla Dessiego Kinghorna! Niech to będzie stella albo eksportowy carlsberg. Dla naszego Dessiego wszystko, co najlepsze!– Ponownie zwracam się do starego kumpla: – Wciąż robisz w ubezpieczeniach, Des?

Wcześniej nie zauważyłem, ile zła kryje się w tych jego oczach, dopóty, dopóki nie spojrzał prosto w moje z nieskrywaną odrazą. Szczęka mu opadła zupełnie jak u tych świrów, co ma zaraz ich trafić apopleksja, ale zanim zaczynają wymachiwać pięściami, stoją tak w bezruchu z otępiałą miną.

– W zeszłym roku zrobili cięcia kadrowe. Ale nie chcę od ciebie piwa. Nie chcę od ciebie niczego!

– To dziwne, Des, ja właśnie dostałem awans w urzędzie, prawda, Shannon? – A ona patrzy na mnie z naciskiem tak jak Dessie. – Gruba forsa. Ale znasz mnie, kolego, grosz do grosza. Ma się drogie przyzwyczajenia. – Wskazuję palcem na klapę nowej marynarki CP. – To przekleństwo.

– Odpierdol się, ostrzegam cię. – Dessie mruży oczy. – Gdybyś nie przyszedł tu z tą panną…

Już mam pociągnąć po Dessiem za tę seksistowską uwagę, kiedy nagle mały człowieczek, który prowadzi karaoke, unosi kartę z moim nazwiskiem i krzyczy: – Danny Skinner!

– Muszę lecieć, ale poczekaj, zaraz wrócę. – Uśmiecham się, wskakując na małą scenę i biorąc od chłopaka mikrofon. – Ja jestem Danny Skinner – krzyczę, przyciągając uwagę kilku staruchów, szczeniaków i dziewczyn siedzących obok. – To piosenka, którą dedykuję mojemu staremu koledze – okurwieńcowi, Dessiemu Kinghornowi, któremu ostatnio szczęście niezbyt dopisuje. – Mrugam do Desa, który teraz jest na krawędzi prawdziwego wybuchu, i zaczynam śpiewać *Something Beautiful*. – *Nie dokonasz cudu, tego dnia zaległa cisza... miłość stała się zbyt cyniczna...* – Spoglądam na Shannon, która ma tak cierpką minę, że dopiero rozpoznaję ją po ułamku sekundy. – *...nie namiętna, lecz fizyczna... ale nie daj się, ta miłość ma się źle, co noc przyznajesz się do porażki... i aż wyć się chce...* – Spoglądam na Dessiego, wskazując w jego kierunku wolną od mikrofonu dłonią, starając się zadudnić refren w jak najbardziej afektowany sposób. – *Jak nie możesz rano wstać, bo w pustym łóżku śpisz... jeśli jesteś zagubiony* – wskazuję na Dessiego – *zraniony* – znów – *zmęczony, samotny, staraj się za wszelką cenę walczyć z tym... możesz odnaleźć ukochaną, co nie rzuci cię, możesz znaleźć swój kres dnia, odnajdziesz siebie, wyleczysz rany i coś pięknego stanie na twej drodze...*

Dessie dostaje szału i rzuca się na scenę. Trzymam dalej mikrofon, ale unoszę dłonie, przyjmując bokserską postawę obronną. Wali mnie kilka razy, jeden cios dochodzi do mojej szczęki przez gardę, jak podczas chłopięcych sparingów na Leith Victoria, ale ja dalej trzymam twardo mikrofon.

– *DJ mówi w rad...* – Głośnik milknie, bo chłopak, który prowadzi karaoke, wyłącza sprzęt. Rzucam mikrofon, który spada z łoskotem na podłogę. Robię krok do tyłu, unosząc dłonie w geście zdziwienia, a Dessie stara się mnie kopnąć, chybił i krzyczy jak głupia pizda:

– Jesteś jebanym skurwysynem, Skinner!

Następnie odwraca się i przepycha obok chłopaka od karaoke, i jak furiat wypada z pubu! Co za primadonna!

Wzruszam ramionami w przepraszającym geście w kierunku zaskoczonych opojów, podnoszę mikrofon i podaję go speszonemu chłopakowi. Shannon podchodzi do mnie ze słowami:

– Straszny z ciebie upierdliwiec; spadam w chatę. – Naprawdę odwraca się i wychodzi z knajpy! Kolejna gwiazda! A chuj z nią. Wracam do baru i dopijam drinki, zaczynając od pinty, którą postawiłem Dessiemu Kinghornowi, którego nawet nie tknął.

Dawno temu łączyła nas przyjaźń
Lecz teraz myśli nie biegną już ku tobie
I jeśli kiedyś kartkę ci wyślę
Krótka i słodka będzie jak ta chwila
A... ach, a... ach, a... ach...

Po chwili wdaję się we flirt z barmanką i jestem w stu procentach pewien, że ją później puknę. Ma na sobie czarną bluzkę i czarne leginsy. Może i nie jest gruba, ale ma nadwagę, która uwidacznia się w piwnych boczkach wystających między fragmentami odzieży. Zadziwiające, jak niektóre kobiety lubią eksponować swój tłuszczyk, wykorzystywać to do zmysłowej gry, te swoje szczeniackie fałdki. Nikt jednak nie oskarża tych tłustych panienek o kuszenie pedofilskich zboczków, to jest domeną chudych, anorektycznych, zabiedzonych dziewczyn. Ta moja pochłania kolę z wielkiej szklanki, na oko jakieś dwadzieścia dwie łyżki cukru.

No chodź, mała
Daj z siebie wszystko, o tak
Nie zapomnij o mnie
Kiedy będziesz gotowa...

Dziwne, ale naprawdę mam nadzieję się w niej zakochać, choćby na jeden dzień.

– Co powiesz – uśmiecham się, przyciągając jej uwagę. – Kochałaś się kiedy? – pytam.

Miłość...

– Taak... – mówi, spoglądając na mnie tym samym pustym, drapieżnym, bezdusznym spojrzeniem, prawdopodobnie tym samym co ja na nią. Chce tylko mnie zaliczyć, nic więcej, prawdopodobnie jej chłopak pracuje gdzieś na platformie wiertniczej albo zalewa się w trupa.

Ale nie ma, kurwa odwrotu.

– A chciałabyś jeszcze raz? – pytam.

– Może i tak – odpowiada, a ja pytam, kiedy kończy, i wypijam kolejne piwo, czekam na nią, ona bierze płaszcz i idziemy do mnie.

Nic mi nie zawiniła, ale chuj z tym, nikt nie jest święty, a kozła ofiarnego zawsze się znajdzie.

I kiedy tylko zabieramy się do dzieła, to od razu chcę być gdzie indziej, z kimś innym. Ale zaczyna się robić rumiana na twarzy. Jest jedną z tych, którym nie potrzebna jest długa gra wstępna, i jeśli się je ostro wygrzeje, to im to wystarcza. Przypomina to pieprzenie Lewiatana: jakby była to pierdolona wojna wszystkiego ze wszystkim, ruchanie na wyniszczenie. W końcu dochodzi, a ja strzelam, i oprócz przypływu egotycznej dumy jestem zupełnie nieporuszony tym doświadczeniem.

To był zły seks, ale nie tak zły jak ten wczorajszy z Shannon. Bo kiedyś naprawdę lubiłem z nią rozmawiać, grać w scrabble czy gapić się w telewizor. Dlaczego? Obydwoje bardziej potrzebowaliśmy przyjaźni niż pieprzenia.

Kay…

Naprawdę szliśmy w tany, oj tak.

Spoglądając na dziewczynę pode mną, wiem na sto procent, że nigdy nie będzie moją przyjaciółką. Wzdycha, co brzmi jak szyderczy chichot, tak pusty i bezsensowny jak trawiące mnie uczucie.

Nie tylko zapomniałem jej imienia, nie pamiętam, czy o nie spytałem, czy ona w ogóle miała mi je ochotę zdradzić.

Pewnie nie.

20. Czarne kropki

Wykluło się jeszcze więcej kurczaków. Pomimo kolejnego nocnego ataku wstał wcześnie rano i siadł przy *Harvest Moon*. Kibby był zadowolony, że udało mu się uniknąć wszystkich dziewcząt, a szczególnie Muffy. To była wyczerpująca sesja, podczas której skoncentrował się na hodowli, sadzeniu, zbiorach i naprawie płotu. O to naprawdę chodziło w *Harvest Moon*. Gra nie została napisana, żeby być żałosnym wspomaganiem masturbacji. Z szuflady wyciągnął niewielki kalendarzyk. Wczoraj nie było czarnych kropek.

Był jasny, rześki poranek i Brian Kibby wyszedł na dwór – wolno i z bólem wchodził na Clermiston Hill. Z wielkim wysiłkiem wciągał głęboko powietrze przez skrzypiące zatoki, starając się wypełnić zesztywniałe płuca. Jednak jego wysiłki opłaciły się, ponieważ świeży, ostry tlen oszołomił go. Jednak oddychanie sprawiało mu ból i z jakiegoś powodu bolała go szczęka.

Dni się wydłużały; była dopiero siódma czterdzieści sześć, a już pas granatowego nieba wisiał między ziemią i słońcem. Niebo jaśniało ku górze jak posiniaczona, żółto-niebieska skóra z kilkoma rozhasanymi białymi kumulusami w tle.

Kiedy tylko stanął na szczycie wzgórza, Kibby poczuł przypływ triumfu w duszy, który na chwilę zdławił ból śmiertelnego ciała. Kiedy patrzył w jedną stronę, prawie czuł metaliczne srebro zatoki Firth of Forth z wybrzeżem Fife w oddali. Wtłaczając jeszcze więcej powietrza w zmęczone płuca, zwrócił się w stronę wciąż przyprószonych śnieżną pierzyną Pentland Hills.

Nie wolno mi myśleć ani o Shannon, ani o Lucy, ani o Muffy. Muffy jest tylko częścią gry. Jestem silniejszy od tych ciągot. Mogę je pokonać. Dziś też nie będzie czarnych kropek.

Zadowolony z wysiłku i podniesiony tym uczuciem wolno poszedł w kierunku Corstorphine do gabinetu lekarza pierwszego kontaktu u podnóża pagórka.

Pinta löwenbrau i duży jack daniels oraz pepsi stały przed Skinnerem, który myślał z satysfakcją: „Pokonałem Wielkiego Raba w pubie!". I w tej samej chwili drzwi w pubie The Pivo otworzyły się na oścież i wielkolud wtoczył się do środka. Co dziwne, nie podszedł jak zwykle najpierw do baru, ale od razu stanął przed stolikiem Skinnera.

– I po ptokach – powiedział szorstko McKenzie.

– Co? – Skinner zdziwił się chłodną nutą w słowach McKenziego, za którą coś się kryło.

Po jakich ptokach? Co się stało? O czym on gada?

– Po ochlaju. Byłem u wracza. Na te moje bóle… – Potarł się po brzuchu i klepnął w piersi. Skinner coś tam sobie przypominał, jak McKenzie mruczał, że coś tam go bolało. – A on do mnie: jak wypijesz, to wykitujesz.

– A co oni tam, kurwa, wiedzą? – zakpił Skinner, unosząc szklankę jacka i szukając wzrokiem zrozumienia u przyjaciela.

McKenzie potrząsnął głową.

– Nie, to koniec – powtórzył z posępną miną pastora udzielającego ostatniego namaszczenia. Patrzyli sobie w oczy przez dłuższą chwilę.

Ja pierdolę, co ja kurwa widzę w ślepiach McKenziego? Czy to strach? Nienawiść?

Następnie Danny Skinner powiedział coś, co już w chwili kiedy pojawiło mu się na ustach, zabrzmiało kretyńsko w jego uszach:

– A siadaj, napij się pepsi albo ja wiem co…

McKenzie spojrzał na niego twardo, jakby podejrzewał, że przyjaciel robi sobie jaja z pogrzebu, czyli z jego obecnej życiowej trudnej sytuacji, a Skinner pomyślał, że może trochę tak jest.

– No to na razie – powiedział Wielki Rab McKenzie i ruszył do wyjścia, zostawiając Skinnera samego przy stole.

– Zdzwonimy się – krzyknął za nim Skinner. McKenzie w półobrocie wymamrotał coś, po czym wyszedł z lokalu.

Oczywiście wiedział, że McKenzie do niego nie zadzwoni. Bo niby po co? Skinner od dawna już dystansował się od ich sobotnich zadym. Poza tym podczas całych ośmiu lat ich dorosłej przyjaźni nie stały przed nimi rzędy szklanek wyłącznie wtedy, kiedy ich miejsce zajmowała kreska koki albo gdy byli po silnych prochach.

Wielki Rab musi zacząć ćpać. Całkowita zmiana stylu życia!

Skinner pomyślał o ciężkim, gumowatym cielsku przyjaciela i aż musiał dla pewności przejechać palcem po swej elastycznej, nieskazitelnej skórze. Od dawna zastanawiało go to, czy jego ojciec był pijakiem, czy nie. Było to nieuchronne, kucharze zawsze lubili browara, jak mówił De Fretais. Na pewno lubił to ten okurwieniec Sandy, chociaż Skinner uważał, że sam fakt, iż jego sprzęt walał się po całym Nowym Mieście, wystarczył, by regularnie zalewać pałę. Ciekawiło go, czy ten Amerykanin, Greg Tomlin, popijał sobie.

Ja na popijawie razem z moim starym – kucharzem. To by była dopiero impreza. Prawdziwe starcie w wadze ciężkiej. Nie sprostałby nam żaden McKenzie! Biedny Rab – nie ma zdrowia, by grać ostro z prawdziwymi zawodnikami. Kto by pomyślał?

Łyknął zdrowo ze szklanki i zapił jackiem danielsem oraz pepsi. Skinner oparł się na krześle i wybuchnął śmiechem. Nie mógł przestać. Jego stopy wybijały głośno szaleńczy rytm na drewnianej podłodze baru pokrytej wykładziną. Pozostali pijący przyglądali mu się z rosnącym zaniepokojeniem, a on zachowywał się, jakby był zupełnie nieświadomy, jakie robi widowisko.

21. Muffy

Wyskakując spod powierzchni turkusowej wody basenu, Caroline odrzuciła swe mokre, ociekające wodą włosy z twarzy. Kiedy odetchnęła pełną piersią, wpływając do niewielkiej, białej niszy krytego basenu, zauważyła, że wiele się nie zmienił, od czasu kiedy jako dziewczynka przychodziła tu z ojcem. Na jednej ścianie wisiała dominująca elektroniczna tablica informacyjna, a nad brzegiem znajdowały się plastikowe pomarańczowe ławki dla publiczności. Obok wciąż był czynny basen do skoków.

Przez kilka chwil była nawet wzruszona, że jeszcze może odczuwać obecność ojca. Wciąż czuła lekko zatęchły zapach, jaki wydawał, który na zawsze już będzie się jej kojarzył z męskością. Spojrzała po pozostałych pływakach, ale wrażenie jego bliskości rozwiało się w jej świadomości, jakby przebudziła się ze snu.

To były chwile należące wyłącznie do nich. Przypominała sobie, jak uczyła się pływać; jego wielkie dłonie pewnie nadzorowały postępy. Zawsze kojarzyło się to jej z poczuciem bezpieczeństwa, bo czuła się bardzo bezpieczna w jego uścisku. Były to jednak brzydkie dłonie – niemal jak szpony, naznaczone lekką żółtą barwą i wściekłą czerwienią na palcach, zesztywniałe w stawach na skutek jakiegoś wypadku na kolei, o którym nie chciał mówić.

Pamiętała jego kruczoczarne włosy, które zaczesywał do tyłu tak, że tworzyły literę V, przerzedzając się po bokach, aż kiedy na czubku głowy pojawiła się łysina, przeszedł na funkcjonalną fryzurę „na jeża". Na brodzie zawsze miał szelma zarost, co uwidaczniało jeszcze aurę siły, jaka zawsze mu towarzyszyła. Wypełniała cały dom, by osłabnąć podczas choroby, a teraz znikła na dobre wraz z jego śmiercią.

Na początku te wspomnienia nie wzmacniały jej, a jedynie wydawały się pogłębiać poczucie straty. Jakby wraz z jego śmiercią wyrwano jej kręgosłup z korzeniami. Żeby odzyskać utraconą odwagę, musiała pić alkohol w sporych ilościach. Ale pogłębiało to jedynie jej poczucie braku bezpieczeństwa i dezorientacji, kiedy kilkakrotnie budziła się w obcym łóżku obok obcej sobie osoby, bez jednego wspomnienia z poprzedniego wieczoru.

Stopniowo zaczęła zdawać sobie sprawę, że to, czego potrzebuje, jest w stanie odnaleźć wyłącznie w sobie, a nie w ciele partnerów czy we wnętrzu szklanki, i z wolna zaczęła odzyskiwać siłę. *Jestem nieodrodną córką swego ojca, wszyscy to mówią* – to zdanie stało się jej mantrą. Dlaczego mnie zostawił? – zastanawiała się. Skończyła z piciem na umór i zaczęła chodzić na basen Royal Commonwealth.

Teraz znów pływała. Uwielbiała tu przebywać: woda, wolność i porzucenie wszelkich trosk. Zdawało się, że tutaj jest bliżej swego ojca, bo to był ich żywioł – ani Brian ani Joyce nie pływali. A łzy napływające do oczu można było rozpuścić w chlorowanej wodzie, szloch rozpaczy ginął w hałasie pływaków, kiedy zmuszała się z całych sił do olbrzymiego wysiłku, aż do bólu rąk i nóg.

I podobnie jak ciało wzmacniał się jej duch.

Brian Kibby telepał się i skręcał w takt głośnego skrzypienia autobusu. Ostry smród starej skóry, oleju napędowego i niemytych ciał przyprawiał go o mdłości. Dla wielu ludzi była to szara codzienność, ale dla tego słabego, coraz obszerniejszego ciała i udręczonej duszy była ohydną, przyjmowaną dwa razy dziennie dawką piekła.

Murrayfield i stadion rugby następnie Western Corner i zoo. A po drugiej stronie Corstorphine był dom. Zagubił się w myślach i w jego stanie nie dał sobie dość czasu, by dotrzeć do drzwi. Poruszał się wolno i wszyscy wokół byli zniecierpliwieni, gdy dyszący młodzieniec zmierzał ku wyjściu.

Kiedy dotarł w końcu do drzwi, te zamknęły się i autobus ruszył. Nawet nie był w stanie krzyknąć „stać", nie chciał absorbować innych swoją zszarzałą, zmienioną twarzą z zapadłymi, podkrążonymi oczami, przygarbioną posturą, swoim potem i dyszeniem. Na następnym przystanku na Glasgow Road aż mu zaskrzypiały stawy, kiedy stanął na chodniku, biorąc z trudem głęboki oddech do zesztywniałych, skurczonych płuc, następnie w ostatnich promieniach słońca powlókł się zgarbiony i zmarznięty parkiem do domu.

Jego matka na pewno ugotowała zupę. *Zjedz zupkę, synku, to ci dobrze zrobi.* Wiara Joyce Kibby w regeneracyjne walory szkockiego bulionu pozostawała niezmienna, pomimo wszystkich argumentów przeciw. Jak Chrześcijańscy Naukowcy ze swymi ozdrowieńczymi modlitwami, Joyce musiała stać na straży wiary swego wywaru. Stojąc nad garnkiem w kuchni, jak czarnoksiężnik nad kotłem, dodając ostrożnie składniki, Joyce miała nadzieję na odszukanie idealnej równowagi chemicznej, która pozwoli wrócić jego synowi do zdrowia. Nie zaszkodziło też odmówić kilka modlitw nad potrawą.

Brian Kibby doskonale znał natrętne matczyne dziwactwa. A może to naprawdę pomoże – myślał, z nadzieją spoglądając na blade słońce. Nagle, kiedy wyszedł spod zbawczego schronu pawilonu sportowego, zachłysnął się porywistym podmuchem wiatru, jaki hulał po South Gyle Park. Zakłuł go w załzawione oczy, wpychając mu powietrze wydychane z ściśniętych, umęczonych płuc, zmuszając go do odwrócenia się plecami do kierunku marszu, po prostu po to, by mógł zaczerpnąć powietrza. Wicher oplótł go jego długim płaszczem, jakby niewidzialne ręce wielgachnego rzeźnika zawijały martwe ścierwo w natłuszczany papier.

– Może to coś da – załkał głośno w rozpaczy pomiędzy złudną nadzieją i przerażającym smutkiem, kiedy okrutny wicher walił go prosto w uszy.

Wydawało się, że powrót do domu zajął mu całą wieczność, ale kiedy w końcu tam dotarł, Joyce posadziła go na starym krześle Keitha, a na kolanach położyła mu tackę z parującym, gorącym bulionem.

Zmęczył jakoś zupę i na chwilę przysnął na krześle. Kiedy się obudził miał przeczucie, że Caroline wróciła już do domu, i oczywiście jej sportowa torba leżała na podłodze. Starając się uporządkować myśli, zwrócił się do Joyce, która oglądała właśnie napisy końcowe serialu *EastEnders* i zapytał:

– Czy Caroline tu była?

– Tak, przecież z nią rozmawiałeś, głuptasie! Chyba obudziłeś się właśnie z głębokiego snu.

– Ja z nią…?

– Tak. – Joyce uśmiechnęła się stoicko, ponieważ Brian mówił przez sen i mamrotał jakieś bzdury, chociaż zupełnie nie dało się ich zrozumieć. – Ale drzemka dobrze ci zrobi. Mówiłeś, że nie sypiasz dobrze.

– Czy Caroline uczy się u siebie?

– Nie, właśnie poszła na spotkanie z kolegami.

– Na pewno do tej całej Angeli.

– Nie wiem. – Joyce potrząsnęła głową. – Ja zaraz będę oglądać ten film, który przyniosłam. Jakiś chiński czy japoński, *Przyczajony tygrys, ukryty smok*. Wszyscy teraz o nim mówią.

Kibby nigdy nie słyszał o tym filmie i rozmyślał o tym, jak mu dobrze ostatnio szło – żadnych czarnych kropek od kilkunastu dni. Nagle na ekranie pojawiły się dwie aktorki i mózg w czaszce Kibby'ego zmienił się momentalnie w mielone w garnku z casserolą.

Muffy...

Spojrzał na siebie. Erekcja była widoczna przez materiał spodni.

Koniec z czarnymi kropkami... unikaj samotnych wieczorów, tak napisali w ulotce... nie mogę iść na górę...

– To bardzo dobre – zamruczała Joyce, ale pomimo iż podobał się jej film, zmęczenie zaczęło ją dopadać i drzemała, co chwila podrywając głowę, jak zawsze przed telewizorem. Wkrótce w pokoju rozległo się jej głośne, miarowe chrapanie.

Kibby spojrzał na swoją erekcję, która na jego oczach najwyraźniej rzucała mu wyzwanie.

Mama ma rację, ta mała jest wspaniała... może tylko potrę koniuszek... chcesz tego, prawda, ty mała su...

– STOP! – zakrzyknął Kibby w cierpieniu.

Joyce aż skoczyła na fotelu, oczy jej wyszły na wierzch, a serce kołatało się w piersi.

– Co... co się stało, Brian?

Kibby wstał, łykając powietrze haustami.

– Idę spać – oznajmił.

– Nie będziesz oglądał filmu do końca, synku?

– To jakieś bzdury. Kupa – powiedział szyderczo Kibby, wychodząc z pokoju.

Joyce wiedziała, że nic na to nie poradzi.

– Ale to film kung-fu, synku. Wzięłam dlatego, że to kung-fu...

– Takie latanie po budynkach – jęknął Kibby. – Nonsens – i poszedł na górę.

W łóżku nie mógł zaznać spokoju. Komputer wydawał się kusić go, by go włączył, chociaż wiedział, kto czeka na niego w cyberprzestrzeni. Ale wszystko lepsze od takiego leżenia w męczarniach.

Muffy...

W zacisznej ciemności Kibby starał się rozmyślać o żmudnych raportach pokontrolnych, ale za każdym razem, kiedy wchodził do restauracji, witała go kelnerka w kusej spódniczce, która wyglądała jak Lucy, następnie pochylała się nad stołem...

Pan jest mym pasterzem...

...albo w chińskiej restauracji, dziewczyna z filmu, która wyglądała jak Muffy...

...Nie chcę... biuro... biuro... Foy... biuro Foya na półpiętrze...

...ale wewnątrz biura Foya czekała na niego Shannon siedząca na biurku, która patrzyła na niego, rozpinając bluzkę.

– To niedopatrzenie z mojej strony, Brian. Pozwoliłam Danny'emu na inspekcję, ale tobie nie dałam szansy...

– Stop!

Podniósł kołdrę i spojrzał na maszt pod spodem. Dlaczego wygląda tak potężnie i zdrowo, kiedy reszta jego ciała jest słaba, oklapła i schorowana? Oddychał bardzo głęboko, starając się dojść do siebie. Słyszał, jak Joyce idzie spać, a po jakimś czasie Caroline korzysta z łazienki przed pójściem do łóżka.

Żadnych czarnych kropek... żadnych czarnych kropek...

Minuty ciągnęły się w nieskończoność, a sen wciąż nie nadchodził. Obrazy nagich japońskich dziewcząt wkradały się bez pardonu do jego myśli.

Muff...

Pamiętał rady z ulotki: zrób sobie coś do jedzenia, nawet jeśli nie jesteś głodny. Wystarczyło tylko wstać i podgrzać szkocki bulion. Był najedzony, ale wmusił w siebie jeszcze trochę. Jednak kiedy wrócił do sypialni, sen był równie odległy jak poprzednio. Starał się pomodlić, ale serce tak waliło mu w piersi, że zanim się spostrzegł, kuśka znów się naprężyła.

Nie wolno mi tego dotykać... ale one tego chcą – Lucy, Shannon... Japoneczki. Chcą,, żeby je przerżnąć, ale dlaczego nie chcą pójść ze mną... co z nimi jest? Ale tu, w mej głowie, mogę je zmusić, by mnie zapragnęły, ale to źle, to źle jak diabli, to diabelska sprawka. Shannon jest moją koleżanką, Lucy to miła dziewczyna... Muffy to postać z komputera... Japonki są aktorkami, grają swoje role... Ciekawe, czy reżyser je kiedyś... nie...

Odrzucił kołdrę i ponownie wstał, wziął z szafy stary krawat i przywiązał prawą dłoń do sosnowej framugi łóżka. A następnie położył lewą rękę na kołdrze i w ciszy modlił się o siłę.

Następnego dnia rano Brian Kibby siedział wynędzniały nad biurkiem, pocierając czerwony ślad na nadgarstku. Zawiązał pętlę o wiele za mocno i zaburzył sobie krążenie w dłoni.

To było głupie i bardzo niebezpieczne... mogłem stracić dłoń!

Danny Skinner pojawił się w przestronnym biurze z przepierzeniami, wyłaniając się zza drzwi na klatkę schodową i półpiętro. Do zakresu obowiązków Skinnera należało rozpisanie grafiku urlopów na zbliżający się letni okres wakacyjny. Nie pamiętał, ile wczoraj wypił, ale widok spoconego, dyszącego i milczącego Kibby'ego podpowiedział mu, że musiało być tego całkiem sporo.

– A więc za kilka tygodni ruszasz w trasę, co, Brian? – zapytał pogodnie.

– Tak – odpowiedział Kibby zbolałym głosem, próbując powstrzymać drżenie szczęk.

– No to dokąd pojedziesz? Gdzieś do ciepłych krajów?

– Jeszcze nie jestem pewien – wymamrotał Kibby. Tak naprawdę to wiedział, że pojedzie na jeszcze jeden konwent fanów *Star Trek*, tym razem do Birmingham, ale nie chciał, żeby znajomi z pracy, a szczególnie Skinner, wiedzieli o tym. Już dostatecznie się ze mnie nabijają – pomyślał i drżącą dłonią chwycił butelkę z wodą mineralną, unosząc ją do spierzchniętych, spękanych ust. Ian nie dzwonił, nawet nie odpowiedział na SMS, którego wysłał mu na komórkę. Nie widział go od wieków, od wyprawy do Newcastle. Był pewien, że wpadnie na niego na konwencie w Birmingham i będą mogli się przyjaźnić jak dawniej.

Ale tu i teraz Brian Kibby czuł się koszmarnie. To było najgorsze w tej chorobie, okrutne nawroty, kiedy człowiek chwytał się kruchej nadziei, a potem...

W szpitalu robili mu coraz to nowe badania. Wciąż trzymali się tego samego jak pijany płotu: znane i nieznane choroby, depresja psychosomatyczna, tajemniczy wirus. Insynuacje na temat całkowicie odrzucanej przez niego wersji (że pije w domu do lustra) wciąż się pojawiały, choć w zawoalowany sposób, ale niewiele sobie z tego robił, ponieważ nie mieli pojęcia, co mu jest, tak samo jak na początku.

Obsesyjnie przeczesywał Internet, sprawdzając wszystko – od medycyny alternatywnej i tajemnych kultów do uprowadzenia przez obcych – w nadziei, że może to wyjaśnić wątpliwości związane z jego stanem zdrowia. Siedząc tak bez ducha przy biurku z płonącymi uszami i drżącymi rękami, usłyszał gardłowy głos Skinnera, który darł się z błazeńskim akcentem.

– JA SE JADE W TYM ROKU SNOFU NA IBISĘ I BĘTĘ IMPRESOOOOFAŁ NA SAŁEEEEGO!

Kiedy Kibby się odwrócił, spostrzegł, że Skinner, krzycząc to, gapi się na niego, jakby mu groził. Pospiesznie wyłączył Explorera i wyciągnął zaległe materiały pokontrolne.

Podczas przerwy na lunch tego dnia Kibby jak zwykle od czasu do czasu odwiedził Bibliotekę Narodową przy moście Jerzego IV. W osobistej walce, o to by wyjaśnić niewyjaśnione, wpadał w dziwaczną paranoję, która pchała go do poszukiwań podczas przerw w pracy.

Przeglądając stare roczniki gazet na mikrofilmach, coś zwróciło jego uwagę. Zauważył tam artykuł o pewnej kobiecie – Mary McClintock, która wraz z siedemnastoma kotami mieszkała w zapuszczonym wozie w Tranent, aż w końcu interweniowały władze, umieszczając ją w jednym ze schronisk dla bezdomnych. Marry mówiła o sobie, że jest „białą wiedźmą", uważaną przez wielu za eksperta w dziedzinie zaklęć. Tego właśnie Kibby potrzebował i bezzwłocznie zdobył telefon kontaktowy od znajomej Shannon, która pracowała w dziale publikacji Scotsmana w Holyrood.

Po pracy wyruszył do Tranet, wsiadając w na placu Świętego Andrzeja w autobus linii Eastern Scottish. Odnalazł kompleks schroniska z łatwością. Mary McClintock miała dużą nadwagę, ale jej oczy błyszczały inteligencją i wydawały się niedopasowane do ciężkiego, gnuśnego ciała i olbrzymiej głowy. Nosiła coś, co Kibby'emu jawiło się jako kilkanaście warstw materiału, ale i tak drżała z chłodu, chociaż w budynku było tak gorąco, że pomimo iż zdjął marynarkę, to wciąż spływał potem.

Mary usiadła i wysłuchała go, po czym wyjaśniła mu jego stan:

– Wygląda na to, że zostałeś przeklęty – powiedziała poważnie.

Kibby już miał parsknąć pogardliwie śmiechem, ale się powstrzymał. W końcu nikt tego precyzyjniej nie wyjaśnił.

– Ale jak ja mogę być przeklęty? – spytał błagalnie. – Jak... to głupota...

– Jak dla ciebie to głupota, to pewnie nie będziesz chciał mnie dalej słuchać – odparła, kiwając władczo głową.

– Zapłacę, jeśli o to pani chodzi – zajęczał skołowany Kibby.

Mary spojrzała na niego z wściekłością.

– Oczywiście, że będziesz musiał zapłacić, ale nie pieniędzmi. Nie potrzebuję ich, synku, w moim wieku nic mi po nich – wyjaśniła, krzywiąc usta w lubieżnym uśmiechu.

Teraz Kibby'emu krew naprawdę stężała w żyłach.

– Co… eee… ja…

– Mówiłeś, że zanim zachorowałeś, byłeś chudy…

– Tak…

– Kutas i żebra, założę się. Nie mylę się, prawda?

– Co…? – Kibby'emu aż zabrakło tchu, a dłonie zacisnęły się na oparciach krzesła.

– Masz ładnego fiutka, synku? Fajnego, grubego fiutka? Bo to właśnie jego chcę we mnie – powiedziała rzeczowo Mary. – Jak go dostanę, udzielę ci szczegółowej konsultacji.

Kibby wstał i podszedł do drzwi.

– Chyba, ekhm, najwyraźniej się, khem, pomyliłem. Przepraszam – rzucił przez plecy, w panice pospiesznie wychodząc z mieszkania.

Na korytarzu usłyszał ścigający go głos:

– Z ciebie jest niezłe ziółko, ja to wiem!

Wypadł przez drzwi wejściowe na zewnątrz, chcąc jak najszybciej znaleźć się na skąpanych w deszczu ulicach Tranent.

Wariatka! Dementywna baba!

Deszcz na zewnątrz gęstniał, więc skrył się pod zatłoczoną wiatą przystanku autobusowego. Wkrótce pojawił się też autobus, ale był zbyt wykończony i miał zbyt zszargane nerwy, by przebijać się przez napierający tłum. Niechętnie poczłapał przez spadającą kaskadami wodę i zatrzymał taksówkę, ale samo załadowanie się do niej i droga do Edynburga trwała dłużej, niż sądził.

Po powrocie do domu usiadł z herbatą przed telewizorem w żałosnej ciszy. Joyce zaczęła opowiadać mu o swoim dniu. To było straszne. Był obolały, roztrzęsiony, dudniło mu w głowie, a źródło tego dudnienia przeskakiwało z jednej skroni na drugą, i ledwo mógł oddychać. Nerwy miał napięte jak struny fortepianowe. Kiedy tylko trochę odpocznie, pójdzie na górę do *Harvest Moon*. Ale wiązało się z tym wielkie niebezpieczeństwo…

Muffy... tak bardzo chcę ją przerżnąć... nie, nie, nie, ale przynajmniej nie jest prawdziwą osobą, jak Lucy i... i jeszcze ta straszna baba... to nie fair... proszę, nie...

Ale można pooglądać trochę telewizji, w całkowitej ciszy. Odrobinę prostych przyjemności... ale czemu ona nie może się zamknąć? Już nigdy nie przestanie gadać?

A Joyce mówiła dalej – jej słowa wwiercały mu się w czaszkę, stając się kolejnym narzędziem tortur umęczonej duszy.

– ...i myślałam o kuponach na płyty na urodziny Caroline. Widziałam wspaniały sweter, który wyglądałby na niej świetnie, ale ona sama lubi sobie kupować ubrania, wychodzi z niej regularna dama, jak człowiek stara się kupić jej coś do ubrania... a ty jak sądzisz, Brian?

– Tak...

– A może raczej talon na książki niż na płyty? I tak ma wystarczająco dużo kompaktów, a książki o wiele bardziej przydałyby się jej na studiach... twój tato zawsze lubił książki. No to co myślisz, Brian, talony na płyty czy talony na książki, jak naprawdę myślisz?

– A co mnie to obchodzi!? Daj mi w spokoju popatrzeć w telewizor! Proszę! – krzyknął Kibby.

Joyce zamurowało. Patrzyła na niego spojrzeniem ostatniego szczeniaka z miotu, który został sam na wystawie sklepu zoologicznego. W Kibbym aż coś drgnęło, kiedy zobaczył smutek w oczach matki.

Milczący impas został przerwany energicznym dzwonkiem do drzwi, na dźwięk którego Brian Kibby znalazł się pod sufitem. Joyce również skoczyła na równe nogi. Następnie, zadowolona z przerwanej dyskusji, szybko poszła otworzyć drzwi. Kiedy wróciła, przyprowadziła ze sobą postać w bluzie i wojskowej parce. To był Ian.

Przyszedł, żeby porozmawiać o Birmingham.

– Słuchaj – odezwała się Joyce. – Wpadnę do Elspeth, żeby zobaczyć jej nowego bobaska. Zostawię was, żebyście mogli sobie pogadać.

– Doskonale – powiedział Kibby, rzucając matce spojrzenie, którym przepraszał za swój wybuch. – I, mamo, uważam, że talony na książki to świetny pomysł.

– Dobrze, synku – odparła Joyce owładnięta przypływem miłości. Chłopak był chory i trochę przesadziła. Nie ważne, przyszedł Ian i rozrusza trochę mego synka.

Ian i Brian patrzyli na siebie z napięciem i wahaniem, aż usłyszeli, jak zamykają się drzwi do pokoju, a za nimi drzwi wejściowe.

– Ian… ja… – zaczął Kibby.

Ian zamachał gwałtownie.

– Posłuchaj mnie, Brian, po prostu posłuchaj, co mam do powiedzenia.

Była tak stanowczy i ponury, że Brian Kibby mógł tylko pokiwać głową w odpowiedzi.

– Dorastanie tutaj, w mieście jak to… w takim miejscu jak Szkocja… nie jest łatwe dla takich jak my.

Kibby'emu przyszły na myśl lata izolacji w szkole. Jak go ignorowano, unikano, i jeszcze gorzej – wyśmiewano i pokazywano palcami. Pokiwał wolno twierdząco głową.

– Trudno jest przyznać się do tego, kim się jest. Kiedy zobaczyłem cię w Newcastle z tym obleśnym typem… a potem kiedy dotarłem do hotelu i byłeś cały pobity na drugi dzień rano…

Kibby chciał coś powiedzieć, ale żadne słowo nie padło z jego wyschniętego gardła.

– …pomyślałem – dlaczego Brian musi iść z kimś takim? Z jakimś sprośnym bydlakiem, który go nie szanuje i leje?

Kibby poczuł dojmujący dreszcz. Zaczął dzwonić zębami.

– Ale… ja…

– …kiedy w pobliżu jest ktoś, kto go kocha, zawsze kochał… – Ian poruszył się na krześle, a Kibby poczuł, jak krew odpływa mu z twarzy. – …Tak właśnie, Brian, cały czas biłem się z myślami… kocham cię, Brian… no już, powiedziałem – rzucił Ian i spojrzał w sufit. – Niebiosa się nie otworzyły, nie ma gromu z jasnego nieba. Zawsze cię kochałem. Nie wiedziałem, że jesteś taki jak ja… zawsze opowiadałeś o dziewczynach, o, choćby o tej Lucy… Boże, za każdym razem, kiedy wypowiadałeś imię tej suki, to jakby mi ktoś gwóźdź wbijał w serce… dlaczego mi nie powiedziałeś? Nie potrzebowałbyś tej zasłony dymnej, tego życia w kłamstwie!

– Nie! Mylisz się! – zaskrzeczał Kibby. – To było…

– Nie, Brian, skończ z oszustwami. Nie rozumiesz? Przez lata tacy jak McGrillen mówili na nas w szkole „pedały", „cioty", i nie zrobiliśmy nic! Co oni mogą nam teraz zrobić? Co mogą zrobić albo powiedzieć, czego nie zrobili i nie powiedzieli wcześniej? Możemy razem wynająć mieszkanie...

– Nie! – krzyknął Kibby.

– Martwisz się o swoją chorobę? Znajdziemy jakieś wyjście. Zaopiekuję się tobą! – naciskał Ian.

– Oszalałeś! Nie jestem gejem! Nie jestem!

– To klasyczna odzywka! – Ian uniósł dłonie, potrząsając głową. Kibby'emu wydawało się, że jego jabłko Adama napęczniało jak obcy, który za chwilę rozerwie mu gardło od wewnątrz. – Wiem, że twoja mama jest zaangażowana w tym swoim Kościele i że wiele elementów chrześcijaństwa jest antygejowskich, ale Biblia daje mnóstwo odmiennych świadectw...

Kibby mógł tylko spojrzeć podekscytowanemu przyjacielowi prosto w oczy i powiedzieć poważnie:

– Słuchaj, nie chcę być z tobą... w ten sposób...

Ian poczuł się, jakby mu ktoś podciął skrzydła. Przez chwilę siedział tylko, starając się uporać z natłokiem myśli. Następnie, kiedy gorycz odrzucenia opanowała go całkowicie, obrzucił Kibby'ego pogardliwym spojrzeniem od stóp do głów.

– A więc nie podobam ci się, co? A kim ty kurwa jesteś? Ja ci się nie podobam? – Skoczył w złości na równe nogi i wskazał na lustro nad kominkiem. – Tam sobie czasem popatrz, beko sadła. Spójrz w nie i przekonaj się, kim jesteś! Chciałem ci oddać przysługę! Sam trafię do drzwi – rzucił ze złością, następnie odwrócił się na pięcie, po czym zszokowany i zdruzgotany Kibby usłyszał najpierw trzaśnięcie jednych drzwi, a po sekundzie drugich.

Shannon związała włosy w kucyka. Dzięki temu wyglądała groźnie, ale wcale, wcale. Pytam, czy wpadnie ze mną na jednego po pracy. Mówi, że ma jeszcze jeden raport pokontrolny, ale zobaczy się ze mną w Cafe Royal wpół do szóstej. Postanawiam powiedzieć jej o tym, że być może mój ojciec jest amerykańskim kuchmistrzem i mieszka w Kalifornii.

Dochodzi szósta, kiedy się w końcu pojawia, i zamiast przysiąść się do mnie za przepierzeniem, siada na krześle po drugiej stronie stołu. Nie ma najmniejszego zamiaru zdjąć kurtki.

– Co pijesz? – pytam nerwowo.

– Nic. Idę do domu. Sama. Między nami koniec, Danny – mówi z tym samym odległym, lecz czujnym, stoickim spojrzeniem, jakim ci rzucający obrzucają rzucanych. Przywykłem do tego.

Mimo że kiwam głową ze zrozumieniem, gdzieś w środku żywym, gwałtownym ogniem pali mnie zadra odrzucenia.

– Nasza znajomość bardzo nam pomogła, szczególnie mnie i jak sądzę, tobie również – mówi. – Ale nadszedł czas, by wykonać jakiś ruch.

Nawałnica uczuć niemal mnie zatapia. Ma rację, ale ja po prostu potrzebuję… kogoś. Jak to się dzieje, że dziewczyny zawsze wyglądają tak pięknie, tak zmysłowo w chwili, kiedy mówią nam, żeby spierdalać? Czuję, jak robi mi się mokro w oczach.

– Masz rację – mówię, kładąc swe dłonie na jej i ściskając je delikatnie. – Jesteś wspaniałą dziewczyną, jednym z najwartościowszych ludzi jakich znam – mówię jej całkowicie szczerze. – Po prostu to się nam przytrafiło w złym momencie. – wyrokuję. – Wiem, że ludzie w takich okolicznościach walą jakieś ograne frazesy bez znaczenia, ale ja naprawdę chcę, żebyśmy zostali przyjaciółmi, i mam tu na myśli prawdziwą przyjaźń.

– Nie trzeba było tego dodawać – mówi, teraz też trochę wzruszona, z wyrazem ledwo dostrzegalnego zawodu na twarzy. Od razu widać, co jest tego powodem. Każda z nich, zbierając stopniowo siłę, by dać nam kopa, przygotowuje sobie wszystkie możliwe teksty w głowie. Dlatego przy obecności drugiej strony z natury wypada to blado, nawet zanim człowiek zdąży się odezwać. Ociera łzę z oczu i wstaje, po czym całuje mnie w policzek.

– Nie zostaniesz na drinka? – pytam i wypada to trochę, jakbym chwytał się brzytwy, ale muszę pogadać z kimś o jankeskim kuchmistrzu.

– Nie mogę, Danny – mówi ze smutkiem w głosie, jednocześnie potrząsając głową w geście empatii. – Zobaczymy się jutro w pracy. Trzymaj się.

Przechodzi przez cały bar, a jej obcasy wystukują regularny rytm na wyłożonej marmurem podłodze.

Zanim się napiję, muszę pójść i zobaczyć się z matką. Zamierzam zapytać ją o kucharzy, z którymi pracowała, wymienić kilka nazwisk i zobaczyć jak zareaguje. Wychylam do końca szklankę piwa i autobusem numer 16 jadę na Walk, bo nie ufam sobie – idąc na piechotę, mogę zatrzymać się po drodze w jakiejś knajpie.

Idę do siebie i znów otwieram książkę De Fretaisa.

Zbieranie materiałów do niniejszej książki było trudniejsze, niż można by przypuszczać. Kiedy zwróciłem się do swych kolegów kuchmistrzów o podzielenie się swymi sekretami smakoszy, nie tylko dotyczącymi kuchni, ale również sztuki uwodzenia, seksu i miłości, wywołało to pewne zamieszanie w szykach. Wielu uważało to za kolejny dowcip: De Fretais znów dał popis swego wariackiego, niekonwencjonalnego poczucia humoru. Ponuraki poczuły się urażone, biorąc mnie za świra czy też raczej człowieka kupczącego sprośnościami, by podnieść sprzedaż. Jest jednak kilku dzielnych libertynów w mojej profesji i ci właśnie ochoczo dzielili się z państwem swymi sekretami. I za to właśnie dziękuję im z całego serca. Sypialnia kuchmistrza musi być jak jego kuchnia: musi być, areną na której urzeczywistniają się marzenia i na której wyrafinowana sztuka i zmysłowe oświecenie mieszają się z sobą pod wpływem naszych pomysłów i działań.

Ja pierdolę, ten kutas jest tak pewny swego. Nie ma obsesji na swoim tle, jak mówi!

Kiedy docieram do domu matki, drzwi wejściowe stoją otworem. Wchodzę do wąskiego przedpokoju i stąpam po hinduskim dywanie, który zawsze mi się podobał. Znajduje się we wnęce kuchennej, jest tu też Busby. Siedzi przy ladzie kuchennej z bulwiastym nochalem i policzkami zaczerwienionymi od whisky. Siedzący mu na kolanach kot obrzuca mnie pogardliwym spojrzeniem. Jego zadomowienie się wali się w gruzy wraz z moim wejściem, zbiera więc jakieś dokumenty i upycha je do poobijanej aktówki.

– Witaj, synu – mówi niepewnie i służalczo.

Wbijam oskarżycielskie spojrzenie w staruszkę, a ona, opierając się o blat kuchenny, odwzajemnia mi się tym samym – kpiącym, kurewskim wzrokiem – wydmuchując dym z papierosa. Obok stoi szklanka z whisky. W radiu leci *Rag Doll*.

Co się tu kurwa wyrabia? Kiedy ten stary chuj ostatnio sprzedał jakieś ubezpieczenie?

– No wiitaaaj, nieznajomy – mówi do mnie matka z nieskrywaną drwiną. Wygląda na to, że wygrała, bo to ja przyszedłem do niej, i jest upojona tym triumfem.

Coś w jej zachowaniu przydaje pewności siebie staremu agentowi ubezpieczeniowemu. Oczy mu się rozjaśniają i usta krzywią złośliwie, kiedy unosi do nich papierosa. Kot wciąż gapi się na mnie, dokonując uporczywego, poważnego przeglądu mojej osoby. Cała trójka wygląda mi na knujących konspiratorów.

– Widzę, że jesteś zajęta. Zobaczymy się, kiedy się jakoś ogarniesz – mówię, nie potrafiąc odmówić sobie sarkazmu.

Wychodząc słyszę, jak matka mówi:

– No to żegnaj, nieznajomy... – i wybuchają śmiechem. Ona rechocze melodyjnie i nosowo, jak stary akordeon. Jej śmiech ściga mnie jeszcze na schodach.

Wychodzę na ulicę i mknę po kocich łbach, kierując się do Water of Leith. Przez jakiś czas idę nieświadomy, dokąd zmierzam, po czym zdaję sobie sprawę, że idę poboczem Restalrig Road do Canton Bar na Duke Street. Zaczyna zapadać zmrok i chłodne powietrze owiewa mi twarz.

Ta pierdolona krowa, wielka, straszna maciora. Przyszedłem z nią porozmawiać, a tam już czekał ten kosz rzygowin...

Witaj, synu.

Ale wszyscy tak mówią. Busby zawsze tak do mnie mówił.

W pubie zamawiam piwo, po czym z jakiegoś powodu zauważam, że nikt nie sprzątał w jebanej knajpie. Barman mówi, że wczoraj ktoś dostał tu kosę, a pały uznały to za próbę morderstwa.

– Musieliśmy pozwolić na zbieranie dowodów – mówi. – Nie mieliśmy kiedy posprzątać. Przez tych facetów w białych rękawiczkach.

Jestem przytłoczony kwaśnymi zapachami pozostałymi po ostatnich pijackich, gwałtownych wydarzeniach. Wywołujący mdłości odór wymiocin wkręca mi się do nosa wraz ze smrodem fajek i przetrawionego alkoholu, który osiadł dosłownie na wszystkim. Dzisiaj pewno zamkną wcześniej; wokół widać popielniczki pełne petów, a puste szklanki pozostałe po wczorajszej zabawie wciąż piętrzą się na stołach. Jakaś babcia jedzie na szczocie, a druga odkurza dywan w kratę, na którym przy szafie grającej widać poczerniałe plamy krwi. Chcę wychodzić, ale barman nalewa mi piwo, więc siadam w kącie, przeklinając swój los.

Odrzucenie.

Kay, Shannon, moja staruszka, Kinghorn, nawet McKenzie. Wygląda na to, że mój nieobecny tatuś zapoczątkował, kurwa jego mać, całą serię. A gdyby moim ojcem okazał się nie atletyczny Kalifornijczyk, ale ten obszczymur Busby, byłby to ostateczny cios w schaby.

Witaj, synu.

Skoro mogłem to zrobić Kibby'emu, to mogę to również zrobić temu oblesiowi. Nienawidziłem go od dawna. Teraz skupiam swą nienawiść na Busbym.

BUSBY.

NIENAWIDZĘ TEGO OŚLIZŁEGO MANIPULATORA, TEGO MAŁEGO FIUTA.

MAM W SOBIE MOC ZDOLNĄ ZNISZCZYĆ TEGO SKURWYSYNA.

NIENAWIDZĘ BUSBY'EGO.

NIENAWIDZĘ BUSBY'EGO.

NIENAWIDZĘ, NIENAWIDZĘ, NIENAWIDZĘ...

NIENAWIDZĘ BUSBY'EGO.

NIENAWIDZĘ BUSBY'EGO.

NIENAWIDZĘ, NIENAWIDZĘ, NIENAWIDZĘ...

Zatracam się w mściwej mantrze aż do wyczerpania. Głowa zaczyna mi pulsować z wysiłku. Kilku starych pryków wchodzi do baru. Zauważają mój skupiony wzrok i spoglądając na mnie przez ramię, wymieniają porozumiewawcze spojrzenia.

– Patrzcie, ale świr – śmieje się jeden.

Ale pomimo moich wysiłków nic się nie dzieje; poprzednia magia gdzieś uleciała. Ni chuja nie jestem w stanie przywołać uprzedniego zjawiska. Podłoga nie wiruje i nie nastąpił przypływ energii taki jak po rzuceniu klątwy na Kibby'ego. Czuję się głupio i mam świadomość spojrzeń, jakimi obdarzają mnie klienci baru.

Mimo wszystko nie jestem w stanie ukierunkować swej nienawiści na Busby'ego. Czy to dlatego, że to on jest moim starym? Chodzi o to, że nie mogę zabić swego krewnego?

Więc o co chodzi z tą obsesją z Kibbym? Kim on jest dla mnie?

22. Balangi na Balearach

Perliste uśmiechy Mary-Kate i Ashley Olsen na ekranie multipleksu rozświetliły ciemność. Doświadczenie to było dla Kibby'ego urzekające i podnoszące na duchu. *New York Minute* był jednym z najlepszych filmów, jaki ostatnio widział. Niemniej jednak martwił się, że obrazy tego filmu utkwią mu w pamięci. Dzisiaj czeka go trudny sprawdzian. Minęło już dwanaście dni, od kiedy zaznaczył czarną kropkę w kalendarzu. Szło mu bardzo dobrze.

Po drodze do domu zatrzymał się przy kiosku i przez chwilę przeglądał magazyn z Olsenównami na okładce. Przeraziło go to, że jedna z nich toczyła nierówną walkę z problemami gastrycznymi. Był na tyle poruszony, że po powrocie do domu napisał list do ich matki z wyrazami poparcia.

> Szanowna pani Olsen,
>
> Bardzo zmartwiły mnie wieści o chorobie pani córki i mam szczerą nadzieję, że Mary-Kate przezwycięży kłopoty zdrowotne. Nazywam się Brian Kibby. Jestem dwudziestojednoletnim edynburczykiem, który cierpi na bardzo rzadką chorobę. Lekarze nie są w stanie jej zdiagnozować.
>
> Bardzo podobał mi się film *New York Minute.* Byłem na nim dzisiaj w kinie i prosiłbym o przekazanie dziewczętom życzeń dalszego rozwoju kariery. Mam nadzieję, że wkrótce zobaczymy Ahsley i Mary-Kate na srebrnym ekranie w nowym filmie.
>
> Do napisania tego listu nie skłoniły mnie żadne ukryte motywy – nie chcę o nic prosić ani niczego uzyskać. Po prostu uważam pani córki za bardzo ważne postacie na światowej scenie i chciałem to pani oznajmić.
>
> Z wyrazami szacunku,
>
> Brian Kibby

Wysłał list na adres czasopisma, mając nadzieję, że przekażą go dalej.

Z powodu osłabienia wywołanego chorobą Kibby nie wyruszał już na wycieczki z Górołazami. Jednak letnia impreza była wielkim wydarzeniem w ich towarzyskim kalendarzu. Świadomy tego, jak jest postrzegany, i pomimo znacznego osłabienia postanowił wziąć w niej udział.

To Ken Radden wpadł na pomysł, by zarezerwować salę w Ogrodzie Zoologicznym w Corstorphine. Spotkają się dwie grupy zwierzaków – zażartował. Bliskość ogrodu wydawała się Kibby'emu ciekawa. Szedł wolno cały obolały, ciągnąc za sobą umęczone, sterane ciało. I jeszcze do tego nerwy, zszargane, rozedrgane nerwy. Postrzegały każdego przechodnia jako kolejną wrogą siłę. Najniewinniejsza postać jawiła mu się jako McGrillen czy Skinner.

Kiedy dotarł na miejsce, czuł rosnący niepokój. Dopadła go paranoja – zastanawiał się uporczywie nad tym, co o nim myślą, i starał się udowodnić wszem i wobec, że nie pije alkoholu.

Pomimo ostentacyjnego obnoszenia się z pepsi i sokiem pomarańczowym większość ignorowała lub słała mu spojrzenia pełne współczucia. Ci, którzy się do niego odzywali, byli w stanie jedynie przez chwilę zamienić z nim słowo, a następnie pospiesznie chwytali się każdego, kto pojawił się na horyzoncie. Wprawiał wszystkich w zakłopotanie i dawali mu to odczuć bardzo dobitnie.

Myślałem, że to moi przyjaciele. Górołazy. Banda świrów...

Nagle zobaczył Lucy. Miała na sobie zieloną sukienkę.

Wygląda piękniej niż Mary-Kate czy Ashley... a przynajmniej tak samo ładna...

Wyglądała tak ślicznie, ale nie był w stanie do niej podejść – nie jako gruby, spocony wrak człowieka z czerwonymi oczami. Ale dostrzegła jego wzrok i spojrzała na niego zdziwiona, po czym rozpoznając go w końcu, niepewnie zbliżyła się do niego, pytając ostrożnie:

– Trzymasz się jakoś?

Spytała mnie... nie jest pewna, czy to naprawdę ja. Nawet nie jest całkiem pewna, że to ja!

Brian Kibby zmusił się do pogodnego uśmiechu.

– Nooo... eee... myślę, że jest jakaś poprawa, ale na razie nieznaczna – odpowiedział niemal jękiem na dźwięk własnych kłamstw. Następnie dodał z nadzieją: – Może znów pójdziemy zagrać w kometkę, kiedy się trochę pozbieram...

– Jasne – na twarzy Lucy pojawił się wymuszony uśmiech, jakby czekała na to, aż ziemia otworzy się jej pod stopami. Bo przecież kiedyś go lubiła, nawet jej się trochę podobał. Angus Heatherhill przybył jej z pomocą. Doskoczył do niej i odrzucając grzywkę z oczu, zapytał:

– Hej, Lucy, zatańczymy sobie?

– Jasne, Angus. Przepraszam, Brian – powiedziała i zostawiła Kibby'ego ze szklanką soku pomarańczowego w dłoni, który teraz smakował jak trucizna.

Patrzył przez chwilę za nimi, najpierw na parkiecie, a następnie w rogu sali.

Nie może się od niej odkleić. A jej się to podoba. Jakby kpiła sobie ze mnie w żywe oczy!

Jest taka jak oni wszyscy!

Kibby wyszedł przygarbiony i zdruzgotany z imprezy prosto w noc. Kiedy szedł brukowaną ścieżką, kierując się do wyjścia z zoo w stronę drogi, jakiś zwierzęcy wrzask zagrał na jego zszarganych nerwach. Poczuł, że zaraz serce eksploduje mu w piersi. Następnie rozległa się kakofonia cała skrzeków. Gdzieś za plecami usłyszał potężny, groźny ryk. Kiedy pospiesznie gnał w kierunku bram zoo, goniły go obezwładniające, wszechobecne zwierzęce zapachy. Wrócił do domu tak szybko, jak tylko pozwoliły mu na to jego osłabione ciało i wlokąca się przez miasto taksówka.

Następnego dnia rano Kibby zwalczył dojmujący ból, wstał i wsiadł do pociągu, który miał go zawieźć na konwent w Birmingham. Wcześniej zarezerwował sobie bilet i był zdecydowany stawić czoła Ianowi, który z pewnością tam się pojawi, i wyjaśnić mu wszystko. Ale po przyjeździe poczuł się tak źle, że nie był w stanie pójść do centrum konwentu, i po krótkim spacerze wzdłuż kanału, po którym dostał zadyszki, wrócił do hotelu i zasiadł przy telewizorze. To było bez sensu. Nie był w stanie stawić czoła ani Ianowi, ani komukolwiek innemu. Musiał jechać prosto do domu. I kiedy następnego dnia wieczorem Brian Kibby położył się w swoim łóżku, w Edynburgu, zauważył coś, czego wcześniej nie było. Dostał jakichś dziwnych wyprysków, jakich wcześniej nie widział.

Wezwany przez Joyce Kibby doktor Craigmyre nie mógł uwierzyć własnym oczom.

– Mówiłeś, że byłeś w Birmingham? – zapytał drżącym głosem leżącego w łóżku Kibby'ego, który jękliwie potwierdził. – Tylko że to… wygląda na ukąszenia moskitów!

Ukąszenia moskitów?

I doktor Craigmyre, patrząc na Briana Kibby'ego, zobaczył coś bardzo dziwnego. Na policzku pacjenta pęczniało naczyńko krwionośne, po czym na oczach lekarza pękło. Kibby poczuł swędzenie i skrzywił twarz.

Strzelił korek od szampana i Danny Skinner przystawił pieniącą się szyjkę butelki do ust, popijając dwie tabletki ecstasy, które wysuszyły mu usta i gardło. Tłum wokół niego na parkiecie wiwatował, kiedy podał butelkę dalej.

Skinner bardzo sobie chwalił pobyt na Ibizie, przynajmniej na zewnątrz. Balował tu co wieczór, a za dnia byczył się na plaży. Prawie nie spał. Ale kiedy świt zastał go w klubie o nazwie Space, Danny Skinner uporczywie starał się coś zrozumieć. Dlaczego, pomijając wpływ rytmicznego walenia muzyki Fatboy Slima, dudniącej i ogłuszającej tłum otępiałych imprezowiczów, który wywoływał przypływ dzikich emocji, on wciąż rozmyślał o durniach w skafandrach? I dlaczego, będąc pod wpływem wielkiej chemii, zatopiony w bagienku uścisków i uśmiechów oraz pokazu powierzchownej radości, hedonizmu imprezowego i, tak, czystej miłości, w myślach przemierzał kanały i zaułki Birmingham? I w żaden sposób nie był w stanie dociec dlaczego, kiedy jego dłoń pieściła twardy pośladek pod jedwabnymi majteczkami zapierającej dech w piersiach pięknej dziewczyny z Surrey o imieniu Melanie, gdy jej ponętne ciało owijało się wokół niego i pocierało w rytmicznych spazmach o jego krocze, a jej płonące usta przywierały do jego ust, on myślał o...

Nie.

Tak.

Myślał o Brianie Kibbym, o tym, co robi w tej chwili!

Dreszcz przeszedł Skinnera i na chwilę zapomniał o pięknej dziewczynie, zdając sobie sprawę z ponurej prawdy: zawsze brakowało mu Kibby'ego, kiedy tylko nie widział go dłużej niż kilka dni, dręczony chorobliwą, świadomą fascynacją gwałtownej potrzeby upewnienia się, co aktualnie robi jego rywal.

Ponieważ mimo tego, że Kibby musiał sam stawiać czoła jawnie nieszczerym pytaniom Skinnera o zdrowie, jego desperacja dobitnie zapowiadała, że zwierzy się komuś, najprawdopodobniej Shannon McDowall, z którą Skinner był wciąż w dobrych, choć aseksualnych stosunkach. I Skinner z dziką rozkoszą wydusi z niej wszystkie informacje.

Nie, Skinner myślał o Brianie, rozważając moc swego wpływu na niego. Przypominał artystę, który nie jest w stanie dostrzec owoców swej pracy na płótnie. Co ma wspólnego maraton LSD z Kibbym? A może to wpływ ścieżek kokainy ewidentnie zmieszanych ze środkami przeczyszczającymi? A może niefrasobliwe mieszanie zbóż z winoroślą*? A może chodzi o te butelki wódy w Mannumission albo o palenie cracku na tamtym jachcie; straszliwa ilość spalona na aluminiowej folii z pewnością była w stanie stłamsić umęczone płuca starego wroga.

Wystarczyło poczekać tydzień, tyle wystarczyło, by cieszyć się życiem i antycypować stłamszoną obecność, czy też raczej nieobecność, Kibby'ego w kolejny wspaniały poniedziałek. Będzie to z pewnością najwspanialszy tydzień w życiu Skinnera. Tydzień można było znieść. Ale dwa tygodnie! Szalał z niepewności. Musiał się przekonać.

W odróżnieniu od większości urlopowiczów odwiedzających tego lata magiczną wyspę Danny Skinner nie mógł doczekać się powrotu do domu.

---

* *Grape and grain* – wino z wódką (przyp. tł.).

23. Ścisłe sprofilowanie

Zdawała się zatopiona w myślach, nawet udręczona, kiedy przeciskała się przez zatłoczony bar. Ale kiedy zobaczyła jego zapraszający gest do stolika w rogu, Kay Ballantyne była prawdziwie zaskoczona, widząc, jak dobrze trzyma się jej były narzeczony.

– I jeszcze do tego byłeś na Ibizie – powiedziała szczerze pod wrażeniem, zastanawiając się, czy ktoś inny nie pojawił się w jego życiu. Odczuła przemożne poczucie klęski, myśląc: „Dlaczego nie mógł wyjść z tego dla mnie?".

Kay wygląda na wycieńczoną – pomyślał chłodno Skinner. Wokół oczu pojawiły się nowe zmarszczki – głębsze. Ta myśl przywołała jej obraz podczas pierwszego spotkania – na targu w Leith Links. Jej długie, czarne, lśniące włosy, czerwona kurteczka, ale przede wszystkim urocze ciemne oczy i promienny uśmiech odsłaniający białe ząbki.

Nie, to nieprawda. Przede wszystkim jej tyłeczek z opiętymi na nim dżinsami od Calvina Kleina, kiedy uniosła wiatrówkę i strzelała do tarczy. Sposób, w jaki jej twarde pośladki prężyły się, kiedy przestępowała z nogi na nogę. Dupeczka tancerki, dziewczyny z tanecznej trupy.

Teraz, siedząc z nią w barze Pivo, prawie dwa lata od spotkania na tamtym jarmarku, zdał sobie sprawę, że musi za wszelką cenę znów zobaczyć jej tyłeczek. Owładnięty tą myślą Skinner wdał się w długą walkę, której celem było ściągnięcie przez nią długiej, brązowej kurtki.

– Zdejmij katankę, Kay... – uśmiechnął się, ale Kay nie słuchała. Mówiła tylko o tym, jak to jej nie wyszło z Ronniem, jaka była załamana, kiedy stracili dziecko, jak teraz walczy o ponowne odzyskanie panowania nad swym życiem, rozpoczęciem pracy, nawet jeśli to tylko praca kelnerki.

Kontroli nad życiem... Kim jest ten Ronnie, do chuja pana? Jakie, kurwa, dziecko?...

– Zdejmij kurtkę, gorąco tu – nalegał Skinner, teraz jakoś dziwnie dysząc.

– Mnie nie – powiedziała i uśmiechnęła się do niego w sposób, który zawstydził i upokorzył go. Dzięki temu wyraźnie spostrzegł, jak wciąż jest piękna. I coś mu drgnęło w duszy po tych rewelacjach.

Proszę, zdejmij kurtkę...
Proszę, idź do toalety...
Żebym mógł uważnie przyjrzeć się tyłeczkowi, poszukać oznak zwiotczenia, upadku, bym mógł zmierzyć swą śmiertelność twoim upadkiem, jak robię to upadkiem wszystkiego wokół mnie... bym przypomniał sobie słowa wielkiego poety:

Pąk, co raz nabrzmiały niedościgłym kwieciem
Musi ponieść ofiarę
I choć nie ręka to niewczesna zrywa tę nić przecie
To spadną liście stare.

Ale nagle Kay zaczyna płakać. Najpierw pojawia się pojedyncza łza, a potem ręka szybko wędruje do oczu. Przez kilka straszliwych chwil Danny Skinner chce cofnąć czas, aby na powrót stać się mężczyzną zdolnym wziąć ją za rękę, który byłby w stanie jednym gestem rozbroić bombę łez na jej twarzy. Ale mimo że na swój sposób dalej jest zrozpaczony po stracie ukochanej, zdaje sobie sprawę, że nie jest już tym samym mężczyzną i nigdy nim nie będzie. Wtedy Kay wstaje gwałtownie.

– Przepraszam... muszę iść... muszę iść – powtarza, kierując się w stronę drzwi.

Danny Skinner pomyślał, że powinien za nią pójść i starać się ją pocieszyć, ale kiwa tylko zrezygnowany głową, patrząc, jak odwraca się i wychodzi. Patrzy na jej tyłek, ale Kay wciąż ma na sobie kurtkę. Wciąż jeszcze może za nią pójść. I nawet wstał, ale jak zwykle bar stanął mu na drodze.

Były to dwa najstraszniejsze tygodnie w życiu Joyce Kibby.

Chłopak wrócił tak chory z tej wyprawy do Birmingham. Był tam tylko jedną noc. Przez większość swojego urlopu leżał w łóżku i jęczał. Przez prawie dwa tygodnie! Teraz musi wrócić do pracy, ale nie jest w stanie.

Chłopak po prostu nie jest w stanie.

W przeddzień spodziewanego powrotu syna do pracy Joyce chciała ponownie zadzwonić do doktora Craigmyre'a. Brian ledwo mógł oddychać. Leżał pod kołdrą, pocił się i rzucał na łóżku.

– Żadnych lekarzy – zaprotestował energicznie, choć słabym głosem.

W oczach matki pojawiły się łzy.

– Będę musiała tam zadzwonić, synku, i powiem im, że nie nadajesz się do pracy…

– Nie… – wymamrotał słabo Kibby. – …Nic mi nie będzie… *Moskity...*

Joyce potrząsnęła głową.

– Nie wygłupiaj się, Brian – powiedziała, po czym obróciła się na pięcie i ruszyła do drzwi głucha na protesty syna. Nie ma mowy, żeby znów męczył się, jadąc do pracy, jak wiele razy wcześniej.

Jej opuchnięty i ciężko dyszący syn wpadł w jakąś malignę i mamrotał coś bez składu.

– Skinner i moskity… Skinner i moskity… przywiózł je do Birmingham…

Birmingham... moskity... Skinner...

...ani śladu ugryzienia na jego ciele...

...muszę się ożenić... otworzyć Harvest Moon... *Ann... Muffy... skończyć grę...*

Joyce zeszła na dół i wykręciła numer urzędu miejskiego, prosząc o połączenie z Wydziałem Ochrony Środowiska, po czym arogancki głos poinformował ją, że wydział nazywa się teraz Wydziałem Usług Środowiskowych i Konsumenckich. Brian zawsze powtarzał, że jakby co, powinna dzwonić do Boba Foya, ale Joyce coraz bardziej miała mu za złe jego oczywisty brak zrozumienia stanu zdrowia jej syna. Jednak kiedyś rozmawiała z pewnym człowiekiem, który był miły i uczynny.

Danny, nazywał się Danny Skinner.

Brian go nie lubił i wymógł na Joyce przysięgę, że nigdy nie będzie z nim rozmawiać, ale Joyce nie była w stanie stawić czoła chłodnemu sarkazmowi Foya. Podała telefonistce nazwisko Skinnera, a ta przełączyła ją na właściwy numer.

Danny Skinner siedział za biurkiem i czytał w *The List* artykuł o nowym, ściśle sprofilowanym barze, który otworzył swoje podwoje w mieście i najwyraźniej nie zamierzał zaniżać standardów obsługi i wygody, co groziło zmianą całej dotychczasowej natury rozrywki.

I żeby wejść w ten nowy wymiar, wystarczyło się stawić na miejsce. Z oczywiście dużą ilością gotówki lub plastików. Nie miał dużej ilości gotówki, a wyłącznie rachunki, ale w dzisiejszych czasach ochoczo rozdawano karty kredytowe i mógł zapłacić kartami Visa albo MasterCard. Tak, pójdzie tam dziś wieczorem, bo jego zdaniem taka wizyta wymaże stanowczo zbyt melancholijne myśli, które ostatnio coraz częściej przychodziły mu do głowy.

Nie mógł przestać myśleć o swoim ostatnim spotkaniu z Kay. Odtwarzał sobie to spotkanie raz za razem. Może powinien do niej zadzwonić i spytać, czy czegoś jej nie potrzeba? Ale już nie był za nią odpowiedzialny, to przypadkowe spotkanie było pierwszym od wieków. Nie, nie można wracać do tego, co minęło, trzeba iść do przodu. W jej życiu byli teraz inni, bliżsi jej ludzie. Niech oni się tym martwią. Ale jeśli... jeśli była sama? Nie. To przemówiła jego próżność. Kay zawsze była pełna życia, otwarta i lubiana. Nie narzekała na niedobór przyjaciół. Była ta Kelly, też tancerka – zawsze trzymały się blisko.

Ale już nie rusza w tany.

Nieee.

Praca. Skoncentruj się na pracy. W końcu kiedyś musisz to zrobić.

Włączył monitor, otworzył raport pokontrolny kolejnej nowej restauracji, która miała zostać otwarta na George Street. Telefon wyrwał go z zamyślenia, było to połączenie z miejskim numerem i było o wiele za wcześnie na sprawę oficjalną. Z nieznanych sobie powodów wstał i wyjrzał ze swego biura na półpiętrze i złośliwy uśmiech zatańczył mu na ustach, kiedy zobaczył puste krzesło przy biurku Briana Kibby'ego. Podniósł słuchawkę.

– Daniel Skinner – oznajmił śpiewnie.

Głos Joyce Kibby przez telefon zdawał się odzwierciedlać katusze, przez które przechodziła, raz był cichy, to znów głośny, dudniący i na bezdechu...

– Jestem już u kresu wytrzymałości, panie Skinner... on potrzebuje tej pracy, a tak się boi ją utracić... moja córka uczęszcza na Uniwersytet, a Brian obiecał przed śmiercią swemu tacie, że dopilnuje, by Caroline skończyła studia... ma na tym tle obsesję...

Ten głos, pomimo wyraźnego napięcia, ostrych tonów i aż nadto widocznych emocji, brzmiał w uszach Skinnera jak chór anielski.

Płacił za studia swojej siostry – pomyślał Skinner, ogarnięty dziwaczną sympatią oscylującą miedzy całkowitym fałszem a stuprocentową szczerością.

Wtedy postanowił się wtrącić. Mówił uspokajającym głosem choć, jak sądził, zachowując właściwe proporcje.

– Proszę poczekać, pani Kibby, chcę pani powiedzieć, że nie musi się pani o to martwić. Wiem, że Brian spędził dużo czasu na zwolnieniu, ale wszyscy tu wiemy o jego chorobie i wszyscy trzymamy za niego kciuki. Brian ma w naszym wydziale mnóstwo przyjaciół.

– Taki pan miły… – Joyce niemal załkała z wdzięczności.

– Musimy przecież pomóc Brianowi, pani Kibby. Proszę teraz spokojnie usiąść i nastawić wodę na herbatę. Za jakąś godzinę pojawię się u pani. I na miłość boską, niech pani powie Brianowi, żeby się nie przejmował. Wiem, jaki jest dumny. I proszę, niech pani się też uspokoi – powiedział w gwałtownym przypływie empatii.

Natomiast piosenka, którą śpiewał Skinner, słodko brzmiała w uszach Joyce Kibby.

– Bardzo panu dziękuję, panie Skinner, ale nie ma takiej potrzeby, na pewno jest pan bardzo zajęty…

– Och, to żaden problem, pani Kibby – powiedział uspokajająco. – Do zobaczenia wkrótce. Do zobaczenia.

– Do zobaczenia…

Skinner niemal wbił słuchawkę w widełki. Nawet nie zdawał sobie z tego sprawy, że cały czas zacierał ręce, aż do jego biura wszedł Bob Foy i zauważył:

– Ktoś tutaj otrzymał jakieś dobre wieści!

– Wczoraj wieczorem poznałem bardzo ponętną pannę – powiedział Skinner – i właśnie do mnie oddzwoniła.

W odpowiedzi Foy posłał mu spojrzenie będące jednocześnie wyrazem zawiści, pogardy i uwielbienia.

Ten pan Skinner to święty człowiek – pomyślała Joyce, odkładając słuchawkę.

To takie krzepiące, że w tych samolubnych, amoralnych czasach są jeszcze dobrzy ludzie na tym świecie.

Joyce Kibby poszła za radą Danny'ego Skinnera – w kuchni nastawiła wodę na herbatę.

Cóż to za prawdziwie miły, roztropny młodzieniec. Ale dlaczego Brian odnosi się do niego z taką wrogością i wzdryga się na samo jego imię? Nie rozumiem tego. Tak, Brian przeżył zawód, kiedy pan Skinner awansował zamiast niego, ale po co żywić zapiekłe urazy wobec człowieka, który jest dla niego tak dobry?

Jadę w odwiedziny do mojego starego kumpla Briana Kibby'ego! Minęły już dwa tygodnie. Wakacje na Balearach były wspaniałe, to prawda, ale umknęły mi ich konsekwencje wobec Kibby'ego. Wiedza na temat tego, co się zyskało, była smakowita, ale świadomość tego, czego się uniknęło, jest po prostu przepyszna.

Mam jeszcze dwie kontrole, ale będą musiały zaczekać. Sprawy personalne, którymi muszę się zająć w domu Kibbych, są o wiele bardziej naglące. To będzie dziwne, zobaczyć tak złożonego chorobą i bezbronnego Kibby'ego w jego naturalnym otoczeniu. I z pewnością będzie złożony chorobą i bezbronny, bo wczoraj wieczorem nieźle daliśmy w szyję z Garym Traynorem i Alexem Shevlane'em. Pojawiło się też trochę koki; zatoki Kibby'ego dostały pewnie nieźle w kość.

Jak zwykle Shannon jest szczęśliwa, kiedy może się wyrwać z biura w teren. Podcięła krócej włosy odsłaniając smukłą szyję. Generalnie nie lubię kobiet z krótkimi włosami, ale jej to jakoś pasuje.

– Nowa fryzura. Czy jest też nowy facet?

Posyła mi ten swój szeroki uśmiech spod znaku „mam co robić w łóżku", biorąc teczkę z biurka. Następnie przykłada palec do ust.

– Ciiii.

Kolejny sekret sypialni.

Przynajmniej jedno z nas ma dobrze, ja też potrzebuję jakiejś osłody. Wciąż nie mogę się otrząsnąć po spotkaniu z Kay. Te jej rewelacje o nowych facetach i poronieniach, których starałem się nie słyszeć, ale również wpłynęły na to wieści o Rabie McKenziem, który po prostu zapadł się kurwa pod ziemię. Ani widu, ani słychu o grubym gnoju – ani śladu we wszystkich spelunach i norach w naszej parafii.

Biedny Wielki Rab cierpiał na marskość wątroby i nie mógł już pić. Co za koszmar. Na tym polega problem z upijaniem się: jest to stan bezpośredni dotyczący teraźniejszości. Nie można żyć wspomnieniami o niegdysiejszej konsumpcji. Pomysł, że jest już po Rabie, jest sam w sobie popierdolony. Dociera do mnie, że jesteśmy mniej więcej równolatkami, mamy ten sam wzrost, chociaż inną wagę. Kibby jest o cal bądź dwa niższy ode mnie i jest młodszy od nas o jakieś półtora roku. Tym samym musi znajdować się w podobnym stanie co on, bądź też wielkimi krokami zbliżał się do tego stanu. Pokłady zdrowia Kibby'ego – jego system nerwowy, wątroba, nerki, trzustka, serce – musiały być już nieźle naruszone. Z początku pojawiła się myśl: co będzie, jeśli Kibby umrze? To właśnie się stanie: Kibby umrze. To nieuniknione. Każdy umiera, ale dzięki moim wygłupom jego czas zdecydowanie szybciej się kończył. I nie mogę – nie potrafię – przestać żyć pełnią życia. I nie ma takiej potrzeby, ponieważ Kibby dostaje za to po garbie. Przestałbym wyłącznie po to, by Kibby przeżył, co było prawdziwie perwersyjną myślą.

Ale…

Ale to morderstwo. Tak, morderstwo dziwacznej, niesamowitej i dzięki Bogu niewykrywalnej natury, nie mniej jednak morderstwo. I dalej ciągnąc tę myśl: co się stanie jeśli, czy też raczej kiedy, Kibby odejdzie w niebyt? Co stanie się z tym cudownym darem, którym zostałem obdarowany? Czy będę w stanie obarczyć kogoś innego brzemieniem bólu?

Może jak Kibby kopnie w kalendarz, to zaklęcie zadziała na tego skurwiela Busby'ego!

A może w jednej chwili rozedmie mnie do rozmiarów okropnego, chorego i dyszącego ludzkiego wraka, który będzie zdychał na ulicy, a smukły Kibby, niby Superman, odwali wieko trumny? Tak oczywiście wyglądałby sprawiedliwy scenariusz, ale to całe zamieszanie pokazało mi zbyt wiele korzyści płynących z mrocznej strony mocy, dało mi zbyt wiele chorobliwej satysfakcji, by przekonać mnie o możliwości występowania dobrej karmy w naturze.

Nie.

Przyziemny i prawdopodobny scenariusz zakładał, że od tej chwili będę sam nosił swoje brzemię. Będę musiał zmierzyć się ze swą śmiertelnością. Więc niech tak się stanie, nie mogę narzekać – i tak dostałem fory na starcie.

Ale on nie może umrzeć, co to, to nie. Nie dam mu umrzeć; nigdy nie chciałem, żeby tak się stało.

Biorę więc urzędową furgonetkę z parkingu i podążam Glasgow Road. Nigdy nie czułem się bezpiecznie za kierownicą, mimo że prawo jazdy zrobiłem wiele lat temu. Teraz to bułka z masłem. Skręcam w zjazd prowadzący do osiedla domków, gdzie mieszkają Kibby. Mieści się na starym osiedlu komunalnym w dobrej dzielnicy. Jest tu mnóstwo domów parterowych, a domy czynszowe mają dwa, a gdzieniegdzie tylko trzy piętra. Po chwili trafiam na jego dom. Zamontowano w nim nowe drzwi z numerem oraz dziwną, drewnianą, niemal gotycką w stylu tabliczką z nazwiskiem wypisanym literami stylizowanymi na gałęzie drzewa, które nieco zbyt optymistycznie układają się w nazwisko KIBBY. Patrzę na nią przez chwilę i czuję, jak ramiona trzęsą mi się w nerwowej wesołości.

Biorę się w garść i naciskam przycisk dzwonka.

Otwiera mi pani Kibby, czy też – jak mówi – Joyce. Jest szczupłą, patykowatą kobietą o ostrych rysach twarzy. Ma jego oczy – wielkie i zastraszone. Nie mam czasu, by dobrze przypatrzyć się wszystkim widokom, poczuć zapachy czy wsłuchać się w odgłosy domostwa Kibbych, ale moje pierwsze wrażenie jest takie, jakbym znalazł się w jakimś starym budynku publicznym, jak w specjalistycznej czytelni czy w poczekalni dentysty. To standardowe budownictwo z niskim sufitem z okresu międzywojennego z mnóstwem panelowych drewnianych drzwi, takimi, na którym biała farba zżółkła nieco i choć przypomina odcień magnolii, to wiadomo, że nim nie jest. Pastelowo niebieska tapeta z żółtym motywem roślinnym mogłaby zostać nazwana przez cwanych kutasów „rustykalną". Na podłodze leży też szczególnie kiczowaty granatowo-zielony dywan we wzorki, ale przynajmniej zapewnia komfort chodzenia.

Pani Kibby prowadzi mnie do kuchni i nastawia wodę na herbatę, prosząc mnie, bym usiadł.

– Jak z nim? – pytam ściszonym głosem.

– O tak, oczywiście… – mówi pani Kibby. – Zajrzyjmy na górę. To może być dla niego krępujące, rozumie pan. Nie lubi przyjmować gości, leżąc w łóżku…

– Nie ma sprawy – kiwam poważnie głową, próbując uspokoić walenie serca, które ruszyło z kopyta w oczekiwaniu. – Nie chciałbym go zawstydzać, więc tylko zajrzę do niego przez drzwi.

Na górze, pokój Kibby'ego cuchnie po prostu wonią rozkładu w takim natężeniu, jakiego do tej pory nie zaznałem. Jest to jednocześnie sztuczny i zwierzęcy smród: wiszącego w powietrzu zapachu starych lekarstw i gnijącego ciała. Słyszę, jak Kibby jęczy w półmroku, na co jego matka mówi uspokajająco:

– Jest tu pan Skinner...

Czuję taki przypływ nudności wywołanych obrzydzeniem i podnieceniem, że aż muszę zdławić agresywne myśli, zastanawiając się, jak ta tłusta, leniwa ciota może tak leżeć w wyrze, kiedy prawdziwi faceci zapierdalają jak mrówki.

– Nie mogę rozmawiać... odejdź, proszę – Kibby ni to jęczy, ni warczy w niewielkim, zaciemnionym pokoju, a ja dostrzegam plakaty i abażur *Star Trek*. Obok niego na łóżku leży laptop. Sprośny wieprz pewnie przegląda strony porno w necie!

– Proszę, nie mów tak do pana Skinnera, synku, przyjechał cię odwiedzić! – bełkocze matka, patrząc na mnie przepraszająco.

Gdyby był ochwaconym koniem, to by się skurwiela zastrzeliło.

– Odejdź... – dyszy Kibby.

Joyce Kibby zaczyna się mazać i trząść. Muszę chwycić biedną kobietę za dłonie i wyprowadzić ją z sypialni. Ale kiedy przechodzimy przez drzwi, szepczę na bezdechu:

– Rozumiem, Bri, kolego. Ale jeśli mogę coś dla ciebie zrobić, cokolwiek...

Z łóżka znów dobiega mnie przeciągły warkot. Przypominam sobie, gdzie słyszałem taki dźwięk. Jako chłopiec miałem kota o imieniu Maxy. Maxy został potrącony przez samochód i ze zmiażdżonymi łapami wczołgał się pod żywopłotem do ogrodu po drugiej stronie ulicy. Kiedy starałem się wyciągnąć łajdaka dał popis. Nie był to koci syk czy prychnięcie, ale niski, jakby psi, warkot, na dźwięk którego mało się nie posrałem ze strachu.

Prowadzę roztrzęsioną Joyce Kibby schodami na dół do kuchni i sadzam ją na krześle, mimo że wciąż się podrywa, chcąc dolać mi herbaty.

– Nie mogę zrozumieć, panie Skinner. On też był takim miłym chłopcem. Naprawdę bardzo się zmienił, nawet kiedyś na mnie naskoczył. I ten młody Ian, który był jego najlepszym przyjacielem – jego też posłał do wszystkich diabłów. Kiedyś byłam na zakupach i zobaczyłam tego chłopaka, a on nawet się nie zatrzymał i nie przywitał!

– Może taka już natura tej choroby – ciągnę współczująco. – Powoduje jakieś zmiany w zachowaniu, wraz z degrengoladą fizyczną następuje pogorszenie zdrowia psychicznego. Koledzy z pracy zauważyli, że ostatnio stał się jakiś taki nadwrażliwy.

– Zmiany w zachowaniu – zastanawia się Joyce Kibby, stawiając przede mną filiżankę herbaty. – Dobrze pan to opisał, panie Skinner.

– A lekarze wciąż są bezradni?

– Ten cały Craigmyre, co on tam wie. Nic – rzuca gorzko Joyce Kibby. – No bo jest tylko lekarzem pierwszego kontaktu, ale próbowaliśmy również konsultacji u specjalistów... – wyjaśnia, ale moja uwaga skupia się na gorącej kuchence, aż na koniec rzuca rewelację jak granat: – Wszyscy byliście dla niego niezwykle mili, ale to już koniec. On już dłużej nie może. Skontaktujemy się z kadrami i będziemy starać się o rentę zdrowotną.

Od razu poczułem mdłości i aż osłabłem. W tej herbacie jest stanowczo za dużo mleka.

– Ale... to młody chłopak... nie może odejść... po prostu nie może...

Joyce Kibby uśmiecha się i smutno potrząsa głową. Patrzy mi prosto w oczy i widzę, że wierzy, iż naprawdę się przejąłem. Że naprawdę jestem smutny z tego powodu... i prawda jest taka... że jestem naprawdę kurwa przejęty.

– Obawiam się, że to jedyne wyjście – odpowiada poważnie.

– Ale jak sobie poradzicie? – I słyszę swój własny afektowany, wyczekujący głos. Staram się opanować. – No bo wspominała pani, że pani córka studiuje... bardzo się pani martwiła w rozmowie przez telefon.

– Przepraszam, chyba trochę panikuję, prawda? – przyznała się Joyce Kibby, uśmiechając się niepewnie.

– Nie! – odpowiadam głośno i poddańczo.

Ale kobieta ciągnie dalej, nieświadoma mego bólu, podsycana poczuciem posępnego wyzwolenia osoby, która właśnie podjęła straszną, niemożliwą do uniknięcia decyzję.

– Pewnej nocy usiedliśmy wszyscy i przedyskutowaliśmy to racjonalnie. Wiem, że Caroline studiuje, ale znalazła posadę kelnerki na trzecią zmianę, więc może się w przyszłym tygodniu przeprowadzić na stancję z koleżankami ze studiów. Mamy nieco grosza, co powinno wystarczyć na czesne. Ja zaopiekuję się Brianem. W tym tygodniu jestem umówiona w urzędzie pracy, żeby wziąć ulotki i dowiedzieć się czegoś więcej o możliwości podjęcia pracy lub skorzystania z udogodnień socjalnych.

Otwieram usta i chcę coś powiedzieć, ale słowa uwięzły mi w gardle; po prostu nie wiem, co powiedzieć.

– Będę szczera, cieszę się, że się wyprowadza. To nie miejsce dla młodej kobiety. – Joyce Kibby potrząsa głową ze smutkiem. – Niegdyś to był też bardzo szczęśliwy dom. Kiedy mój Keith… – głos się jej łamie i zakrywa oczy chustką.

Czuję przemożną chęć, aż boli mnie, by pomóc… a może po prostu chcę stać się osobą dla niej niezbędną, bym mógł triumfować w obliczu upadku Kibby'ego? Ale ląduję u boku jego matki wczepiony w oparcie jej krzesła, obejmując drugą ręką jej chude, kościste ramiona.

– No już, już, już dobrze… – mruczę, mimo że jej postawa mnie irytuje, to, jak ją to przygięło. Chcę wbić jej kolano w kręgosłup i naprostować ją. Bije od niej jakiś dziwny zapach, więc wstaję, rozmyślając o higienie osobistej, daję za wygraną.

– Jest pan taki miły, panie Skinner – szlocha, naprawdę w to wierząc.

A ja myślę o swojej mamie, jak bardzo się od siebie oddaliliśmy, o tym, jak moja chęć poznania ojca wbiła między nas klin. I nie pójdę się z nią zobaczyć, najpierw odszukam tatę.

– Przepraszam, ale powinienem już wracać do biura.

– Oczywiście… – Joyce Kibby w końcu puszcza moją rękę. – Bardzo dziękuję, ze pan przyjechał. Dziękuję panu z całego serca, panie Skinner.

– Proszę mi mówić Danny – mówię tak szczerym i dobitnym głosem, że samego mnie to przeraża.

I tak opuszczam mały domek Kibbych w dzielnicy Corstrophine-Featherhall, czując zgorzknienie i niepokój, w godzinie która miała być chwilą mojego triumfu. W końcu Kibby to już historia; nikt nawet nie spojrzy na chuja, obłego parszywca mieszkającego samotnie z matką. Nigdy sobie nie pociupciał, a teraz jest jeszcze niezdolny do pracy. I to wszystko przeze mnie! Co za wynik!

A jednak czuję niepokój i jestem przybity. Wszystko się zmienia. Kibby nie może mi tego zrobić! Jak będę w stanie utrzymywać z nim kontakt, by sprawdzić działanie mojej mocy na nim? Ja... nie mogę go stracić. Straciłem wszystkich innych, nawet nigdy nie poznałem ojca. Z niewiadomego powodu czuję, że nie mogę stracić Briana Kibby'ego! Ale z pewnością nie pozbiera się z tego, rezygnując z pracy! To wszystko, co ma! Jest wszystkim, co mam...

Nie, może przemyśli sprawę, a ja dam mu trochę spokoju wieczorami. W Filmhouse wyświetlają cykl filmów Felliniego, poza tym muszę w końcu przebrnąć przez te poezje MacDiarmida, które kupiłem w zeszłym roku; dla Szkota to wstyd nie znać przynajmniej pobieżnie tych wypocin. Odłożyłem to, gdy się dowiedziałem, że to jego pseudonim, a uważam, że to podejrzane, jak ktoś sobie zmienia nazwisko. Tak, może kupię sobie jakieś nowe filmy na DVD i dam biednemu Brianowi Kibby'emu trochę wytchnienia.

24. Prywatne zabawy

Nadciągnęło lato, jeden festiwal się zaczyna, a drugi kończy. Podobnie jak większość edynburczyków Skinner zawsze tego nienawidził. Irytowali go amatorzy-entuzjaści; wchodzili zawodowym pijakom w drogę, zajmując miejsca w pubach i blokując wejścia do barów. Taksówki, które normalnie można było zatrzymać i popędzić do kolejnej speluny, teraz były pełne nowo przybyłych spieszących na występy. Choć? – Choć zawsze psioczył z nadejściem lata, to tłumy turystów zapewniały picie do późnych godzin nocnych i zwiększały szansę na spontaniczne dymanko.

Ale omijało go to wszystko, bo siedział samotnie z odtwarzaczem DVD, oglądając nową wersję *Planety małp*, przez którą musiał również kupić i obejrzeć pierwowzór w trzypłytowym wydaniu. Przechodzi przez pierwsze trzy serie *The Sopranos*, niemal podpierając się nosem z powodu braku snu po weekendowym maratonie, a w drugą sobotę przedsięwziął ambitny plan obejrzenia całej pierwszej serii *24* bez przewijania i ciurkiem, ale odpadł po szesnastu godzinach. Poza tym miał swoją poezję. Był szczególnie poruszony romantycznymi strofami Byrona i Shelleya. Po zakończeniu festiwalu stwierdził, że jeśli teraz wyjdzie na ulicę, to trafi do starych bastionów, zatwardziałych enklaw piwska, pełnych wrogości i awantur, które nieuchronnie wciągną.

Kibby nie zniósłby kolejnych potencjalnych szram.

Najgorsze było to, że wkrótce nieuchronnie naciągnie tu zima. Ale Danny Skinner postanowił, że zostanie w domu. Zaczął zdrowiej się odżywiać i przeczytawszy, że wątroba jest jedynym organem, który może się regenerować, zaczął przyjmować regularne dawki wyciągu z wilczomlecza, by wspomóc ten proces.

Trzymał się nieźle; nawet udało mu się zamontować szafę z rozsuwanymi drzwiami w sypialni. Ale kiedy mijały kolejne dni nieobecności Briana Kibby'ego w pracy, Skinner poważnie się niepokoił, że nie słyszy żadnych wieści o swej dziwacznej nemezis.

Co się dzieje z tym małym gnojkiem? Teraz już powinien wyciskać na siłowni.

Kibby wciąż się nie pojawiał, chociaż Skinner trzymał abstynencję, unikał pubów i odmawiał picia i narkotyków, pomijając kilka żałosnych puszek piwa pewnej niedzieli, kiedy na Setancie odbywały się edynburskie derby futbolowe.

Kibby pewnie wkrótce pojawi się w pracy!

I wtedy, pewnego strasznego popołudnia, Bob Foy zawołał Skinnera do biura i powiedział, że ma do niego oficjalną sprawę. Kadry przygotowały przejście pracownika na rentę. Brian Kibby się zwalniał!

Nie!

To kurwa mać niemożliwe!

Jak Kibby mógł odpierdolić mi taki numer!

Zaczął postrzegać Kibby'ego jako swe odbicie w lustrze, mapę drogową własnej śmiertelności. Nie, to nie może być. Ale radość na twarzy Foya świadczyła o czym innym. Skinner nie mógł wydusić z siebie ani słowa; pokiwał tylko głową i wrócił do swojego biura, i wykonał desperacki telefon do Joyce, błagając ją, by skłoniła Briana do zmiany decyzji.

– Och... bardzo panu dziękuję, panie Skinner, za wsparcie... Danny... ale myśmy się już zdecydowali. Bardzo nam ulżyło, kiedy się w końcu zdecydowaliśmy. Bardzo mu się poprawiło w ciągu kilku tygodni właśnie dlatego, że przestał się przejmować pracą.

Nie.

NIE.

Wszyscy w wydziale zachodzili w głowę, starając się zrozumieć, dlaczego Danny Skinner był tak przybity przejściem na rentę Briana Kibby'ego – on, który stale drażnił się z nim i prześladował go.

– Danny ma w sobie pokłady dobra – Shannon McDowall starała się wyjaśnić nowej inspektorce Liz Franklin. – Na pozór żartowniś, ale pod tą skorupą jest bardzo wrażliwy.

I na swój dziwny sposób niewątpliwie się przejmował. Danny Skinner zaczął bowiem popadać w mroczne, posępne przygnębienie. Cały świat mu się walił. Teraz nie będzie mógł regularnie widywać Briana Kibby'ego.

Muszę zobaczyć Kibby'ego.

Na razie pokażę mu, jak to jest wkurwiać kolegów. Dam ja temu małemu obibokowi prawdziwy powód do zmartwień!

I tak Skinner poszedł do mieszkania dilera Daviego Creeda i kupił dwa gramy kokainy. Creedo przygotował też kilka gramów na miejscu, walnęli razem i Skinner od razu się bardzo uspokoił. Ponieważ Skinner był dobrym klientem, Creedo dorzucił kilka słodkości za friko. Danny Skinner już po chwili ruszył nabuzowany w miasto, przenicował kilka pubów, po czym spotkał kumpli i razem poszli do klubu nocnego. Po tym dołączył do domowej imprezy w Bruntsfield. Skinner w życiu nie widział tyle wódy na raz.

To pewnie wszystko przypadek. Ale teraz naprawdę dam w szyję...

Wybrał butelkę absyntu i chłeptał z niej, jakby pił wodę, aż wokół wszyscy gapili się na niego z uwielbieniem, wydając westchnienia pełne podziwu.

Ann. Samo już imię świadczy o tym, że można na niej polegać. Lojalność. To ktoś, na kim można polegać, ktoś, kto nigdy, przenigdy nie zawiedzie. Tak, ona wysuwa się na czoło. Muffy była niebezpieczna.

Brian Kibby siedział w swoim pokoju z niemal wiecznie włączonym laptopem – albo grał, albo siedział w sieci. Ataki ustały, ale wciąż był chory, wyczerpany i w depresji. Leżał w łóżku podparty stertą poduszek z iBookiem obok. Nie był w stanie wyjść i spotkać się z kimkolwiek i zakazał wszelkich wizyt. Gruby Gerald był tym niemile zaskoczony i wciąż dzwonił na komórkę Kibby'ego, radośnie ujawniając najnowsze miłosne przygody Lucy. Było to tak irytujące, że Kibby przestał odbierać telefony, ale wtedy rozpętała się burza SMS-ów – nie mógł się oprzeć i czytał je wszystkie. Czerwonymi oczami, palącymi jak rozżarzone węgle w czaszce, przeczytał ostatnią triumfalną wiadomość:

> Teraz piekna lucy nie widuje sie z angusem, ale ken zaczal sie kolo niej krecic. Stary przebiegly lis! Zabarala sie za to z werwa, bo juz nie obscisкuje sie z kazdym na dyskotekach – mozna cos zlapac! Ken i ja skonczylismy przewodnik gorolazow po gorach grampian. Wysle ci egzempl.

Kibby aż walnął plecami o stos poduszek. Wytrzymały napór.

Skasował wiadomość.

Przewodnik był moim pomysłem! Ken i ja mieliśmy napisać go razem... i Lucy... on mógłby być jej ojcem! Sprośna, paskudna kurewka!

Kibby pospiesznie wrócił do netu i przeglądał strony pornograficzne, aż odnalazł dziewczynę z okularami w złotych oprawkach przypominającą Lucy. Miała na imię Helga, tak przynajmniej się przedstawiła ze skandynawskim akcentem, który zadźwięczał zmysłowo w głośnikach laptopa. Z poczuciem winy ściszył dźwięk i onanizował się wściekle na tyle, na ile pozwalało mu zdrowie.

Powinienem ją wtedy kurwa mać przerżnąć... chciała tego... wszyscy ją mieli... mała kurewka... uurgh...

Wydawało się, że wraz ze szczytowaniem opuściły go wszystkie mizerne siły życiowe. Spojrzał na ciemny sufit opanowany pustką, jaka rosła mu w piersi, i wyseplenił:

– Przepraszam...

Kolejna czarna kropka... a tak dobrze mi szło... dlaczego jestem tak słaby...

Znów wziął do ręki stary krawat i wahając się tylko chwilę, przywiązał prawą rękę do framugi łóżka.

Ale tej nocy ktoś naprawdę karał go za jego grzechy. Obudził się zlany potem, skręcając się w obezwładniającym bólu, jakiego nie zaznał nigdy w życiu.

Joyce Kibby obudzona straszliwymi krzykami wstała i narzuciła szlafrok, a serce łomotało jej w piersi. Wpadła do sypialni i krzyknęła:

– Brian! – Włączyła światło. Żarówka tylko zabłysła, strzeliła i zgasła. – Brian! – zakrzyknęła ponownie.

Z ciemności nie nadeszła odpowiedź, było cicho jak makiem zasiał. Odnalazła po omacku włącznik lampy przy łóżku i kiedy ją zaświeciła, zobaczyła, że skóra syna ma żółtą barwę, a on sam ledwo oddycha. Z nieznanych przyczyn rękę miał przywiązaną do framugi łóżka.

– Co się stało, synku, twoja ręka...?

Zobaczyła, że nie jest w stanie odpowiedzieć. Pobiegła na dół i wezwała karetkę, następnie ponownie pognała do sypialni.

– Trzymaj się, już jadą – błagała. Brian leżał, jęcząc cicho, a pot wypływał ze wszystkich porów ciała. Rozwiązała mu rękę, przytrzymała ją, wyczuwając słaby puls. Nie była w stanie powiedzieć, ile tak siedziała z nim, czekając na karetkę. Kiedy przyjechała, sanitariusze zabrali spoconego pacjenta na noszach i ponieśli przez niewielki ogródek do samochodu. Powietrze orzeźwiło nieco Briana Kibby'ego, który zajęczał:

– Czuję, że zawiodłem wszystkich…

Joyce chwyciła pękate ciało syna w szczupłe ramiona.

– Już, już… nie wygłupiaj się, synku, kochamy cię. Zawsze będziemy cię kochać… jesteś wciąż moim małym chłopcem – płakała.

Miał bardzo żółtą skórę i bolało go tak, jakby ktoś rozorał mu całe plecy.

25. Mięsne miasto

Nóż do steków Foya przedzierał się przez smażoną wątróbkę. Uniósł widelec do ust i z lubością czekał, aż soczyste mięso rozpuści się częściowo na podniebieniu. Smak i konsystencja przywodziły na myśl słodycz miodu. Foy napełnił duży kielich Nappa Valley Cabernet Savignon o wystarczająco zdecydowanym smaku i unosząc go do nosa, delektował się aromatem. Dla takich właśnie chwil żył główny inspektor. Jego wszystkie zmysły zatracały się w sztuce życia chwilą. Chwile, jak ta, były dla niego bezcenne. Ale pomimo usilnych prób Robert Foy nie był w stanie całkowicie zignorować bomby, jaką rzucił kolega siedzący po drugiej stronie stołu.

– Naprawdę, Bob – powiedział Skinner, spoglądając na aktówkę stojącą na podłodze.

Foy westchnął, opuszczając kielich, i opadła z niego maska zadowolenia. Grawitacja wdarła się brutalnie do próżni, uwidaczniając wyraźnie jego ponurą minę.

– Danny... codziennie czuję to samo. Przynajmniej się z tym prześpij.

Skinner zachowywał się, jakby w ogóle nie usłyszał tych słów. Otworzył aktówkę i wyjął z niej kopertę.

– Tu jest wszystko.

Foy uniósł brwi, wydął dolną wargę i wziął do ręki beżową kopertę, otworzył ją i przeczytał pismo.

– Boże, naprawdę chcesz to zrobić – w końcu do niego dotarło. – Naprawdę się zwalniasz. Rozumiem, że już wysłałeś to Cooperowi, tak?

– Rano – odparł Skinner beznamiętnie.

– Ale dlaczego? – Foy nie dowierzał. – Przecież dopiero co dostałeś awans na starszego inspektora.

Co mam mu powiedzieć? Może coś na kształt – „Na ziemi żyje kilka miliardów ludzi i mam trochę dość oglądania tych samych mord". Mógłby wziąć to do siebie.

– Chcę podróżować. Zobaczyć trochę świata – odparł rzeczowo Skinner, po czym dopowiedział: – Chcę jechać do Ameryki. Zawsze chciałem tam pojechać.

Foy zagryzł dolną wargę i zmarszczył brwi, zastanawiając się nad czymś usilnie.

– Cóż, jesteś młodym człowiekiem i trochę już zrobiłeś. To oczywista sprawa, że chcesz zobaczyć coś więcej. Rozwinąć skrzydła – powiedział, przeżuwając się przez kolejny kawałek wątróbki i popijając cabernet sauvignon. Jakby na potwierdzenie swych doznań ponownie przeczytał etykietę na butelce, upewniając się, iż rzeczywiście pochodziło z winnicy Josepha Phelpsa, według niego jednej z najlepszych w Nappa Valley. – To doskonałe wino – stwierdził, biorąc do ręki do połowy opróżnioną butelkę. – Nie skusisz się?

– Nie – staram się odzyskać formę – powiedział Skinner, jedną dłonią nakrywając swój kieliszek i drugą unosząc szklankę z gazowaną wodą mineralną san pellegrino do ust. – Fajki też odstawiłem.

– Cóż, to jest szczególna okazja. No, proszę – Foy nalegał. – Nic ci nie będzie! Spójrz na młodego Kibby'ego, taki był porządny, a teraz trzeba mu wymienić wątrobę. To tylko pokazuje, że całe to gadanie o zdrowym odżywianiu to bzdury. To się ma w genach. Co człowiekowi pisane, to go spotka – powiedział, biorąc do ust kolejny kęs smażonej wątróbki.

Skinner spojrzał ponuro na Foya, przypominając sobie zdanie, które kiedyś zacytował koledze.

– Od wina gnije wątroba, gorączka trawi śledzionę, mięso zatyka brzuch, a pył zaognia oko.

– Co to za brednie?

– Aleister Crowley. I nie mylił się.

– Człowiek żyje raz – powiedział Foy, ponownie unosząc kielich. – Ale oczywiście twoi ulubieni katole sądzą, że potem się trafia w lepsze miejsce!

– To miejsce to Kalifornia. – Skinner wzniósł toast wodą mineralną, zastanawiając się, jak bardzo musi stąd zwiewać, by uciec od wszelkich okazji do wypicia. Wszędzie, w około, wszyscy spodziewają się, że jak człowiek wyjdzie w miasto, to od razu będzie pił alkohol. Było to tak naturalne jak oddychanie.

A on tam leży, po drugiej stronie miasta, w łóżku szpitalnym w Małej Francji, tam go położyłem, walczy o życie. Teraz muszę walczyć u jego boku. Muszę być z nim. To najokrutniejsza klątwa na świecie, nie wiedziałem, że można być tak ściśle związanym ze swoją nemezis, jak człowiek sam sobie zakłada pętlę na szyję. Jak w końcu bierze na siebie odpowiedzialność za drugą osobę. Prawdziwy wróg zmienia się w żonę, dziecko czy starzejącego się rodzica. Przestawia ci całe jebane życie i nigdy nie możesz uwolnić się od takiego chuja.

Wszystkie pokusy związane z piciem były jak wyrok śmierci na Kibby'ego. Ale to Edynburg, Szkocja. Zimne miasto na peryferiach Europy, gdzie szybko robi się ciemno, gdzie ciągle pada i jest nudno jak w dupie przez większą część roku – stwierdził posępnie. Nominalnie to stolica, ale główne decyzje dotyczące życia obywateli i tak zapadają mile stąd. Podsumowując, panują tu idealne warunki do autodestrukcyjnego chlania – pomyślał Skinner. Tak, musiał się stąd wydostać.

Po powrocie do domu usiadł przy kuchennym stole. Dławiąc się z emocji, napisał list do matki.

Droga mamo,

Przepraszam, że byłem pijany, kiedy pytałem cię o mego ojca. Kiedy byłem ostatnio u Ciebie chciałem Cię przeprosić, ale trafiłem na Busby'ego i widziałem, że ty też piłaś, więc uznałem, że to zły moment. Pokręciło się między nami, ale chcę, żebyś wiedziała, że bardzo Cię kocham.

Postanowiłem znów zapytać Cię o mego ojca. Szanuję to, że chcesz zachować tę wiedzę dla siebie, z powodów, których pewnie nigdy nie zrozumiem. Ale musisz również wiedzieć i pogodzić się z tym, że ja muszę wiedzieć. Po prostu pogodziłem się, że dowiem się tego bez Twojej pomocy.

Nie wiem jeszcze wszystkiego, ale zbliżam się do prawdy. Rozmawiałem z De Fretaisem, Starym Sandym, starałem się dotrzeć do starych punków. Teraz wyruszam do Ameryki szlakiem Grega Tomlina.

Jeśli chciałabyś mi coś powiedzieć, to proszę, skontaktuj się ze mną do przyszłego czwartku, bo potem będę już w Stanach.

Chciałbym, żebyś wiedziała, że zrobiłaś dla mnie więcej niż niejedna pełna rodzina i że moje pragnienie poznania ojca nie wynika z przekory ani braku szacunku, jaki do Ciebie żywię. Chciałbym, żebyś również wiedziała, że jakiekolwiek były okoliczności znajomości z moim ojcem, nic nie wpłynie na moją miłość do ciebie.

Zawsze Twój syn
Danny

Włożył list w kopertę i poszedł, by wsunąć go pod drzwiami, ale nie chciał zaryzykować spotkania na schodach. Poszedł za to do salonu fryzjerskiego Bev i wcisnął go do skrzynki na listy, gdzie znalazła go następnego dnia rano wraz z rachunkami i ulotkami lokali z jedzeniem na telefon.

Poszedł wzdłuż Bernard Street przy wtórze skrzeku i świergotu ptaków; restauracje zostawiały na zewnątrz worki ze śmieciami po lunchu, a śmieciarze najwyraźniej się spóźniali. W pobliżu nerwowych, agresywnych mew kruczoczarna wrona o granatowo połyskujących piórach zawładnęła dużym kawałkiem wątroby i dziobała go sobie.

Przechodząc obok nowej kawiarni wszedł do środka, usiadł w rogu i popijając napój z limonek, starał się czytać *Evening News*, ale był zbyt pochłonięty własnymi sprawami. Jego myśli koncentrowały się teraz na San Francisco, gdzie królowało słońce, świeże powietrze i świadome żywienie oraz troska o zdrowie. Tam to dopiero można dokonać wielu rzeczy, rzeczy zupełnie niezwiązanych z alkoholem. Jak wypada na tym tle Edynburg? I w San Francisco mieszkał Greg Tomlin, kuchmistrz, który jak coraz bardziej upewniał się Skinner, mógł być jego ojcem.

Nienawidzę tego szpitala: pielęgniarek, lekarzy i wesołkowatych portierów z ich dowcipasami. Nienawidzę ich wszystkich. Wszyscy są do dupy, co do jednego. Mój tato tu zmarł, w tym nowym, wymyślnym zakładzie, w miejscu, które było spierdolone już przed otwarciem, jak nasz parlament, nasza impreza Hogmanay*. Zdaje się, że jesteśmy ekspertami w spektakularnych wpadkach. O tak, w tym jesteśmy naprawdę świetni.

Teraz leży tu mój brat i wciąż im ciężko idzie. Cała ich wiedza i opieka zdaje się na nic. Bo, bądźmy szczerzy, nasz Brian znajduje się w strasznym stanie, a oni mówią, że szukają dla niego nowej wątroby. Czy naprawdę robią, co w ich mocy? Szukają wszędzie? Czy szukaliby energiczniej, gdybyśmy mieli pieniądze? Dokładniej? Mogą jej nie znaleźć i transplantacja może się nie udać, nawet jak ją znajdą. A czy jego choroba nie zaatakuje nowej wątroby, tak jak zaatakowała starą?

---

* Sylwester na ulicach Edynburga (przyp. tł.).

Mój starszy braciszek umrze. Patrzę na niego i widzę rozdętą, żółtawą twarz, słyszę świst w jego słabym głosie, kiedy zamyka oczy, i zdaje się, że życie z niego uchodzi, a on za sekundę wciąga je z wysiłkiem z powrotem. A przede wszystkim czuję ten dojmujący fetor; straszny smród, który kojarzy mi się wyłącznie ze śmiercią. Przypominam sobie cuchnący swąd wypływający wszystkimi porami z mego ojca. Wiem, czuję. A moja matka, moja biedna matka przechodzi przez to samo, co przeszła już z ojcem. Jej świat się wali.

Modli się tylko. Przynajmniej przestali się pojawiać ci przerażający Amerykanie. Ale wciąż biega do małego, kamiennego kościółka na trawiastym wzgórzu. Co niedziela nudziłam się tu jak mops w dzieciństwie, kiedy budziłam się z otępiającym bólem głowy, bo musieliśmy tam iść. Teraz nawet zaczęła chodzić do prezbiteriańskiego Wolnego Kościoła w mieście, który zna doskonale z dzieciństwa i wyspy Lewis.

Czasami staram się uświadomić jej, jak małe szanse dają lekarze Brianowi. Nie wiem czemu. Jakbym przygotowywała się na cios. I muszę jej przypomnieć, że siedzi obok mnie w pędzącym samochodzie. Nie mogę już ślepo wierzyć, że coś się zmieni. Pewnie nigdy tego nie potrafiłam. Ale ona nie chce wiedzieć, bo tylko tego pragnie i prawdopodobnie dzięki temu jakoś się trzyma. Zdaje się wierzyć, że wrodzona dobroć i zalety Briana utrzymają go przy życiu.

Zostawiam ją więc z jej modlitwami obok brata pogrążonego w niespokojnym śnie i wychodzę z oddziału, kierując się do mojej kafejki. Nie zauważyli mojego wyjścia, a może i tak.

Co ona tu robi w miejscu kultu, rozmawiając z nieznajomym, który nigdy nie miał kobiety – przynajmniej oficjalnie – i czemu opowiada mu o wszystkim? I kiedy kończy nerwową relację i pyta go, co ma robić, dowiaduje się, że trzy zdrowaśki wystarczą, że dadzą jej siłę, by zachować tajemnicę.

Wyszła z kościoła St Mary, z miejsca, w które zabierano ją wbrew jej woli, ale do którego zawsze pomykała w trudnych chwilach. Poszła wzdłuż Constitution Street i Bernard Street w kierunku The Shore, gdzie usiadła i patrzyła na wspaniałe białe łabędzie przecinające czarne nurty. Beverly Skinner siedziała tak i zastanawiała się, jaką jest katoliczką, jaką matką.

Ale powiedziała swoje księdzu. Dziś wieczorem przyjdzie do niej Trina i będą pić carlsberg special i wódkę, i będą palić trawę i puszczać Pistolsów, Clash, i Stranglersów, aż biedna stara pani Carruthers zacznie walić kijem od szczotki w podłogę, która była jednocześnie sufitem Bev, i wszystko znów będzie dobrze.

WYJŚCIE

26. Chirurg

Dr Raymond Boyce, spec. chir. (Edynburg)
na forum studentów medycyny starszych lat Uniwersytetu Edynburskiego

Kiedy ktoś poświęca życie studiowaniu medycyny, nowa jednostka chorobowa jest jednym z najbardziej podniecających zjawisk, jakie ma nadzieję zobaczyć. Ale potrafi być również jednym z najbardziej przerażających. W wypadku Briana, młodego edynburczyka, którego leczę, wystąpiła właśnie taka niezwykła okoliczność.

Powiem pokrótce.

Brian jest młodzieńcem, który cierpi na niesklasyfikowaną zwyrodnieniową chorobę, która zaatakowała większość jego organów wewnętrznych, ale głównie wątrobę. Znamy kluczową rolę tego organu. Zdrowa wątroba jest w stanie w prawie stu procentach usunąć bakterie i toksyny z organizmu. Przeciążona i niedożywiona wątroba może być tym samym źródłem wielu chorób; aktualna wiedza medyczna zakłada z dużym prawdopodobieństwem, że większość przypadków raka pojawia się na skutek wadliwie działającej wątroby. A przy toksycznych chemikaliach w jedzeniu, w wodzie i w powietrzu, w alkoholu, papierosach i nadmiarze leków system czyszczący wątroby jest bardzo przeładowany i znajduje się pod silną presją.

Wiemy, że wątroba jest jedynym organem, który jest w stanie się całkowicie zregenerować. Tak w ogóle to wiedzę tę posiadali już starożytni Grecy. Prometeusz – postać z mitologii greckiej – został skazany na przykucie do ściany i codziennie orły wyszarpywały mu wątrobę. Nocą wątroba odrastała, tylko po to, by za dnia ptaki mogły ponownie dokonać jej częściowej resekcji. Jest to najwcześniejszy dowód naszej intuicyjnej wiedzy o zdolnościach regeneracyjnych wątroby. Wiadomo, że pod koniec dziewiętnastego wieku Canalis podjął pierwsze naukowe resekcje wątroby. Ponad sto lat później wciąż nie znamy dokładnego mechanizmu, który inicjuje proces regeneracji.

W wypadku Briana jest to wtórny, akademicki problem. Występuje tutaj chroniczne okaleczanie wątroby – zaawansowana marskość. Tym samym stan jego wątroby tak się pogorszył, że niezbędna jest transplantacja, by uratować mu życie.

Widziałem tak uszkodzone wątroby wyłącznie w wyniku długotrwałego i przedłużonego nadużywania alkoholu. A jest to niepijący młodzieniec, który prawie nigdy nie sięga po alkohol. Muszę przyznać, że podobnie jak inni cynicznie odnosiłem się do tego krańcowego przypadku, wierząc z początku, iż młodzieniec jest krańcowym przykładem negacji własnego problemu alkoholowego, jak to zwykle bywa u alkoholików.

Ale zacząłem monitorować jego zachowanie w warunkach kontrolowanych i jestem w stanie zaświadczyć o jego abstynencji. Jednocześnie w tym samym okresie byłem niestety świadkiem smutnego i tajemniczego pogorszenia się jego stanu. Mogę również zaświadczyć, jak straszne emocjonalne koszty ponoszą w wyniku tej choroby Brian i jego rodzina. Z tych powodów można całkowicie wykluczyć alkohol jako przyczynę degeneracji organizmu Briana.

W zachodnim społeczeństwie zakażenie wirusowe jest kolejnym powszechnym czynnikiem dysfunkcji wątroby. Zapalenie wątroby, jak studenci zapewne wiedzą, zabija jej komórki. Jednak w wypadku Briana nie ma żadnych śladów szczepów wirusowych. To również należy wykluczyć.

Istnieje pewna kategoria chorób, do której należy tak zwana autoimmunologiczna choroba wątroby, w której, z grubsza rzecz ujmując, białe krwinki zamiast atakować bakterie i wirusy pod wpływem jakiegoś biologicznego zaburzenia, atakują również wątrobę. W tym zakresie wykonaliśmy i wykonujemy badania laboratoryjne.

Jak to zwykle bywa w wypadku medycyny, czy też każdej innej dyscypliny, w której nasza wiedza jest niekompletna, mamy też kategorię „kosza". Jest to kategoria nieokreślona, do której zaliczamy marskość wątroby wywołaną nieznanymi czynnikami. Niestety można rozpoznać ją wyłącznie po jej skutkach – degeneracji wątroby – i nie można zrobić nic, co przyniosłoby ulgę cierpiącym.

Nasze badania wykazały, że szczególnie nocą ciało Briana doświadcza nasilonej traumy, jakby zmagało się z olbrzymią infuzją toksyn. Z medycznego punktu widzenia napady są fascynujące, a jednocześnie wysoce niepokojące. Będziemy je badać tak długo, jak długo pacjent będzie je w stanie znieść.

Jednak już teraz postępy degeneracji wątroby Briana zmusiły nas do interwencji chirurgicznej. Bezpośrednie zagrożenie jest bardzo prawdopodobne; jak mówiłem, by uratować życie chłopaka, niezbędna jest transplantacja. Kiedy tylko znajdziemy dawcę, rozpoczniemy zabieg.

Jak mówiłem, na skutek kondycji Briana ucierpiały również jego inne organy wewnętrzne. Trwają spekulacje, jak długo nerki będą funkcjonowały normalnie, dlatego staramy się znaleźć dla niego również inne organy i oczywiście jesteśmy gotowi do dializy.

Światełkiem w tunelu jest fakt, że po przyjęciu do szpitala stan pacjenta się ustabilizował. Możemy mieć nadzieję, dla dobra Briana, że tak właśnie jest.

27. Do piachu

Po raz pierwszy, odkąd Brian Kibby zaczął roztrząsać swoje położenie, poczuł prawdziwy strach: dojmujący i wszechobecny. Rozmiary paniki były tak wielkie, że czuł niemal, jak jestestwo stara się wydostać z ciała. Na początku był w zbyt głębokiej depresji, by bać się naprawdę. Danny Skinner wraz ze swą irracjonalną antypatią rozkojarzał go. Teraz leżał sam i mógł się zastanawiać nie tylko nad tym, co będzie za chwilę, aż włosy stojące na karku kłuły go jak igiełki.

Kibby spojrzał na innych pacjentów oddziału. Nie wyglądali jak on. Byli starzy – w większości nałogowi alkoholicy. Dzielili się z grubsza na dwie grupy: ci niezwykle wychudzeni i świszczący, przypominający przerośnięte patyczaki, albo rozdęci jak żółte wieloryby. I do tego jeszcze on. Dlaczego on, uprzednio sprawny młodzieniec pełen życia, który wiódł godny żywot, został naznaczony taką klątwą? Kibby użalał się nad sobą, przepełniony budzącą litość goryczą.

Dlaczego? To klątwa, ta stara wariatka miała rację! Ale kto mnie przeklął? Dlaczego ktokolwiek miałby mnie przeklinać?

Gorączkowe myśli zostały przerwane wejściem pana Boyce'a, który pojawił się, by wyjaśnić procedury operacyjne. Czarna rozpacz dopadła Briana Kibby'ego i jego ręka o nienaturalnej barwie wczepiła się w rękaw chirurga, a on sam pytał błagalnie:

– Dlaczego, panie doktorze, dlaczego ja?

Raymond Boyce delikatnie dotknął wierzchu dłoni Kibby'ego, ale nawet ten gest był wystarczająco zawstydzający i pacjent zwolnił uchwyt.

– Brian, musisz uzbroić się w siłę – powiedział twardo. – Zrób to dla matki i siostry – dodał Boyce bardziej zdenerwowany, niż dał po sobie poznać, ponieważ Brian zwrócił się do niego „doktorze". Jako szef chirurgów wolał „proszę pana".

– Ale jak? Skąd mam wziąć tę siłę? Nic przecież nikomu nie zrobiłem – jęczał Brian Kibby w poczuciu całkowitej beznadziei. – Mam dwadzieścia jeden lat i już po mnie. Jestem prawiczkiem, panie doktorze, prawiczkiem w tym wieku! Nawet zanim się to wszystko zaczęło, byłem bardzo nieśmiały wobec dziewcząt...

Mrowienie ustąpiło z policzków chirurga, dopiero kiedy się bardzo postarał. Powiedział:

– Nie można przewidzieć, co nam życie zgotuje. Nie wolno się poddawać!

Po odejściu Boyce'a Kibby'emu przyszła na myśl Lucy, a konkretnie, jak zsuwa ramiączka jej zielonej sukienki.

A jebać Starszego Clintona i Starszego Allena z ich ulotką... ja tu umieram! Ja tu, kurwa, zdycham! Nie chcę umrzeć prawiczkiem... ta stara wiedźma, powinienem był jej wsadzić bolca... ale jest ktoś jeszcze, kto na to zasługuje...

I gorączkowym, lecz bystrym okiem wyobraźni zobaczył siebie i Lucy, jak idą po górach – ona w zielonej sukience, butach na obcasie i z dużym plecakiem, który jej bardzo przeszkadzał...

Eksplozja charkotliwego kaszlu jakiegoś starego pijusa przecięła zatęchłe powietrze z odzysku na oddziale.

Zamknij się, ty stary chuju, zamknij się i zdechnij już, bo muszę iść z Lucy w góry...

...i była cała spocona od wysiłku w pełnym słońcu. Krople potu pokryły jej czoło. Heatherhill był...

Nie.

Żadnego Heatherhilla.

– Spierdalaj, Angus, łaź sobie po górach gdzie indziej – powiedział Kibby z aroganckim szyderstwem w głosie, pozbywając się Heatherhilla, który poszedł jak niepyszny, jak zbity pies, i zniknął za horyzontem. Odwrócił się do spoconej Lucy. – Dwóch to już tłok, co, suko?

– Brian... – zaczęła Lucy.

– Ale mówili, że robisz to taśmowo. Może jak skończę, to przyślę Heatherhilla, Raddena i Grubego Geralda, by się ustawili w kolejce? Tego właśnie chcesz, prawda? Kolejki chłopaków?

Oczy i usta Lucy otworzyły się szeroko, a dłoń Kibby'ego powędrowała do ramiączek sukienki, które niby przypadkiem znajdowały się na zewnątrz pasków od plecaka. Ściągnął je, a ponieważ nie nosiła stanika, jej biust wystrzelił uwolniony do przodu. Kibby chwycił go brutalnie i miętosił przez chwilę, po czym zmienił punkt ciężkości, przysuwając się do niej i podstawiając jej nogę od tyłu. Przyciąganie ziemskie i plecak dokonały reszty i Lucy padła do tyłu na mokrą trawę. Próbowała kopać tymi długimi nogami, ale jedynie zadarła sukienkę do góry. Nie nosiła majteczek.

– Lubię śpiewać podczas ruchania, z plecakiem na plecach – Kibby uśmiechnął się, rozpinając spodnie i…

Oooooooch... oooooooch...

Poczuł lepkość na spodniach od piżamy skapującą na szpitalną pościel i materac.

A pierdolić szpitalną pościel.

28. AA

Astmatyczny recepcjonista z Europy Wschodniej z namaszczeniem prowadzi mnie do pokoju. Drzwi się otwierają i potwierdzają się moje podejrzenia: to był poważny błąd i nie wytrzymam tutaj nawet dwóch dni bez wódy i prochów. Pokój ma trzy na trzy i znajduje się w nim wytarty dywan podjeżdżający szczynami, zlew, szafka z rozchwierutanymi szufladami i łóżko z materacem grubości wafla ze skrzypiącymi, zardzewiałymi od moczu sprężynami.

Ale ta cuchnąca, zaszczurzona dziura jest najtańszym hotelem, jaki mogłem znaleźć. Znajduje się na Szóstej Ulicy tuż koło Market, więc przynajmniej w centrum, chociaż w otoczeniu noclegowni i tanich sklepów z wódą.

Kładę się i od razu ogarnia mnie sen. Śni mi się, ale to paskudny sen: mnóstwo gówna, prozaiczne gonienie odjeżdżającego autobusu, poszukiwania kibla i próby odczytania wyników totalizatora w gazecie zapisanej w egipskim piśmie.

Ale na drugi dzień rano mam już lepszy nastrój i wychodzę wcześnie z tej nory wprost na ulice San Francisco. Mnóstwo meneli, ćpunów i wariatów się tu kręci. Za wszelką cenę starają się złapać z tobą kontakt wzrokowy i wciągnąć cię w swoje dramaty, bez wątpienia licząc na honorarium. *Caelum, non animum mutant, qui trans mare currunt**. A pierdolić komitet powitalny; mam wystarczająco dużo swoich spraw na głowie, żeby jeszcze przejmować się jakimiś obszczymurami.

Kieruję się do dzielnicy Mission na śniadanie w małej knajpce. Następnie do Castro, potem w górę do Haight-Ashbury i z powrotem do Lower Haight, gdzie zatrzymuję się przed wyspiarskim pubem na krokiet z frytkami. Następnie, pomny potrzeb Kibby'ego, wychodzę stamtąd i idę do amerykańskiej jadłodajni, gdzie wciągam trochę grillowanego kurczaka z sałatą bez sosu.

W antykwariacie przeglądam książki i odnajduję rzadkie wydanie poezji Arnulfa Overlandsa po angielsku. W Edynburgu rzuciłbym się na to jak żbik; przez wiele bezsennych nocy ślęczałbym nad dra-

---

* Według tłumaczenia Leszka Kołakowskiego: Niebo, nie umysł tacy odmieniają, którzy za morza po mądrość biegają (przyp. red.).

niem z butelką whisky, cytując potem wiersze bez końca, aż nakręciłbym się tak, że rzuciłbym się w noc, snując wielkie, kurwa jego mać, plany. Tutaj jednak, w kalifornijskim słońcu, zdawały się być tym, czym naprawdę są: emocjonalnymi, przaśnymi, proniemieckimi wierszami powstałymi po traktacie wersalskim, z których aż przebija filozofia „zabchrali nam fszystko". Aż dziw, że biedny Overlands skończył w niemieckim obozie koncentracyjnym. Może tutaj są nieco wyrwane z kontekstu, ale w domu się przydadzą, bo tam jakiś kolejny maniak ogarnięty depresją zapłaci za nie kupę szmalu. Głupek żeni mi książkę za trzy dolce; na eBayu człowiek zdecydowanie wyjdzie na swoje.

Ożywiony perspektywą zarobienia sporej fortuny odnajduję kawiarnię – restaurację internetową o nazwie Click Ass. Jest to japoński lokal i mimo że Szkot we mnie łaknie tempury* z powodu zasmażania w głębokim oleju tej potrawy, to muszę zadowolić się proteinową bombą w postaci sashimi. Kelnerka wygląda na bardzo stonowaną z tymi swoimi czarnymi włosami do szyi i okularami oraz długim, smukłym ciałem. Faceci zawsze skupiają się na dziewczęcych krągłościach i rzeczywiście są bardzo ważne, ale ja tam lubię też właściwą posturę: wyprostowaną jak u przedwojennych bokserów. Jak by to było z japońską dziewczyną? Uśmiecham się do niej i widzę twarz piękną jak obrazek, ale jednocześnie równie nieruchomą.

Sprawdzam swego maila, ale widzę sam spam i z zaskoczeniem zdaję sobie sprawę, że wcale nie minęło wiele od mojego wyjazdu z Edynburga, choć lot ze zmianą czasu sprawił, że czuję się, jakby było to wieki temu. Sprawdzam online spotkania Anonimowych Alkoholików w San Francisco. Jest ich tu cała masa, w całym mieście, na okrągło! Wybieram jedno przy Marinie, bo wydaje mi się, że to bogata dzielnica, i ruszam w tamtym kierunku. Nie wytrzymałbym historii opowiadanych przez meneli z Tenderloin, mógłbym równie dobrze łyknąć takie same bzdety na Junction Street.

Moja włóczęga przynajmniej zorientowała mnie trochę w topografii miasta i jego ludziach. Mieszkańcy San Francisco dzielą się z grubsza na trzy kategorie. Najpierw bogaci (praktycznie wyłącz-

---

* Japońska potrawa z owoców morza (przyp. tł.).

nie biali) ze swymi rozrywkami, dietami, członkostwem w gabinetach odnowy i osobistymi trenerami, którzy są generalnie rzecz biorąc szczupli i sprawni. Następnie mamy biedaków (Latynosów i czarnych), którzy są przeważnie bardzo otyli, ponieważ stać ich wyłącznie na tanie, bardzo uzależniające i kaloryczne potrawy na telefon i fast foody znanych sieci. Trzecia grupa to bezdomni – głównie czarni, ale zdarzają się też i biali – którzy z reguły są wychudzeni, ponieważ nie stać ich na żarcie, jakie jedzą biedni.

Spotkanie odbywa się w miejscu, które przypomina stary budynek miejski, który powinien według oczekiwań być biblioteką, ale nie ma tu książek. Jest to jakieś centrum społeczności. Budynek jest starszy niż większość konstrukcji, ale wygląda na dobrze utrzymany. Przemierzam salę, która zdaje się mieć betonową podłogę, co jest niespotykane w San Francisco, ponieważ większość budynków ma drewnianą konstrukcję z uwagi na trzęsienia ziemi. Po dwóch stronach stoją rzędy roślin w donicach. Przechodzę przez dwoje wahadłowych drzwi i wchodzę do wykładanej boazerią sali pełnej ludzi, którzy siedzą na krzesłach ułożonych w okrąg. Jeden facet, który wygląda, jakby przyjechał z Bliskiego Wschodu – o czarnych włosach i oczach oraz oliwkowej skórze, wskazuje mi głową kilka wolnych miejsc. Pozostali ledwo zauważają moją obecność.

Pełno jest tutaj ewidentnie dobrze sytuowanych ludzi, młodych dyrektorów i tym podobnych typów – jak w gnieździe os*. Prowadzący spotkanie wygląda najbardziej orientalnie. Zajmuję miejsce pomiędzy wygarniturowanym typem i taką jedną panną, mniej więcej w moim wieku. Zauważam, że ma na sobie czerwono-białą koszulkę i nie ma stanika. Na koszulce widnieje napis ELEKTRYZUJĄCE. Ma wydatny nos, który sterczy jej z szopy długich, kręconych włosów. Po dokładniejszej analizie dostrzegam, że wygląda na osobę o typie śródziemnomorskim czy może nawet latynoskim. Facet to typowy yuppie o nieustalonej przynależności etnicznej: krótkie włosy, ciemnogranatowy garnitur, okulary, wyglancowane buty. Byłby to prawdziwy szok gdybyśmy kiedykolwiek w naszym życiu zamienili jedno sensowne zdanie.

---

* *Wasp* (ang.) – osa, ale również *White Anglo-Saxon Protestant* (*WASP*) – biały anglosaski protestant (przyp. tł.).

Ludzie wstają i sprzedają reszcie swe typowe historie o pechu w życiu, których prawie nie słucham z powodu zatkanych uszu, chociaż od czasu do czasu dobiega mnie syk dziewczyny, która mamrocze pod nosem: „gówno prawda" albo „dorośnij wreszcie". Będąc chłopakiem z Leith wychowanym przez punkrockową matkę, jestem pod olbrzymim wrażeniem tego rodzaju zachowania. Podczas przerwy na kawę widzę, jak siada sama, więc podchodzę do niej.

– Widzę, że nie robi to na tobie większego wrażenia – mówię z uśmiechem.

Patrzy na mnie przez chwilę, po czym unosi filiżankę z kawą do ust i wzrusza ramionami.

– To tańsze niż ośrodek rehabilitacyjny, to na pewno, ale mam dość znoszenia tego fundamentalistycznego bełkotu.

– Co masz na myśli?

– Tego świętojebliwego podejścia, ale również tego całego gówna o abstynencji na całe życie. No bo tak, przyznaję, jak sobie chlapnę, to zaraz mi się wszystko rozpierdala. Ale znów zacznę pić, kiedyś tam, kiedy odzyskam nad tym wszystkim kontrolę. Jeden drink to nie jest kwestia życia lub śmierci.

– O tak, czasami jest.

– Och, jakie to wzniosłe – mówi i zauważam, że ma nieco prostą, lecz przyjemną twarz i podobają mi się jej zielone oczy i wąskie usta. – Naprawdę chcesz, kurwa, żeby ci się Jezus wpierdalał z butami w życie?

Od razu zobaczyłem Kibby'ego na krzyżu. Następnie przyszedł mi na myśl pornol Traynora – *Drugie dojście Chrystusa*, prawdopodobnie dlatego, że ta panna nieco przypomina aktorkę grającą Marię Magdalenę w tej scenie trójkąta, i dlatego bezwiednie zachichotałem.

– Chcę wyrzucić alkohol z mego życia – wyjaśniam, prostując się.

– Cóż, tylko uważaj, żebyś w komplecie nie dostał Jezusa, tak to już jest u tych świrów. Zamieniają jedno uzależnienie drugim.

Tak, w tym filmie komplet Jezusa był potem całkiem bezużyteczny. Tam właśnie wbili jeden z gwoździ! Biedny koleś! Wydymam usta i na tę myśl wypuszczam powietrze.

– To niemożliwe – mówię jej.

– Musisz uważać – mówi, rozglądając się ostrożnie dookoła.

Potrzebuję przyjaciół na miejscu – myślę – a ona jest trzeźwo myśląca i jest kobietą, dlatego nadaje się doskonale.

– Słuchaj, a propos uzależnień – potrząsam styropianowym kubkiem – ta kawa to breja. Może byśmy tak się napili prawdziwej w jakimś zacisznym miejscu, kiedy będzie już po wszystkim?

Unosi brwi i patrzy na mnie wyzywająco.

– Czy ty mnie rwiesz?

– Nooo, jestem Szkotem. My tego tak nie robimy… znaczy w naszej kulturze przedstawiciele przeciwnych płci mogą spotykać się w miejscach publicznych bez żadnych podtekstów – kłamię jak z nut.

Przez chwilę zastanawia się nad tym kitem, po czym mówi:

– Dobra, podoba mi się. – Uśmiecha się, a ja czuję lekki klekot zastawek. Ty ślicznoto! – Masz fajny akcent. Nigdy nie byłam w „Szkacji" – mówi mi.

– To piękny kraj, warto tam pojechać – peroruję w nagłym przypływie patriotycznej dumy, kiedy spotkanie rozpoczyna się na nowo. – A propos, jestem Danny.

– Dorothy – odpowiada i zajmujemy miejsca na drugą rundę.

Opowiadane historie są dołujące, ale od czasu do czasu robimy miny z Dorothy, zwykle pod wpływem banalnych komentarzy dobiegających z sali. Ledwo słyszę, co się dzieje na sali i nagle w uchu czuję coś gorącego i mokrego, jakbym krwawił. Moja dłoń wędruje do ucha i czuję gorącą maź przeciekającą mi między palcami. Serce załomotało w klatce w przypływie paniki, bo lękam się, że mózg mi się topi, ale to tylko wosk z ucha. Rozcieram go ukradkiem pod krzesłem. Przemykam się do toalety, gdzie myję ucho i twarz, aż zapach wosku znika. Idę się odlać i siki mają ten sam kolor i konsystencję co wosk.

Spust surówki!

Zmartwiony wracam na salę, ale teraz przynajmniej słyszę, co się dzieje. Następnie, po modlitwie, wychodzimy na zewnątrz razem. Wygląda na to, że mam nową przyjaciółkę, co bardzo mi odpowiada!

– Masz samochód? – pyta.

– Nie, dopiero wczoraj przyjechałem. Zatrzymałem się w takiej norze na Szóstej Ulicy – mówię jej, najprawdopodobniej niemądrze.

– Boże, to prawdziwa nora – mówi, zapalając papierosa. – Samochód mam tam – wskazuje biały, zgrabny kabriolet. – Jedźmy stąd.

Pakujemy się do wozu i odjeżdżamy. Widziany z profilu nos Dorothy wystaje z szopy poskręcanych czarnych włosów.

Spoglądam na wszystkie bary na Szesnastej Ulicy po drodze do dzielnicy Mission. Każdy z nich zdaje się kusić miłą atmosferą. Piękne, kurwa, dzięki, że koło mnie siedzi koleżanka alkoholiczka.

– Parkowanie w tym mieście to szaleństwo – mówi z koncentracją w głosie, bo oto ktoś właśnie rusza z miejsca. Nigdy nie widziałem dziewczyny, która potrafiłaby tak wycofać.

Wysiadamy z samochodu i od razu zachodzą nam drogę członkowie Socjalistycznej Partii Robotników protestujący przeciwko wojnie w Iraku. Nawet nie wiedziałem, że mają w Ameryce rewolucyjnie nastawionych socjalistów.

– Bush to oś zła! – drze się na nas chude dziewczę. Facet obok niej dosłownie wciska mi w rękę ulotkę.

– Lubię Busha – mówię im, czekając, aż zobaczę twarze skrzywione z odrazą, po czym walę między oczy: – Nie mogę tylko znieść tej pizdy w Białym Domu.

Dorothy potrząsa głową i odciąga mnie od zaskoczonych protestantów.

– Nie można tak tu mówić – tłumaczy, kiedy idziemy ulicą.

– Tak, ja mogę. Wiem, że San Francisco to liberalne miasto i że mieszkają w nim też tacy, którzy lubią Busha. Ja nie, nienawidzę wszystkich polityków. Wszyscy to pizdy.

– Nie… znów wypowiedziałeś to słowo.

Najwyraźniej używanie tego słowa jest tu większym przestępstwem niż kupienie sobie spluwy. Postanawiam, że dość faux pas na dzisiaj i że będę musiał trzymać tę swoją niewyparzoną mordę na kłódkę.

Wchodzimy do kawiarni. Panuje tu półmrok. Duży parkiet, na którym stoją rozmaite fotele i ławy, sprawia wrażenie lekko dekadenckiego rozpadu.

– Fajne miejsce – mówię.

– Taa, Gavin i ja… mój były, przychodziliśmy tu, kiedy było nam po drodze.

Wyraźnie poczułem jakąś starą zadrę w głosie. Ja pewnie też rozsiewam taką aurę. Cóż, z pewnością nie chodzi tu o Kay, bo w końcu Shannon i ja zneutralizowaliśmy nieco swój ból istnienia. Tak naprawdę to miałem ostatnio sporo kontaktów z różnymi miłymi amortyzatorami. Spoglądam na Dorothy, rozmyślając, jaka to przedziwna sytuacja siedzieć tak z kimś i popijać kawę. Z dziewczyną. Poza pracą! To byłoby niemożliwe w Edynburgu, przynajmniej na tym stadium znajomości. Kawa ma zachwycający aromat i mocny, gorzki smak.

Później jedziemy coś zjeść w restauracji meksykańskiej w Valencii o nazwie Puerto Allegrie. Jest tu pełno ludzi i doskonałe jedzenie. Dorothy mówi, że nazywa się Cominsky i jest Polką od strony ojca, a Gwatemalką ze strony matki.

– A ty?

– Eee, o ile wiem, jestem w stu procentach szkockim góralem. Jeśli jest jeszcze jakaś inna domieszka, to prawdopodobnie bardziej egzotyczna niż irlandzka czy angielska. W Szkocji nie przejmujemy się zbytnio pochodzeniem. Przynajmniej naszym. To nowo przybyłym, na przykład tym co szukają azylu, zwykle dajemy w kość.

Myślę o Kibbym i jemu podobnych. Dajemy im w kość za to, że są inni; szczególnie kiedy jesteśmy pijackimi bandziorami z niskim poczuciem wartości i depresją. Ale najważniejsze jest, że potrafimy być inni. Potrafimy się zmienić.

Boże, to zupełnie popierdolone – siedzę z laską przy kawie i nie chlejemy ani nie wciągamy. Siedzimy do siebie bokiem, nieprzedzieleni stołem. I dobrze jest mieć jasność myślenia. Ile to już czasu minęło, od kiedy czułem wewnątrz płonący alkoholowy żar, rozdzierający mnie od gardła do bebechów?

– Zamyśliłeś się – mówi.

– Ty też.

– Powiem ci, o czym myślę, pod warunkiem że ty mi powiesz pierwszy.

– Dobra – odparłem, wiedząc już, dokąd to zmierza. – Pomyślałem, że gdybyśmy byli w barze i walnęli kilka drinków na zachętę, to prawdopodobnie starałbym się cię pocałować.

– To miłe – mówi, lekko pochylając się w moją stronę. Nie potrzebuję wyraźniejszej zachęty, pokonuję pozostałą przestrzeń i obcałowujemy się przez chwilę. Myślę sobie: Ja pierdolę, łatwo poszło. Dotychczas musiałem się trochę wstawić i postawić z sześć bacardii, by do tego dojść! Nieźle, kurwa, popłynąłem!

Kiedy wychodzimy na zewnątrz, pytam:

– A o czym ty myślałaś?

Uśmiecha się, a w jej spojrzeniu widać ślad chłodnej kalkulacji.

– Myślałam, że fajnie byłoby się trochę potarzać.

Dorothy wiezie nas przez most Golden Gate do miejsca zwanego Sausalito. Stajemy w zatoczce i patrzymy, jak zachodzi słońce. Dowiaduję się, że słowo „potarzać" jest ogólnym określeniem, które zawiera w sobie pojecie całowania i macanki, ale wyklucza obłapkę, chociaż przez chwilę pomyślałem, że z łatwością mógłbym wyłuskać jej nieskrępowane biustonoszem piersi. Jednak nie spieszę się, jestem całkiem zadowolony z długiego rozgrywania piłki. Dżentelmen nigdy nie powinien dążyć do wyruchania dziewczyny na pierwszej randce. (Chyba że nie zakłada drugiej). Musi to być uniwersalną zasadą.

Tylko że kiedy podwozi mnie do mojego hotelu, czuję, że szczęście mi dopisuje coraz bardziej. Kiedy kilku meneli stuka natrętnie w szybę samochodu, a kobieta z nogami jak banie mija nas, pchając w wózku na zakupy cały swój dobytek, Dorothy zwraca się do mnie ze słowami:

– Jezu, nie możesz tu zostać.

– Powinienem jutro znaleźć coś innego, tylko wczoraj słaniałem się na nogach i nie myślałem spójnie. Przez noc nic mi się nie stanie – mówię jej.

– Nie ma takiego numeru, kurwa. – Dorothy potrząsa głową, odjeżdżając od krawężnika, kiedy jeden z obszczymurów krzyczy coś o Wietnamie i o japiszońskich sukach, na co ona w odpowiedzi pokazuje mu szczerze paluch. – Pierdolony gnój. Ja go nie prosiłam, żeby brał udział w tej jebanej wojnie – rzuca i zabiera mnie do swego mieszkania w Haight-Ashbury.

Budynek przypomina mi ten, w którym mieszka najlepsza kumpela mamy, Trina, w tej części Pilton, którą nazywają „szwedzkie domy". Są zrobione z drewna o tej samej szerokości i nawet pomalowano je na taki sam kolor, jak kiedyś malowano domy w Pilton. Ale ten kolor wygląda o wiele lepiej w pierdolonej Kalifornii niż w domu. Na szczęście jakiś mądrala w miejscowych władzach zajarzył, ze malowanie wszystkich osiedli w Szkocji na szaro niekoniecznie wpływa pozytywnie na morale mieszkańców i po jakimś czasie pomalowano je w kolorki. W chacie Dorothy jest niesamowicie: pokoje mają wysokie sufity i zostały pomalowane w mocne, odważne kolory, chociaż dane mi było zobaczyć tylko sypialnię z wbudowanymi imponującymi drewnianymi szafami. Zabiera mnie od razu do niej i pieprzy się ze mną jak królica.

Zwykle po zdrowym rypanku zapadam od razu w sen. Nigdy nie roztrząsałem ważnych kwestii, ale po takim dymaniu, przy całym podekscytowaniu sytuacją i z ciężkim drobiowym burrito w brzuchu, po prostu nie mogłem zasnąć. Kiedy tak patrzę na Dorothy pogrążoną w głębokim śnie, nie potrafię przestać myśleć, że on ci to właśnie sprawił – pan Danniel Skinner, urodzony w porcie Leith, Starszy Inspektor Urzędu Miejskiego w Edynburgu.

Wyglądam z okna jej chaty w Upper Haight, spoglądając na Castro i Twin Peaks. Następnie wstaję, gapię się trochę w telewizor, zastanawiając się, jak można mieć tyle kanałów telewizyjnych z takim samym gównem w każdym z nich. Wkrótce czuję przypływ senności i wracam do łóżka z Dorothy. Wierci się, więc ją całuję, i czuję, jak owija się o mnie. Mam przeczucie, że nie chce, abym się dokądś przesadnie spieszył, i muszę powiedzieć, że ani mi to w głowie.

Rankiem jemy śniadanie, a następnie Dorothy wychodzi do pracy w centrum. Prowadzi komputerową firmę konsultacyjną – Dot Com Solutions. Już przekonałem się, jak bardzo ją lubię. Ma bardzo amerykański rodzaj pewności siebie i sposób podchodzenia do świata, który aż z niej bije: ani nie utyskuje, ani nie złorzeczy, ani nie ma po prostu zwykłej depresji jak większość kobiet w Wielkiej Brytanii, ale też nie będzie znosić, jak jej ktoś wchodzi na głowę. Podoba mi się jej podejście: jest konfrontacyjne, ale jednocześnie raczej badawcze niż agresywne. W Wielkiej Brytanii mamy skłonności do pogardzania osobą, nad którą zyskujemy przewagę. Nie możemy się kurwa powstrzymać, żeby nie triumfować, kiedy wygrywamy, podczas gdy odrobinka przyzwoitości i pokory mogłaby…

O skurwysyn.

Mam nadzieję, że teraz Brian Kibby śpiewa jak skowronek. Biorąc pod uwagę różnicę czasu, wychodzę i kupuję międzynarodową kartę telefoniczną, ponieważ uważam, że przegiąłbym, dzwoniąc z telefonu Dorothy. Wykręcanie numeru trwa całe wieki; trzeba wystukać jakieś dziewięćset cyfr. W końcu przebijam się do biura w Edynburgu i proszę o połączenie z Shannon.

– Shan, tu Danny.

– Danny! Jak Kalifornia?!

– Wspaniale. Świetnie się bawię. Co u Briana? Jakieś wieści?

– O ile mi wiadomo, to za chwilę idzie pod nóż.

Słysząc te słowa, czuję rozdzierający ból w plecach. W głowie mi wiruje, żołądek wywraca się do góry nogami, a słuchawka telefoniczna chce mi wypaść ze spotniałych dłoni.

– Shan... kończy mi się karta... napiszę ci maila... pa... pa...

Słyszę jeszcze pożegnania pełne troski i walę się na chodnik z ociężałym ciałem i skołowaną głową. Leżę, jęcząc przez chwilę, nie mogę wykrztusić ani słowa, a nikt nie zatrzymuje się, by mi pomóc. Jestem całkowicie unieruchomiony; mogę jedynie, przymrużając oczy, wystawić twarz na gorące kalifornijskie słońce i starać się wolno oddychać.

Zamykam oczy i zdaje mi się, że zapadam się w nicość.

Jest tak chłodno i telepię się w tej operacyjnej koszulinie na wózku, a oni wiozą mnie do pokoju przygotowawczego sali operacyjnej. Anestezjolog każe mi odliczać od dziesięciu wstecz. Ale wygląda na to, że te prochy w ogóle na mnie nie działają: trzęsę się cały w nerwach, nawet po środku, który miał mnie uspokoić! I ten tutaj nie przypomina go! Nie wygląda jak doktor Boyce w masce!

– Panie doktorze...

– W porządku – mówi. – Po prostu odliczaj. Dziesięć.

Dziewięć.

Osiem.

Siedem.

Sześć.

Pię...

Stoję przed moim domem w Featherhall, mijam ogród i już mam wejść na schody, kiedy dostrzegam patrzącą na mnie Angelę Henderson. Patrzy na mnie tak, jakby zaraz miała wybuchnąć płaczem.

– Myślałam, że jesteśmy kumplami – mówi do mnie.

Nie jesteś dobrą dziewczyną, jesteś złą dziewczyną i mówiono mi, że należy się trzymać z dala od takich jak ty.

Ale czasami jest miła.

Angela pochlipuje, odwraca się ode mnie i idzie sobie. Widzę jej pochyloną głowę i zapinany niebieski kardigan, i jej przyzwoitą spódniczkę, i rajstopy ze wzorkami na boku.

Staram się ruszyć za nią, ale słyszę głos – potykam się i przewracam.

JESTEŚ ZEREM, KIBBY.

Nie jestem zerem...

Nie jestem...

Nie jestem...

Ale spadam szybko w próżnię nicości... Nie wiem, gdzie teraz jestem. Nie jest to dom, to tylko pustka, a ja spadam dalej...

...i nagle powietrze wokół mnie zagęszcza się do gazu, następnie wilgoci, a następnie płyn wokół staje się gęstą substancją jak syrop, spowalniając mój upadek, i myślę, że walnąłem w szklaną podłogę, ale poddała się impetowi i znów nabieram prędkości, i za każdym razem, kiedy staram się zamknąć oczy, nie mogę, i wciąż widzę przedmioty i ludzi, ich twarze, które przelatują obok mnie, i wiem, że zaraz walnę o coś i rozpadnę się na kawałki jak stłuczone szkło...

...przygotowuję każdy swój mięsień na upadek, ale po chwili zdaję sobie sprawę, że znów zwalniam...

Pojawia się uczucie niemocy, wokół mnie, wewnątrz...

Odszedłem. Wiem, że tak jest...

Nie wrócę już do tego odległego miejsca.

Jest zbyt daleko. Za wysoko.

Chcę wrócić do domu.

Wtedy pojawia się jakiś głos. Wydaje się, że dochodzi z mojej głowy, ale nie jest to mój głos, to nie moje myśli. Myślę, że nie chcę tego, nie chcę tu być, chcę do mamy, do siostry... taty, chcę, żeby wszystko było takie jak dawniej...

To chyba głos mojego taty.

Nie wygląda to na niego, bo i tak nic nie widać, ale to on. Mówi mi, żebym się trzymał i że będzie dobrze, bo Caz i mama mnie potrzebują.

Będę się trzymał. Wytrzymam.

To było jedno z trzech dużych krematoriów w mieście. Podobnie jak pozostałe dwa, miało kaplicę, ogród pamięci i niewielki cmentarz. Mocne słońce świeciło intensywnie, ale teraz schowało się za ciemną chmurę i Beverly Skinner nagle zrobiło się zimno. Spojrzała w górę, starając się odgadnąć trajektorię chmury, mając nadzieję, że słońce za chwilę powróci.

Położyła bukiet kwiatów na jego grobie, na prostym nagrobku, który tak często widywała, zawsze w skrytej samotności. I nawet po tylu latach z jej oczu popłynął potok łez. To nie było normalne, to nie było w porządku; wtedy była tylko dziewczynką. Ale on był takim wspaniałym facetem, i to straszne, że w taki sposób skończył. Czy mogła mu oszczędzić tego całego bólu, gdyby mu przebaczyła, raz na zawsze? Gdyby wtedy nie poszła z…

Nie.

Teraz było za późno – pomyślała, spoglądając na nagrobek.

DONALD GEOFREY ALEXANDER
12 LIPCA 1962 – 25 GRUDNIA 1981

Ponownie spojrzała na chmury i jej myśli podążyły ku jej synowi. Gdziekolwiek był – modliła się, by był bezpieczny i żeby jej wybaczył. Chmura wokół słońca jakby się teraz przecierała i rozpraszała, ale spoglądając na północ, dostrzegła ciemniejsze, burzowe nadciągające zza horyzontu.

Spoglądam w kierunku Potrero Hill i widzę zbierające się ciemne chmury. Wygląda na to, że będzie tam lało jak z cebra, a my tutaj będziemy się pławić w słoneczku. Mikroklimat. Podoba mi się tutejsze światło; pełno go wszędzie i się roi, błyszczy, i leje się z nieba, roszcząc sobie prawo do bycia głównym rozgrywającym w nieustannie zmieniających się wydarzeniach wielkiego miasta. Nie żebym brał w nich udział, nigdy nie widzę dostatecznie dużo światła, bo robię na te cholerne zmiany.

Paul zawsze powtarza, że przesadzam z tymi nadgodzinami, ale ja jedynie mu przypominam, że jestem kucharzem. Kucharz pracuje, gdy inni się bawią. Odchodzi, a ja wydaję książkę.

Kochanek czy książka; życie czy kariera.

Człowiek nigdy nie zastanawia się nad życiem w świetle takich wyborów. Wydaje się, że można ich uniknąć, ale i tak wkrótce cię dopadają. I nagle człowiek zdaje sobie sprawę, że dokonał wyboru bez zastanowienia.

Muszę zostawić teraz kuchnię pod pieczą Luisa i nie iść wraz z Paulem do Key West, ale wejść na ścieżkę promocji swej książki. Wystąp, przystąpić do promocji Grega Tomlina! Ale nie interesował mnie tak Greg Tomlin w telewizji ani Greg Tomlin robiący karierę autorską, zawsze w życiu pragnąłem tylko zostać kucharzem. Ale to wiem: prezentuję i wydaję. Czemu nie wystarczy mi po prostu prowadzenie kuchni i gotowanie dla ludzi, którzy chcą przychodzić i cieszyć się moimi potrawami?

Ponieważ coś się zmienia, kiedy człowiek ma wzięcie. Już nie może znieść myśli, że nie ma wzięcia. Więc robi to, co od niego oczekują inni.

I moja kuchnia oraz moja sypialnia: rozpadają się na moich oczach, a ja patrzę na to z coraz szerszym uśmiechem i coraz większą pustką w sercu.

Leżę w miękkim łóżku. Łóżku z moich własnych kości, które stopiły się i wsiąkły w materac. Czuję, że jestem nagi, poza czymś, co przykrywa mi krocze. Kay stoi nade mną i ma na sobie tę swoją krótką spódniczkę z szarego materiału o wyraźnych splotach, którą zawsze lubiłem. I nic więcej. Unosi spódniczkę i widzę, że ma wygolone włosy łonowe... nie, usunięte przy pomocy wosku, jak gwiazdy porno. „Nigdy się nie goliłaś... nawet kiedy o to prosiłem" – mówię skrzekliwym głosem, ale ona tylko wkłada palec do ust i mówi: „Ciiii... to tajemnica"... Następnie pochyla się nade mną, omiatając mnie swymi długimi czarnymi włosami, a jej nagie twarde piersi poruszają się po mojej twarzy zmysłową falą... pachnie świeżością i ciepłem w tym słońcu...

Słyszę jakieś głosy i otwieram ostrożnie oczy, a fala złotego światła oślepia mnie.

Leżę na chodniku, tam gdzie padłem jak opity, złożony pijackim snem menel. Jakoś się zbieram. Może to przez dymanko, a może przez upał. Prawdopodobne w końcu wypompowałem cały alkohol z mojego organizmu, albo przynajmniej większość. Może tutaj nie ma Kibby'ego, który bierze całe gówno na siebie, może nie mam zasięgu.

Pomimo upału trzęsę się z zimna. Wlekę się do głównej ulicy, gdzie zatrzymuję taksówkę i wracam do mieszkania Dorothy. Przez resztę dnia czuję się słabo, leżę na kanapie, przeglądam *San Francisco Chronicle* i skaczę po sześciuset kanałach kupy, by w końcu złapać *Changing Rooms* na BBC America 163. Na szczęście Dot wraca wcześniej, ale idzie prosto do swej niewielkiej pracowni na tyłach mieszkania.

– Muszę odwalić trochę tyry, skarbie – mówi niemal przepraszająco, jakbym stał się już stałym elementem wyposażenia tej chaty, do czego oczywiście aspiruję.

– Spoko, mała – mrugam wesolutko, starając się ukryć mdłości. W końcu wstaję i wychodzę na werandę, by zaczerpnąć nieco świeżego powietrza. Sądząc, że może mam za niski poziom cukru we krwi, wracam do środka, nalewam sobie soku pomarańczowego, parzę kawę i przypiekam bagietkę, którą zaczynam jeść z bananem i masłem orzechowym. Następnie zdrapuję warstwę masła orzechowego, ponieważ zawiera dużo tłuszczu, co nie byłoby w obecnej sytuacji zbyt korzystne dla naszego drogiego pana Kibby'ego. Nagle i niespodziewanie przychodzi mi na myśl kofeina i zabieram kawę do Dorothy.

– Jesteś słodki, skarbie – mówi. – Muszę to skończyć – informuje mnie, patrząc w ekran komputera.

Zajarzyłem. Zostawiam ją i wracam do jedzenia, rozmyślając o Brianie Kibbym, jak nawet tu, za wielką wodą, wciąż jego los spoczywa w moich rękach. A może nie. Może druzgocząca moc klątwy naprawdę tu osłabła, a może jest teraz zupełnie poza jej zasięgiem. Może moja przyszłość leży tutaj u boku Dot Cominsky.

Siedzę przy stole z marmurowym blatem, kartkując gazetę z nadzieją, że życie powróci do mego ospałego ciała. Przeglądając recenzje książek, widzę karykaturę przyciągającą oko i nie mogę uwierzyć własnym oczom! To mężczyzna w czapie kucharskiej z ciemnym kędziorem wystającym spod niej na czole. Ma czarne brwi, wystającą brodę i wąsy bandziora, Robcia Łobuzerskiego z niemego kina.

To może być…

Kurwa jego mać.

Od razu wstępują we mnie nowe siły. To Greg Tomlin, o czym wiedziałem, zanim spojrzałem na tytuł i podtytuł dużej recenzji jego książki. Ten kutafon to na pewno mój stary! Ja wiem! Na dole napisano, że podpisywanie książki odbędzie się tam i tam jutro wieczorem. Będę punktualnie!

29. Van Ness

Księgarnia na planie litery L jest jasno oświetlona i znajduje się w nowoczesnym, niewielkim centrum handlowym w alei Van Ness, szerokiej arterii przepełnionej warkotem samochodów, która wbija się w samo centrum miasta jak zimna szpilka w motyla. Czuję, że powinienem wtajemniczyć Dorothy w poszukiwania mojego ojca. Moje rewelacje sprawiają, że jest podniecona i zaciekawiona i mówi mi, że kiedyś jadła w restauracji Grega Tomlina. Bardzo chce ze mną pójść, ale ja uważam, że moje pierwsze spotkanie z Gregiem Tomlinem powinno się odbyć bez osób trzecich.

Kochamy się przed moim wyjściem. Dopadam do jej szparki i obrabiam ją językiem, potem wargi, potem łechtaczkę, powstrzymując się, lekko drażniąc, aż czuję, jak jej biodra napierają coraz mocniej na moją twarz, a ręka coraz mocniej przyciska szyję.

– Ty się ze mną drażnisz, cholera – mówi, a ja w odpowiedzi wydaję z siebie coś na kształt „mmmmmmmhhhh", ale podgrzewam jeszcze bardziej atmosferę, raz za razem dając jej powód do kolejnego spazmu rozkoszy i czerpiąc radość z jej orgazmów, nawlekając kolejne ich perełki na wątłą nić. Następnie podnoszę się i dopadam do niej, aż szczytujemy wściekle razem, zapominając o całym świecie, przedłużając to do chwili, kiedy leżymy wyczerpani w przepoconym łóżku. Dałem jej nieźle do wiwatu; zostawiam ją bez zmysłów, mamroczącą coś w półmroku jak pijak za zamkniętymi storami w hiszpańskim kolonialnym stylu. Nie ma wątpliwości: na piwie człowiek dyma zdecydowanie lepiej. Nie chodzi tylko o to, że poziom energii jest większy; ponieważ jest to jedyna forma zabawy, jaka człowiekowi pozostaje, chciałbyś, żeby trwało to jak najdłużej, co oznacza, że panna ma masę orgazmów, zanim w końcu oddasz klej.

Wciąż jestem lekko skołowany, zajmując miejsce w tłumie głównie starszych imprezowiczów, którzy zawsze pojawiają się w takich momentach. Jest ich koło pięćdziesięciu. W zbieraninie widzę też ze dwie znudzone żony japiszonów. Wciąż przeglądam wcześniej zakupioną książkę Tomlina; mało mnie chuj nie strzeli na te wszystkie homoseksualne teksty, które poutykano w niej jak słoninę w pasztecie.

Moje nerwowe spekulacje zostają przerwane, kiedy Tomlin wychodzi przy grzecznym aplauzie i siada w wielkim, skórzanym krześle w towarzystwie drugiego faceta, który siada na wprost w identycznym. Facet przedstawia się jako kierownik księgarni. Kiedy moje wygłodniałe oczy chłoną postać Tomlina, nie mogę się oprzeć uczuciu, że oto jestem nieco zawiedziony. Nie dosyć że jest pedałem, to jeszcze wygląda po prostu jak cienias, a nie mój stary. Zdjęcie autora na okładce najwyraźniej pochodzi ze starożytności i jasnym się staje, na podstawie czego powstała karykatura w gazecie. Czarne, kręcone włosy Tomlina mocno już poszarzały, przerzedziły się i zanikły. Miał rumiany dziób upstrzony popękanymi naczyńkami krwionośnymi. Jest jednocześnie bliskim obłędu zestresowanym kuchmistrzem o wysokim ciśnieniu i człowiekiem, któremu nie obce jest wystawne życie. Nieważne, z pewnością nie jest moim fajnym, opalonym i zdrowym staruszkiem z Kalifornii.

Po lizodupnym wstępie kierownika księgarni Tomlin wstaje, by przeczytać mowę. Zaczyna nerwowo i nie jest zbyt pewny tego, co mówi, ale wkrótce odnajduje pokłady energii i śmiało zabawia podgrzewającą go publikę. Na mój gust nieco przesadza, ale dopiero kiedy pojawiają się pytania z sali, Tomlin, archetypiczny ojciec, daje popis jak rasowa, świadomie rubaszna ciota, która przedawkowała Oscara Wilde'a.

W książce nie ma za wiele o gotowaniu. Jest to swoisty pamiętnik z wyraźnie obecnym rysem seksualnym, taka bardziej nadęta wersja artykułów z pewnego brytyjskiego szmatławca w rubryce „Kutasy, które znam" ubrana w słowa więcej niż dwusylabowe. Mnie najbardziej interesowały oczywiście fragmenty z Archanioła, a szczególnie następujące zdania:

> Wspaniała nora chaosu, plotek i skandalu stała się, i jak sądzę, wciąż jest, dla mnie moim duchowym domostwem. Nauczyłem się tam gotować i o wiele więcej: nawiązałem lubieżne stosunki z kuchnią i bracią kelnerską obojga płci, wszystkich wieków i ras.

Mogłem się spodziewać, że jedna pankówa o zielonych włosach należała do tej hałastry. Jednak czy zgadzają się daty? Gdzie był i co ważniejsze, kogo pierdolił w niedzielę 20 stycznia 1980 roku, dziewięć miesięcy przed tym, jak Daniel Joseph Skinner wyskoczył na ten świat?

Pomimo natury tej książki pytania z sali są banalne, skupiają się na przykładowych przepisach i tym, jak najlepiej gotować tę czy tamtą potrawę. Nikt się przesadnie nie interesuje szczegółami biograficznymi. Tomlin wydaje się nieco zawiedziony, ale czego się, kurwa, pizda spodziewał? Jest tylko kucharzem; wszystkie te złamasy się jarają, ale pod koniec dnia chcą tylko porządnie się nawpierdalać. Interesują ich sekrety kuchni, a nie sypialni, chociaż ja jestem jedynym wyjątkiem w tej zbieraninie. Na całe szczęście nie trwa to długo, bo Tomlin ma produkt do ożenienia, a za prawie czterdzieści dolców za sztukę nie jest to łatwe.

Ustawiam się na końcu ogonka (jak miejscowi filuternie nazywają kolejkę), dzierżąc egzemplarz do podpisu. Z bliska Tomlin wygląda jeszcze bardziej beznadziejnie, starzej, i wydaje się niższy niż na zdjęciu. Jednak kiedy mnie dostrzega, by wziąć podaną książkę, jego oczy są aż nadto ożywione. Na palcu ma sygnet z wygrawerowanymi inicjałami G.W.T.

– Komu mam zadedykować? – pyta, a jego sposób mówienia jest bardziej ciotowatą, pretensjonalną wersją sposobu wysławiania się burmistrza Quimby'ego z *Simpsonów*.

– Proszę napisać dla Danny'ego – mówię mu.

– Łał – emocjonuje się – to akcent ze Szkacji. Z Edinburga, mam rację?

Mój akcent jara starego pedryla i muszę znosić zwyczajowe popisy pod hasłem „jak tam, Jimmy*?", po czym umawiamy się na drinka.

Prosi mnie o wybaczenie, po czym rozmawia o czymś z facetem, który prowadził spotkanie. Przez chwilę grzebię w książkach i przeglądam biografię Jackiego Chana. Następnie kucharz pozujący na intelektualistę podchodzi do mnie i pyta:

– Gotów na tego drinka?

Kiwam głową i idę za nim do wyjścia. Koleś ze skórzanego krzesła macha do nas, tak jak jeden księgarz, który przypomina drapież-

---

* Jimmy – imię używane na określenie typowego Szkota. Przeważnie w oczach cudzoziemców (przyp. tł.).

ną fretkę, patrzy na mnie zdegustowany, jakbym wyrwał mu pannę. Tomlin uśmiecha się i również kiwa ręką na pożegnanie, ale półgłosem mówi:

– Ale z niego służalczy dupek!

W głowie mi huczy, kiedy idziemy aleją Van Ness. Zupełnie nie widzę go w roli mojego ojca, a jednocześnie nie widzę innych kandydatów.

Od miesięcy czułam śmierć wokół siebie, czułam, jak się zbliża. Boję się, że staję się taka jak Moira Ormond i inne dziewczyny z naszej szkoły, których nienawidziłam. Gotki, które czytały za dużo Sylvii Plath i słuchały za dużo Nicka Cave'a, i nosiły za dużo czarnych ciuchów. Nie lubiłyśmy się ze wzajemnością i ciekawe, co teraz u nich słychać. Czy były to tylko nastoletnie lęki czy też wiedziały wszystko na ten temat. O tym, o czym ja dowiaduję się dopiero teraz – o śmierci i rozpadzie? Na pewno niektóre dzieci doświadczają straty w okresie dojrzewania i na pewno odciska to na nich piętno. Szkoda, że nie dowiedziałam się czegoś więcej, zanim zaczęłam odnosić się do nich lekceważąco.

Rozmyślam o Moirze, dziwnej piękności o błyszczących oczach, jej niewzruszonej determinacji, by nie zwracać uwagi na maltretowanie z naszej strony. I nagle opanowuje mnie straszliwy lęk wychodzący z żołądka, pełznący po kręgosłupie i rozprzestrzeniający się po plecach jak wysypka. Opanowuje mnie gwałtowna chęć spotkania się z nią i przeproszenia, powiedzenia jej, że teraz rozumiem, ale prawdopodobnie spojrzałaby na mnie nieobecnym wzrokiem i roześmiałaby się mi w twarz. Zasłużyłam na to.

Przed wejściem do szpitala stoi dwóch portierów. Palą papierosy. Starszy – krępy i młodszy – chudy. Kiedy się zbliżam, posyłają mi promienne uśmiechy, ale mój smutek zdaje się emanować i miny im nieco rzedną. Jestem jak plaga rozpaczy. Żal uwielbia towarzystwo, a ja jestem przerażona tym, że idę odwiedzić brata.

Kiedy byłam tu wczoraj i zobaczyłam te wszystkie rurki wystające z niego – między innymi węża ułatwiającego oddychanie, potwornego pasożyta, którego złapałam na tym, jak wyłazi z nosiciela w poszukiwaniu lepszej powłoki – pomyślałam sobie, że się z tego nie przebudzi.

Moje buty stukają niemal bezgłośnie o podłogę, przecinając ciszę na oddziale, przypominającą tę w kostnicy. Najpierw czuję ulgę, widząc, że mój brat wciąż żyje. I jest poprawa; śmiertelna pułapka poluźniła swój uchwyt. Teraz, kiedy zbliżam się do jego łóżka, widzę, że ma otwarte oczy. Z początku myślę, że to mnie wzrok zawodzi, ale nie – patrzy na mnie w niemal przebiegły, przewrotny sposób. Wciąż wystają z niego różne rurki i nie może jeszcze mówić, bo do twarzy ma przymocowaną maskę, ale mruga do mnie, a jego oczy przepełnia siła, nadzieja i życie, których nie widziałam u niego od bardzo dawna.

Odnajduję jego dłoń pod prześcieradłem i ściskam ją. Oddaje uścisk. Tak! Jest silny. Być może chwytam się najmniejszej nawet nadziei, ale to nie jest uścisk osoby umierającej! Uśmiecham się, nie zważając na łzy, które zaczynają kapać mi po policzkach. Uśmiecham się szeroko do brata, odkasłuję i mówię:

– No cześć, Bri. Witaj wśród żywych.

30. Pedały

Nie zrozum mnie źle, nie mam nic przeciwko pedałom, wiesz, co mam na myśli? W rzeczywistości obserwowanie, jak dwóch facetów się obmacuje, jest fajowe. Nie rajcujące, ale naprawdę, kurwa, piękne, bo ci geje są zawsze, cholera, napakowani.

Danny jest szczupły, ale zbudowany, jakby sam pakował. Poza tym używa balsamu do ciała i nici dentystycznej. I muszę przyznać, że z niego niezły towar. Wie, do czego służą palce i język.

– Gdzie się nauczyłeś tych sztuczek, skarbie?

– W Leith – odpowiada. – To jedna, wielka szkoła seksu. Nasze motto brzmi: nie ustawać.

– I kieruj się nim, skarbie – mówię mu. Boże, ten chłopak to marzenie. Ale ten kit o jego ojcu jakoś mi nie leży. Jest to z pewnością przereklamowana sprawa. Ja nigdy nie poznałam mojego starego, chociaż mieszkaliśmy w tym samym domu. Gdy wstawałam do szkoły, on już był w pracy. Wciąż tam siedział, kiedy się kładłam, podobnie jak przez większość weekendów. Gnojek rozwiódł się z mamą, kiedy miałam osiem lat. Teraz czasami dzwoni, kiedy jest w mieście w interesach, i zabiera mnie na lunch. Zawsze nalegam, byśmy płacili po połowie, i frajer czuje się niepewnie. Rozmawiamy o pracy, jego nowej rodzinie, menu i ogólnie o jedzeniu. A Danny nigdy nie poznał swego ojca. Może tak i lepiej. Czasami jest tak, cóż, że – co tu poznawać?

Siedzimy teraz w restauracji tego całego Tomlina, kuchmistrza – pedała, który niby ma być starym Danny'ego. A może nie. Tomlin to ciota, to się zgadza, ale w obecnych czasach to nic takiego. Mój były, Gavin, cóż, był pedrylem, który się nawrócił, a potem znów zszedł z drogi cnoty. Więc jasne, nie jestem aż tak zdruzgotana.

Rozmawiają o tym barze, w którym pracowali on i matka Danny'ego pod koniec lat siedemdziesiątych. Danny urodził się w latach osiemdziesiątych, kilka lat po mnie. Daty pasują. Ale zamiast odpowiedzieć na pytanie za sto tysięcy – „Czy rzuciłeś się w wir namiętności niepedalskiej w niedzielę 20 stycznia 1980 w Edinburgu w Szkacji?" – ten cały Tomlin opowiada o bajerowaniu każdego dupościska, z którym kiedykolwiek pracował.

Czuję się nieco poirytowana, słuchając tych bzdur. Tomlin jest jednym z tych facetów, który aż się ślini na widok chłopaka, a Danny tego nie dostrzega. A nie widzi tego, bo jest cholernie zaślepiony swoją własną sprawą. Zdaje się *chce* uwierzyć, że ten stary pedał jest jego ojcem. Opanowuje mnie zniecierpliwienie i irytacja i wiem, że wyrywam się przed szereg, ale ten szampan od niego, którego Danny odmówił, uderzył mi do głowy. Tak czy inaczej przechodzę do sedna:

– Więc, Greg, czy ty i mama Danny'ego, jak ma na imię, Danny?

– Beverly – rzuca Danny szorstko i patrzy z dezaprobatą na mój kieliszek, którego teraz nie potrzebuję. Pamiętam, jak Gavin zwykł mawiać: „Czemu, jak masz nalane, nie możesz trzymać buzi na kłódkę?".

Wiele radości sprawiło mi, kiedy mu odparłam, że to nie drink i moja otwarta buzia jest tu problemem, ale drink i jego wystawiona dupa.

– Czy ty i Beverly Skinner zrobiliście to?

Tomlin wywraca oczami i patrzy na mnie znużony. Jest typem pedała skrycie nienawidzącego kobiet, który uwielbia stare cioty skaczące wokół niego, ale nie potrafi poradzić sobie z suką, która wali mu prosto z mostu między oczy.

– Bardzo trudno mi to zdefiniować – sepleni. – To był wspaniały okres, punk królował, wszyscy byliśmy młodzi, nie było jeszcze AIDS i wszystko działo się bez żadnych zahamowań. Piliśmy na umór i robiliśmy naprawdę dzikie imprezy.

Czuję, jak unoszą mi się brwi, i myślę sobie: jasne, ty i właściwie każdy gnojek pod słońcem, stary. To nazywa się chyba *młodość*. Tomlin wyczuwa, co chcę powiedzieć, i cholernie mu to nie pasuje, jego szerokie pedalskie ślepia wyglądają jak wydłubane z innej twarzy.

– Chcę tylko powiedzieć – odkaszlnął – że spałem z wieloma osobami, mężczyznami i kobietami, i jest więcej niż pewne, że Beverly do nich należała – mówi, a w moich uszach brzmi to jak jebany kabaret.

– Więc możesz być moim tatą. – Danny kiwa głową.

– To więcej niż prawdopodobne. – Tomlin uśmiecha się profesjonalnym wyszczerzem telewizyjnego kmiota. Jestem pewna, że widziałam tę kanalię na jakimś programie z przepisami. Robił jakieś pedalskie żarło. Zapiekana hawajska sałatka z bolcem czy inne badziewie.

Podpierdala i tyle. Chcę już powiedzieć: „No to do roboty, rób test DNA, dupku", ale to nie moja sprawa, jak Danny chce sobie poradzić z tym łachem. Ale tak bardzo chce w to uwierzyć. Nie chcę, żeby mojemu chłopcu w szkocką kratkę coś się stało, więc będę uważała na tego skurwysyna Tomlina. „Spałem z wieloma osobami". Sranie w banię! Nie jestem tak stara jak on, ale jeśli człowiek nie ma demencji starczej, to powinien pamiętać, z kim się pierdolił. A do tego jeszcze ten gnojek zupełnie nie przypomina Danny'ego.

31. Dni na siłowni

Dot i ja bawimy się świetnie, łazimy wszędzie, pieprzymy się i palimy ziele. Ale jej praca ostatnio bardzo ją irytuje i dopadają ją zmienne nastroje, kiedy wychodzimy zjeść coś na mieście. W restauracji nie podoba się jej albo stolik, albo wystrój i jak można się spodziewać, również grymasi nad jedzeniem.

– Post-Dot com – krzywi się obrażona w tym ewidentnie lekko japiszonowskim, kiczowatym lokalu w Mission.

Tak, rzeczywiście wygląda, że najlepsze lata mają za sobą i teraz ciągną na minionej popularności. Plama na suficie po zalaniu wodą wygląda na zamalowaną na odwal się. Pęknięta tafla szklana dzieląca salę jadalną od kuchni nie została wymieniona. Pokazuję Dorothy te niedociągnięcia.

– To straszne – marszczy brwi. – Jeśli w takim miejscu ludziom przestaje zależeć... – Następnie jej twarz rozbłyskuje teatralnym uśmiechem na widok kelnera i wręcz ćwierka: – ...ale jedzenie tu jest zawsze wspaniaaaałe!

Dorothy jest nastawiona na „nie", prawdopodobnie przez ostatnie doświadczenia, ale ma wbudowany system samokontroli. Niemal wbrew jej samej w duszy gra jej muzyka, i to głośno.

– Owoce morza są wspaniałe. Spróbuj homara na ciepło z martini z sosem z cilantro, pomarańczami i szampanem.

– A mają coś mniej zakrapianego? – pytam w trosce o przyjaciela za wielką wodą.

– Boże, to tylko dodatki, poza tym alkohol wygotowuje się, kiedy zagęszczają sos. Masz jakąś obsesję – stwierdza oskarżycielsko, a jej oczy bezwiednie wędrują w kierunku butelki z czerwonym winem na stoliku obok. Kelner przygotowuje potrawę i nalewa wino do kieliszków, a para klientów odgrywa cały spektakl; wszystkie te powłóczyste spojrzenia, porozumiewawcze sypialniane uśmieszki i chropawe pomruki zadowolenia. Spoglądam Dorothy w twarz, w zielonkawo-orzechowe oczy, spragnione i podekscytowane, i myślę, czy by nie podnieść nieco stawki.

Przechwytuje mój wzrok i posyła mi delikatnie ponaglające spojrzenie, ale kelner już stoi koło nas i wiem, że mój czas minął. Podaje jej listę win, ale ona tylko powstrzymuje go gestem dłoni, mówiąc:

– Z tego nie skorzystamy – na co biedny kutas wybałusza oczy jak smutny pies, który dostał za coś, czego nie rozumie.

Nieodwracalność tego wszystkiego sprawia, że jestem zarówno upojony, jak i całkowicie przybity. Znów zerkam na menu i widzę, że wołowina prezentuje się obiecująco – płat mięsa glazurowany soją z oberżyną i pastą paprykową, ale to wymaga czerwonego wina. Niech cię szlag, Foy, przekleństwo na ciebie i twoją edukację. Czerwone mięso zawsze już będzie kojarzyło mi się z czerwonym winem. Kurczak czy ryba – mogę oprzeć się pokusie białego wina i pić wodę mineralną, ale czerwone mięso...

– Nie wyglądasz na zachwyconego, Danny – mówi Dorothy niemal wyzywająco.

– Ech, nic mi nie będzie.

– Tak naprawdę nie chciałeś nigdzie wychodzić, co?

– Ja... – zaczynam, ale milknę w pół zdania. Co mam powiedzieć? Nie mogę powiedzieć ani jej, ani nikomu innemu o mojej znajomości z Kibbym i z alkoholem. Pomyślą, że ześwirowałem, że mi odbiło, że jestem popierdolony. Może i tak. To się kupy nie trzyma, teraz mniej niż poprzednio.

– Musisz stawić czoła pokusie. Musimy gdzieś wychodzić. Nie możemy się zakopać w moim mieszkaniu na całe życie.

Uśmiecham się, rozważając ten pomysł. Czy na tym ma polegać natura mojego schorzenia – mam się zamknąć w jej chacie, by chronić Kibby'ego z nową wątrobą na drugiej półkuli? A czemu nie zostać tutaj, ożenić się z Dorothy, dostać zieloną kartę, iść na kursy świadomości obywatelskiej, przysiąc wierność fladze, zaszyć się w jakimś miasteczku w Utah, zaciągnąć się do miejscowej społeczności religijnej i żyć życiem wolnym od chlania. Żona, dzieci, samochód, kościół, dom, ogród. Odizolować się od zła, od diabła w butelce, od demona w płynie.

– Wiem, wiem. Tak trzeba – zgadzam się. – Jesteś bardzo fajną dziewczyną, Dorothy – mówię jej. Następnie dodaję z uczuciem: – Dzięki tobie jestem silny, lepszy niż w rzeczywistości.

Opiera się nieco speszona na krześle.

– Dziwny jesteś – mówi. Tak, naprawdę jestem dziwny. Patrzę na naszych sąsiadów, ze stolika obok, jakbym chciał porwać kieliszek z winem z ich stolika i wypić go jednym haustem, co równałoby się oddaniu strzału w plecy jednemu takiemu frajerowi w Edynburgu w Szkocji.

– Przepraszam. Czasami jestem jakiś niepozbierany, ale chciałem, żebyś wiedziała...

– Ale sympatycznie dziwny. – Uśmiecha się.

Po posiłku idziemy prosto do domu i do łóżka. Jest nam bardzo dobrze w tym łóżku, a endorfina z pewnością Brianowi nie zaszkodzi. To jakaś zapłata za jazdę, jaką miał ten piździelec i jaką będzie miał jeszcze przez jakiś czas, przynajmniej z tej strony. Kiedy tak leżę z Dorothy, duch Kay zaciera się, prawdopodobnie usuwając dziwne poczucie winy, na które nie mogła nic poradzić ani Shannon, ani też inne dziewczyny, które tak bezdusznie wykorzystałem w domu.

Zawsze jest kurwa coś. Szkocja: przepis na klęskę. Weź połeć kalwińskiego ucisku, szczyptę katolickiej winy, dodaj mnóstwo alkoholu i gotuj w zimnym, ciemnym, szarym piecu przez trzysta lat z okładem. Dodaj jarmarczny, groteskowy koc w kratę. Podawaj przy dźwiękach dud.

Następnego dnia rano wstaję wcześnie i sprawdzam maila w poszukiwaniu wiadomości o Kibbym. Nie ma nic poza listem od Gretha.

To: skinnyboy@hotmail.com
From: gav.f-o@virgin.net
Re: Żegnaj, panie McKenzie

Cześć, Danny,

Mam nadzieję, że świetnie się bawisz w słonecznej Kalifornii. Przykro mi, że to ja muszę przekazać ci smutną wiadomość o tym, że Robert McKenzie zmarł nagle na skutek wypadku na Teneryfie. Był na wakacjach z chłopakami. Z Dempseyem, Shevym, Garym T., Johnnym Hagenem, Bloxem i chyba Eryk Rudy i Peter No Tool też tam byli.

Szczegóły zejścia Wielkiego Raba są na razie bardzo niejasne.

Przykro mi z tego powodu. Poza tym nuda. Jest bardzo zimno. Zabrałem malców na mecz Hibsów z Alloa Athletic o puchar CIS. 4-0 dla Hibs. Jak po maśle.

Najlepszego
Gareth

Wielki Rab... na pewno znów zachlał z chłopakami, głupi ćwok... a może wykończyła go wroga ekipa na wakacjach... eeee... trzeba mieć solidnego pecha, żeby zostać poważnie rannym w bijatyce kibolskiej... takiego pecha jak Brian Kibby...

Serducho mogło mu skoczyć, ale nie, przecież miał wszystkie badania...

Postanawiam wyjść i zatelefonić do Gary'ego Traynora. Była to szybka i spontaniczna rozmowa na jego komórkę, ale musiałem poznać szczegóły.

– Gary, tu Danny. Co z Wielkim Rabem.

– Skinny! – skrzeczy radośnie.

– Tak, co z Wielkim Rabem – przypominam mu.

– Wtopa na całego.

– Do kurwy nędzy... co?

– Był w gabinecie odnowy w hotelu i dźwigał żelazo na atlasie. Wielkolud robił to na okrągło odkąd odstawił browar. Byli z nim Bloxo i Shevy, i wesz jak te karczycha napalają się na żelazo. Nieważne, nadleciał ten jebany komar i dziabnął wielkoluda. Dostał alergii i wpadł w szoka.

– Ożeż ty kurwasz twoja...

– Chłopaki łypią na pijawę. Jest tak opity krwią, że nie poleci. Z właściwą sobie gracją bramkarze wypierdalają chuja przez drzwi...

– Traynor, o czym ty kurwa pierdolisz? – śmieję się. Kutas niczego nie bierze na poważnie.

– To taki, kurwa, żart, żebyś wiedział, jak duża była ta pierdolona pijawa! Nieważne, biorą wielkoluda do szpitala, ale on zaraz potem odwala kitę. Bardzo silna reakcja alergiczna, jedna na osiem milionów. Biedny Rab. Załatwiony przez głupiego robala.

– Mogło być gorzej – mówię i kończymy głośno jednym głosem: – Mógłby być to Ranger, pieska jego niebieska!

Czuję przypływ winy, ale naszemu Wielgusowi by się to spodobało, tego jestem pewien.

– Przyjedziesz na pogrzeb w przyszłym tygodniu? – pyta Gary.

Nie, nie zniósłbym potencjalnego ochlaju na stypie, poza tym muszę się dowiedzieć więcej o Gregu Tomlinie, przekonać się, że to on.

– Zobaczymy – mówię – ale może być ciężko z samolotem. Mam wysłać kwiaty?

– Bez paniki. To daleko. Wielgus chciałby, żebyś porządnie odpoczął.

– Tak… dzięki, Gaz – mówię, patrząc, jak znika ostatnia jednostka na karcie.

32. Zbliża się

Snopy wspaniałego złotego światła wlewają się przez szpary w okiennicach dużego pokoju Dorothy. Wspaniała fraza Oasis gra mi w myślach. *Nobody ever mentions the weather can make or break your day**.

Przeglądam jej imponującą kolekcję płyt CD. Tęskniąc za domem, szukam czegoś ze „szkaczyzny", ale nie ma tu Primal Scream, Orange Juice, Aztec Camera, Nectarine No. 9, Beta Band, Mull Historical Society, Franza Ferdinanda, Proclaimers, Bay City Rollers... odnajduję jedną płytę z okładką w kratę. Artysta jest „szkacką" gwiazdą amerykańskiego country and western i nazywa się Country George McDonald, a płyta *Saving For Another Day*. Włączam utwór tytułowy. Ma chwytliwy refren:

Nie spodziewam się wcale, że złapię szczęścia odrobinę,
Więc chowam to, co mam, i czekam na czarną godzinę.

Kolejny kawałek nazywa się *Możesz dostać butelkę whisky (za cenę tego)*, następnie wersja *Taxmana* George'a Harrisona, która zdaje się być wesoła i natchniona.

Dorothy wchodzi do pokoju w zielonym szlafroku z włosami zawiniętymi w ręcznik i przyłapuje mnie, jak czytam napisy na okładce.

– Och, znalazłeś płytę Country George'a? Dostałam ją w Teksasie. On jest Szkatem.

– A skąd on się wziął?

– Och, właśnie wyszedł z więzienia. Chyba coś tam było z podatkami – wyjaśnia, piłując paznokcie. – Ciągle dowalam tym gnojom – informuje mnie – na klawiaturze.

Dorothy dziś pracuje, a ja umówiłem się z Gregiem na lunch. Przygotowuję się niespiesznie i spotykamy się w kawiarni w North Beach. Jest to bardzo często uczęszczane miejsce, jasne, pełne okorowanej sośniny i chromu i jest to jedna z tych knajpek zapchanych japiszonami i studentami z laptopami, która bardziej przypomina

---

* Nikt ci nie mówił, że pogoda jest w stanie zmienić twój dzień na lepsze bądź gorsze (przyp. tł.).

jebane biuro niż kawiarnię. Te skurwysynki mówią z przekonaniem: ja pracuję w domu. A chuja tam w domu: siedzą jeden na drugim w kafejkach z laptopami, na ulicach i w pociągach, napierdalają do tych swoich komórek o zamówieniach, profilach sprzedaży i konsolidacji środków, zmuszając nas wszystkich do słuchania tego nudziarskiego gówna. Wkrótce zaniknie podział między pracą i odpoczynkiem. Każdy sracz będzie miał wbudowany terminal komputerowy z kamerą internetową, żeby broń Boże nikt nie wyszedł z sieci i by można się z nim było połączyć.

Greg znów przypomina pomarańczową frytkę z solarium. Zamawia san pellegrino i ja idę w jego ślady.

– Mam mętlik w głowie – mówię mu. – Za dużo tego wszystkiego.

– Jakbym siebie słyszał – odpowiada w taki sposób, że widać bez wątpliwości jego skłonności, jak chłoptaś, co piszczy dyszkantem. Dociera do mnie, że nigdy wcześniej nie znałem żadnych homoseksualistów (chociaż odbyt Kibby'ego wie coś innego na ten temat), i teraz jest całkiem prawdopodobne, że jest nim mój stary. Ale czy to prawda? Dorastałem w miejscu, w którym na pewno mieszkało mnóstwo kryptopedałów, którzy dochodzili do wniosku, że Leith nie jest najżyźniejszym gruntem dla ich seksualności, i którzy palili wrotki, i wyjeżdżali do metropolii, kiedy tylko sperma rzucała im się na mózg. Wszyscy ci nieco zabawni skryci faceci, którzy znikali w tajemniczych okolicznościach…

– To dziwne, że jesteś gejem…

– Dla mnie wcale. To dziwne, że jesteś hetero.

Bezczelna waląca w kakao pizda. Ale zastanawiam się nad tym przez chwilę.

– Nie, bo w książkach grasz heteroseksualistę. Pojawiasz się jako rasowy jebaka, a teraz mówisz, że byłeś z tym Paulem od dziesięciu lat.

Greg wygląda na skrępowanego, a po chwili patrzy na mnie z rozpaczą w oczach, zaczesując ręką resztki włosów, jakby chciał odgarnąć je z czoła. Myślę, że kiedyś było ich wystarczająco dużo, by mógł to zrobić, i stare nawyki się nie zmieniają.

– Na początku chciałem zadowolić rodzinę. Mój ojciec był, jest, jak mniemam, irlandzkim twardzielem z południowego Bostonu, który nienawidził gotujących mężczyzn. Uważał, że samo to już świadczy o tym, że ktoś jest ciotką. Więc w tamtych czasach kultywowałem obraz macho i hetero, ale to było kłamstwo. Zdałem sobie sprawę, że rujnuję sobie życie, by zadowolić bigota, którego nawet nie lubiłem ani nie miałem z nim nic wspólnego. Tak naprawdę dopóki nie przyjechałem do San Francisco, nie znałem siebie.

Zaczynam się czuć niepewnie.

– A co ze Szkocją? Naprawdę przyjaźniłeś się z De Fretaisem?

Tomlin uśmiecha się promiennie.

– O ile można mówić o przyjaciołach Alana, a nie o ulubionych konkurentach.

Kiwam głową ze zrozumieniem. De Fretais jest takim typem, że trudno sobie wyobrazić, by kogokolwiek naprawdę lubił. Przynajmniej wiem, że ten kutas nie mógłby być moim starym, nie z takim bebechem. Nie ma żadnego wyboru, ale wołałbym mieć za ojca piszczącego pedała niż tego tłustego okurwieńca. Przynajmniej wiem, że na dalszym etapie życia nie stanę się gejem. Ale czy on zapłodnił moją mamę?

– No wiesz, przyjechałem do Edynburga tylko na tydzień, ale mi się spodobało i dostałem robotę pod Archaniołem. Dziwne, bo to najprawdopodobniej najmniej gościnne miejsce dla homoseksualistów w całym zachodnim świecie, albo też kiedyś takie było, w każdym razie tam wylądowałem. Piłem w Kenilworth i w Laughing Duck.

– Ale byłeś w Archaniele w styczniu 1980?

– Och, oczywiście, że tak. Później wyjechałem do Francji, do Lyonu, następnie do Kalifornii… – mówi wymijająco i milknie. – Danny… jest coś, co muszę ci powiedzieć. – Wpatruje się we mnie uporczywie. Znam to pojebane spojrzenie: w wydaniu Foya, kiedy był moim szefem, nauczycieli w szkole, pał, ale przede wszystkim w wykonaniu barmanów po ostatnim zamówieniu. To nie jest dobre spojrzenie. Wcale nie. – Nigdy nie byłem z twoją matką. Nigdy nie byłem z żadną kobietą podczas pobytu w Edynburgu.

Czuję, jak laminowana podłoga usuwa mi się spod nóg, tak samo jak legary podłogowe i brud pod nimi. Czuję wyraźnie spadanie, osiadanie. Uciekam wzrokiem i dostrzegam śmiejącego się i sepleniącego kelnera pedryla z gumową twarzą. Ponownie zwracam się do głupiego tandeciarza Tomlina. W uszach mi dzwoni, co oznacza, że nie zrozumiem tego, co Tomlin ma zamiar powiedzieć, i widzę tylko, jak wydymają się te jego pedalskie usta. Jak taka cipa może być moim ojcem?

– Nigdy, przenigdy nie byłeś z babą w Szkocji? – pytam, a moje słowa giną we własnych uszach.

– Nie, ale kilka znałem i była jedna kobieta z którą się bardzo zaprzyjaźniłem. Twoja matka, Bev.

Moja mama. Punkowa przyjaciółeczka pederasty. A to mi niespodzianka.

– Ale wtedy miała chłopaka. Spotykała się z nim po zmianie. On chyba pracował w kateringu, ja…

– Kim był? – pytam z agresywną niecierpliwością, czując, jak robią mi się wrzody.

– O ile pamiętam, to był miły chłopak, ale nie pamiętam jego nazwiska…

Złość już usztywniła moją posturę, więc biorę głęboki wdech.

– Jaki on był?

– To było sto lat temu, Danny – mówi Tomlin i wygląda na zmartwionego. – Pamiętam tylko, że był naprawdę miłym facetem… nie pamiętam za wiele…

– Postaraj się!

– Nie mogę… naprawdę nie pamiętam, to było ponad dwadzieścia lat temu. Naprowadziłem cię na trop, już więcej z siebie nie wygrzebię. Danny… przykro mi, że nie jesteś osobą, którą chciałbyś, żebym był… – mówi nieomal błagalnym głosem, skrywając twarz w rękach. – Wiesz, co jest najdziwniejsze?

Nie odzywam się. Jest dziwolągiem, jebanym potworem.

– Miałem w domu zdjęcie twojej mamy z chłopakiem, ale Paul… zabrał moje zdjęcia do Atlanty… zabrał je przez pomyłkę, kiedy się rozstawaliśmy, i wyjechał… – Patrzy na mnie ze łzami w oczach. – Boże, to brzmi tak kiepsko.

– A pewnie, że tak, kurwa mać – mówię wstając. Jebany, stary, żałosny pedryl – myślę – ciąga mnie po tych spelunach, bo chce mnie przerżnąć, i przez kilka chwil nienawidzę Tomlina tak jak nikogo w życiu. Ale wiem, do czego może doprowadzić nienawiść, więc kiwam mu poważnie głową na pożegnanie i wychodzę, zostawiając mizdrzącego się kuchmistrza, czekającego na zamówione dwie porcje.

Odchodzę szybko, czując, że to bardzo ważne, żeby nie poszedł za mną, bo jak to zrobi, to wpierdolę tej piździe. Schodzę w dół po

Grant w Chinatown, obserwując, jak pracownicy sklepów wyładowują towary z furgonetek, patrząc, jak wszyscy ci Chińczycy krzątają się wokół. Założę się, że połowa z nich nigdy nie była w Chinach, ale oni wszyscy wiedzą, skąd przybyli. Słońce grzeje mocno i idę już bardzo długo. W pewnym momencie przecinam Market i robię błąd, schodząc z głównego szlaku. Słońce świeci tu jak wszędzie, ale pada jedynie na opuszczone magazyny. Wokół nie widać żywej duszy. Nagle zza jakichś drzwi wyskakuje chłopak i staje na wprost mnie.

– Ty! Dawaj kurwa portfel! Ale już!

Ja pierdolę, chłopak ma w łapie jakąś spluwę, cóż, nie jakąś, tylko prawdziwą, pierdoloną spluwę. Jest w moim wieku, może trochę młodszy, może starszy. Trudno wyczuć. Nie jest źle ubrany, ale na jego twarzy widać bąble i jakieś parchy. Ma ten charakterystyczny wytrzeszcz ćpuna, ale może to tylko z emocji.

– Nie mam portfela, chłopie. – mówię nieco przekornie, jakby to był taki niewinny żarcik. To nie może być prawdziwy gnat, jest kurwa za mały.

Chłopak jest nieco zbity z tropu moim akcentem, ale po chwili znów rzuca:

– Po prostu dawaj forsę, ty dupku, albo pożałujesz, że cię mamusia urodziła!

Myślę o mojej mamie, Tomlinie i całym tym gównie, z którym muszę się zmagać.

– Nigdy nie poznałeś mojej matki. Jak mi przykro. – Wybucham śmiechem i dodaję konfrontacyjnie: – Strzelaj. No, dalej, naciśnij spust. – Wyciągam ręce. – No, dawaj tę kulę! Strzelaj, ty piździelcu!

Test ostateczny.

– Ty skurwiały… ty… – dyszy, a jego zwierzęce ślepia w niczym nie przypominają ludzkich oczu. On również walczy o życie. Jeśli nie strzeli, wie, że zaraz zabiorę mu spluwę i sprzątnę chuja. Wiem, że widzi to w moich oczach.

Odwodzi kurek, a ja widzę Kibby'ego.

Test ostateczny.

Nic z tego… za dużo bólu, za dużo żalu.

Nie, nie…

– Nie, nie strzelaj… proszę, weź forsę, nie zabijaj go. Nie strzelaj do niego… – Padam na kolana. Szlocham ciężko, bez łez, i dyszę, nabierając gwałtownie powietrza w płuca, a oddech zamiera mi w piersi, kiedy wyciągam banknoty z kieszeni i podaję mu w wyciągniętej ręce. Moja pochylona głowa wpatruje się w pęknięcia na chodniku.

Czekam na kulę, rozmyślając o staruszce, Kay, Dorothy i oczekując ohydnego odgłosu eksplodujących okruchów kości i rozbryzgującej się szarej materii, który zniknie w oszalałej nocnej alchemii zaklęcia i pojawi się u biednego Kibby'ego... Joyce przyjdzie do szpitala i zobaczy mózg walający się na poduszce...

Czekam... czekam... nagle czuję, jak ktoś wydziera mi banknoty z dłoni.

– Jesteś popierdolonym dupkiem... – drze się młodzieniec, chowając pieniądze do kieszeni. Rusza swoją drogą i tylko raz ogląda się za siebie, widząc moją klęczącą postać na chodniku. Nie wie, że się modlę, modlę się o duszę chłopaka. Modlę się za Kibby'ego i nawet za siebie. Tak, za siebie. Strzeżcie się tego, co płacze, on płacze nad sobą. Nie, nie tylko nad sobą... to modlitwa o miłość.

KOCHAM.

KOCHAM.

KOCHAM.

KOCHAM.

Szaleństwo śmieje się w głos pod presją. Przerywamy ją... może damy jeszcze szansę miłości...

Może damy...

Nic się nie dzieje, ale nagle słońce wychodzi zza dachu budynku, oświetlając oślepiającym blaskiem miejsce po niedawnym zimnym cieniu. Uniesiony i upojony podnoszę się z klęczek i wlokę chwiejnie w kierunku głównej Market Street, potem innymi ulicami, aż dochodzę do Click Ass.

To: skinnyboy@hotmail.com
From: Shannon4@btclick.com

Danny,

Po pierwsze, bardzo mi przykro z powodu twojego przyjaciela Raba. Nie poznałam go tak naprawdę. Tylko raz go spotkałam w Cafe Royal, ale wiem, że był wielkim, ciepłym facetem.

Kontaktowałam się z mamą Briana. Dobrze się trzyma po operacji. Wciąż jest na intensywnej terapii, ale operacja się udała i – na psa urok – nowa wątroba się dobrze przyjmuje.

Muszę ci powiedzieć, że od jakiegoś już czasu chodzę z kimś. Trzymałam to przed tobą w tajemnicy, bo to twój znajomy i martwiłam się, że się wkurzysz. Des, Dessie Kinghorn. Odegrałeś rolę amorka. Wtedy, kiedy podczas karaoke tak się źle zachowałeś i wyrzuciłeś nas stamtąd! Staliśmy tak na ulicy, nie wiedząc, co robić. Zaczęliśmy rozmawiać i poszliśmy na drinka, i od tamtej pory wszystko zaczęło się z wolna rozkręcać.

Nie mam zamiaru mieszać się w wasze zaszłości, bo to wasza sprawa. Ale teraz wszystko się zmieniło i powinniście dać sobie spokój. Co dziwniejsze, Des też tak myśli. Pokazał mi stare zdjęcia, na którym jesteście jeszcze chłopcami. Wiem, że on też to dobrze wspomina.

Był również, oczywiście, bardzo przybity, kiedy dowiedział się, co się stało z Rabem McKenzie.

Wiem z e-maili, jak przejmujesz się Brianem. Naprawdę pod tą maską zimnego drania jesteś uroczą osobą, Danny. Wiem, że to wszystko przez sprawę z ojcem, i mam nadzieję, że dojdziesz prawdy.

Wiesz, że masz we mnie szczerą przyjaciółkę.

Całuski

Shannon XXX

Jacież nie pierdolę...

Możesz tylko pisać. Pisać, gapić się w ekran z otwartą gębą przez całe życie: raporty pokontrolne, telewizor, zestaw do wideokonferencji, ściąganie empetrójek, pisanie maili...

To: Shannon4@btklick.com
From: Skinnyboy@hotmail.com

Shannon,

Cieszę się, że Brian zdrowieje. Nie byliśmy ze sobą za blisko i być może byłem dla niego za ostry z powodu mojego popierdolenia. Naprawdę modlę się za niego.

Dzięki za wyrazy współczucia z powodu śmierci Wielkiego Raba. Wszystkim nam bardzo brakuje Wielgusa.

Twoje uwagi na mój temat były bardzo wnikliwe i szlachetne. Bardzo cenię sobie Twoją przyjaźń. Muszę przyznać, że trochę się martwiłem, kiedy zbliżyliśmy się do siebie, bo sądziłem, że to zniszczy naszą przyjaźń. Sądzę, że byłem nieco niefrasobliwy, w czasie gdy obydwoje lizaliśmy się z emocjonalnych ran. Chcę, żebyś wiedziała, że bardzo Cię szanuję. Chodzi o to, że obydwoje reagowaliśmy inaczej na ten sam problem, ale to Ty miałaś rację.

Jestem zdumiony, ale nie nieprzyjemnie, słysząc o Tobie i Dessiem. Z ręką na sercu przyznaję, że niesprawiedliwie podzieliłem pieniądze z odszkodowania. Muszę jednak przyznać, że Des ze swej strony podszedł do sprawy mało realistycznie, co jednak nie tłumaczy mojego egoizmu, człowiek musi odpowiadać za swoje czyny. Nieważne, nie chcę się teraz w to zagłębiać. Proszę Cię, przekaż Desowi moje najszczersze przeprosiny za to, jak się wtedy zachowałem. Jest wspaniałym facetem, który kiedyś był moim przyjacielem, i mam nadzieję, że jeszcze wrócą stare czasy.

Życzę wam obojgu wszystkiego najlepszego.

Całuski

Dan X

Dessie podpierdolił mi dziewczynę! Chuj do lania! Ciekawe, ile to jest warte według agenta ubezpieczeniowego. Patyka? Dwa? Czy to w ogóle da się wyliczyć? Nie, pewnie powiedziałby coś takiego: „Nie, wyście się przecież tylko pierdolili, więc wyceniam to na pięć stów, plus uboczne skutki przymusowego celibatu, ale jak sądzę, przerżnąłeś tę tłustą szmatę zza baru jeszcze tego samego wieczoru, więc wszystko się wyrównuje".

No dobrze, on będzie dla niej bardziej odpowiednią partią niż ja. Ja byłem dla Shannon strasznym chujem, ale jej również daleko było do odgrywania roli Pani Sama Słodycz i Światło. Ale powinienem być taki właśnie dla Dorothy, bo tutaj jestem wolny od klątwy Kibby'ego, jego klątwy na mnie, która żeruje na mojej klątwie na nim. Tutaj nie pojawia się ta irracjonalna, wszechogarniająca nienawiść, zakłócająca moje życie, rozpierdalająca wszystkich moich bliskich i każdego, z kim się stykam. Tu mogę czynić dobro i obydwaj możemy zaznać spokoju.

Ale najpierw muszę sobie wszystko poukładać. Muszę się dowiedzieć czegoś o Kibbym i tym całym gównie, które się między nami dzieje. I muszę odnaleźć mojego staruszka, bo niech mnie chuj strzeli, jest gdzieś tam. Tomlin spadł z listy, poszedł szlakiem Starego Sandy'ego. Muszę przyjąć to na klatę i pogadać poważnie z De Fretaisem i jeśli trzeba, wydusić prawdę z tej oślizłej, tłustej mordy.

Zanim zrobię cokolwiek, muszę wrócić do domu.

OBIAD

33. Jesień

Edynburg jesienią zdawał mu się miastem odartym z pretensji, obciętym po bokach i sprowadzonym do swej esencji. Festiwalowi turyści już dawno wyjechali i w oczach przejeżdżających tylko przez miasto jawiło się zgoła nieciekawie. Zrobiło się zimne, mokre i ciemne, rozrzucając swych mieszkańców po ulicach jak nowicjuszy w ringu bokserskim, którzy oczekując ciosów z każdej strony, nie byli w stanie odparować ataku.

A jednak czuł, że miasto o tej porze roku, jak o żadnej innej, żyje w zgodzie z sobą. Po uwolnieniu z oków zewnętrznego zaszufladkowania miasta jako „światowej stolicy sztuki" (festiwal) oraz „stolicy europejskiej rozrywki" (Hogmanay) jego populacja mogła wreszcie toczyć prozaiczne, acz niezwykłe codzienne życie dużego miasta północnej Europy.

I Danny Skinner przyleciał do miasta, odczuwając większe rozterki niż kiedykolwiek. Przez cały lot myślał o Dorothy, o traumatycznym pożegnaniu pełnym łez na lotnisku w San Francisco, które prawdziwie wstrząsnęło obydwojgiem. Jego umysł wpadał na przemian w euforię i depresję pod wpływem rozważania cudownych możliwości i okrutnych nieprawdopodobieństw długoterminowego i odległego romansu. Ale jego misja nie zakończyła się. Greg Tomlin został usunięty z listy, choć dowiedział się, że jego matka była bardzo zaangażowana w związek z kimś ważnym w jej życiu. I chociaż cieszył się w duszy, że mógł być pokłosiem ulotnej, choć prawdziwej miłości, a nie tylko dymania po spidzie i cyderze, to nie potrafił ponownie stawić jej czoła, przynajmniej na razie. To De Fretais stał się teraz głównym celem.

Kiedy dotarł do swego zimnego mieszkania w Leith, pierwsze, co zrobił, to włączył centralne ogrzewanie, następnie łyknął tabletki na spanie i walnął się na łóżko. Na drugi dzień zadzwonił do Boba Foya i dowiedział się, że De Fretais obecnie kręcił materiał w Niemczech. Kolejną osobą, do której zadzwonił, była Joyce Kibby, lecz kiedy się z nią spotkał w kawiarni St John w Corstorphine, wciąż jeszcze odczuwał skutki długiego lotu do domu.

Skinner dowiedział się, że Brian Kibby wychodzi z choroby, a nowa wątroba przyjmuje się doskonale. I kiedy słuchał trajlowania Joyce, chciał jej powiedzieć: „To przeze mnie ma przejebane, ale udało się, bo przestałem pić". Ale oczywiście tego nie mógł zrobić. Mógł tylko pomyśleć: „Dlaczego nie jestem w stanie bardziej polubić Joyce?". Ale kiedy zaszczebiotała:

– Wraca do domu, panie Skinner, Brian wraca do domu w przyszłym tygodniu! – poczuł, że cieszy się równie jak ona.

Ściskając ją serdecznie za rękę, Skinner zakrzyknął:

– To wspaniałe wieści! I po raz ostatni proszę – Danny.

I Joyce Kibby zaczerwieniła się jak pensjonarka, ponieważ jak to zwykle ona, nie rozumiała, dlaczego tak bardzo lubi pana Ski... Danny'ego.

Jak na skrzydłach jadę z Corstrophine z powrotem do Leith autobusem numer 12, bo stan zdrowia Briana Kibby'ego znacznie się poprawił. Uczucie uniesienia jest tak przemożne, że aż muszę wysiąść na West Endzie i kupić książkę Gillana McKeitha *Jesteś tym, co zjesz.* Mam zamiar na podstawie zawartych w niej informacji opracować rozsądną dietę dla siebie, która na pewno mu pomoże. Kupuję również więcej wilczomlecza w Bootsie. Następnie w internetowej kafejce na początku Walk wysyłam Dorothy maila, w którym ze szczegółami opisuję śmiałe plany łóżkowe. Mam nadzieję, że ją to ruszy i przynajmniej będę miał odpowiedź na piśmie, kiedy później wróci do domu.

Gmeram sobie w Internecie, poszukując informacji o miejscowych zespołach punkowych, których, jak wiem, słuchała moja matka, bo domyślam się, że starzejące się punki mogą mieć więcej stron niż przedpotopowi kuchmistrze. Odnajduję informację o Old Boys, która mnie zaciekawia.

ROCZNICOWY KONCERT THE OLD BOYS

The Old Boys byli punkowym kwartetem z Edynburga, który koncertował w różnych klubach w okolicy w latach 1977-1982. Większość punkowych zespołów wykrzykiwała nawołujące do buntu młodzieżowe hymny, zachęcające do hedonistycznej ucieczki w niemoralne stany, nihilistyczne akty deprawacji i autodestrukcji, by przerwać nudę szarego życia. Jednak The Old Boys pod wodzą charyzmatycznego wokalisty Wesa Piltona (Kennetha Granta) obrała zupełnie odmienny kurs.
Wykonywali bardzo reakcyjne songi o upadku społeczeństwa, krytykując permisywizm moralny, branie narkotyków, rozbijanie rodzin i nieodpowiedzialność młodych ludzi. Wychwalali pod niebiosa cnoty Brytanii podczas wojny: heroiczne bohaterstwo w obliczu wroga, *espirit de corps* i imperium, w którym słońce nigdy nie zachodzi. Wszystko to było powodem zmartwień, głównie dlatego, że zespół wykonywał swoje utwory z olbrzymim przekonaniem, co wyrzuciło ich poza nawias sceny punkowej i naznaczyło – na własne życzenie – piętnem radykalizmu. Jednak niektórzy indywidualiści widzieli w nich odbicie ducha prawdziwego punka: byli na tyle odważni, że potrafili zlewać z siebie, i na tyle antagonistyczni, że potrafili wkręcać własną publiczność. Odgrywali tych starych nudnych pryków, jakich spotyka się w każdym pubie, negując modne poczucie smaku. Wes Pilton nosił wieśniackie wąsy, kaszkiet i długi płaszcz przeciwdeszczowy z makiem, upamiętniającym Dzień Pamięci Narodowej, w klapie przez cały rok. W przerwach między utworami bezustannie opowiadał o swoich hodowlanych gołębiach.
Ich pierwsza płyta – *The Old Boys* – przysporzyła im sławy poza rodzinnym miastem, chociaż opinie na temat motywów, jakie nimi kierowały, były podzielone. Czy po prostu kpili i wyśmiewali w najokrutniejszy z możliwych sposobów minione pokolenia, czy też byli reakcyjnym koniem trojańskim w twierdzy punk rocka?
Sami Old Boys nigdy nie odpuścili, chociaż kilku krytykom puściły nerwy po wydaniu jątrzącego i rasistowskiego singla *Przymusowa repatriacja*. W odpowiedzi na burdę mogącą się przenieść na ulicę z Nicky Tam's Tavern, którą, jak się powszechnie uważa, zapoczątkowali członkowie Ligi Antyfaszystowskiej, Wes Pilton wypowiedział swoje słynne już zdanie: „Czy chuje w tej spelunie nie słyszały nigdy o szyderstwie?". Była to kwintesencja The Old Boys. Zespół wyprzedzał swoją epokę: postmodernistyczne jaja w śmiertelnie poważnej politycznej dobie. Być może z powodu frustracji nikt ich nie traktował w ten sposób i zaczęli parodiować sami siebie podczas nieudanych powrotów na równi pochyłej.
I zdaje się, że właśnie ten podły okres w działalności grupy zapoczątkował kres zespołu. Kołatali się jeszcze do nieuchronnego końca w 1982

roku, kiedy to Pilton na krótko znalazł się na przymusowym leczeniu psychiatrycznym na skutek ustawy o zdrowiu psychicznym w Królewskim Szpitalu Edynburskim w Morningside. Mike Gibson – gitarzysta – odszedł z zespołu i zaczął studiować księgowość w Napier College. Steve Fotheringham – basista – jako jedyny z The Old Boys został w muzycznym biznesie. Pracuje teraz jako DJ i producent. Pilton powrócił solową płytą zatytułowaną *Craighouse* – albumem opartym na jego doświadczeniach w szpitalu psychiatrycznym.
Zespół miał takie szczęście do perkusistów, że mogło to stanowić kanwę do filmu *Spinal Tap*, w którym obydwaj perkusiści zespołu w tragicznych okolicznościach rozstali się z życiem. Donnie Alexander, pierwszy perkusista, odszedł od zespołu w kwietniu 1980 po wypadku w miejscu pracy, w wyniku którego został straszliwie poharatany. Został znaleziony w cuchnącej gazem kawalerce w Newcastle upon Tyne jakieś półtora roku później. Kolejny perkusista, człowiek o prowokacyjnym nazwisku Martin Smród, popełnił samobójstwo, rzucając się z mostu Dean latem 1986. Zagorzały fan Heartsów miał ponoć cierpieć z powodu olbrzymiej depresji wywołanej rozgrywkami futbolowymi w ostatnim sezonie.
Po ponad dwudziestu latach The Old Boys oznajmili wszystkim, że oto spiknęli się ponownie i zagrają koncert. Za Smroda za bębnami usiądzie Chrissie Fotherningham, amerykańska towarzyszka życia Steve'a. Przynajmniej nie będzie wymówki, że sekcja rytmiczna nie dotarła na czas.

Koncert miał się odbyć w Music Box na Victoria Street. Muszę koniecznie tam być, nawet kupuję ich płytę *Best of...* którą ostatnio wydali.

Wychodzę z kafejki i od razu boleśnie przekonuję się, że to nie Kalifornia i że szybciej zapada zmrok. Niemniej jednak, kiedy zawijam na Duke Street, jestem cały w skowronkach, gdy widzę, jak ten oślizły szczur sunie żwawo po ulicy.

Busby. Co z nim? Co pije ten zbok z rumieniem na pysku?

Whisky. Eksportową. Do wyboru, do koloru.

Chowam się we wnękę drzwiową i obserwuję go, jak wchodzi do jednej z tych mordowni dla starych pryków, które walczą o przetrwanie w starciu z wielkim klopem Weatherspoona na rogu, oferującym flakony z koktajlami podczas *happy hours* za jakieś trzydzieści osiem pensów. Jednak nie ma obawy, kiedy tylko zamkną stare knajpy, ceny wzrosną.

Busby.

Poszukuję go wzrokiem przez wysokie okna pubu, zapaćkane łapskami pijaków o zmrużonych oczach, wpieprzających rybne obiadki, którzy opierają się o nie, starając się zobaczyć, z kim można się napić na krzywy ryj w środku.

Kurdupel Busby siedzi tam, w zawszonej dziurze w Leith, z kufelkiem ciężkiego, płynnego złota. Na jego twarzy widać cienką warstwę potu, a może to łój? Kinol jak truskawa. Rozbiegane, kpiące, szydercze oczka kontrastują z uśmiechem przypominającym rozwartą skorupę małża.

Agent ubezpieczeniowy.

Co ma do zaproponowania agent ubezpieczeniowy? Oferuje ubezpieczenia przed pozostaniem sobą. Co wcale nie jest bezpieczne.

Wciąż patrzę do środka, widzę, jak Busby siedzi tam z Sammym. Wielki facet, zwalisty i coraz bardziej zagubiony, w miarę jak pogłębia się jego alkoholowe rozpasanie. Prawie nie zauważył mijających lat, żony, dzieci, dziewczyn, ale teraz czuje ich brak, a pozostała mu jedynie najbardziej lojalna i jednocześnie najbardziej zdradziecka ze wszystkich suk: Jejmość Królowa Chmielu.

Co gorsze, Busby, słodka chudzinka, ma teraz kontrolę nad tym olbrzymem, człowiekiem, którego prawdopodobnie unikał przez całe swoje młode życie. Jednak wszystko się zmienia, czasami stopniowo, tak że człowiek tego nawet nie zauważa, szczególnie takie stare chuje jak on. Ktoś tak bystry jak Busby zawsze będzie panem kogoś tak tępego jak Sammy, jeśli wykaże się cierpliwością i zadba o to, by się dostatecznie blisko podkraść.

I czemu by nie? Busby nie stanowi zagrożenia, nie ma niczego, czego pragnąłby Sammy, poza wykradzionymi wieczorami znudzonej i samotnej kobiety jak moja matka. I tak wraz ze wzrostem poczucia zagubienia i alkoholizmu Sammy'ego odnalazł w Busbym dziwnego kompana. Po pierwsze pełnego szacunku. *Tak, wkrótce staniesz na nogi, Sammy. Dobrym człowiekiem nie można tak pomiatać, a ty, Sammy, byłeś najlepszy...*

Po chwili jednak dochodzi do głosu pogarda. Widać ją w szyderczych spojrzeniach, których skołowany i zamroczony alkoholem Sammy zdaje się nie dostrzegać. Nie zauważa też rzuconych niby od niechcenia kąśliwych uwag, które przedzierają się przez znieczulone warstwy świadomości, ponieważ nagle aprobata Busby'ego stała się ważna dla Sammy'ego jako ostatnia deska ratunku w całym mieście.

I na przykładzie Busby'ego i Sammy'ego widzę, jak wszystko się pierdoli, kiedy bierze się odpowiedzialność za kogoś innego, kiedy za bardzo pokłada się w nich nadzieję. Na przykładzie Busby'ego i Sammy'ego, czyli Skinnera i Kibby'ego. Czy też każdego kutasa w każdej spelunce we wszystkich miastach i miasteczkach tego kraju. Jak w wypadku każdego, kto spóźnił się na prom i nie pozostało mu nic poza własnymi, miałkimi historiami pełnymi pogardy i strachu. Można czerpać złośliwą satysfakcję z tego pląsu śmierci z osobą, którą się kontroluje, ale każdy kij ma dwa końce. Szczególnie kiedy milknie upiorna sarabanda i tancerze są tak ściśle objęci, że nie potrafią się wyplątać z tego uścisku.

Nie mam jeszcze skończonych dwudziestu czterech lat, a już widzę, że wszystko się popierdoliło. Moje bliźniacze klątwy – Kibby i alkoholizm – nauczyły mnie tego. Czy alkoholizm jest wytworem dorastania z piętnem bękarta, czy też jest to kolejna tania wymówka? Myśl, myśl, myśl.

Ale tak bardzo chcę tam wejść i postawić drinka staremu Busby'emu i Sammy'emu. Zabrać staruszków w podróż szlakiem wspomnień. Słuchać ochoczo – tak, ochoczo – bełkotu Sammy'ego i tego, jak wstydliwie się żali, a podstępny Busby z zaciśniętymi ustami pod wpływem alkoholu nie ma innego wyboru, jak tylko wydusić z siebie dawne sekrety.

– Tak, mógłbyś być moim chłopakiem. Wtedy ryćkałem twoją mamę. Wtedy była małą pankówą. Pamiętasz ją, Sammy! Fajne miała buforki, co!? No nie pamiętasz, jak było wtedy? Bo ty zawsze byłeś fanem Slade, co, Sammy? Noddy Holder. *Cum On Feel The Noize*? Pamiętasz ten kawałek, Sammy? *Skwueeze Me, Pleeze Me*!

Wystarczy, żebym wstał i walnął go z piąchy w ryło, w to skrzywione ryło, walił tysiąc razy, bez końca, aż zęby, te nieliczne, które mu zostały, zaterkotały po barze jak seria z karabinu. Ale nie. Musiałbym bowiem sam się napić jednego, a jeden nigdy nie wystarczy, a tysiąc to za dużo.

Ocalę Briana. Zaprzeczam w myślach, że tak jest, i to nie tylko dlatego, że obawiam się reperkusji, których groźba jest aż nadto realna. Działam we własnym interesie, by chronić samego siebie. Po prostu nie chcę, żeby umarł, nigdy tego nie chciałem. Bo nie zasłużył na śmierć. Był tylko nadętą małą cipą. Zawsze chciałem tylko nakopać mu do dupy.

Ale mnie ciągnie, o Boże, jak kurewsko mnie ciągnie, o wiele bardziej w mokrym, starym Edynie niż w słonecznej Ke-ly-for-ny. Jedna puszka piwa. Tylko jedna, zimna puszka, kurwa jej mać. Idę sobie po Walk i właśnie mijam Lorne Bar. Alhambrę z otwartymi na oścież drzwiami. Duncan Stewart siedzi na stołku przy barze; widzę jego ogolone karczycho. Każdy mijany bar kojarzył się z inną twarzą, wspomnieniem, jakąś historią czy osnową życia. Bardziej niż od alkoholu jestem uzależniony od sposobu życia, tej kultury, tych relacji społecznych. Jednak nie mogę tam wejść i zamówić wody czy lemoniady. Nie mogę tam wejść. Nie mogę tu stać, bo niewidzialna dłoń prowadzi mnie, wabi, pcha i miota w tym samym kierunku czy też kierunkach. Zawracam i idę po śladach w stronę, z której przyszedłem. Jestem na rozdrożu, ale wszystkie drogi prowadzą w to samo miejsce. Bo to jest wszędzie. Dokąd trafia się z początku Walk? W górę do Centralnej, Spey itd., itp., albo wzdłuż Junction Street do Mac's, Tam O'Shanter, Wilkies itd., itp.? A może przez Duke Street do wielkiego Weatherspoona albo do Marksmana itd., itp.? A może Constitution Street do Yogiego (nie, zamknęli), Homesa, Nobles itd., itp.?

To jest wszędzie.

Dobry browar. O tak, walnij sobie browarka, synku. Wykurwistego browara! Zawiera syropy, siarczany, pirokarbonaty, benzocośtam, stabilizator piany, amyloglukozy, betaglutaminy, alfa-acetolaktaty, dekarboksylazy, stabilizatory, kwas askorbinowy. Może nawet zawierać: słód, podpuszczkę, drożdże, wodę i pszenicę. Może. Jednak nie licz na to.

I jest kurwa wszędzie.

To była niezwykła transformacja. Siedział teraz w łóżku i przyjmował stały pokarm. Nowa wątroba działała wydajnie i co ważniejsze, nie miał już nocnych ataków. Cały biały personel, wszystkie kobiety i mężczyźni starali się unikać terminu „remisja", ale błyskawiczna poprawa stanu zdrowia Briana Kibby'ego i nadszarpnięte środki Funduszu Ochrony Zdrowia przyspieszyły decyzję pana Boyce'a, by wypisać Briana do domu za tydzień.

Joyce z radością przyjęła tę wiadomość i nie pamiętała, kiedy ostatnio zaznała tyle szczęścia. Jej modły nie pozostały bez odpowiedzi. Jej wiara, nadwątlona śmiercią Keitha i wystawiona na próbę chorobą Briana, wyszła z tego bez skazy, nawet wzmocniła się. Ale umartwianie się i trapienie były z natury i na skutek okoliczności tak bardzo zakotwiczone w jej psyche, że czuła się niemal naga bez ich ciągłej obecności. Brian Kibby doskonale znał swoją matkę i widział, że przez jej radość przebijał się duch niepokoju.

– Co się dzieje, mamo, czy coś nie tak?

Matka była świadoma, że na pytanie zadane jej przez syna aż się wzdrygnęła, dlatego wszelkie próby ukrycia uczuć byłyby pozbawione sensu.

– Synku... Wiem, że prosiłeś, by o tym nie wspominać – zaczęła ostrożnie – ale chodzi o to, że Danny... pan Skinner z biura. Bardzo chce cię odwiedzić.

Twarz Briana Kibby'ego skrzywiła się w parodii samej siebie, że aż Joyce od razu pożałowała swoich słów. Siedząc sztywno wyprostowany na łóżku, walczył z sobą, by się uspokoić, i spoglądał na matkę w taki niespotykany dotąd u niego sposób, że aż krew stężała Joyce w żyłach.

– Nienawidzę go – powiedział. – Nie chcę, żeby się do mnie zbliżał.

– Ale Brian! – zaskrzeczała Joyce. – Da... pan Skinner dzwonił z Ameryki przez cały czas, jak tu leżałeś. Słał e-maile do tej miłej dziewczyny z pracy i wypytywał o ciebie prawie codziennie!

Teraz z kolei Brian Kibby zaczął się martwić reakcją matki, zdenerwowany, w jaki sposób jego odpowiedź ją wzburzyła.

– Nie mówmy już o Skinnerze. Chcę już wrócić do domu, gdzie będziesz ty, ja i Caroline – powiedział, jednocześnie myśląc: *Czego Skinner chce ode mnie?*

34. Wstrząs i trwoga

Rześki, mroźny dzień, ale przynajmniej brutalnie szczery, pozbawiony dławiącego ducha lodowatego deszczu czy uciążliwego wichru. Ostatki słabego słońca zachodzą za horyzontem i siarczany odcień nieba zmienia się w fiołkowo-różowy. Moje stopy skrzypią na pokrytych szronem płytach chodnikowych, kiedy skręcam z głównej John's Road w zwężającą się uliczkę, na której stoi dom Kibbych.

Przyszedłem w odwiedziny do Joyce, która do mnie zadzwoniła bardzo zaniepokojona zachowaniem Briana. Mówiła, że nie trzeba, ale nalegałem na te odwiedziny, bo chciałem rozejrzeć się po chacie Kibby'ego, zanim wróci ze szpitala na drugi dzień rano.

Stukam do drzwi i kiedy się otwierają…

Ożeż kurwa mać…

…doznaję przemożnego szoku, kiedy pojawia się przede mną olśniewająco piękna dziewczyna lat około dwudziestu.

Co za ślicznotka! Ma proste blond włosy upięte z boku złotą spinką. Olbrzymie szaroniebieskie oczy ukazują bogactwo duszy. Perłowe zęby są powalające, a tak nieskazitelnej skóry nie widziałem nigdy w życiu.

Do kurwy nędzy.

Ma na sobie zieloną górę i bojówki w czarno-zielony kamuflaż.

Co tu się, kurwa, wyprawia? Jestem…

Uniosła pytająco brwi, co miało być odpowiedzią na niezadane pytanie, jako że sama jej obecność zbiła mnie z tropu.

Jesteś głupim ciulem, tak właśnie.

Podniecony, nie tak bardzo zmysłowo, jak emocjonalnie, walczę z sobą, by na mych ustach pojawił się serdeczny, choć poniekąd wymuszony uśmiech.

– Jestem Danny. Eee, pracuję z Brianem w urzędzie – wyjaśniam, gotów już przedstawić się jako przyjaciel Briana, ale pohamowuję się w samą porę.

– Wejdź, proszę – mówi, odwraca się tanecznym krokiem i znika wewnątrz domu. Jestem w głębokim szoku, że to, *to* jest siostra Briana Kibby'ego. Ruszam za nią ochoczo, starając się za wszelką cenę być jak najbliżej niej i oczywiście, by dokonać szczegółowego przeglądu krągłości.

Joyce Kibby, która już jest w korytarzu obok nas, przerywa moją lustrację. Jest tak nerwowa i zastraszona, jak jej córka pewna siebie i pełna wdzięku.

– Panie Skinner... – mówi.

– Proszę, Danny – powtarzam bardziej do niej niż do Caroline. Głupia krowa mogłaby już skończyć z tym Wersalem. Jednak Caroline nie reaguje i znika w pokoju, nie mówiąc ani słowa.

– Co u Briana? – pytam Joyce, gotów podążyć za Caroline, ale prowadzi mnie do kuchni. Kiedy siadam niepocieszony, dostrzegam jej córkę przez szparę w drzwiach. Jest nie tylko piękna; nie przypominam sobie, żebym kiedykolwiek tak zareagował na jakąś kobietę. No, może na Justine Taylor w drugiej klasie. Albo Kay. Albo Dorothy. Ale nawet w ich wypadku było inaczej. Popieprzone to wszystko. Nie mogę tak...

Joyce zagotowuje wodę pod czajnikiem. Prawdopodobnie z powodu jej córki gapię się w nią jak sroka w kość, starając się bezskutecznie dostrzec w niej młodszą, ładniejszą wersję. Widzę jedynie sztywne, wydatne loki i te koślawe, nerwowe ruchy.

– Zdrowieje, ale jego psychika jest w nie najlepszym stanie – mówi mi piskliwym głosem, który współgra ze świstem z czajnika.

– Och, to niedobrze. A dlaczego?

Joyce wsypuje dwie łyżki herbaty do imbryka, następnie wzorem mojej staruszki dodaje jeszcze trzecią – na szczęście. Jak sobie o tym człowiek pomyśli, to ona również musi być w wieku Siouxie Sioux, mimo że człowiek głowę by dał, że jest inaczej. Ta kobieta prawdopodobnie urodziła się stara, a może takie wrażenie sprawia całun aż nadto widocznej samotności, w który się spowija.

– Ma dziwaczną obsesję na temat swej dawnej pracy – mówi. Następnie patrzy na mnie ze wstydem, ujawniając szczegóły cichym, ostrożnym głosem: – Tak mi wstyd... chodzi o to, że strasznie się zachowywał po tym wszystkim, co starałeś się dla niego zrobić. On zdaje się nie zdawać sobie sprawy z tego, że chcesz mu pomóc! Nie mogę zrozumieć, dlaczego jest tak nastawiony przeciwko tobie, kiedy ty byłeś dla nas taki dobry i tak się o niego martwiłeś. To nie jest dobre, wcale nie jest dobre – mówi z płonącą twarzą, potrząsając głową, kiedy stawia przede mną filiżankę.

– Joyce, Brian przeżył straszną próbę. Nic dziwnego, że wszystko mu się miesza – oświadczam pocieszającym tonem. Herbata stoi w tej idiotycznej porcelanowej filiżance, w której jest jej tyle co kot napłakał, a uszko jest tak małe, że trudno ją w ogóle unieść.

– Tak – Joyce Kibby potakuje energicznie i zasypuje mnie przeprosinami w imieniu syna. Ale moje myśli krążą wyłącznie wokół jej córki. Jest tak wspaniała, zarąbista i mniamniuśna, zupełne przeciwieństwo Briana Kibby'ego i jego walniętej starej.

Caroline Kibby.

Brian Kibby.

I nagle dociera to do mnie w oślepiającym błysku inspiracji! Istnieje sposób, bym mógł monitorować postępy rekonwalescencji Briana, legalny sposób, bym mógł ich wciąż odwiedzać! Upiec dwie pieczenie na jednym ogniu i zrobić coś dla miłości. Jednocześnie, według wszelkich prawideł, zagram biednemu Brianowi na nosie.

– Taki się niedobry zrobił, panie Skinner, a przecież taki nie jest, jest dobrym, młodym człowiekiem…

Caroline.

Ten boski, doskonały przedrostek, który w mym drapieżnym, niespokojnym umyśle całkowicie neutralizuje toksyczność uprzednio obmierzłego słowa „Kibby". Herbata nie jest posłodzona, ale w życiu nie piłem słodszego eliksiru. Gdybym widywał się, *umawiał* z Caroline Kibby, mógłbym przychodzić tu, kiedykolwiek bym chciał, i Brian gówno by mógł na to poradzić. Mógłbym się nim zajmować, przynajmniej do czasu, kiedy nabierze sił. Zdrowo bym się odżywiał, odpoczywał i kochał za dwóch, i patrzył, jak zdrowieje. A podczas tych czynności starałbym się go zrozumieć, dowiedzieć się, dlaczego mam nad nim tę dziwną i straszliwą władzę!

– …nigdy nie przysparzał mnie ani mojemu mężowi, Boże, miej w opiece jego duszę, żadnych kłopotów…

Caroline Kibby.

Nie, to wcale nie takie złe słowo. Nawet całkiem ładne. Kibby, Caroline Kibby. Tak, Brian nabierze sił przed moim powrotem do domu, do San Francisco…

Do Dorothy.

W pewien sposób była to odległa kraina, ale jednocześnie tak realna, taka dobra.

– ...ale jego stosunek do pana... nie umiem tego wyjaśnić... gdyby się dowiedział, że w ogóle tu pan był...

– Dobrze – mówię do Joyce – kto mniej wie, ten lepiej śpi. Brian wciąż jest bardzo chory i naprawdę nie chciałbym go zdenerwować. Pójdę już i będę się trzymał z dala. Pod warunkiem, oczywiście, że będziesz mnie informować o stanie jego zdrowia.

– Oczywiście, że tak, panie... Danny, i jeszcze ci raz dziękuję za zrozumienie. – Joyce ponownie patrzy na mnie błagalnie jak to ona potrafi.

I po raz pierwszy zastanawiam się, czy za tą dziwną klątwą nie kryje się jakiś wspaniały boski plan. Dopijam herbatę i zbieram się, po drodze wsadzam głowę za drzwi salonu i mówię serdecznie do Caroline:

– No to pa – posyłam jej szczery uśmiech.

– Na razie – odpowiada, odwracając się od stołu, przy którym siedzi, zdziwiona oddaje mi jednak uśmiech, a ja sobie myślę: jejku, co to za wykurwista panna!

Niemal płynę w siódmym niebie, całkowicie zapominając o gdakaniu i gruchaniu Joyce. Następnie lecę z tego siódmego nieba na pysk na myśl o Dorothy w San Francisco. Nie wiem, co ja mam kurwa robić.

35. Krzywa wieża

Przyjaciele byli niezwykle zdziwieni nie tylko tym, że Danny Skinner wrócił tak wcześnie, ale że kręcił się po okolicy wciąż trzeźwy. Często mailował do Dorothy, ale do Joyce dzwonił co drugi dzień, sprawdzając co u Briana. Co jakiś czas kawka z Shannon McDowall była jego kolejną rozrywką towarzyską. Shannon awansowała na jego poprzednie stanowisko, ale tylko tymczasowo, co strasznie ją wkurzało, ponieważ awans miał być przedmiotem kolejnej oceny. Pomijając jad, jaki wylewała na to, co uważała za jawną dyskryminację ze strony szefów, chciała tylko rozmawiać o Dessiem i to go zdecydowanie mniej bawiło. To, że jego stary kumpel i rywal wcielił się w nową rolę kochanka, bardzo go denerwowało.

Skinner nie starał się zobaczyć z matką ani też nie miał od niej wiadomości. Ludzie, na których wpadała na Leith Walk czy Junction Street, mówili mu, że wszystko u niej w porządku, lecz z premedytacją omijał jej zakład. Trzymał się kurczowo myśli, że kiedy znów ją zobaczy, rzuci właściwe nazwisko i zobaczy, jak zareaguje.

Wrócił natomiast do tradycji piątkowych spotkań z Bobem Foyem we włoskiej restauracji na Starym Mieście o nazwie Krzywa Wieża, która stała się teraz ich stałym punktem spotkań, mimo że Skinner trwał przy wodzie mineralnej.

Bezbrzeżna radość Foya, na wieść że Kibby nie wróci do pracy w urzędzie, była aż nadto widoczna.

– Ten smród potu, i Bóg wie czego jeszcze, zniknął. Dosłownie czuć świeże powietrze – piał z radością, wachlując się teatralnym gestem laminowanym menu.

Skinner nie podzielał jego uczuć.

– To prawdziwa tragedia, to, przez co przeszedł ten biedny gnojek. To wspaniale, że przeszedł pomyślnie operację, a jak mu się poprawi, nie zdziwiłbym się, gdyby chciał wrócić.

Foy wydął usta i zakrył dłonią kieliszek chianti.

– Po moim trupie – sapnął.

Skinner i Foy kończyli posiłek w napięciu i poszli na drinka, w wypadku pierwszego na drinka bezalkoholowego. Foy w końcu wsiadł niepocieszony w taksówkę, wciąż zaskoczony niepijącym wcieleniem swego dawnego kulinarnego partnera.

Skinner miał jeszcze jedno zadanie. Mimo że nie pił, musiał dokonać przeglądu barów, szczególnie tych studenckich.

Grassmarket tętnił życiem. Skinner wcisnął się do jednej z kafejek i zamówił napój, kiedy przed oczami pojawiły mu się znane twarze. Byli tu Gary Traynor i młody kark, którego znał pod nazwiskiem Andy McGrillen. Najwyraźniej chcieli pójść w tango, ale byli zaskoczeni i zniesmaczeni doborem paliwa kolegi.

McGrillen...

Przypomniał sobie tę zadymę w Boże Narodzenie, którą ten zaczął, a Skinner się w nią nie wmieszał. Nie lubił McGrillena. Z pamięci przywołał wspomnienie chłopięcego starcia, jakie mieli kiedyś po meczu w pociągu jadącym z Dundee. Byli dziećmi, bo było to jakieś dziesięć lat temu, ale nigdy nie zapomniał tego zdarzenia. McGrillen z kumplami zaczął się do niego stawiać. Skinner, pozbawiony tym razem wsparcia McKenziego i innych kumpli, był tym razem zdany na własne siły i został zmuszony do uległości. Była to zadawniona zadra, ale nigdy nie zapomniał tego upokorzenia, szczególnie teraz, kiedy McGrillen ciągał się z Traynorem. Kiedy tylko McGrillen zdał sobie sprawę, że Skinner ma kontakty, starał się być wobec niego w porządku, nawet próbując zawiązać z nim coś na kształt przyjaźni. Jednak obydwaj wiedzieli, jak wydarzenia z przeszłości mogą ciążyć na dniu obecnym i z dużą dozą ostrożności schodzili sobie z drogi, zapominając o bójce w Boże Narodzenie. Teraz Skinner, czując pełne dezaprobaty spojrzenie McGrillena na widok szklanki z napojem, ponownie zapłonął gniewem.

Pierdolona bejsbolówka z Burberry. Ale wieśniak. Ile on może mieć? Dwadzieścia trzy? Dwadzieścia cztery? Pewnie dlatego że nie ma już McKenziego, myśli sobie, że może się bujać z naszą ekipą!

– No, Danny, napij się, kurwa – zachęcał Traynor.

– Nie, sok pomarańczowy jest wporzo – Skinner trwał przy swoim.

Traynor zdaje się wyczuł narastającą niechęć Skinnera do McGrillena i starał się wyciszyć to jakoś, opowiadając o najnowszym religijnym pornosie, na który trafił.

– *Bóg, On lubi patrzeć.* To najlepszy kawałek, jaki widziałem, ty bucu.

Andy McGrillen wzruszył ramionami i uśmiechnął się do Traynora, po czym wstał i poszedł do baru. Jego groźna postura wyczyściła mu przedpole, bo niektórzy z pijących rozpoznali w nim jednego z chłopaków z miasta oraz zapowiedź potencjalnych kłopotów. Po chwili wrócił i postawił z hukiem drinki na stole.

– Zdrówko, chłopaki – Skinner wzniósł toast. – Dobrze was znów widzieć – powiedział, starając się z równym przekonaniem zwrócić do McGrillena.

Skinner stwierdził, że picie soku w tym towarzystwie w przedziwny sposób wprawia go w dobre samopoczucie. Znów wsłuchał się w gadkę Traynora. Jego stary kumpel zwrócił się do McGrillena:

– Powiem ci fajną historię o Wielkim Rabie McKenziem, pamiętasz, Skinny – kiwnął głową w stronę Skinnera – jak byliśmy razem z Wielkim Rabem i tymi dzianymi pannami, a ty byłeś z tą małą Pakistanką, jak jej było?

– Vanessa. I jest szkocką Azjatką. Jej ojciec pochodzi z Kerali, a mama jest z Edynburga – skorygował Skinner.

– No dooobra, panie chodząca poprawność polityczna. – Traynor walnął żartobliwie Skinnera w ramię. – Więc lądujemy w takiej bogatej chacie w Merchy, a tam wielki basen pod dachem, mamuty na wakacjach, brykamy więc w tej wielkiej wannie. Po raz pierwszy widziałem wtedy Raba bez gatek, no i… cóż, zgadnijcie sami. Kiedy tylko laski się rozochociły, ta postawna dziana panna Andrea i ta druga, Sarah, no to wszyscy zaczęli się migdalić. Ty poszedłeś z Venessą, co, Skinner?

– Taak, ale nic nie zaszło. Tylko lizaliśmy się trochę i gadaliśmy, to wszystko.

– Gadali, dobre sobie! Dobra, jak sobie chcesz.

– Tak było – zaprotestował Skinner. – Nie miała ochoty na rypanko, wielkie rzeczy. Fajny był wieczór, to ciekawa babka.

– Ale podpierdalasz, Skinner – zarechotał Traynor, popychając go.

– No dobra, kiedy ty *gadałeś*, ja wystartowałem do tej Sary i masowałem ją na dmuchanym materacu. A ta dziana panna Andrea, zadbana, ale niezbyt tego, no, bystra – Traynor popukał się w czaszkę – zabrała się do rzeczy z Wielgusem. Ale chodzi o to, że mówiłem mu wcześniej, że te dziane panny są kurewsko figlarne i zrobią wszystko, co tylko. – Traynor coraz szerzej szczerzył zęby w uśmiechu. – Więc Wielki Rab najwyraźniej wziął to sobie do serca. I słyszę, jak Wielgus nawija: „Chcę cię zerżnąć w dupę". A na to ta dziana panna – Traynor wydął wargi i naśladując akcent z herbaciarni, powiedział: – „A na czym *dokładnie* to polega?”.

McGrillen zarechotał pełnym głosem, tak jak Skinner, mimo że słyszał tę historię wiele razy. Wziął łyk soku. Coś tu nie grało. Powąchał i skosztował jeszcze raz. W soku był alkohol.

Wódka!

Spojrzał na głupkowatą, podstępną minę McGrillena, która nagle zmieniła się, kiedy potężny prawy prosty wylądował na jego twarzy. To był dobry cios, Skinner przyłożył się do niego, wkładając weń całą siłę i wspomagając ciężarem ciała, i McGrillen poleciał z trzaskiem na podłogę.

Gary Traynor spojrzał na zaskoczonego leżącego McGrillena, a potem znów na Skinnera.

– Danny, do kurwy nędzy…

Skinner wciąż trząsł się z gniewu. Rzucił szklanką o ziemię, ale chybiła, o włos mijając głowę McGrillena.

– Co ty kurwa odpierdalasz, chcesz mnie kurwa otruć. – Rozejrzał się i spostrzegł, że wszyscy się na niego gapią, po czym powiedział: – Sorka, koledzy – i szybko wyszedł, rozcierając obolałe kłykcie.

Wyszedł na ulicę, czując, jak adrenalinowe uniesienie opuszcza go, ustępując miejsca poczuciu winy.

Chyba mi odwaliło. McGrillen nie wie, o co tu naprawdę chodzi, bo niby skąd? Ale dlaczego głupi chuj nie rozumie, że jak mówię nie, to nie!

Przechodząc szybko przez ulicę i kierując się do kolejnej knajpy, Skinner wpadł na grupkę rozgadanych dziewcząt, które jak przez mgłę pamiętał z urzędu. Jedna z nich miała właśnie wieczór panieński. Dwie z nich były bardzo rozmowne, ale wkrótce przestał słuchać ich paplaniny rozkojarzony na widok jednej z kelnerek.

Caroline Kibby miała jeszcze kwadrans do końca zmiany. Przy jednym ze stolików siedział dziwnie znajomy mężczyzna, który ją obserwował. Tak, wiedziała, kto to jest. Uśmiechnął się, więc oddała uśmiech. Następnie podszedł do niej i zaprosił ją na drinka po pracy.

To ten facet, który był u mamy, ten z urzędu.

Ten, na którego Brian tak dziwnie reaguje.

Z radością przyjęła zaproszenie.

Dzisiaj spożył obfity włoski posiłek z Bobem Foyem. Jednak po kilku napojach Danny Skinner z radością zaproponował Caroline wrzucenie czegoś na ząb, co określił jako „wyśmienitą chińszczyznę ze starej szkoły", czyli pędy bambusa na tolcross.

Siedząc na wprost niej w restauracji, wciąż nie mógł uwierzyć, że Caroline jest siostrą Briana Kibby'ego. Kiedy tak jadła, wykonując z gracją oszczędne, spójne ruchy, chciał wykrzyczeć jej prosto w twarz: *Jesteś tak zajebiście piękna, jak możesz być spokrewniona z tym nadętym pokurczem Brianem?*

Caroline była równie zachwycona Dannym Skinnerem.

Jest nawet przystojny, na swój dziwny sposób. Ma taką zaskoczoną minę, która świadczy o tym, że jest raczej zafascynowany niż zakłopotany światem. Wydaje fortunę na ciuchy. To aż nieprzyzwoite, że jest kilka lat starszy od Briana. Wygląda na o wiele młodszego: ma zdrową cerę i nienaganną figurę. Jest w nim coś takiego ujmującego, że aż chciałoby się go nieco uszczknąć!

Później spacerowali po Meadows przez chłodny mrok rozświetlany blaskiem księżyca i lamp sodowych. W ogóle się nie spieszyli. Rozmawiali nieskrępowani i wsłuchiwali się uważnie w słowa dotyczące prawie wszystkiego, co przyszło im do głowy. Caroline poczuła, że zaczyna ją dopadać zmęczenie po zmianie i ból pod powiekami po ślęczeniu nad esejem przy komputerze. Obawiając się, że wieczór chyli się ku końcowi, zaproponowała:

– Mam tu trochę haszu, jak masz ochotę.

Nie przepadam za haszem, ale dymek może pomóc jej bratu, rozluźnić go i być może pobudzić apetyt.

– U ciebie? – zapytał Skinner. South Side była o krok, a do Leith trzeba było wziąć taryfę.

– Ee, może u ciebie będzie lepiej. Dopiero wprowadziłam się do tej chaty i nie jestem do końca pewna moich współlokatorek, jeśli wiesz, co mam na myśli... – powiedziała niepewnie Caroline.

Nagle ziarno niepokoju zakiełkowało w piersi Skinnera. Powinien być uszczęśliwiony, mogąc zabrać tę dziewczynę do swego miłosnego gniazdka w Leith, ale w przedziwny sposób wywołało to w nim gwałtowny przypływ zaniepokojenia.

Dlaczego tak ochoczo chcę pojechać do niej czy nawet do domu jej matki, a czuję się źle na myśl o tym, że zobaczy, jak ja mieszkam?

W końcu moja chata w niczym nie przypomina mauzoleum, w którym się wychowała!

Skinął głową na znak zgody, więc zatrzymali taksówkę na Forrest Road i pojechali do portu.

– Od dawna mieszkasz w Leith? – zapytała Caroline.

– Całe życie – odparł Skinner, myśląc o San Francisco i Dorothy, i o tym, jak mu tam było dobrze. Nie chodziło o to, że nie podobało mu się w Leith, na swój sposób przepadał za tym miejscem, ale podobał mu się pomysł, że mieszka gdzie indziej i zawsze może wrócić do ukochanego portu. Może można kochać coś całe życie z oddalenia – zastanawiał się.

Caroline weszła do przedpokoju Skinnera. Zauważyła, że w nienagannie czystym mieszkaniu panował wzorowy porządek.

Ja pierdolę. Jak przytulnie. Czy ktoś mu sprząta?

Pamiętając o okruchach na kanapie, Skinner poszedł do kuchni i przyniósł dwie duże pubowe popielniczki. Caroline poszła za nim, oglądając drogie wyposażenie.

– Długo tu mieszkasz, Danny?

– Cztery lata.

– Masz w domu ładne rzeczy – powiedziała Caroline wyraźnie pod wrażeniem, spoglądając na szczupły, twardy tyłek w czarnych spodniach. Na krótką chwilę doznała lekkiego zawrotu głowy.

Mmmm-hmmmm.

– Taak – odparł Skinner, kiedy weszli do salonu. – Kilka lat temu miałem paskudny wypadek drogowy. Walnął mnie samochód, byłem nieprzytomny, miałem złamaną rękę i nogę oraz pęknięcie podstawy czaszki. Dostałem spore odszkodowanie i wydałem większość pieniędzy na urządzenie tego mieszkanka – wyjaśnił w nagłym przypływie poczucia winy za próbę wykpienia się pięcioma stówami Dessiemu Kinghornowi.

Może powinienem mu dać patyka? Albo tysiąc pięćset. Dziesięć procent.

Caroline wymusiła na nim opowieść o szczegółach wypadku, więc przytoczył je, pomijając fakt, że właściwie spowodowała go jego własna beztroska. Słuchała, rozglądając się po pomieszczeniu. Miał ściany zdobione elementami o kolorze starego złota, a głównym meblem był tu narożnik z czarnej skóry. Przed narożnikiem stała szklana ława. Obok kominka z epoki stał telewizor z płaskim ekranem, a nad nim wisiało wielkie lustro. Po obu jego stronach wbudowano szafy, z których jedna zawierała wieżę oraz półki przepełnione książkami i kompaktami. Po drugiej stronie stało jeszcze więcej książek i filmów. Na kominku stał niewielki model Statuy Wolności.

Caroline wzięła solidnego macha i podała jointa Skinnerowi, następnie wstała z kanapy i podeszła do półek z kompaktami i książkami. Skinner już wyjawił jej swoją sympatię do rapu i hiphopu, więc nie była zaskoczona ich zawartością: Eminem, Dr Dre, NWA, Public Enemy. Otwarte pudełko na ławie przykuło jej uwagę. Zespół nazywał się The Old Boys. Niektóre z tytułów na okładce wydały się jej nieco dziwaczne: *Przymusowa repatriacja*, *Dzień Zwycięstwa*, *Grosik zabrany biednym*…

– Co to takiego? – zapytała, machając otwartym pudełkiem.

– Straszne gówno – odparł Skinner. – Kupiłem to kiedyś, bo mama jest ich fanką. To miejscowy zespół punkowy i zdaje się, że się z nimi szlajała. Ale to zupełnie nie moja muza.

Caroline znów zaczęła przeglądać półki, odnajdując wśród książek mnóstwo tomików poezji Byrona, Shelleya, Verlaine'a, Rimbauda, Baudelaire'a i Burnsa oraz wielki tom, najwyraźniej nieczytany, poezji MacDiarmida. Zauważyła, że wśród powieści przeważają autorzy amerykańscy od Salingera i Faulknera przez Chucka Palahniuka i Breta Eastona Ellisa.

– Nie masz szkockich powieści? – zapytała.

– To nie dla mnie. Jakbym chciał usłyszeć bluzgi i zobaczyć ćpunów, to po prostu wyszedłbym z domu. Ale już czytać o tym… – Skinner uśmiechnął się, przez chwilę przybierając dziwacznie upiorną i błazeńską minę z tą swoją długą szczęką.

Ma taki dziwny uśmiech... coś tu jest nie tak, ale – pierdolić to, co się może złego stać? Najwyżej przerżnie mnie fajny facet w miłym mieszkanku w Leith...

– Idziemy do łóżka czy jak? – zapytała go.

Skinner aż się cofnął. Być może postrzegał Caroline jako córkę Joyce i siostrę Briana i prawdopodobnie nie mógł uwierzyć, że jest taka beztroska w te klocki.

– Taak…

Wziął ją za rękę i poszli do sypialni zagubieni w obopólnej konsternacji, bo obydwoje zdali sobie sprawę, że wcale nie wyglądają jak para kochanków, tylko raczej jak ofiary obozu koncentracyjnego idące do gazu.

W sypialni nad mosiężnym łóżkiem Skinnera wisiała za duża flaga Stanów Zjednoczonych. Na łóżku leżało coś, co Caroline mogła opisać jako tandetną cudzoziemską pomarańczową kołdrę. Cała sypialnia była zbitkiem dziwacznych kontrastów i znacząco odcinała się od reszty mieszkania.

Skinner zaczął się metodycznie rozbierać, zastanawiając się z rosnącym niepokojem, co się z nim właściwie dzieje. Jego erekcja była jak jego stary: boleśnie nieobecna. Caroline wyjrzała za okno na ogród.

– Ładnie tu – powiedziała – teraz czując się równie nieswojo. Przeklęła się w myślach za tę kiepską, idiotyczną uwagę, która mogła paść z ust jej matki.

Co się ze mną kurwa dzieje?

– Jeśli nie liczyć srających gołębi – Skinner uśmiechnął się szorstko, ściągając spodnie i koszulkę i wślizgując się pod kołdrę. Z niewiadomych przyczyn wciąż miał na sobie gatki, prawdopodobnie dlatego, że dziewczyna nie zrobiła nic, by się rozebrać.

– Są wszędzie... – powiedziała Caroline – ...poza tropikami. Zepsułyby raj tropików, gruchając pod nogami ludzi sączących drinki przy basenie.

Skinner zaśmiał się, być może zbyt nerwowo – jak pomyślała. Patrzyła na niego, siadając na brzegu łóżka. Podobał się jej, miał szczupłe, muskularne ciało. Jednak nie była w stanie rozebrać się na jego oczach. I wyczuwała, że on jest tak samo zestrachany jak ona. W końcu zzuła buty i ściągnęła dżinsy, i w koszulce wślizgnęła się pod kołdrę.

– Zimno? – zapytał.

– Taak... Ten staff był jakiś dziwny. Szczerze mówiąc, dziwnie się czuję – wyjaśniła niezgrabnie i szorstko, jakby z poczuciem winy.

Czując własny rosnący niepokój, zawyrokował:

– Tak, wiem, o co chodzi... może się trochę pospieszyliśmy... naprawdę podobasz mi się... ale mamy przecież mnóstwo czasu, no wiesz... przytul się do mnie, to jeszcze sobie pogadamy...

– Fajno – Caroline uśmiechnęła się blado i przysunęła bliżej. Znów na nią spojrzał; w ogóle mu nie przypominała Kibby'ego. Była piękna, ale niech to chuj strzeli, miał taki zwis jak podczas pierwszej kontroli w smażalni ryb.

Starając się wytworzyć intymny nastrój, Skinner odgarnął jej włosy z twarzy, ale poczuł, że cała tężeje pod jego dotykiem, jakby zrobił coś nachalnego i niemiłego. Postanawiając powrócić do bezpiecznego i równie niedorzecznego tematu gołębi, wskazał na okno ze słowami:

– W Ameryce nie pozwalają, żeby te latające szczury zakładały gniazda na budynkach miejskich i srały interesantom na głowę. Zakładają takie szpikulce na parapetach, żeby je odstraszyć.

– U nas też tak zaczęli robić – powiedziała Caroline sennym głosem – ale tutaj pewnie mewy są większym problemem... – Lubiła leżeć obok tego faceta, po prostu jest dziwna z natury.

Skinner, czując nagły przypływ lojalności wobec portu i jej mieszkańców, chciał coś powiedzieć w obronie morskiego ptaka. Ale ponieważ napięcie pomiędzy nimi zelżało, oparł się tej pokusie.

Caroline rozmyślała o swojej ulubionej kapeli – The Streets. O tym, że ten z The Streets też się nazywał Skinner, Mikey Skinner. Pamiętała, jak w jednym kawałku mówił o tym, że tam skąd pochodzi, o dziewczynach mówi się „ptaszek", a nie „suka". Dzięki temu męska kultura robotnicza, która często wydawała się jej mizoginistyczna, niesłychanie wypiękniała. Jednak zależy, jaki ptaszek. Nagle usłyszała swoje własne pytanie:

– Kiedy tam byłeś, podobały ci się amerykańskie dziewczyny?

– Wspaniałe są – przyznał Skinner, rozmyślając o Dorothy. Czy to naprawdę ta jedyna? Czy dlatego nie może nic zrobić z Caroline? – Ale większość amerykańskich dziewcząt nie zna się tak na modzie jak Europejki. Nawet najpiękniejsze z nich z nieznanego powodu ubierają się jakby od niechcenia.

Caroline skrzywiła się nieznacznie. Pewnie nie to chciała usłyszeć – pomyślał.

Ale Danny Skinner nie czuł się tak w towarzystwie dziewczyny, odkąd skończył lat piętnaście. Był spięty i nerwowy. Pocałowali się i było fajnie, i kiedy objęci zapadli w dziwny, długi sen, był tak piękny i spokojny, jakby zadziałał o wiele doskonalszy narkotyk niż wypalony haszysz.

To Skinnera pierwszego obudziło poranne światło. Gdy podziwiał w milczeniu uśpioną piękność Caroline, dopadł go niepokój zmuszający do wstania z łóżka. Poszedł do kuchni i zaczął przygotowywać śniadanie: jogurt, płatki, sok pomarańczowy i zielona herbata. Skinner poczuł niezwykłą ulgę, przebijającą z rozczarowania, kiedy wyłoniła się całkowicie ubrana z sypialni, zamiast pojawić się w jednym z jego podkoszulków.

Podczas śniadania jednak rozmawiali swobodnie i dopiero kiedy Caroline miała wyjść, pojawił się ponownie niepokój. Co dziwniejsze, Skinner na pożegnanie jedynie musnął jej policzek ustami.

– Zobaczymy się jeszcze? – zapytał.

– Chciałabym – uśmiechnęła się, zastanawiając się, dlaczego wszystko wypadło tak niezdarnie.

Czy to z powodu antypatii Briana wobec tego faceta?

Skinnera kusiło, by zaproponować spotkanie jutro, ale potrzebował nieco oddechu, żeby to sobie wszystko przemyśleć. W głowie miał mętlik.

– A może w czwartek?

Poszła do swojego nowego domu w South Side. Chwilę po jej wyjściu Skinner przypomniał sobie, że w czwartek jest koncert The Old Boys. Na tym stadium znajomości nie chciał mieszać, postanowił więc, że pójdą razem. Zauważył, że zostawiła trochę haszu na ławie. Zrolował nowego jointa i poczuł, jak mu szumi w głowie. Mocny staff.

Jebany edynburski czachodym! Był tak dobry jak kalifornijska trawa, którą jarałem z Dorothy. Pewnie z jakiejś zajebistej samosiei czy jak to tam nazywają jaracze.

Skręcił kolejnego jointa i przyssał się do niego.

36. The Old Boys

Robi się zimno, ale wygląda, jakby było lato. Niebo jest niemal błękitne. Jakiś szpak z gałązką w dziobie furkocze skrzydłami na dachu poddasza domu obok na wprost wierzby rosnącej na końcu niewielkiego ogródka za domem. Musi uważać na Tarquina i jemu podobnych, kota mieszkającego w sąsiedztwie. Już złapał kilka z nich.

Rosnę w siłę. Zacząłem nawet chodzić na spacery. Wczoraj wspiąłem się na szczyt Drum Brae. Dzisiaj zakładam koszulkę, dres i adidasy i wychodzę na dwór. Idę sobie Glasgow Road. Wchodzę do dużego sklepu komputerowego PC World, zastanawiając się, czy mam kupić nową edycję *Harvest Moon*. Postanawiam tego nie robić, bo trudno mi wydawać pieniądze na przyjemności teraz, kiedy nie pracuję.

Przed sklepem stoi jedna z tych dziewcząt z notesem w ręku. Ma na sobie kurtkę ortalionową z napisem OXFAM. Obdarza mnie szczerym uśmiechem.

– Może pan poświęcić chwilę dla Oxfam?

– Nie.

– Nie ma sprawy – ponownie się uśmiecha.

– Właśnie. Nie ma sprawy. I tak trzymać – mówię jej.

Unosi brwi i w wystudiowany sposób szczerzy kły. Czuję, jak płoną mi policzki, ale jestem zadowolony, że udało się ujść pokusie. Zawsze czegoś chcą. Zawsze. Inne stałe przekazy też zlikwidowałem!

Idę na skróty do kościoła w parku Gyle. Tak, jestem silniejszy, ale już nigdy nie będę taki jak dawniej. Choroba okradła mnie na zawsze. Tęsknię za moją pracą i kolegami z biura. Poza Skinnerem. Ale dowiaduję się, że już tam nie pracuje. Zdaje się, zwolnił się, by podróżować. Czemu wcześniej tego nie zrobił?

Mówiłem, kurwa, mamie, żeby nie ściągała go do naszego domu! Jak przyjdzie jeszcze raz, to mnie nie będzie. W co on gra, że tak się kręci koło mnie i mojej mamy? Nic mu do mnie. Nigdy nie byliśmy kolegami!

Czego on chce?

W parku Gyle trwa mecz – dwa zespoły kopią piłkę. Jakżebym chciał do nich dołączyć, mimo że nigdy nie lubiłem gry w piłkę. Zawsze była dla mnie za szybka, za agresywna i za brutalna. Zawsze się na mnie darli, bo byłem za wolny i nie mogłem utrzymać piłki.

Grałem nerwowo i niezgrabnie. Teraz jednak skoczyłbym z rozkoszą na boisko. Wlazłbym bez pardonu, tak jak uczył mnie tato. Nie przejmowałbym się, czy coś mi się stanie albo czy kogoś sfauluję. Bo teraz wiem, że to nie kłopoty mogą cię zranić, doznajesz kontuzji, kiedy ich unikasz.

Cokolwiek teraz przydarzy mi się w życiu, wiem teraz, że nie będę chował głowy w piasek.

Kiedy dochodzę do domu, już się zmierzcha. Mama niesie kosz brudnych ciuchów do kuchni i patrzy na mnie, jakby chciała coś powiedzieć, i nad czymś się zastanawia.

– Co jest?

– Nic... Udany spacer?

– Tak... – Idę do pokoju i odpalam *Harvest Moon*. Jest sylwester i walę prosto do Muffy, nie myśląc o jebanych kurach, krowach czy zbiorach. Umizgam się do niej z ciastem i kwiatami... ale co dostanę w zamian, maleńka? Co dostanę od ciebie?

Zdejmij sukienkę.

Wyskakuj z tych białych majteczek... wiem, że masz je na sobie... tak właśnie...

Oprzyj się na ogrodzeniu...

...właśnie tak...

Mam dużego kutasa; wielką, obleśną sztangę, która pasuje jak ulał do japońskiej piczy...

...o tak, jebana żółta suko... głębiej, skarbie, wciągnij go... jebane szmaty z usteczkami jak u lalki i ciasnymi szparami... wielkimi ślepiami, każda z was, suki, ma takie, kurwa, wielkie oczy... ooochhh... ochhhh... ochhhh... TY KURWISZONIE...

Och.

Mam całe mokre uda... rozlane nasienie, nasienie, które zrodziłoby piękne białe maluchy? A taki chuj, klej, który powinny łykać wszystkie kurwiszcza w okolicy, jak ta pierdolona w dupę Lucy Moore i ta szmata Shannon, co się rypała ze Skinnerem...

TO DOPIERO KURWA STRATA.

Łapię powietrze i głowa mi kołuje, ale wiem, że wypierdolę każdą kurwę na tej jebanej farmie. A jutro wrócę do PC World i kupię *Grand Theft Auto: San Andreas*. Nie na darmo *Game Informer* dał jej dziesięć punktów na dziesięć możliwych.

Za popękaną i upaćkaną szybą groźne niebo wisi warstwami nad miastem. Skinner pomyślał, że powinien umyć te okna. Widzi przez nie rząd kominów na dachach czynszówek, trzymających się siebie jak pijacy podtrzymujący się w drodze do kolejnego baru. Lepiej wezmę płaszcz przeciwdeszczowy – pomyślał i zaczął szykować się do wyjścia.

Na szczycie schodów Waverly – pomyślał z goryczą i zaśmiał się z własnej głupoty.

Jaki jebany cienias umawia się z panną przy schodach Waverly? Zwieje ją aż do Fife, kiedy się już wdrapię na tę piździawicę. Ale z ciebie wał, Skinner!

Ruszył po Walk, starając się pokonywać dystans równymi krokami. Wyobrażał sobie, wyimaginowany obraz, któremu jego wyobraźnia przydała wszelkie cechy doskonałości, jak stoi na szczycie schodów. A może wyobraźnia płata mu figle?

Kiedy ją zobaczył, kiedy wyraźnie dostrzegł jej profil, od razu zdał sobie sprawę, niemal zawiedziony, że to nie wyobraźnia. Stanął na wprost osoby, która stanowiła niemal skończoną definicję piękności i rzeczywistość ani trochę nie psuła tego obrazu.

Jej blond loki wyglądają, jakby były utkane z jedwabiu. Jej łabędzia szyja, w miejscu w którym wiatr rozwiewał włosy, opadała z gracją w dół. Dwa niewielkie srebrne kolczyki z maciupeńkimi rubinowymi oczkami lśniły na płatkach doskonałych uszu.

Skinner chciał je pieścić, przypominając sobie jednak, jak ostatniej nocy chciał to zrobić i nie był w stanie. Spojrzał na jej długie paznokcie, które chciałby poczuć w swoich włosach. Świadomy, że gapi się na nią z zachwytem, wziął się w garść i odszukał jej wzrok, aż odwróciła się i spostrzegła, że nadchodzi.

Caroline uśmiechnęła się do niego i Skinner poczuł się jak połeć łososia na patelni De Fretaisa – spieczony na zewnątrz i kruchy w środku.

Zabrał ją do baru w prawdziwie amerykańskim stylu, a nie do spelunki angolskich urzędników – jak wyraził się szyderczo o jednym ze wspomnianych przez nią lokali. Czując rosnącą w sobie szorstkość, postanowił się pilnować. Czemu się tak zachowuje? Czy w ten sposób chce się doprowadzić do równowagi przed dziewczyną, która wyzwalała w nim dziwne, trudne do zdefiniowania uczucia? Niech szlag trafi Briana Kibby'ego i Gillana McKeitha na czas jakiś, zamówił wódkę z martini na kruszonym lodzie. Skinner nie miał pojęcia, dlaczego nie był w stanie kochać się z tą piękną dziewczyną, na której mu tak zależało. Ile trzeba? Wypił jednego, potem drugiego. Następnie kolejnego, a Caroline dotrzymywała mu kroku, zarówno w piciu, jak i w nastrojach. Podszedł do maszyny, wrzucił drobniaki i wziął paczkę papierosów z podajnika.

Starali się opanować potężny wir emocji, które miotały nimi z olbrzymią siłą. Przybierali rozmaite pozy, reagując na przemian oschle, obierając zblazowaną postawę czy też rzucając się w odmęty agresywnego flirtu. Alkohol stanowił pożywkę dla tego teatru grozy.

Nadeszło czwarte martini, dwie nadziane na szpatułki zielone oliwki tkwiły w kieliszkach. Uniósł do ust szpatułkę z oliwką i wsadził ją sobie do ust. Ich spojrzenia spotkały się, aż przeszedł go prąd. Wiedziony nagłym impulsem przyciągnął ją do siebie i niemal wcisnął ustami oliwkę w jej usta. Odchyliła się nieznacznie, bo znów poczuła, że tak nie powinno być, że nie tego oczekiwała, że jest to nachalny, nawet przerażający, gest. Coś tu zdecydowanie nie grało.

Tak bardzo lubię Danny'ego, ale...

Skinner przeklął się w myślach za swój niestosowny odruch i poczuł, jak między nimi otwiera się straszna próżnia.

Wyluzuj, Skinner, fajfusie... pierdolony... trzymaj fason. Dobra, złe posunięcie, ale jeszcze nie klęska.

Pocieszył się jej widokiem, kiedy ponownie usiedli obok siebie na stołkach barowych. Zachowywali się, jakby ukoiła ich ta harmonijna intymność, choć wiedzieli, że kiedy tylko przekroczą niewidoczną granicę, odskoczą od siebie jak przestraszone jeże. Trzeba postępować bardzo ostrożnie – pomyślał, biorąc ją za rękę.

– Prawie taka długa jak moja – powiedział, zatapiając się w świetle i bezkresie jej oczu.

Ciekawe, jakby wyglądały, gdyby się kochali, czy w kluczowym momencie zatraciłyby się, w przerażającym, podniecającym geście, który, jak wiedział, był właściwy zarówno kobietom, jak i mężczyznom podczas szczytowania.

Danny Skinner był wciąż na tyle młodym człowiekiem, że nie zdawał sobie sprawy, iż jego próżność była w stanie z łatwością zdystansować wyrafinowanie. Dostatecznie długo nie pił, by zapomnieć o tym, jak łatwo o to przy alkoholu. I mimo że Caroline Kibby była młodsza od niego, to jednak była kobietą i to z natury dojrzalszą, ponieważ okoliczności sprawiły, że szybko wydoroślała. I kiedy szli w kierunku Victoria Street, wyczuła, że coś między nimi jest zdecydowanie nie w porządku.

To był pomysł Skinnera, żeby zobaczyć koncert The Old Boys. Weszli do sali już bardzo pijani, na gwałt pragnąc pozbyć się uczucia wstydu przy pomocy alkoholu i muzyki. Nie wierzył własnym oczom. Miejsce było wypełnione po brzegi podstarzałymi punkami, w większości w wieku jego matki. Niektórzy z nich nosili te same stroje jak dwadzieścia pięć lat temu, a pozostali wyglądali całkiem zwyczajnie w eleganckich ubraniach.

Warunki były spartańskie i Caroline i Skinner przylgnęli do słupa z tyłu sali blisko baru. Przy wtórze ogłuszającego aplauzu na scenie pojawił się zespół.

Bardzo wiekowa publiczność. Nawet ci chudzi, noszący wciąż te idiotyczne fryzury jak rasowe mamuty, nie zdawali sobie sprawy, jak staro wyglądają w tych punkowskich ciuchach. Staruszka często opowiadała, jak darli sobie łacha ze starych Teddy Boys, ale była wtedy w wieku, w którym rechot był stylem samym w sobie, beztroski, pozbawiony hipokryzji i seksistowskich czy rasistowskich konotacji zlew z nie chcących się zestarzeć starych pierników!

Dobrze, że chociaż zespół wygląda, jakby czas się zatrzymał. Wtedy wyglądali na starych pierników i teraz wyglądają tak samo. Chrissie Fotheringham wygląda szykownie za bębnami: ma na sobie zapięty pod szyją płaszcz, wełniane mitenki i okulary w rogowej oprawie, ale jest przynajmniej o dziesięć lat młodsza niż pozostali. Wokalista Wes Pilton jest tu gwiazdą i cały tłum śpiewa wraz z nim tekst Wojennych Lat.

Dni chwały, dni nadziei
Bez pornoli i bez hery
Twarde czasy ostrej walki
Takie były te wojenne lata.

Dni bez zadym i bez lęku
Pełne czaru oraz wdzięku
Bez gliniarzy i złodziei
Takie były te wojenne lata.

Pilton maszerował wyprostowany po scenie. Refren jednak zanucił pochylony.

Brytania się broni
I walczy z wrogiem co sił
A ludzie z laurem na skroni
Nad ciałem przyjaciół ronią dumne łzy.

Podskoczył, całkiem wysoko, co zauważył Skinner, i wrócił do jadowitej punkowej maniery, wykrzykując kolejne wersy.

A teraz nasz kraj się wali
Bezprawie w miastach i wsiach
Naród wybije tych błaznów do nogi
Jak wtedy, za wojennych lat.

Kłaniając się Pilton zasalutował po wojskowemu zgromadzonej publiczności.

– Gołębie mi wyzdychały – oświadczył rozbawionej, wiwatującej publice. – Ale my wciąż stoimy na straży, przynajmniej niektórzy z nas. To kawałek dla tych, którzy odeszli. Za naszych zmarłych perkusistów, Donniego i Martina. – Mrugnął i zaczęli grać *Grosik ze skrzynki biedaka.*

Skinner podryfował do baru zamówić drinki. Zobaczył Sandy'ego Cunnighama-Blytha, który otumaniony alkoholem kołysał się w takt muzyki. Zauważył, że nawet najbardziej zatwardziali punkole omijali go szerokim łukiem. Zakonserwowany kuchmistrz był najstarszym widzem. Spojrzał na Skinnera, ale go nie rozpoznał.

Kiedy wrócił z rumem i kolą w plastikowych kubkach, zobaczył, jak Caroline cała spocona rozmazywała sobie tusz do rzęs na policzku. Była przytłoczona hałaśliwą muzyką.

– To zdaje się muza nie w twoim typie, Danny – krzyknęła mu do ucha.

– Nie, ja po prostu chcę odszukać mojego starego.

– Twojego tatę? Gdzie jest?

– A chuj go wie. Pewnie na scenie – rzucił Skinner. Caroline wydawało się, że właśnie tak powiedział, chociaż sądziła, że chyba się przesłyszała. Pewnie coś jej się pomyliło w tym łoskocie i po tylu kolejkach.

37. Pierwszy głębszy

Wróciła. Choroba wróciła.

Miała swoje charakterystyczne odium, wiedział, że nadchodzi atak, czuł się sponiewierany i brudny w środku. Choroba również zdawała się plugawić cały otaczający go świat, który stawał się ohydnym, wychłodzonym, bezdusznym, okrutnym miejscem. Ostrza strachu otworzyły się wewnątrz, kąsając go z impetem raz za razem. Ale tym razem postanowił, że nie zostanie w sypialni i nie będzie starał się przeczekać.

I tak Brian Kibby zaciągnął swoje niemrawe, drżące ciało do Centurion Bar na St John's Road w Corstrophine. Przy wejściu zderzył się z oparami dymu, jeszcze bardziej nieprzeniknionymi i wszechobecnymi niż mroźna mgła, z której się wyłonił. Pod wpływem dymu i wrzaskliwego harmidru chciał zawrócić, ale nerwowy młody człowiek z całej siły powstrzymał się przed rejteradą pod wpływem zachęcających spojrzeń pijących, którzy, co ciekawe, uznali go za swego.

Rozmyślając o swych ograniczonych możliwościach, Kibby niepewnie podszedł do baru. Całe jego młode życie, szkoła i praca skończyły się – pozostało mu tylko to.

Wszystko mi zabrał, nawet mamę, a teraz... Caroline. Na wszystkich rzucił ten swój czar!

Docierając do baru, wahał się tylko chwilę lub dwie, po czym zażądał:

– Pintę jasnego i podwójną whisky, proszę.

Barman nie znał go, ale rozpoznał figurę pijaka i zachowanie. Sumiennie zrealizował zamówienie.

Biorąc pierwszy łyk whisky, poczuł gwałtowny przypływ nudności, wywracający żołądek gorący szlak, biegnący od ust do środka. Wziął jednak solidny łyk, zapijając whisky pieniącym się piwem, które również mu nie smakowało. Ale druga whisky smakowała dużo lepiej, a trzecia przypominała nektar. Brian Kibby uleciał. Szumiało mu w głowie i zacisnął mocno dłoń na szklance, aż mu kłykcie zbielały. Wciąż czuł ból, ale już mu to nie przeszkadzało, bo jego mocne ciosy wytłumiał alkohol. Przeżywał też spory wstrząs, bo poczuł uścisk straszliwej wściekłości. W przeszłości ten zrównoważony młody człowiek czuł od czasu do czasu przypływ niskich emocji, ale nigdy nie pozwolił sobie na to, by wzięły górę. Ale teraz, w przypływie mściwej nienawiści, Kibby poczuł cudowne wyzwolenie.

*Caroline. Spotyka się z **nim**.*

Jego siostra widywała się ze Skinnerem. Ten koszmarny obraz nie chciał się zatrzeć w niepamięci.

Przez tak długi okres jego niezwykła choroba zdominowała jego myśli, ale teraz pojawiła się w nich nowa groza. Brian Kibby po raz kolejny nienawistnie rozmyślał nad swym wrogiem, Dannym Skinnerem.

Skinner. Rzucił na nich urok. Klątwę...

I pod wpływem czystej, dojmującej intensywności mściwych myśli, coś, jakaś dziwaczna prawda ujawniła się w jestestwie jego psyche.

To sprawka Skinnera!

To on mi to zrobił!

Była to irracjonalna, choć przemożna, głęboka i ważna myśl. Tak, gorączkowo zapewnił złaknioną prawdy świadomość. To był Skinner.

SKINNER...

I być może Brian Kibby gdzieś tam w środku, podświadomie, wiedział o tym od dawna. W niesprecyzowany, całkowicie intencjonalny i emocjonalny sposób od dawna podejrzewał, że Danny Skinner ma związek z jego strasznymi cierpieniami. Widział, jak Skinner na niego patrzył, obserwował go w analityczny sposób, z tą rozchachaną gębą, jakby wszystko rozumiał. W pewnym momencie podejrzewał, że Skinner go podtruwa. Wtedy unikał wszelkich potraw czy napitków, do których Skinner mógłby mieć dostęp. Ale wydawało się to niemożliwe: nie powstrzymało jego degrengolady. A jednak, w przedziwny sposób, podświadomość podpowiadała mu, że odpowiedzialny za nią jest Daniel Skinner.

To był *Skinner!*

A teraz jeszcze Caroline się z nim umawia, a moja matka jest zachwycona! Jest tak uradowana, że nie może przestać o tym mówić, jak głupia młoda gęś! Skinner ma przyjść do mnie do domu na obiad w przyszłą środę! Bierze cugle w dłoń i stara się wkraść do mojej rodziny!

Wyłącznie żądanie kolejnej kolejki mogło wyrwać Kibby'ego z jego drażliwych rozważań.

– Jeszcze raz to samo – rzucił barmanowi opanowany gwałtownym przypływem złości.

Nie zwracał uwagi na uniesione ze zdziwienia brwi barmana, dostrzegał jedynie jego dłoń wędrującą w kierunku dozownika. Wewnątrz rozognionej alkoholem głowie płonęła czysta żywa nienawiść wobec Skinnera.

Chciałbym to zobaczyć... tego skurwysyna... chciałbym zobaczyć, jak go leją i kopią, i butują...

Nagle natłok myśli walnął z impetem o psychiczną barierę, że aż Kibby zatrząsł się pod wpływem mocy tego objawienia. Przypomniał sobie, że przecież Skinner został pobity, zlany na kwaśne jabłko, i pisali o tym w gazetach.

Po meczu i później nie było na nim ani śladu!

W pobliskich czynszówkach wciąż paliły się słabe żółte światła. Wyglądały jak pojedyncze pokruszone zębiska w wielkiej, czarnej paszczy. Ciężkie oczy z wolna zaczęły widzieć z właściwą ostrością. Zmagając się z pulsowaniem w czaszce, Skinner zaczynał rozróżniać różne odcienie mroku i dochodzić do siebie. Drżącymi dłońmi wygrzebywał osmolone kiepy ze stojącej przy łóżku popielniczki z napisem McEwan's Export, wykruszał z nich niespalony tytoń i skręcał papierosa, kontemplując długie chwile ciemności rozciągające się w nieskończoność.

Alkohol – stwierdził, unosząc papierosa do ust. Wcześnie rano jedynie pijaństwo poprzedniego dnia było przyczyną tego, że zasypiał i spóźniał się do pracy, zanurzając się w zimną, dojmującą i przerażającą ciemność. A jedyną okazją, umożliwiającą uniknięcie zapadającego wcześnie zmroku popołudniami, były momenty, kiedy potrzeba wypicia wymuszała na nim wcześniejsze zerwanie się z pracy.

Co jeszcze kryło się w tej ponurej, mrocznej czerni? – zastanawiał się zjadliwie, czując rachityczny kop starego tytoniu w płucach. Pogoda sprowadzała nas do poziomu przygnębionych meneli, jęczących pod duszącym całunem ciemności. Co dawało wytchnienie? Gdzie można było znaleźć przyjacielski harmider i śmiech, a jeśli miało się szczęście, zachęcający uśmiech pięknej dziewczyny?

Wszystko to można było znaleźć pod poplamionym nikotyną i przesiąkniętym alkoholem dachem. W miejscu, w którym nawet szydercza kpina nieprzyjaciela sprawia, że człowiek wie, że żyje – wszystkiego tego można było doświadczyć w pubie.

Od bardzo dawna nie był w podobnym miejscu. Ale teraz Danny Skinner obudził się w takim stanie, jakiego nie doświadczył od wieków: było mu niedobrze, był wykończony, roztrzęsiony, zmęczony i brudny. Czuł to w całym ciele: degenerujący, demoralizujący wpływ. To pewnie jakiś wirus. Ale nie, bo przecież to przyjmował na siebie Brian Kibby.

Odrzucił kołdrę i nagle poczuł smród przesiąkniętego alkoholem ciała. Kiedy w umyśle pojawił się przez chwilę obraz Briana Kibby'ego, poczuł pełznące od krzyża dygotanie i drgawki. Jego twarz pojawiła się na ułamek sekundy, jakby blask migawki policyjnego fotografa ze starego hollywoodzkiego filmu oświetlił zwłoki.

Ee nieee... jasne, że to nie to...

Czy oznaczało to, że Brian Kibby w końcu zszedł... umarł jak poranek za oknem; jego ciężkie ciało i umęczona psyche w końcu poddały się pod olbrzymim napięciem i życie go opuściło?...

Nie... spokojnie... Caroline czy Joyce na pewno by do mnie zadzwoniły.

Przełykając żółć w ustach, Skinner wypluł peta i wciągnął wąski haust mroźnego powietrza, który przepalił rozognione gardło, aż żołądek fiknął kozła. I nagle puls mu skoczył, odkręcając wewnętrzny kurek i zatapiając węzły chłonne w pocie, zdał sobie bowiem w jednej chwili sprawę z pewnej strasznej prawdy.

Kibby. Ten ohydny chujek, on... ze mną walczy.

Tak, Danny Skinner miał kaca. Czyż owa moc nie była bronią obosieczną? Pomacał mięśnie w obolałym, choć napiętym ramieniu. Powiększyły się znacznie, od kiedy Kibby zaczął pakować na siłowni. Śmiał się z tego, traktując jako rzecz naturalną. Ale nie, wysiłki Kibby'ego nie poszły wtedy na marne, bo w istocie pakował nie swoje ciało, ale Skinnera! Teraz Kibby zalał się, a on cierpiał! To w przedziwny sposób trzymało się kupy w podobnie dziwacznych okolicznościach i Skinner musiał przyznać, że wiele to mówiło o farbowanej trzeźwości Kibby'ego; słabszy człowiek już dawno kopnąłby w kalendarz.

Wstrząsany dreszczami powlókł się przez Walk do miasta. Wszedł do kafejki internetowej na Rose Street. Pisząc maile, starał się za wszelką cenę zignorować straszliwego demona kąsającego jego mózg i ciało, oceniając od czasu do czasu w myślach ilość alkoholu pochłoniętego przez Kibby'ego.

Bez skutku. Nie mógł napisać do Dorothy. Przypomniał sobie swoje stare nawyki z pracy: wymigiwanie się, unikanie zadań tylko dlatego, że drażliwość i kac nie pozwalały na wykrzesanie wewnętrznej siły, potrzebnej, by skoncentrować się na nawet najprostszych kontaktach z drugim człowiekiem. Prośba o rozmienienie banknotu na monety, po tym jak licznik skończył odliczać wykupiony czas w Internecie, była za dużym wyzwaniem. A zanim czas się skończył, robił to samo, co robiłby w biurze: darł wściekle papier na małe kawałeczki i podpalał je w kubku od kawy, tańcząc z nim między biurkami. Pomimo opłakanego stanu, w jakim się znajdował, w głowie dźwięczało mu jedno zdanie: *Jak kurwa Kibby chce, do dostanie za swoje.*

Wzmocniony duchem walki Skinner wyszedł z kafejki i mostem Północnym ruszył na spotkanie pubów na Mili. Kiedy wyszedł z pierwszego z nich, nie można było już odróżnić wieczornego nieba od średniowiecznych z wyglądu czynszowych kamienic na ulicy.

Później tego wieczoru, wychodząc opity jak bąk z ostatniego przybytku, spojrzał w górę i zobaczył, jak kur na dachu wieży kościoła przeciął księżyc na kilkanaście kawałków. Kontemplując głębię rozświetlonego nieba, Skinner dostrzegł macki chmury, które na tle strzelistej wieży tworzyły iście gotycki nastrój, i pomyślał, że w jej kłębach z pewnością czają się wszelkie znane moce diabelskie. Trupioniebieskie kocie łby na ulicy dźwięczały pod jego podkutymi skórzanymi butami, kiedy szedł zakolami po Royal Mile od zamku do pałacu, wydychając jak smok strumienie pary wodnej. Przy wylotach ulicy zatrzymywał się co jakiś czas, by wyczuć puls miasta w czasie zamykania pubów, dziwnie uspokojony na widok obściskującej się pary, rzygającego pijaka czy kilku młodych kopiących dla zabawy nieznajomego.

Na myśl o uroczym stanie upojenia oraz o butelce johnny'ego walkera w mieszkaniu, uśmiech Skinnera rozciągał się niemal tak szeroko jak ulica. Wrócił na stare śmieci.

Kibby prosi się o wpierdol, to proszę bardzo! Załatwię tego pierdolonego gnojka!

Nie mógł się doczekać nadchodzącej wizyty u Kibbych. Z rozkoszą przystąpi do ostatecznej rozgrywki – aż rechotał, tańcząc w cieniach rzucanych przez zimny, jaśniejący, srebrzysty księżyc.

Brian Kibby musiał się napić. Od jakiegoś czasu siedział za komputerem na górze w swej sypialni. Pocąc się i skręcając z bólu, zdołał włączyć komputer. Tym razem jednak nie włączył *Harvest Moon* ani też żadnej innej gry wideo. Wszedł na stronę www.thescotsman.co.uk, zalogował się w *Evening News* i wpisał w wyszukiwarce hasło „Skinner". I po jakimś czasie znalazł to, czego szukał: wydarzenie sprzed kilku miesięcy, podczas którego do szpitala został zabrany Daniel Skinner po meczu Hibsów z Aberdeen. Brał udział w bójce ulicznej – jak pisali – i odniósł „poważne obrażenia". Ale w poniedziałek rano Skinner pojawił się bez najmniejszego zadrapania w pracy, natomiast tego samego dnia Brian Kibby obudził się w Newcastle, po konwencie, wyglądający i czujący się tak, jakby przejechała go ciężarówka.

Kibby zadrżał, przeglądając artykuł.

To niemożliwe... nie może być... ale wiem, że to sprawka Skinnera. Skinner coś wie o tym! On rzucił na mnie pierdolony urok!

Wyszedł z domu i poczłapał do baru Centurion. Przez tyle lat ani razu tu nie zajrzał. Teraz to miejsce stało się mu o wiele bliższe niż kiedykolwiek było jego poddasze.

– Klin klinem, co? – Raymond Galt, barman, wyszczerzył do Kibby'ego zęby w uśmiechu, nalewając mu kolejną podwójną whisky.

– Tak – odparł Kibby szorstkim mruknięciem, jakby mówiła to inna osoba, bo jego umysł po raz pierwszy stanął przed klasycznym dylematem pijaka. Pomogło, uleczyło ból, choćby tylko na chwilę. Ale ponieważ życie bolało cały czas, to nawet odrobinę wytchnienia przyjmowało się z otwartymi ramionami. I tym razem *naprawdę* miał powód, żeby się napić – Skinner przychodził do niego do domu, przychodził na podwieczorek.

Był z Caroline. Czy ona z nim?...

NIE!

Kibby łyknął zdrowo i potem kilka razy jeszcze, po czym wychodząc z baru, niemal wpadł na kobietę i malca w wózku. Przeprosiny, które wydusił z gardła, przypominały bezładny bełkot, i uciekł jak niepyszny pod gniewnym, pogardliwym spojrzeniem kobiety. Ale wkrótce ponownie znalazł się sam w niepodzielnej domenie pogardy dla własnej osoby, kiedy w blednącym świetle dnia wracał do domu, wchodząc po drodze do monopolowego, by kupić więcej whisky.

Caroline nie byłaby taka głupia, żeby sypiać ze Skinnerem...

Kibby czuł już w głowie wypitą whisky, w której pojawiały się również pogardliwe szyderstwa Skinnera wypowiadane w szkolnej stołówce, a dotyczące lasek, które zaliczył...

...ta Kay była urocza, a traktował ją jak szmatę... Shannon... czym były dla niego, workami na spermę, do wyrzucenia... założę się, że punktuje je w skali od jednego do dziesięciu...

Przygnębiony Brian Kibby na przemian wlókł się ciężko pod górę i chybotał na nogach, schodząc z górki swoją zwykłą drogą do domu. Na krótko przed dotarciem do celu zabrakło mu tchu i musiał przystanąć. Stanął przy placu zabaw, na którym bawiło się kilkoro dzieci pod okiem dorosłych. Kibby stał tam, dysząc ciężko i gapiąc się niewidzącym wzrokiem. Dorosły, jedyny mężczyzna, żylasty trzydziestolatek podszedł kilka kroków w jego kierunku.

– Ty! – krzyknął na Kibby'ego, po czym pokazał palcem na ścieżkę. – Spływaj stąd!

– Co? – zapytał Kibby, najpierw zaskoczony, po czym rozdrażniony, kiedy dotarła do niego jawna niesprawiedliwość idąca za tymi słowami.

I Kibby poczuł lęk, dlatego walcząc z bezdechem, ruszył dalej ścieżką. Nie bał się tego mężczyzny – jego własna wściekłość była teraz zbyt wielka – ale bał się łatki zboczeńca, która napiętnowałaby jego matkę i siostrę w okolicy.

Może i jestem zboczeńcem... branzluję się jak bydlę, jak ostatni gówniarz... ile czasu musi minąć, żebym zaczął macać dzieci?... Nie...

Kiedy Kibby dotarł do domu, nikogo w nim nie było. Najprawdopodobniej matka poszła na zakupy. Wdrapał się na piętro i schował butelkę whisky pod łóżkiem. Po powrocie na dół opadł swym ciężkim ciałem na kanapę. Po chwili usłyszał chrobot w zamku, po czym chrzęst przekręcanego klucza. Ten dźwięk nigdy mu nie przeszkadzał, ale teraz stał się źródłem przygnębienia. Mógł naoliwić ten zamek.

Tato by to zrobił...

Kibby siedział spocony na kanapie, oddychając ciężko, łaknąc całym ciałem jeszcze jednej tylko whisky, i kusiło go, by pójść na górę i łyknąć sobie, ale w poczuciu winy martwił się, że Joyce od razu wyczuje alkohol w oddechu. Nie mógł jednak stłumić aroganckiego, wojowniczego uśmieszku, kiedy drzwi się otworzyły.

Jednak nie była to Joyce, lecz Caroline. Pamiętał, jak mówiła, że pomoże mamie przy posiłku przed przyjściem Skinnera. Nastrój Briana Kibby'ego poprawił się. Był to pierwszy wypadek, w którym byli zupełnie sami, od bardzo dawna. Teraz będzie mógł powiedzieć siostrze, jaki naprawdę jest Skinner, zanim ją zniszczy, tak jak z pewnością zniszczył jego!

– Caroline – zaświszczał pogodnie.

Caroline Kibby poczuła bijący od brata zapach alkoholu. Przyjrzała się jego policzkom: były bardziej szorstkie, wysuszone i bardziej rumiane niż zwykle.

– Nic ci nie jest?

– Niiic... dobrze cię widzieć – Kibby pociągnął nosem, najpierw ze skruchą w głosie, ale alkohol sprawił, że na ustach wykwitł mu pogardliwy uśmieszek. – Jak tam na studiach? – zapytał ze śmiertelną, przesadną powagą, bo chciał się opanować.

Pokój trochę się kołysze, ale to nawet miłe, jakby... ale kogo to...?

– Trochę przewalone – Caroline wzruszyła ramionami w obliczu starych trosk brata. Nieobecna i rozkojarzona usiadła w wielkim fotelu, zwinęła się na nim, wzięła pilota i włączyła telewizor. Głos był wyciszony i prowadzący najpierw poruszał trochę ustami w niemej powadze, po czym pokazał się obraz kobiet i dzieci z Bliskiego Wschodu płaczących na stosie gruzów. Następne zdjęcia przedstawiały amerykańskiego żołnierza uzbrojonego po zęby. Za chwilę pojawił się obraz bez głosu przedstawiający George'a Busha, który wyglądał, jakby miał zaparcie, i w końcu mizdrzącego się Tony'ego Blaira w otoczeniu garniturów wszelkiej maści i funkcji.

Kibby poczuł, że coś w nim wzbiera, w jego rozwodnionym, opuchniętym ciele, pomiędzy zmętniałymi metrami, jakie zdawały się dzielić pojedyncze komórki, poszczególne neurony.

Wysyłają innych, by to zrobili za nich. Mają pieniądze, władzę i żyją tylko po to, żeby zaspokajać swoje zachcianki. Ale to nie oni, nie ich synowie i córki będą musieli walczyć i mordować albo odnosić rany czy ginąć, by zaspokoić ich zachcianki. Pojadą tam ludzie, którzy nie mają niczego, ci, którzy nie mogą się bronić, których nauczono pokory... a ty sobie oglądaj tysięczny raz Harrych Potterów, Spielbergów, Mary-Kate-Ashleye, Britneye, Wielkich Braci, Brygidy Jonesy i możesz to olać, bo przecież twoim jedynym marzeniem jest awansować w urzędzie miejskim... ignoruj to, bo nie jesteś upoważniony, nie masz prawa wyborczego, jesteś niewolnikiem, niewolnikiem tych egotycznych, nabożnych, świętoszkowatych skurwysynów i świata, który stworzyli, świata tak samolubnego, tchórzliwego i próżnego jak oni sami... jak Skinner... przez własną próżność każą innym sprzątnąć gówno, które nawalili...

Nagle i niespodziewanie dystans się zmniejszył, a moc zaskrzyła i strzeliła energią, aż coś zazgrzytało Kibby'emu w głowie.

To Caroline, moja siostra, część tej rozleniwionej, przepełnionej samozadowoleniem dekadencji marnującej swoje szanse, podczas gdy mój ojciec tyrał przez całe życie i odmawiał sobie wszystkiego, by zapewnić lepszą przyszłość...

– Zawsze lubiłaś swoje studia... – jęknął.

Caroline potrząsnęła gwałtownie głową, jej blond szopa zafurkotała i opadła na miejsce, jakby była z plastiku, tylko kilka pasemek nie wróciło na swoje miejsce.

– Lubię je, tylko czasami działają mi na nerwy. Tylko praca, praca i praca – wzruszyła ramionami, przybierając najpierw niezdecydowaną, po czym złą minę. – Po prostu od czasu do czasu muszę się nad sobą poużalać – uśmiechnęła się.

– A najlepiej wypłakać się *u niego* na ramieniu, prawda?

Caroline spojrzała na brata w taki sposób jak nigdy wcześniej, wydęła wargę i Brian Kibby natychmiast zobaczył siebie jej oczami. Zobaczył odmieńca: korpulentną, żałosną, zaborczą porażkę życiową, którego zrujnowane istnienie ciągnęło się za nim jak śluz za ślimakiem.

Tam przy parku myśleli, że jestem jakimś obleśnym zboczeńcem.

Jak na zawołanie Kibby poczuł, że zdradzieckie pory na skórze wydają jeszcze więcej lodowatego, toksycznego potu.

Jednak nie Caroline. Nie Caz. Nie siostrzyczka.

Jak blisko byli niegdyś z sobą w tak skryty i powściągliwy sposób. Nagle pewnego razu żal zmusił ich do wykonania dziwnego gestu, który zażenował ich oboje, jak byli niegdyś blisko – w piękny szkocki sposób.

Caroline. Siostrzyczka.

Brian Kibby mógł jedynie patrzeć na siostrę, ponieważ odwróciła się od niego i uporczywie gapiła w telewizor. Amerykańskie oddziały przygotowywały się do zajęcia Falludży w przeddzień wyborów w USA i ujawniono, że ponad sto tysięcy irackich cywilów zginęło w wyniku działań koalicji. Chciał z nią porozmawiać na ten temat. Zwykle nigdy nie rozmawiał z nią o polityce, ponieważ uważał, że to odciąga uwagę od poważniejszych spraw i że ludzie powinni być szczęśliwi, mając to, co mają, zamiast przez cały czas narzekać i starać się coś zmienić. Jednak mylił się. Chciał jej powiedzieć, że on się mylił, a to ona miała rację.

Ale zdał sobie sprawę, że nie potrafi zbudować mostu między nimi, nie może do niej trafić, ponieważ jego nienawiść do Skinnera żyła własnym życiem, poza rozumem, bez racjonalnej przyczyny. Była obecna w każdej minie, wisiała nad każdym wypowiedzianym zdaniem i w gruncie rzeczy piętnowała wszelkie możliwe odpowiedzi. Był to twór, z którym nie był w stanie walczyć. I zanim zdał sobie z tego sprawę, ta moc przemawiała za niego, mówiła jego ustami.

– On jest samym złem... jest... – jęknął na bezdechu.

Caroline ponownie zaczęła się przyglądać Brianowi, następnie wolno potrząsnęła głową.

Zupełnie mu odbiło.

Już od dawna przestaliśmy być rodziną i teraz to zbiera swoje żniwo. Dobrze, że wyrwałam się z tego wariatkowa, z tego tygla lęku i żalów; w końcu odcięłam się i poszłam swoją drogą. Boże, co Danny sobie o nich myśli, co myśli sobie o mnie? Dobrze, że potrafi być taki wyrozumiały i zdolny do łączenia się z innymi w bólu.

– Odwaliło ci na dobre, Brian – zawyrokowała Caroline z celową rezerwą. – Danny zawsze chciał ci tylko pomóc, starał się z tobą zaprzyjaźnić. To dzięki Danny'emu tak długo tam pracowałeś, bo wiedział doskonale, jak potrzebujesz tej pracy. *My* potrzebowaliśmy tej pracy – dodała zacietrzewiając się. – Bo on właśnie taki jest!

– Ty nic nie wiesz! Nie wiesz, jaki on jest naprawdę – zapiszczał Brian Kibby, przejęty furią i grozą.

Twarz Caroline skrzywiła się w parodii samej siebie. Kibby widywał już jej humory, złe nastroje od fochów berbecia do młodzieńczych póz, ale nigdy nie podejrzewał, że jego piękna i pogodna siostra może wyglądać tak koszmarnie.

– Nie zniosę tego dłużej, Brian, nie zniosę twej infantylnej zazdrości o Danny'ego!

– Ale ty go zupełnie nie znasz! – zawodził Kibby, wpatrując się w kierunku sufitu i czekając na potwierdzenie z nieba.

Ale nic się nie stało. Caroline tylko odgryzła odstającą skórkę przy paznokciu. Pohamowała się. Musi z tym skończyć.

– Znam Danny'ego, Brian. Tak, to prawda, lubi wyjść, zabawić się. I ma wielu znajomych. Więc ludzie mu zazdroszczą, zaczynają wymyślać bzdury.

Puls Briana Kibby'ego znów przyspieszył, a z porów ponownie trysnął pot.

Aż się skrzywił, kiedy poczuł straszny, duszny odór swego ciała. Skinner znów mu to robił, atakował go, osłabiał go w jakiś sposób.

– Wykorzystuje cię, Caz, po prostu cię wykorzystuje...

Caroline posłała bratu zabójcze spojrzenie.

– Ja już miałam kilka związków, Brian. Wiem co nieco o tej sferze życia. Nie próbuj więc mnie pouczać – rzuciła z nieskrywanym obrzydzeniem. Nie musiała dodawać na temat aż nadto znanego braku doświadczenia Kibby'ego w sprawach sercowych czy łóżkowych. Było to jasne jak słońce. – I nie waż się dzisiaj zrobić jakiejś sceny – dodała, ściszając głos i łypiąc na niego groźnie. – Jeśli nie możesz się przyzwoicie zachować wobec mnie czy Danny'ego, to pomyśl przynajmniej o mamie.

– To on nie ma krzty przyzwoito...

– Zamknij się! – zasyczała Caroline, wskazując głową na drzwi, w których tkwił już klucz Joyce.

Joyce Kibby postawiła w przedpokoju dwie torby z zakupami, weszła do dużego pokoju i zastała swoje dzieci przed telewizorem. Jak za starych czasów.

Wkrótce potem pojawił się Danny Skinner, ściskając butelkę wyśmienitego bordeaux ze sklepu Valvona & Crolla oraz bukiet kwiatów, który wręczył niemal sikającej po nogach Joyce.

Chociaż była to już trzecia wizyta Skinnera w tym domu, pierwsze dwie były krótkie i dopiero dzisiaj wszedł do gościnnego. Chłonął otoczenie. Meble były stare, lecz w nieskazitelnym stanie. Było to potwierdzenie tego, co już sam odgadł: rodzina Kibbych nie wydawała pieniędzy na luksusy ani też nie miała skłonności do urządzania dzikich imprez. Duży, trzyczęściowy komplet wypoczynkowy we wzory dominował w gościnnym i był nieco do niego za duży, dlatego całość sprawiała klaustrofobiczne wrażenie.

Największe wrażenie jednak sprawiał fakt, że był to dom duchów. Wiodącym duchem nie był jednak ojciec Kibby'ego – większość z jego zdjęć była wyblakła od słońca ponieważ zostały zrobione w czasach odbitek o niskiej jakości. Nie, był to duch przeszłości Kibby'ego. Skinner wszędzie wokół widział portrety młodego, tyczkowatego, *chętnego*, znienawidzonego Kibby'ego.

Czy on kiedykolwiek tak wyglądał?

Najpierw rzucił ukradkowe spojrzenie na posępnego, opasłego adwersarza, który właśnie wparował do pokoju i gapił się na gościa, jakby jedynym powodem odwiedzin Skinnera było uwolnienie rodziny od rodowych sreber, po czym znów spojrzał na zdjęcie. Ogarnięty nagłym uczuciem niepokoju Skinner zdołał się tylko blado uśmiechnąć.

Joyce przystroiła stół w gościnnym i postawiła na nim wino. Następnie wzięła od Danny'ego przyniesioną butelkę, co wywołało u Kibby'ego, miotanego na przemian uczuciami agresji i apatii, najpierw odruch oburzenia na taką rozrzutność, po czym twarz mu się rozjaśniła w obliczu perspektywy spożycia cieczy, która ukoi jego ból.

– Wiem, że nie powinniśmy – powiedziała Joyce, spoglądając ukradkiem na zdjęcie zmarłego męża – ale przecież mówisz często, Brian: małe co nieco nie szkodzi? No bo do posiłku…

– Tak – warknął Kibby, potwierdzając swoje błogosławieństwo przez zaciśnięte zęby.

– Wypiję za to – Skinner przyłączył się do chóru.

– Ja też – dodał wolno, z rozmysłem Kibby.

– Brian… – Joyce jęknęła błagalnie.

– Jedno nie zaszkodzi. Mam nową wątrobę – powiedział, nagle podwijając gwałtownym ruchem sweter i ukazując wijącą się miedzy fałdami tłuszczu długą szramę, która zafascynowała Skinnera. – Czysta karta – dodał z groźbą w głosie.

– Brian! – Joyce wybałuszyła oczy w przerażeniu i odetchnęła z ulgą, kiedy jej syn opuścił sweter. Pomimo nerwowych, kanciastych ruchów udało się jej napełnić kieliszki pod czujnym okiem Caroline, która najwyraźniej odczuwała olbrzymie zmieszanie, jedynie nieznacznie łagodzone pieszczotliwym uściskiem dłoni Skinnera.

Usiedli do kolacji. Mimo że posiłek – sos carbonara autorstwa Joyce i spaghetti – był zbyt mdły jak na jego gust, Skinner zmusił się do wyrażenia stosownie pozytywnych uwag na jego temat.

– Smakuje mi, Joyce. Bri, Caroline, wasza mama świetnie gotuje.

– Założę się, że twoja mama też, Danny – zaćwierkała uprzejmie Joyce.

Skinner musiał sobie przemyśleć odpowiedź na tę uwagę. Wiedział, że gotował o niebo lepiej od swej matki. Była to po prostu kwestia dostępności różnych składników i spójniejszej wiedzy na tematy kulinarne, oraz kwestia pokoleniowa.

– Jak chce, to potrafi – powiedział z niejakim poczuciem winy wobec Beverly.

Atmosfera nadciągającej zagłady wisząca nad stołem została przerwana podczas picia wina. Kibby wpadł w nastrój nerwowej irytacji.

– Więc nie wyszło ci w Ameryce, Danny?

Skinner nie wziął przynęty.

– Och, było wspaniale, Bri. Mam zamiar tam wrócić. Ale... – odwrócił się i spojrzał na Caroline – ...wiesz, jak to jest.

Na te słowa Kibby aż zakipiał z narastającej furii. Minęło dobrych kilka minut, zanim zdecydował się uderzyć ponownie. Zmieniając temat, zapytał znacząco:

– No, Danny, a co u Shannon? – i z radością skonstatował, że Caroline spogląda pytająco na Skinnera.

– Świetnie... ale ostatnio się z nią nie widziałem – pomyślał o Dessiem Kinghornie. – Przecież byłem w Ameryce.

– Shannon pracuje, czy też raczej powinienem powiedzieć: pracowała z nami – zasyczał szyderczo Kibby.

– Tak – potwierdziła Joyce z napięciem w głosie. – Rozmawiałam z nią kilkakrotnie, kiedy leżałeś w szpitalu. To miła dziewczyna, jak sądzę.

– Byli z Dannym bardzo blisko, co, Danny?

Skinner spojrzał spokojnie na Kibby'ego.

– Popraw mnie, jeśli się mylę, ale to ty i Shannon spędzaliście razem całe godziny. Nie chodziliście zawsze razem na lunch?

– Tylko do stołówki... była moją koleżanką...

– Zawsze była z ciebie cicha woda, Bri – Danny Skinner mrugnął do niego porozumiewawczo, prawie z uczuciem, i czując się niezwykle pewnie, uśmiechnął się pełną gębą.

Kibby był rozdrażniony i pijany i musiał walczyć, by nie dostać bezdechu.

Jego zachowanie całkowicie umknęło Joyce, która była niezwykle szczęśliwa, że ktoś zajął od dawna puste miejsce przy stole. Uważała, że Danny Skinner jest czarujący, miał w sobie tyle taktu i godności, a poza tym świetnie prezentowali się razem z Caroline.

Caroline Kibby spoglądała na świszczące, spocone cielsko swego brata. Rozmyślała nad tym, jak od lat przynosił jej tylko wstyd, czy to w szkole, czy wśród znajomych ze studiów. Przynajmniej wtedy starał się na swój nieudolny sposób być miły, ale rozdrażnienie, jakie wtedy wzbudzał, było niczym w porównaniu z konsternacją, jaką wzbudzało jego zachowanie obecnie. Słysząc kąśliwe uwagi i gorzkie docinki, zobaczyła wreszcie, jak bardzo zmienił się jej brat.

Skinner z trudem powstrzymywał się przed rozglądaniem się po pokoju, czując się jak antropolog starający się zbadać warstwy społeczne nieznanego plemienia. Jednak bliskość Briana Kibby'ego nie wpływała na niego dobrze. Był wyraźnie zakłopotany obecnością tego cuchnącego, przelewającego się ciała i to on unikał kontaktu wzrokowego ze swym starym wrogiem.

Nie było to łatwe z powodu wszechobecności Kibby'ego, szczególnie na wykładanym kafelkami w stylu lat sześćdziesiątych kominku udającym art deco, na którym stało tyle jego zdjęć. Ponieważ ciężkie zasłony nie przepuszczały wiele światła, jakby w przeświadczeniu, że na Kibby'ego najlepiej jest patrzyć w cieniu, jedno z nich szczególnie przyciągało wzrok Skinnera. Był to kolejny portret dawnego Kibby'ego, chudego z trupią cerą, która kontrastowała z olbrzymimi załzawionymi oczami niemal niespotykanej jasności – w istocie takimi, jak ma Caroline – oraz delikatnymi, regularnymi rysami ust i nosa. Obecna wersja przyłapała go na studiowaniu swego obrazu z minionych dni i spojrzała na niego z takim zrozumieniem w spojrzeniu, że Skinner najpierw poczuł się bardzo tym zaniepokojony, a następnie zawstydzony. Prawdziwe poczucie winy dopadło go w chwili, kiedy zdał sobie sprawę, jak bardzo prześladował w pracy Kibby'ego, jak zadawał mu niezasłużony ból, nawet jeszcze zanim rzucił na niego dziwaczny, druzgocący urok.

Tak, to coś siedzące na wprost mnie należy do zupełnie innego gatunku niż tamten okurwieniec na zdjęciu. To potwór Frankensteina i to do tego stworzony moim własnym niepohamowaniem w jedzeniu i piciu! Czasami jednak czuję obecność tamtego Kibby'ego, młodego chujka, z którym pracowałem, studiowałem, spożywałem posiłki w stołówce. Faceta, który rumienił się i kasłał, kiedy bajerowałem panny z kursu dla fryzjerek i sekretarek. Durnia, który był niezwykle zażenowany, kiedy ujawniałem pikantne szczegóły jakiejś znajomości, o których nigdy bym nie mówił w towarzystwie, a przed czym nie mogłem się powstrzymać, wiedząc, jaki efekt wywrze to na biednym Kibbym. Jednak później czułem się jak cham, w rezultacie czego nienawidziłem go jeszcze bardziej. Pamiętam, jak kiedyś powiedziałem Wielkiemu Rabowi McKenziemu o młodym Kibbym, jak go nienawidzę, bo wyzwala we mnie bydlę, przywołuje moje drugie ja, którego nienawidzę i którym pogardzam.

Rab, niech Bóg ma w opiece jego naturalnie minimalistyczną duszę, od razu wysnuł tezę: „No to powinieneś mu pierdolnąć w ryja".

Gdybym tylko poszedł za radą Wielgusa. Zrobiłem coś o wiele gorszego: rozwaliłem mu duszę.

Skinner powziął mocne postanowienie zignorowania prześladujących go obrazów i powrotu do rzeczywistości. Ponieważ pomimo krótkotrwałych ataków zakłopotania spowodowanymi kąśliwymi uwagami i groźnymi spojrzeniami Kibby'ego były to powierzchowne rany niewywołujące poważniejszego konfliktu. Natomiast wdzięczność Joyce z powodu banalnych komplementów na temat jedzenia i pobłażliwe uśmiechy Caroline, o winie nie wspominając, miały upojny charakter.

I rzeczywiście wpadł w ten obrzydliwe cudowny nastrój fałszu, któremu – wiedział opanowany słodko-gorzkim smutkiem – nie będzie mógł się oprzeć.

– A wiesz co, Bri, słyszałem, że bardzo za tobą tęsknią w biurze.

Brian Kibby z wolna podniósł duże, wyłupiaste oczy. Obwisłe, jakby sztuczne wargi rozchyliły się bezgłośnie. Jednak coś nieokreślonego kryło się w tym spojrzeniu, jakby zrezygnowany, dojmujący ból przewyższający złość. Skinner dostrzegł w nim ostatni objaw szczerego oburzenia umęczonej psyche Kibby'ego, który drobnym strumieniem przedostawał się do otaczającej go dusznej atmosfery w pokoju.

Tak, Caroline też chciała stąd uciec – pomyślał Skinner, patrząc na nią i czując się jak rycerz w lśniącej zbroi.

Kibby dostał lekkiej zadyszki. Słabe światło raziło go w oczy. Najzwyklejszy wybuch hałasu za oknem sprawiał, że aż podskakiwał cały, jak pies reagujący na dźwięk gwizdka. Słodki zapach świeżych kwiatów, które Skinner kupił Joyce, wywoływał u niego odrazę, a jego własny swąd przywoływał nudności. Przy chorobliwej wrażliwości zmysłów był w stanie tolerować jedynie mdłe i nijakie jedzenie. I oto przy jego stole siedział Danny Skinner, torturując go jak matador słaniającego się na nogach rannego byka. A jego własna matka i siostra krzyczały „olé!" przy każdym radosnym błazeństwie tego pozera. To było za dużo dla Briana Kibby'ego.

– Ach tak, a ja myślałem, że teraz już znalazłeś sobie inną ofiarę swych dowcipasów – wyrzucił.

– Brian! – krzyknęła Joyce, spoglądając przepraszająco na Skinnera.

Danny Skinner jednak odchylił tylko głowę i wybuchnął śmiechem na tę uwagę.

– Nie zwracaj uwagi, Joyce, to tylko wraca stare poczucie humoru Briana Kibby'ego, które tak wszyscy znamy i kochamy. Już wszyscy do tego przywykli. Potrafi być z niego straszna maruda!

Rozległ się przesłodzony śmiech Joyce, a Brian znów zadrżał na niewygodnym krześle, czując, jak jego krawędź zdradziecko wpija mu się w olbrzymie pośladki rozlane na jego twardych krawędziach.

Skinner przychodzi do mojego domu, pierdoli moją siostrę, je przy stole mojej matki i jeszcze skurwysyn ma czelność tworzyć wrażenie fałszywej poufałości, co już jest zupełnym nonsensem, a nawet, mówiąc dosadniej, bezczelnością do kwadratu, bo neguje to, że systematycznie prześladował mnie i dręczył... i...

– Cóż, ja uważam, że to jest nie na miejscu, odrażające i ohydne – Caroline zaczęła zrzędliwie.

Kibby spojrzał na nią z ciężkim sercem. Była kobietą dojrzałą, mądrą, żwawą, fajną, a on… cóż, nigdy nie był w stanie, nigdy nie pozwolono mu stać się mężczyzną.

Ale to się może zmienić.

Po obiedzie Brian Kibby wyłgał się zmęczeniem i poszedł do swego pokoju. Z pod łóżka wyłowił butelkę whisky. Wziął solidnego łyka. Złoty eliksir palił szerokim, mocnym, paskudnym płomieniem we krwi. Utwardzał go. Robił się szorstki, plugawy i arogancki i, z tego co wiedział, równie nieśmiertelny jak te ludzkie cechy.

38. Muso

Triumfatorzy, ci co dopiero mają odnieść sukces, oraz bezwstydni blagierzy tego miasta zebrali się w stałym gronie na otwarciu Muso, najnowszego baru-restauracji Alana De Fretaisa. Sam gospodarz pojawił się w podłym nastroju, który teraz niwelował wyśmienitym chablis. Budowlańcy obiecali mu, że obiekt będzie gotowy na wielkie otwarcie podczas Festiwalu Edynburskiego, na który przyjeżdżały światowe sławy i międzynarodowa ekipa dziennikarska. Ale była już późna jesień, martwy okres i musiał użerać się z miejscowymi miernotami i płonąć z zawodu, który będzie go na pewno kosztował trzecią gwiazdkę Michelina, której tak bardzo pożądał.

– To mój własny, mały krzyż – poinformował kwaśno dziennikarza kroniki towarzyskiej *Daily Record*, który wyglądał na równie zawiedzionego jak on.

Lecz winne grono, posiadające charakterystyczny posmak pochodzący z gliniastej ziemi Kimmeridge, miało na De Fretaisa zbawczy wpływ. Wkrótce zaczął się sam uspokajać, że przecież o tej porze roku zawsze jest sprzyjający klimat, ponieważ wielu koneserów wciąż nie mogło się podnieść po pożodze festiwalowej lub oczekiwało bożonarodzeniowego kaca.

Skinner pojawił się w towarzystwie Boba Foya, który powiedział mu na powitanie, że kuchmistrz powrócił z wyprawy do Niemiec. Raczyli się koktajlem „U Ricka" i dlatego przyszli dobre dwadzieścia minut później, jednak nie na tyle późno, żeby miała ich ominąć dostawa alkoholu za darmo. Jego wrażliwy system nerwowy podpowiadał mu, że Brian Kibby musiał sobie wczoraj golnąć, i potrzebował solidnej szklany, by okiełznać swego kaca. Skinner niemal zapomniał, że alkohol może zaśmiecić i osłabić organizm. Przynajmniej w środku panował półmrok – stwierdził, spoglądając na dogodnie przyćmione światło z wdzięcznością.

Skurwiały gnojek musiał mieć jakiś schowany zapas w tym swoim chlewiku na górze. Caroline powinna zrobić tam przeszukanie... a może nawet Joyce. Zatrzymam tego pojeba w blokach startowych! Głupi sraluch nie wie, co robi, jakie to niebezpieczne!

Otoczenie baru było imponujące w minimalistyczny sposób. Mimo że ściany były pomalowane na bezsensowny jasnoniebieski kolor, to stara lada barowa była przykryta marmurową płytą, a wejście wyłożono dębową boazerią. Obraz dopełniał imponujący heblowany i polakierowany parkiet oraz kilkanaście dyskretnych punktów świetlnych.

Skinner omiótł spojrzeniem towarzystwo, myśląc: nudni jak flaki z olejem. Odruchowo obcinał wzrokiem kobiety, starając się nie myśleć ani o Dorothy w San Francisco, ani o Caroline tu na miejscu. Bezskutecznie.

To zupełnie pojebane ze mną i z Caroline. Nie możemy przejść etapu wstępnego. Prawdopodobnie dlatego, że przypomina mi Kibby'ego, Jak tylko z powrotem złożę go na łożu boleści, gdzie nie będzie mi mógł zaszkodzić, wszystko ruszy pełną parą, jego siostra będzie wydymana po szkocku. Jeśli okaże się, że łączy nas tylko seks, to wrócę do Kalifornii. Najpierw muszę nabrać trochę pary, a ta mordownia jest doskonałym do tego miejscem.

Mógłbym jednak coś zerżnąć. Nie widać Graeme'a i jego kumpli. Może jazda na całego bez wazeliny osłabiłaby nieco Kibby'ego!

Regularnymi łykami zdeklarowanego ochlapusa wykończył pierwszy podany kieliszek szampana. Dostał sójkę w bok i odwrócił się do Foya, który chciał mu pokazać sufit, pod którym wisiały instrumenty muzyczne. Była tam gitara elektryczna (Skinner stwierdził, że to na pewno jakiś dobry model Gibsona Les Paul), duża harfa, saksofon, kontrabas i zestaw perkusyjny, wszystko zawieszone na jednym poziomie, jakby pod sufitem mogła unosić się grupa ignorujących grawitację muzyków, którzy przygrywaliby gościom. Ale największe wrażenie robił, zdający się ignorować wszelkie prawa natury, biały fortepian wiszący cztery metry nad barem na czterech linkach, zakończony wielkim hakiem, z pewnością przyczepiony do sufitu mocnymi śrubami.

Wbrew sobie Skinner poczuł niejaki podziw.

Nagle dobiegł go czyjś głos, z tak bliska, że czuł oddech mówiącego.

– Zastanawiasz się: jak myśmy to tam zawiesili?

– Oczywiście, że tak – przyznał się gospodarzowi, kuchmistrzowi Alanowi De Fretaisowi.

Na twarzy De Fretaisa pojawił się marzycielski, służalczy uśmieszek.

– Odpowiedź brzmi: z dużym trudem – zachichotał, potrząsając głową nad własnym dowcipem, po czym zniknął w tłumie.

Konioklep – pomyślał Skinner, lecz bez złości, obserwując, jak balansuje między gośćmi. Tylko tłumok i to do tego naćpany mógłby uważać tego gnojka za osobę dowcipną. I w gruncie rzeczy właśnie takie miałem o nim mniemanie. To było zupełnie niemożliwe, żeby ta stara cipa była jego ojcem. Właśnie w taki sposób typy takie jak on zwracały się do innych. Były to pozornie światłe stwierdzenia, które nic nie wnosiły, wypowiedziane z głębokim przekonaniem, które do mistrzostwa doprowadził Bond w wykonaniu Connery'ego. Ponad wszystko oszczędnie dozując informacje, choćby były najbardziej trywialne. Tajemnica na tajemnicy i tajemnicą pogania. Jak wszyscy ci pierdoleni kucharze – pomyślał, ruszając w obchód, by zamienić kilka zdawkowych słów z osobami, które ledwo znał.

Szybko ocenił, że było to przyjęcie, na którym zaglądanie ludziom przez ramię nie było uznawane za nietakt, lecz wręcz należało do dobrego tonu. Ludzie niemal szczycili się okazywaniem oznak znudzenia w towarzystwie przygodnie poznanych osób. Wszyscy mieli gęby pełne frazesów pochodzących z jednego regionu mózgu, a ich oczy celowo dokonywały przeglądu innych gości w poszukiwaniu stosowniejszego towarzystwa.

To ohydny, oparty na ścisłych zasadach wzajemnej adoracji wyścig gównozjadów.

Teraz sam brał w nim udział i wciąż obserwował De Fretaisa. Zobaczył, jak gruby kucharz rozmawia z Rogerem i Clarissą i zobaczywszy w tym swoją szansę, skierował się ku nim.

– Przepraszam na chwilę... – skinął głową pozostałym. – Alan, mogę zamienić z tobą słowo?

– A to nasz młody zwolennik unionistów, zamruczała Clarissa z oczami przypominającymi otwarte rany na twarzy. – Czy podobała ci się nasza mała... *unia* podczas ostatniego spotkania?

– Jestem teraz niezwykle zajęty, panie Skinner, obawiam się, że to będzie musiało zaczekać – odparł De Fretais, nagle ruszając w stronę baru.

– To ważne, dotyczy mojej ma... – zaczął Skinner.

Jednak De Fretais go już nie słyszał i Skinner już miał ruszyć wściekle za nim, kiedy w jednej chwili stanął jak wryty i serce mu też stanęło, kiedy zobaczył znajomą grzywę czarnych włosów młodej kobiety. Miała na sobie konserwatywny czarno-biały strój kelnerki, ale z krótką spódniczką, ściśle opinającą jej pośladki, które tak doskonale znał. Całości dopełniały czarne rajstopy bądź pończochy. Podając przystawki z tacy odwróciła się profilem i Skinner zauważył jej serdeczny, szczery uśmiech.

Roger coś powiedział, jednak nie usłyszał co, bo krew podeszła mu do głowy, ale po kpiącym śmiechu Clarissy wiedział, że była to jakaś sarkastyczna uwaga.

Skinner odwrócił się zdezorientowany w jej stronę.

– Założę się, że była z ciebie kiedyś fajna laska – powiedział wprost w jej nagle spochmurniałą twarz, co oznaczało, że jego wypowiedź była naznaczona odpowiednią dawką smutku. – Ale to zamierzchła przeszłość – dodał. Odszedł od nich i poszedł za kelnerką, obserwując krągłości jej tyłeczka. Coś w nim wzbierało w środku.

Kay... co ona tu kurwa robi?...

I co gorsze, zobaczył, jak De Fretais zbliża się do niej z uśmiechem od ucha do ucha. Kuchmistrz objął ją rękami w talii. Posłała mu wymuszony uśmiech, starając się bezskutecznie uwolnić od uścisku, a nie mogła uwolnić się od trzymanej w ręku tacy.

Obłapia ją tymi swoimi jebanymi łapskami!

Nie...

A ona tylko, kurwa, stoi... pozwala, żeby grubas ją obmacywał!

W żołądku wezbrała mu jadowita żółć, więc złapał kieliszek w dłoń. Wyobrażał sobie, jak zatapia go w tłustym karku kuchmistrza jak sztylet i patrzy, jak zalany krwią wali się na podłogę, jego nic nierozumiejące oczy bydlaka gapią się w przestrzeń, a ciałem wstrząsają śmiertelne drgawki. Skinner czuł, jak wrze w nim krew, ale wciąż były to tylko abstrakcyjne pomysły, nad którymi całkowicie panował. Na szczęście przyszło mu do głowy, ilu wcześniej całkowicie odpowiedzialnych przedstawicieli społeczeństwa zabiło kogoś w podobnych okolicznościach, i to sprawiło, że momentalnie wyszedł z baru.

Na zewnątrz ulica wciąż była pełna małych grupek wędrujących od baru do baru. Nabrał głęboko zimnego wieczornego powietrza w płuca i spostrzegł, że wciąż trzyma w ręku kieliszek szampana. Rzucił nim o ziemię z głośnym przekleństwem zagłuszającym brzęk tłuczonego szkła i zatrzymał przejeżdżającą taksówkę, nie zwracając uwagi na nerwowe, ukradkowe spojrzenia przechodniów.

Ten chłopak to typowy alkoholik – pomyślał Mark Pryce, sprzedawca w Victoria Wine, kiedy Brian Kibby, włócząc nogami, wszedł do sklepu, wyzbyty uprzedniego wstydu. Kupił dwie butelki whisky: jedną Johnnie Walker Red Label, jedną The Famous Grouse.

Mark studiował na drugim roku psychologii na uniwerku. Zawsze obserwował uważnie swoich stałych klientów. W zdrowym społeczeństwie skierowałby raczej niektórych z nich do ośrodka zdrowia i organizacji charytatywnych, niż sprzedałby im alkohol.

Nie zostało mu wiele czasu – poważnie zawyrokował Mark, pakując butelki i podając je spragnionemu, trzęsącemu się Kibby'emu. Był tak dziwnie poruszony wyciszonym, acz intensywnym zagubieniem szczególnie tego klienta, że nawet chciał coś powiedzieć. Ale kiedy spojrzał Kibby'emu w oczy, nie dostrzegł niczego, jedynie czarną pustkę, w której niegdyś mieszkała dusza ludzka.

Pryce przyjął pieniądze, wrzucił je do kasy i zanotował sobie w myślach, żeby zmienić tę dorywczą pracę na inną.

Znajdę coś, co sprawi mi przyjemność, co nie będzie moralnie nie do obrony, może u McDonalda albo u Philipa Morrisa.

Brian Kibby wrócił do domu, starając się zachować ciszę, bo obawiał się, że matka może mu zrobić scenę za picie. Na szczęście nikogo w domu nie było. Starał się wejść do swej kryjówki na poddaszu po aluminiowej drabinie, ale po kilku stopniach zakręciło mu się w głowie, krew uderzyła mu do głowy i wiedział, że sobie nie poradzi. Zszedł wolno kilka szczebli i zaszył się w swoim pokoju, gdzie wypił z gwinta jedną butelkę i upił sporo z drugiej, po czym stracił przytomność.

Poranek nadszedł ze skrzekiem mew i snopami światła, które z wolna gasło nad Leith. Danny Skinner już czuł się podle i podejrzewał, że to sprawka Kibby'ego, ale telefon wyrwał go z odrętwienia i po drugiej stronie Shannon zasunęła mu kolejne tragiczne rewelacje.

– Bob jest w szpitalu...

Porażony Skinner, walczący z kacem gigantem, pojechał do szpitala. W autobusie niemal zwymiotował pod pełnymi dezaprobaty spojrzeniami kobiety z małym chłopcem, który miał na głowie nową, zieloną czapkę futbolową z napisem Whyte & Mackay zamiast starego Carlsberga.

Kiedy reklamowali piwo, to mały gnojek przynajmniej miał jeszcze jakąś szansę na przeżycie...

Kiedy dotarł do szpitala i wszedł na oddział, zobaczył nieprzytomnego Foya leżącego plackiem na łóżku, podłączonego do elektrokardiografu i z rurką wystającą z nosa. Niedobrze – pomyślał Skinner.

Amelia, druga żona Foya, szlochała przy łóżku razem z Barrym, nastoletnim synem z pierwszego małżeństwa.

– Danny... – wychlipała Amelia, wstając i obejmując go mocno. Jej zapach i bliskość wywołały u zdezorientowanego Skinnera wspomnienia pewnej pijackiej sesji sprzed kilku miesięcy, którą zakończyli z Foyem w ich domostwie.

Po wyśmienitej popijawie Foy padł bez czucia na kanapę, a Amelia uczepiła się Danny'ego Skinnera, próbując go praktycznie zmusić, by przerżnął ją na blacie kuchennym. Skinner odepchnął ją i zostawił z chrapiącym Foyem. Od tamtej pory nie rozmawiali ze sobą.

Ciekawe, czy wciąż ma na to ochotę. Pewnie teraz bardziej niż kiedykolwiek. Przynajmniej jest ktoś, kogo mogę wydymać...

Amelia zdaje się coś wyczuwała, jakiś przypływ łajdactwa, więc wycofała się szybko. Posyłając ukradkowe, trwożliwe spojrzenie załamanemu Barry'emu, wyjaśniła pospiesznie:

– Znalazłam go leżącego w ogrodzie. Zamiatał liście. Starałam się jakoś uporządkować jego dietę, lekarz mówił, że ma bardzo wysoki cholesterol... nie chciał o tym słyszeć, Danny – chlipała – nie chciał mnie słuchać!

Skinner ścisnął jej dłoń, spojrzał na Barry'ego przez jej ramię i skinął mu głową. Następnie spojrzał na Boba Foya, jak tam leżał, ale gdzie był? W łóżku? Nie, tkwił uwięziony w pułapce na półpiętrze pomiędzy życiem i śmiercią.

Ciekawe, czy Foy go słyszy, gdyby mu chciał coś powiedzieć, gdyby lekarze mówili coś, co mógłby usłyszeć. Skinner pomyślał o starym epitafium z urzędu: *Potrafił się znaleźć w menu po francusku.*

Z pewnością była to ciężka dieta dla organizmu. Ale Bob nie miał swego Briana Kibby'ego.

I nagle poczuł ból w nerkach. Wyglądało to tak, jakby teraz Brian Kibby miał swego Danny'ego Skinnera.

Ten chuj się zorientował.

39. Alaska

Czuł łupanie w czaszce i targnięcie w żołądku, kiedy schylił się, by podnieść list. Było to pismo z biura komornika, w którym informowano go, że komornicy zdobędą wkrótce nakaz wejścia do mieszkania i zabezpieczą cenne przedmioty, by sprzedać je na aukcji i zrównoważyć jego wszystkie długi. Nie mógł znieść myśli, że jego drogocenne przedmioty, zebrane z takim trudem, zostaną wyprzedane za bezcen i nawet nie wyrównają jego długów.

To dopiero pierdolony pokaz siły...

Jak tak dalej pójdzie, będzie musiał rozważyć powrót do urzędu na czas choroby Boba Foya. Powrót do pracy był ostatnią rzeczą, jakiej Danny Skinner pragnął, ale miał lufę przy skroni. Postanowił, że wróci i zacznie spłacać zaległości, by komornik odczepił się od niego. Następnie sprzeda wszystko, co będzie w stanie, i rozpocznie karierę w Kalifornii.

Tam też to może, kurwa, potrwać.

Już sporo czasu minęło, pomyślał trawiony poczuciem winy, kiedy ostatnio odpowiedział na mail Dorothy. Przyczyna prawie wyłącznie tkwiła w jego fascynacji Caroline i rodziną Kibbych. Ponieważ nie mógł jej o nich napisać, to nie pisał wcale. Ale teraz poczuł przemożną chęć ujrzenia jej.

Pomimo świetnej aparycji Caroline, aż nadto widocznej gołym okiem, miał do niej dziwnie aseksualne podejście. Nawet nie chciał mu stanąć na myśl o niej, ale kiedykolwiek wspominał nos Dorothy i włosy, myślał, że kutas mu eksploduje w spodniach. Czuł dudnienie i grzechotanie w głowie. Pomyślał o Kay, o tym, jak obmierzły był mu widok De Fretaisa dotykającego jej. Czy to z jej czy z jego powodu?

Po drodze do biura pierwszego dnia pracy zatrzymał się w kafejce internetowej.

To: dotcom@dotcom.com
From: skinnyboy@hotmail.com
Re: Różne rzeczy

Cześć Ci, amerykańska Dorotko,

Przepraszam, że się nie odzywałem. Nie lubię kafejek internetowych – te w Edynburgu są takie brudne i zaśmiecone w porównaniu z tymi we Frisco. W Leith w ogóle nic się nie dzieje. Nie ma o czym pisać, poza tym, że wciąż jestem trzeźwy (dlatego nie ma o czym pisać – smutna prawda). Zostałem zmuszony do czasowego powrotu do pracy – muszę spłacić długi. Oczywiście tęsknię za Tobą i Kalifornią, bardzo. Tu jest strasznie, zimno i ciemno. Cieszę się, że wciąż chcesz przyjechać. Na pewno znajdę sposób, by nas rozgrzać!

Widzisz, na ten temat, co Ty wiesz, a ja rozumiem, to one są dość delikatne, ale jestem otwarty na propozycje. Zgadzam się, że w tym stadium nie powinniśmy zapraszać nikogo innego do zabawy. Dot, będąc szczery, powiem Ci że chcę się z Tobą kochać bardzo wolno, gładzić te twoje loczki i szeptać ci do ucha „mein Liebling Juden Fräulein" albo coś w ten deseń. Skinner: zboczek czy sexy – twój wybór.

Całuski

Danny XXX

PS. Zadzwonię później.

PPS. Polacy: mają cierpienie w metryce czy jak? Ruscy z jednej strony, Niemcy z drugiej. Jakby jechać w jednym przedziale z glazgolcem i hunem.

PPPS. Polacy odegrali znaczącą rolę, choć niewiele osób o tym wie, w szkockim futbolu i byli znani z wytwornej gry. Felix Starościk i obecnie zapomniany trzeci skrzydłowy Dariusz „Jackie" Dziekanowski w międzynarodowej korporacji irlandzkiej diaspory znanej dawniej pod nazwą „Glasgow" Celtic.

Wspominam, kiedy po raz ostatni się kochaliśmy i jak zabrakło nam obydwojgu tchu.

Tak, lepiej wrócę do Dorothy i do Kalifornii z dala od tych wszystkich strasznych obsesji, które kierują moim życiem – alkoholu, tożsamości mojego ojca i przede wszystkim jebanych Kibbych.

A żebyście, kurwa, wiedzieli.

Dziwnie jest wrócić do biura. Minęło zaledwie kilka tygodni, ale jemu zdaje się, że upłynęła cała epoka. Było to jednocześnie uczucie przyjemne i zniechęcające. Shannon wciąż tymczasowo zajmowała jego stanowisko, a on tymczasowo przejął obowiązki Boba Foya. Cooper przeszedł na emeryturę nieco wcześniej, niż się spodziewano, i nowym szefem Skinnera i Shannon był poważny człowiek w okularach o nazwisku Gloag, który wydawał się przyzwoity i sprawiedliwy, choć nieco nudnawy. Skinner rzucił się w wir pracy i wziął na siebie pierwszego dnia kilka zadań, głównie porządkując sprawy papierkowe. Zdał sobie obecnie sprawę z tego, jak mało obowiązków miał Foy, bo to właściwie on sam prowadził cały wydział. Teraz jego obowiązki spoczywały na Shannon.

Po późnym wyjściu z pracy i kilku piwach nadszedł czas, by zabrać Caroline na jakąś włoszczyznę w ulubionej restauracji Foya, Krzywej Wieży. Za jego namową wypili butelkę wina, pełnokrwistego chardonnay z kalifornijskiego Sonoma County. Skinner poczuł, że potrzebuje solidnego drinka.

Gillian McKeith może spierdalać.

Kiedy tak siedział i patrzył na Caroline, zauważył trzy czerwone krostki układające się w półksiężyc na jej brodzie. Obgryzała skórki wokół paznokci. Było w niej coś: rosnąca desperacja i jakaś potrzeba. Głownie chodzi o to – pomyślał – że chce zostać porządnie zerżnięta, a on nie chce, nie może jej tego zapewnić. I winiła się za to. Nie trwałoby to oczywiście długo, wkrótce weszłaby w stadium „no to sam się pierdol". Nie miała na tyle niskiej samooceny, by ciągnąć to w nieskończoność, chociaż nie miał powodu wątpić w szczerość jej uczuć, kiedy powiedziała mu, co do niego czuje.

Ale czy ja ją kocham? Na swój sposób. Ale jest jeszcze Dorothy i ją kocham we właściwy, a nie popierdolony sposób.

– Nic ci nie jest Danny? Wyglądasz mi coś na zmęczonego – powiedziała Caroline.

– Czuję, jakby mnie coś dopadało. Jakaś grypa albo co – wymamrotał. Następnie Paolo, właściciel, zapytał go, jak się czuje Bob Foy, więc był zmuszony opowiedzieć im całą historię. Słuchali ze współczuciem, kładąc zachowanie Skinnera na karb wstrząsu, jaki przeżył.

Kropla białego wina, którą Caroline hołubi w kieliszku, wygląda jak szczyny w kiblu. Wszystko się pierdoli... nie, zawsze było popierdolone. Zauważyłem to, bo popierdolenie weszło w nową fazę. Teraz własny kutas mnie zawodzi. Prawie dwadzieścia cztery lata na karku, a nie mogę wypierdolić prześlicznej panny, która szaleje za mną.

Czy to to, czy to odpowiedź na ten cały bajzel? Czy mogę jedynie czerpać siłę z nienawiści? Nie, nie pałałem nienawiścią do Kay ani do Shannon. I z całą pewnością nie nienawidzę Dorothy.

I Skinner pomyślał, że nie będzie w stanie ponownie umówić się z Caroline, miał głowę tak zaprzątniętą Dorothy, Kay i De Fretaisem. Nie mógł wciągać żadnej z tych osób w nieporadną, pełną napięcia, perwersyjną psychozę. Potrzebował dystansu, przestrzeni, by uporządkować myśli, więc przeprosił Caroline i poszedł sam do domu. Albo też zamierzał pójść.

O tej porze dnia ulice wyglądały jak korytarz w kostnicy. Zobaczył kilku imprezowiczów, ale poczuł się tak zapomniany i opuszczony przez swe rodzinne miasto jak przez ojca, którego nigdy nie poznał.

Tak samotny jak bękart w Dniu Ojca.

Z jednej strony chciał wrócić do domu i poszukać inspiracji w poezji, ale kiedy szedł ulicami miasta, zdał sobie sprawę, że taplanie się we własnych problemach nie miało większego sensu. Za to zaczął recytować pod nosem:

Spacerkiem raz czort na ziemski padół zaszedł
Bo wciąż siedzieć w piekle to zgubny obyczaj
W odświętnym kaftanie obuty w kamasze
Wystroił się, by kusić przebiegle słabe dusze nasze
A wszystko dlatego, mój drogi kolego
Że sprawy na ziemi szły dobrze nadzwyczaj

Impuls, który nim kierował, był nieznany do chwili, kiedy stanął przed Muso. Wciąż paliło się światło. Nie zastanawiając się poszedł od tyłu i pchnął drzwi kuchenne. Były otwarte. Usłyszał jakieś odgłosy: rozwlekłe sapanie przerywane od czasu do czasu krótkimi, ostrymi okrzykami. Wszedł za nimi ostrożnie na palcach do sali jadalnej. Dźwięki dobiegały z baru.

To De Fretais. Kogoś ryćka. Na górze, na barze. Ktoś zwija się pod jego spoconym cielskiem przyciśnięty do baru.

Wiem, kto to jest. To Kay. Pierdoli ją. Nie widzi jej głowy przekręconej na bok, ale nie ma wątpliwości – te długie, kruczoczarne włosy...

Pierdoli ile wlezie moją Kay...

Ożeż chuj...

Zadziałał instynktownie. Usunął się ponownie w cień i wspiął po schodach prowadzących na strych budynku. Pokonując kolejne stopnie, słyszał, jak mu wali serce i jak płuca z trudem wtłaczają powietrze do organizmu.

Strych był częściowo wyłożony nieheblowanymi deskami. Nie był używany, nawet jako skład, i stał pusty pokryty jedynie warstwą kurzu i pajęczynami. Połówka księżyca świeciła mrocznym światłem przez świetlik, oświetlając torbę z narzędziami. Na torbie leżała latarka o gumowanej obudowie. Podniósł ją i włączył. Snop światła ukazał kilka powyginanych gwoździ i dźwigarów nad głową, które należało ominąć. Na zewnętrznej ścianie widniało długie lustro oparte o przeciwległą ścianę. Widział wyraźnie dwie duże śruby wystające z podłogi.

Oczywiście, fortepian. Wisi dokładnie nad nimi. Ten pierdolony chuj jebany... i Kay, moja Kay...

Poruszał się w ciemnościach i zobaczył światło wydostające się przez kratkę wentylacyjną. Patrząc przez nią, widział ich, czy też raczej De Fretaisa, jego opasłe ciało tłamsiło ją obscenicznie, jego byłą narzeczoną. Widać było tylko jej głowę. Starał się dostrzec wyraz jej twarzy. Przerażona czy wykrzywiona spazmem rozkoszy? Nie potrafił powiedzieć.

I paluchy De Fretaisa w jej ustach... by powstrzymać jej krzyki...

Pierdolony gwałciciel... tak samo pewnie robił mojej mamie lata temu, dlatego tak nienawidzi chuja...

...by powstrzymać jęki rozkoszy...

Pierdolona kurew... nie mogła się oprzeć pokusie pójścia ze sławą. Sama chciała zdobyć sławę, ale nie była dość dobra, więc teraz myśli, że jej się trochę nałapie, pozwalając, żeby ten wieprz ją ujeżdżał...

Danny Skinner nie wiedział, jak było naprawdę. Kierując snop światła z latarki, zaczął szukać narzędzia, którym będzie można poluzować śruby.

To, co się dzieje ze mną i z Dannym, jest bardzo dziwne. Przy kolacji wyglądał na przybitego; dowiedział się, co się stało jego przyjacielowi. Obydwoje wiedzieliśmy, że seks będzie kością niezgody. To niby tylko bzykanko, ale wisi to nad nami. Tak bardzo go pragnę, myślę o nim cały czas, ale kiedy jesteśmy blisko, czuję się taka... przeczulona, kiedy pomyślę o seksie. Jakbym była głupiutką dziewicą.

Czasami wydaje mi się, że Danny dźwiga na swych ramionach brzemię całego świata. Kiedy opowiadał mi i temu Włochowi o swoim koledze, to robił to z taką niechęcią, jakby wyciskać wodę z kamienia. Powinien spróbować dzielić się swymi problemami zamiast dusić je w sobie.

Mój wieczór skończył się szybciej, niż oczekiwałam, więc postanowiłam wrócić do domu i poczytać coś do zajęć. Te książki trzymałam na strychu Briana, czy też tam, gdzie niegdyś był strych Briana.

Wchodzę do domu i zastaję mamę przed telewizorem. Płakała. Mówi mi, że zastała Briana pijanego, a koło niego leżały dwie butelki whisky. Mówię jej, że przynajmniej po części na tym polegał cały problem, że udawało mu się jakoś to ukrywać przed lekarzami i przed nami. Słabo protestuje, ale widać po niej, że zastanawia się nad tym usilnie.

Zostawiam ją i idę na górę, żeby sprawdzić, co u niego. Leży w ubraniu na łóżku z otwartymi ustami i słychać jego nierówny oddech. Pokój cuchnie bardziej niż zwykle. Ledwo rozpoznaję istotę na łóżku, która jest moim bratem.

Wychodzę na korytarz i ciągnę za aluminiową drabinę. Rozkłada się. Jest zakurzona z powodu choroby Briana. Wieki minęły od jego ostatniej wizyty na poddaszu. Włączam światło i widzę przed sobą wielką makietę wioski. Pociągi, stacja, bloki, miasteczko rosnące wokół wzgórz. Robi wrażenie, jak się lubi coś takiego. A chyba i nawet jak się nie przepada, jak sądzę.

Jedno życie się skończyło, drugie marnieje w oczach, i to jest ich dziedzictwo. Wzgórza taty. Zawsze lubił Edynburg z uwagi na te wzgórza, które dzieliły miasto na cząstki, dzięki czemu wszyscy zajmowali się swymi sprawami, mieli swoje tajemnice. Zabierał mnie na nie. Tron Artura, Calton Hill, Braids, zoo na Corstrophine Hill, Pentlands.

Danny mówił coś podobnego o San Francisco. Powiedział mi, że uwielbiał chodzić tam na spacery, pod górę i w dół stromych wzgórz, za każdym razem widząc miasto z innej perspektywy. Nawet rozłożył na stole dużą mapę i zrobił mi wycieczkę po tamtejszych wzgórzach: Twin Peaks, Nob Hill, Potrero Hill, Bernal Heights, Telegraph Hill, Pacific Heights. Brzmiało to świetnie, nawet powiedział, że moglibyśmy kiedyś pojechać tam razem.

Ale nie możemy się kochać. Chcemy, ale razem jesteśmy strasznie spięci. Kocham go. Naprawdę chcę być z nim, obok niego, tak bardzo. Przy nim stałam się żałosną panną, a zarzekałam się, że nigdy taka nie będę. Chcę się z nim pieprzyć, tak mi się przynajmniej wydaje. Ale ciekawe, czego on chce, ponieważ jest przy mnie tak samo spięty jak ja, kiedy coś się ma niby zacząć. Czy to przez tę Amerykankę, czy jest w niej zakochany? Czy za każdym razem, kiedy zabieramy się do rzeczy, on myśli tylko o niej?

Odnajduję książki ułożone równo w rogu, wybieram kilka i schodzę na dół. Mama zasnęła na krześle z otwartą buzią, jak Brian. Nie ma sensu jej budzić. Wychodzę z domu i czekam w nieskończoność na autobus, ponieważ przeliczyłam pieniądze i mam tylko cztery funty w monetach, a to nie wystarczy na cholerną taryfę.

Mocno ściskał klucz francuski, starając się odkręcić wielką śrubę, i od razu poczuł, że puszcza. Następnie, nie odkręcając jej do końca, przekręcił drugą. Poczuł luz w dźwigarze, usłyszał odgłos kołyszącego się fortepianu.

Spoglądam ponownie w kratkę wywietrznika, ale z tego kąta nie widzę ich reakcji, jej i tego bydlaka, który na niej leży i ją pierdoli.

Ale czy to widzą, widzą, jak fortepian się buja, czy słyszą, jak poluzowują się śruby?

Wracając do niedokończonej czynności, Skinner nie widzi pary, ale widzi własne odbicie w dużym lustrze w świetle latarki. Ma demoniczny, acz spokojny wyraz twarzy, jak wykuty w kamieniu gargulec na średniowiecznym budynku, w którym nagle obudziło się życie i z wolna zaczyna się pożywiać, z owadzią oziębłością, ciałem ciepłokrwistego zwierzęcia, które właśnie zarżnął.

Przygląda się sobie, jak odkręca śruby, i jedynie w jednej chwili, która trwa tyle co uderzenie serca, chce przestać, ale w tej samej sekundzie czuje, jak ciężar fortepianu przeważa i uwalnia się z oków przy dźwięku dwóch uciekających linek, które strzelają jak pejcze.

Nastaje pozornie długa cisza pomiędzy uwolnieniem się instrumentu z mocowań na suficie i potężnym trzaskiem oraz straszliwym zwierzęcym rykiem, który dobiega przerażonego Danny'ego Skinnera nawet przez gruby sufit.

Skinner zamarł i spojrzał na winną wszystkiemu postać w lustrze. Jego myśli biegną ku Kay, ich miłości, i krew zamiera mu w żyłach.

CO JA NAROBIŁEM?

Może nie trafiłem w nią, w nich. Na pewno.

Usłyszeli, zobaczyli, jak się chwieje, uciekli. Mogła zobaczyć. Ale...

Ale jego dłoń przyciskała jej usta, tłumiąc jej krzyki, jęki, a na niej ten spocony trup... mój ojciec, nie mój ojciec... ale tak, to ma kurwa sens, tak powinno być, tak to się musi skończyć...

Skinner zbiegł po schodach i nie odwrócił się, nie spojrzał nawet na nich ani na fortepian. Ale wtedy zauważył coś. Biały klawisz z kości słoniowej, który wyrzucony impetem zatrzymał się w rogu. Panowała cisza. Z pomieszczenia nie dobiegały żadne jęki. Nie wiedząc, co robi, podniósł klawisz i wetknął go do kieszeni. Kopniakiem otworzył tylne drzwi restauracji i wybiegł w ciemną noc. Idąc pospiesznie, chciał zerwać się do biegu. Ominął North Bridge i ruszył New Street, minął opuszczony park autobusowy, wyszedł na pustą Calton Road i pognał wzdłuż nasypu kolejowego. Kiedy tak gnał, miał cały sztywny kręgosłup, bo oczekiwał pościgu radiowozów, który jednak nie nastąpił. Zwolnił do szybkiego kroku. Minął otwarty w końcu nowy budynek parlamentu.

Parlament w naszym zabawnym miasteczku: to jakby szukać ojca i znaleźć stróża z wydziału robót publicznych.

Zbliżając się do Leith, ominął Walk i Easter Road, przemykając się jak duch i klucząc po bocznych uliczkach między nimi. Obrał okrężną trasę przez Links i wzdłuż Shore, gdzie zatrzymał się na chwilę i spojrzał na spokojne wody Water of Leith, uchodzące do zatoki Forth. Wymacał klawisz fortepianowy w kieszeni. Kiedy go wyjął, przeżył wstrząs, czując, że umysł płata mu figle. Klawisz nie miał koloru kości słoniowej, ale był hebanowo czarny. Wrzucił go do Water of Leith, poszedł do domu i siedział w szoku wyczerpany i zalękniony. Zastanawiał się w lękliwym otępieniu nad tym, co właściwie zrobił.

Ellie Marlowe była nieco spóźniona do pracy i miała nadzieję, że Zombie Abercrombie, jak mówili o jednym z kierowników, który nigdy nie spał, nie wstał wcześniej, żeby ją sprawdzić. Co gorsza, grubasek z telewizora, ten, co był właścicielem lokalu, czasami też lubił wparować bez zapowiedzi, bo był to jego nowy lokal.

Coś było nie tak… drzwi. Nie były zamknięte. Ktoś był w środku. Ellie zaczęła już układać tyradę na temat cholernych autobusów. Przy zarobkach sprzątaczki nie stać jej było na utrzymanie samochodu, to wiedzieli, w końcu to *oni* jej płacili. Miała poważne wątpliwości, czy Abercrombie, czy też De Fretais kiedykolwiek widzieli rozkład jazdy autobusów na przystanku.

Ellie ostrożnie wyszła za róg, idąc w kierunku głównego baru. Ostry smród moczu uderzył ją w nozdrza i nie mogła uwierzyć w to, co zobaczyła. Następnie pomyślała, że powinna wrzasnąć, albo wybiec na ulicę, która o tej porze zaczynała już budzić się do życia. Zamiast tego zapaliła spokojnie papierosa, następnie podniosła słuchawkę i wykręciła 999. Kiedy telefonistka zapytała, z jaką służbą chce się połączyć, Ellie wzięła macha embassy regal, zastanowiła się przez chwilę i powiedziała:

– Najlepiej będzie, jak wszyscy tu przyjadą.

Kropla potu wolno pociekła mu po szyi po drodze, naruszając jego spokój i wywołując dreszcz. Brian Kibby z wolna wstał i spojrzał na zimny błysk pustych butelek koło łóżka, od razu uświadamiając sobie, że ten widok nie uszedł uwagi jego matki. Dotarł do niego gryzący odór nieprzetrawionego alkoholu i cuchnącego ciała. Głowa opadła mu i skryła się w dłoniach w cierpiętniczym geście.

Wszystko się rozpada. Wygrał. Zniszczy nas wszystkich.

Ciężko zszedł po schodach i zobaczył matkę siedzącą przy stole kuchennym z kubkiem pełnym herbaty i powieścią Maeve Binchy w dłoni. Kibby od razu wykrztusił przepraszająco:

– Mamo… przepraszam cię za to picie… mam depresję… nie będę…

Joyce uniosła wzrok, uciekając jednak przed jego spojrzeniem. Gapiąc się gdzieś w przestrzeń, powiedziała:

– Caroline była tu wieczorem. Widziałeś ją?

Dlaczego nie mogą spojrzeć prawdzie w oczy? – dusza Briana Kibby'ego aż krzyczała. On zachowywał się jak zwykle, leżał otępiały i był zbyt pijany, żeby zauważyć, że jego siostra była w domu.

– Mamo, przepraszam za moje picie, nigdy już…

– Chcesz herbaty? – zapytała, nagle rzucając mu spojrzenie. – Prawie skończyłam nową Maeve Binchy. – Pokazała okładkę książki. – To chyba jej najlepsza powieść. Szkoda, że nie widziałeś się z Caroline.

Kibby wolno pokiwał głową w odruchu rezygnacji i ciężko poczłapał do kredensu, skąd wyjął kubek z napisem „Górołazy Mają Mokre Dni". To Ken Radden zlecił zrobienie tych kubków. Wtedy Kibby potraktował napis jako obietnicę przemoknięcia do suchej nitki w górach podczas ich wypraw. Teraz napis jawił się jako boleśnie szczery, pikantny wyrzut.

Nalał sobie letniej herbaty i łykał ją z rozmysłem, starając się rozpuścić w niej kleistą maź z ust.

Czemu byłem taki głupi? Czemu nie mogłem dostrzec, co się święci? Tyle z nich uczestniczyło w tym wyłącznie dla seksu. Jak Radden czy Lucy... jak...

Caroline pewnie zamieszka ze Skinnerem. Najprawdopodobniej teraz leży u niego w wyrze.

Nagle Kibby poczuł wielką urazę wobec siostry, tak głęboką, że ówczesna rywalizacja między rodzeństwem była jedynie jej nędzną imitacją. Była taka sama jak jej koleżanki, wszystkie te dziewczyny, które tak niemożliwie jaśniały, przed którymi nie można się było obronić, przed ich młodością i urodą. Z jej aksamitną cerą, ostrym podbródkiem, twardymi piersiami i wąską talią była chodzącą obelgą wobec niego, ona i jej koleżanki. Sama jego obecność krępowała i zawstydzała je, po prostu wydzielał taki nieprzyjemny zapach. A jednocześnie z całą ostrością widział, z jaką łatwością postępuje z nimi Skinner, jak bezboleśnie był w stanie zaspokoić tą ekstatyczną, zagadkową potrzebę zawładnięcia taką pięknością, otwarcia jej, spenetrowania jej, uzyskania informacji o jej naturze.

I Brian Kibby, dysponując przerażającą wiedzą uzyskaną na podstawie swej własnej degrengolady, zobaczył, że nie jest tak, jak sądził, iż całe wieki oddzielają krystaliczną, nieskazitelną urodę Caroline od podupadającego, wynędzniałego obrazu matki. Że tunel życia jest przerażający ze względu na to, iż jest tak krótki i że człowiek wyłania się na jego drugim krańcu z trudną do dostrzeżenia szybkością.

Czas ucieka, przecieka między palcami...

Poszedł na górę i włączył komputer.

Czat... czy ta jebliwa kurewka jest na pierdolonym czacie?...

Tak... jest tu... ile punktów z dziesięciu mam ci dać, mała, sprośna suko?...

07-11-2004, 15:05
Jenni Ninja
Boska Bogini

Dałam nura i zaczęłam nową grę. Wyśmienicie! Zmieniło się moje życie. Postanowiłam poślubić Ann.

07-11-204, 15:17
Mądrala
Facet Co Wie

Ann jest ślicznutka w nowej edycji, ale i tak wolę Muffy. Jest najlepsza!

07-11-2004, 15:18
Arcykapłan
Król Zabawy

Uważam, że ty jesteś najlepsza, Jenni, malutka. Gdzie się bujasz?

07-11-2004, 15:26
Jenni Ninja
Boska Bogini

Jak to, Arcykapłanie, myślałam, że ci to zwisa! Mieszkam w Huddersfield i lubię wrotki i pływanie.

07-11-2004, 15:29
Arcykapłan
Król Zabawy

Powinniśmy się spiknąć i pobujać razem. Na pewno jesteś sexy. Nie przeszkadza mi, że lubisz inne laski, bo lubię się przyglądać, oczywiście zanim się nie przyłączę. Jak wyglądasz?

Trzymając sztywniejącego członka, czekał z utęsknieniem na odpowiedź. Nie nadeszła. Po czym dostał wiadomość, że został skreślony z listy czatu i jego erekcja oklapła w spoconej dłoni.

Wezwanie Ellie Marlowe okazało się trafne: w barze Muso naprawdę była konieczna interwencja strażaków, policji i pogotowia. Fortepian spadł niemal prosto na kuchmistrza i kelnerkę, przyszpilając ich do baru podczas aktu kopulacji.

Alan De Fretais zmarł niemal natychmiast pod wpływem uderzenia. Z początku wydawało się, że Kay Ballantyne spotkał podobny los, ale wykryto u niej słaby puls. Kay była osłabiona, ale jak najbardziej żywa, ponieważ znacznych rozmiarów ciało kucharza przyjęło większość impetu spadającego fortepianu.

Strażacy użyli narzędzi, by rozciąć nogi instrumentu, a następnie kilku silnych strażaków uniosło fortepian z De Fretaisa. Prawie tyle samo osób musiało unieść szefa kuchni ze znajdującego się w stanie śpiączki ciała Kay Ballantyne. Z ust ciekła mu krew i kapała na jej twarz. Odgryzł sobie język i zwisał mu teraz niemal całkowicie odcięty na policzku. Kiedy próbowali unieść ciało z obscenicznie wytrzeszczonymi oczami, zauważyli, że Kay dochodzi, mrucząc coś w malignie. Jeden z lekarzy zauważył, że ciało De Fretaisa stymulowało ją dalej, ponieważ jego członek wciąż w niej tkwił i prawdopodobnie usztywnił się na skutek stężenia pośmiertnego.

Kiedy Kay odzyskiwała przytomność, jeden prześmiewczy strażak odwrócił się do kolegi i powiedział:

– Trzeba to przyznać temu tłustemu chujowi De Fretaisowi. Nawet po śmierci wielki z niego jebaka.

40. Wytrwać

Siedział, gapiąc się przez okno w sypialni przez podwórze na patykowate, nagie drzewa. Ich ciemnoszare pnie zieleniące się mchem rozświetlało mętne światło poranka. Za nimi piętrzyły się pięciokondygnacyjne czynszówki, wyłaniające się światło słoneczne odbijało się od nich, przez co ich brązowe ściany przypominały rustykalną terrakotę z basenu Morza Śródziemnego.

Zegar na wieży kościelnej wskazał mu godzinę. Był to jedyny fragment rzeczywistości, jaki do niego docierał. Bez tego Danny Skinner byłby bezradny jak zerwane liście na dziedzińcu miotane wiatrem. Przesiedział tak większą część nocy, wciągając kokainę ze znalezionego w łóżku zawiniątka, słuchając Radia Forth, szczególnie nadstawiając ucha, kiedy pojawiały się wiadomości lokalne.

Następnie około godziny dziewiątej Skinner usłyszał o dwóch poważnie rannych osobach w dziwacznym wypadku w restauracji. Nie miał najmniejszej ochoty na to, by pójść do ponownie rozpoczętej pracy, i siedział tak targany wyrzutami sumienia i żalem, po czym poszedł do hinduskiego sklepu za rogiem po *Daily Record* i poranne wydanie *Evening News*. Nagłówki pełne były doniesień o makabrycznej śmierci, jaką poniósł znany z telewizji kuchmistrz Alan De Fretais. Skinner nie był specjalnie zaskoczony na wieść o tym, że naprawdę nazywał się Alan Frazer i pochodził z Gilmerton.

Zabiłem go. Zabiłem własnego ojca. Był kuchmistrzem, jebaką; łączyła nas też nienawiść do Kibby'ego. Moja mama go nie lubiła, ale przecież nie dało się go lubić. Teraz to widzę: nie dlatego pałała do niego nienawiścią, że jej nienawidził. Pogardzała nim, ponieważ był obojętny wobec niej i obojętny wobec mnie. Była kolejną małą puszczalską, która nie potrafiła się zabezpieczyć, więc kiedy zaciążyła, zostawił ją. Prawdopodobnie dopadł ją tak samo, jak podszedł biedną Kay...

Nie traktował mnie jako swego odnalezionego syna. Z jego strony poza odrobiną chorobliwej fascynacji podczas kilku spotkań nie było żadnego iskrzenia. Od początku wiedział, kim jestem, a nie było iskrzenia, bo był samolubnym chujem...

...ale...

...ale kiedy dostałem awans i poszedłem do jego restauracji, przyniósł szampana. Może zrobił to dlatego, że był ze mnie dumny...

Wyjął stary notes i pióro i zaczął ćwiczyć podpis:

Danny Frazer

Gazeta donosiła, że Kay, której tożsamość dopiero podały późniejsze wydania, znajdowała się w stabilnym stanie. Kiedy tylko Radio Forth podało jej nazwisko, Skinner zadzwonił do szpitala, podając się za jej narzeczonego, by zapytać o jej stan. Współczująca pielęgniarka powiedziała, że jest w porządku.

W oczach miał łzy, kiedy czytał chlubne świadectwa osiągnięć i cech charakteru swej ofiary. Skinner otrząsnął się z ckliwej inercji i pojechał taksówką do szpitala, przekonany, że minęło już wystarczająco dużo czasu i że został wykluczony z kręgu podejrzanych. Gazety nie pisały o działaniu osób trzecich, ale policja będzie wiedzieć, że śruby nie odkręciły się same. A może nie będzie – nie wiedział.

Kiedy pojawił się na oddziale, niemal minął łóżko Kay. Była tak poobijana, jakby brała udział w straszliwym wypadku drogowym. Miała opuchniętą twarz i podbite oczy oraz zabandażowany nos.

De Fretais musiał ją poturbować, kiedy walnął w niego fortepian.

Bardzo jednak ucieszyła się na jego widok, a jemu spadł kamień z serca na wieść, że nic jej nie będzie. Zdał sobie sprawę z niemal przyprawiającą o mdłości mocą, że wciąż ją kocha i pewnie zawsze będzie ją kochał. Oczywiście była to nieszczęśliwa miłość, ale taka, która nigdy nie osłabnie. Chciał jej o wszystkim opowiedzieć, ale na szczęście ona odezwała się pierwsza.

– Danny... cieszę się, że cię widzę...

– Usłyszałem w Radio Forth. Kiedy podali twoje nazwisko, byłem w szoku i musiałem od razu pojawić się, żeby dowiedzieć się, jak się czujesz – wykrztusił Skinner, zadowolony, że przeszła mu ochota na zwierzenia. – Co się stało?

– Spadł na nas fortepian... na mnie i na Alana. On... miałam wielkie szczęście... – Łzy napłynęły jej do oczu. – Byłam taka głupia, Danny... myśmy... uprawiali seks... – wykrztusiła w końcu. – Jak dałam się tak podejść?

– Już dobrze, dobrze... – Skinner uspokajał ją na wdechu, czując, że poczucie winy odbiera mu głos. Miała złamany nos, tak samo jak dwa żebra, i to była jego wina. Zrobił to swej ukochanej.

To wszystko przez nienawiść.

Przez alkohol... i kucharzy.

To nie klątwa Kibby'ego, to zły urok, który działa na każdego, na każdą osobę, z którą się stykam. Muszę pieprznąć to wszystko, wrócić do Dorothy, do San Francisco...

Skinner siedział trochę, aż pojawiła się matka Kay. Była to elegancka kobieta, bardzo zadbana, która potrafiła zatroszczyć się o własny wygląd. Zawsze uważał, że należy do kategorii kobiet, które pięknie się starzeją. Zdawała się zaskoczona jego widokiem. Prawdopodobnie dlatego, że jestem stosunkowo trzeźwy – pomyślał przejęty dojmującym bólem.

Pożegnał się, ale nie był w stanie wrócić do pracy. W kafejce internetowej zamailował do Dorothy, a następnie sprawdził w Internecie tanie przeloty do San Francisco.

Spierdalam stąd. Od Kibbych – Briana Kibby'ego i Caroline Kibby, to jest zupełnie popierdolone. Zabiję ich, jak stąd nie spierdolę. Nie mogę tu zostać, zaprzątają mnie dziwaczne obsesje na temat innych i zapominam, że to moje życie.

Nie, nikogo już nie zranię.

Zastanawiał się nad klątwą, jak wszystko w nim zmienia. Przypomniał sobie banalne stwierdzenie: „Uważaj, czego sobie życzysz", i zastanawiał się, czy byłby w stanie, *compus voti*, czerpać z życia satysfakcję.

Kiedyś, przeglądając *Evening News*, natrafił na artykuł na temat białej wiedźmy, Mary McClintock. Mimo że przeszła już w stan spoczynku, była wciąż niekwestionowanym autorytetem w sprawie zaklęć. Wytropienie jej zajęło mu trochę, ale odnalazł w końcu adres w Tranent, w kompleksie domów spokojnej starości dla osób bezdomnych. Zadzwonił do niej, a ona, zapytawszy o jego wiek, zgodziła się z nim spotkać.

W mieszkaniu Mary było bardzo gorąco, ale Skinner usiadł na wprost starej grubaski.

– Możesz mi pomóc? – zapytał szczerze.

– W czym problem?

Powiedział jej, że chyba rzucił na kogoś urok. Chciał wiedzieć, czy to możliwe, jak mógł to zrobić i jak można było odczynić urok.

– O tak, to możliwe. – Mary patrzyła na niego łapczywie. – Pomogę ci, ale najpierw trzeba zapłacić, synku. W moim wieku nic mi po pieniądzach. Zmrużyła oczy. – Przystojny z ciebie chłopak – powiedziała szorstko. – Potrzeba mi za to dobrego kutasa!

Skinner spojrzał na nią i potrząsnął głową. Następnie na ustach wykwitł mu szeroki uśmiech.

– To żart, tak?

– Tam są drzwi. – Mary wolno uniosła dłoń, wskazując coś za jego plecami.

Skinner spojrzał na nią ze zbolałą miną. Wypuścił ze świstem powietrze przez zaciśnięte usta. Następnie jego myśli pobiegły ku Caroline i straszliwej bezsilności, gdy jest w pobliżu.

– Dobra – powiedział.

Mary zdawała się nieco zaskoczona, następnie wstała energicznie, przesuwając środek ciężkości na otyłą sylwetkę. Kuśtykając wolno w kierunku sypialni, kiwnęła na Skinnera, żeby za nią poszedł. Przez sekundę zawahał się, uśmiechnął się posępnie do swoich myśli i poszedł za nią.

Oszczędnie umeblowana sypialnia ze stojącym na centralnym miejscu łóżkiem o mosiężnej framudze była zawilgocona i zatęchła.

– No to się rozbieraj, zobaczymy, co tam chowasz w spodniach – Mary wychrypiała z lubieżną radością.

Kiedy Skinner się rozbierał, stara kobieta zdjęła płaszcz i zaczęła walczyć z kilkoma swetrami, bezrękawnikami i kamizelkami. Położyła się na łóżku. Zdawała się mniejsza, ale wciąż potworne zwały tłuszczu opadały na materac. Wokół rozniósł się smród z zaschniętych plam potu i martwego naskórka uwięzionego między fałdami skóry.

– Myślałam, że masz większego – Mary wydęła wargi, kiedy Skinner zdjął bokserki od Calvina Kleina.

Jebana bezczelna kurew...

– Następnym razem wezmę sobie grubszego – stwierdziła z goryczą.

Ignorując go, Mary położyła się na łóżku i odchylając tłuste pofałdowania odszukała swój seks.

– Nie mam żadnego kremu, żeby ją nawilżyć. Będziesz musiał zrobić to śliną. No, charkaj – rozkazała.

Skinner podszedł do łóżka. Kościste palce Mary podtrzymywały fałdy i Skinner zobaczył to między zadziwiająco patykowatymi udami, które były tak chude i ostre, że wydawało się, że kości za chwilę przebiją się przez pożółkłą skórę z sinymi wybroczynami. Co dziwniejsze, wciąż miała kruczoczarne włosy łonowe, których jej głowa nie widziała od dziesięcioleci. Z zaognioną, wściekle czerwoną skórą wokół łona, prawdopodobnie na skutek jakiejś infekcji, jej genitalia przypominały dziwnie zdeformowany zarodek do tej pory nie odkrytej formy życia.

W rosnącej fascynacji Skinner zastanawiał się, ile musiała przeżyć lat pełnych frustracji i pozbawionych seksu, nieustannie dręczona tykaniem zegara biologicznego, który nie chciał stanąć. Jakby na potwierdzenie jego podejrzeń, spoglądając na jej głowę opartą na poduszce, uchwycił speszone spojrzenie, w którym wyraźnie zobaczył ślady dawnej młodej dziewczyny, które groteskowo przetrwały w jej wzroku. Zatopił kolana w materacu i od razu rozszedł się zapach pochodzący z zastygłych żółtych plam uryny i brązowych pozostałości na materacu.

Śmierdziało, ale na całe szczęście kokaina blokowała mu nozdrza. Zaciągnął flegmą wprost z płuc i śluzem z zatok. Wymieszał ten paskudny koktajl i gwałtownie charknął nim wprost na jej łono.

– Rozsmaruj – rozkazała pospiesznie.

Skinner dłonią rozsmarowywał zielonkawy śluz, jakby kuchmistrz nakładał glazurę na ciasto, co jakiś czas badając palcem wszystkie zakamarki. Nagle z nikąd pojawiła się, jak diabeł z pudełka, absurdalnie rozciągnięta łechtaczka o wielkości chłopięcego penisa i z łóżka zaczęły dochodzić niepokojące przytłumione jęki, dzięki czemu Skinner zrozumiał, że utrafił w sedno. Po jakimś czasie wydyszała:

– Włóż go… no wkładaj do środka…

Całkowicie zajęty makabryczną pantomimą, w jakiej brał udział, Skinner nawet nie spojrzał na swego penisa, ale był twardy jak skała, mimo że wcześniej wciągnął pół grama kokainy. Odruchowo znów wysunął hipotezę wyjaśniającą swój alkoholizm: był przekonany, że posiadł libertyński seksualizm i topienie go w kieliszku było sposobem na zapobieżenie częstych odruchowych erekcji. Potarł koniuszek, wziął korzeń w garść i wszedł w nią trwożliwie.

– Pewnie mi zarosła – wysapała ciężko, czytając w jego myślach, kiedy starał się na siłę dostać do środka.

Sprawa wymagała sporej pracy; może i czuła pożądanie, ale jeśli gdzieś tam kryło się zarzewie orgazmu, to zdawało się głęboko zakopane.

Do kurwy nędzy, za to, co tu odwalam, powinienem dostać wyniki jutrzejszego totka plus wyniki wyścigów konnych na cały tydzień!

Były takie momenty, kiedy była bardzo blisko, ale po chwili fala odchodziła i Skinner już miał się poddać, bo docierała do niego ohyda całej sytuacji. Obserwował wskazówki starego budzika od siódmej dwadzieścia do siódmej czterdzieści. Czując mlaskanie jej mokrej skóry na brzuchu, uda i jądra były już tak urażone, jakby jeździł nimi po papierze ściernym, a kanciaste kości urażały go z każdym pchnięciem, ale zmusił się do koncentracji na starym motcie portowego Leith: Wytrwać.

Kiedy dochodziła, towarzyszył temu przeciągły, nocny wilczy skowyt, a jej kościste palce zatopiły się w jego twardych pośladkach na podobieństwo haków rzeźniczych.

Skinner wycofał się pospiesznie, zszedł z Mary i z łóżka. Pospiesznie porwał ubranie i trzymając je w wyciągniętej ręce, poszedł do łazienki, wiedząc, że jak spojrzy na to, czym były usmarowane jego genitalia, brzuch i uda, to już nigdy nie będzie mógł zjeść porządnego posiłku. W jednym rogu łazienki stała kabina prysznicowa z przewodem alarmowym, którym można było wezwać pomoc w nagłych wypadkach. Na tacce na mydło nie znalazł go, leżało przy kurkach. Skinner podejrzewał, że Mary należy do pokolenia, dla którego mycie oznaczało moczenie się we własnej brudnej wodzie w balii co niedziela. Woda był letnia, ale i tak z radością patrzył, jak nitki śluzu, drobiny kału i innych nieczystości tańczą wokół kratki ściekowej i znikają w dziurze.

Wysuszył się, ubrał i pomyślał, że starucha pewnie już nałożyła wszystkie swoje warstwy, ale nagle opanowała go fala strachu, bo pomyślał, że może też pod wpływem jego niszczycielskich mocy leżeć wciąż w łóżku martwa. W końcu usłyszał, jak chodzi po przedpokoju, i z ulgą zobaczył, jak się pojawia. Kiedy opadła na krzesło, na jej ustach tkwił tak szeroki uśmiech, zmieniając jej wygląd tak, że wyglądało, jakby zrobiła sobie lifting. Powiedziała:

– A teraz interesy. W czym problem?

Skinner dopiero po chwili był w stanie opowiedzieć wszystko, bo był świadomy, że jest to idiotyczna sprawa. Jednak ku swemu zaskoczeniu zauważył, że po tym co przed chwilą zaszło, poszło mu łatwiej.

A Mary słuchała uważnie, nie przerywając mu do samego końca. Kiedy skończył, Skinner poczuł się nieco oczyszczony, jakby ktoś zdjął mu z grzbietu straszliwe brzemię.

Mary nie miała najmniejszych wątpliwości, na czym polega problem.

– Intencje, synku... możesz je nazwać życzeniami, jak chcesz, mogą u niektórych ludzi być bardzo potężne, że zmieniają się w klątwy, zaklęcia. Tak z całą pewnością spojrzałeś na tego młodzieńca złym okiem.

Żyjąc z tym dziwacznym pętem przez wiele miesięcy, Skinner przyjął to z dobrodziejstwem inwentarza i nie uważał tego, co usłyszał, za bajanie staruchy.

– Ale dlaczego posiadam tę moc i dlaczego działa ona tylko na Kibby'ego? No bo życzyłem sobie jeszcze kilku innych rzeczy, żeby przytrafiły się komu innemu, i nic się nie stało – wyjaśnił, myśląc o Busbym, i opanowany wyrzutami sumienia wgryzł się w skórkę koło paznokcia.

Nagle Skinner poczuł chłód – powietrze zdawało się znacznie ochłodzić, a Mary wolno pokiwała głową. Po raz pierwszy dostrzegł niezwykłą moc emanującą ze starej kobiety.

– To ma albo coś wspólnego z naturą twego życzenia, albo z osobą, której tego życzyłeś. Czym jest dla ciebie to zaklęcie? Kim jest dla ciebie ten chłopak?

Wolno potrząsnął głową, wstał, szykując się do wyjścia.

– Bardzo dziękuję, ale te pytania zadaję sobie od dawna – odparł, aż ociekając sarkazmem.

Mary odwróciła głowę i powiedziała:

– W twoim życiu masz jeszcze więcej niewyjaśnionych spraw. Im większy jest twój gniew, tym masz większy potencjał czynienia komuś takiej krzywdy.

Skinner zatrzymał się.

– Kibby był… – zaczął i zamilknął powstrzymany ohydną, lecz niejasną świadomością. Była intensywna, ale niesprecyzowana. Miał poczucie, że coś w środku zna odpowiedź na to pytanie, lecz za wszelką cenę nie pozwalało wyciągnąć tego na światło dzienne, do królestwa świadomej myśli.

Ale... kiedyś przypomniał mi się pewien facet, który zawsze obserwował, jak graliśmy w piłkę. W Parku Inverleith, w the Links. Zawsze jednak trzymał się z daleka. Jednego dnia powiedział do mnie: „Dobry mecz, synku". Był...

– Niepokoję się o ciebie – powiedziała ostrzegawczo. – Boję się, że coś ci się stanie.

Nagle jej dłoń złapała Skinnera za nadgarstek.

Skinnerowi serce podeszło do gardła, bo zaskoczył go nagły ruch starej kobiety, jej szybkość i moc uścisku. Niemniej jednak wziął się w garść i wyszarpnął się z jej uścisku.

– Martw się o tego drugiego chłopaczka, to o niego powinnaś się bać – rzucił.

– Boję się o ciebie – powiedziała.

Odwrócił się od niej z pogardą, ale kiedy wychodził, nie był w stanie ukryć lęku. Może powinien pójść na drinka, który był mu bardzo potrzebny.

41. Katastrofa kolejowa

Whisky pomogła. Dała mu moc i determinację, by zmierzyć się z ciężkim zadaniem podciągnięcia ciężkiego ciała na drabinie. Oklapłe mięśnie ramion i nóg paliły go żywym ogniem przy wtórze skrzypiących i strzelających pod jego ciężarem szczebli drabiny. Z płuc, które walczyły o kolejny haust powietrza, starając się zniwelować zmęczenie i przyspieszony puls, dobiegało ciężkie chrypienie. W pewnej chwili poczuł się tak słaby, że obawiał się, iż spadnie z drabiny na podłogę. Jednak na ostatnim oddechu wdrapał się w końcu na swoje stare poddasze. Czuł się, jakby musiał przerwać duszącą membranę i stanąć w innym wymiarze. Kołowało mu w głowie od alkoholu i w wyniku zmęczenia wspinaczką. Świszcząc łapał powietrze, starając się uspokoić. Pociągnął za włącznik światła. Zamigotała świetlówka i ponownie zobaczył modele kolejek i makietę miasteczka.

Ich precyzja i filigranowość zdawały się kpić z niego w żywe oczy. Stał tak wtłoczony w zdewastowane, obmierzłe rozlazłe ciało i aż zadrżał ze wściekłości na widok nieskazitelnej, bezużytecznej kreacji.

Co to ma być? To wszystko, czego dokonałem w swym pierdolonym życiu. To wszystko, czym mogę się pochwalić, co świadczy, że kiedykolwiek pojawiłem się na tej jebanej planecie. Jebane zabawki!

Nie wrócę do pracy.

Nigdy nie będę miał dziewczyny, nigdy nie poznam kogoś, kogo mógłbym pokochać.

Mam tylko to. To!

To nie wystarczy!

– TO NIE WYSTARCZY! – krzyknął głosem z samego dna umęczonej duszy, który zadudnił na niskim poddaszu.

Wzgórza, które zrobił jego ojciec, domy które zbudował, szyny, które położył, pociągi, które kupił – wszystko to spoglądało na niego w pełnej pogardy ciszy.

– TO NIC NIE JEST! ZERO!

I ruszył na miasteczko, roztrącając wszystko wokół, kopiąc, łamiąc i bijąc w makietę z siłą i energią, o które nigdy by się nie podejrzewał. Brian Kibby rozwalał budynki na kawałki, rozdzierał wzgórza z masy papierowej, wyrywał szyny i rzucał lokomotywami po pomieszczeniu, rujnując makietę miasta, jak opętana bestia w starym horrorze.

Ale adrenalina zniknęła tak samo tajemniczo, jak się pojawiła, i nagle opanowało go wyczerpanie, zostawiając go sam na sam z nieheblowaną podłogą, gdzie szlochał cicho na górze szczątków, które sam zniszczył. Po chwili szkliste spojrzenie powędrowało w kierunku leżącej na podłodze lśniącej kasztanowo-czarnej lokomotywy, która leżała nieopodal rozbita w stercie odpadków. Widział wyraźnie czarno-złotą plakietkę na jej boku ze słowami: CITY OF NOTTINGHAM.

Była to lokomotywa City of Nottingham, R2383 BR Princess Class. Miała złamaną oś. Podniósł ją, kołysząc jak nowonarodzonego pierworodnego, którego uderzył przejeżdżający samochód. Łkając przeciągle, uniósł głowę i spojrzał na wspaniałe wzgórza zrobione przez ojca, które teraz zmieniły się w górę śmieci.

Wzgórza zrobione przez tatę...

NIE...

Co ja narobiłem?

I zszedł na dół po aluminiowej drabinie, nie przejmując się działającymi na nerwy dudnieniem stóp na kolejnych szczeblach, i pomyślał, że oto nadszedł moment, w którym gotowy byłby umrzeć.

Tak by było najlepiej dla wszystkich.

Ale być może jest jeszcze ktoś, kto powinien umrzeć pierwszy.

Było tak, że obydwoje, Caroline Kibby i Danny Skinner, zdali sobie sprawę, że ich miłość jest tak nierealna, jakby okno wiodące do prawdziwego, fizycznego zespolenia otworzyło się tylko na mgnienie oka. Jeśli, z jakiegokolwiek powodu, nie było się w stanie w nie wskoczyć, to zamykało się z trzaskiem na zawsze.

Zapach jej włosów. Jej piękne, urocze orzechowe oczy. Piękna skóra, jak to wszystko zmieniało się pod moim dotykiem, jakby więdło w pobliżu mnie. Nie mogę z nią być, nie w ten sposób.

No to niby w jaki? – zastanawiał się, kiedy szli sztywno obok siebie po Constitution Street w nerwowej, zażenowanej ciszy kochanków skazanych na zagładę.

Caroline pogrzebała w torebce, po czym wyciągnęła złotą tubkę i przekręciła ją. Kiedy wysunęła się szkarłatna końcówka, Skinner wyobraził sobie, jak jego wisienka wysuwa się w ten sam sposób spod napletka.

Gdyby tylko...

To klątwa jej brata, to właśnie namieszało w ich życiu. Na pewno. Chciał jej tak wiele powiedzieć, wykrzyczeć prosto w twarz:

Zabijam twego brata, rzuciłem na niego klątwę. Zrobiłem to, ponieważ mierziła mnie jego pospolitość, jego mdłość i to, jak mógł mnie prześcignąć, ponieważ nie miał tych samych wiszących mu u nóg demonów co ja. Dopóki klątwa nie zostanie odwrócona, nie będę mógł cię nawet dotknąć...

Co powiedziałaby na to?

Ale kim oni są. Ta dziwna i tak pospolita rodzina; córka studentka, mądra i pełna życia; schorowany tumanowaty braciszek, co łaził kiedyś po górach; i oczadziała, bogobojna, zestrachana matka? Kim oni są do chuja pana? Jaki był ich jebany stary?

Skinner rozmyślał o zmarłym Kibbym, tym, który najwyraźniej rzucał wciąż tak duży cień na pozostałych.

– Caroline, co się stało twemu tacie?

Caroline stanęła w miejscu jak wryta pod pomarańczową uliczną latarnią i spojrzała na niego pytająco z takim samym niedowierzającym poczuciem wtargnięcia, jakie okazywała, kiedykolwiek starał się ją dotknąć. Skinner musiał sprecyzować pytanie:

– Nie, chodzi o to, że choroba Briana zaczęła się tuż po śmierci twego ojca. Czy nie choruje na to samo?

– Tak, to było straszne... jego organy wewnętrzne jakby zgniły od środka. To było dziwne, ponieważ, podobnie jak Brian, nigdy nie pił.

Danny Skinner pokiwał głową. Po tym co przeszedł z Brianem Kibbym, zaczął chwytać się myśli, że może nie było żadnej klątwy, że może był to najdziwniejszy przypadek zbiegu okoliczności. Może Kibby cierpiał na tę samą, rzadką śmiertelną chorobę co jego stary. Kim był, by zakładać, że ma wystarczającą moc kogoś przekląć? Może sobie to wymyślił targany własną, szaleńczą próżnością, która niszczyła wszystko wokół.

Nie, musi znaleźć się jak najdalej nich, bo ich wszystkich wykończy, tak jak zabił swego ojca. Tylko że Alan De Fretais zdawał się żywszy niż kiedykolwiek. W zeszłym tygodniu sprzedaż *Sekretów sypialni* skoczyła drastycznie w górę, co windowało książkę kucharską z afrodyzjakami na pierwsze miejsce listy bestsellerów. *Scotland on Sunday, Herald, Mail on Sunday, Observer i The Times* zamieściły duże artykuły na temat autora. Stephen Jardine zaprezentował dokumentalny film „Największy kulinarny talent Szkocji". W tym programie jeden telewizyjny przydupas twierdził, że De Fretais nauczył wszystkich odmiennego spojrzenia na jedzenie – z nabożeństwem – wiążąc je ściśle z kulturą i społeczeństwem. Mówili o nim jako o „ojcu chrzestnym pokolenia kulinarnego".

Był zwykłym kutasem – pomyślał Skinner, przypominając sobie stare powiedzenie:

Kto mówi, że kucharz to kutas?
Kucharzyć nie potrafi kutas!

Światła na Shore zamigotały w oddali, tańcząc na powierzchni Water of Leith. Skinner nalegał, by zrewanżować się Kibbym i zabrać ich na kolację do ulubionej restauracji z owocami morza. Joyce była zachwycona, ale martwiła się, jak zareaguje na to Brian. Co dziwniejsze, nie oponował, chociaż daleko mu było do entuzjazmu.

– Mam nadzieję, że będzie wam smakować – powiedział odległym, pozbawionym emocji głosem.

– Ale Brian... ty też jesteś zaproszony – zapiszczała oburzona Joyce.

– Przyjdę, jak będę w stanie – odparł Kibby wykończony. Targało nim poczucie winy po zdemolowaniu makiety i rozwaleniu kolejki. Ale już kiedy oponował, w głębi serca wiedział, że nie może się nie zjawić, bo stanie się ofiarą jednostronnej propagandy Skinnera. Jedna myśl uporczywie wracała do niego: *Muszę je chronić przed tym skurwysynem.*

Kiedy przechodzili po kocich łbach, Skinner spojrzał w jedną z alejek i zobaczył, że coś się tam rusza. Była to mewa i zdaje się, że miała splamioną krwią głowię i piersi. Chowała się pośród worków śmieci z restauracji.

– Zobacz tylko... biedne stworzenie – rzekł Skinner.

– To tylko mewa – odparła kpiąco Caroline.

– Nie, jest cała we krwi... kot się pewnie do niej dobrał, kiedy szperała w śmieciach... Już dobrze, maleńka. – Skinner kucnął, zbliżając się do rzucającego trwożliwe spojrzenia ptaka.

Mewa zaskrzeczała i nagle wzbiła się w powietrze, przelatując obok niego.

– To był sos pomidorowy, Danny – wyjaśniła Caroline. – Przetrząsała śmieci i pewnie rozpruła worek.

– Jasne – odparł, odwracając od niej twarz, żeby nie widziała łez, tych dziwnych łez, ronionych nad samotną mewą.

Kiedy dotarli do Bistro Szypra od razu zauważyli Joyce stojącą w drzwiach przed restauracją. Była zbyt przejęta, by wejść sama do środka.

– Cześć, mamo… – Caroline cmoknęła Joyce w policzek i Skinner postąpił tak samo. – Nie ma Briana?

– Nie widziałam go dzisiaj, pojechał do miasta… Powiedział, że może się zjawi.

– No to chodźmy – Skinner oszczędnie skinął głową, spoglądając przez ramię Joyce. Matka wraz z Caroline odwróciły się, by zobaczyć, co przyciągnęło jego uwagę. Z mroku i mgły wyłoniła się niemal bezkształtna postać i wolno zbliżała się w ich kierunku. Zdawała się nie być prawdziwą ludzką istotą, lecz fragmentem nocnych ciemności, które nagle ożyły.

– I oto on we własnej osobie! Więc udało ci się przyjść – Danny Skinner uśmiechnął się z rezerwą, kiedy Brian Kibby zbliżył się.

– Na to wygląda – Kibby odwarknął szorstko.

Skinner otworzył drzwi restauracji i zaprosił gestem Joyce i Caroline do środka. Przytrzymał je przed Kibbym, rzucając usłużnie teatralnym głosem:

– Ty pierwszy.

– Najpierw ty – ponownie szczeknął Kibby.

– Nalegam – powiedział Skinner, uśmiechając się jeszcze szerzej, co wytrąciło Kibby'emu broń z ręki. Było zimno i bardzo chciał się już znaleźć w środku i ograć się, więc ciężko wszedł do środka, a za nim Skinner.

Jakaś dziewczyna odebrała od nich płaszcze. Poszli do baru na drinka. Kibby sączył sok pomidorowy pod pełnym aprobaty spojrzeniem Joyce.

– Siemasz, Charlie – Skinner entuzjastycznie przywitał się z kuchmistrzem, który wyszedł do niego z kuchni, i przez chwilę wymieniali zdawkowe uprzejmości.

– Na pewno dzięki swej pracy poznałeś wielu kuchmistrzów, Danny – powiedziała Joyce najwyraźniej pod wrażeniem.

– Jednego czy dwóch... jednak nie tylu, ilu bym chciał znać – odparł ze smutkiem w głosie.

W podnieceniu Joyce nie podchwyciła jego smętnego tonu. Odwróciła się do syna, którego spojrzenie błąkało się po półkach z alkoholem.

– Założę się, że ty też poznałeś kilku szefów kuchni podczas swojej pracy w urzędzie, Brian?

– Nie na moim stanowisku – odparł obojętnie Kibby.

Zaprowadzono ich do stołu, gdzie za namową Joyce zamówili wino. Skinner najpierw niechętnie odniósł się do tego pomysłu, następnie spojrzał na Kibby'ego i rzekł:

– Ostatnio jakoś nie ciągnie mnie do alkoholu, ale może jeden kieliszek. Jak to mówią: posiłek bez wina jest jak dzień bez słońca.

Brian Kibby spojrzał z nadzieją na Joyce, która się tylko skrzywiła. Zamiast wina nalała mu szklankę wody mineralnej.

Wciąż popierdolony maminsynek – Skinner rzucił wściekle w myślach. Zobaczył, jak w telewizorze w rogu wyświetlają materiał z okupacji Iraku, i zaproponował toast:

– *A buon vino non bisogna fasca.*

Żadne z Kibbych nie miało pojęcia, o czym mówi, ale brzmiało to dostatecznie imponująco, szczególnie w uszach Joyce. Była bardzo podekscytowana posiłkiem; nigdy nie widziała ani nie kosztowała okonia morskiego, jakiego przed nią postawiono. Caroline i Skinner jej polecili – zauważył Kibby, wpadając w ten sam co on posępny nastrój. Sam Kibby zamówił sobie solę w sosie cytrynowym. Ryba była wyśmienita.

Wieczór stał się prawdziwym wydarzeniem dla Joyce, która rzadko wychodziła gdzieś z domu wieczorem.

– Ryba jest bardzo świeża – powiedziała z uznaniem. – Czy twoja też jest smaczna i świeża, Danny?

– Świeża? Kiedy wyciskałem na nią cytrynę, to jeszcze w uszach brzmiały jej ostatnie psalmy – zażartował Skinner.

Wszyscy wybuchnęli śmiechem oprócz Briana Kibby'ego, chociaż Joyce była zadowolona. Może to skrywał, ale jej syn nie był otwarcie wrogo nastawiony do Danny'ego.

– Sam też gotujesz, Danny? – zapytała.
– Nie wstydzę się, że korzystam z doświadczeń sław, Joyce. Kupuję wszystkie książki z przepisami telewizyjnych kucharzy: Rhodesa, Ramsaya, Harriotta, Smitha, Nairna, Olivera, Floyda, Lawsona, Worralla-Thompsona. I zdaję się całkowicie na ich wiedzę, oczywiście jeśli mogę dostać składniki...
– A co z naszym starym kumplem De Fretaisem? – Kibby nagle rzucił wyzwanie. Skinner poczuł, jak puls mu skacze. Ciało nagle całe stężało. – Ten, który miał chlew w kuchni! Pamiętasz Danny?
Co jest, kurwa...
– To było straszne – powiedziała Joyce – człowiek u szczytu kariery i wspaniały kucharz.
De Fretais...
– Wydawało mi się, że to straszny buc – powiedziała Caroline.
Mój staruszek... zabiłem go...
Joyce wydęła wargi i spojrzała karcąco na córkę.
– Żeby tak źle mówić o zmarłym!
...był gwałcicielem, wykorzystywał ludzi...
– A ty co myślisz, Danny? – naciskał Kibby.
Kay. To taka urocza dziewczyna. Chciała tylko tańczyć. Osiągnąć w tańcu klasę. Co mi się porobiło z oczami? Powinienem był ją w tym wspierać. Powinienem był...
Skinner myślał o swej byłej narzeczonej leżącej w szpitalnym łóżku.
– To bardzo smutne wydarzenie – powiedział przepełniony żalem, po czym poczuł wzbierającą w nim wściekłość na wspomnienie leżącego na niej De Fretaisa. – Odnosiłem się krytycznie do stanu jego kuchni, wszyscy to wiemy, ty też, Bri. Niestety nasze kierownictwo nie wsparło nas w tej krytyce. Jak wiesz, od dawna skłaniałem się do zmiany procedur, by trudniej było przedstawicielom organów kontrolnych zawierać niewłaściwe znajomości z De Fretaisami tego świata... Dostrzegł, jak Kibby czerwienieje i zaczyna się wiercić. – ...ale nikt mnie nie wsparł. Osobiście jednak muszę przyznać, że De Fretais był wyśmienitym kucharzem. Więc tak, na pewno wpisałbym go na listę kuchmistrzów, których bezwstydnie naśladuję przy gotowaniu.
Kibby zwiesił głowę.

Skinner zwrócił się do Joyce:

– Niestety nieco nieudolnie. Więc próbuję, Joyce, ale nie mam szans na dostanie się do twojej ligi.

Joyce przycisnęła dłoń do piersi i zatrzepotała rzęsami jak pensjonarka.

– Och, jesteś bardzo miły, Danny, ale naprawdę przesadzasz…

– Gotujesz dobre zupy – rzucił jej syn z rozdrażnieniem w głosie.

– Jak na mój gust masz za duże zamiłowanie do czerwonego mięsa – wtrąciła się Caroline.

Spoglądając na rybę na półmisku, Caroline Joyce odparła atak:

– Ale z ciebie wegetarianka, moja panno!

Caroline skręciła się na krześle.

– Staram się wybić jej te bzdury z głowy – Skinner najwyraźniej chciał się z nią podroczyć, ale Caroline szturchnęła go tylko żartobliwie. Obydwoje zaczęli się trwożliwie zastanawiać, dlaczego są w stanie okazywać publicznie zażyłość kochanków, wciąż usilnie starając się skonsumować swe uczucie.

Jej włosy łonowe są na pewno tak jasne jak na głowie, słodkie i delikatne, i pohasałbym na nich jak owieczka wiosną na zielonej trawie, ale nigdy nie będzie mi to dane, nie w taki sposób, jak poznałem spocone cielsko starej Mary...

– Tak, oczywiście. Kichał Michał – Caroline odcięła się.

Brian Kibby starał się swym płonącym wzrokiem pochwycić spojrzenie siostry, ale ona go nawet nie zauważała.

On cię kurwa kontroluje!

Joyce bawiła się setnie i szybko piła, nieprzyzwyczajona do wina, które Skinner wlewał jej do kieliszka.

– Czy chodzisz do kościoła, Danny? – zapytała go poważnym głosem.

– Pod kątem religijnym? – zapytał Skinner, wzbudzając śmiech Caroline i pełen poczucia winy uśmiech u Joyce. Kibby zachował kamienną twarz. – Nie, muszę przyznać, Joyce – mówił dalej z pełną beztroską. – Ale słyszałem, że ty chodzisz tam regularnie.

– O tak. Znalazłam tam pocieszenie, kiedy mój Keith… – Otarła łzę z oka i spojrzała na syna. – …i oczywiście kiedy Pan Ponurak był bardzo chory.

Kibby poczuł, jak w obliczu protekcjonalności matki coś w nim pękło. Wypił jednym haustem wodę mineralną i nalał sobie kieliszek białego burgunda.

– Jeden nie zaszkodzi – powiedział do Joyce, która zrobiła urażoną minę. następnie zapytał Skinnera sardonicznie: – Dla każdego coś miłego, prawda, Danny?

Skinner przeniósł spojrzenie z Kibby'ego na Joyce, po czym uniósł dłonie w górę w kpiącym poddańczym geście.

– Ja się do tego nie mieszam.

Ale kiedy kolejna butelka wylądowała na stole, nie skończyło się na jednym. Wino ośmieliło Kibby'ego. Spojrzał przez stół na Skinnera.

– Ludzie krytykują policję do chwili, kiedy nie zostaną obrobieni albo pobici, prawda, Danny?

Skinner wzruszył ramionami, zastanawiając się, do czego Kibby zmierza.

– No, przypomniałem sobie ten dzień, kiedy pobili cię po meczu. Powinieneś był być im wdzięczny za ich interwencję.

– Uratowali mnie... a na pewno kogoś uratowali – Skinner skrzywił się szyderczo.

– Policja? – Joyce zapytała lękliwie. – Co z tą policją?

– *Walking on the moon*[*]? – Skinner mrugnął i Joyce wyszczerzyła zęby w uśmiechu, nie wiedząc, o czym mówi.

Po kilku wypitych butelkach wina było widać wyraźnie, że Joyce bawi się *naprawdę* wyśmienicie.

– Muszę przyznać... że czuję się nieco wstawiona – zachichotała zadowolona, że Danny i Brian odnoszą się do siebie coraz lepiej. Potem sufit zawirował i Joyce zaczęła się krztusić i czerwienieć. – O jejku...

– Mamo, nic ci nie jest? – zapytała Caroline. Ta dziwaczna, lecz miła okoliczność upojenia matki i zakopania topora wojennego przez jej chłopaka i brata była jej na rękę. Mimo że bawiła się wyśmienicie, odezwało się poczucie obowiązku. – Zabiorę mamę do domu. – powiedziała wstając.

---

[*] Tytuł słynnego przeboju The Police pada w odpowiedzi na pytanie *What about the police?* czyli „Co z tą policją?" albo „Coś The Police?" (przyp. red.).

– Dobra, koniec na dzisiaj – zgodził się Skinner, wołając kelnera z rachunkiem.

Kibby wychylił jednym haustem swoją podwójną brandy na trawienie i zamówił kolejną.

– Ale noc jest młoda – uśmiechnął się, nieco złowieszczo spoglądając spod wpółprzymkniętych powiek w cieniu przejmującego inicjatywę Skinnera. Jego oczy błyszczały w świetle świec. – No co jest, Danny, nie możesz dotrzymać mi kroku?

Wyłącznie Danny Skinner zauważył coś mrocznego i nadprzyrodzonego w tym wyzwaniu, coś, co wykraczało poza pijackie gadanie dwóch starych kumpli z pracy.

Dzień, co śmiech niesie i zabawy moc...

– Możecie sobie zostać na drinka, jak chcecie – powiedziała Caroline, starając się pomóc wstać roztrzęsionej i zdeprymowanej matce.

Kiedy Skinner delikatnie łajał Joyce za to, że się wstawiła, Brian Kibby zwrócił się do Caroline i pociągnął ją za rękę. Przygotowała się na kolejny atak na swego chłopaka, ale on popatrzył tylko na nią smutno i wykrztusił cicho:

– Rozwaliłem coś, siostrzyczko. Kolejkę. Wszystko rozpieprzyłem. Kolejkę taty. Byłem zrozpaczony, odbiło mi i czułem się bardzo źle...

Caroline zobaczyła przerażający ból w jego oczach.

– Och, Brian, może da się to jeszcze naprawić...

– Są pewne rzeczy, których nie można naprawić. Po prostu pozostają zepsute – Kibby jęknął żałośnie, odwracając się do innych gości, po czym spojrzał na Skinnera, który usłyszał tę uwagę i oddał spojrzenie.

Kiedy kelnerka przyniosła płaszcze, Caroline poczuła niezwykłe napięcie i pożegnała się niechętnie. Ale Skinner dostrzegł jedynie jej poruszające się usta, ponieważ ten gest i pozornie błaha uwaga potwierdziły jego podejrzenia, że Kibby wie skądś o klątwie.

On wie. A teraz będzie chciał nas obu zapić na śmierć.

Na chwilę lub dwie ogarnęła go panika, ale przyjął zaproszenie na drinka, czując, że nie ma wyjścia. Miotały nim gwałtowne uczucia. Jedna myśl przeważała: niszczyli się nawzajem i Brian Kibby postanowił postawić kropkę nad „i".

Tak więc dwóch nieznajomych kompanów od kielicha pożegnało się z paniami i przeszło do pobliskiego pubu. Skinner spojrzał na

Kibby'ego. Wyglądało, że gotuje się na coś więcej niż tylko na picie; usiadł na stołku barowym z namaszczeniem gladiatora.

Kiedy patrzył na swego przeciwnika, w głowie kłębiły mu się rozmaite myśli.

– Bri... to głupie. Takie picie nie jest dobre dla żadnego z nas. Zaufaj mi, ja to wiem.

– Rób, kurwa, jak sobie chcesz, Skinner. Ja chcę się zalać i mam wszystko w dupie – powiedział Kibby, przywołując gestem barmankę.

– Słuchaj, Bri... zaczął Skinner, ale Kibby już miał koło siebie pintę piwa i podwójną whisky, więc troska o własne zdrowie zmusiła go do podobnego zamówienia.

Kibby nie da rady. Po kolejnej megabani będzie tak chory, że nie podniesie się z łóżka i nawet nie będzie mógł pójść do pubu czy nocnego, i tym samym nie będzie mi w stanie zaszkodzić. Wtedy go przekonam, że to błędne koło.

– Nie dorównasz mi kroku w piciu, Brian – Skinner powiedział, unosząc szklankę do ust, po czym dodał złowróżbnie: – Nie ma szans, żebyś wygrał to starcie.

– Ale możemy, kurwa twoja mać, spróbować, Skinner – ostro odgryzł się Brian Kibby. – I teraz, kiedy mama i Caroline poszły, nie musisz nikomu pierdolić tych swoich farmazonów!

I uniósł do spękanych ust kieliszek absyntu. Skinner w tym zamieszaniu nawet nie zauważył, że zamówił absynt.

No to jazda, Skinner. Dajemy. No, kurwa, dalej. Absynt, whisky. Piwo. Wódka, gin, jebana jagodzianka na kościach, co tylko chcesz. Dawaj. Dawaj, ty okurwiony, wyszczekany, pierdolony diabelski pomiocie!

Boże, pomóż mi.

Pomóż.

Skinner obrzucił Kibby'ego spojrzeniem od stóp do głów. Już nawet nie mówił jak dawny Kibby. Ale pierdolić go – pomyślał, przypominając sobie dawne widmo starego Kibby'ego, zawodowej ofiary, do którego wyciągnął dłoń w geście przyjaźni, ale który, przerażony życiem, schował się w swojej skorupce.

– Mnie pasuje – powiedział. – Och, a propos, jeśli wydawało ci się, że ci coś zrobiłem do tej pory, to było to małe miki w porównaniu z tym, co będzie teraz – rzucił szyderczo i wypił whisky do dna.

Jednak pomimo tego, że syczał na niego i kpił, zdał sobie sprawę, że paradoksalnie nie pała już do niego nienawiścią.

Teraz Kibby przestał być tym gorliwym, służalczym, irytującym dupolizem. Jest zgorzkniały i szyderczy, i mściwy, opętany jedną myślą i ja... nie... nie...

Nie...

Pierdol się, Kibby, muszę zdążyć na samolot.

42. Pamiętnik

Kiedy wyszłyśmy z taksówki i weszły do domu, zostawiłam pijaną, skołowaną mamę przed telewizorem. Nigdy jej nie widziałam w takim stanie. Bredzi coś o moim tacie, mówi mi, jakim był dobrym człowiekiem, i mówi też o Dannym, mówi, że to dobry chłopak i to dobrze, że się pogodzili z Brianem.

Mam co do tego poważne wątpliwości, dlatego niechętnie zostawiłam ich razem, ponieważ coś się między nimi rozgrywało, ale sami chcieli, a ja musiałam pojechać do domu.

Znów mówi coś o tacie, wciąż powtarza, jak go kochała. Następnie zwraca się do mnie, patrzy niemal ze złością i ścisza głos, mówiąc:

– Oczywiście, zawsze byłaś jego ulubienicą. Zawsze córki trzymają z ojcami, a matki z synami. – Odkaszlnęła, a jej wzrok rozszerzył się w fanatycznej żarliwości. – Ale ja cię kocham, Caroline, tak bardzo cię kocham. Wiesz przecież, prawda?

– Mamo, oczywiście, że wiem...

Wstaje i podchodzi do mnie chwiejnym krokiem, po czym uwiesza się na mnie. Ma zadziwiająco mocny uchwyt. Przywiera do mnie rozpaczliwie i nie puszcza.

– Moja mała dziewczynka, moja pięknotka – mówi, dławiąc się łzami. Poddaję się jej chwiejnym ruchom. Gładzę jej farbowane loki, w posępnej fascynacji spoglądając na siwiejące skronie.

Ale czuję się niezręcznie, więc szepczę jej do ucha:

– Mamo, pójdę teraz na chwilę do siebie. Jak mówiłam, muszę coś sprawdzić. – Przez chwilę przygląda mi się zelektryzowana, więc dodaję: – Dla Briana. – Uspokaja ją to i poluźnia uchwyt.

– Brian... – powtarza miękko i kiedy wychodzę z pokoju, mruczy coś pod nosem – modlitwę lub wers z Biblii.

Wchodzę po schodach i uwalniam aluminiową drabinę, odsuwając klapę. Ściągam ją i zaczynam się wspinać na górę. Przytrzymujące ją śruby są już poluzowane i grzechocze niebezpiecznie pod moim ciężarem. Z ulgą staję na poddaszu.

Włączam światła i widzę, że Brian naprawdę rozwalił wszystko w drobny mak. Jakby makieta została zbombardowana. Wygląda na to jednak, że wszystko będzie można naprawić, choć będzie wymagało to wytężonej pracy. Wątpię, żeby Brian był w stanie się za to teraz zabrać. Myślę sobie, że mogłabym mu pomóc, ale po sekundzie odrzucam ten niedorzeczny pomysł. Nie wiedziałabym, od czego zacząć.

Przedzieram się przez pobojowisko, patrząc na porozrywane wzgórza, które tatuś zrobił z *papier-mâché*. Pamiętam, jak pomagałam mu wyrobić masę w dużej pomarańczowej wanience, którą trzymaliśmy pod zlewem. Więc mimo wszystko miałam w tym jakiś udział. Jak sobie teraz przypominam, robiliśmy to wszystko razem. Byłam małą dziewczynką, ale bardzo chciałam im pomóc. Kiedy pozbyłam się wszystkich dobrych wspomnień? Kiedy te wszystkie urocze chwile jedności i radości przestały mnie bawić i stały się jedynie powodem do zażenowania?

Staram się połączyć dwa zbocza góry. Coś ukrytego w środku wypada z głośnym hukiem na podłogę. To chyba jakaś drewniana podpora, ale widzę na podłodze przedmiot przypominający szkolny zeszyt. Nie jest to jednak szkolny zeszyt, ale notatnik w linie od Johna Menziesa, kryjący w środku odręczne zapiski taty. Wewnątrz twardej okładki widzę przyczepioną kartkę.

> Kiedyś ten notes zostanie odkryty. Moja żona i dzieci poznają prawdę, z którą musiałem tak długo żyć. Joyce, Caroline, Brian, proszę, pamiętajcie o dwóch sprawach. Po pierwsze, że osoba, którą znaliście całe życie, była kiedyś zupełnie inna. Po drugie, gdziekolwiek teraz się znajduję, kocham was bardzo.
> Niech was Bóg błogosławi.

Zaczynam czytać. Ręce drżą mi tak bardzo, że muszę położyć notes na podłodze. Po przeczytaniu pierwszych zdań tężeje we mnie krew.

> Nie wierzę, że nic nie powiedziałem. Wypadek w pracy – tak to nazwali. Myśmy wiedzieli, że było inaczej, i chyba ona też wiedziała o tym najlepiej.
>
> Nic na to nie mogłem poradzić; byłem otumaniony wściekłością i alkoholem.
>
> To ważne, żeby o tym napisać.
>
> Nazywam się Kenneth Kibby i jestem alkoholikiem. Nie wiem, kiedy to się zaczęło. Piłem od zawsze. Moi kumple pili od zawsze. Moja

rodzina piła od zawsze. Mój tato był handlowcem, który pływał po morzach i zawsze był z dala od domu. Teraz wiem, jakie wspaniałe życie ma na morzu alkoholik. Na morzu można wytrzeźwieć, bo nie ma na nim miejsc, które by cię kusiły. Nie ma pubów, reklam ani wódy. Ale nikt nie pije tak jak marynarz i kiedy wracał do domu, to pił na umór. Wspomnienia o trzeźwym ojcu są nieliczne i zamazane.

Wychowywała mnie głównie matka. Miałem młodszego brata, ale zmarł w niemowlęctwie. Pewnego dnia wróciłem do domu ze szkoły i zobaczyłem, jak mama płacze razem z ciocią Gilligan, a łóżeczko jest puste. Śmierć łóżeczkowa mówili. Ludzie również mówili, że po tym zdarzeniu moi rodzice nigdy już nie byli tacy sami. Mówili, że tato pił jeszcze bardziej.

Dorastając zacząłem się włóczyć z chłopakami z sąsiedztwa. Jako nastolatki byliśmy zadziorni, jak to zwykle chłopaki w bandzie. Niektórzy byli twardzi, a pozostali tylko udawali twardzieli. Nazwaliśmy się Buntownicy z Tolcross. Byliśmy z tego dumni. Walczyliśmy z innymi gangami i piliśmy na umór. Ja piłem jeszcze więcej.

W wieku szesnastu lat skończyłem szkołę Darroch. W urzędzie pracy dali mi kartkę i kazali zgłosić się na kolei. Praktykowałem jako kucharz w British Rail. Wysłali mnie do Telford College na kurs, gdzie uczyłem się na wydziale Rzemiosł Miejskich London Institute na kucharza.

Nigdy nie uśmiechało mi się bycie kucharzem. Nie miałem do tego drygu i nienawidziłem tego pitraszenia, pocąc się w dusznej kuchni. Pracowałem w pociągach relacji Edynburg-Londyn, w wagonach restauracyjnych. Chciałem zawsze siedzieć na przedzie i prowadzić pociągi, a nie dusić się w zamknięciu w ciasnej kuchni, odgrzewając gotowe dania dla biznesmenów.

Jak wielu chłopaków z mojej szkoły skierowano mnie do niewłaściwej pracy.

Torysi doszli do władzy wraz z Margaret Thatcher i zamykali wszystko. Zapisałem się do związku zawodowego i zyskałem świadomość polityczną, czy też raczej „polityczne sumienie”, jak wtedy mówiliśmy o tym. Chodziłem na zebrania, brałem udział w marszach i demonstracjach, stałem w pikietach. Czytałem książki historyczne; dużo na temat socjalizmu i jak to obiecywał klasie robotniczej szansę na lepsze życie.

Ale widziałem też, że większość tego to gruszki na wierzbie. System zawsze wygra, zawsze będzie zrzucał resztki z pańskiego stołu, by zwykli ludzie zabijali się o nie. Pozbyłem się złudzeń, że świat może się zmienić tak, jak bym chciał. W miejsce sprawiedliwe, równe dla wszystkich. Więc piłem jeszcze bardziej. Przynajmniej było to jakieś lekarstwo na to wszystko, tak mi się wtedy zdawało. Nawet na pewno była to tylko wymówka.

Potrzebowałem wymówek, bo nie chciałem skończyć jak mój ojciec. Awanturował się po pijaku. Jako młody człowiek postawiłem mu się, kiedy uderzył moją mamę. Biliśmy się, regularnie okładaliśmy się pięściami, po alkoholu. Mój ojciec był brutalem i ja też się tego od niego nauczyłem, by mu sprostać. Kiedyś w takiej bójce zdrowo się poharataliśmy. Moja mama odchodziła od niego co jakiś czas, ale zawsze wracała.

Wtedy w życiu nie doświadczyłem wiele miłości, ale miałem swoją muzykę. Pomijając politykę, była to moja pasja, a szczególnie punk rock; kiedy się pojawił, byłem w swoim żywiole. Była to muzyka tworzona przez zwykłych młodych ludzi pochodzących z takich samych miejsc jak my, a nie bogatych, odległych w swych twierdzach w Surrey wychuchanych maminsynków. W Edynburgu grały wtedy świetne kapele: The Valves, Rezillos, Scars, Skids, The Old Boys i Matt Vinyl and the Decorators.

To dziwne, że media przedstawiały punk jako agresywną muzykę, bo to właśnie chodzenie na punkowe koncerty odciągało młodych ludzi od aktów przemocy na edynburskich ulicach. Dzięki punkowi zakochałem się w pewnej dziewczynie. Poznałem ją na koncercie The Clash. Miała na imię Beverly i była prawdziwą punkówą. Miała zielone włosy i agrafkę w nosie. Naprawdę była dzika, chociaż posiadała jednocześnie jakąś taką łagodność. Wyróżniała się w tłumie jako dziewczyna, naprawdę, wśród punkówek nie było na czym specjalnie oka zawiesić. W odróżnieniu od niej, ja byłem sezonem: byłem punkiem w piątki, a w soboty przebierałem się w dyskotekowe łachy, żeby pójść do Busters czy do Annabel's i poznać jakieś dziewczyny.

Ale w tych miejscach nie było dziewczyny takiej jak ona.

Beverly nienawidziła tego, mówiła, że ze mnie jest plastikowy punkol. Pracowała jako kelnerka w Tawernie pod Archaniołem, gdzie wszyscy ją rozpoznawali po zielonych włosach. Mówili, że zbiera się tam bohema artystyczna miasta. Ja ich jednak nie lubiłem, byli zbyt dziani jak dla chłopaka takiego jak ja.

Ale nie przejmowałem się nimi wcale. Po raz pierwszy w życiu byłem zakochany.

Beverly przyjaźniła się z kucharzami, którzy tam pracowali. Byli prawdziwymi kuchmistrzami z restauracji i krzywym okiem patrzyli na takiego kuchtę z pociągu jak ja. Między nimi był ten De Fretais, tylko że wtedy nie nazywał się De Fretais. Chodził kiedyś ze mną do szkoły w Telford.

Znowu pojawił się problem mojego picia. W połączeniu z ognistym temperamentem Beverly dawało to piorunującą mieszankę. Kręciła na boku i przez cały czas spotykała się z tamtym chłopakiem. Był również kucharzem, w hotelu Northern. Nie znałem go, ale wiedziałem o jego istnieniu. Pracownicy hotelu i restauracji socjalizowali się ze sobą z uwagi na nietypowe godziny pracy.

Beverly zaszła w ciążę tuż po naszym poznaniu, nie byłem w stanie dociec, czy ze mną, czy z tym drugim. Tamten był też perkusistą, grał z The Old Boys. Nie znałem gościa, ale go nienawidziłem. Czemu nie? Pracował na lepszej posadzie niż ja, był prawdziwym punkiem, który grał w kapeli, a Bev, na której punkcie miałem bzika, kochała go bardziej niż mnie. Nie mogłem się z tym pogodzić.

Pewnego wieczoru wszystko się rozegrało. Byłem pijany i wściekły na całą tę sytuację i zrobiłem największe pierdolone głupstwo w życiu. Poszedłem zobaczyć się z tym drugim, żeby wreszcie z tym skończyć. To było straszne. Poszedłem do niego do pracy i zacząłem się kłócić z gościem w jego kuchni. Wtedy nie było w niej nikogo poza nami. Nie wziął mnie na serio i chciał mnie zbyć. Kiedy odchodziłem, drąc się wciąż na niego, pokazał mi dwa palce i powiedział: „A pierdol się, głupku". Powiedział to z taką pogardą. Teraz, kiedy sobie to przypominam, to wiem, że miał rację. Przychodzi do niego zalany frajer i mu wymyśla. Jak miał się zachować? Ale pijany i otumaniony zazdrością wściekłem się naprawdę i straciłem głowę.

Chłopak odwrócił się ode mnie. Podbiegłem do niego. Złapałem go za głowę i wepchnąłem ją, jak sadziłem w pijackim szale, do garnka z zupą. To nie była zupa. Okazało się, że był to gorący tłuszcz. Wrzasnął, nigdy w życiu nie słyszałem takiego wrzasku, i chyba sam krzyknąłem, po sparzyłem sobie dłonie. Garnek przewrócił się, a ja wybiegłem z kuchni, nie oglądając się za siebie. Widział mnie portier, a ja go odepchnąłem, bredząc coś bez sensu o jakimś wypadku. Wtedy jeszcze nie wiedziałem, jak się tamten nazywał. Później dowiedziałem się, że Donnie Alexander. Poszedłem do domu i po przebudzeniu wszystko wyglądało na zły sen. Ale poparzone ręce uświadomiły mi, że jednak nie. Chłopak był tak straszliwie poparzony, że zmieniło to jego rysy twarzy. Z jakiegoś powodu nigdy mnie nie zakapował i powiedział, że to był wypadek. Nie mogłem iść do lekarza z tymi rękami. Przez wiele tygodni skręcałem się z bólu, Bóg jeden wie, co musiał przeżywać biedny Donnie.

Nic nie powiedział, ale Bev wiedziała, że to moja sprawka. Nie trzeba było być geniuszem, żeby na to wpaść. Nie chciała mnie widzieć, nawet przed porodem. Zagroziła, że zamelduje o wszystkim na policji, jeśli się do niej zbliżę. Nie żartowała. Beverly była bardzo stanowczą dziewczyną. Kochałem ją, ale ona tak naprawdę kochała Donniego. Czy można ją za to winić? Byłem pijakiem, a z pijakami jest tak, że po pewnym czasie ma się ich serdecznie dość. Była z nim wcześniej, po prostu przechodzili kryzys związku. Czasami myślę, że wykorzystywała mnie, by wrócić do niego na dobre. Zrobiłbym dla niej wszystko.

Wtedy pojawił się mały. Chłopiec. Wiem, że to był mój syn. Po prostu wiem to.

Najgorsze jednak nadeszło, kiedy usłyszałem o śmierci Donniego Alexandra. Oszpeciłem go. Poszedł pracować do małego hotelu w Newcastle. Potem usłyszałem, że nie żyje. Popełnił samobójstwo w swej kawalerce. To moja wina, bo praktycznie zamordowałem tego człowieka.

To dla mnie bardzo ważne, żeby to wszystko spisać, z ręką na sercu, jak było.

Poszedłem na spotkanie Anonimowych Alkoholików, by wyjść jakoś z tego, a po tamtych spotkaniach zacząłem chodzić do kościoła. Nigdy nie byłem przesadnie religijny, w rzeczywistości była to ostatnia rzecz, którą można było o mnie powiedzieć, i szczerze mówiąc, wciąż sceptycznie odnoszę się do wiary, choć pomogła mi wytrwać w trzeźwości. Odpuściłem sobie politykę, chociaż pozostałem związkowcem. Przestałem widywać się ze starymi kumplami. Przeszedłem kurs w British Rail i najpierw zostałem dróżnikiem, a potem maszynistą. Kochałem moją pracę, poczucie samotności, a szczególnie piękno trasy West Highland.

Dzięki kościołowi poznałem Joyce i zacząłem budować z nią nowe życie. Urodziły nam się wspaniałe dzieci. Od tamtej pory alkohol piłem zaledwie przy kilku okazjach. W takich chwilach dostrzegałem siebie z dawnych lat: zgorzkniałego, sarkastycznego, agresywnego i brutalnego. Po alkoholu zmieniałem się w psychopatę.

Potwornie się czułem, wiedząc o istnieniu chłopaka Bev, ale doszedłem do wniosku, że nie powinien mnie znać. Wtedy założyła zakład, który, zdaje się, cieszył się dużym powodzeniem. Kiedyś poszedłem się z nią zobaczyć u niej w pracy, kilka lat później. Chciałem sprawdzić, czy mogę chłopakowi jakoś pomóc. Ale Bev powiedziała, że nie chce mieć ze mną nic wspólnego i żebym nie ważył się zbliżać do chłopaka. Mówiła na niego Daniel.

Musiałem uszanować jej żądanie. Obserwowałem go czasami, jak grał w piłkę, tak, żeby on mnie nie widział. Serce mi się krajało, kiedy widziałem, jak inni ojcowie dopingowali swoich synów. Może i to było asekuranctwo z mojej strony, bo czasami wydawał się taki zagubiony i samotny. Kiedyś pamiętam strzelił gola i po meczu podszedłem do niego ze słowami: „Dobry mecz, synku". Aż mi coś stanęło w gardle, kiedy tak na mnie spojrzał i zdławiłem łzy. Musiałem odwrócić się i odejść. To były jedyne słowa, jakie kiedykolwiek wypowiedziałem do niego, chociaż w myślach było ich tysiące. Ale w końcu musiałem dać za wygraną, ponieważ miałem Briana i Caroline, no i oczywiście Joyce. Musiałem zaopiekować się nimi najlepiej, jak potrafiłem.

Powiedziałem Joyce o wszystkim. To był chyba błąd. Mówią, że prawda uwalnia człowieka, ale wiem, że to tylko bzdurne powiedzenie, mające uspokoić sumienie. Może uwolnić człowieka, ale dziesiątkuje wszystkich wokół. Joyce była tak dotknięta, że przeżyła załamanie nerwowe, i sądzę, że bardzo się od tamtej pory zmieniła.

Teraz chyba robię to samo. Szafuję prawdą, co ma mnie uspokoić, sprawić, bym poczuł się lepiej, choć wiem, że może zranić tych, których najbardziej kocham. Czuję, że powinienem odnaleźć w sobie siłę, by wchłonąć ją w siebie i tam zatrzymać. Ale gdybym to zrobił, poczułbym płomień wewnątrz i musiałbym się napić. Tego mi nie wolno zrobić i może mi wyłącznie pomóc spisanie tego wszystkiego. Mam tylko nadzieję, że kiedy odnajdziecie ten notes, będziecie na tyle dorośli, że mnie zrozumiecie. Mogę tylko powiedzieć, że są błędy, przy których człowiek stale się modli, by najbliżsi nie popełnili tych samych.

Brianie, Caroline, może właśnie czytacie te słowa. Może Danny też je czyta. Jeśli tak, wierzcie, że bardzo chciałem być blisko was wszystkich. Każdego dnia w moim życiu myślałem o was. Mam szczerą nadzieję, że to, że mnie nie ma, nie przeszkodzi wam w tym, żeby się trzymać razem.

Joyce, kocham Cię. Nawet za milion lat przeprosin nie będę Ci w stanie wynagrodzić cierpienia z mojego powodu. Kocham Cię i mam nadzieję, że wszyscy wybaczycie mi moją słabość i głupotę.

Niech Bóg was wszystkich błogosławi.

43. Leith wzywa

Deszcz padał zimnymi płatami z ciemnego nieba, tłukąc groźnie o okna. Caroline weszła bezgłośnie do pokoju, w którym jedynym źródłem światła był włączony telewizor. Z trudem dostrzegła postać swej mamy wciśniętą w wielki fotel.

W mrugającym świetle widziała zamazane zdjęcie swego ojca za młodu. Podeszła do oprawionej czarno-białej fotografii i wpatrywała się w nią intensywnie jak nigdy dotąd. Było w nim coś innego; w oczach widać było niedostrzeżoną wcześniej nerwowość, a usta wykrzywiał arogancki uśmieszek. Teraz postrzegała go nie jako spokojnego człowieka siedzącego na trzeźwo w fotelu, religijnego ojca rodziny, ale jak kogoś miotanego straszliwymi ciągotami, z którymi walczył co dnia.

Podeszła do fotela obok matki; usiadła, przyciskając mocno do uda niewinnie wyglądający notes od Johna Menziesa, który zawierał niezwykłe wyznania.

– Mamo, jaki był tato, kiedy się poznaliście?

Joyce spojrzała na nią oderwana od znieczulenia, jakie dawało katodowe światło. Alkohol już z niej ulatywał, przez co była zdezorientowana i zapuchnięta. Z olbrzymim poczuciem winy rozmyślała teraz, jak to piciem zbezcześciła pamięć Keitha. A w głosie jej córki przebrzmiewało coś groźnego…

– Nie wiem, o co ci chodzi, był naszym tatą, był…

– Nie! Był alkoholikiem! Miał dziecko z inną kobietą!

Wstała i rzuciła notes na kolana matki.

Szeroko otwartymi oczami ze zbolałym wzrokiem Joyce spojrzała na notes, to znów na córkę i załamała się, łkając już bez zahamowań, a notes spadł na podłogę. W oczach Caroline przypominała, jak nigdy, wyłącznie mroczną, bezkształtną masę.

– Nigdy jej nie kochał… kochał mnie! Kochał nas! – wykrzyknęła Joyce desperacko ni to błagalnie, ni to stanowczo. – Był chrześcijaninem… dobrym człowiekiem…

Caroline poczuła nerwowe szarpnięcie w żołądku pełnym ciężkiego pożywienia i alkoholu. Wybiegła do przedpokoju, gdzie tkwił zamontowany w ścianie telefon, a pod nim na półce leżała książka telefoniczna. Odnalazła natychmiast telefon do zakładu Beverly i miała tylko nadzieję, że nazwisko Bev Skinner znajdowało się w książce telefonicznej abonentów prywatnych.

Było kilka haseł „B. Skinner", ale tylko jedno miało kod pocztowy z Leith EH6. Skinner, B.F. Drżącą ręką wykręciła numer i po drugiej stronie usłyszała kobiecy głos.

– Halo?

– Czy pani Beverly Skinner?

– Tak, to ja – padła niemal wroga odpowiedź. – A kto chce wiedzieć?

– Czy jest pani matką Danny'ego Skinnera? – zapytała Caroline. Agresywny ton Bev tylko podsycił jej własną irytację i dodał jej sił.

W słuchawce dało się słyszeć gniewne fuknięcie.

– Co on znowu zmalował?

– Pani Skinner, wydaje mi się, że mogę być przyrodnią siostrą Danny'ego. Nazywam się Caroline, Caroline Kibby. Jestem córką Keitha Kibby'ego. Muszę się z panią zobaczyć i porozmawiać.

Zaległa długa, ogłuszająca niemal cisza i Carolina aż chciała ją w gniewie zakrzyczeć. Już podejrzewała, że Beverly Skinner w szoku odłożyła słuchawkę. Po chwili usłyszała ponownie jej głos, jeszcze bardziej zadziorny.

– Skąd masz ten numer?

– Z książki telefonicznej. Muszę się z panią zobaczyć – powtórzyła Caroline.

Znów zaległa cisza, po czym rozległ się już spokojniejszy głos.

– Cóż, jak jest w książce, to wiesz, gdzie mieszkam.

Caroline Kibby nawet nie wróciła do pokoju, by się pożegnać z matką. Joyce siedziała otępiała z notesem od Johna Menziesa u stóp. Lekko tylko drgnęła, kiedy trzasnęły frontowe drzwi.

Beverly Skinner odłożyła słuchawkę i usiadła w fotelu. Kot Kuskus wskoczył jej na kolana i Beverly zaczęła odruchowo głaskać zwierzę. Kot zaczął mruczeć przeciągłym, podobnym do chrapania głosem i zaślinił się cały.

Od tak dawna wyczekiwała tego dnia w dziwnym, dręczącym przerażeniu. Oczekiwała, że kiedy nadejdzie, to wszystko się zmieni – będzie traumatycznym przeżyciem. Ba, swoistym katharsis. Ale nic się takiego nie działo. Beverly poczuła się zawiedziona. Chciała za wszelką cenę uchronić Danny'ego przed zgubnym wpływem Keitha Kibby'ego. Ale Danny sam wyśmienicie potrafił sobie skomplikować życie, bez pomocy tego chuja. Pijaństwa, rozróby... cóż, robiła, co mogła.

Dziewczyna była córką kutafona. Jego, brutalnego pijackiego świra! Tego, który zanurzył głowę jej pięknego Donniego w gorącym tłuszczu. Tego, który go oszpecił. To go wykończyło; odszedł z zespołu, odszedł z domu, odszedł od niej... i znaleźli go martwego. A teraz córka kutasa szła do niej w odwiedziny, by się z nią zobaczyć! Beverly uderzyło to, że dziewczyna ładnie mówiła, nie tak jak kutas, chociaż na trzeźwo dało się z nim wytrzymać. Tylko że były to bardzo sporadyczne okazje.

Pewnie jakiejś kolejnej kobiecinie zmienił życie w piekło. Może powinny porównać doświadczenia. Ale dla Danny'ego to będzie cios, jak się dowie, że jego ojciec...

Beverly usłyszała, jak przed domem staje samochód. Od razu, po ciężkim, przeciągłym odgłosie silnika, wiedziała, że to duża taryfa. I wiedziała, kto nią przyjechał.

Wstała i otworzyła drzwi. Na progu domu stanęła młoda blondynka i patrząc w górę z półpiętra, wspinała się po schodach.

Z dołu Caroline od razu zobaczyła podobieństwo miedzy Dannym i Beverly, coś w oczach i koło nosa.

– Pani Skinner?

– Tak... wejdź – powiedziała Beverly. Na pierwszy rzut oka zobaczyła, że Caroline jest bardzo atrakcyjną dziewczyną. Ale kutas też był przystojny, trzeba mu przyznać, szczególnie przy pierwszym spotkaniu. Nawet wtedy, kiedy było widać już, jak alkohol zmienia jego wygląd.

– Więc jesteś córką Keitha Kibby'ego? – zapytała Beverly, nie mogąc ukryć zaczepki w głosie.

– Tak, to ja – powiedziała spokojnie Caroline.

– Co u niego? – Beverly starała się nadać swemu głosowi ton całkowitej obojętności. Ponownie zdała sobie sprawę, że się jej nie udało.

– Nie żyje – odparła twardo Caroline. – Zmarł tuż po świętach.

Z niejasnych powodów nie była w stanie przyjąć tej informacji, Beverly poczuła w środku jakąś dziwną pustkę. W końcu przez te wszystkie lata powtarzała sobie w myślach, czysto abstrakcyjnie, że zatańczy na grobie Keitha Kibby'ego.

Jednak w rzeczywistości nigdy nie wyobrażała sobie, jak to będzie, kiedy umrze naprawdę.

Ale jego córka była najwyraźniej smutna z tego powodu. I Beverly Skinner zdała sobie nagle sprawę, co ją tak irytuje. Była to myśl, że ten straszny człowiek mógłby kiedykolwiek się zrehabilitować. Drażnił ją fakt, że przez te wszystkie lata nienawidziła osoby, która de facto już dawno nie istniała.

I rozmawiając z młodą nieznajomą, Beverly Skinner dostrzegła dowody tego odkupienia na własne oczy, w pięknej, zgrabnej i uroczej młodej dziewczynie, która siedziała na wprost niej.

Najlepiej podsumowała to ona sama:

– Wydaje się, że było w nim dwóch ludzi, pani Skinner. Ten, którego pani znała, i ten, którego znałam ja. Mój w ogóle nie pił i był łagodnym i kochającym ojcem. Ale przeczytałam wszystko w pamiętniku... nie mogłam w to uwierzyć... nigdy taki nie był... przy mnie...

Caroline miała powiedzieć „przy nas", ale coś ją powstrzymało. Brian. Czy z nim było inaczej, czy on dostrzegał drugą twarz ojca?

Beverly zastanawiała się nad jej słowami. Przeszukiwała zakamarki pamięci, by odnaleźć innego Keitha Kibby'ego i udało jej się to.

– Tak, na początku było wspaniale. Koncert Clash w Odeonie, tam się poznaliśmy. Wszyscy dostaliśmy szału i skakaliśmy jak wariaci pod sceną. Wpadłam na niego i wylałam mu cydera. Zaśmiał się i oblał mnie resztką. A potem rzuciliśmy się na siebie i całowali bez opamiętania...

Beverly zawahała się, zauważając, że Caroline aż przełknęła ślinę. Następnie starsza kobieta zaczerwieniła się, ponieważ nieświadomie ukazała się młodszej kobiecie taką, jaka była za młodych lat.

– Tak... ale Keith był taki zazdrosny, taki zaborczy...

Caroline ponownie drgnęła świadoma tego, że jej ojciec nigdy nie okazywał podobnych uczuć matce. To była spokojna miłość między silnym, stanowczym i trzeźwym mężczyzną a nerwową gospodynią domową, oparta na wspólnych wartościach, takich jak obowiązek, przywiązanie do życia rodzinnego. Ale pasje, nie...

Beverly opowiadała, jak wspólnie chodzili na basen, i Caroline od razu coś się przypomniało. Jak czasami na basenie ojciec unosił ją do góry i mówił z taką drapieżną intensywnością, która ją nawet przerażała, jakby zmieniał się w kogoś innego: *Panno, osiągniesz bardzo wiele w życiu.*

W tych słowach niemal słyszała dopowiedzenie „bo jak nie...", świadczące, że porażka nie wchodzi w grę. Czy Brian odczuwał to mocniej niż ona? Czy ojciec dawał mu to odczuć?

– Kim był ojciec Danny'ego, pani Skinner?

Beverly oparła się na fotelu i spojrzała na młodą kobietę. Nieznajoma zadająca tak bezczelne pytanie, w jej własnym domu. Jak wielu ludzi otwarcie wyzywający w swym zachowaniu i wyglądzie Beverly Skinner toczyła ustawiczną walkę z otępiająco konwencjonalną cząstką swej duszy. Teraz nie było dokąd uciekać. Poczuła się urażona. Nie zła, po prostu urażona.

– Czy był to ten z poparzoną twarzą, czy też mój ojciec?

Teraz pojawiła się złość. W niemal obezwładniającym porywie wściekłości Beverly zmusiła się, by odwrócić twarz. Gdyby tego nie zrobiła, rzuciłaby się na Caroline Kibby z pięściami. Jednak tylko chwyciła mocno oparcie fotela.

Ten poparzony. Mówi o moim Donniem. Zeszliśmy się na powrót, pogodziliśmy się, kiedy ta pierdolona menda Keith Kibby...

– Proszę, pani Skinner. Danny poszedł z moim bratem Brianem. Nie lubią się i tęgo piją. Myślę, że chcą sobie coś zrobić.

Beverly wciągnęła energicznie powietrze w płuca, nagle zdjęta uczuciem paniki, kiedy przypomniał się jej gniew Keith Kibby.

Co ten Kibby zrobił Donniemu po pijaku... i mój Danny. Mój chłopczyk. Zawsze był wyrywny. A co do tamtego, do chłopaka Kibby'ego, to Bóg raczy wiedzieć, do czego jest zdolny!

Beverly złapała za słuchawkę telefonu i wykręciła numer komórki syna. Była wyłączona. Zostawiła informację na sekretarce.

– Danny, tu mama. Jestem tu z Caroline, Caroline Kibby. Musimy z tobą pogadać. To bardzo ważne. Zadzwoń do mnie, jak odsłuchasz wiadomość – powiedziała, dodając pospiesznie na wydechu: – Kocham cię, skarbie. – Zwróciła się z lękiem w głosie do Caroline: – Idź, znajdź ich, kochana. Powiedz, żeby Danny do mnie zadzwonił.

Caroline już stała na nogach, ale jeszcze zatrzymała się i spojrzała Beverly w oczy.

– Czy jest moim bratem?

– A jak myślisz? – rzuciła gniewnie Beverly. – No już, znajdź ich!

Caroline nie miała czasu na dalsze dywagacje. Szybko wyszła z mieszkania Beverly, zbiegła po schodach i wybiegła na ulicę, kierując się do Shore.

Beverly spojrzała na album *London Calling* na ścianie, na podpis i datę i przypomniała sobie z czułością i ukłuciem winy, jak podczas tego dziwnego wieczoru miała nie jednego, nawet nie dwóch, ale trzech kochanków.

44. Nieznajomy na brzegu

Palący, mocny alkohol ożywił go, a w toalecie wciągnął też ścieżkę koki. Miał perwersyjną świadomość, że powinien się podzielić z Brianem Kibbym, ale zdał sobie sprawę, jakie by to było idiotyczne. W klatce piersiowej serce waliło mu równym rytmem, niczym bębny tubylców z dżungli przygotowujących się do wojny. Ale pomimo tych napadów euforii docierał do niego idiotyzm całej tej sytuacji. Co on tu z tym Kibbym wyprawiał? Co mieli sobie niby do powiedzenia? Kiedy wrócił do stołka przy barze, Kibby zauważył biały proszek na włoskach w nosie.

– Czy brałeś narkotyki?

– Tylko ścieżkę koki – odparł nonszalancko Skinner. – Też chcesz?

– Tak – odparł Kibby, aż drżąc na dźwięk swej prostej odpowiedzi. Bardzo chciał spróbować prochów; takie doświadczenie wydawało mu się istotne, istotne, by dorównać Skinnerowi.

Skinner wrócił do toalety, nakazując Kibby'emu, by poszedł za nim. Weszli do jednej z kabin i Skinner zamknął drzwi. Wyciął sporą ścieżkę i zwinął banknot dwudziestofuntowy. Dwaj mężczyźni stali obok siebie stłoczeni w kabinie. To szaleństwo – pomyślał owładnięty żalem, obserwując, jak Kibby wciąga kokainę. Później będą musieli za to zapłacić.

– Uaaa... ale zajebisty odjazd... – wykrztusił Kibby i zatrzepotał powiekami, kiedy poczuł kokainowe uderzenie usztywniające kręgosłup. Czuł się tak silny, jakby miał ciało ze stali.

Jego reakcja nie uszła uwagi Skinnera.

– Ludzie mówią, że to przestępstwo... do chwili kiedy sami nie wezmą prochów klasy A – rzekł z afektowanym napuszeniem.

Brian Kibby musiał zdławić kaszel. Wyszli z kabiny i wrócili do baru.

Skinner z uśmiechem spojrzał młodej barmance w oczy, a ona odwzajemniła uśmiech. Kibby zobaczył to i aż się w nim zagotowało.

– Łatwo ci to przychodzi – powiedział, wskazując głową na barmankę.

Skinner zastanowił się nad tym. W przeszłości, kiedy wychodzili na miasto z kumplami, to on głównie wyrywał laski. Od kiedy skończył szesnaście lat, był mniej więcej seksualnie aktywny. Miał albo stałą dziewczynę, albo rzucał się w wir przygodnych znajomości. Z punktu widzenia osoby takiej jak Kibby, jak sądził, mógł być uważany za kogoś, kto ma duże powodzenie u kobiet.

Ale prawdziwym problemem jest utrzymanie związku, czego nie łapią takie umysłowe kaleki jak Kibby, bo są wyłącznie opętani tym, żeby sobie wreszcie zaruchać.

Skinner zdał sobie sprawę, że rzadko myślał o kobietach jako o czysto seksualnych obiektach. Nawet jeśli któraś z nich stawała się obiektem jego pożądania, to jednocześnie brał pod uwagę jej poziom inteligencji, muzykę, jakiej słuchała, jak się ubierała, co czytała i na co lubiła chodzić do kina, jakich miała przyjaciół, jakie miała poglądy polityczne i społeczne i co robili jej rodzice. Tak, często przygoda trwała jedną noc, ale nie czerpał satysfakcji z przypadkowych znajomości. Spojrzał badawczo na Kibby'ego.

– Ja po prostu interesuję się kobietami, Brian.

– Tak jak ja – Kibby poskarżył się jękliwie.

– *Wydaje* ci się, że tak jest, ale to nieprawda. Ciebie interesują czasopisma z fantastyką naukową, do kurwy nędzy.

– A właśnie że mnie interesują kobiety! To co czytam, nie ma tu nic do rzeczy! – wyrzucił z siebie Kibby.

Skinner pokręcił przecząco głową.

– Nie ciekawią cię dziewczyny, chyba że jako materace. Wiem, że podobała ci się Shannon, ale nigdy nie rozmawiałeś z nią na temat, który ją by zainteresował, a tylko cały czas napierdalałeś o grach wideo i o łażeniu po górach. Chowasz się za to, Bri – powiedział Skinner, czując uderzenie kokainy i wypluwając odrobinę piwa – chowasz się za modelami kolejek i konwentami fanów *Star Trek*...

– Ja nawet nie lubię Star Trek. – Kibby pomyślał z goryczą o Ianie, aż mu się zakręciło w głowie. – Jestem po prostu nieśmiały, zawsze byłem nieśmiały. Nieśmiałość to popierdolona choroba! Ty tego nie rozumiesz – krzyczał. – Tacy jak ty nigdy nie zrozumieją codziennych upokorzeń takich jak ja – mówił coraz głośniej. – PRZEZ TO, ŻE JEST SIĘ KURWA MAĆ NIEŚMIAŁYM!

Kilku gości spojrzało na niego. Kibby pokiwał głową, jakby starając się przeprosić za swój wybuch, i zgrzytnął zębami:

– Ty nie *boisz się* upokorzenia, Brian – odparł Skinner. – Ty je *prowokujesz*.

– Po prostu mam pecha z dziewczynami…

Skinner pokiwał głową i nie mógł powstrzymać złośliwej myśli, która pojawiła mu się w głowie.

– Co jest? – zapytał Kibby, widząc jego badawcze spojrzenie.

– Tak sobie pomyślałem, że jakbyś wpadł do basenu z nagim zespołem The Corrs, to pewnie skończyłoby się na tym, że gitarzysta by ci obciągał – zarechotał Skinner.

Kibby obrzucił go ostrym spojrzeniem i ponownie poczuł wściekłość. Po chwili zmieniła się w coś chłodniejszego, o wiele bardziej okrutnego.

– Więc ile punktów na dziesięć dałbyś Shannon… w porównaniu z tą panną, z tą Kay, z którą byłeś zaręczony…

Zauważył, że twarz Skinnera zastygła cała.

– …albo mojej pierdolonej siostrze! – wyrzucił z siebie.

Skinner też poczuł, jak wzbiera w nim wściekłość i siłą stłumił to uczucie. Przez chwilę patrzył chłodno na Kibby'ego.

– To są kobiety, Brian, a nie gry, do chuja pana. Na twoim miejscu wziąłbym pęgę w kieszeń, poszedł na kurwy i wreszcie sobie zaruchał. Kiedy pozbędziesz się stygmatu prawiczka i rozluźnisz trochę, możesz zyskać bardziej realistyczną perspektywę oceny ludzi.

Kiedy Skinner odwrócił się do baru, Kibby ponownie poczuł, jak gwałtowne myśli dające poczucie swobody wzbierają w nim i wraz z narkotykiem przeszywają ciało na podobieństwo ładunków elektrycznych. Jakbym się im poddał, zastanawiał się, to co mogłoby się wydarzyć? Do czego mogłoby dojść? Wchodził na nieznany grunt i było to wspaniałe uczucie. Bardzo chciał pójść za wewnętrznym głosem.

Ten drań Skinner, zaraz się doigra. Może nie teraz, ale się doigra!

Tak jak McGrillen i ten głupek Radden, i nawet ten ohydny pedryl Ian, wszystkie konioklepy, które wlazły mi na odcisk, traktowały protekcjonalnie czy odcięły się ode mnie. I ta szmata Lucy, powinienem ją zerżnąć, kiedy mogłem. Nie dostrzegałem, że ta pierdolona wywłoka tylko na to czekała! I ta Shannon, lubi, jak ją posuwają tacy jak Skinner, to pewnie…

Spojrzał na Skinnera, który rozmawiał teraz z barmanką. Była śliczna i śmiała się z tego, co jej mówił. A podobno jest z Caroline – pomyślał z mordem w oczach.

Moja siostra, kurwa... Skinner, ty jebany bydlaku...

– Jak skrzywdzisz mi siostrę, Skinner... – Kibby zasyczał mu do ucha.

Skinner odwrócił się do niego, a barmanka odeszła, by zrealizować zamówienie.

– Nigdy, przenigdy nie skrzywdziłbym Caroline – powiedział z taką szczerością i przekonaniem, że Kibby'emu zrobiło się niemal głupio.

– Bajerujesz inne laski, kiedy tylko zniknęła za drzwiami...

– Po prostu rozmawiałem z tą dziewczyną, zamawiałem dla nas kolejkę. – Skinner potrząsnął głową. – Ja pierdolę, wyluzuj trochę, Kibby – warknął, uśmiech wrócił mu na usta na widok barmanki powracającej z drinkami.

I kiedy już rozważał natarcie na Skinnera przy użyciu wszystkich sił, które był w stanie z siebie wykrzesać, Brian Kibby pochwycił widok swego adwersarza z profilu i aż zaniemówił pod wpływem deja vu. Usłyszał gdzieś głos sprzed lat:

Zaraz utnę ci kutasa. Zrobię to, bo i tak ci zgnije i odpadnie, jak będziesz zadawał się z tymi paskudnymi szlajami...

Nieludzki głos, przesiąknięta złem prostota tego stwierdzenia wydobywała się z zatrutej, zionącej nienawiścią gęby i z łatwością mogła dobiegać z ust Skinnera. Ale to nie Skinner wypowiadał te słowa.

Wryły mu się głęboko w mózg. To było wtedy, kiedy tato zobaczył go z Angelą Henderson i Dionne McInnes. Tylko sobie rozmawiali i śmiali się, robili tylko to. Jego tato nadszedł drogą zgarbiony i posłał synowi to straszne spojrzenie, diabelskie spojrzenie, które zmroziło mu duszę. Kiedy wrócił do domu, tato był zły i mamrotał coś niezrozumiale. I nagle Keith Kibby chwycił go tymi swymi szponiastymi dłońmi i nie chciał puścić. Brian czuł od niego alkohol, widział w jego oczach płonącą furię, poczuł kropelki śliny na twarzy, a Keith Kibby ostrzegał go, by nie zadawał się z tymi brudnymi kurewkami, że roznoszą AIDS i celowo zachodzą w ciążę, jak czekają tylko, by spaprać chłopakowi życie, i powiedział, że jak jeszcze raz zobaczy, jak się zadaje z tymi szmatami, to...

Nie. Nie czuł się dobrze. Sam powiedział.

Następnego dnia rano tato podszedł do niego ze straszliwym poczuciem winy. Najwyraźniej wyegzorcyzmował tego straszliwego demona, który go opętał.

– Wczoraj wieczorem zachowałem się głupio, Brian.... kiedy na ciebie naskoczyłem. Nie czułem się dobrze, coś mi się stało, synu. Jesteś dobrym chłopakiem i nie chcę, żebyś popełnił te same błędy, które... popełniają inni. Bardzo cię przepraszam, synku. Wciąż się kumplujemy, co, stary?

Pamiętał, jak ojciec się bał i jak bardzo przepraszał, jak za wszelką cenę chciał puścić to w niepamięć. Kiedy oglądali razem *Star Trek*, Keith Kibby opowiadał synowi, jak pod każdym względem *Następne Pokolenie* jest lepsze od oryginału: głębsze, ciekawsze i pełne swoistej filozofii, z lepszymi postaciami i doskonałymi efektami specjalnymi. Kiedy tak siedzieli na kanapie, Brian Kibby ponownie poczuł zażenowanie, tym razem za swego ojca, bo chciał, żeby w końcu ten udręczony człowiek przestał gadać.

Jego ojciec był słaby, tak jak on, ale teraz nie pora na słabość.

– Piję za moskity w Birmingham – uśmiechnął się nagle czymś zainspirowany i uniósł szklankę.

Skinner wzdrygnął się i spoglądał teraz naprawdę ze strachem na Kibby'ego z lekkim uśmiechem na twarzy, ale potem podniósł wyzywająco swoje szkło.

– Za moskiiity z Brmiinaam – powiedział z odpowiednim akcentem, po czym szorstko dodał: – A nie zapominajmy też o kretyńskich maniakach fantastyki z Ibizy!

Osiągnął zamierzony efekt, bo Kibby zamarł cały i spoglądał na Skinnera w pełnej zdumienia trwodze.

Biegła długimi susami przez Henderson Street, aż pokazała się Water of Leith z księżycem tańczącym na jej wodach. Poczuła, że traci oddech i doskwiera jej ciężar jedzenia i alkoholu w żołądku. Przytrzymując się barierki, oddychała głęboko. Jacyś dwaj chłopcy przechodzili obok i powiedzieli coś do niej, ale Caroline słyszała tylko szum po rewelacjach zawartych w pamiętniku taty i tych, które usłyszała, czy też raczej nie usłyszała, od Beverly.

Jej ojciec: pijany bandzior. Wydawało się to niemożliwe, wykraczało poza jej pojęcie o tym, że można się tak bardzo zmienić. Ale zaczęła przypominać sobie pozornie nieistotne szczegóły, fragmenty od dawna zapomnianych wspomnień z dzieciństwa. Kiedy na przykład usłyszała krzyki i płacz mamy i chciała zejść na dół, by zobaczyć, co się dzieje. Zdenerwowała się i chciała dowiedzieć się, co się stało. Brian powstrzymał ją; wszedł do jej pokoju, objął ją i nie chciał puścić na dół. Rano mama była spięta, a jej ojciec milczący, prawdopodobnie w poczuciu winy.

Brian. Ile on wiedział wcześniej, jak bardzo chronił ją przed nim? Dłonie jej drżały i żołądek nie dawał za wygraną, nawet zachodziło niebezpieczeństwo, że zwróci kolację.

W nagłym przypływie empatii Caroline zdała sobie sprawę, że jej brat jako mały chłopiec prawdopodobnie był świadkiem wielu takich scen, które zupełnie uszły jej uwagi.

Od strony morza za sprawą sztormu nadciągała gęsta mgła, a nawałnica smagała ją co jakiś czas coraz wścieklejszymi atakami. Wyciągnęła z kieszeni już przemokniętych dżinsów telefon komórkowy, ale zobaczyła, że skończyły się jej jednostki.

Do zera... kurwa mać!

Caroline ponownie ruszyła do biegu z zimnymi, przemoczonymi stopami i przyspieszając zaczęła żałować, że nie założyła adidasów. Stopy z pluskiem stukały o mokry bruk i nagle kostka skrzywiła się na nierównościach z wyraźnie słyszanym chrupnięciem. Kuśtykała jednak dalej, choć do oczu napłynęły jej nie tylko łzy z bólu, ale z poczucia bezsilności.

Tuż przed nią z restauracji wychodziła grupa dziewcząt, przez burzę przedzierał się ich pijacki śmiech.

– I nie wracajcie tu – powiedział w drzwiach restaurator w garniturze, przytrzymując drzwi, kiedy ostatnia z nich wytoczyła się na ulicę.

– Zrób sobie malinkę na kutasie – rzuciła dziewczyna o spoconej twarzy i długich brązowych włosach, a jej koleżanki wybuchnęły rechotliwym śmiechem.

Mężczyzna pokręcił tylko głową i skrył się w środku.

Caroline podeszła do dziewcząt.

– Macie komórkę, mogę pożyczyć? To wyjątkowa sytuacja... naprawdę muszę zadzwonić!

Jedna z nich, przysadzista, nerwowa dziewczyna z krótką grzywką podała jej telefon. Caroline wzięła ją pospiesznie i wystukała numer Danny'ego. Wciąż miał wyłączony telefon.

W miarę pojawiania się coraz to nowych szklanek opuszczała ich wola walki. Kiedy ich spojrzenia się spotykały, była w nich widoczna lekko zadziwiona odraza, która wynikała z obopólnego rozczarowania. I rzeczywiście, ktoś z boku mógłby pomyśleć, że zachowują się jak kochankowie, którzy wdali się w głupią kłótnię po pijaku i teraz czują zażenowanie, ale nie wiedzą, jak z tego wyjść z twarzą. U obydwu mężczyzn nagle zanikł pociąg do alkoholu. Jakby uświadomili sobie wreszcie, że zatruwanie się nawzajem niewiele da.

Spięty zgrozą i przepełniony żółcią Skinner zdał sobie sprawę, że jego znajomość z Kibbym zaczęła jako żywo przypominać pijaństwa z oszalałymi od wódy kumplami.

Chcieliśmy się powytruwać. Byliśmy jak lemingi, które zamiast razem skakać z klifu podpisały długi i podniosły samobójczy pakt. Niepostrzeżenie przyjęliśmy tego gnojka do naszego kręgu.

Podnieśli wzrok na ekran telewizora, na przebiegłą, uśmiechniętą twarz amerykańskiego prezydenta. Na pewno zostanie ponownie wybrany – pomyślał Skinner, jednocześnie w myślach życząc Dorothy wszystkiego najlepszego, ponieważ będzie głosowała na innego kandydata, którego nazwisko zdążył już zapomnieć. Danny Skinner i Brian Kibby, każdy z osobna zastanawiał się, gdzie będzie się toczyć kolejna wojna. Jednak Skinner nie pragnął żadnej nowej wojny. Był zmęczony. Bardzo zmęczony.

W przedziwny sposób połączenie mojej palącej nienawiści do Kibby'ego z żądzą życia wydało owoce w postaci psychicznego zaklęcia tak potężnego, że jestem w stanie przenieść skutki mojego łajdactwa na niego.

Ktoś inny toczy za mnie moje bitwy.

Patrzę na Busha, a armia amerykańska zdobywa Faludżę. Zdobywają ją ludzie bez perspektyw, mięso armatnie ze zdezindustrializowanych miejsc, jak Ohio, gdzie rośnie bezrobocie, ludzie, którzy go ponownie wybiorą. Później zmienią się w meneli bez grosza przy duszy jak ich zdradzeni ojcowie, którzy pojechali do Wietnamu, a teraz proszą o jałmużnę w slumsach. Ich rola polega na tym, że ktoś ich w życiu wydyma w imię własnych marzeń i planów. Ciała irackich dzieci znikną z ekranu podczas wyborów, nie można pokazywać rzędów trumien owiniętych flagą w podobno najwspanialszej demokracji na świecie.

Można uniknąć tego wszystkiego, jak się ma władzę, a jak się nie ma, to przejebane. Ale to wszystko gówno, komu to potrzebne?

– Idę do domu – powiedział nagle Skinner, schodząc ze stołka. Kibby zastanawiał się, co ma powiedzieć, ale nie chciał się kłócić, nie czuł się zwycięzcą. Potrzebował resztek siły, bo miał zamiar coś zrobić Skinnerowi. Nie wiedział co, ale zrobi coś takiego, że tamten pożałuje, że odczepi się od jego rodziny. Gniew już mu przeszedł – pozostała teraz tylko chłodna determinacja.

Wyszli chwiejnym krokiem na zewnątrz, obaj byli bardzo pijani, ale wciąż trzymali się z dala od siebie. Pogoda znów się zmieniła na gorsze i powitała ich burza z gwałtownym wichrem i zimnym, gęstym deszczem. Mroźny wstrząs jakby rozpalił Kibby'ego na nowo, przywołując kolejny atak furii. Musiał się dowiedzieć. Nawet nie jak, ale dlaczego.

– KIM TY JESTEŚ, SKINNER? – starał się przekrzyczeć wiatr.
– CZEGO TY KURWA CHCESZ ODE MNIE? KIM TY KURWA JESTEŚ?!

Skinner stanął w miejscu i rozluźnił ramiona, które wcześniej stawiały opór nawałnicy.

– Ja... ja... – Nie potrafił odpowiedzieć na to pytanie. Paliło go żywym ogniem przez alkoholowe otępienie, przez wściekle miotający się wicher.

Brian Kibby dostał szału.

To... to coś, ten skurwysyn, który zniszczył mnie, a teraz niszczy moją rodzinę...

Kibby nagle rzucił się na Skinnera i zamachnął. Skinner szybko zrobił unik cofając się, tak jak uczyli go za młodu w klubie bokserskim Victoria w Leith. Poirytowany Kibby ponownie rzucił się na niego, ale dostał tylko szybki, mocny cios w twarz.

– Lepiej kurwa zbastuj, Brian – powiedział Skinner, ni to grożąc, ni to apelując do niego.

Czując ból rozciętej wargi, Kibby cofnął się w szoku. I nagle w gwałtownym przypływie gniewu ponownie ruszył na Skinnera.

– ZARAZ CIĘ ZAPIERDOLĘ, SKINNER!!

Ale Skinner ponownie go walnął, zatrzymując atak, następnie posłał mu prawego sierpowego, który z chrzęstem trafił go w szczękę, aż gwiazdy stanęły mu w oczach. Zanim Kibby mógł zareagować, potężny cios w korpus zgiął go wpół, aż stracił oddech. Pochylił się i targany silnymi torsjami zwymiotował, to co zjadł i wypił wprost na ulicę.

– Dość tego. Nie chcę ci zrobić krzywdy – powiedział Skinner, zdając sobie sprawę, że naprawdę tak jest. Pomyślał o nowej wątrobie Briana Kibby'ego, o jego ranie.

Co ja kurwa odpierdalam, waląc tego żałosnego chuja w brzuch!

Skinner poczuł się równie niedobrze jak Kibby, jakby sam cierpiał w wyniku własnych ciosów. Podszedł do niego i położył rękę na ramieniu rywala. – Weź kilka głębokich wdechów, pomoże ci.

Kibby dyszał ciężko, jakby ranny byk parskał na arenie. Deszcz przylepił mu włosy do czaszki. Skinner stwierdził, że pęcherz zaraz mu pęknie. Drobnymi kroczkami podszedł do wysokiej ściany przy bramie prowadzącej do doków i z ulgą zaczął sikać, opróżniając go z żółtej, parującej cieczy.

Nie zauważył, że kilka metrów od niego stoi drugi mężczyzna i robi dokładnie to samo. Był to kierowca ciężarówki, Tommy Pugh, który przez cały dzień jechał z Rouen we Francji z ładunkiem do Aberdeen. Miał doskonały czas, ale teraz był wykończony. Zaparkował ciężarówkę przy starym wjeździe do doków i chciał się przespać w kabinie samochodu, oszczędzając znaczne koszty z delegacji przeznaczone na nocleg w Bed & Breakfast.

Kibby odetchnął i uniósł głowę, zaczynając w końcu coś dostrzegać przez deszcz. Zobaczył ciężarówkę i przyczepioną do niej wielką cysternę na ropę. Widział sikającego Skinnera. Tak, kabina była pusta – zauważył i podszedł bliżej, żeby się jej przyjrzeć. Zerknął do środka i zobaczył, że drzwi są otwarte, a kluczyki tkwią w stacyjce. I jeszcze że kierowca ciężarówki sika pod ścianą z wiatrem zaledwie kilka metrów od Skinnera.

To był znak, na pewno, to mógł być wyłącznie znak. I jeśli Brian Kibby nie skorzysta teraz z okazji, z całą pewnością Los nie podaruje mu drugiej szansy.

– Czy ja cię skądś nie znam? – spytała jedna z pijanych dziewczyn, ta ze spoconą twarzą, kiedy Caroline wpatrywała się w telefon. W przypływie rosnącej desperacji wstukała wiadomość:

DAN, ZNALAZLAM PAMIETNIK TATY.
BYŁ TEZ TWOIM TATA. JESTES
MOIM STARSZYM BRACISZKIEM, BRI TEZ.
PROSZE NIE ZROBCIE SOBIE KRZYWDY.
C XXXXX

Wysłała wiadomość, a ta druga dziewczyna, ta nerwowa, która pożyczyła jej telefon powiedziała:

– Znasz Fionę Caldwell?

– Nie… Słuchaj, muszę wysłać jeszcze jedną wiadomość.

– Nie. Oddawaj komórę – zażądała dziewczyna.

– Pozwól jej wysłać wiadomość – powiedziała ta najtrzeźwiejsza z nich wszystkich. – Nazywasz się Caroline, prawda? – I kiedy Caroline pokiwała głową twierdząco, dodała: – Caroline Kibby chodziła ze mną do Craigmount.

Caroline zorientowała się, że ta dziewczyna to Moira Ormond ze szkoły. Była wtedy nieśmiałą gotką, ale to była przeszłość. Kiwając głową z wdzięcznością, jakiej nie okazała nikomu w życiu, Caroline wystukała następną wiadomość, tym razem do brata.

Najtrudniej było wywindować niezgrabny, spocony korpus do kabiny kierowcy. Ponownie pomógł mu alkohol, wytłumiając straszliwy ból, jaki przeszywał jego ciało.

Szybko włączył silnik i ruszył w kierunku swego dogodnie nieświadomego celu, który wciąż stał przy ścianie.

Tommy Pugh usłyszał znajomy dźwięk włączanego silnika.

Co jest kurwa…?

Tommy odwrócił głowę, ze zgrozą patrząc, jak ciężarówka przyspiesza przed ścianą o kilka metrów przed nim. Szybko rzucił się w przeciwnym kierunku. Czysta desperacja pomogła mu odnaleźć pokłady siły w przysadzistym ciele.

45. E-mail z Ameryki

To: skinnyboy@hotmail.com
From: dotcom@dotcom.com
Re: Miłość i różne rzeczy

Dobra, Skinner,

Tak się cieszę, że przylecisz. No? Czas wyłożyć karty na stół. Też mam świra na Twoim punkcie. Bardzo za Tobą tęsknię. Wiem, że mógłby to być cyberromans, ale wciąż widzę Twoją twarz, tę brodę jak stok narciarski, która z profilu przypomina księżyc w nowiu, i te gęste czarne brwi, jakbyś grał w Oasis.

Nie wiem, dokąd to nas zaprowadzi, Danny mój słodki, ale podobnie jak Ty wiem, że zwariowalibyśmy, gdybyśmy nie spróbowali. I tak mi z tym dobrze. Jestem bardzo szczęśliwa i nie mogę się doczekać mojego ukochanego.

Bardzo Cię kocham,

Dorothy xxxxxxx

46. Dobrze wypieczony

Caroline zmusiła się, by w ulewie pójść kocimi łbami do starego Leith. Buty całkiem jej przemokły i noga naprawdę ją bolała. Było u zaledwie kilka osób. Większość spieszyła się do domów, niektórzy wciąż przebywali w hałaśliwych barach i restauracjach, które otaczały Shore i Water of Leith.

Gdzie mogą być Brian i Danny? W którym? W restauracji...

Kiedy weszła do baru przylegającego do restauracji, w której jedli kolację, Caroline aż straciła dech, kiedy w uszach zabrzmiała jej eksplozja, a błysk płomieni zatańczył na czarno-niebieskich kocich łbach. Pokuśtykała do starej bramy prowadzącej do doków.

Beverly Skinner podkręciła termostat w dużym pokoju. Nagle zrobiło się jakoś tak zimno. Podniosła Kuskusa i położyła sobie ciepłe zwierzątko na kolanach. Spojrzała ponownie na okładkę płyty London Calling i zaczęła wspominać tę mroźną zimową niedzielę w 1980 roku.

Najpierw poszła z Keithem Kibbym na imprezę w Canongate, po czym zamroczeni alkoholem kochali się bez zabezpieczenia w holu. Potem naprawdę się upił – na umór, jak bydlę – i zszedł. Nie chciała wracać do domu, gdzie był Donnie, więc włóczyła się po brudnych ulicach, aż doszła do Royal Mile. Obszar turystyczny nie był wtedy jeszcze tak odnowiony jak teraz, mijała więc różne spelunki, słyszała, jak dwóch młodych ludzi grozi sobie nawzajem, a jakaś hałastra wypadła ze śmiechem zza drzwi czynszówki. Nie odwróciła się nawet na dźwięk krzyków i tłuczonego szkła. Minęła pub The World's End, w którym kilka lat wcześniej ostatni raz widziano te dwie dziewczyny, dopóki nie odkryto ich uduszonych na pobliskiej plaży. Było to podwójne morderstwo, które nigdy nie zostało wyjaśnione.

Ulica zmieniła się. Zaczęły się na niej pojawiać sklepy z tartanem i kiczem dla turystów i zaczęły na niej dominować. Kiedy mijała nowy hotel w skandynawskim stylu, nie mogła uwierzyć własnym oczom, bo zobaczyła, jak wysiadają z samochodu. Następnie podeszła do niego, powiedziała mu, jak podobał się jej koncert i jak uwielbia zespół. Był dżentelmenem i zaprosił ją na drinka. Potem poszli

do pokoju hotelowego i traktował ją z szacunkiem, stając się jej trze-
cim kochankiem tego wieczoru. Rankiem, kiedy on był gotów znów
ruszyć w trasę, a ona przygotowywała się do zmiany w restauracji,
żadne z nich niczego nie żałowało.

Jej syn urodził się dziewięć miesięcy później – 20 października
1980 roku. Jej trzech kochanków. Serce podpowiadało jej, że pierwszy jest jego ojcem, rozsądek, że drugi. I czasami, tylko czasami,
kiedy odtwarzała pewną płytę, jej dusza podszeptywała jej, że mógł
nim być ten trzeci.

Danny Skinner, strząsając krople moczu, wyciągnął komórkę
drugą ręką i włączył ją. Miał trzy nieodebrane rozmowy. Już miał
wcisnąć ją na powrót do kieszeni, kiedy rozległ się dźwięk nadcho-
dzącego esemesa. Nie rozpoznał numeru, ale i tak go odebrał i przeczytał wiadomość.

Nagle usłyszał hałas i odwrócił się, by ujrzeć opętaną twarz Briana
Kibby'ego w kabinie ciężarówki pędzącej prosto na niego. Ich spojrzenia spotkały się i Brian Kibby zobaczył coś dziwnego w Skinnerze, który stał tak tylko, unosząc komórkę do góry, po czym wzruszył ramionami i zaśmiał się. Coś w jego spojrzeniu i postawie momentalnie zneutralizowało mordercze zapędy Kibby'ego. Wdusił
hamulec, ale to tylko spowodowało, że ciężarówka wpadła w po-
ślizg.

HGV walnął w Skinnera z dużą prędkością, miażdżąc go o starą
ścianę doków. Tył samochodu sunął jeszcze po oleistej nawierzchni
i olbrzymia cysterna uderzyła w ścianę. Trysnęła z niej ciecz. Tuż
przed eksplozją, która zmieniła ciało Skinnera w niedającą się zi-
dentyfikować masę, niezgrabna postać wygramoliła się z kabiny i znikła, by ujść płomieniom.

Tommy Pugh, jedyny świadek zdarzenia, zeznał, że był to bardzo otyły człowiek z podkrążonymi oczami. Poruszał się wolno,
dyszał głośno, odchodząc od płonącego wraku. Ludzie zaczęli wy-
biegać z barów, by sprawdzić, co się stało. Kiedy rozległa się eksplozja, szedł w kierunku Shore. Sądzono, że wszedł do jednego z na-
brzeżnych barów.

Kiedy przyjechała policja i przeczesywała teren, jedynym piją-
cym samotnie klientem był wysoki, chudy mężczyzna. Wyglądał na

iezwykle sprawnego, dobre dziesięć lat młodziej niż osobnik opiany na miejscu zdarzenia, czy też, co ustalili później anatomopatoodzy, opasłe ciało strawione doszczętnie przez ogień.

Samotny mężczyzna był bardzo pijany i szklistym wzrokiem vpatrywał się w swój telefon komórkowy. Siedział odwrócony pleami do zdesperowanej, zalęknionej dziewczyny, która słysząc ekslozję, weszła do tego baru, tak jak do wszystkich poprzednich, szuając mężczyzny, którym był, ale który zupełnie nie wyglądał jak n. Ale pił do dna, o tak, Brian Kibby pił, jakby jutro miało w ogóle ie nadejść.

KONIEC

POSŁOWIE

Nie powinno się pisać oczywistości, ale odkryłem, że w tym biznesie czasami tak trzeba. Ta książka to czysta fikcja. Na przykład: „Urząd Miasta Edynburg” nie istnieje, wszystko inne też jest wytworem mojej wyobraźni. Nie mam powodu, by sądzić, że w Urzędzie Miejskim Edynburga panują podobne praktyki dotyczące zatrudniania pracowników ani też że pracują w nim osoby przedstawione w książce.

Dziękuję moim przyjaciołom w cudownych miastach: Edynburgu, Londynie, Chicago, San Francisco i Dublinie, za obdarowanie mnie przestrzenią i pożywieniem niezbędnymi do napisania tej książki.

Szczególne podziękowania należą się Robinowi Robertsonowi, Kateherine Fry i Sue Amaradivakarze z wydawnictwa Random House.

Spis tresci

Tytuł oryginału: *The Bedroom Secrets of the Master Chefs*

Projekt okładki: Marcin Wojciechowski
Skład i łamanie: Anna Atanaziewicz
Redakcja i korekta: Humbert Muh

Wydawnictwo: vis-à-vis/Etiuda
30-549 Kraków, ul. Traugutta 16b/9
tel. (012) 423 52 74; 0600 442 702
e-mail: visavis_etiuda@interia.pl
www.visavisetiuda.pl

Drukarnia GS, Kraków, ul. Zabłocie 43

ISBN 978-83-89640-73-4